KB163613

연초 도매상 1

The Sot-Weed Factor

The Sot-Weed Factor

by John Barth

세계문학전집 139

연초 도매상 1

The Sot-Weed Factor

존 바스

이운경 옮김

민음사

차례

2부 몰든으로 가다

2권 차례

3권 차례

3부 몰든을 되찾다

개정판에 부쳐[1]

「차이나 신드롬」[2], 「프렌치 커넥션」[3], 「연초 도매상」에는 뭔가 해롭고 수상한, 혹은 잠재적으로 위협적인 어떤 요소가 있는 것처럼 느껴진다. 사실 (후대 미국인들이 마리화나를 '단지(pot)' 혹은 '풀(grass)'이라고 지칭하듯이 담배를 지칭하는 식민지 아메리카의 은어인) '연초(sot-weed)'는 마취성과 중독성이라는 특질을 연상시켰다. 신세계에서 구세계로 소개되었을 당시 담배는 엄청난 인기를 끌었는데, 중부 대서양 연안 식민지에서 주요 환금 작물이 되었을 뿐만 아니라 얼마 동안은

---

1) 『연초 도매상』은 1960년 더블데이 출판사에서 처음 출간되었으며, 이 서문은 1987년 앵커북스 출판사에서 나온 개정판에 수록되었다.

2) 핵 발전소의 방사선 누출 사고를 다룬 영화.

3) 미국 뉴욕의 마약 담당 형사들의 활약상을 다룬 경찰 영화.

돈 그 자체, 즉 교환의 매개물이 되었다. 유럽과 백인 아메리카 전체, 특히 식민지 메릴랜드 및 버지니아의 경제와 농업은 이 작물에 급속도로 매료되었다. 로버트 버튼은 『우울의 해부(Anatomy of Melancholy)』(1621)에서 다음과 같이 적고 있다.

> 담배, 신성하고 귀하고 대단히 훌륭한 담배는 (……) 만병통치약이나 금덩이, 혹은 철학자의 돌보다 훨씬 더 큰 효력을 발휘하며 모든 병에 대한 최상의 치료제이다. 고백하건대, 만약 적절한 때에 적당량을 의학적인 목적에 사용하면, 그것은 훌륭한 토제(吐劑)이자 몸에 잘 듣는 약초가 될 것이다. 그러나 떠돌이 땜장이가 시도 때도 없이 맥주를 마시듯 대개의 사람들이 그것을 남용하는 까닭에 이제는 골칫거리이자 재해이며 재산과 땅과 건강을 가차 없이 빼앗아 가는 몹쓸 물건이 되었다. 흉악하고 해롭고 저주받을 담배는 인간의 육체와 영혼을 파멸시킨다.

그리고 300년 후, 그레이엄 리 히밍거라는 미국 대학생이 펜실베이니아 주립 대학의 『1915년의 객담(Froth of 1915)』에서 다음과 같이 썼다.

> 담배는 마약과 같은 잡초. 나는 그것이 좋아.
> 그것은 비정상적인 욕구를 만족시키지. 나는 그것이 좋아.
> 그것은 당신을 야위게 하고 당신을 메마르게 해.
> 그것은 당신의 머리에서 머리카락을 뽑아 버려.

그것은 내가 지금껏 본 중에 가장 빌어먹을 물건이야.
나는 그것이 좋아.

하지만 아메리카 식민지 시대의 영어에서 '도매상(factor)'은 무역 중개인을 의미했다.(내 책상 위에 놓여 있는 사전에도 그 단어의 첫 번째 뜻은 여전히 '무역 중개인'이다. 그러나 나는 그 단어가 그런 식으로 사용되는 것은 한 번도 들어 본 적 없다.) 예를 들어 온타리오의 무스 팩토리(Moose Factory)라 불리는 장소는 사슴(moose) 모피를 가공하기 위한 건물이 아니라 과거 사슴이 많이 잡히던 지역에 세워진 모피 거래용 부지였다. 그리고 17~18세기의 연초 도매상은, 영국의 공산품과 아메리카 연안의 농장에서 재배한 담배의 무역을 중개하는 사람이었다.

그런 사람들 가운데 한 사람이 바로 일반적으로 미국 최초의 풍자 문학으로 여겨지는 작품 속의 불운한 주인공으로, 책의 표지에는 다음과 같이 적혀 있다. "연초 도매상: 혹은 메릴랜드로의 여행. 풍자시. 이 안에서는 이 나라의 법률과 정부와 법정과 체제가 묘사된다. 또한 각종 건물, 축제, 사교 모임, 오락 그리고 아메리카 항구에 사는 사람들의 술자리 농담이 묘사된다. 해학적인 시. 신사 에벤 쿠크 지음. 런던: 페이터 노스터 거리 '까마귀'에서 B. 브래그가 인쇄와 판매를 담당함. 1706. (가격: 6달러.)" 이 책의 화자는 운명의 내리막길을 걷는 한 젊은이다.

몰인정한 친구와 텅 빈 지갑과

감당하기 힘든 재난을 겪도록 운명 지워져…….
고향 땅을 떠날 수밖에 없게 되어
낡은 세계에 작별을 고해야 한다.

그는 담배 도매업에서 자신의 사업 운을 시험해 보고자 당시 모든 사람들의 얘깃거리였던 신세계에 도착한다. 그러나 그가 메릴랜드 연안에서 발견한 것은 식민지 아메리카에 관한 기사에 묘사된 세련된 에덴 동산(고귀한 야만인들, 정직한 상인들, 멋진 농장을 경영하는 교양 있는 경작자들과 그들의 정숙한 아내들이 사는 땅)이 아니라 야만과 죄악으로 들끓는 지옥이었다. 인디언들은 곰 기름 냄새를 풍겼으며, 식민지 주민들은 주정뱅이에, 싸움꾼에, 무식하기 짝이 없는 교활한 사람들이었다. 그들의 친절이라는 것은 애초에 믿을 만한 것이 못 되고, 그들의 아내는 품행이 단정치 못하며, 그들의 법정은 부패해 있었다. 이 풋내기 연초 도매상은 여러 가지 운수 사나운 일들 외에도 옷을 도둑맞고, 개들에 쫓겨 나무 위로 올라가고, 모기들에게 뜯기고, 새로 도착한 사람들에게 종종 치명적인 '풍토병'에 의해 거의 죽다 살아나며, 궁극적으로는 자신의 재산을 사기당하고 만다. 결국 그는 완전히 파산한 신세가 되어 "대화가 실종되고, 예의범절이 땅에 떨어졌으며, 분별력이라곤 도무지 찾아볼 수 없는 곳"을 떠나 고향으로 가는 배를 탄다. 시는 그의 저주로 끝을 맺는다.

그런 다음 신의 분노가 이곳에 떨어지기를,

남자들은 신의가 없고 여자들은 정숙하지 않은 이곳에!

초기 미국 문학 학자들은 지난 이십 년에 걸쳐 이 흥미로운 시의 저자에 관해 많은 정보를 모았다. 예를 들어 J. A. 레오 르메이의 「식민지 메릴랜드의 문장가들(Men of Letters in Colonial Maryland)」 및 에드워드 H. 코헨의 1974년 연구 「에브니저 쿠크; 연초 정전(Ebenezer Cooke; The Sot-Weed Canon)」 등이 그것이다. 그러나 1596년에 내가 그의 풍자시에 바탕을 둔 소설을 쓰기 시작했을 무렵엔, 그가 (위에서 인용한 표지에서와는 달리) 보통 자신의 성에 e를 붙여 쓰곤 했다는 것 이상은 '에벤 쿠크(Eben. Cook)'에 관해 알려진 것이 별로 없었다.

에벤 쿠크는 「연초 도매상」 외에도 다른 시 몇 편, 즉 특별한 경우를 위한 비가(그는 그것의 말미에 마치 흥미를 유발시키려는 듯 자신의 이름 옆에 '메릴랜드의 계관시인'이라는 칭호를 덧붙인다.), 베이컨이 버지니아에서 일으킨 반란에 관한 그다지 재미없는 풍자시, 원작 「연초 도매상」의 표현을 좀 더 순화시켜 개정한 수정본과 「다시 태어난 연초(Sot-Weed Redivivus)」(1730)라 불리는 비교적 최근작이자 「연초 도매상」의 다소 무미건조한 속편을 남겼는데, 이 속편에서 '늙은 시인'은 메릴랜드 숲들이 파괴되고 무분별한 담배 농사로 인해 경작지가 고갈되는 상황을 한탄하고 있다. 그의 이름은 여기뿐 아니라 17세기 말에서 18세기 초의 몇몇 부동산 거래 계약서와 다른 법률 문서에도 등장한다. 그는 영국에서 태어났지만, 그의 아버지 앤드루 쿠크가 재산을 소유하고 있는 메릴랜드에서 변호사업을 했던 것으로 보인다. 그에겐 안나라는 이름의 누이가 있었으며, 그들은 아버지의 땅을 공동으로 물려받은 것으로 보인다.(그들은 나중에 그것을 매각했다.) 1731년에 「연초 도매상」의 개정판이 출간된 이후, 그의 이름은 그 시기의 문헌들에서 더 이상 발견되지 않는다. 그의 죽음이나 매장에 대한 기록도 없다.

쿠크포인트(Cooke Point. 드넓은 찹탱크강과 그보다 더 규모가 큰 체서피크만이 만나는 지점에 위치하며 심하게 침식된 나무들과 농장이 좁고 길게 이어진 땅)라는 이름은 앤드루 쿠크가 지은 것이다. 그는 1660년대에 그곳에 천 에이커의 연안 영지와 저택을 마련했다. 그곳은 케임브리지 시내에서 약 20킬로미터 정도 하류 쪽의 메릴랜드 동부 해안에 위치해 있다. 내가 태어나고 자란 곳이 바로 이 메릴랜드 동부 해안 지역이다. 나는 그것의 역사에 대해 알게 되기 오래 전부터 그 이름(철자 끝의 e를 빼고. 후대의 지도 제작자들은 끝의 e를 빠뜨리고 기록했다.)과 지형을 알고 있었다. 습작기가 끝나 갈 무렵, 나는 습지가 많은 내 고향에 관해 그때까지 기록된 역사를 바탕으로 백 가지 이야기를 쓰리라는, 보카치오나 세웠을 법한 거창한 계획을 구상했다. 나는 자료 조사 과정에서 에브니저 쿠크의 「연초 도매상」이라는 시를 우연히 발견하게 되었고, 그것의 불행한 화자가 시인 자신이라는 것을 전제로 몇 가지 이야기를 초안했다. 나는 그가 볼테르의 캉디드 같은 실용주의적인 낙관론은 아닐지라도, 어쨌든 순진한 마음으로 식민지에 도착했을 거라 상상했다.

더 커다란 이야기를 구성하려던 계획은 내 능력의 범위를 벗어나는 작업임이 드러났고, 나는 그것을 중도에 포기하고 말았다. 하지만 미래 어느 땐가 사용할 수 있도록 원고와 미리 조사해 두었던 관련 역사 기록들을 따로 모아 두었다. 그 후 얼마 안 있어, 즉 1754년에, 나는 좀 더 성미에 맞는 서사적 목소리를 발견했고, 지금 생각해도 새삼 놀랄 만큼 쉽고 빠르게 써 나갔는데, 그것이 나의 첫 번째 출판 소설들이 되었다. 『선상 악극단(The Floating Opera)』과 『여로의 끝(The End of Road)』이 그들이다. 두 소설의 원료는 특정한 지방색을 띠고 있긴 하지만 역사에 관련된 것은 아니다. 그것들은 나중에 '블랙 유머'라 불리게 될 방식으로 쓰인, 짧고 비교적 사실적인 소설이다. 사실상 나는 그 당시 그것들을 선뜻 비관적일 뿐 아니라 허무주의적인 소설이라고 생각했다. 그리고 야심만만한 스물다섯 살 젊은이의 활력에 넘친 낙관주의로, 일단 완성하고 나자 나는 그것들을 내가 언젠가 완성하게 될 허무주의 3부작의 첫 두 작품으로 보았다. 이를테면 다음과 같은 순서로 이루어진 3부작 말이다. 허무주의 희극(nihilist comedy), 허무주의(글쎄, 비극이라고 하기는 그렇고, 파국(catastrophe)이라고 할까.) 그리고 허무주의…… 뭐가 될까?

아마도 희가극(extravaganza)이 될 것이다. 나는 일단 보류해 두었던 에브니저 쿠크의 이야기로 돌아갔다. 그리고(『선상 악극단』과 『여로의 끝』의 '허무주의적' 관점에서 그들의 반(反)영웅을 재음미하다가) 나는 정말로 기발한 소설, 즉 20세기의 선율(melody)을 18세기 양식으로 재편곡한 소설을 구상해 냈다. 그 선율들 모두가 현대적인 것은 아니었지만, 어쨌든 익숙한 미국적 선율들이었다. 이를테면 순진함(innocence)에 대한 비관적 태도, 경험에 대한 낙관적 태도, (토착민들에겐 결코 새롭지 않은) 신세계와 (그 시절로 돌아갔을 때 내겐 여전히 새로운) 구세계의 대비, 개인적 정체성과 국가적 정체성의 여러 해결 곤란한 상황들 등. 양식에 있어서는 위대한 18세기 희극 소설가의, 특히 헨리 필딩의 양식을 따를 것이며, 처음 두 권의 양식과는 매우 다른 양식과 발성법을 가질 것이었다. 또한 할 수만 있다면 내 '3부작'을 어떤 서사적 폭발 같은 것으로 마무리 짓고 싶었다. 적어도 필딩의 『톰 존스(*Tom Jones*)』와 같이 복잡하게 뒤얽혀 있고 가능하다면 그만큼 활기 넘치고 유쾌한 이야기, 출판업자가 그것의 제목을 책등 위에 세로가 아니라 가로로 편안하게 인쇄할 수 있을 만큼 두꺼운 소설 말이다! 앞의 두 권을 쓰는 데는 각각 반년이 걸렸다. 그리고 이번 것은 이 년 정도는 걸리리라 예상했다.

하지만 영국의 위대한 발생기 소설 작가들, 그리고 「메릴랜드의 공문서들(The Archives of Maryland)」과 다른 문헌들 및 아메리카 식민지 역사에 관해 공들여 연구하는 데, 그리고 물론 진행 중인 작품의 문장들, 문단들, 지면들을 구성하고 다듬는 데 사 년이 걸렸다. 그리고 그 불쌍한 연초 도매상을 줄거리 상에서 여러 불행한 사건들 속으로 몰아가는 와중에, 작품에 대한 생각에도 다소 변화가 있었다. 우선 나는 허무주의가 아니라 순진함(innocence)이 나의 진짜 주제라는 것과 줄곧 그래 왔었다는 것을 이해하게 되었다. 비록 내 스스로가 너무 순진해서 그 사실을 깨닫지 못했었지만 말이다. 특히, 나는 내가 순진함에 대한 '비관적 태도(tragic view)'라고 불러왔던 것을 더 잘 인식하게 되었다. 즉, 순진함은 위험한 것이고 심지어 죄악이라는 것, 혹은 그럴 수 있다는 것이며, 인위적으로 지속될 경우 그것은 발전을 방해하며, 순진한 사람 본인과 주변 사람들에게까지 잠재적으로 재앙이 된다는 것이다. 또한 개인들에게나 국가에게나 가치 있게 여겨져야 하는 것은 순진함이 아니라 현명한 경험이라는 것이다.

게다가 사전 조사를 하고 문장을 만드는 과정에서 의도하지 않았던 주제도 등장했다. 나의 에브니저 쿠크는 단순히 신세계에서 불행을 겪는 순진한(그리고 순결을 지키기로 결심한) 연초 도매상이기만 한 것은 아니다. 그가 아무리 어리석고, 방향 없이 우왕좌왕하고, 순진한 척을 해도 그는 자신의 재능에 대해서는 아니더라도 자신의 천직에 대해서는 확신을 갖고 있는 작가다. 명목만 남은 순결을 희생함으로써 자신의 잃어버린 영지를 되찾는 동안, 그는 또한 고생 끝에 문학적 삶의 몇몇 사실들을 배우고, 자신의 모든 수사적인 치장과 젠체하는 태도 아래 존재하는 진짜 목소리를 찾으며, 진정한 주제와 자신의 성격에 가장 잘 맞는 형식을 발견한다. 요컨대, 그는 그가 그저 단순하게 자신의 정체성으로 추정했었던 작가가 되어 가는 것이다.

그리고 나 역시 그랬다.

어쩌면 그 이유로 인해 『연초 도매상』은 여러 결함들에도 불구하고, 그것을 구상하고 썼던 일을 기억할 때 내게 가장 만족을 주는 소설로 남아 있다. 그것은 1960년, 내 서른 번째 생일 몇 달 후에 더블데이(Doubleday)에 의해 최초로 출판되었고, 그 판은 그 후 수집가의 소장 항목 같은 것이 되었다. 그 부분적인 이유는 분명 그 판본의 표지 그림을 화가 에드워드 고리(Edward Gorey)가 그렸기 때문이리라. 17세기 말 영어(식민지 아메리카 문헌들에서 종종 엘리자베스 시대의 분위기를 풍기는 영어)의 울림을 갖는 20세기 중반 소설을 번역할 때 발생하는 만만치 않은 문제들에도 불구하고, 그것은 꽤 성공적으로 독일어, 이탈리아어, 폴란드어, 일본어로 번역되어 나왔다. 더블데이는 원판에서 다소 군살을 빼서 다시 출간했는데, 나는 원판보다 약 60페이지 정도 줄어든 그것을 더 좋아한다. 플롯의 중심이라 할 수 있는 단백질은 제거되지 않았고, 단지 몇몇 과도한 언어적 칼로리만 제거되었을 뿐이니까. 그것이 바로 (의사들로부터의 경고가 필요치 않은) 이 『연초 도매상』이며, 나는 그것을 여기서 원 출판자의 간기(刊記) 하에 새로운 판으로 보게 되어 기쁘다.

1987년 메릴랜드 랭포드 크릭에서

존 바스

1부

중대한 내기

1 시인이 소개되고 그의 친구들과 구별되다

1613년이 다 끝나 갈 무렵, 런던 커피 하우스에 자리 잡고 앉아 있는 한량과 얼간이 사이에서 에브니저 쿠크라 불리는 키가 껑충하고 호리호리한 말라깽이 청년 한 명이 눈에 띄곤 했는데, 현명하다기보다는 유능한 편이라 해야겠지만 유능하다기보다는 의욕에 넘치는 그는, 옥스퍼드나 케임브리지에서 수학하고 있다고 소문난 그의 어리석은 친구들과 마찬가지로 모국어인 영어의 의미와 씨름하는 일보다는 그것의 발음을 가지고 장난치는 일에 더 흥미를 느꼈고, 그래서 힘써 학문을 닦는 데 전념하기보다는 운문 짓는 재주를 배워 당시 유행대로 조브니 주피터니를 남발하면서 여기저기 삐걱거리는 어설픈 압운에다 억지스럽게 끼워 맞춘 비유로 장식한 몇 개의 대구(對句)들을 고심하며 지어내곤 했다.

시인이라는 면에서 에브니저는 나중에 자기 후손들 말고는 별반 고귀한 것을 남기지 못한 그의 친구들에 비해 나을 것도 뒤질 것도 없었다. 그러나 그는 네 가지 면에서 그의 친구들과 구별되었다. 첫째는 그의 외모였다. 옅은 머리카락과 눈동자, 깡마른 체격에 수척한 얼굴을 한 그의 신장은 190센티미터나 되었는데, 입고 있는 옷은 옷감과 재단 모두 훌륭했지만, 그것을 길고 깡마른 체구 위에 걸치자 긴 돛대 위에 걸린 돛이 바람이라도 받은 듯 더펄거렸다. 그는 왜가리같이 사지가 가늘고 길어, 앉아 있을 때나 걸어 다닐 때나 관절이 헐거운 사람처럼 자세가 엉거주춤했다. 그가 취하는 모든 자세는 놀란 듯 각져 있었고, 손짓 발짓을 할 때는 도리깨질을 하는 것처럼 보였다. 게다가 그의 얼굴에는 이목구비가 서로 원만하게 지내지 못하는 것처럼 늘 불안한 기색이 엿보였다. 매부리코에, 사냥개 같은 이마, 뾰족한 턱, 핼쑥한 얼굴, 연하늘색 눈동자, 금발의 눈썹 등이 각자의 심보를 가지고 나름의 방식대로 움직이면서 종종 상대방이 느끼기에 그의 당시 기분과는 전혀 관계가 없는 듯한 묘한 형상을 취하곤 했다. 게다가 이러한 형상은 오래가지 않았다. 한 자리에 가만히 있지 못하는 청둥오리처럼 그의 얼굴 표정은 일단 자리를 잡자마자 하! 푸르르 날아오르곤 했고, 훠이! 어찌나 퍼덕거리는지 그 표정 뒤에 무엇이 있는지 아무도 종잡을 수 없었다.

두 번째는 그의 나이였다. 그의 패거리들 대부분이 이제 갓 스물이 될까 말까 한 데 반해 에브니저는 이 장(章)이 시작될 무렵 거의 서른 살에 가까웠다. 그러나 그들보다 조금도 더 현명하지 않았고, 그들보다 6, 7세 정도 많은 나이 때문에 그에 대해 변명조차 할 수 없었다.

세 번째는 그의 출신이었다. 에브니저는 아메리카에서 태어났다. 하지만 그는 아주 어릴 때 이후로 자신의 출생지를 본 적이 없었다. 그의 아버지, 즉 미들섹스 카운티 소재의 필즈에 있는 세인트자일스 교구의 앤드루 쿠크 2세(냉혹한 눈과 곱은 팔, 붉은 얼굴에 흰 턱수염을 기른 거칠게 숨을 몰아쉬는 늙은 호색가)는 그 부친이 예전에 그랬듯이 젊은 시절 메릴랜드에서 한 영국인 제조업자의 중개상 노릇을 했다. 물건을 보는 눈이 있었고, 사람에 대한 안목은 더욱 훌륭했기 때문에 서른 살 무렵에는 찹탱크강변의 약 천 에이커 가량의 좋은 숲과 경작지가 쿠크 영지에 추가되었다. 그는 이 땅이 위치한 곳을 쿠크 포인트라고 불렀고, 그곳에 작은 장원인 몰든을 지었다. 그는 느지막이 결혼해서 쌍둥이, 즉 에브니저와 그의 누이 안나를 낳았는데 그들의 어머니는 (주물(鑄物)이 과도하게 커서 거푸집을 결딴내기라도 한 것처럼) 출산 중에 죽었다. 쌍둥이들이 네 살밖에 안 되었을 때, 앤드루는 몰든을 감독관의 손에 맡기고 영국으로 돌아왔고, 그때부터 상업에 종사하여 자신의 도매상들을 아메리카의 농장에 보냈다. 사업은 번창했고 아이들은 부족한 것 없이 자랐다.

에브니저를 그의 커피 하우스 친구들과 구별시키는 네 번째 특징은 그의 태도였다. 에브니저의 친구들 가운데 필요 이상의 재능을 부여받은 사람은 아무도 없었지만 모이기만 하면 그들은 거드름 피우는 일을 마다하지 않았다. 그들은 자신들의 시를 낭독했고, 당시의 모든 유명한 시인들을 (그리고 일행 가운데 마침 자리에 없는 사람이라면 누구든) 깎아내렸으며, 자신들의 연애 성공담을 자랑스럽게 떠벌리거나, 다른 테이블을 차지하고 있는 사람들도 모두 이 한량들처럼 놀지 않았다면 상당한 눈총을 받았을 그런 태도로 행동했다. 그러나 에브니저 자신은 특이한 외모 때문에 사람들의 눈에 잘 띄긴 했어도 과묵한 편이었고 심지어 냉담해 보이기까지 했다. 아주 가끔씩 수다스러워질 때를 제외하고 그는 좀처럼 친구들의 대화에 자신의 말을 섞지 않았고, 대부분 그저 주위의 다른 새들이 날개를 야단스럽게 다듬는 꼴을 지켜보는 것으로 만족하는 듯한 태도를 취했다. 어떤 사람들은 떨어져 관망하는 듯한 그의 태도를 그가 자신들을 경멸하고 있다는 증거로 보았고, 그래서 각자 자신감의 정도에 따라 위축되거나 분노했다. 혹자는 그것을 겸손함으로 판단했고, 혹자는 수줍음으로, 혹자는 예술적 혹은 철학적인 초연함으로 읽었다. 사실 이들 중 어느 것에라도 해당되었다면 할 이야기가 하나도 없을 것이다. 그러나 우리의 시인이 견지하는 이러한 태도는 사실상 훨씬 복잡한 무엇인가에서 기인한 것이었다. 그리고 이로써 그의 어린 시절, 그가 겪은 모험들, 그리고 그의 죽음에 대해 자세히 이야기하는 일이 정당성을 얻는다.

2 에브니저가 교육받은 주목할 만한 방식과 그에 못지않게 주목할 만한 결과들

에브니저와 안나는 함께 자랐다. 세인트자일스의 영지에는 마침 다른 아이들이 없었기 때문에 그들에겐 서로를 제외하고는 다른 놀이 친구가 없었다. 그래서 유별나게 가까워졌다. 그들은 함께 놀았고 똑같은 교육을 받았다. 앤드루의 재력이 아이들에게 가정교사를 붙여 주기에는 충분했지만 개별적으로 교육시킬 만큼은 아니었기 때문이다. 그들은 심지어 열 살이 될 때까지 한 침대에서 함께 잠을 잤다. 런던 플럼트리가(街)에 있던 집이나 세인트자일스에 있던 집의 공간이 부족했기 때문이 아니라 오랫동안 앤드루의 가정부로 일했고 몇 년 동안 쌍둥이의 가정교사 노릇도 했던 트위그 부인이 애초에 그들이 쌍둥이라는 사실에 너무 집착한 나머지 언제나 둘을 함께 두려 했기 때문이다. 나중에 그들이 성장하고 신체에도 변화가 오자 트위그 부인은 당황하기 시작했다. 그러나 함께하는 생활을 너무나도 즐기게 된 쌍둥이들은 각방을 사용하라는 그녀의 지시를 듣기가 무섭게 이구동성으로 항의했고 그녀도 한동안 그들의 고집을 꺾지 못했다. 결국 앤드루의 명령으로 각방 사용이 강행되었지만, 그들의 방은 바로 옆에 붙어 있었고 두 방 사이의 문은 대화가 가능하도록 항상 열린 상태였다.

이 모든 것에 비추어 볼 때, 각자의 신체에 나타난 성징(性徵)을 제외하고는 사춘기 이후까지도 그 두 아이들의 차이를 거의 발견할 수 없었다는 것은 그리 놀랄 만한 일이 아니다. 두 아이 모두 활발하고 총명하고 행동거지가 발랐다. 안나가 더 대범한 편이었고, 나중에 에브니저의 신장과 근력이 안나를 앞질렀을 때에도 동작이 빠르고 운동신경이 좋은 쪽은 여전히 안나였다. 배드민턴, 카드놀이, 보물찾기, 공기놀이, 술래잡기, 성 쌓기 놀이, 구슬치기 등의 게임을 하고 놀 때도 이기는 쪽은 보통 안나였다. 두 사람 모두 책 읽는 것을 매우 좋아했고, 또 선호하는 책도 똑같았다. 이들은 『오디세이아』와 『변신』, 『순교자전』과 『성인전』과 같은 고전들, 발렌틴과 올슨과 햄튼 출신의 베비스, 그리고 워윅 출신의 가이가 쓴 로맨스들, 로빈후드 이야기와 인내심 많은 그리즐 이야기, 그리고 숲 속에서 주워 온 아이들의 이야기들, 그리고 『악습이라는 귀찮은 유산』, 『젊은이의 경고』, 『즐거운 수수께끼 책』뿐만 아니라 제인웨이의 『아이들을 위한 기념품』, 배칠러의 『처녀의 모범들』, 피셔의 『현명한 처녀』 등 좀 더 근래에 나온 이야기들, 그리고 『순례자 이야기』와 키치의 『악마와의 전쟁』 등 출판된 지 얼마 안 된 책들을 읽었다. 아마도 앤드루가 장사에 정신이 덜 팔려 있거나 트위그 부인이 자신의 종교와 관절염과 다른 하인들에게 위세를 부리는 일에 조금만 더 소홀했더라면, 안나는 인형과 자수틀에, 그리고 에브니저는 사냥과 펜싱 기술을 완전히 습득하는 데 매여 있었을 것이다. 그러나 그들은 어른들이 내린 지침들을 좀처럼 따르는 법이 없었고, 그래서 여자아이에게 적합한 활동과 남자아이에게 적합한 활동들을 구별하지 않고 놀았다.

그들이 가장 좋아하는 놀이는 역할 놀이였다. 집 안에서건 밖에서건 그들은 해적, 군인, 성직자, 인디언, 궁정 대신, 거인, 순교자, 귀족 혹은 그들의 상상력을 사로잡은 다른 인물들이 할 법한 행동과 대화를 고안해 내면서 몇 시간이고 역할 놀이에 몰두했다. 어떤 때에는 똑같은 역할을 며칠 동안 계속했고, 어떤 때에는 그저 몇 분 동안 하다 말기도 했다. 에브니저는 특히 어른들 앞에서 어떤 신분을 가장하여 연기하는 데 발군의 실력을 발휘했다. 하지만 안나에게만은 겉으로 보기에 무심한 어떤 몸짓이나 말로 자신이 누구를 가장했는지를 알려 주었고, 그녀는 그것을 보면서 몹시 즐거워했다. 예를 들어 그들이 어느 가을날 아침 과수원에서 아담과 이브 놀이를 하며 보냈는데 저녁 식사 중에 아버지가 그곳은 진흙투성이므로 다시는 그곳에 가지 말라고 명령한다면, 에브니저는 알아듣겠다는 듯이 고개를 끄덕이며 다음과 같이 대답하는 것이었다. "진흙이 문제가 아니에요. 저는 뱀도 본걸요." 그러면 어린 안나는 숨을 훅 들이마시고는 단언하곤 했다. "저는 그걸 보고도 놀라지 않았어요. 하지만 에벤의 이마는 그 후 계속 땀에 젖어 있었는걸." 그러고는 그녀의 오빠에게 빵을 건네는 것이었다. 밤이 되어 각자의 방으로 들어가기 전에, 그리고 들어간 후에도 그들은 계속해서 역할 놀이를 하거나(물론 이것은 대화에 한정되어 있었고, 그들은 말로 하는 역할 놀이는 어둠 속에서도 쉽게 할 수 있다는 것을 알았다.) 혹은 단어 게임을 했다. 그들이 하는 단어 게임은 이를테면 "너는 S로 시작하는 단어를 얼마나 많이 알고 있지?" 혹은 "'faster(패스터)'와 각운을 이루는 단어는?" 등과 같은 간단한 것에서부터 정교한 암호, 역(役) 발음, 그리고 그들이 좀 더 자랐을 때 집에서 고안해 낸 여러 가지 말들에 이르기까지 매우 다양했다.

1676년에 쌍둥이가 열 살이 되자 앤드루는 아이들을 위해 헨리 벌링검 3세라는 가정교사를 새로 고용했다. 그는 단단한 몸과 갈색 눈을 가진 정력적이고 열정적이며 잘생긴 이십대 초반의 청년이었다. 이 벌링검이라는 사람은 어떤 이유에서인지 학사 학위는 취득하지 못했지만, 재능의 범위와 깊이로 보자면 아리스토텔레스에 약간 못 미치는 정도로 훌륭했다. 앤드루는 제대로 먹지도 못한 채 직업도 없이 거리를 전전하던 그를 런던에서 발견했고, 그래서 언제나 그랬듯 훌륭한 사업 수완을 발휘하여, 저렴한 비용으로 자신의 아이들에게 들쥐를 해부하거나 ειμι[1]의 어미를 변형시키는 것만큼 쉽게 제수알도[2]의 마드리갈[3]을 부를 줄 아는 가정교사를 댈 수 있게 되었다. 쌍둥이는 곧 그를 좋아하게 되었고 몇 주가 지나지 않아 그 역시 그들에게 너무나도 애착을 갖게 되어 앤드루가 월급은 전혀 올리지 않는다는 조건으로 세인트자일스 영내의 작은 여름 별관을 실험실이자 숙소로 개조하여 사용하는 것을 허락하자 기뻐서 어쩔 줄 몰라 했다. 자신의 모든 관심을 학생들에게 쏟을 수 있게 되었기 때문이다.

---

1) 에미, '~이다'라는 뜻의 그리스어.

2) 돈 카를로 제수알도(Don Carlo Gesualdo, 1560~1613년). 이탈리아의 르네상스 시대를 대표하는 마드리갈 작곡가.

3) 14세기와 16세기 이탈리아에서 성행한 세속 성악곡.

그는 두 아이 모두 배움이 빠르고 특히 자연 철학, 문학, 작문, 음악에 소질이 있는 반면 언어, 수학, 역사에서는 다소 떨어진다는 것을 발견했다. 그는 심지어 그들에게 춤추는 법도 가르쳐 주었다. 비록 에브니저는 열두 살쯤 되자 춤을 멋지게 추기에는 너무 볼품없는 몸을 지니게 되었지만 말이다. 그는 우선 에브니저에게 하프시코드로 멜로디 연주하는 법을 가르쳐 주었다. 그리고 에브니저의 반주에 맞추어 스텝을 완전히 익힐 때까지 안나를 반복해서 철저하게 가르쳤다. 그다음에 그는 안나가 그녀의 오빠에게 스텝을 가르쳐 줄 수 있도록 에브니저 대신 악기를 연주했다. 그렇게 해서 두 아이들 모두 춤을 배우면, 마지막으로 안나가 하프시코드로 곡조를 완전히 습득할 수 있도록 에브니저가 도와주곤 했다. 이 체계의 효율성도 효율성이지만 이것은 또한 벌링검 선생의 세 가지 교수법 가운데 두 번째에 부합하는 것이었다. 즉 사람들은 어떤 것을 가르침으로써 그것을 가장 잘 배울 수 있다는 것이다. 그의 첫 번째 교수법은 필요, 야망, 호기심 등 무언가를 배우기 위한 세 가지 통상적인 동기들 가운데에서 단순한 호기심이 가장 계발할 가치가 있다는 것이다. 호기심은 (배움을 자극하는 것이 도구적인 가치보다는 목적적인 가치를 갖는다는 점에서) '가장 순수할 뿐 아니라' 피상적이고 제한적인 공부보다는 철저하고 지속적인 공부에 가장 도움이 되며, 공부를 어려운 것이 아니라 즐거운 것으로 만들 수 있기 때문이다. 세 번째 원칙은 나머지 두 가지 원칙과 밀접하게 관련이 있는데, 즉 학생과 선생 모두 똑같이(벌링검의 체계에서는 학생과 선생 사이에 구별이 별로 없다.) 가르치고 배우는 재미를 어떤 특정한 시간이나 장소와 연계시켜서는 안 된다는 것이다. 그것은 그들이 그러한 시간과 장소에서 벗어났을 때, 자신의 주의력 역시 벗어던지는 못된 습관에 빠져서 암암리에 배움과 다른 종류의 자연스러운 행동 사이에 어떤 유해한 구분을 만들지 않게 하기 위해서였다.

그렇게 해서 쌍둥이의 교육은 아침부터 밤까지 계속되었다. 벌링검은 그들의 역할 놀이에 기꺼이 참여했고 할 수만 있다면 그들의 단어 게임을 지도하기 위해 함께 잠을 자는 것도 마다하지 않았을 것이다. 그의 체계는 모든 학생들로 하여금 발을 차가운 물에 담그게 하곤 했던 로크식의 규율은 결여되어 있는지 몰라도 그보다 훨씬 더 재미있었다. 에브니저와 안나는 선생을 사랑했다. 그리고 그들 셋은 훌륭한 동무였다. 역사를 가르치기 위해 그는 아이들의 역할 놀이를 역사적인 사건 속으로 유도했다. 지리에 대해 아이들이 흥미를 잃지 않도록 그는 이국적인 사진들과 모험 이야기들을 풀어놓았다. 논리력을 훈련시키기 위해 그들로 하여금 마치 누군가가 던진 수수께끼를 풀듯이 제노의 역설에 대해 곰곰이 생각하게 했고, 우주의 진리와 가치를 탐구하는 것이 마치 '누가 단추를 가졌는가' 게임인 양 그들에게 데카르트의 회의론을 즐겁게 숙지케 했다. 그는 그들에게 백리향의 잎과 팔레스트리나[4]의 윤곽과 카시오페이아 별자리와 정어리의 비늘과

4) 이탈리아 로마 근교의 도시.

‘indefatigable(인디패티거블)’을 발음할 때 나는 소리와 삼단 논법의 정밀함에 대해 호기심을 갖도록 가르쳤다.

이러한 교육의 결과, 쌍둥이들은 세계에 상당히 매혹되었다. 특히 에브니저가 그랬다. 왜냐하면 안나는 대략 열세 살 생일 이후로 점차 얌전해지고 내성적으로 변하기 시작했기 때문이다. 그러나 에브니저는 제비가 급강하하는 모습만 보아도 전율을 일으키고, 거미줄을 보거나 오르간 발판에서 붕붕거리는 소리만 들어도 눈물이 나도록 웃고, 볼폰의 재치, 팽팽하게 긴장된 바이올린의 음색 혹은 피타고라스 정의의 진리로 인해서도 갑작스럽게 눈물을 터뜨릴 만큼 감동하곤 했다. 열여덟 살쯤 되자 그의 신장과 볼품없는 모습은 최고조에 달했다. 그는 소심하고 서툴기 짝이 없는 젊은이였다. 이 무렵 그의 상상력은 누이동생을 훨씬 능가했지만 육체적인 아름다움에 있어서는 그녀를 따라갈 수 없었다. 그들은 쌍둥이라 이목구비가 거의 비슷했지만, 마치 영리한 작가가 교묘한 손질로 아름다운 스타일을 패러디하듯이 자연이 그들에게 미묘한 변화를 가미하여 안나를 사랑스러운 숙녀로, 그리고 에브니저를 눈을 부릅뜬 허수아비로 만들어 놓는 것이 적당하다고 여긴 탓이다.

에브니저는 열여덟 살 때 케임브리지에 입학할 준비를 마쳤는데, 이때 벌링검이 그와 동행할 수 없었던 것은 안타까운 일이다. 왜냐하면 훌륭한 선생은 자신이 겪은 이론과 상관없이 잘 가르치기 마련이고 벌링검의 이론이 유별나게 매력적이었던 것인 듯해도 완전한 교육 방식이란 없는 법이기 때문이다. 그리고 에브니저가 역사에서 그리스 신화와 서사시를 통해 얻는 것과 같은 종류의 즐거움을 찾게 되어, 말하자면 지도책의 지리와 동화 속 지리에 거의 혹은 전혀 구별을 두지 않게 된 것은 적어도 부분적으로는 그의 교수법 때문이었다는 것을 인정해야 한다. 그에게 배움이란 그렇듯 즐거운 게임이었기 때문에 그는 동물학 혹은 노르만 정복과 같은 사실들을 진짜 심각하게 대할 수 없었고, 또한 지루한 과제와 꾸준히 씨름할 수 있도록 스스로를 단련시키지도 못했다. 세상에 대한 그의 굉장한 상상력과 열정조차도 그의 한껏 들뜬 우유부단함과 결합되자 더 이상 미덕이라고만 볼 수는 없게 되어 버렸다. 왜냐하면 그러한 미덕은 그에게 특정한 실제 세계의 자의성은 민감하게 감지할 수 있게 했지만, 그에 상응하는 실제 세계의 완결성에 대한 깨달음은 부여하지 않았기 때문이었다. 예를 들어 그는 "프랑스가 찻주전자처럼 생겼다."는 것을 매우 잘 알고 있었다. 그러나 그는 바로 그 순간에도 자신이 그들에 대해 생각을 하든 안 하든 실제로 프랑스라는 장소가 존재하여 그곳에서는 사람들이 프랑스어를 말하고 달팽이를 먹는다는 사실, 그리고 상상 가능한 형태가 사실상 무한하다 하더라도 이 프랑스라는 곳이 영원히 계속해서 찻주전자를 닮아 있을 거라는 사실을 좀처럼 받아들일 수가 없었다. 뿐만 아니라 비록 그리스와 로마에서 일어난 모든 일들이 재미있는 것은 사실이지만, 그는 그것이 사건들이 발생하는 유일한 방식이라는 견해를 터무니없는 데다 거의 생각할 수조차 없는 것이라고 여겼고, 그래서 그렇게 생각하는 것만으로도 초조해지고 짜증이 났다.

만약 계속해서 가정교사의 지도를 받을 수 있었다면, 그는 적시에 이러한 결점들을 극복할 수 있었을지도 모른다. 그러나 1684년 7월의 어느 날 아침, 앤드루가 아침 식사 도중에 간단하게 다음과 같이 선언했다. "오늘은 여름 별관에 갈 필요 없다, 에브니저. 너의 수업은 끝났어."

두 아이들이 놀라서 쳐다보았다.

"그렇다면 헨리가 우리를 떠난다는 말씀인가요?" 에브니저가 물었다.

"바로 그렇다. 사실, 내가 크게 잘못 안 게 아니라면 그는 이미 떠났을 거다." 앤드루가 대답했다.

"하지만 왜요? 작별 인사도 없이요? 그는 우리에게 떠난다는 말을 한 마디도 한 적이 없단 말이에요!"

"수선 떨지 마라." 앤드루가 말했다. "그깟 선생 하나 때문에 울기라도 할 작정이냐? 이번 주가 아니라면 다음 주에라도 그렇게 되었을 거야. 너와 그의 인연은 끝났다."

"너도 알고 있던 일이니?" 에브니저가 안나에게 물었다. 그녀는 고개를 가로젓고는 방에서 뛰쳐나가 버렸다. "아빠가 그를 쫓아내셨나요?" 그가 믿을 수 없다는 듯이 물었다. "왜 그렇게 갑자기요?"

"이런, 세상에!" 앤드루가 외쳤다. "네가 이미 이 정도 나이를 먹었으니, 이런 성가신 일을 만드느니 그놈 같은 골칫거리는 진작 쫓아냈을 거다! 그 녀석이 할 일은 끝났고 나는 그를 해고했어. 그걸로 끝이다! 만약 그놈이 그 즉시 떠나기로 했다

해도 내 알 바 아니고. 나는 너처럼 이렇게 울고불고 난리 치는 것보다 그 편이 더 사내다운 일이라고 말해야겠구나!"

에브니저는 즉시 여름 별관으로 갔다. 정확히 거의 모든 것이 전에 있던 그대로였다. 반쯤 해부된 개구리는 작업 테이블에 놓인 너도밤나무 널빤지 위에서 핀에 꽂혀 있었고 책과 종이가 책상 여기저기 펼쳐져 있었으며 반쯤 물이 담긴 찻주전자까지도 벽난로 위 선반에 놓여 있었다. 에브니저가 믿지 못하겠다는 듯이 주위를 둘러보고 있을 때 안나가 눈물을 닦으며 다가왔다.

"사랑하는 헨리!" 에브니저 역시 눈가에 눈물을 그렁그렁 담은 채 슬퍼했다. "이게 웬 날벼락 같은 일이니! 그 없이 우린 이제 어떡하지?"

안나는 아무런 대답 없이 달려가 오빠를 껴안았다.

이런 이유에서건 혹은 다른 이유에서건 오래지 않아 아버지와 안나에게 작별을 고하고 케임브리지의 막달레나 대학에서 자리를 잡은 에브니저는 형편없는 학생이 되고 말았다. 그는 뉴턴의 강의록인 『운동에 관하여(De Motu Corporum)』를 가지러 도서관에 가서는 대신 네 시간 동안 에스퀴멜링의 『해적의 역사』나 라틴 우화집 따위만 읽어 대곤 했다. 그는 학생들의 장난이나 운동 경기에 끼는 일이 거의 없었고 친구들도 별로 사귀지 않았으며 교수들로부터도 전혀 주목을 받지 못했다.

비록 당시에는 깨닫지 못했지만 그가 뮤즈라는 등에에 심하게 물린 것은 바로 2학년 때였다. 당시만 해도 그가 자신을 시인으로 여기지 않은 것은 분명했다. 하지만 이를테면 그는 선생들이 펼치는 철학적 유물론을 비판하는 난해하고 장황한 논의를 들을 때에도 공책에 다음과 같은 시나 끼적이다가 강의실을 떠나곤 했는데 바로 이때부터 그렇게 된 것이었다.

옛날 플라톤은 마음과 물질 모두를 보았지만
토머스 홉스는 후자만 보았다.
이제 불쌍한 톰의 영혼은 지옥 불 속에서 타고 있다.
신은 어깨를 으쓱하며 말한다.
"그건 비물질이거든."

혹은

미덕, 진실 그리고 모든 것의 원천은
인간 각자의 본성의 빛이다.

예상할 수 있듯이, 이러한 고민에 사로잡힐수록 점점 더 그는 학업에 어려움을 겪었다. 그의 머릿속에서는 역사의 개요가 그저 은유의 재료일 뿐이었다. 베이컨, 홉스, 데카르트, 스피노자, 라이프니츠, 로크 같은 당대의 철학가들에 대해서는 그래도 조금 공부를 했다. 이보다는 덜하지만 케플러, 갈릴레오, 뉴턴 같은 당대의 과학자들에 관해서도 조금은 관심을 가졌다. 하지만 허버트 경, 커드워스, 모어, 스미스, 글랜빌과 같은 당대의 신학자들에 대해서는 전혀 공부하지 않았다. 반면

『실락원』이나 『휴디브라스』는 샅샅이 꿰고 있었다. 난감하게도 3학년 말에 그는 여러 시험에서 낙제했고 자칫하면 대학을 중퇴해야 할 상황에 직면했다. 그러나 어떻게 해야 한단 말인가? 세인트자일스로 돌아가 그 무서운 아버지에게 이 사실을 얘기한다는 것은 생각하기도 싫은 일이었다. 그는 조용히 모습을 감추고 사람들의 시야에서 벗어나 넓은 세상에서 자신의 운명을 개척해야 할 것이었다. 그러나 어떤 방식으로 그렇게 한다는 말인가.

여기, 이러한 문제를 다루는 데 있어 그가 느끼는 어려움에서 벌링검의 매력적인 교수법이 낳은 심오한 효과가 뚜렷하게 나타난다. 책 속의 인물이든 책 밖의 인물이든 기술과 이해력을 가지고 무언가를 할 수 있는 사람들은 누구든 에브니저의 상상력을 자극했다. 그는 숙련된 매사냥꾼, 학자, 석공, 굴뚝청소부, 창녀, 해군 장성, 소매치기, 돛 꿰매는 사람, 술집 여급, 약종상, 포수 등 그들 모두에게 똑같이 감동하여 존경할 준비가 되어 있었다.

아, 이런, 그는 안나에게 보내는 편지에서 이 시기에 대해 다음과 같이 썼다.

> 직업을 선택하는 것은 쉬운 일이야. 하나를 선택해서 평생 그걸로 먹고산다면 말이야! 나는 오십 년 동안은 변호사 노릇을, 오십 년 동안은 도둑질을, 오십 년 동안은 판사 노릇을 할 테야! 사랑하는 누이야, 모두 멋진 길이란다. 어떤 직업이 특별히 다른 것보다 낫다고는 할 수 없어. 그래서 사람이 오직 한

가지 삶밖에 살 수 없다면, 나는 수중에 바지 한 벌 살 돈밖에 없이 양복점에 들른 벌거숭이 남자나, 책 한 권 겨우 살 만한 돈을 가지고 책방에 들른 학자와 마찬가지 심정일 거야. 열 개를 선택하라면 문제가 없지만, 하나를 선택하는 건 불가능해! 모든 직업들이 내겐 근사해 보여. 하지만 그들의 우열을 가릴 수는 없거든. 소중한 안나, 나는 선택을 할 수가 없단다. 이럴까 저럴까 망설이느라고 하나도 선택하지 못하겠어!

그는 말하자면 기질적으로 어떤 직업도 내켜하지 않았다. 그리고 더 심각한 것은 (그것은 곤경이라고 할 만한 정도는 아니기 때문에) 그가 일관되게 어떤 특정한 유형의 인간이 아닌 듯 보였다는 점이다. 케임브리지에서 그리고 문학 속에서 그가 관찰한 다양한 기질과 성격 들은 다양한 필생의 사업들만큼이나 그에게 매혹적이었고, 그것들 사이에서 어떤 선택을 하는 것은 어려운 일이었다. 그는 쾌활하건, 무기력하건, 신경질적이건, 우울하건, 심술궂건, 균형 잡힌 인간이건, 바보이건 현자이건, 열성적인 사람이건 시대에 뒤진 사람이건, 수다스럽건 과묵하건, 그리고 가장 선택하기 어려운 것인데, 일관적인 사람이건 그렇지 않은 사람이건 모두 똑같이 동경했다. 마찬가지로 그에게는 뚱뚱한 것은 마른 것만큼, 키가 작은 것은 큰 것만큼, 평범하게 생긴 것은 잘생긴 것만큼 좋아 보였다. 에브니저가 처해 있는 상황을 완벽한 난국으로 만든 것은 (아마도 그것은 앞서 말한 것들의 결과일 텐데) 그는 적어도 개념적으로는 세상의 어떤 철학으로도, 심지어 시적으로 착상된 것이

거나 매력적으로 진술된 어떤 강한 의견으로도 설득될 수 있다는 점이었다. 왜냐하면 그는 감정적으로 어떤 것에도 편파적으로 미리 기울어져 있지 않은 듯했기 때문이다. 세상이 물로 되어 있다는 탈레스의 선언은 공기로 되어 있다는 아낙시만드로스의 주장이나 불로 되어 있다는 헤라클레이토스의 주장, 이 세 가지에 먼지를 더한 것으로 되어 있다는 엠페도클레스의 주장만큼이나 괜찮은 견해였다. 그리고 홉스가 견지했듯이 모든 것은 물질이거나, 일부 로크의 추종자들이 주장했듯이 모든 것이 마음이거나 간에 우리의 시인에게는 모두 똑같이 그럴듯해 보였다. 그리고 윤리학으로 말하자면, 만약 그가 한 번에 한 가지가 아니라 세 가지 모두가 될 수 있었다면 그는 기꺼이 한 번은 성자로, 한 번은 무시무시한 범죄자로, 그리고 한 번은 그 둘 사이의 중간쯤 되는 인물로 살다가 죽었을 것이다.

이 남자는 벌링검의 영향과 자신의 천성적인 기질 덕분에 여러 가능성들의 아름다움에 현기증을 느꼈다. 그는 그 아름다움에 눈이 부셔 선택을 향해 손을 뻗었고 볼품없는 표류화물처럼 선택의 조수에 반쯤 만족한 채 휩쓸려 다녔다. 학기는 끝났지만 그는 케임브리지에 머물러 있었다. 일주일 동안 그는 방 안에서 손에 잡히는 대로 책을 읽으며, 그리고 이미 중독이 되어 버린 담배를 연달아 피워 대면서 나른하게 늘어져 있었다. 결국은 독서도 불가능해졌고 흡연은 너무나 성가신 일이 되었다. 그는 방 안을 쉬지 않고 서성거렸다. 언제나 머리가 곧 아플 것 같았지만 진짜로 아프기 시작하는 법은 결코 없었다.

마침내 어느 날 그는 애써 옷을 입거나 음식을 먹으려고도 하지 않았고, 그저 잠옷 바람으로 미동도 없이 창가에 앉아서 아래 거리에서 일어나는 움직임들을 멍하니 응시하고 있었다. 몇 시간 후에 그의 주책없는 방광이 움직여 달라고 신호를 보냈을 때에도 그는 어떤 동작을 취해야 할지 아예 선택조차 할 수가 없었다.

3 에브니저가 구원받고 아이작 뉴턴 및 다른 명사들이 등장하는 재미있는 이야기를 듣다

다행히도, (그렇지 않았다면 그의 앉은 자리가 푹 젖어 버렸을 테니까) 저녁 식사 시간이 조금 지나서 문 쪽에서 들리는 갑작스러운 소리에 에브니저는 범상치 않은 무아지경에서 깨어났다.

"에벤! 에벤! 빨리 문 좀 열어 주게!"

"누구시죠?" 놀라서 벌떡 일어나며 에브니저가 물었다. 케임브리지에는 그를 방문할 만한 친구가 없었기 때문이다.

"일단 문을 열어 보게." 방문객이 웃으며 소리쳤다. "하지만 서둘러야겠어. 부탁하네!"

"조금만 기다리세요. 옷을 입어야 해요."

"뭐라고? 옷도 입지 않았다고? 놀겠군. 어쩌면 그렇게 게으를 수 있나! 이봐, 상관없네. 당장 들어가야겠네!"

에브니저는 이내 그 목소리를 알아차렸다. 그것은 그가 삼 년 동안 듣지 못한 목소리였다.

"헨리!" 그가 소리를 지르며 문을 활짝 열었다.

"나 말고 또 누구겠나." 벌링검이 그의 손을 꽉 잡으며 웃었다. "저런, 자네 자란 꼴 좀 보라지! 180센티미터는 거뜬히 넘겠는걸! 그런데 지금 이 시간까지 침대에서 뒹굴고 있다니!" 그는 젊은이의 이마를 짚어 보았다. "열은 없는데. 이 녀석, 어디가 아픈 거야? 자, 자, 상관없어. 잠시만……." 그는 창가로 달려가더니 조심스럽게 길 아래쪽을 엿보았다. "아, 저기 저 악당이 있군! 저쪽에 말이야, 에벤!"

에브니저도 서둘러 창가로 왔다. "뭔데 그래요?"

"저기, 저기!" 벌링검이 길 쪽을 손가락으로 가리켰다. "저기 조그만 술집 옆을 지나가고 있잖아! 자네 저 히코리 나무 지팡이를 짚고 있는 신사 알지?"

얼굴이 긴 중년 남자가 대학 교수 가운을 입고 길 아래쪽으로 걸어가고 있었다.

"아뇨, 저 사람은 막달레나 대학 사람이 아닌데요. 얼굴이 낯설어요."

"여보게, 창피한 줄 알게. 그리고 잘 봐. 트리니티 대학의 아이작, 바로 그 사람 아닌가."

"뉴턴!" 에브니저가 좀 더 유심히 주시했다. "그를 본 적은 한 번도 없어요. 하지만 소문을 듣자 하니 왕립학회가 그의 책을 이 달 안으로 출판할 거라고 하더군요. 그 책에서 우주 전체의 작용에 관해 설명한다지요. 이거, 당신이 서두른 덕분에 좋은 구경했는데요. 그런데 혹시 방금 그를 악당이라고 부르지 않았나요?"

벌링검은 또 웃었다. "난 그 때문에 서두른 게 아냐, 에벤. 나는 이 십오 년 세월 동안 내 얼굴이 달라졌기를 신에게 기도했네. 자네 집 현관에 도달하기도 전에 아이작에게 들키면 큰일 아닌가."

"설마 그를 알고 있다는 얘기는 아니겠죠?" 에브니저는 상당히 감동하여 물었다.

"그를 알고 있느냐고? 그에게 강간당할 뻔한 적도 있는걸. 잠깐만!" 그는 창문에서 물러섰다. "그를 잘 지켜보고 있다가 만약 그가 자네 집 문 쪽으로 들어서면 내게 탈출 방법을 알려 주게."

"어려울 것 없어요. 이 방의 문은 뒤쪽의 출입 층계로 통하니까요. 도대체 무슨 일이에요, 헨리?"

"놀라지 말게." 벌링검이 말했다. "이건 아주 재미있는 이야기야. 곧 모두 말해 주겠네. 그가 오고 있나?"

"잠시만요. 그가 지금 막 우리 맞은편에 왔어요. 저기, 아니, 잠깐만요. 다른 교수에게 인사를 건네고 있군요. 라틴어 학자인 배글리예요. 자, 이젠 가던 길을 계속 가는데요."

벌링검이 창문 쪽으로 왔다. 두 사람은 그 위대한 인간이 계속해서 걸어가는 것을 지켜보았다.

"자, 이제 더 이상 뜸 들이지 말아요, 헨리." 에브니저가 다그쳤다. "이러한 숨바꼭질은 다 뭐며, 삼 년 전 그렇듯 냉정하게 우리 곁을 서둘러 떠난 이유가 뭔지 지금 당장 털어놓지 않으면 나는 궁금해서 말라 죽을지도 몰라요."

"그래, 다 말하지." 벌링검이 대답했다. "단, 우선 자네가 옷을 챙겨 입고, 뭘 좀 먹고 마실 만한 곳으로 날 안내한 뒤, 자네 자신의 상황에 대해 먼저 상세하게 설명을 해 줘야 해. 여기서 변명거리를 찾아야 할 사람은 나 혼자만이 아니니까."

"아니! 그렇다면 내가 낙제한 사실을 알고 있다는 얘긴가요?"

"그럼. 그리고 도대체 어떻게 된 건지 알아보러 왔어. 어쩌면 자네에게 몇 가지 따끔한 충고를 해 줄 수도 있을 테니까."

"하지만 어떻게 알았죠? 안나 외에는 아무에게도 말한 적이 없는데."

"자, 자, 모든 걸 곧 알게 될 거야. 맹세하지. 그러나 백포도주와 양고기를 입에 넣기 전에는 한 마디도 않겠네. 흥분해서 일을 망치지 말게. 자, 가자고!"

"아, 정말이지 당신은 바람 같은 사람이에요, 헨리." 에브니저가 말했다. 그리고 옷을 입기 시작했다.

그들은 근처의 선술집으로 갔다. 거기서 순한 맥주를 마시며 저녁 식사를 한 후, 에브니저는 대학에서 낙제한 일과 그 후 아무 결정도 못 내린 채 갈등하고 있는 상황을 최선을 다해 설명했다. 그는 다음과 같이 결론지었다. "그러니까 요점은 제가 어떤 중요한 문제에 대해서 아무런 결정을 내리지 못한다는 거예요. 정말이지 헨리, 내게 당신의 조언이 얼마나 절실한지 아세요! 당신이라면 어떤 고민거리도 해결해 줄 수 있을 텐데!"

"아니." 벌링검이 말했다. "내가 자네를 얼마나 사랑하는

지 자네도 알 거야, 에벤. 그리고 내가 자네의 고통을 내 것처럼 느낀다는 것도. 하지만 맹세컨대, 충고는 자네의 병에 그리 좋은 약이 아니라네. 두 가지 이유 때문이지. 우선 그런 문제가 가진 논리상, 정도는 다르지만 선택은 여전히 자네 몫이라는 거야. 내가 만약 자네에게 함께 런던으로 가자고 말한다면, 자네는 내 조언을 따를 것인지 또 선택해야 해. 그리고 더 나아가 내가 자네에게 내 첫 번째 충고를 따르라고 한다 해도 자네는 여전히 내 두 번째 조언을 따를 것인지를 선택해야 해. 그런 식으로 무한히 계속된다면 자네는 결국 아무런 결론에도 도달하지 못할 거야. 둘째, 자네가 내 조언을 따르지 않는 것을 선택할 수 있다고 해도, 그것으로 문제가 해결되는 건 아냐. 그저 기댈 수 있는 버팀목에 불과하지. 그것은 자네를 두 발로 서게 할 수는 있어도 발을 떼어 앞으로 나아가게 할 수는 없네. 이건 심각한 문제야, 에벤. 내가 걱정하는 것은 바로 그 점이야. 자네가 낙제한 일에 대해 스스로 어떻게 생각하나?"

"솔직히 아무런 의견도 없어요." 에브니저가 말했다. "여러 가지 상상은 가능해도 말이지요."

"그리고 이렇게 우유부단하다는 것, 자네의 이런 성격에 대해서는 어떻게 느끼고 있지?"

"글쎄요, 모르겠어요! 그저 궁금할 뿐이에요."

벌링검은 얼굴을 찌푸리고 근처에서 일하던 종업원에게 담배 한 대를 주문했다. "내가 자네를 찾아냈을 때, 자네는 정말이지 무관심 그 자체더군. 학사 학위를 잃고도 화가 나거나 가슴이 아프지 않던가? 학위를 거의 딸 뻔했는데 말이야."

"어느 정도는 그랬겠죠." 에브니저가 미소를 지으며 대답했다. "하지만 내가 가장 존경하는 사람은 그것 없이도 잘 살았죠, 안 그래요?"

벌링검이 웃었다. "이 사람아, 보아하니 이제 내가 자네에게 많은 사연을 얘기해야 할 시간이로군. 나도 역시 자네가 앓고 있는 병 때문에 어릴 때부터 고생했다는 사실을 알려 주면 자네에게 위안이 되겠나?"

"아니요, 그럴 리가요." 에브니저가 말했다. "나는 한 번도 당신이 머뭇거리는 모습을 본 적이 없는걸요, 헨리. 당신은 우유부단함과는 완전히 정반대의 인간이잖아요! 바로 그 때문에 내가 당신을 부러워하는 거고요. 나는 애초에 그런 자신감을 갖기는 틀렸지만요."

"날 보고 절망할 게 아니라 오히려 희망을 갖도록 하게. 가벼운 홍역은 비록 인간의 얼굴에 흉터를 남기지만 이후 그를 그 병으로부터 영원히 안전하게 지켜 주듯이 변덕을 부리고 관심의 대상을 주기적으로 바꾸는 것은 결함이긴 해도 더 큰 해를 입히는 우유부단함으로부터 인간을 보호해 주거든."

"'변덕'이라고요, 헨리?" 에브니저가 놀라서 물었다. "그럼 당신이 우리를 떠난 것도 변덕 때문이었다는 건가요?"

"자네가 생각하는 그런 의미로서는 아냐." 벌링검이 말했다. 그는 1실링을 꺼내 맥주 두 잔을 더 주문했다. "내가 고아라는 건 알고 있었나?"

"그야, 그렇죠." 에브니저는 의아한 듯 물었다. "당신의 말을 듣고 보니 내가 알고 있었던 것 같아요. 우리에게 얘기한 적이 있는지는 기억이 안 나지만요. 어쩌면 우리는 그저 그렇게 짐작했는지도 모르죠. 그러고 보니 헨리, 그렇게 오랫동안 알고 지냈는데도 사실 당신에 대해 아는 것이 전혀 없네요, 그렇죠? 당신이 언제 태어났는지, 어디에서 자랐는지 혹은 누구의 손에서 자라났는지 전혀 아는 게 없어요."

"내가 왜 인사도 없이 자네를 그렇게 떠났는지, 어떻게 내가 자네의 낙제 소식을 들었는지, 혹은 왜 내가 위대한 뉴턴 선생을 피해 달아났는지에 대해서도 말이지." 벌링검이 덧붙였다. "뭐 좋아. 그렇다면 나와 함께 한잔 쭉 들이켜자고. 내가 그 수수께끼를 곧 벗겨 줄 테니까. 그렇지, 그래야지!"

그들은 쭉 들이켰다. 그리고 벌링검은 이야기를 시작했다.

"내가 어디에서 태어났는지, 심지어 언제 태어났는지조차 이제는 기억이 가물가물해. 아마도 1654년경이었을 테지만 말이야. 어떤 여자가 날 낳았는지, 혹은 어떤 남자가 날 임신시켰는지에 대해서는 더더욱 알 수가 없어. 나는 브리스톨 출신의 선장과 그 아내의 손에서 자랐어. 그들 부부의 이름은 새먼이었지. 에이버리 새먼과 멜리사 새먼. 그들에게는 아이가 없었어. 나는 아마도 미국 아니면 서인도제도에서 태어났던 것 같아. 왜냐하면 내가 기억할 수 있는 가장 오래전 일은 내가 세 살도 채 안 되었을 때 항해를 하던 일이거든."

"놀라워요!" 에브니저가 감탄했다. "당신의 어린 시절이 그렇게 색다르리라고는 꿈에도 생각하지 못했어요! 그렇다면 어쩌다 벌링검이라고 불리게 된 거죠?"

벌링검이 한숨을 쉬었다. "아, 에벤, 지금까지 자네가 나의 출신에 대해 별로 궁금해하지 않았던 것처럼, 나 역시 너무나 늦게까지 그래 왔어. 나는 내가 기억하는 한 벌링검이었어. 그리고 아이들이 보통 그렇듯이, 그것에 대해 딱히 궁금해할 필요도 없다고 생각했지. 비록 이날 이때까지 그런 성을 가진 다른 사람들을 만나 본 적이 없지만 말이야."

"새먼 선장에게 당신을 맡긴 사람이 바로 당신의 부모님일 거예요!" 에브니저가 말했다. "아니면 당신의 이름을 알고 있던 친척일 수도 있고요."

"이보게 에벤, 나라고 그런 경우를 고려해 보지 않았겠나? 나는 나의 불쌍한 선장이나 상냥한 멜리사와 단 오 분간만이라도 대화할 수 있다면 손 한쪽이라도 기꺼이 내놓겠네. 하지만 나의 호기심은 심판의 그날까지 미뤄야 하네. 왜냐하면 그들은 모두 무덤 속에 있거든."

"불행한 사람!"

벌링검의 이야기는 계속되었다. "어린 시절 내내 나의 목표는 오로지 새먼 선장처럼 뱃사람이 되는 거였어. 배가 나의 유일한 장난감이었고 선원들이 나의 유일한 놀이 동무였지. 열세 번째 생일날, 나는 선장의 배인 '웨스트 인디아 맨'호의 식당 급사로 승선했어. 선원의 삶에 완전히 매혹되어 견습 선원 노릇에 마음과 영혼을 다 바쳤지. 바베이도스가 보이는 곳에 왔을 무렵엔, 돛대 꼭대기로 누구보다도 민첩하게 올라가서 보조 돛을 감아올리거나 삭구에 타르 칠을 할 수 있었어. 그리고 다른 어떤 선원들보다도 돛대 버팀목을 잘 다뤘네. 에벤, 에벤. 이 얼마나 멋진 삶인가! 그때를 생각하면 지금도 흥분이 가시지 않는다네. 나는 커피콩처럼 갈색으로 그을리고 원숭이처럼 민첩했어. 목소리가 변하고 몸에 거웃이 자라기도 전에, 그러니까 대부분의 소년들이 여전히 젖비린내를 풍기며 근교나 여행해 보는 걸 꿈꾸는 나이에 말이야. 나는 바하마 제도에서 산호초를 찾아 잠수하기도 하고 패리아 만에서는 해적들과 싸우기도 했다네. 게다가 앞갑판에서 2파운드로 나를 어떻게 해 보려던 맨섬의 음탕한 늙은이로부터 생선칼로 내 동정을 지켜 낸 후, 큐라소 섬 먼 바다에 정박해 있던 우리 배에서부터 상어가 우글거리는 물길을 150미터나 헤엄쳐 나와, 8월의 어느 날 밤 해변에서 어느 물라토 소녀에게 나의 순결을 탕진한 적도 있어. 그녀는 열세 살이나 되었을까, 에벤. 네덜란드인의 피와 인디언의 피가 반반씩 흐르는 여자 애였는데, 팔 개월 된 망아지처럼 나긋나긋하고 몸을 덜덜 떨었어. 하지만 그날 아침 마을에서 그녀가 탐내던 놋쇠 쌍안경을 주자 웃으면서 치마를 걷어올리더군. 그리고 나는 오렌지나무 아래에서 그녀의 순결을 빼앗았다네. 내가 열다섯 살이 채 안 되었을 때였지."

"정말 대단하군요!"

벌링검의 이야기는 계속되었다. "나만큼 자기 직업을 사랑하는 남자도 없었을 거야. 또 나보다 더 부지런히 일한 사람도 없었지. 선장은 나를 무척 총애했어. 그리고 어쩌면 나는 아주 빨리 승진할 수도 있었을 거야."

"관둬요, 헨리. 그러면서 어떻게 나처럼 실패했다고 말하는 거죠? 당신의 이야기에서는 온통 경이적인 근면과 일관성만이 보이는걸요. 그 반만 따라잡을 수 있다고 해도 난 귀 한쪽이라도 내놓겠어요."

벌링검은 미소를 짓고는 남아 있던 맥주를 깨끗이 비웠다. "변덕일세, 친애하는 친구여, 변덕 말이야. 나를 배 위의 다른 녀석들보다 더 높이 올려 주었던 바로 그 일념이 나의 선원 경력에 파멸을 가져왔단 말일세."

"어떻게요?"

벌링검이 말했다. "나는 모두 합쳐 다섯 번 항해를 했네. 다섯 번째 항해 때, 내가 동정을 잃은 바로 그 항해지, 우리는 어느 날 카나리 제도 먼바다의 무풍대에서 배를 멈춘 채 머물러 있었어. 그때 뭔가 소일거리를 찾다가 동료 선원들의 짐 속에서 모토의 『돈키호테』 복사본을 아주 우연히 발견했지. 나는 그날 온종일 그것을 읽으며 시간을 보냈어. 양어머니인 새먼 부인이 내게 읽고 쓰는 법을 가르쳐 주었지만 그것은 내가 읽어 본 최초의 진짜 이야기책이었거든. 나는 그 위대한 라만차 사람[5]과 그의 충실한 종에게 완전히 넋을 잃어서 시간이 흐르는 것도 까맣게 잊어버렸다네. 그 바람에 요리사에게 보고하는 일이 늦어졌고 새먼 선장에게 꾸중을 듣고 말았어.

그날부터 나는 뱃사람이 아니라 학생이었어. 나는 배와 항구에서 찾을 수 있는 책이란 책은 모조리 읽어 댔지. 어떤 주제를 다루는 책이든 간에 책을 구하기 위해서 옷을 헐값에

5) 돈키호테를 가리킨다.

팔아 버리는가 하면 급료를 저당 잡히기까지 했어. 그리고 더 이상 새로운 책들을 찾을 수 없게 되자 가지고 있던 책들을 읽고 또 읽었네. 대신 그밖에 다른 모든 것들에는 소홀해졌지. 나는 나에게 떨어진 모든 일들을 성의 없이 그리고 대충대충 서둘러 해치웠다네. 그리고 밧줄 넣어 두는 곳이나 식료품 창고 등에 숨는 데 골몰했어. 그런 곳에서는 남에게 들키기 전까지 한 시간 정도는 방해받지 않고 책을 읽을 수 있었으니까. 마침내 새먼 선장의 인내심도 한계에 다다랐어. 그는 항해사에게 해도와 항해일지, 항해 일정표만 제외하고 배에 있는 책이란 책은 모두 찾아오라고 명령했어. 그러고는 포르토프랭스의 먼바다 상어들에게 던져 주더군. 그런 다음 나에게 죄를 물어 채찍질을 해 댔는데 그 덕분에 내 불쌍한 볼기는 그 후 이 주일 동안이나 화끈거렸다니까. 게다가 그는 내가 배에서 인쇄된 것은 무엇이든간에 읽는 것을 금지시켰어. 나는 무척 낙심하고 속이 상했지. 그래서 나는 다음 항구에서(마침 그곳은 리버풀이었어.) 하선하여 나의 직업과 은인 곁을 영원히 떠나고 말았어. 아이 때부터 나를 먹여 주고 입혀 준 사람들에게 고맙다는 인사도, 작별 인사도 없이 말이야.

내 수중엔 돈 한 푼 없었고 먹을 거라고는 배의 주방에서 훔친 딱딱한 치즈 한 덩이가 고작이었지. 당연히 곧 배를 곯기 시작했어. 그래서 나는 거리 모퉁이에 서서 노래를 불러 끼니를 때우게 되었지. 나는 예쁘장한 소년이었고 노래를 많이 알고 있었어. 내가 숙녀분들께는 「사랑이란 무엇인가」를, 그리고 신사분들께는 「귀여운 암오리가 있네」를 부를 때면 그들은 미소를 띠고 동전 몇 닢을 던져 주곤 했다네. 그러던 어느 날 스코틀랜드에서 런던까지 여행하며 방랑하던 집시 한 무리가 내 노래를 듣고는 자기들 일행에 합류하라고 권하더군. 그렇게 해서 나는 일 년 동안 그 묘한 사람들과 함께 일하고 함께 살게 되었네. 그들은 땜장이이자, 말 중개상이자, 점쟁이이자, 광주리 제작자이자, 춤꾼이자, 음유시인이자, 도둑이었어. 나는 그들의 방식대로 입고 먹고 마시고 함께 잠도 잤지. 그들은 내게 자신들이 알고 있는 모든 노래와 재주를 가르쳐 주었어. 아아, 에벤! 만약 자네가 그때 나를 봤다면 자네는 내가 그들과 같은 종족이라는 것을 한순간도 의심하지 않았을 거야!"

"정말 할 말이 없군요." 에브니저가 감탄하며 말했다. "이건 내가 들어 본 것 중에서 가장 멋진 모험담이에요!"

"우리는 일을 하면서 천천히 이동했어. 리버풀에서 맨체스터, 셰필드, 노팅엄, 레스터, 베드퍼드 등 많은 곳을 들렀지. 비가 올 때는 마차 안에서 자고 날이 좋을 때는 별빛 아래에서 자면서 말이야. 무리 서른 명 가운데 읽고 쓸 줄 아는 사람은 나밖에 없었기 때문에 나는 그들에게 여러 방면에서 꽤 유용한 인물이었다네. 한번은 내가 그들에게 보카치오의 이야기 가운데 몇 개를 읽어 주었더니 매우 즐거워하더군. 그들은 모두 이야기하고 듣는 것을 무척 좋아했어. 그리고 책이 그렇게 경이로운 재미를 지니고 있다는 걸 알고 무척 놀라더군. 물론 전에는 깨닫지 못하던 사실이었지. 그래서 그들은 눈에 띄는 책이란 책은 모두 훔쳐서 나에게 가져다주기 시작했어. 덕분에 그해에는 읽을거리가 풍족했었지. 그리고 나는 그들이 어느 날 우연히 발견해서 가져온 기초 독본을 가지고 그들에게 글을 가르쳐 주었네. 그들은 상상할 수 없을 정도로 고마워하더군. 그들은 내가 '고르기오'(그들은 집시가 아닌 사람들을 이렇게 불렀지.)임에도 불구하고 가장 은밀한 문제들을 내게 알려주었고 내가 그들 집단과 결혼하여 영원히 함께 여행하기를 굉장히 원했어.

1670년 말에 우리는 베드퍼드에서부터 떠돌아다니다가 여기 케임브리지에 도착했어. 학생들과 교수들 몇몇은 우리를 무척 좋아했지. 비록 그들은 우리 쪽 여자들에게 지나치게 방종하게 굴었지만 우리를 대단히 성의껏 대우했고, 심지어 우리를 자신들의 방으로 데려가 노래 부르며 연주하게 했어. 그렇게 해서 나는 처음으로 배움과 학문의 세계에 눈을 뜨게 된 거야. 그리고 나는 집시들과 함께했던 나의 막간극이 끝났음을 곧 알게 되었지. 나는 더 이상 그들과 함께 다니지 않기로 마음먹었어. 그리고 일행에게 작별을 고하고 케임브리지에 남았다네. 이런 훌륭한 곳을 떠나느니 차라리 거리 모퉁이에서 굶기로 결심했거든."

"저런, 헨리!" 에브니저가 말했다. "당신의 용기에 감동해서 눈물이 날 지경이에요! 그런 다음 무엇을 했죠?"

"그야 배 속이 꼬르륵거리기 시작하자마자 즉시 가던 길을 멈추고(그곳은 마침 크라이스트 대학 근처였지.) 그 자리에 서서 「흘러라, 내 눈물이여」를 부르기 시작했지. 내가 알고 있던 노래들 가운데 가장 슬픈 노래였거든. 그리고 내가 이 마지막 소절을 다 불렀을 때,

들어라! 저기 어둠 속에 사는 그림자들은
불빛을 경멸하는 법을 배운다.
행복하게, 행복하게, 그들은 지옥에서
세상의 악의를 느끼지 못한다.

가까운 창문에서 한 말라깽이 교수가 얼굴을 찌푸린 채 나타나서 내게 묻더군. 도대체 어떤 카인 숭배자기에 지옥 불에서 영원히 튀겨져야만 하는 사람들을 행복하다고 여기느냐고. 그리고 어떤 뚱뚱한 사람이 창가로 다가와 그 옆에 서더니 또 내게 묻더군. 내가 있는 곳이 어딘지 알기나 하느냐고. 나는 대답했지. '훌륭한 선생님들, 저는 제가 케임브리지 타운에 있다는 것과 배가 고파 죽을 지경이라는 사실 외에는 아무것도 모릅니다.'라고. 그러자 그 첫 번째 교수가 내게 말하는 거야. 내가 서 있는 곳은 크라이스트 대학이고 자신과 동료들은 모두 영향력 있는 신학자들이라 내가 저지른 것보다 덜한 신성 모독을 저지른 사람도 형차에 매달아 찢어 죽인 적이 있다고 말이야. 그는 내가 전혀 모르는 사람이었고 나를 장난삼아 희롱하고 있었지. 하지만 나는 그때 겨우 열여섯 살이었기 때문에 이만저만 놀란 것이 아니었어. 나도 글줄깨나 읽어 그들의 이야기를 다 믿은 것은 아니지만 그들이 나에게 어떤 식으로든 위해를 가할 수 있다는 것, 그리고 그것이 형차에 묶이는 것보다 더한 일일 수도 있음을 알았기 때문이야. 그래서 나는 겸손하게 용서를 빌며 그건 그저 아무 뜻 없는 노래였을 뿐이라고 호소했지. 노래 가사는 거의 신경 쓴 적도 없어서 거기에 무슨 신성모독의 내용이 담겨 있는지도 몰랐다고. 그러니 그것 때문에 물고를 당해야 할 사람은 그 노래를 부른 사람이 아니라 만든 사람인 다울랜드인데 그는 오래전에 죽었고 사탄의 죄악 정제소가 이미 그의 죄를 모두 다 짜냈을 테니 이제 그걸로 끝난 거라고! 아마도 나의 이 말에 대해 기분 좋게 취해 있던 교수들은 크게 웃고 싶었을 거야. 하지만 그들은 더 엄숙한 표정을 지었어. 나더러 자기들 방으로 올라오라고 하더니 나를 더욱 심하게 몰아세우더군. 첫 번째 실수만으로도 혹독한 지옥 불의 고문을 당해야 마땅한데 내가 마지막에 한 말에서는 곧장 화형 말뚝의 냄새가 난다고 우겨 대면서 말이야. 나는 '어째서 그런 거죠?' 하고 물었어. '이런.' 빼빼 마른 쪽이 외쳤어. '네가 방금 얘기했던 것처럼 비록 무의식중에라도 다른 사람이 시작한 죄를 계속해서 저지르는 사람들이 자기는 죄가 없다고 주장하는 것은 원죄의 교리 자체를 부정하는 거야. 왜냐하면 우리 모두의 존 다울랜드들이 곧 아담과 이브가 아니겠나? 모든 인류가 그의 죄 많은 노래를 싫든 좋든 간에 불러야 하고 그것 때문에 죽어야 하는 거야.' 그러자 뚱뚱한 교수가 선언했어. '그보다 더한 것은 너는 원죄의 교리를 부정하면서 대속(代贖)의 교리까지 경멸했다는 거야. 타락하지 않은 사람들에게 구원이 무슨 의미가 있겠느냔 말이야.'

'아니에요, 아니에요!' 나는 말했어. 그리고 코를 훌쩍이기 시작했지. '저런, 선생님들, 그건 아무 생각 없이 지껄인 말일 뿐이에요! 제발 신경 쓰지 말아 주세요!'

'아무 생각 없이 지껄인 말이라고!' 첫 번째 사람이 대답했어. 그리고 내 양팔을 붙잡더군. '제기랄, 이 녀석! 너는 기독교국이라는 건축물 전체를 쌍둥이 기둥처럼 지탱하고 있는 교회의 기본적인 양대 신비를 모독했어. 십자가에 못 박힌 예수님의 시련을 천박한 사교계의 유희라고 부른 거나 마찬가지야. 그리고 가장 심각한 것은 네가 입에 담을 수도 없는 그 같은 신성모독을 아무 생각 없이 지껄인 말이라고 여긴다는 거지! 그것은 한층 더 끔찍한 죄라고! 그건 그렇고 너는 어디에서 예까지 온 거냐?'

나는 넋이 나갈 정도로 두려움에 떨면서 대답했어. '베드퍼드에서 집시의 무리들과 함께 왔어요.' 이 말을 듣자 그 교수들은 대단한 충격이라도 받은 듯이 호들갑을 떨며 매년 이맘때면 집시의 무리들이 케임브리지를 지나가는데 그것은 이교도인 그들이 신학자들에게 해를 끼치려는 오직 하나의 목적을 위해서라고 말했어. 그들 말로는 작년에만 해도 나의 도당 중 하나가 트리니티 양조장에 은밀히 숨어 들어와 맥주 통에 독을 풀어서, 그 결과로 고참 교수 세 명과 연구원 네 명과 할 일 없이 빈둥거리던 학생 둘이 해 지기 전에 죽었다는 거야. 그런 다음 그들은 도대체 무슨 꿍꿍이로 그곳에 온 거냐고 묻더군. 나는 그들의 시종이 되고 싶다고 했지. 나의 정신을 향상시키는 데 더욱 도움이 될 것 같다고 하면서 말이야. 그러자 그들은 내가 이곳의 많은 사람들을 독살하러 들어온 것이라고 말하면서 그 자리에서 내 옷을 모두 벗기더군. 내가 아무리 결백을 호소해도 소용없었어. 그리고 숨겨 놓은 황산이 든 약병을 찾는다는 구실로 내 몸 구석구석을 수색하고 심지어 은밀한 곳까지 꼬집고 더듬었지. 아니, 솔직히 말함세. 그들은 음탕한 마음을 품고 나를 거칠게 더듬은 거야. 그리고 곧 나를 범할 작정이었지. 하지만 또 다른 교수가 등장하는 바람에 그들은 나를 희롱하던 손을 멈춰야 했어. 그는 나이가 지긋하고 인자하게 생긴 신사에다가 확실히 그들의 윗사람 같았지. 그는 그들에게 내게서 떨어지라고 명령하고는 나를 못살게 군 것에 대해 호통을 쳤어. 나는 그의 발밑에 몸을 던졌지. 그는 나를 일으켜 세워 머리에서 발끝까지 훑어보더니 그들이 내 옷을 벗긴 이유가 뭐냐고 묻더군. 나는 그래서 이렇게 대답했어. 나는 그저 이 신사분들을 즐겁게 해 드리기 위해 노래를 한 곡 불렀을 뿐인데 그들이 그것을 신성모독이라고 비난했고, 또한 이들이 황산 병을 찾아낸답시고 내 몸을 너무나 열심히 수색한 나머지 앞으로 일주일은 제대로 걷지도 못할 것 같다고 말이야.

그 나이 지긋한 교수는 나에게 그 노래를 당장 불러 보라고 명령했어. 자신이 그것의 신성모독 여부를 판단하겠다고 하면서 말이야. 그래서 나는 집시들이 가르쳐 준 대로 기타를 치면서 최선을 다해(왜냐하면 나는 울고 있었고 두려움으로 떨고 있었으니까.) 다시 한번 「흘러라, 내 눈물이여」를 불렀어. 내가 노래를 부르는 내내 나의 구세주는 천사처럼 달콤한 미소를 짓고 있었어. 그리고 내 노래가 끝나자 신성모독에 대해서는 한마디도 하지 않고 내 이마에 키스했어. 그는 내게 옷을 입으라고 말했고 나를 괴롭힌 사람들을 다시 한번 꾸짖었어. 그들은 불순한 장난을 치다가 현장에서 발각된 것을 매우 부끄러워하더군. 나의 구세주는 나더러 자기와 함께 자신의 숙소로 가

자고 말했어. 게다가 그는 나의 출신과 그동안 겪은 일들에 대해 이것저것 상세히 질문하더니 나의 독서량에 대해 놀라고 기뻐하며 그 자리에서 나를 자신의 시종으로 채용했다네. 덕분에 나는 그를 바로 곁에서 시중들면서 그의 멋진 도서관도 자유롭게 이용할 수 있게 되었지."

"나는 이 성자 같은 사람이 누군지 알아야겠어요." 에브니저가 끼어들었다. "내 호기심도 이제 한계를 넘어섰다고요!"

벌링검은 미소를 지으며 손가락 하나를 들어 올렸다. "곧 말할 거야, 에벤. 하지만 절대 입 밖에 내서는 안 돼. 그의 약점이 무엇이건 간에 그가 내게 했던 일은 고귀한 행위니까. 그리고 나는 누군가가 그의 이름을 더럽히는 걸 보고 싶지 않아."

"걱정 마세요." 에브니저가 그를 안심시켰다. "당신 혼자 속삭이는 것과 마찬가지일 테니까요."

"좋아. 그렇다면 자네에게 이 정도로 말해 두지. 그는 철저한 플라톤주의자이고 악마를 증오하는 것만큼 톰 홉스를 증오하며 게다가 영혼에 너무나 집착하지. 본질적인 응축과 분리 불가능성, 그리고 형이상학적인 확장 따위에 말이야. 그에게 그것들은 바위나 소똥처럼 실제적인 것이지. 자신이 마치 이 세상 사람이 아니기라도 한 것처럼 말이야. 이걸로도 충분한 실마리가 되지 않는다면 마지막으로 그가 그 당시에 물질주의 철학을 비판하는 굉장한 논문에 대단히 열중하고 있었다는 걸 알아 두게. 그 논문은 그 이듬해 '형이상학 입문서'라는 제목으로 출판되었어."

"세상에!" 에브니저가 속삭였다. "헨리, 당신의 노래를 들은 그 사람이 바로 헨리 모어란 말인가요? 그건 창피한 일이 아니라 자랑거리예요!"

"잠깐만, 우선 내 얘기를 다 들어 봐. 내가 모셨던 사람은 정말로 모어 바로 그 사람이었어! 그의 고귀한 성품에 대해 나보다 더 많이 아는 사람은 없을 거야. 그리고 나보다 더 그에게 은혜를 입은 사람도 없을 테지. 그때 나는 열일곱 살쯤 되었던 것 같아. 나는 총명함과 훌륭한 태도와 근면함 자체가 되기 위해 알고 있는 모든 방식을 동원해 가며 노력했어. 그리고 오래지 않아 그 나이 든 친구는 자기 곁에 나 외에 다른 시종들을 두지 않게 되었지. 그는 나와 대화하는 걸 굉장히 즐거워했어. 나는 처음에는 바다에서의 모험과 집시들과 함께한 모험에 대해 이야기해 주었고 나중에는 철학과 신학의 문제들에 관해 이야기했어. 나는 이런 학문들을 습득하기 위해 특별한 노력을 기울여야 했지. 그는 분명히 나에 대해 굉장한 호감을 가지고 있었거든."

"당신은 정말 행운아예요!" 에브니저가 한숨을 쉬었다.

"아냐, 내 얘기는 아직 끝나지 않았어. 시간이 지남에 따라 그는 나를 '친애하는 헨리' 혹은 '여보게'로 부르는 대신 '얘야' 혹은 '아가' 그 다음에는 '내 귀염둥이' 그리고 마침내 '자기', '이쁜이' 그리고 '내 사랑'이라고 부르더군. 간단히 말해 그가 나에 대해 품고 있는 애정은 그의 철학이 그렇듯이 아테네식[6]임을 나는 곧 알아차린 거야. 그가 한 번 이상 나를 애무

6) 고대 그리스의 아테네인들에게 소년애는 하나의 일반적인 현상이었다. 어

했고, 나를 그의 작은 알키비아데스[7)]라고 불렀다는 사실까지 자네에게 말해도 괜찮은지 모르겠군."

"이럴 수가!" 에브니저가 놀라며 말했다. "그 불한당은 순전히 자신의 부자연스러운 욕정의 대상으로 만들 심산으로 당신을 다른 불량배들로부터 구해 준 거군요!"

"아, 그 둘은 전혀 별개 문제야, 에벤. 다른 사람들은 삼십 대의 남자들이었고 (내 주인의 표현을 빌리자면) 물질성의 음탕하고 불결한 냄새로 가득 차 있었지. 반면 거의 예순이 다 된 모어는 가장 점잖은 영혼을 소유했고, 아마 스스로도 자기가 품은 열정의 성격을 깨닫지 못했을 거야. 나는 그를 전혀 두려워하지 않았어. 그리고 이쯤에서 솔직히 말할게, 에벤. 나는 부끄러운 일을 저질렀다네. 나는 너무나도 대학에 입학하고 싶은 마음에 요령껏 모어의 곁을 벗어나기보다는 오히려 그의 부끄러운 애정을 부추기기 위해 노력했어. 나는 그의 의자 팔걸이에 염치없는 계집애처럼 앉아 그의 어깨 너머로 책을 읽거나 장난삼아 그의 눈을 가리거나 원숭이처럼 방 안 곳곳을 통통 뛰어다녔어. 나는 나의 활기와 우아함에 감탄한 듯한 그의 시선을 충분히 느끼고 있었지. 내가 기타를 치며 노래한 것은 대부분 그를 위해서였어. 많은 밤, 이거 얘기하자니 낯 뜨겁군그래! 나는 그가 나를 덮치도록 내버려 두었어. 마

린 소년은 성인 남자로부터 지혜와 덕을, 성인 남자는 소년으로부터 성적 즐거움을 얻었다. 여기서는 플라톤주의자인 모어가 어린 벌링검에게 동성애적 감정을 느꼈다는 것을 의미한다.

7) 소크라테스와 동성애 관계를 맺었던 미소년.

치 우연인 것처럼 말이야. 나는 웃으면서 얼굴을 붉히곤 했지. 그런 다음 장난을 치는 것처럼 기타를 꺼내 「흘러라, 내 눈물이여」를 부르곤 했어.

그 불쌍한 철학자가 나에게 완전히 빠졌다는 걸 굳이 말할 필요가 있을까? 그의 열정이 다른 기능들을 압도할 만큼 커져서 결국 그는 나에게 홀딱 빠져 버리고 말았다네. 게다가 나는 그가 나를 오랫동안 탐하면서도 드러내 놓고 바라지는 못한다는 걸 알고 있었어. 그래서 나는 그에게 몇몇 사소한 장난을 허락했지. 그러자 그는 자신의 빈약한 저축을 털어 나를 백작의 아들처럼 치장시켰고 트리니티 대학에 등록시켜 주기까지 했어."

여기서 벌링검은 새 파이프에 불을 붙였고 추억에 잠기며 한숨을 쉬었다.

"내가 내 또래의 다른 소년들에 비해 드물게 박식했던 건 사실이야. 모어와 함께 지내는 이 년 동안 나는 라틴어, 그리스어, 히브리어를 습득하고 플라톤, 툴리, 플로틴 그리고 그 밖의 여러 고전들을 읽고 자연철학의 정전들 대부분을 정독했어. 나의 후원자는 내가 허버트나 존 스미스나 자신 같은 뛰어난 철학자가 되기를 바라는 기대를 숨기지 않았어. 그리고 만약 모든 일들이 행복하게 끝났더라면 내가 혹시 그렇게 될 수 있었을지 누가 알겠나? 하지만 불행히도 에벤, 나에게 성취를 가져다준 바로 그 파렴치함이 나의 파멸의 원인이 되었다네. 정말 시적이지."

"도대체 무슨 일이 일어났는데요?"

벌링검이 말했다. "나는 수학을 그리 잘하지 못했어. 그래서 그 과목에 많은 시간을 들여 공부했지. 그리고 최대한 시간을 내어 수학자들과 어울렸어. 특히 이 년 전인 1669년에 루카스좌(座) 수학 교수[8]가 되어 배로(Barrow)의 자리를 꿰찼고 지금까지도 그 자리를 지키고 있는 뛰어난 젊은이와……."

"뉴턴!"

"그래, 바로 그 대단한 아이작! 당시 그는 지금의 나처럼 스물아홉이나 서른 정도 되었었지. 순수 혈통의 종마와 같은 얼굴을 한 그는 마르고 강건한 체구에 놀랄 만큼 정력적이었고, 굉장히 변덕스러웠으며, 위대한 재능을 지닌 사람들이 으레 그렇듯이 오만했어. 하지만 다른 식으로 말하자면 상당히 수줍음을 타는 성격이라고 해야겠지. 그리고 고압적인 태도와는 거리가 멀었어. 그는 다른 사람들의 이론에 대해서는 무자비했지만 자신에 관한 비평에 대해서는 지나치게 민감했어. 그는 자신의 재능에 대해 너무 자신이 없어서 뭔가를 발견하고도 그것을 발표하는 일은 상당히 주저했어. 하지만 허영심도 무척 강해서 누군가가 그보다 앞선다는 아주 미미한 기미라도 보일라치면 분노와 질투로 거의 미칠 지경이 되었지. 정말 구제불능의 멋진 친구였어!"

"저런, 섬뜩한데요!" 에브니저가 말했다.

"그런데 자네는 그 당시 모어와 뉴턴이 서로에게 조금도

---

8) 1663년부터 영국의 케임브리지 대학에서 수학에 중요한 공헌을 한 교수에게 주었던 일종의 명예직.

호감을 가지고 있지 않았다는 걸 알고 있을 거야. 그들이 서로 반목하게 된 것은 프랑스의 철학자 르네 데카르트 때문이었어."

"데카르트요? 왜 그렇게 된 거죠?"

벌링검이 말했다. "나는 자네가 수업 시간에 얼마나 열심히 주의를 기울였는지는 알 수 없지만 아마 알고 있을 거야. 크라이스트 대학과 엠마누엘 대학에서 플라톤 철학을 공부하는 신사들이 모두 습관처럼 데카르트를 찬양한다는 것을 말이야. 그것은 데카르트가 갈릴레오처럼 수학과 천체역학 분야에서 자랑할 만한 성과를 보여 주면서도 톰 홉스와는 달리 신과 영혼의 실존을 긍정하기 때문이지. 그리고 그것이 그들을 한없이 기쁘게 한 거고. 그들 모두가 프로테스탄트들이기 때문에 더욱 그랬지. 데카르트는 『방법서설』에서 자신이 당시의 학문을 대단히 오만하게 거부했던 것을 자랑하고 있거든. 자명한 이치를 찾기 위해 자신의 내부를 탐색하는 것, 이것이 프로테스탄티즘의 첫 번째 원리가 아니겠나? 그렇게 해서 케임브리지 전역에서 데카르트 체계를 가르치게 된 거야. 모어 역시 다른 사람들과 마찬가지로 그를 찬양했고 그를 두고 당대의 성인이라고 단언해 마지않았지. 말해 봐, 에벤. 자네는 행성들이 어떻게 각자의 궤도를 따라 움직인다고 생각하지?"

에브니저가 말했다. "그야 그것은 우주가 소용돌이치며 움직이는 작은 입자들로 가득 차 있고 그 각각이 하나의 별을 중심으로 하고 있기 때문이지요. 그리고 또한 행성들이 각자의 궤도를 따라 미끄러지듯 움직이는 것은 태양의 소용돌이 안에서 이러한 입자들이 미묘하게 밀고 당기기 때문이고요. 그렇지 않은가요?"

"데카르트가 바로 그렇게 말했지." 벌링검이 미소를 지으며 말했다. "그리고 자네는 아마 빛의 본질이 무엇인지 기억하고 있겠지?"

에브니저가 대답했다. "만약 제 기억이 옳다면 그것은 우주 물질의 소용돌이 꼴 움직임들의 한 양상이에요. 그들 안에서 안팎으로 향하는 힘들의 압력의 한 양상이요, 이 압력이 작고 밝은 입자들을 움직이게 하는데, 바로 이러한 압력에 의해 소용돌이들로부터 천상의 불이 공간을 통해 보내지는 거죠."

벌링검이 끼어들었다. "그것이 바로 그런 경우에 대해 데카르트가 친절하게 마련해 둔 생각이야. 그리고 더 나아가 그는 작은 입자들이 직선으로 움직일 수도, 또 회전하면서 움직일 수도 있다고 했어. 만약 그 작은 입자들이 우리의 망막을 때릴 때 오직 직선적인 움직임만 일어난다면 우리는 하얀 빛을 보게 되고, 둘 다 일어난다면 유채색의 빛을 보게 되지. 이것만으로도 충분히 마술 같은 일인데 회전하는 움직임이 직선적인 움직임을 능가할 때는 파란색이 보이고 그 반대일 경우엔 빨간색이 보여. 그리고 그 둘이 동등할 경우 노란색이 보인다는 거야. 이 얼마나 기막히게 바보 같은 소리인가!"

"그렇다면 그것이 진실이 아니란 얘긴가요? 헨리, 내게는 꽤 이치에 맞는 말로 들리는데요. 사실 그 안에는 시(詩)의 싹이 있어요. 고상한 구석이 있다고요."

"그래, 그것은 온갖 미덕을 갖추고 있어. 작은 결점 하나를 제외하고 말이야. 즉 우주는 그런 식으로 작용하지 않는다는 거지. 사실 나는 그 사람의 회의론적 철학이나 분석 기하학을 가르치는 것은 그리 나쁜 일이 아니라고 생각해. 둘 다 많은 장점을 가지고 있거든. 하지만 그의 우주론은 그저 공상에 불과해. 그의 광학은 엉뚱함 그 자체이고. 그리고 그것을 제일 처음으로 증명해 낸 사람이 바로 아이작 뉴턴이라네."

"거기에서 그들의 적의가 비롯된 거군요?" 에브니저가 물었다.

벌링검은 고개를 끄덕였다. "뉴턴이 루카스좌 교수가 될 무렵, 그는 이미 프리즘 실험으로 데카르트의 광학을 무너뜨렸어. 난 그의 강의를 들었기 때문에 잘 기억하고 있지! 뉴턴은 수학으로 데카르트의 소용돌이 이론을 반박했어. 그는 비록 자신의 우주 가설들을 발표하지는 않았지만 데카르트를 점점 더 혐오하게 됐다네. 그것은 그들의 기질 차이에서 비롯된 것이기도 해. 자네가 알고 있듯이 데카르트는 영리한 저술가이고 가장 얼토당토않은 가설에도 힘을 실어 주는 증거를 제시하는 데 천재적인 능력을 가지고 있어. 우주를 비틀어 자신의 이론에 끼워 맞추는 수완이 대단한 사람이지. 반면 뉴턴은 끈기 있고 총명한 실험가로 자연의 사실들을 신봉한다네. 그런데 그의 강의록 『운동에 관하여』와 빛의 본질에 관한 그의 논문들이 학계에 나온 후에 그를 비판하는 사람들이 그를 웃음거리로 만들기 위해 비교한 사람이 바로 데카르트였던 거야.

그래서 뉴턴과 모어가 서로에게 호감을 가질 이유가 전혀 없었지. 그들은 사실 몇 년 동안 원수처럼 지냈어. 그리고 내가 그 초점으로 떠올랐을 때, 그들의 적의는 폭발했지."

"당신이요? 하지만 당신은 그저 일개 학생일 뿐이지 않았나요? 분명히 그 두 거인들이 자신들의 전투를 학생들과 함께 치를 만큼 치사해지지는 않았을 텐데요."

"내가 그림까지 그려 줘야 하겠나, 에벤?" 벌링검이 말했다. "나는 뉴턴에게서 우주의 본질을 배우기 위해 애썼어. 하지만 그는 모어가 나의 후견인이란 사실을 알고는 내게 냉담했고 좀처럼 곁을 내주지 않았지. 나는 이 성벽을 무너뜨리기 위해 내가 알고 있는 모든 전략을 동원했네. 그리고 안타깝게도 내가 싸워서 쟁취하려 했던 것보다 더 많은 것을 얻고 말았지. 좀 더 쉽게 말하자면 에벤, 뉴턴은 모어가 그랬던 것처럼 내게 푹 빠져 버린 거야. 차이점이 있다면 그의 열정에는 플라토닉한 것이 전혀 없었다는 것이지."

"어떻게 생각해야 할지 난감하군요!" 에브니저가 말했다.

"나도 그랬어." 벌링검이 말했다. "그래도 나는 한 가지만은 잘 알고 있었지. 즉 나는 사심 없는 존경심 말고는 그들 어느 쪽에도 눈곱만큼의 애정도 없었다는 거지. 한쪽의 애정과 다른 애정을 혼동하지 않은 것은 현명한 일이야, 에벤. 자, 그렇게 해서 몇 달이 지나자 나의 구애자들은 각각 상대방의 열정을 알아차리게 되었어. 그리고 둘 다 세르반테스의 '질투심 많은 엑스트레메뇨'만큼 질투심에 불타올랐다네. 그들은 부끄럽게도 전쟁을 계속했고 각각 내게 다른 한쪽을 버리지 않으면 대학에서 나를 파멸시키겠다고 위협했어. 나로 말하자면 어느 한쪽에도 필요 이상의 관심을 기울이지 않았고 파도를 타는 돌고래처럼 대학 도서관의 책 속을 뒹굴었어. 나는 수면과 식사를 챙기는 것만으로도 충분히 버거웠지. 그러니 이행해야 할 수많은 작은 의무들에는 소홀해질 수밖에. 정말 멋진 한 쌍이었어!"

"자, 자, 어떻게 결말이 났죠?"

벌링검은 한숨을 쉬었다. "나는 이 년이 넘는 시간 동안 둘을 번갈아 가며 가지고 놀았어. 그러나 결국 뉴턴의 인내심이 한계에 다다르고 말았네. 그맘때 왕립학회가 프리즘과 반사 망원경을 가지고 단행한 그의 실험들을 발표했고, 그는 자기 고유의 빛 이론을 가지고 있었던 로버트 훅, 렌즈 망원경에 몰두했던 네덜란드인인 크리스티안 호이겐스, 프랑스 수도사인 파르디스, 벨기에인인 리누스의 공격을 받게 되었지. 이러한 비판들에다 질투심까지 더해 너무나 심난해진 그는 그날로 다시는 자신의 발견을 발표하지 않겠다고 맹세했다네. 그리고 직접 대면하고 죽을 때까지 싸움으로써 자신들의 경쟁 문제를 완전히 해결할 요량으로 모어의 방으로 찾아갔어!"

"아, 결말이 어떻든 세계로서는 너무나 큰 손실이겠군요." 에브니저가 아쉬워했다.

벌링검이 말했다. "그런데 막상 일이 터졌을 때, 두 사람은 정작 피 한 방울 흘리지 않았다네. 그들 모두에게 행복한 결말이었지. 물론 지금 이 이야기를 하고 있는 내게는 그렇지 않지만 말이야. 모어와 많은 이야기를 주고받은 후에 뉴턴은 경쟁자의 입지 또한 자신만큼 불안정하다는 것을 알게 되었어. 그리고 내가 두 사람 모두에게 똑같이 무관심하다는 사실도 깨달았지. 그들이 대화를 통해 내린 결론은, 그들이 마음속에 품고 있던 특정한 문제들에 관한 한 『프린키피아』에서 내린 어떤 결론만큼이나 정당했다네. 게다가 모어는 자신이 데카르트에게 점차 불만을 느낀다는 것을 분명하게 고백한 『형이상학에 관하여』를 뉴턴에게 보여 주었어. 그리고 뉴턴은 비록 행성들이 각자의 궤도를 돌게끔 조종하는 것은 천사나 소용돌이 따위가 아니라, 만유인력이지만 그래도 이전에 데카르트도 단언했던 것처럼 우주의 바퀴들을 돌리기 위한 첫 번째 원인으로서 신이 활동할 수 있는 여지를 충분히 남겨 둠으로써 모어를 안심시켰네. 요컨대 그들은 결투를 해서 서로 죽이고 죽기는커녕 상대방을 너무나도 훌륭하게 납득시켰고 몇 시간 동안 대화를 하고 난 후(나는 당시 도서관에서 책에 파묻혀 있느라 그 모든 것을 놓쳤네.)에는 눈물을 흘리며 서로를 얼싸안았지. 그리고는 나를 돈 한 푼 주지 않고 잘라 낸 후 대학에서 퇴학시키기로 결심했고 숙소를 옮겨 함께 생활하기로 계획을 세웠네. 그들은 그렇게 함으로써 물질 세계의 광휘와 이상 세계의 영광을 결합시키고 천체의 움직임이 자아내는 음악에 심취할 거라고 단언했어! 결국 숙소는 옮기지 않았지만 그들의 관계는 이 날까지 지속되고 있다네. 그리고 듣자 하니 모어는 완전히 데카르트로부터 손을 씻은 반면 뉴턴은 어리석게도 신학에 심취하여 자신이 고안한 급수와 미적분 법칙을 적용하여 계시록을 설명하고자 애쓰고 있다더군. 어쨌든 그들은 자신들이 내린 두 가지 결정 가운데 첫 번째는 철저히 실행에 옮겼다네. 결국 나는 대학에서 쫓겨나 밥을 굶는 신세가 되었지.

게다가 그들이 다른 사람들에게까지 손을 써 둔 관계로 단 한 푼 구걸도 못했고 외상으로 한 끼 식사도 할 수 없었어. 결국 나는 학사 학위 취득을 일 년도 채 앞두지 않은 상태에서 런던으로 떠났지. 그렇게 해서 1676년에 자네 아버지가 나를 발견하게 된 거야. 그리고 나는 학자의 뮤즈에 변덕을 가해 예전에 학문적 연구를 위해 마련해 둔 열정을 모두 자네와 자네의 누이에게 쏟아부었지. 자네들의 교육은 나의 지상선(至上善)이 되었고 제1의 목적이 되었어. 그리고 그것이 다른 모든 것들에게 형태와 질서를 부여했지. 나의 변덕은 철저하고 온전했어. 한순간도 나는 내 삶의 방식을 후회하지도, 케임브리지 시절을 그리워하지도 않았지."

"나의 소중한 친구, 헨리!" 에브니저가 외쳤다. "정말 감동했어요. 그리고 너무나 부끄러워요. 결국 실패했지만 당신이 도달하기 위해 그렇게 애썼던 것을 나는 그저 한가하게 허송세월하다가 어영부영 놓치고 말았어요. 신이 내게 한 번만 더 기회를 주셨으면!"

"아냐, 에벤. 안타깝지만 자네는 학자가 될 인물은 아냐. 자네는 아마도 지식에 대해서 학생이 품을 만한 사랑은 가지고 있을지 몰라도 인내심도, 능력도 그리고 내가 우려하는 바로는 적절성에 대한 직관적 식별력이나 세상에 대한 안목도 없어. 그게 바로 괴짜와 사상가가 다른 점이지. 자네에게는 이를테면 어떤 기질 같은 것이 있는데, 바로 그것 때문에 유럽의 도서관에 꽂혀 있는 모든 책들의 정수가 자네의 두뇌 속에 차곡차곡 쌓인다 해도 자네의 순진함은 변하지 않아. 아냐, 학사

학위는 잊어버려. 내가 여기 온 것은 자네에게 다시 한번 도전하라고 설득하거나 자네의 실패를 꾸짖기 위해서가 아니라 자네를 당분간 런던에서 데리고 나가기 위해서야. 자네가 자신의 길을 분명하게 볼 수 있을 때까지 말이야. 이것은 안나의 생각이야. 그 애는 자네를 자기 자신보다 더 사랑하지. 그리고 내 생각에도 그게 현명할 것 같아."

"소중한 안나! 그 애가 어떻게 당신의 행방을 알게 된 거죠?"

"자, 자." 벌링검이 웃었다. "그것은 전적으로 별개의 이야기야. 그리고 그 이야기는 언젠가 다시 할 수 있을 거야. 함께 런던으로 가세. 그 이야기는 마차 안에서 해 주지."

에브니저는 망설였다. "너무 큰 걸음을 내딛는 건 아닌지 모르겠어요."

"그만큼 세상도 커." 벌링검이 대답했다.

"아버지가 이 소식을 들으면 뭐라고 말씀하실지 걱정이에요."

벌링검이 말했다. "이봐, 친구. 우리는 공간 속을 질주하는 눈먼 바위 위에 앉아 있어. 우리는 모두 무덤을 향해 곧장 달려가고 있네. 벌레들이 이내 자네를 먹이 삼아 덮칠 거고. 그때 벌레들이 자네가 생전에 방 안에서 가발도 안 쓴 채 한숨을 쉬며 보냈는지, 몬테주마의 황금 도시를 약탈하러 돌아다녔는지 신경이나 쓸 것 같나? 이보게, 날이 거의 저물었어. 시간 속을 질주하며 영원히 가 버렸네. 밥을 먹으면서 이야기 하나를 채 끝내기도 전에 우리의 창자는 먹이를 더 달라고 벌써 아우성이야. 에브니저, 우리는 죽어 가는 사람들이야. 정말이지 과감한 결단을 내릴 시간 외에는 남은 것이 없어."

"덕분에 용기를 얻었어요, 헨리." 에브니저가 탁자에서 일어서며 말했다. "자, 가자고요."

4 에브니저의 첫 번째 런던 체류와 그 결과

벌링검은 그날 밤 에브니저의 방에서 잤다. 그리고 이튿날 그들은 마차를 타고 케임브리지를 떠나 런던으로 향했다.

가는 도중에 젊은 쪽이 말을 꺼냈다. "아직 내게 말하지 않은 게 있을 텐데요. 당신이 세인트자일스를 왜 그렇듯 갑작스럽게 떠났는지, 그리고 안나가 어떻게 당신의 행방을 알아냈는지 말이에요."

벌링검이 한숨을 쉬었다. "그건 아주 간단히 풀 수 있는 수수께끼라네. 비록 안타까운 일이긴 해도 말이야. 사실은 에벤, 자네 아버지는 내가 자네의 누이에게 흑심을 품고 있다고 의심했어."

"설마요! 믿을 수 없어요!"

"아 글쎄, 그게 꼭 그렇지가 않아. 안나는 상냥하고 총명한 소녀야. 그리고 보기 드물게 사랑스럽지."

"하지만 당신의 나이를 생각해 보세요! 아버지는 정말로 말도 안 되는 생각을 한 거라고요!"

"자네도 그렇게 생각하나?" 벌링검이 물었다. "정말 솔직하군."

"아, 용서하세요." 에브니저가 웃었다. "제가 실례를 했어요.

아뇨, 사실 그렇게 이상하지는 않아요. 당신은 그저 서른몇 살, 안나는 스물한 살이니까요. 아마도 당신이 우리의 선생님이었기 때문에 당신이 더 나이가 많을 거라고 착각했나 봐요."

"세상의 어떤 남자라도 안나에게 연정을 품을 수 있다고 생각하는 건 그렇게 이상하지 않아." 벌링검이 단언했다. "그리고 나는 몇 년 동안 너희 둘 모두를 정말로 사랑했어. 그리고 지금도 사랑해. 나는 한 번도 그 사실을 애써 숨기려 한 적 없어. 나를 가슴 아프게 하는 것은 그게 아니야. 내가 그 아이에게 어떤 더러운 흑심을 품고 있다는 앤드루의 믿음이지. 제기랄, 오히려 안나같이 훌륭한 소녀가 무일푼의 선생에게 호감을 갖는 것이야말로 믿기 힘든 일 아니겠어."

"아니에요, 헨리. 나는 종종 그 애가 말하는 걸 들은 적이 있어요. 당신과 비교한다면, 자기가 알고 있는 사람들 가운데 굳이 정중하게 대접할 만한 사람이 없다고요."

"안나가 정말 그렇게 말했나?"

"그럼요, 편지에서 그렇게 말한 지 채 두 달도 안 되는 걸요."

"아 글쎄, 사정이 어떻든 간에 앤드루는 내가 그녀에게 보이는 관심을 음탕한 의도로 해석했어. 그리고 어느 날 오후 당장 날이 새기 전에 사라지지 않으면 나를 개처럼 총으로 쏘아 죽이고 덤으로 안나도 채찍으로 때리겠다고 위협했지. 나는 그 즉시 떠났어. 나야 어떻게 되어도 상관없지만 차마 그녀까지 다치게 할 수는 없었거든. 비록 내 가슴은 찢어질 것 같았지만 말이야."

에브니저는 뜻밖의 사실에 몹시 놀랐다. "그 애가 그날 아침에 어찌나 울던지! 하지만 그 애도, 아버지도 서로 아무 말도 하지 않았어요!"

"그리고 자네도 그 점에 관해 두 사람 중 어느 누구에게도 말하면 안 돼." 벌링검이 경고했다. "그런 말을 하면 안나를 곤란하게 할 뿐이야. 그렇지 않겠나? 그리고 앤드루를 새삼 자극하겠지. 가족 문제에 관한 한 공소시효는 없는 법이니까 말일세. 자네가 논리적으로 설명하면 그의 오해가 풀릴지도 모른다고 생각하지는 말게. 앤드루는 그에 대해 확신하고 있으니까."

"저도 그렇게 생각해요." 에브니저가 자신 없이 말했다. "그러면 그 후 당신과 안나는 소식을 주고받았나요?"

"내가 바랐던 것만큼 그렇게 정기적으로는 못 했지. 정말이지, 내가 얼마나 자네의 소식에 목말라했는지! 나는 템스가(街) 소재의 빌링스게이트와 세관 사이에 하숙을 정했어. 곧 알게 되겠지만 이곳은 세인트자일스의 여름 별관에서 아주 멀리 떨어져 있다네. 나는 기회가 닿을 때마다 가정교사로 일했지. 자네의 아버지가 알게 될까 두려워 이 년 이상을 안나와 연락 없이 지냈다네. 그러다 몇 달 전에 우연히 플럼트리에 사는 브롬리 양의 프랑스어 가정교사로 취직을 하게 되었어. 그녀는 자네와 안나가 세인트자일스로 이사 가기 전에 자네들과 함께 놀았던 것을 기억하더군. 그녀를 통해 나는 안나에게 내 행방을 알려 줄 수 있었어. 난 섣불리 그녀에게 직접 편지를 보낼 순 없었지만 그녀는 용케 두세 번이나 편지를 보내왔어. 그 덕분에 내가 자네의 근황을 알게 된 거야. 그리고 그녀가 자네를 케임브리지에서 빼내어 데려오라고 부탁했을 때 나는 더없이 기뻤지. 그녀는 정말 사랑스러운 소녀야, 에벤!"

"정말 그 애를 다시 보고 싶어요!" 에브니저가 말했다.

"나도 그래." 벌링검이 말했다. "나는 그녀를 자네만큼 소중하게 여기거든. 그리고 내가 그녀의 얼굴을 못 본 지도 벌써 삼 년째야."

"그 애가 우리를 보러 런던으로 올 수 있을까요?"

"아니, 아쉽지만 그건 불가능할 것 같네. 앤드루가 절대 허락하지 않을 테니까."

"하지만 그렇다고 그저 체념해 버릴 수는 없는걸요. 당신은 그럴 수 있나요, 헨리?"

벌링검이 말했다. "나는 평소 그렇게 앞을 멀리 내다보며 사는 편이 아닐세. 우리는 그저 자네가 런던에서 무슨 일을 할 것인지나 고민해 보자구. 자네는 빈둥거려서는 안 돼. 그랬다간 다시 무기력과 마비 상태로 돌아가고 말 거야."

에브니저가 말했다. "안타깝지만 내겐 애써서 도달해야 할 장기적인 목표가 없어요."

"그렇다면 내가 했던 것처럼 하게." 벌링검이 충고했다. "그리고 자네의 단기적 목표들을 성공적으로 완수하는 것을 장기적 목표로 삼으면 되지."

"하지만 내겐 단기적 목표도 없는걸요."

"아, 하지만 자네는 곧 단기적 목표를 갖게 될 거야. 자네의 위장이 먹을 것을 달라고 아우성치는데 돈은 이미 사라지고 없을 때 말이야."

"비참하겠군요!" 에브니저가 웃었다. "나는 직업을 가질 만한 재주도 기술도 없어요. 하다못해 기타로 「흘러라, 내 눈물이여」도 연주할 줄 모르잖아요."

"그렇다면 자네는 분명히 나처럼 선생 노릇을 하겠군."

"말도 안 돼요! 그건 장님이 장님을 인도하는 꼴이라고요!"

"그래." 벌링검이 미소지었다. "하지만 눈이 없는 사람들이야말로 눈이 없다는 게 얼마나 괴로운 일인지 가장 잘 알고 있는 법이야."

"하지만 뭘 가르치죠? 나는 이것저것 두루두루 약간씩은 알고 있지만 제대로 아는 것은 하나도 없는걸요."

"자, 자, 들판은 개방되어 있어. 그리고 자네는 자네가 선택한 곳이면 어디에서나 풀을 뜯어 먹을 수 있지."

"아무것도 모르는 것을 가르치라고요?" 에브니저가 놀라 물었다.

벌링검이 말했다. "그렇기 때문에 자네는 교습비를 높게 불러야 해. 이미 알고 있는 것을 가르치는 것은 일도 아니지만, 모르는 것을 가르치려면 일정한 노력이 필요하니까 말이야. 자네가 가장 배우고 싶은 것을 골라서 그 즉시 자네가 그것을 가르치는 교수라고 광고하게."

에브니저가 고개를 저었다. "그것 역시 불가능해요. 나는 이 세상 모든 것에 대해 호기심을 가지고 있어요. 결코 어느 한 가지를 선택할 수 없다고요."

"뭐 좋아, 그렇다면 나는 자네를 세계의 본질에 관한 교수라고 부르겠네. 그리고 그렇게 자네를 광고할 거야. 자네는 학생들이 배우고 싶어 하는 것을 가르치면 돼."

"농담 말아요, 헨리!"

벌링검이 대답했다. "만약 이 말이 농담이라면 맹세코 그것은 행복한 농담이야. 왜냐하면 나는 최근 삼 년 동안 바로 그렇게 해서 먹고살았으니까. 정말이지, 내가 가르쳐 온 것들을 생각하면! 가장 중요한 것은 무언가를 누군가에게 가르치고 있다는 사실이야. 무엇을 혹은 누구에게는 별로 중요한 게 아니라구. 이건 결코 속임수가 아냐."

에브니저가 이 제안을 어떻게 생각했든 간에 그는 그것을 거절할 방도가 없었다. 런던에 도착한 즉시 그는 강변에 있는 벌링검의 방으로 들어갔고 완전한 동업자가 되었다. 그로부터 며칠이 지난 후, 벌링검이 그에게 첫 번째 고객을 물어 왔는데 그는 다행히도 알파벳 정도를 배우고자 하는 십자가 수도회 소속의 어수룩한 재단사였다. 그리고 그다음 몇 달 동안 에브니저는 선생 노릇을 하며 생계를 유지했다. 그는 자신의 방과 학생들의 집에서 하루에 예닐곱 시간을 일했고, 자유 시간 대부분을 이튿날 수업을 위해 필사적으로 공부하며 보냈다. 시간적인 여유가 생기면 그는 하숙방에서 뒹굴거나, 대부분이 할 일 없는 시인들인 벌링검의 지인들과 함께 커피 하우스에서 시간을 때웠다. 그들은 자신들의 재능에 대해 분명히 확신을 가진 듯 보였고, 이에 감명을 받아 에브니저 역시 시를 써 보려고 몇 번인가 애써 보았다. 그러나 그때마다 쓸거리가 없어서 포기하곤 했다.

그의 고집으로 벌링검의 제자인 브롬리 양을 통해 그의 누이와 우회적인 서신 교환이 이루어졌다. 그리고 두 달 후 안나는 레든홀 근처에 살고 있는 노처녀 숙모의 병구완을 구실 삼아 용케 런던으로 와서 그들을 방문했다. 쉽게 상상할 수 있듯이 쌍둥이는 서로 다시 만나게 되자 뛸 듯이 기뻐했다. 삼 년 전에 에브니저가 세인트자일스를 떠난 이래로 서로 연락할 기회가 쉽사리 오지는 않았지만, 서로에 대한 애정과 관심은 여전히 각별했기 때문이다. 안나는 벌링검에게도 다시 만난 기쁨을 상당히, 그러나 예의에 벗어나지 않을 정도로 표현했다. 그녀는 에브니저가 그녀를 마지막으로 본 이래 약간 변한 모습이었다. 갈색 머리칼은 약간 바랬고 얼굴은 여전히 아름다웠지만 그가 기억하는 것보다 더 말랐고 소녀다운 분위기를 다소 잃은 것 같았다.

"나의 소중한 누이 안나!" 그는 벌써 다섯 번째 이렇게 자신의 누이를 불러 보고 있었다. "너의 목소리를 들을 수 있어 얼마나 좋은지 몰라! 말해 보렴, 어떻게 아버지 곁을 떠난 거야? 아버지는 잘 계시니?"

안나는 고개를 저었다. "조만간 아버지 당신이 미쳐 버리거나 내가 미쳐 버리거나 둘 중의 하나가 될 거야. 이게 다 네가 사라졌기 때문이야. 그 때문에 아버지는 한편으로는 화를 내면서도 또 한편으로는 걱정하셔. 네가 사라진 원인도 모르는 데다 너를 찾아 그 지역을 샅샅이 뒤져야 할지 아니면 너와 의절을 해 버려야 할지도 결정을 못 내리겠으니 말이야. 하루에도 수십 번씩 내가 너의 행방에 대해 조금이라도 아는 게 있는지 묻곤 하시지. 그도 아니면 내가 당신께 뭔가 감추고 있다고 나를 마구 욕하든지. 아버지는 나를 굉장히 의심하고 계셔. 하지만 때론 너에 대해 너무나도 애처롭게 물어서 눈물이 날 지경이야. 아버지는 지난 몇 주 동안 부쩍 늙으신 것 같아. 노발대발하는 횟수나 정도가 전에 비해 줄어든 건 아니지만 그건 진심이 아닌 것 같아. 그리고 그럴 때마다 육체적으로도 쇠잔해지는 것 같고."

"아, 저런, 듣고 보니 마음이 아파!"

벌링검이 말했다. "나도 마찬가지야. 앤드루가 날 싫어하기는 해도 나는 그가 아프지 않았으면 해."

안나가 에브니저에게 말했다. "나는 네가 열심히 노력해서 괜찮은 일자리를 얻은 다음 곧장 아버지에게 연락해서 자리를 잡았다고 말씀드리면 정말 좋겠어. 네게 마구 욕을 퍼부으시겠지만 네가 잘 있고 나름대로 자리 잡은 걸 알고 마음이 한결 편안해지실 거야."

에브니저가 말했다. "아버지의 마음이 편안해지면 내 마음도 편해질 거야."

"이봐, 하지만 이건 자네 인생일세!" 벌링검이 초조하게 외쳤다. "효도는 무슨 빌어먹을! 자네 둘이 그 거들먹거리는 악당을 두려워하는 걸 보니 정말이지 화가 치미는군!"

"헨리!" 안나가 노한 목소리로 책망했다.

벌링검이 말했다. "용서해 줘. 나쁜 의도는 없었어. 하지만 이봐요, 안나. 고통을 받는 것은 앤드루의 건강만이 아니오. 당신 자신이 수척해지고 병약해졌소. 그리고 내 눈에는 당신이 생기를 잃어 가고 있는 것처럼 보여. 당신 또한 세인트자일스를 벗어나 런던으로 와야 하오. 당신 숙모의 말벗이나 뭐 그 비슷한 걸로 말이요."

"내 얼굴이 창백하고 무거운가요?" 안나가 부드럽게 물었다. "어쩌면 그건 그저 나이 탓일 수도 있어요, 헨리. 스물한 살이면 이제 철없는 어린아이라고 할 수 없지요. 하지만 제발 나더러 세인트자일스를 떠나라고 하지는 마세요. 그것은 아버지더러 죽으라고 하는 말과 같아요."

에브니저가 벌링검에게 말했다. "어쩌면 그곳에 안나의 구혼자가 있는지도 모르지요. 그렇지 않니, 안나?" 그가 안나를 놀렸다. "아마도 네 마음을 빼앗은 시골뜨기 젊은이겠지? 스물한 살이면 어린아이는 아냐. 하지만 대단히 훌륭한 아내는 되겠지, 그렇지? 자, 헨리, 저 애가 얼굴 붉히는 걸 봐요! 내가 정곡을 찌른 것 같은데!"

벌링검이 거들었다. "장담하건대 대단히 운 좋은 녀석이겠지."

안나가 말했다. "아니야. 더 이상 그런 말로 날 놀리지 마, 오빠."

그녀가 너무 정색을 하자 에브니저는 그녀를 놀린 것에 대해 곧 사과했다.

안나가 그의 볼에 입을 맞췄다. "내가 가장 사랑하는 사람이 바보같이 내 오빠로 태어나 버렸는데 내가 무슨 수로 결혼하겠어? 케임브리지의 책들에는 뭐라고 쓰여 있지, 에벤? 결혼을 안 한 여자는 불행하대?"

에브니저가 웃었다. "절대 그렇지 않아! 나랑 비슷한 사람을 찾다가는 처녀로 늙어 죽고 말걸! 하지만 나는 여기 있는 친구를 네가 관심을 가질 만한 사람으로 추천하지. 요 몇 년 동안 약간 맛이 가긴 했지만 썩 훌륭한 테너거든. 그리고 끝내주게 멋진 친구라고!"

그 말을 입 밖에 내자마자 에브니저는 몇 주 전 벌링검이 앤드루의 의심에 대해 말해 주었던 것을 기억하고는 이내 자신이 말실수를 했음을 깨달았다. 두 남자의 얼굴이 동시에 붉어졌다. 그러나 안나는 자기 오빠에게 키스했던 것처럼 벌링검의 볼에 가볍게 입을 맞춤으로써 두 사람을 어색한 상황에서 구해 주었다. 그리고 아무렇지도 않은 듯 말했다. "만약 진심으로 말한 거라면 그렇게 나쁜 말도 아닌걸, 뭐. 글줄이나 읽은 사람이야?"

벌링검이 그 말장난에 동참하며 물었다. "무슨 상관이겠어? 부족한 것은 여기 이 친구가 가르쳐 줄 수 있는데 말이야. 어쨌든 그는 그렇게 장담하고 있다고."

에브니저가 펄쩍 뛰며 말했다. "이런 맙소사, 그러고 보니 생각나는군. 나는 지금 당장 타워힐로 달려가 팜슬리에게 리코더 연주법을 가르쳐야 해요. 오늘이 첫 수업이라고요." 그는 벽난로 선반에서 알토 리코더를 꺼내 들었다. "빨리요, 헨리. 피리는 어떻게 소리를 내는 거죠?"

벌링검이 말했다. "안 돼, 서두르지 마. 천천히 하라고. 예술을 너무 빨리 배우고자 하는 것은 심각한 실수야. 무슨 일이 있어도 팜슬리에게 곡조를 불기 전에 먼저 악기를 이리저리 만져 보고, 적절히 잡아 보고, 분해하고, 다시 조립해 보게 해야 해. 그리고 선생은 자신의 능력을 자랑해서는 결코 안 돼. 그러면 학생은 자신이 갈 길이 너무나도 멀다는 생각에 용기를 잃을 수도 있으니까. 나는 오늘 밤 자네에게 왼손 곡조를 가르쳐 주겠네. 그러면 자네가 내일 그에게 「어릿광대」를 연주해 줄 수 있을 거야."

안나가 물었다. "꼭 가야만 해?"

"그럼. 그렇지 않으면 일요일에 묵은 빵을 먹어야 하거든. 헨리는 이번 주에 학생이 없으니까. 내가 돌아올 때까지 그를 부탁해."

안나는 런던에 일주일간 머물렀다. 그리고 숙모의 침대 머리맡에서 가능한 한 자주 빠져나와 에브니저와 벌링검을 방문했다. 일주일이 다 되어 갈 무렵, 숙모가 혼자서 그럭저럭 생활할 수 있을 정도로 회복되자 그녀는 세인트자일스로 돌아가겠다고 했다. 에브니저마저 그녀와 함께 가겠다고 선언하자 벌링검은 대단히 놀라고 안타까워했다. 그러나 아무리 설득해도 에브니저의 마음은 조금도 움직이지 않았다.

그는 고개를 저으며 말하곤 했다. "소용없어요. 선생 노릇은 내게 맞지 않아요."

벌링검이 외쳤다. "자네가 책임으로부터 달아나는 게 아니라면 내 손에 장을 지지겠네!"

"아뇨. 내가 달아나는 거라면 나는 오히려 그것을 향해 달아나는 거예요. 아버지의 분노를 피하기만 하는 것은 겁쟁이나 할 짓이에요. 나는 아버지에게 용서를 빌고 아버지가 내게 요구하는 것은 무엇이든 하겠어요."

"그의 분노는 개나 줘 버려! 내가 말한 책임은 그에 대한 책임이 아니라 자네 자신에 대한 책임이야. 용서를 빌고 남자답게 벌을 받는 것은 언뜻 보기에는 고귀한 행동이겠지. 하지만 그건 자네의 삶을 통제하는 고삐를 스스로 버리는 것에 대한 듣기 좋은 변명일 뿐이야. 빌어먹을, 자신의 목표를 정하고 그 결과를 감수하는 것이야말로 진정 남자다운 일이라고!"

에브니저는 고개를 저었다. "당신이 어떤 말을 해도, 헨리, 나는 가야만 해요. 아들이 돼 가지고 아버지가 속이 타서 죽어 가는 꼴을 보고만 있을 순 없잖아요."

안나가 애원했다. "나쁘게만 생각하지 말아요, 헨리."

벌링검이 믿을 수 없다는 듯이 물었다. "설마 당신 역시 그게 현명한 행동이라고 믿는 것은 아니겠지?"

안나가 대답했다. "나는 그게 현명한 선택인지는 판단할 수 없어요. 하지만 그르지 않다는 것은 확실해요."

벌링검이 외쳤다. "이런 젠장, 너희 둘에게 두 손 들었어! 만약 아버지들이 이런 식으로 자식을 구속한다면 내가 내 아버지를 모르는 게 오히려 하늘에 감사할 일이야!"

안나가 조용히 말했다. "나는 오히려 당신이 언젠가 그를 찾게 되기를, 아니면 적어도 그에 대한 소식만이라도 들을 수 있게 되기를 하늘에 기도해요. 한 사람의 아버지는 그의 과거와 현재를 연결해 주는 고리예요. 그와 그가 태어난 세상을 묶어 주는 끈이라구요."

벌링검이 말했다. "그렇다면 나는 내가 그 끈으로부터 벗어난 것에 대해 다시 한번 하늘에 감사해야겠군. 덕분에 나는 지금 자유롭고 구속받지 않으니까."

안나가 다소 흥분하여 말했다. "정말 그렇군요, 헨리. 그게 좋든 나쁘든 간에 말이지요."

떠나야 할 시간이 되었을 때, 에브니저가 물었다. "언제 당신을 또 볼 수 있을까요, 헨리? 마음이 아플 만큼 당신이 그리울 거예요."

그러나 벌링검은 그저 어깨를 으쓱하며 말했다. "그렇게 마음 아파할 거라면 지금 여기 남게."

"가능하면 자주 당신을 만나러 올게요."

"아니, 괜히 자네 아버지 기분을 거스르지 말게나. 게다가 나는 어쩌면 떠날지도 몰라."

안나가 살짝 놀라며 물었다. "떠난다고요? 어디로 가는데요, 헨리?"

그는 다시 어깨를 으쓱했다. "여기에는 날 잡아 두는 게 아무것도 없어. 나는 지금 학생들 가운데 어느 누구에게도 관심이 없거든. 뭔가 내 관심을 끌 만한 것을 찾기 전까지 시간을 때우기에는 안성맞춤이지만 말이야."

친구의 비딱한 태도 때문에 더욱 어색해진 작별 인사 후에 에브니저와 안나는 마차를 한 대 빌려 필즈에 있는 세인트자일스로 향했다. 비록 특기할 만한 사건은 없었지만 그들 모두 이 짧은 여행을 즐겼다. 안나는 벌링검의 태도 때문에 이따금 눈물을 흘릴 정도로 심난해했고 에브니저는 아버지를 대면해야 하는 시점이 다가오자 마음이 불안해졌지만 마차 여행 덕분에 쌍둥이는 아주 오랜만에 단둘이서 오랫동안 대화할 수 있었다. 마침내 쿠크 영지에 도착했을 때, 그들은 앤드루가 주치의의 지시에 따라 사흘 전에 침대에 몸져누워 가정부 트위그 여사의 병 수발을 받고 있다는 걱정스런 소식을 들었다.

안나가 울먹이며 말했다. "맙소사! 그런데도 나는 그동안 내내 런던에나 있었다니!"

트위그 부인이 말했다. "얘야, 그건 네 잘못이 아냐. 그는 내게 굳이 사람을 보내지 말라고 했단다. 하지만 분명히 너를 보면 좋아하실 게다."

에브니저가 선언했다. "나도 가겠어."

안나가 말했다. "아냐, 아직은 안 돼. 지금 아버지의 상태가 어떤지, 그리고 너를 만나는 게 아버지에게 어느 정도 충격을 줄지를 우선 내가 살펴볼게. 미리 마음의 준비를 시켜 드리는 게 좋겠어. 그렇게 생각하지 않아?"

에브니저는 다소 우물쭈물하며 동의했다. 그 일을 너무 오래 미루면 지금 있는 용기마저 사라질까 두려웠기 때문이다. 그러나 바로 그날, 앤드루의 주치의가 영지를 방문했다. 그는 환자의 상태가 어떤지 살펴보고 에브니저에게 그의 아버지가 충격을 견디기에는 너무 허약한 상태라고 단언했다. 그는 자신이 앤드루에게 가능한 한 요령껏 아들이 돌아왔다는 사실을 알려 주겠다고 자청했다.

주치의는 얼마 후에 에브니저에게 보고했다. "자네를 빨리 만나고 싶어 하시는군."

에브니저가 물었다. "화가 많이 나셨나요?"

"그렇지 않아. 자네 누이가 돌아온 덕분에 기운을 많이 차리셨어. 게다가 내가 그에게 돌아온 탕아의 이야기를 상기시켰지."

에브니저는 2층으로 올라가 아버지의 침실로 들어갔다. 그 방은 그가 평생 세 번밖에 들어가 보지 않았던 곳이었다. 자신이 그토록 두려워하던 아버지의 모습은 어디에도 없었다. 침대 위에 가발도 안 쓰고 비쩍 말라 누워 있는 아버지는 쉰 살이라기보다 일흔 살에 가까워 보였다. 볼은 움푹 꺼져 있었고 눈동자는 퀭했으며 머리는 백발로 변해 가고 있었고 목소리는 거칠게 쉬어 있었다. 그의 이런 모습을 보자 에브니저는 머릿속에 미리 지어 두었던 사죄의 말을 까맣게 잊어버렸다. 그는 눈물을 흘리며 침대 옆에 무릎을 꿇었다.

앤드루가 한숨을 쉬며 말했다. "일어나거라, 얘야. 일어나. 그리고 얼굴을 보여 다오. 정말이지 너를 다시 보니 기쁘구나."

에브니저가 어렵게 입을 열었다. "정말 화나지 않으셨어요? 제 행동에 충분히 화가 나실 만도 한데요."

"사실 나는 이제 그런 것에 신경 쓸 기운도 없다. 너는 어찌 되었든 하나밖에 없는 내 아들이 아니냐. 그리고 만약 내가 더 나은 아들을 바란다면, 너 또한 더 나은 아버지를 바랄 수 있겠지. 훌륭한 아버지가 된다는 것은 쉬운 일이 아니다."

"아버지께 해명할 일이 많이 있어요."

앤드루가 말했다. "들은 걸로 하자. 지금은 네 해명을 듣고 있을 기력도 없으니까. 참회하는 것은 나쁜 자식의 은혜이고 용서하는 것은 나쁜 아버지의 은혜이다. 그걸로 됐어. 잠깐, 네게 할 말은 많이 있는데 남은 숨이 얼마 없구나. 저기 탁자 위에 놓여 있는 서류 보이지? 내가 어제, 세상이 오늘보다 좀 더 암울해 보였을 때 작성한 거란다. 괜찮다면 그것을 이리로 가져오려무나."

에브니저는 아버지가 시키는 대로 했다.

그의 아버지는 에브니저가 볼 수 없도록 서류를 감추며 말했다. "자, 내가 이것을 너에게 보여 주기 전에 솔직하게 말해 보렴. 너는 이리저리 방황하던 것을 완전히 그만두고 남자답게 남자의 몫을 수행할 준비가 되었니? 만약 그렇지 않다면 이것을 제자리에 도로 갖다 놓아라."

에브니저는 진지하게 말했다. "아버지가 바라시는 거라면 무엇이든 하겠습니다."

"저런, 그렇게까지야 바랄 수는 없지! 트위그 부인이 종종 말하곤 했지. 영국인 아기에게 프랑스인의 젖꼭지를 물리는 게 아니었다고 말이야. 그녀는 네가 마음을 못 잡고 방황하는 것이 프랑스인의 젖과 영국인의 피 사이의 주도권 쟁탈 때문이라고 봤어. 하지만 나는 조만간 네가 진짜 남자가 되는 모습을, 진실로 우리 가문의 에브니저가 되는 모습을 볼 수 있을 거라고 바라 왔고 지금도 바라고 있단다."

"죄송합니다만, 아버지! 솔직히 저는 프랑스인의 젖이니 가문의 에브니저니 하는 이야기가 도대체 무슨 말인지 이해가 안 갑니다. 어머니는 확실히 프랑스인이 아니었죠?"

"아냐, 아냐. 너는 영국인이 배고 영국인이 낳았어. 믿어도 돼. 아무튼 그놈의 의사가 빌어먹을 놈이지! 내게 파이프를 가져오고 여기 앉거라, 얘야. 그리고 처음이자 마지막으로 너의 내력을 모두 이야기해 주마. 그리고 내가 가장 관심을 갖고 있는 문제도 이야기해 줄게."

에브니저가 물었다. "힘들지 않으시겠어요?"

앤드루는 코웃음을 쳤다. "흥, 그렇다면 마찬가지 논리로 사는 것도 어리석은 일이야. 됐어, 나는 곧 무덤에서 충분히 쉬게 될 거다." 그는 침대 위에서 몸을 약간 일으키고 에브니저가 건네주는 파이프를 받았다. 그리고 한 모금을 빨아 기분 좋게 맛을 본 후, 이야기를 시작했다.

"그때가 1665년 여름이었지. 나는 베이나드 성 근처에서 피터 패건이라는 상인과 몇 가지 사업상의 용건을 해결하기 위해 메릴랜드에서 런던으로 왔다. 그리고 너의 어머니인 배싱쇼의 앤 보이어를 만나 결혼을 했어. 연애 기간은 짧았다. 우리는 런던의 대역병을 피하려고 즉시 곡식과 철물을 실은 브리그 선 '리다우트'[9]호를 타고 메릴랜드로 항해했어. 우리는 리저드를 떠난 그날부터 폭풍을 헤치며 달렸고 플로레스부터 케이프까지 역풍을 받으며 나아갔단다. 바다를 건너는 데 십사 주가 걸렸고 마침내 12월, 우리가 세인트메리즈 시티의 해안에 다다랐을 때 가엾은 앤은 이미 임신 삼 개월에 접어들고 있었단다! 비참한 상황이었지. 왜냐하면 식민지에 처음 온 사람들은 모두 일정 기간 동안 풍토병을 견뎌 내야 하고 몇 주 동안 기후에도 적응해야 했거든. 아마 앤보다 더 강한 사람이

---

9) Redoubt. 요새, 보루라는 뜻.

라도 이겨 내지 못했을 거야. 그런데 그녀는 작은 여자였어. 그리고 연약했지. 갑판에서 고생하는 것보다 거실에서 바느질하는 게 더 잘 어울리는 여자였어. 세인트메리즈에서 일주일을 채 보내기도 전에 그녀가 배에서 걸렸던 감기가 아주 무서운 학질로 전이되었단다. 나는 즉시 그녀를 데리고 만을 건너 몰든으로 데려갔다. 신혼 방으로 꾸민 방은 결국 그녀의 병실이 되고 말았어. 그녀는 그곳에서 쇠약하고 열에 들뜬 상태로 나머지 산달을 채웠단다."

에브니저는 상당히 감동스럽게 이야기를 들었다. 하지만 할 말이 아무것도 생각나지 않았다. 그의 아버지는 다시 파이프를 빨았다.

이야기는 계속되었다. "집안의 모든 사람들은, 그리고 나 역시도 앤이 유산하거나 사산할 거라고 생각했어. 그만큼 건강이 좋지 않았지. 그래도 혹 아이가 살 경우를 대비해서 나는 유모를 물색했단다. 가엾은 앤이 젖을 빨리지 못할 거라는 걸 잘 알고 있었기 때문이야. 2월의 어느 날, 나는 공교롭게도 지금 케임브리지가 있는 부둣가에서 몇몇 경작자들과 흥정을 하며 서 있었다. 그런데 그때 내 뒤쪽의 찹탱크강에서 풍덩하고 커다랗게 물 튀기는 소리가 들리더구나. 내가 몸을 돌렸을 때, 마침 젊은 여인의 머리가 얼음 아래로 가라앉는 것이 보였지."

"저런!"

"비록 팔 하나는 곱았지만 나는 그 당시 수영을 잘하는 사람으로 통했어. 그리고 다른 사람들은 모두 차가운 물속에 몸

담그기를 꺼리는 것 같아 보였기에 내가 그녀를 따라 물속으로 뛰어들었지. 가발을 쓰고 옷도 다 입은 채로 말이야. 내가 그녀를 들어 올리자 다른 사람들이 와서 우리를 밖으로 꺼내주었어. 너는 내가 그 수고로 고맙다는 인사를 들었을 거라고 생각하겠지? 그런데 그 여자는 정신이 들자마자 자신이 구출된 것을 한탄하고 자기를 그냥 빠져 죽게 내버려 두지 않았다고 나를 욕하기 시작했어. 우리들은 굉장히 놀랐어. 그녀는 열여섯이나 일곱을 넘지 않은 젊고 예쁜 계집애였거든.

나는 그녀에게 물었어. '시작한 지 얼마 되지도 않은 인생을 어째서 벌써 끝내려고 하지? 행복한 결말로 끝나는 많은 이야기들은 불행하게 시작하기 마련인데 말이야.'

그녀는 이렇게 대답하더군. '이유가 뭐든지 간에 나는 당신이 전혀 고맙지 않아요. 물에 빠져 죽게 내버려 두었으면 죽음의 고통도 금방 사라졌을 텐데. 이제 당신 덕분에 나는 추위나 굶주림으로 더욱 오랫동안 시달리다가 죽겠군요.'

나는 그녀를 다그쳐서 이유를 실토하게 할 작정이었다. 하지만 나는 그때까지 눈치채지 못했던 것을 우연히 발견했어. 그녀의 얼굴과 팔은 초췌하고 여위었지만 배는 꽤 불러 있었던 거야.

내가 말했단다. '아, 이제 알겠군. 당신 주인이 연초가 제대로 건조되었는지 만져 보라고 당신을 보존처리 창고에 보냈는데 거기서 어떤 일꾼 놈이 당신을 덮친 게로군.'

나는 놀리듯이 말했어. 옷도 다 헤지고 얼굴도 더러운 것이 꼭 하녀처럼 보였거든. 그녀는 아무 대답도 하지 않았어. 대신 고개를 저으며 더욱 심하게 울더구나.

그래서 내가 말했지. '뭐, 그렇다면 농장 일꾼이 아니라 주인 본인이 그랬나? 그리고 보존처리 창고가 아니라 쪽방이나 외양간 같은 곳인가? 당신의 배가 교회 예식을 거친 후 부풀어 오른 것은 틀림없이 아닐 테고 말이야! 그리고 지금 그 농장주는 이런 종류의 수확에는 전혀 대비하고 있지 않을걸. 내 장담하지.'

내가 얼마 동안 더 캐묻자 그 소녀는 목사가 축복하기도 전에 자기가 밥상머리에 앉은 것이 사실임을 고백했단다. 젊은 애들이 종종 그렇듯이 말이야. 하지만 오직 한 번이었고, 그것도 일꾼에게 강제로 당한 것이 아니라 오히려 자기에게 사랑을 맹세한 어느 농장주 아들의 간청을 들어준 거라더군. 그리고 그 녀석이 빼앗은 것은 어느 무지렁이 하녀의 순결이 아니었어. 알고 보니 그녀는 록산 에두아르로, 쿠크포인트에서 상류 쪽에 자리 잡은 에두아르딘의 지체 높은 프랑스 신사였던 세실 에두아르의 고아인 거야. 그녀의 부모가 죽자 카운티 남부의 처치크릭에 살고 있던 부유한 삼촌이 그녀를 양육했지. 그런데 그는 그녀의 고귀한 피에 집착한 나머지 그 지역의 젊은이들 가운데에서는 어떤 구혼자도 그녀에게 허락하지 않았다는 거야. 그녀가 삼촌의 이웃이었던 그 지역 농장주의 맏아들과 사랑에 빠진 것은 스스로에게 불행한 일이었지. 그리고 그 역시 그녀에게 완전히 빠져서 그녀에게 결혼해 달라고 애걸했다는구나. 그녀는 자신의 보호자가 반대하는 젊은이와 결혼하지 않을 만큼은 순종적인 아이였단다. 그러나 어찌 되었든 평저선을 타고 강으로 나갔을 때, 배 밑바닥에서 그가 덤벼드는 걸 거부할 만큼 순종적이진 않았던 것 같구나. 그런 일이 있은 후 그녀는 더 이상 그를 만나려 하지 않았어. 그러자 그 젊은 멍청이는 몹시 괴로워하다가 자신의 유산마저 포기하고 바다로 나가 평범한 선원이 되었고, 그 후로 아무 소식도 들려오지 않았다는 거야. 그녀는 이내 자신이 아이를 뱄음을 알아채고 곧장 삼촌에게 사건의 전말을 고백했지만 오히려 그 즉시 내쫓기고 말았어."

에브니저가 외쳤다. "세상에! 그런 게 바로 조카에 대한 관심의 표현인가요! 그런 관심이라면 차라리 없는 편이 나아요! 정말 이해할 수 없군요!"

앤드루가 말했다. "내 생각도 그렇다. 하지만 일은 그렇게 됐어. 아니, 그렇다고 들었어. 게다가 그는 어느 누구라도 그녀를 받아들이면 가만두지 않겠다고 위협했어. 그렇게 해서 가엾은 록산은 아주 비참하게 궁지에 몰린 거지. 그녀는 일을 전혀 할 줄 몰랐지만 가정부로 취직해 보려고도 시도했어. 하지만 몇 달이 지나지 않아 자기가 돌봐야 할 아기가 생길 하녀에게 관심을 갖는 주인은 없었지. 모든 사람들이 그녀가 처한 곤경을 알고 있었어. 그리고 예전에 그녀에게 최소한의 호감을 표현하러 왔다가 그녀의 삼촌에게 문전박대를 당했던 많은 남자들이 그녀가 영락한 작금에 와서는 거리낌 없이 음탕한 제안을 해 댔지."

"세상에! 그 몹쓸 놈들은 그녀의 상황에 대해 아무런 동정심도 못 느낀대요?"

"그래. 게다가 그녀의 배까지 그녀를 배신했어. 왜냐하면 그녀의 임신한 배가 그들을 단념시키기는커녕 눈에 띄게 불러올수록 그것이 더욱 그들을 자극하는 것 같았거든. 너도 본 적이 있을 텐데." 그는 그의 아들을 흘끗 보았다. "아니다, 상관없어. 간단히 말해 그녀는 한편으로는 매춘과 치욕, 다른 한편으로는 강간과 굶주림 외에는 아무것도 볼 수 없었어. 그저 전자를 선택하자니 수치스럽고 후자를 선택하자니 두려워서 세 번째 대안을 선택한 거야. 즉 챱탱크강으로 뛰어드는 거지."

에브니저가 물었다. "저런, 그러면 아버지가 그녀를 구한 후에는 어떻게 되었나요?"

앤드루가 대답했다. "그야 온 힘을 다해 다시 한번 물속에 뛰어드는 것 외에 무엇을 할 수 있었겠니? 결국 나는 그녀를 우리 집으로 데려와야겠다고 생각했지. 가엾은 앤보다 고작 일주일 정도 먼저 아이를 낳을 것 같았으니까. 나는 그녀를 잘 돌봐 주고 해산 준비를 해 주겠다고 제안했어. 자기 아기뿐만 아니라 내 아기에게도 젖을 물린다는 조건으로 말이야. 물론 내 아기가 살아남는 경우에 그렇다는 거지만. 그녀는 동의했어. 계약서를 작성한 후, 나는 그녀를 몰든으로 데려갔지.

네 어머니는, 신이여 그녀를 편히 쉬게 하소서, 나날이 더 악화되었다. 그녀는 독실한 프로테스탄트였어. 성경을 읽는 데 푹 빠져 있었지. 그리고 내가 자기를 안타깝게 바라볼 때마다 이렇게 대답하곤 했어. '여보, 두려워하지 말아요. 주께서 우리를 도와주실 거예요.'"

에브니저가 말했다. "어머니께 신의 가호가 있기를!"

앤드루의 이야기는 계속되었다. "자신이 앓고 있는 몇 가지 질병들을 적의 무리로 간주하는 것이 그녀가 병을 이기는 기발한 방식이었어. 그리고 때때로 구약성서에서 신이 이스라엘 사람들을 위해 군사적으로 개입하는 부분을 읽어 달라고 나를 졸랐지. 그래서 학질이 그녀를 죽이는 데 실패하고 퇴각했을 때 (비록 그것은 그녀를 안타까울 정도로 축냈지만) 그녀는 마치 적의 측면이 공격당하는 광경을 바라보는 장군처럼 자랑스러워했고, 블레셋 사람들이 패퇴하여 달아나는 모습을 지켜보는 예언자 사무엘처럼 '여호와께서 여기까지 우리를 도우셨다!'[10]고 선언했어. 마침내 그녀의 해산 날이 왔어. 그리고 끔찍한 산고 후에 3.8킬로그램의 안나를 낳았단다. 그녀는 자기 어머니의 이름을 따서 그 애의 이름을 지었다. 그리고 내게 다시 말했어. '여호와께서 여기까지 우리를 도우셨어요!' 모두들 그녀의 시련이 이쯤에서 끝나겠거니 짐작했단다. 그리고 나는 가톨릭 신자도 개신교도도 아니었지만 그녀가 무사히 출산한 것에 대해 신께 감사드렸어. 하지만 안나를 낳은 지 한 시간도 채 안 되어서 산통이 다시 시작되었어. 그리고 수십 번의 고통스러운 신음 끝에 그녀는 제 누이만큼 큰 너를 빛으로 인도한 거야. 너무나도 연약해서 그저 헛배만 불러도 고통스러워했던 그녀가 7.6킬로그램이나 되는 아이를 낳은 거야. 네 어깨가 분명하게 모습을 드러내기도 전에 그녀가 정신을 놓은 것은 그리 놀랄 일도 아니었지. 그리고 네 어미는 결국 다시는 정신을

10) 구약성서 사무엘상 7장 12절.

차리지 못했어. 그리고 그날 밤 죽어 버렸지. 5월치고는 날씨가 이상하게 더웠기 때문에 이튿날 나는 그녀를 쿠크포인트가 면한 만 부근의 커다란 미송(美松) 밑에 묻었단다. 그리고 그녀는 아직도 그곳에 누워 있단다."

에브니저가 눈물을 흘리며 말했다. "하느님 맙소사! 저는 그럴 만한 가치가 없어요!"

앤드루가 말했다. "그 당시에 내 감정이 정확히 바로 그랬다고 말하지 않으면 거짓이겠지. 신이여, 용서하소서, 장례식이 진행되는 와중에도 나는 너희들이 집에서 빽빽 울어 대는 소리를 들을 수 있었어. 그리고 석공이 묘석에 글자를 새기는 동안 나는 임시로 그 모래 무덤 위에 둥근 돌을 하나 올려놓았는데 바로 그때 사무엘서의 말씀이 생각났단다. 신이 블레셋 사람들을 격퇴시키자 사무엘은 여호와께서 도움을 주셨다는 증표로 돌을 세우는데 히브리인들은 그 돌을 에브니저[11]라고 불렀지. 바로 그때, 얘야, 아내를 잃은 비통함과 신에 대한 원망으로 나는 네게 그런 이름을 준 거야. 나는 병에 남아 있던 페리 주 찌꺼기로 직접 너에게 세례를 주었다. 록산이 이를 막으려고 했지만 한발 늦었지. 그리고 몰든의 식구들에게 이렇게 선언했어. '여호와께서 여기까지 우리를 도우셨다!'"

"아, 아버지, 이제 그 일로 더 이상 자책하지 마세요." 에브니저가 간청했다. 하지만 앤드루는 어떤 특별한 감정을 드러내지 않았다. "저는 이해하고 용서해요!"

---

11) 한글 성경에는 '에벤에셀'로 되어 있다.

앤드루는 침대 맡에 놓인 타구(唾具)에 파이프 재를 떨어냈다. 그리고 잠깐 쉰 다음 이야기를 다시 시작했다.

그는 조용히 말했다. "어쨌든 너와 네 누이는 어머니의 손길이 결코 부족하지 않았어. 록산이 여드레 전에 낳은 딸아이가 첫 울음을 터뜨리기도 전에 탯줄이 목에 감겨 질식해 죽었거든. 그래서 아이가 하나가 아니라 둘이 생겼지만 그녀는 둘 모두를 먹일 수 있는 젖가슴을 두 개 가지고 있었고, 너희 모두를 배불리 먹일 만큼 젖은 충분히 나왔어. 일단 굶주림을 면하고 삼시 세 끼를 잘 먹게 되자 그녀는 아주 건강해졌어. 출신은 고귀했지만 낙농장에서 일하는 여자처럼 혈색이 좋고 가슴이 풍만하고 활기가 넘쳐흘렀지. 그녀는 계약 기간 사 년 동안 너희들을 자신의 아이들인 양 정성껏 길렀어. 트위그 부인은 프랑스인의 젖꼭지와 영국인의 피가 섞여서 좋을 건 하나도 없다고 단언했지만 너희들은 도싯의 여느 아이들처럼 통통하고 명랑하게 자랐지.

1670년, 그러니까 록산의 계약 기간 마지막 해에 나는 몰든을 떠나 런던으로 가기로 결심했단다. 우선 중개업에 싫증이 났고, 다른 한편으로는 거기 있어 봤자 담배 사업에서 그다지 큰 재미를 보지 못할 것 같았거든. 그리고 비록 쿠크포인트가 지구상에서 내게 가장 소중한 곳이고 또 내가 최초로 소유하게 된 가장 큰 재산이지만 내 아내를 위해 세운 집에서 홀아비로 살아간다는 건 너무나도 가슴 아픈 일이었단다. 게다가 솔직히 말해서 앤의 죽음 이후로 록산에 대한 나의 입장이 다소 미묘해진 것도 사실이야. 나는 당연히 그녀가 나에 대해 어떤 부도덕한 뜻도 품고 있지 않다고 여겼거든. 왜냐하면 그녀는 법률적인 계약 때문뿐 아니라 감사하는 마음 때문에도 나를 떠나지 못했기 때문이야. 나 역시 그녀에게 매우 고마워했지. 그녀의 법률적인 의무의 두 배인 나의 아이들에게 단지 젖만 물리는 게 아니라 어머니의 사랑으로 너희들을 돌봤고, 너희들에 대한 순수한 애정에서 트위그 부인이 가정교사로서 맡았던 대부분의 의무들까지 떠맡고 있었기 때문이야. 이미 말했듯이 그녀는 보기 드물게 예쁜 여자였고, 나는 당시 서른세 살의 건장한 체격을 가진 남자였지. 나는 부유한 데다 얼굴이 그리 못난 편도 아니었고 가엾은 앤의 시련과 죽음으로 인해 그 주(州)에 도착한 후로 어쩔 수 없이 불편을 감수하며 혼자 자야 했어. 그러니 몇몇 편협하고 오지랖 넓은 놈들이 록산이 유모 노릇을 할 뿐만 아니라 앤을 대신하여 내 잠자리를 데우고 있다고 입방정을 떤 것도 놀랄 만한 일은 아니었지. 특히 그들 스스로가 그녀에게 음탕한 손길을 뻗치고 난 이후 소문은 더욱 커졌지. 사람들이란 그런 거야. 직접 저지를 용기나 수단이 없어서 하지 못했던 잘못들을 다른 사람에게 전가하곤 하지."

"세상에, 정말 악의적인 험담이군요!"

앤드루가 말했다. "그래. 하지만 죄인으로 소문난 사람은 죄인이나 마찬가지인 법이란다. 신의 눈에 어떤 사람인가 하는 점은 세상 사람들에게는 별로 의미가 없어. 모든 점들을 고려해 볼 때 나는 그녀를 놓아주는 편이 낫다고 생각했어. 하지만 나는 그녀를 죽음이나 매춘으로 다시 내몰 수 없었지. 그래서 어느 날 내가 그녀를 만났던 바로 그 장소에서 자신을 록산의 삼촌이라고 소개하면서 매우 염려스러운 듯이 질녀의 안부를 묻는 한 남자가 나타났을 때 나는 한편 놀라면서도 기뻤어."

"그 작자가 그때쯤엔 많이 누그러졌어야 할 텐데요."

앤드루가 말했다. "바로 그랬어. 예전에 자기가 질녀에게 매정하게 굴었던 일을 생각만 해도 눈물을 흘릴 정도로 말이야. 그리고 내가 록산이 이후에 겪은 고통과 아이의 죽음에 대해 알려 주자 그는 회한으로 머리를 쥐어뜯었어. 그는 내가 그녀를 구해서 돌봐 준 것에 대해 끝없이 감사했단다. 그리고 자신이 이전에 모질게 대했던 것에 대해 보상을 하고 싶다고 말하더구나. 그러면서 내게 록산을 설득하여 집으로 돌아오게 해 달라고 간청했지. 나는 그녀를 그런 수치스러운 지경까지 몰고 간 것은 그가 질녀의 구혼자들 문제에 불합리하게 간섭했기 때문이라고 일깨워 주었어. 그러자 그는 앞으로 다시는 그런 불합리한 간섭을 하지 않을 것이고, 또 마침 그녀를 위한 훌륭한 짝을 마음에 두고 있다고 말하더구나. 그는 줄곧 그녀에게 호의를 보여 왔던 이웃의 부유한 친구라며.

이 모든 사실을 알게 되었을 때 록산이 얼마나 놀랐을지 너도 상상할 수 있을 거다. 그녀는 삼촌이 마음을 바꿨다는 얘기를 듣고 기뻐했어. 하지만 너와 안나를 두고 가는 것은 자신의 아이 둘을 포기하는 것처럼 힘든 일이었지. 그녀는 울고불고 난리도 아니었단다. 여자들이 자기 신상에 커다란 변화가 생겼을 때 으레 그렇듯이 말이다. 그리고 자기도 런던으로 데려가 달라고 애원했어. 하지만 나는 우리의 관계를 더 지속시키는 것은 우리 모두에게 해가 된다고 여겼다. 게다가 그녀의 삼촌이 그녀를 위해 실질적인 짝을 마련해 두었기 때문에 더욱 그랬지. 그렇게 해서 록산에게 내가 보관하고 있던 그녀의 고용 계약서를 준 바로 그날, 즉 그것은 그녀와의 계약이 종결되었음을 의미하는데, 그녀의 삼촌이 사륜 짐마차를 타고 몰든으로 와서 그녀를 데려갔단다. 그리고 우리 관계는 그렇게 끝났지. 그 후 이 주일도 되지 않아 나 역시 몰든에게 마지막으로 작별을 고하고 메릴랜드를 영원히 떠났단다. 몰든을 떠나는 것은 쉽지 않은 일이었어. 그것은 정말이지 삶이 인간에게 분명한 선택의 기회를 제공한 흔치 않은 기회였으니까. 삶은 원래 인간이 어떤 길을 선택하든 간에 인간에게 고통을 주는 방식으로 일을 만들어 놓곤 하니까 말이다. 휴! 두서없이 말하다 보니 말이 옆길로 샜구나. 숨이 다 차는군! 자, 여기."
이야기하는 내내 만지작거리던 서류를 에브니저에게 건네면서 그가 말했다. "내가 숨을 고를 동안 이것을 좀 읽어 보렴."

에브니저는 궁금하면서도 불안한 마음으로 그 서류를 받았다. 서류에는 다음과 같은 내용이 있었다.

> 미들섹스 카운티의 필즈 소재 세인트자일스 교구의 앤드루 쿠크는 나의 마지막 유언과 유서를 다음과 같이 만든다. …… 우선 나는 나의 아들 에브니저 쿠크와 딸 안나 쿠크에게 메릴랜드 도체스터 소재 챱탱크강 유역의 쿠크포인트라 불리는 나의 모든 땅에 대한…… 나의 모든 소유권과 권리를 준다…….

똑같이 나누어…….

앤드루가 다그쳤다. "자, 봤느냐? 이해했느냐 말이다, 이 어리숙한 녀석아! 이것이 쿠크포인트다. 이것이 나의 소중하고 자랑스러운 몰든이야. 그곳은 너희 둘이 처음으로 세상의 밝은 빛을 본 곳이고 너희 어머니가 이제껏 누워 있는 곳이다! 내게는 지금 이 집도 있고 플럼트리가(街)의 저택도 있어. 하지만 내 마음은 쿠크포인트에 가 있단다. 몰든이야말로 내가 황무지에서 일으켜 세운 소중한 곳이기 때문이야. 이것이 너의 유산이다, 에벤. 너의 상속 재산이야. 바로 네가 넓고 큰 세상에서 작물을 재배하고 열매 맺게 해야 할 네 소유의 땅이지. 그리고 이것은 맹세코 고귀한 유산이지! 나는 '똑같이 나누라.'고 했지만 영지를 관리하는 일은 여자의 일이 아니라 남자의 일이다. 이것을 위해 나는 너를 낳았고 길렀고 교육시켰다. 그러니 이것을 위해 너는 일해야 하고 너 스스로 그에 합당한 사람이 되기 위해 단단히 준비를 해야 해, 이 한심한 녀석아. 더 이상 허송세월하지 말아라!"

에브니저는 얼굴을 붉혔다. "제가 태만했다는 것을 잘 알고 있어요. 제가 케임브리지에서 실패한 것은 어리석음 때문이 아니라 아무런 목적도 없이 무기력하게 살았기 때문이란 것 말고는 제게 어떠한 변명의 여지도 없다는 것도요. 헨리 벌링검이 제 곁에서 저를 지도하고 자극했더라면 얼마나 좋았을까요!"

앤드루가 펄쩍 뛰었다. "벌링검이라고! 흥! 그놈은 뭐 학사

학위에 너보다 더 가까이 간 줄 아느냐? 아니, 내 생각에는 너를 망친 것은 바로 네가 그토록 좋아하는 악당 벌링검이었어. 그놈은 너에게 노력하는 방법을 가르쳐 주지 않았으니까." 그는 유언장 초안을 마구 흔들어 댔다. "벌링검이 몰든 같은 유산을 물려받을 수 있을 것 같으냐? 그 망할 놈 같으니! 혈압 오르니까 내 앞에서는 그놈 이름도 꺼내지 말거라, 알겠지?"

아버지의 반응을 살피기 위해 일부러 벌링검의 이름을 언급했던 에브니저는 급히 사과했다. "죄송해요." 그는 이제 런던에서 체류했던 일에 대해 상세히 설명하는 것은 미련한 짓이라고 결론을 내렸다. "아버지께서 실패한 저를 이렇게 관대하게 대해 주시니 저는 더욱더 몸 둘 바를 모르겠어요. 아버지가 원하신다면 저는 다시 케임브리지로 가겠어요. 그리고 이번에는 맹세코 이전의 실수를 되풀이하지 않을 겁니다."

앤드루의 얼굴이 흥분으로 붉어졌다. "케임브리지는 집어치우거라! 메릴랜드가 바로 너의 케임브리지가 될 거다. 그리고 연초 농장이 너의 도서관이 될 거야! 그리고 졸업장에 대해서 말인데, 만약 네가 열심히만 한다면 너는 어쩌면 만 파운드의 오로노코 환어음을 찍어 낼 수도 있을 거다!"

"그렇다면 저를 메릴랜드로 보내시겠다는 말씀인가요?" 에브니저는 불안해하며 물었다.

"그래. 그 땅이 너를 낳아 주었으니 이젠 네가 그 땅을 경작해야 하지 않겠니. 하지만 너는 아직 그럴 준비가 전혀 되어 있지 않아. 대학이 네 머리를 뒤죽박죽으로 만들고 네 몸을 축나게 해서 네게 영지를 관리할 머리나 그것을 경작할 힘이 없을까 봐 그게 걱정이다. 너에게서 벌링검의 영향력과 대학의 찌꺼기를 제거하는 데는 얼마간의 손질이 필요하겠지. 하지만 '뛰기 전에 우선 걸어야 하는 법'이야. 네게 필요한 것은 성실한 도제 정신이다. 나는 너를 즉시 런던으로 보내어 피터 패건이라는 상인 밑에서 서기 노릇을 하도록 만들 참이다. 내가 그랬고 내 아버지가 그랬듯이 식민지 무역의 세부적인 사항들을 공부하거라. 네가 몰든에서 자리를 잡을 때가 오면 그것이 네가 케임브리지에서 배웠던 그 무엇보다 너를 더 좋은 입지에 서게 할 거라고 나는 믿는다!"

이러한 삶의 방침은 에브니저가 스스로 선택했을 만한 것은 아니었다. 그렇다고 어떤 것도 다를 바는 없었다. 게다가 그것에 대해 곰곰이 생각해 보았을 때, 그가 머릿속에 그려 본 농장주의 삶에는 모종의 매력이 있는 듯 보였다. 가장 좋아하는 말 등에 앉아 농장의 일꾼들을 감독하는 자신의 모습이 보이는 듯했다. 자신을 부자로 만들어 준 담배를 피우고, 몇몇 교양 있는 친구들과 자신의 양조장에서 만든 모과술이나 배술을 마시고, 저택의 넓은 복도에서 저녁 시간을 한가하게 빈둥거리고, 강 저편의 물오리를 구경하고, 이따금 평이하면서도 고상한 시를 지을 수도 있을 것이다. 안타깝게도 그는 그 어떤 종류의 삶에서도 전부 매력을 엿볼 수 있었다. 그리고 더 직접적으로는 깨끗한 양심으로 런던에 돌아갈 수 있다는 전망이 그를 기쁘게 했다.

그래서 그는 내키지 않는다는 듯이, 그러나 그리 우울하지는 않은 어투로 대답했다. "아버지께서 원하시는 대로 하겠습니다. 잘하도록 노력도 하고요."

"그래, 고마운 일이야!" 앤드루가 말했다. 그리고 희미한 미소까지 지어 보였다. "'여기까지 여호와께서 우리를 도와주셨다.' 이제 당분간 혼자 있고 싶구나. 피곤해서 죽을 지경이야."

앤드루는 침대에 등을 뉘었고 벽 쪽으로 얼굴을 돌리고는 더 이상 아무 말도 하지 않았다.

5 에브니저가 런던에서 두 번째 체류를 시작하고 평범한 일상을 보내다

이 시기 제임스 2세와 오렌지공 윌리엄 간의 갈등으로 야기된 국내의 커다란 불안으로 인해 에브니저는 아버지의 충고를 좇아 1668년 겨울, 윌리엄과 메리가 안전하게 영국의 왕좌에 오를 때까지 런던으로 돌아가지 않았다. 당시에는 결코 깨닫지 못했지만 세인트자일스에서 보낸 이 무료한 일 년은 아마도 에브니저가 가장 큰 행복을 누린 시기였을 것이다. 책을 읽고, 가까운 시골이나 런던 근교를 산책하고 누이와 장시간 얘기하는 것 외에는 달리 할 일이 없었다. 다가올 자신의 미래에 대해 설레거나 흥분되지는 않았지만 적어도 그것을 스스로 선택해야 하는 책임은 지지 않아도 되었다. 봄과 여름이 오고 날씨가 화창해지자 그는 마음이 들떠 책을 읽는 것조차 힘들었다. 때로는 불명확한 가능성들 때문에 가슴이 곧 터져 버릴 것만 같았다. 그는 종종 집 뒤의 배나무 그늘 아래에서 벌링검에게 배운 테너 리코더를 연주하며 오전 내내 앉아 있곤 했다. 운동을 하는 것도 내키지 않았고 안나를 제외하고는 사람을 만나는 것조차 성가셨다. 햇빛과 클로버 향기로 흠뻑 젖은 공기는 그를 흥분시켰다. 어떤 때는 감정이 너무 벅차올라서 그것을 쏟아 내지 않으면 정신을 잃을 것같이 아득해지기도 했다. 그러나 막상 떠오른 시구(詩句)를 적어 두려 하면 도통 써지지가 않았다. 그의 상상력은 시련(詩聯)이나 기발한 착상에 머무르려 하지 않았다. 날씨가 따뜻한 몇 달 동안 그는 일종의 신경질적인 흥분 상태에서 지냈다. 당시로서는 유쾌하다기보다는 혼란스러운 느낌에 가까웠지만 날이 저물 무렵에 남는 뒷맛은 달콤했다. 밤마다 그는 종종 현기증이 날 때까지 유성이 하늘을 미끄러져 내려오는 것을 지켜보았다.

그리고 역시 당시에는 알 수 없었지만 이런 한가한 시간들은 장래 몇 년의 시간 가운데서 그가 누이와 진실로 교감할 수 있는 마지막 기회를 제공해 주었다. 그러나 이것은 대부분 말로 표현되지 않는 것이었다. 그들은 서로 친밀하게 말하는 요령을 어딘가에서 잃어버린 듯했다. 각자에게 틀림없이 가장 중요했을 문제들, 즉 에브니저가 케임브리지에서 실패한 것과 곧 집을 떠나리라는 것, 벌링검과 관계된 안나의 불분명한 과거와 현재, 그녀가 어떤 구혼자들과도 접촉하지 않고 그들에게 조금도 관심을 보이지 않는다는 사실 등은 결코 화제에 오르지 않았다. 그러나 8월의 어느 더운 아침나절 그들이 아주 오랫동안 함께 산책을 한 뒤 쿠크 영지를 가로지르는 바위투성이 작은 개울의 지류 근처에 서 있는 큰 단풍나무 아래 앉았을 때, 안나는 그의 오른팔에 얼굴을 묻고 몇 분간을 울었다. 에브니저는 그녀가 흘리는 눈물의 이유를 묻지 않았고 최선을 다해 그녀를 위로했다. 그녀를 슬프게 하는 것은 아마도 그들이 어른이 되는 것과 관련된 어떤 느낌일 거라고 그는 짐작했다. 그들이 태어나 스물두 해를 보낸 이때에 안나는 자신의 오빠보다 다소 성숙해 보였다.

앤드루는 일단 아들 문제가 원만히 해결된 것처럼 보이자 점차 기운을 차렸고 가을 무렵에는 건강한 모습으로 돌아왔다. 나이에 비해 폭삭 늙어 버리긴 했지만. 11월 초가 되자 그는 아들이 런던으로 출발해도 좋을 만큼 국내의 정치적 상황이 충분히 안정되었다고 단언했다. 일주일 후 에브니저는 가족들에게 작별 인사를 하고 런던을 향해 출발했다.

푸딩 레인 하숙집에 숙소를 정한 후 그가 처음 한 일은 벌링검의 옛 주소지를 방문하여 자신의 오랜 친구가 어떻게 지내는지 살펴보는 일이었다. 그러나 놀랍게도 그곳에는 이미 새로운 세입자인 포목상과 그의 가족이 살고 있었다. 그리고 이웃들 중 어느 누구도 헨리의 행방에 대해 아는 바가 없었다. 그날 저녁 그는 소지품을 정돈한 후에 로케츠로 향했다. 그곳에서라면 벌링검 본인은 아니더라도 적어도 그에 대한 소식을 알 만한 친구들 몇몇을 찾을 수 있으리라고 기대했기 때문이다.

그는 벌링검의 소개로 알게 된 무리 셋을 발견했다. 작고 빛나는 눈과 검은 고수머리를 가진 벤 올리버가 그중 한 사람이었다. 그는 몸집이 크고 뚱뚱한 시인이었는데 혹자는 그가 유태인이라고도 했다. 크라이스트 대학 출신의 몸집이 작고 혈색이 좋지 않은 톰 트렌트라는 녀석 역시 시인이었다. 그는 성직을 준비하기 위해 대학에 들어갔지만 목사가 된다는 생각만으로도 진절머리가 나 자신의 직업을 조롱하기 위해 숙소에 데리고 있던 어떤 갈보로부터 매독을 옮아 왔고, 그것도 모자라 그 병을 자신의 가정교사와 가까이 지내던 교수 두 명 이상에게도 옮김으로써 결국 퇴학을 당하고 말았다. 그 후 그는 종교에 상당한 관심을 가지게 되었다. 그는 단테와 밀턴 말고는 어떤 시인도 좋아하지 않았고 실질적인 독신 생활을 유지했다. 그리고 얼큰하게 취했을 때는 커다란 저음으로 함께 있던 사람들에게 성서의 구절들을 읊어 주는 버릇이 있었다. 나머지 한 사람인 딕 메리웨더[12]는 자신의 성(姓)과 달리 언제나 자살을 생각하는 비관주의자였고 언제나 자신의 죽음을 주제로 애가(哀歌)만을 썼다. 성격은 제각각이었지만 이 세 사람은 같은 집에서 함께 살았고 언제나 한데 뭉쳐 다녔다.

그를 보고 벤이 외쳤다. "아니, 이게 누구야. 이거 학자 나리인 에벤 쿠크 아냐! 우리와 함께 한잔하세, 친구. 그리고 우리에게 진리를 가르쳐 줘!"

딕이 말했다. "우리는 자네가 죽은 줄 알았는데."

톰 트렌트는 아무 말도 하지 않았다. 그는 누군가를 만날 때나 헤어질 때나 별다른 감정을 내보이지 않았다.

에브니저는 그들의 인사에 답했고 함께 술을 마시며 런던

---

12) Merriweather. '유쾌한 날씨'라는 뜻.

에 돌아오게 된 경위를 설명한 후, 벌링검의 소식을 물었다.

벤이 말했다. "우리도 일 년이 넘도록 그를 보지 못했네. 그는 자네가 떠난 지 얼마 되지 않아 우리를 떠났어. 그래서 나는 자네들 둘이 무슨 재미라도 보기 위해 함께 떠났을 거라고 말했었지."

딕 메리웨더가 말했다. "다시 선원이 되었다는 말도 들리던데. 지금쯤 바다 밑에 가라앉았거나 고래 배 속에서 헤엄치고 있을지도 모르지."

벤이 말했다. "잠깐, 톰. 지금 생각난 건데 헨리가 학위를 따기 위해 트리니티 대학으로 돌아갔다고 말하지 않았던가?"

톰이 심드렁하게 대답했다. "그것은 내가 조안 토스트로부터 들은 소식일세. 그녀는 헨리가 떠나기 전날 밤에 그한테서 들은 거고. 솔직히 나는 사람들이 뒤에서 쑥덕거리는 소리에는 별로 신경 쓰지 않는 편이야. 하지만 나는 분명히 그렇게 들었어."

에브니저가 물었다. "조안 토스트라는 여자는 누군가? 그녀를 어디에서 찾을 수 있는지 말해 주게."

벤이 웃으며 말했다. "애써 따로 찾을 필요는 없네. 이곳에서 영업하는 매춘부니까. 그녀가 잠자리 손님을 찾으러 이곳에 오면, 자네가 궁금해하는 것을 물을 수 있을 거야."

에브니저는 그 여자가 도착할 때까지 기다렸고 그녀로부터 벌링검이 이 주일 동안 케임브리지의 도서관을 샅샅이 뒤질 작정이라고 말했다는 사실만 알아낼 수 있었다. 무슨 이유 때문인지는 그녀도 알지 못했다. 그는 선술집 주변을 샅샅이 탐문해 보았지만 그의 의도나 현재의 행방에 대해서는 명확한 답을 얻을 수는 없었다. 그 후 일주일 동안 에브니저는 아무리 사소한 단서라도 놓치지 않고 친구의 소식을 탐문했다. 그러나 더 이상의 실마리를 찾는 것이 불가능해지자 하는 수 없이 친구 찾는 일을 포기했고 안나에게 그 괴로운 소식을 알리는 편지를 썼다. 에브니저는 이후에도 벌링검의 이름이 떠오를 때마다 격렬한 상실감을 느끼곤 했지만 달이 가고 해가 바뀌면서 점차 그의 존재를 잊게 되었다.

한편 그는 상인 피터 패건을 찾아가 아버지의 편지를 내보였고 커다란 방에 배열되어 있는 많은 책상들 가운데 한 자리를 차지하고 앉아 다른 하급 견습생들과 함께 회계를 보기 시작했다. 만약 그가 성실하게 일하고, 맡은 일에서 얼마간 재능을 보여 주면 그는 일주일쯤 후에 식민지 무역의 운영을 한결 유리하게 관찰할 수 있는 위치로 승진하도록 약정되어 있었다.(패건 씨는 메릴랜드와 버지니아에서 대규모 거래를 하고 있었다.) 그러나 불행히도 이러한 승진은 그에게 요원한 일이었다. 첫째, 아무리 열심히 노력해도 에브니저는 회계에 집중할 수 없었다. 그는 세로로 늘어선 전적으로 무의미한 숫자들을 더하기 시작하다가도 오 분 후에는 앞에 있는 소년의 목덜미에 난 종기를 응시하거나, 마음속으로 자신과 벌링검 사이에 벌어지는 실제 혹은 상상의 대화를 연습하거나, 메모 용지에 미로를 그리고 있는 자신을 발견하곤 했다. 그는 말썽을 일으키는 성격은 아니었지만 좀처럼 길들여지지 않는 상상력 때문에 적어도 한 번 이상 무책임한 행동을 저지르곤 했다. 예를 들어 하루는 자신의 행동을 거의 의식하지 못한 채 종이 위를 배회하고 있던 작고 검은 개미와의 장난에 완전히 정신이 팔려 있었다. 에브니저는 게임의 규칙에 자연법칙의 냉혹함을 적용했는데, 이를테면 개미가 어쩌다 3이나 9 위를 지나갈 때마다 눈을 감고 깃펜의 뾰족한 끝으로 그 면에 대고 닥치는 대로 세게 세 번을 두드리곤 했다. 자신이 신(神)의 역할을 맡고 있었기 때문에 자비를 베풀 수는 없었지만 심정적으로는 명백히 개미의 편이었다. 이마에 땀이 송글송글 맺힐 정도로 그는 열심히 그 불운한 생명체가 위험한 숫자들로부터 멀어지도록 생각의 힘으로 조종했다. 그는 매번 연달아 세 번을 두드린 후에 결과에 마음을 졸이며 눈을 떴다. 이것은 대단히 자극적인 게임이었다. 십 분이나 십오 분 후, 개미는 폭탄의 뇌관이라 할 수 있는 9에서 1센티미터도 채 떨어지지 않은 곳에서 잉크 방울 폭격을 맞는 불운을 당했다. 그는 또 대중 없이 두들겨 댔고 다시 9까지 곧장 이어진 잉크 자국을 남겼다. 처음 두 번의 공격에서 살아남은 개미가 세 번째 것에 정통으로 맞고 말았다. 에브니저가 내려다보니 그 개미는 숫자의 올가미 안에서 몸을 뒤틀며 죽어 가고 있었다. 삶의 총체성과 변하지 않는 우주의 법칙에 대한 광대한 이해와 수용이 더해진 동정의 눈물이 그의 눈에 넘쳐흘렀고 더불어 그의 성기가 딱딱해졌다. 마침내 개미의 숨이 끊어졌다. 그러다 갑자기 제정신이 들어 주위를 둘러보니 방에 있던 사람들이 모두 크게 웃는 것이 아닌가. 그들은 그가 하는 짓을 모두 보고 있었던 것이다. 그날부터 그는 그저 좀 엉뚱한 구석이 있는 게 아니라 머리에 약간 이상이 있는 녀석으로 여겨졌다. 그러나 다행히도 그가 고용주 패건 씨와 어떤 특별한 관계를 가지고 있음을 짐작한 그들은 자기들끼리 쑥덕거리는 것 외에는 그 사건을 확대시키지 않았다.

그러나 이러한 난국을 전적으로 에브니저의 탓으로만 돌리는 것은 불공평한 일이다. 그가 일하기 시작한 첫해에 몇 가지 일들이 있었다. 그는 몇 주 동안 맡은 일을 만족스럽게, 심지어 총명하게 해냈지만 그를 약속했던 직위로 옮겨 준다는 어떤 언질도 없었다. 그가 단 한 번 용기를 내어 그것에 대해 물어보았을 때도 패건 씨는 모호하게 답을 했고 에브니저는 면담을 빨리 끝내기 위해 그것을 기꺼이 받아들였다. 그리고 다시는 그 이야기를 꺼내지 않았다. 사실 어쩌다 드물게 양심의 가책을 느낄 때를 제외하고 에브니저는 하급 견습생들과 함께 일하면서 농땡이를 치는 일에 꽤 만족했다. 그는 다른 일을 배우기가 두려웠다. 게다가 그는 이 도시가 무기력한 생활을 영위하는 데 적합하다는 사실을 발견했다. 시간이 날 때마다 그는 친구들과 커피 하우스, 선술집 혹은 극장을 전전했다. 때때로 그는 일요일 내내 책상 앞에 앉아 있었지만 별다른 성과를 보지 못했다. 그리고 전반적으로 말해 그는 자신이 런던에서 하기로 되어 있던 일이 무엇인가에 대해서도 거의 잊어버리고 말았다.

그의 인생에서 묘한 시기였다. 그의 정해진 일상은 사실 만족스럽지는 않아도 어쨌든 결코 불쾌한 것만은 아니었다. 따뜻하게 밀려오는 꿈의 물결을 타고 불규칙한 잠에 빠져 있는 사람처럼 에브니저는 그러한 일상 속에서 둥둥 떠다녔다. 때때로 그는 카멜레온처럼 자신의 환경에 따라 각기 다른 보호색을 입었다. 그의 친구들이 자신들의 보잘것없는 처지를 떠벌리면 그는 갑작스럽게 동료 의식이 발동하여 다음과 같이 단언하곤 했다. "우리 노친네 앤디가 지금 내 꼴을 본다면 틀림없이 나를 메릴랜드로 쫓아낼 거야!" 또한 그는 종종 일부러 그들에게 어깃장을 놓기도 했다. 식민지 농장의 활기 넘치는 삶을 반쯤 동경했지만 박제된 황새처럼 오후 내내 말 한 마디 없이 앉아만 있기도 했다. 어느 날은 자신감이 넘치고, 어느 날은 소심하고, 어느 날은 용기백배하고, 또 어느 날은 한없이 겁을 집어먹고, 하루는 말쑥한 궁정 신사였다가 또 하루는 꾀죄죄한 시인이 되었다. 그리고 시시각각 그를 채색하는 빛깔이 무엇이든 간에 그는 그 순간 스펙트럼의 나머지 빛깔들을 입고 싶어 안달했다. 무지개에 비한다면 빨간색이 뭐 그리 대단하겠는가?

위에서 기술한 모든 것을 볼 때 이렇게 말해도 좋을 것이다. 목요일에는 이런 사람이었다가 금요일에는 본질적으로 완전히 다른 어떤 사람으로 존재하는 한, 글쎄, 이 에브니저 쿠크는 결국 어떤 사람도 아닌 셈이었다. 앤드루에 대해 말하자면 그는 자기 아들이 런던에서 어떻게 살고 있는지 별반 관심이 없거나 '좋은 소식은 오래 기다릴 만한 가치가 있다.'고 믿었음에 틀림없다. 이런 평탄한 삶은 일 년이 아니라 오륙 년 동안, 즉 1694년까지 지속되었다. 그리고 그해 3월, 비참한 결과를 가져온 어떤 내기로 인해 그것은 갑자기 종결되었고 우리의 이야기는 본격적으로 시작된다.

6 에브니저와 벤 올리버 사이의 중대한 내기와 그것이 야기한 희한한 결과

단단하고 마른 체구에 머리는 빨갛고 얼굴에 주근깨가 난 더블린 출신의 존 메키보이는 에브니저의 무리 가운데서 포주 노릇을 하는 인물이었다. 나이는 스물한 살로 정규 교육을 받은 적이 없고 키와 재력도 보잘것없었지만 정력과 수완만은 비상했다. 그는 낮 동안은 침대에서 뒹굴다가 저녁에는 가까운 친구들을 위해 포주 노릇을 했고 밤 시간은 대부분 류트와 플루트를 위한 가락을 작곡하며 보냈다. 그는 사람들이 세상에서 가치 있게 여겨 왔던 것들 가운데 오직 세 가지만을 소중히 여겼다. 즉 그의 애인 조안 토스트(창녀이기도 한 그녀는 그의 애인이자 생계 수단이었다.)와 자신의 음악, 그리고 자유. 1크라운[13] 정도로는 조안을 만질 수도 없지만, 2기니[14]면 그녀를 침대로 데려가기에 충분했다. 에브니저를 제외한 모든 남자들이 이 사실을 암묵적으로 알고 있었다. 그녀는 자신의 포주인 존을 사랑했고 존 역시 그녀가 창녀라는 사실에도 불구하고 그녀를 진심으로 사랑했다. 왜냐하면 어떤 남자도 단지

13) 5실링에 해당하는 영국의 옛 은화.
14) 21실링에 해당하는 영국의 옛 금화.

포주일 수만은 없었고 어떤 여자도 그저 창녀이기만 한 것은 아니었기 때문이다. 그들은 사실상 서로에게 충실한 한 쌍이었고 그만큼 질투심도 대단했다.

생기 넘치고 상상력이 풍부해 보이는 멋진 갈색 눈에 작은 체구, 풍만한 가슴, 팽팽한 피부의 소유자인(사실 다소 넓은 모공에다 뻣뻣한 머리칼 그리고 결코 최상이라고 할 수 없는 치아를 가지고 있었지만) 조안 토스트에게 2기니를 내놓는 사람은 누구나 그날 밤 그녀를 차지할 수 있었다. 그리고 그가 아무리 그녀를 마음대로 능욕한다 해도 그녀는 상대가 내놓은 금액 이상의 기쁨을 선사하곤 했다. 마치 자신이 구매자이고 그가 판매자인 것처럼 자신의 일을 즐겼기 때문이다. 하지만 다음 날 아침이 되면 그녀는 물고기처럼 차가워져서는 자신의 애인 메키보이에게 돌아갔다. 그리고 전날 밤의 잠자리 상대가 벌건 대낮에 자신에게 눈짓이라도 할라치면 그가 아무리 높은 값을 제시해도 다시는 그의 잠자리에 드는 법이 없었다.

에브니저는 몇 년 동안 그녀와 그의 친구들이 서로 잠자리를 오가는 것을 주시해 왔다. 그리고 커피 하우스에서 이리저리 들리는 소문을 통해 간접적으로 그녀에 대한 상세한 정보를 얻을 수 있었다. 자신의 개인적인 분열 상태로 인해 그녀에 대해 직접적으로 알아볼 수가 없었기 때문이다. 어쩌다 그가 그녀에게 생각이 미친다 해도 그의 의식 속 그녀는 한낱 매춘부일 뿐이었다. 그는 언젠가 자신이 한 가지 생각에만 전념할 수 있게 되면 그녀를 고용해서 신비의 세계에 첫발을 들여놓는 것도 꽤 달콤한 일일 거라고 생각했다. 서른에 가까운 나이에도 불구하고 에브니저는 공교롭게도 아직 숫총각이었다. 앞 장(章)들에서 설명한 대로 그는 결코 어떤 사람도 아니었다. 그는 여자를 취하는 모든 유형의 남자들을 상상할 수 있었다. 수줍음 타는 남자와 대범한 남자, 순수하고 혈기 넘치는 소년과 치매기가 있는 늙은 호색한 등등. 마음속으로는 몇 가지 유형의 상황을 정해 놓고 각각의 상황에 적합한 말들을 만들어 보았지만 그는 자신이 이들 중 다른 인물들에 비해 어느 한 인물에 더 가깝다고 느끼지 않았고 그들 모두를 동경했다. 따라서 어떤 상황이 주어졌을 때 자신이 알고 있는 나머지 모든 역할에 우선하여 어느 하나만을 선택하는 일을 할 수 없었다. 그래서 매번 그러한 기회를 거절하거나 더욱 일반적인 경우에는 항상 쩔쩔매는 것은 아니더라도 볼썽사납게 허둥지둥하며 뒤로 물러나곤 했다. 그 결과 대개의 여자들은 그에게 두 번 이상의 눈길을 주지 않았다. 그가 못생겨서가 아니라(그는 가장 위대한 색마들 가운데 몇몇은 염소의 얼굴과 도마뱀의 행동거지를 가지고 있다는 것을 잘 알고 있었다.) 여자가 그의 볼품없는 체격을 보고는 그 외의 다른 것은 별로 주목하려 들지 않았기 때문이다.

어쩌면 정말로 그는 자신의 동정을 무덤까지 가져갈 수도 있었을 것이다. 왜냐하면 비록 어느 하나가 다른 하나를 강제하지는 않았지만 신경을 써야 할 긴급한 일들이 생겼고, 2행 연구(couplet)를 써 내려간 바 있는 뼈마디 울퉁불퉁한 그의 손은 정작 즉석에서 연인을 만들기 위한 구애 시를 써 주지는 못했기 때문이다. 그러나 1694년 3월의 어느 날 밤, 그는 다음과 같은 방식으로 조안 토스트의 시야에 들어왔다. 이날도 로케츠의 한량들은 여느 때처럼 둥그렇게 둘러앉아 포도주를 마시면서 남의 뒷얘기를 하거나 자신들의 뮤즈 혹은 그보다 급이 떨어지는 여자들을 정복한 일들을 떠벌리고 있었다. 거기엔 딕 메리웨더, 톰 트렌트, 이미 거나하게 취한 벤 올리버, 고객을 찾기 위해 들른 존 메키보이와 조안 토스트, 그리고 말없이 자기만의 세상에 고립되어 있는 에브니저가 있었다.

대화가 잠시 중단되었을 때 딕이 한숨을 쉬며 말했다. "휴! 돈이 지혜를 따라간다면 살 만한 세상일 텐데. 금은 맛 좋은 토끼를 함정에 빠뜨리는 최고의 미끼니까 말이야. 그리고 우리 시인들은 모두 무시무시한 토끼 사냥꾼이거든!"

벤이 대답했다. "만약 신이 여자들에게 조금이라도 안목을 주셨다면 금은 필요 없을 거야. 멋진 연인이 되는 조건으로 정열과 상상력 말고 뭐가 필요하겠어? 그리고 정열과 상상력을 거래 품목으로 내놓는 사람은 우리 시인들 말고 누가 있겠어? 이 점으로 미뤄 볼 때, 모든 남자들 가운데 연인으로서 가장 바람직한 사람은 시인임이 분명해. 만약 애인이 미모를 가지고 있다면 그것을 보며 가장 기뻐할 수 있는 안목을 가진 사람은 시인이야. 설령 미모를 가지고 있지 않다 해도 상상력으로 그녀의 부족한 부분을 잘 보완해 주겠지. 만약 그녀가 마음에 들지 않아서 곧 차 버린다 해도 그녀는 적어도 잠시 동안은 여자가 얻을 수 있는 최상의 행복을 누린 셈이야. 만약 그녀가 마음에 든다면, 그는 아마도 그녀의 아름다움을 시로써 영원히 기리겠지. 나이도 매독도 시(詩) 속 그녀의 아름다움을 망칠 수는 없어. 그리고 이런 점에서 여자들이 다른 부류의 사람들에 비해 시인들을 선망하는 만큼, 최고의 시인은 곧 최고의 연인으로 밝혀지기 마련이야. 여자들이 현명하게 자신들의 이익을 챙긴다면 그들은 시인을 찾아내는 일을 필생의 사업으로 삼을 것이고, 그를 찾아내면 곧바로 부들부들 떨며 그의 무릎 위에, 아니, 바로 그의 책상 위에 선물을 내놓겠지. 그리고 자신을 어여삐 봐 달라고 간청할 거야!"

딕이 조안 토스트에게 말했다. "그러면 이제 말해 봐! 벤의 말은 사실이야. 그리고 오늘 밤 나에게 2기니를 지불하게 될 사람은 바로 당신이라고! 참, 그리고 내가 이번 주에 교회 쥐처럼 가난하지 않다면, 그리고 머지않아 죽을 목숨이 아니라면, 당신은 불멸성을 이렇게 싸게 살 수 없었을 거야! 기회가 있을 때 이 특가품을 낚아채는 게 좋을걸. 시인은 이 세상에 오래 머물 수가 없으니까."

이에 대해 조안은 심드렁하게 대꾸했다. "흥! 당신들 가운데 누구라도 말처럼 쉽게 시를 짓거나 거들먹거리는 것처럼 끝내주게 밤일을 할 수 있다면, 그야 런던의 모든 사람들이 당신들의 시를 암송하고, 모든 침대가 당신들의 궁둥이 냄새를 맡을 테죠. 내가 장담해요! 하지만 '장사는 말로 하는 게 아니거든.' 나의 사랑스러운 존을 제외하고는 누구도 내 귀와 아랫도리를 만족시킬 수 없을걸요. 존은 허풍을 떨지도 거들먹거리지도 않아요. 단지 음악을 위해 말을 아끼고 침대 노동을 위해 힘을 아낄 뿐이죠."

벤이 찬사를 보냈다. "와! 말 한번 잘하는군!"

"때가 좋지 않았지만 말이야." 존 메키보이가 가볍게 눈살을 찌푸리며 덧붙였다. "오늘 밤 2기니를 벌려면 그런 감정은 잠시 접어 두는 게 좋아, 내 사랑. 그렇지 않으면 당신의 사랑스러운 존은 힘도 노래도 잃어버릴 거고 다음 날 당신의 침대에 올라가는 건 오직 꼬르륵거리는 위장밖에 없을 테니까."

톰 트렌트가 무심하게 말했다. "흥! 만약 조안 양의 말에 일리가 있다면, 우리들 가운데 메키보이 자네보다 훨씬 더 그녀의 사랑을 받을 만한 사람이 한 명 있다네. 우리가 두 마디 할 때 자네는 한 마디 하지만 자네가 열 마디 할 때 그는 한 마디를 하지. 저기 저 에브니저 말이야. 말이 부족한 걸로 말하자면 그는 여기뿐만 아니라 어느 술집에서도 최고의 시인이자 오입쟁이거든. 한 거죽 아래 존 밀턴과 돈 주안 테노리오가 공존한다고!"

마침 에브니저 옆에 앉아 있던 조안이 그의 손을 가볍게 토닥거리며 단언했다. "정말 그럴지도 몰라요."

메키보이가 미소 지었다. "어쨌든 나는 그가 지은 시 구절을 한 번도 들어 본 적은 없지만 그가 시인이 아니라는 증거도 없으니까."

조안이 재치 있게 거들었다. "나 역시 그가 오입쟁이가 아니라는 증거를 갖고 있지 않네요. 그리고 이 말은 곧 내가 이 두 가지 방면에 대해 나머지 당신들에게 할 수 있는 것보다 그를 더 칭찬한다는 거예요." 그런 다음 그녀는 약간 얼굴을 붉히며 덧붙였다. "솔직히 이런 말을 들은 적이 있어요. '뚱뚱한 사람과 결혼해라. 하지만 마른 사람을 사랑해라.' 왜냐하면 뚱뚱한 쪽은 대부분 유쾌하고 인내심 있는 남편이지만 마른 쪽은 침대에서 오래가고 용수철처럼 탄력이 있으니까. 하지만 내겐 그걸 증명할 길이 없네요."

벤 올리버가 외쳤다. "그렇다면 제기랄, 당신은 그 증거를 갖게 될 거야! 중요한 건 길이가 아니라 그게 얼마나 커지느냐거든. 현재 다루고 있는 주제가 사랑의 도구라면, 바라건대 지름의 문제에 무게를 두어야지. 사랑의 도구에 중량감을 주는 것은 바로 지름이니까. 그것이 손 안에 있든 그 주제 안에 있든지 말이야![15] 아니, 아가씨, 나는 나의 비겟살에 충실하겠어. 그것이 나에게 충실해 왔듯이 말이야. '토실토실한 수탉이 바로 닭장의 정력가'라고들 하잖아. 그 수탉은 권위를 가지고 암탉들과 교미한다고!"

메키보이가 말했다. "해결을 보지 않고 넘어가기엔 너무나도 무거운 문제군. 당신은 어떻게 생각하지, 톰?"

톰이 말했다. "나는 육체의 문제에는 관심이 없네. 하지만 여자들도 남자들처럼 금지된 것들에 대해 최고의 흥미를 느끼고 있으며, 목자나 성자를 정복하는 것을 대단한 일로 여긴다는 걸 알고 있지. 게다가 이건 내 짐작인데 이러한 전리품에

---

15) 여기서 벤은 'the tool of love', 즉 남성의 성기에 관해 'hand'와 'weight'를 가지고 말장난을 하고 있다. 즉 'in hand'는 여기서 '수중(手中)의' 혹은 '현재 가지고 있는' 등의 추상적인 의미와 '손에 쥐고 있는'의 실제적이고 성적인 의미로 쓰였고, 'weight'는 '중점을 두다' 혹은 '중요하게 여기다'라는 추상적인 의미와 '중량감', '묵직한 느낌' 등의 실제적이고 성적인 의미로 사용되었다.

는 두 배의 달콤함이 있는 것 같아. 애초에 획득하기가 어려운 데다가 일단 획득했을 때 그 맛이 최고급 브랜디처럼 신선하고 강렬하지 않겠어? 아주 오랫동안 병 속에서 코르크 마개로 꼭 막혀 있었던 만큼 말이야."

"딕?"

메리웨더가 말했다. "나는 전혀 납득이 되지 않는걸. 남자를 연인으로 만드는 것은 무게가 아니라 그가 처해 있는 상황이야. 나는 가장 달콤한 연인은 자신의 삶을 끝내려는 남자라고 생각해. 그는 사랑의 행위로써 이 세상에 작별을 고하고 마침내 최고의 절정에 이르렀을 때 다음 세상으로 넘어갈 테니까 말이야."

메키보이가 말했다. "자, 자, 그런 식으로 나가다간 끝이 없을 것 같군. 내 제안은 이거요. 말하자면 오늘 밤 당신들은 좋은 인상을 주기 위해 각자 최선을 다하는 거지. 그리고 조안이 진 사람을 가려 낸 후, 그에게서 8기니를 취하는 거요. 그렇게 해서 이긴 사람은 영예를 얻고 덤으로 여자와 잘 수 있어. 진 사람들도 역시 여자와 잘 수 있지. 그래, 이중으로 말이야. 그리고 내 착한 애인과 나는 내일 하루 식용 곱창 대신 큼직한 고기 조각을 얻는 거고. 어떻소?"

톰이 말했다. "난 안 되겠어. 이건 한심한 놀이야. 정욕은 남자를 여자를 안고 싶어 군침이나 흘리는 동물로 만들고 그 이후에는 딱한 식물인간으로 만든다고."

딕이 말했다. "나도 안 되겠어. 내게 8기니가 있다면 나는 매춘부 셋과 마데이라 백포도주 한 병을 사서 세상을 하직하기 전에 마지막으로 질펀하게 놀 거거든."

벤이 말했다. "저런, 이거 완전히 나를 위한 내기인걸. 자네의 조안은 지난 두 달 동안 한 번도 나랑 자지 않았거든."

조안이 명랑하게 대꾸했다. "앞으로도 그런 일은 없을걸요. 왜냐하면 당신은 거칠기 짝이 없는 데다 악취까지 대단하니까요. 우리가 마지막으로 관계했을 때의 기억으로 당신을 평가하면 되겠군요. 그때 나는 수퇘지 우리에 들어간 스패니얼 암캐처럼 온몸이 만신창이가 되어서는 고통을 몰아내기 위해 연고를 발라야 했고 냄새를 없애려고 뜨거운 목욕도 해야 했죠. 내기를 마무리하려면 이제 쿠크 씨가 가부간 대답을 해 주셔야겠네요."

벤이 어깨를 으쓱했다. "그렇다면 할 수 없지. 비록 그 당시 오입질이 평가 기준이라는 걸 내가 알았다면, 당신에게 내가 수퇘지가 아니라 황소라는 걸 깨닫게 해 줬을 텐데 말이야. 그리고 어쩌면 미노타우로스[16] 정도의 실력을 보여 주었을지도 모르지. 자네는 뭐라고 말할 텐가, 에브니저?"

에브니저는 이러한 말장난들을 주의 깊게 따라왔고 어쩌면 그것에 합류할 수도 있었을 것이다. 그러나 그는 너무나도 많은 인물들의 옷을 입고 있었고 그것으로부터 어떤 특별한 유형의 인물이 쉽사리 모습을 드러내려 하지 않았다. 그때 마침 조안 토스트가 그의 손을 건드렸다. 그 순간 그녀의 손이 닿은 곳이 마치 직류 전기를 통한 것처럼 얼얼했고, 에브니저는

16) 사람 몸에 소 머리를 가진 괴물.

자신의 영혼이 그에 대해 강렬하게 반응하며 솟아오르는 것을 느꼈다. 전기적인 인력은 진공 상태에서 발생한다고 보일이 증명하고 벌링검이 가르쳐 주지 않았던가? 자, 여기 텅 빈 시인의 마음에 보일이 등장한다. 스스럼없이 교태를 흘리는 한 여자가 그 안에 어떤 이상한 인력을 작용시킨다. 그러자 진공 상태에 있던 그의 인격에 불꽃이 발생한다. 갑자기 몸이 화끈거리고 귀에서는 웡웡대는 소리가 난다.

그런데 이러한 자극이 이 남자에게 정체성을 제공했을까? 그 반대였다. 에브니저가 자극이 일어나는 방향을 보고, 또 메키보이가 내기를 제안하는 것을 들었을 때, 그는 그저 더욱 웡웡거리고 화끈거리기만 했다. 그의 마음은 마치 경주 중인 쥐처럼 무작정 미친 듯이 달리고 있었으므로 상황에 집중할 수가 없었다. 온몸의 신경이 곤두서자, 그는 모두의 시선이 어떤 질문에 대한 답변을 강요하며 자신을 압박하는 순간이 오고 있음을 느낄 수 있었다. 벤의 "자네는 뭐라고 말할 텐가, 에브니저?"라는 말이 들리고 자신의 대답을 기다리는 열 개의 눈동자들을 보았을 때, 그는 조안 토스트의 손길이 야기한 얼얼한 느낌과 그 내기에 응할 얼굴을 찾는 시선의 쇄도, 그리고 그 답변에 대한 기다림으로 인해 속이 메스꺼워졌다.

뭐라고 말하지? 뭐라고 말하지? 수많은 대안들이 한꺼번에 그의 목구멍으로 치달아 올랐다. 하지만 그가 그들 중 하나에 압력을 가해 가벼운 트림처럼 토해 내려 해도 나머지 대안들의 빨아 당기는 힘이 그것의 방출을 막아 버렸다. 시선들이 기묘해졌다. 미소들의 성격도 변했다. 에브니저의 얼굴이 빨개졌다. 무안해서가 아니라 내부적인 압력 때문이었다.

"이봐, 어디 아픈 거야?" 메키보이.

"이봐, 말을 해!" 벤 올리버.

"제기랄, 저 친구 곧 터지겠군!" 딕 메리웨더.

쿠크의 눈썹 한쪽이 꿈틀거렸다. 입가에 경련이 일어났다. 주먹을 쥐었다 폈다 하고 입을 다물었다 벌렸다 했다. 긴장 때문에 거의 구토가 날 지경이었다. 그러나 그것은 모두 헛구역질이었고 거짓 산통(産痛)이었다. 그것으로부터 어떠한 인간도 출산되지 않았다. 그는 입을 딱 벌리고 땀을 흘렸다.

"아." 그가 말했다.

"제기랄!" 톰 트렌트. "이 친구 아픈 모양이야! 이 식은땀 좀 보라구! 이 친구에겐 관장이 필요해!"

"아." 에브니저가 다시 말했다. 그러고는 꽁꽁 얼어붙어서 더 이상 아무 말로 하지 않았고 단 하나의 근육도 움직이지 않았다.

이제 술집의 다른 손님들도 그의 행동을 주시하고 있었다. 그리고 많은 사람들이 호기심에 찬 얼굴로, 동상처럼 딱딱하게 굳은 채 앉아 있는 에브니저 주위에 둥그렇게 모여들었다.

한 남자가 에브니저의 얼굴 앞에서 손가락을 딱딱 치며 다그쳤다. "어이, 이봐, 정신 차려!"

익살꾼 하나가 알은체를 했다. "아마 포도주 탓이겠지." 그리고 시인의 코를 비틀었지만 역시 아무런 효과가 없었다. 그는 단언했다. "그래, 이 젊은이는 포도주로 스스로를 절여 버린 거야. 자네들도 조심하게. 이게 바로 우리 모두를 기다리는 운명이니까!"

벤 올리버가 싱긋 웃으며 말했다. "괜찮다면 나는 이것은 분명히 압도적인 두려움 때문에 나타나는 현상이라고 말하겠네. 그리고 내가 부전승을 거뒀다고 주장해야겠군. 그것으로 끝난 거야."

딕 메리웨더가 물었다. "그래, 하지만 그것으로 자네가 얻는 게 뭐지?"

벤이 웃으며 말했다. "오늘 밤 조안 토스트를 차지하는 것 말고 뭐가 있겠나?" 그는 탁자 위에 3기니를 던졌다. "존 메키보이, 심판으로서 자네의 명예를 걸고 자네는 나를 거부하겠는가? 내 동전이 진짜인지 확인해 보게. 이건 옆 사람의 동전처럼 제대로 소리가 날걸. 게다가 세 개라고."

메키보이는 어깨를 으쓱했고 조안을 향해 묻듯이 쳐다보았다.

그녀는 콧방귀를 뀌었다. "절대 안 되죠." 그녀는 의자에서 벌떡 일어나 모여 있던 사람들에게 윙크를 하고는 에브니저의 목에 팔을 두르고 그의 볼을 어루만졌다.

그녀는 정답게 소곤거렸다. "아, 나의 귀여운 사람, 나의 비둘기! 당신은 저를 저 소 기름통에다 돼지비계 같은 사람의 처분에 맡길 건가요? 저를 구해 주세요, 선생님!"

그러나 에브니저는 여전히 요지부동으로 앉아 있을 뿐이었다.

벤이 말했다. "당신이 겪어야 하는 것은 베이컨 조각이 아냐. 바로 불꼬챙이라고!"

조안은 마치 겁에 질린 듯 외쳤다. "아! 아!" 그리고 에브니저의 무릎 위로 기어 올라가서는 그의 목에 얼굴을 묻었다. "나는 두려워요!"

일행은 즐거워하며 소리를 질렀다. 조안은 에브니저의 커다란 귀를 각각 양손에 쥐고는 그의 얼굴을 자신의 얼굴 쪽으로 서로의 코가 닿을 정도로 끌어당겼다.

그녀는 그에게 애원했다. "나를 데려가 줘요!"

구경꾼들이 요구했다. "그녀를 꼬치에 꽂아! 그 말괄량이의 버릇을 단단히 고쳐 놓으라고!"

"그래." 벤이 말했다. 그리고 맛있는 고기를 쳐다보듯 그녀를 쳐다보며 손가락을 그녀를 향해 까딱거렸다. "자, 어서 오렴, 달콤한 것."

조안이 벌떡 일어서며 에브니저의 귀에 대고 소리쳤다. "당신이 남자이고 시인이라면, 에벤 쿠크, 이 악당보다 더 많은 돈을 제시해서 이 내기를 끝내 줘요. 자신의 의사를 분명히 밝히고 남자답게 행동해요. 그렇지 않으면 나는 벤의 것이 될 거고 당신은 나가 죽는 게 나아요!"

에브니저가 가볍게 움찔하고는, 갑자기 깨어나 마치 침대에서 막 일어난 것처럼 눈을 깜박거렸다. 그는 얼굴 근육을 실룩거리더니 입을 열어 말을 했다. 그 와중에도 그의 안색은 창백해졌다 붉어졌다를 반복하고 있었다.

그는 힘없이 말했다. "나는 바로 오늘 아침에 아버지가 보낸 심부름꾼에게서 5기니를 받았소."

딕 메리웨더가 말했다. "자네는 바보로군. 그녀가 요구한 건

3기니야. 게다가 더 빨리 말했더라면 2기니밖에 안 들었을 거라고!"

상황이 진행되는 것을 침착하게 지켜보고 있던 존 메키보이가 물었다. "그가 제시한 금액에다 2실링을 더 올리겠소, 벤?"

조안이 쏘듯이 말했다. "설마, 그럴 수 없어요! 이게 무슨 말 경매고, 나는 누구든 높은 가격을 부르기만 하면 탈 수 있는 암말이란 말인가요?" 그녀는 에브니저의 팔을 다정하게 잡았다. "그냥 벤의 3기니에만 맞춰 줘요, 귀여운 사람. 그리고 그것에 대해 더 이상 말하지 말아요. 밤이 거의 끝나 가잖아요. 이런 음탕한 말장난도 이젠 지겨워요."

에브니저는 멍하니 바라보더니 침을 꿀떡 삼키고는 몸을 움직였다.

"나는 여기서는 경쟁할 수 없소. 지금 내 지갑에는 1크라운밖에 없거든." 그는 주위를 불안하게 둘러보았다. 그리고 금방이라도 기절할 것처럼 불안정한 상태로 덧붙였다. "돈은 내 방에 있소. 나와 함께 거기로 가요. 그러면 당신은 그것을 모두 가질 수 있소."

톰 트렌트가 말했다. "이봐, 이 녀석 바보는 아닌데! 뭔가 아는 것 같아!"

딕 메리웨더가 동의했다. "제기랄, 유태인이 따로 없구먼!"

벤 올리버가 3기니를 짤랑거리며 웃었다. "날아가는 새 두 마리보다 손에 쥔 한 마리가 낫지. 그것은 순진한 여자들을 타락으로 유혹하는 속임수이자 사기라고! 자네 아버지가 뭐라고 하시겠나, 에브니저. 그가 자네의 이런 소문을 들었을까? 부끄러운 줄 알아, 부끄러운 줄 알라고!"

조안이 말했다. "저 덩치 큰 멍청이는 신경 쓰지 말아요."

에브니저가 다시 동요했다. 그리고 일행 몇몇이 킥킥거렸다.

그가 말을 꺼냈다. "나는 당신에게 맹세하는데……."

벤이 그를 향해 통통한 손가락 하나를 흔들며 다시 한번 외쳤고, 사람들은 즐거워했다. "부끄러운 줄 알아! 부끄러운 줄 알라고!"

에브니저는 다시 말을 하려고 입을 벌렸다. 하지만 손을 올렸다가 다시 내리는 것 외에는 달리 아무것도 할 수가 없었다.

누군가가 불안하게 경고했다. "가만 있어 봐! 그가 다시 굳어 가고 있어!"

벤이 소리쳤다. "부끄러운 줄 알아!"

에브니저는 아주 잠시 눈을 부릅뜨고 조안 토스트를 바라보다가 최고의 속도로 비틀거리며 방을 가로질러 술집 밖으로 나가 버렸다.

7 에브니저와 창녀 조안 토스트가 대화를 나누고, 그 과정에서 거대한 톰 리치가 언급되다

그러한 실수를 저지르고 나면 에브니저는 대개 자신의 방 안에서 몇 시간씩 미동도 않은 채 상황을 곱씹어 보곤 했다. 그러다 제정신이 들면 거울을 손에 들고 책상 앞에 앉아서 의심스러운 눈초리로 자신의 얼굴을 들여다보는 것이 그의 습관이었다.(왜냐하면 로케츠에서 발생한 것과 같은 그러한 마비 상태는 그에게 처음 있는 일이 아니었기 때문이다.) 오직 이런 때에야 비로소 그의 얼굴은 고요해지곤 했다. 하지만 이번에는 달랐다. 그가 마주하고 있는 얼굴은 자신의 것이 분명했지만 거울 속의 얼굴은 얼빠진 표정과는 전혀 거리가 멀었다. 으레 올빼미처럼 멍한 표정만 자리하던 곳에 지금은 굴뚝 통풍관 주변에 제비 떼 모여든 것처럼 산만한 표정이 자리잡고 있었다. 다른 때 같았으면 그의 두개골이 비비 꼬인 고둥이기라도 한 것처럼 머릿속 전체에 울려 퍼지는 웅웅거리는 소리를 들었을 테지만, 그는 지금 땀을 흘리고 얼굴을 붉히며 스무 개의 맥락 없는 꿈들을 꾸고 있었다. 그는 조안 토스트의 손길이 닿았던 귀를 면밀히 살펴보았다. 자세히 살펴보면 그때의 흥분이 되살아나기라도 할 것처럼. 하지만 아무리 살펴봐도 전혀 소용이 없었다. 이제 그녀의 손이 놓인 곳은 자신의 귀가 아니라 심장이라는 것을 깨닫고 그는 흠칫 놀랐다.

그는 크게 소리쳤다. "아 이런, 내기에 응할걸!"

갑자기 들려온 자신의 씩씩한 목소리가 그를 사로잡았다. 게다가 그렇게 큰 목소리로 혼잣말을 하고도 당황하지 않은 것은 생전 처음 있는 일이었다.

"그런 기회가 또 한 번만 생긴다면 그 순간을 낚아채는 것은 일도 아닐 텐데! 아, 그 눈은 얼마나 나를 흥분시키는지! 그 젖가슴은 얼마나 나를 불타오르게 하는지!"

그는 거울을 다시 집어 들고 짐짓 얼굴을 찡그려 보이며 물었다. "너는 지금 누구지, 묘한 친구? 이것 봐, 네 피 안에서 경련이 일고 있군. 알겠어, 네 영혼이 조바심 치고 있는 거야! 조안 토스트가 음미할 남자는 진정 남자다운 남자일 거야. 그 여자가 이리 와서 그를 경험하기만 한다면!"

불현듯 로케츠로 돌아가 그녀를 불러내야 한다는 생각이 떠올랐다. 그녀가 벤 올리버의 간청에 굴복하지 않았으리라는 은근한 기대와 함께. 하지만 우선 그런 식으로 도망쳐 나온 뒤 그렇게 빨리 친구들을 다시 대면한다는 것이 썩 내키지가 않았다. 그리고 두 번째는,

"이런 빌어먹을, 나는 아직 숫총각이잖아!" 그는 책상 위에 놓여 있던 백지 위에 주먹을 내리치며 욕을 했다. "그런 것에 대해 내가 뭘 안단 말인가? 만약 그녀가 나와 함께 온다 해도, 제기랄! 그다음엔?"

그는 마음을 단단히 다잡았다. "하지만 지금이 아니면 이런 기회가 다신 없을 텐데. 조안 토스트라는 여자는 내 안에서 지금까지 어떤 여자도, 심지어 나 자신도 보지 못했던 것을 봤어. 그녀는 나에게서 여느 남자들과 같은 남자의 모습을 발견한 거야. 그리고 어쩌면 그녀는 나를 남자로 만들어 줄지도 몰라. 왜냐하면 내가 혼잣말을 한 것은 이번이 처음이거든. 그리고 이렇게 내가 강하게 느껴진 것도 처음이고. 로케츠로 가자." 그는 스스로에게 명령했다. "아니면 평생 숫총각으로 살든지!"

하지만 그는 일어나지 않았고 대신 구출과 감사, 난파 혹은 역병과 상호 생존, 유괴와 탈출 그리고 난폭한 공격, 그리고 이들 가운데 가장 달콤한 것이라 할 수 있는 치솟는 명성과

거리낌 없는 방종에 대한 음탕하고 복잡한 망상에 빠져들었다. 마침내 자신이 결코 로케츠에 가지 않으리라는 걸 깨달았을 때, 그는 자기 혐오에 빠졌고 절망하여 다시 한번 거울 앞으로 되돌아갔다.

그는 거울 안의 얼굴을 보자 마음이 평온해졌다.

"거기, 이상한 친구로군! 우-우-우! 우갸갸갸! 까꿍!"

그는 눈물이 그렁그렁해질 때까지 거울을 향해 눈을 흘기고 입을 실룩거렸다. 그러다 이내 지쳐서 긴 팔에 얼굴을 파묻고는 곧 잠이 들었다.

얼마나 시간이 지났을까. 아래층 현관문을 두드리는 소리가 났다. 그리고 에브니저가 그것에 대해 궁금해할 만큼 충분히 잠에서 깨기 전에 그의 시종 버트랜드가 문을 열었다. 버트랜드는 며칠 전에 아버지가 그에게 보낸 인물로 마른 얼굴에 큰 눈을 가진 사십 대 후반의 노총각이었다. 에브니저는 그에 대해 아는 바가 거의 없었다. 앤드루가 그를 고용한 건 에브니저가 케임브리지에 있을 무렵이었기 때문이다. 버트랜드는 세인트자일스 영지에서 이곳으로 올 때 밀랍으로 봉인된 봉투를 가져왔고 그 안에는 다음과 같은 앤드루의 편지가 들어 있었다.

에브니저

이 편지를 갖고 있는 자는 버트랜드 버튼으로 1686년부터 나의 시종이었고, 네가 그를 원한다면 이제부터는 너의 시종이다. 주제넘은 구석이 있긴 하지만 그런대로 부지런한 녀석이란

다. 네가 적절한 곳에 잘 써먹으면 여러 가지로 쓸모가 있을 게야. 트위그 부인과 그는 사이가 좋지 않았단다. 그를 해고시키거나 그녀를 잃거나 양단간에 선택을 해야 할 정도였지. 그녀가 없으면 이 집은 제대로 돌아가지 않을 텐데 말이다. 버트랜드의 유일한 결점이라면 비록 자신의 일은 절대 잊어버리는 법이 없지만 종종 자신의 처지를 잊는다는 점인데, 그를 그냥 쫓아내는 것도 어려운 일이라 생각하여 나는 그를 나의 시종에서 너의 시종으로 승진시켰다. 나는 그에게 미리 삼 개월치 임금을 지불했다. 네가 그 후에도 그를 원한다면 패건 점포에서의 너의 지위로 그를 감당할 수 있을 거라고 본다.

에브니저가 피터 패건으로부터 받는 현재 임금은 정확히 1688년 당시의 임금 그대로이므로 혼자 먹고살기에도 빠듯했지만, 그래도 그는 적어도 세 달 동안은 버트랜드의 시중을 반겼다. 그동안에는 그를 데리고 있어도 전혀 비용이 들지 않을 테니까. 다행히 에브니저의 옆방이 비어 있어서 그는 하숙집 주인과 얘기하여 버트랜드를 그곳에 하숙시켰고 버트랜드는 그곳에서 에브니저가 부르면 언제든지 달려올 준비를 하고 있었다.

지금 바로 이 남자가 잠옷과 모자 차림으로 방 안에 들어섰다. 그리고 만면에 미소를 띄우고 한쪽 눈을 찡긋거리며 말했다. "주인님, 어떤 여자 분이 주인님을 만나러 오셨는뎁쇼." 그리고는 매우 놀랍게도 조안 토스트를 방으로 안내해 들였다.

그는 다시 한번 눈을 찡긋하며 말했다. "저는 즉시 물러가겠습니다." 에브니저가 정신을 차리고 그를 만류하기도 전에 그는 두 사람만을 남겨 두고 나갔다. 에브니저는 극도로 당황했고 그녀와 단둘이 있는 것이 적잖이 불안했다. 하지만 조안은 일말의 동요도 없이 여전히 책상 앞에 앉아 있는 그에게 다가와 볼에 가볍게 입을 맞췄다.

그녀는 모자를 벗으며 명령했다. "아무 말도 하지 말아요. 내가 늦었다는 걸 잘 알고 있으니까. 그리고 용서해 줘요."

에브니저는 말문이 막혀 앉아 있었다. 너무 놀라서 말을 할 수가 없었다. 조안은 태연하게 창가로 성큼성큼 걸어가 커튼을 쳤다. 그리고 옷을 벗기 시작했다.

"이건 모두 당신 친구 벤 올리버 탓이에요. 처음엔 3기니를 내놓더니 나중엔 4기니, 5기니를 내놓고는 그 커다란 손으로 나를 붙잡고 놔주질 않지 뭐예요! 하지만 그는 당신이 제시한 5기니에서 1실링도 더 내놓지 못했어요. 뭐, 내놓고 싶지 않았을지도 모르죠. 어쨌든 그 금액을 처음 제시한 사람은 당신이니까 나는 떳떳한 양심으로 그 짐승에게서 벗어났어요."

에브니저는 그녀를 뚫어져라 바라보았다. 그의 머릿속은 활활 타오르고 있었다.

곧 조안이 말했다. "자기, 이제 이리 와요." 그리고 벌거벗은 몸으로 그를 향해 돌아섰다. "당신의 돈은 탁자 위에 올려놓고, 우리는 침대로 가요. 정말이지 오늘 밤공기는 살을 에는 듯 차갑군요! 으흐! 자, 침대로 뛰어들어요!"

그는 침대로 뛰어들었고 이불 밑에 아늑하게 누워 이불을 그녀의 턱 밑까지 끌어올려 주었다.

그녀가 약간 더 활발하게 다시 한번 말했다. “이리 와요!”

에브니저가 말했다. “이런, 그럴 수 없소!” 그의 얼굴은 흥분에 겨워 들떠 있었고 그의 눈은 열정으로 빛났다.

조안이 놀라서 이불을 걷어 내고 앉아 말했다. “당신, 뭐라고요?”

에브니저가 선언했다. “나는 당신에게 돈을 지불할 수가 없소.”

“돈을 안 내겠다니! 이건 무슨 장난이죠? 지금 벤 올리버와 그의 5기니를 마다하고 온 날 가지고 장난해요? 돈 당장 꺼내 놓고 바지나 벗어요, 쿠크 씨. 더 이상 장난치지 말아요!”

에브니저가 말했다. “이건 장난이 아니오, 조안 토스트. 나는 당신에게 5기니, 아니 4기니, 아니 3기니도 지불할 수 없어요. 나는 당신에게 1실링도 지불할 수 없어요. 아니, 한 푼도 안 돼요.”

“뭐라고요! 그렇다면 당신은 가난뱅이란 말인가요?” 그녀는 그를 잡아 흔들기라도 할 것처럼 그의 어깨를 쥐었다. “이봐요, 선생, 소처럼 커다란 그 눈을 크게 떠 봐요. 내가 그 눈알을 뽑아 버리고 말 테니! 나를 바보로 만들고 싶어요?” 그녀는 침대가에 앉아 다리를 흔들었다.

에브니저가 그녀의 앞에 무릎을 꿇고 외쳤다. “아니오, 아니오, 아가씨! 내겐 5기니, 아니 더 많은 돈이 있소. 하지만 값어치를 따질 수 없는 것에 어떻게 값을 매기죠? 금 따위로 어떻게 천국을 사겠소? 아, 조안 토스트, 당신을 그렇게 싸구려로 만들라고 내게 요구하지 마시오! 은으로 된 발을 가진 테티스[17]가 아킬레스의 아버지인 펠레우스[18]와 잠자리를 함께한 것이 금 때문이겠소? 비너스와 안키세스[19]가 5기니를 염두에 두고 사랑을 나눴을 거라고 생각하오? 아니오, 사랑스러운 조안, 남자는 여신의 사랑을 시장에서 찾지 않소!"

조안이 다소 누그러진 듯 외쳤다. "외국인 매춘부는 자기들 식대로 장사하라고 하세요! 이번에는 하룻밤에 5기니예요. 그리고 재미 보기 전에 먼저 지불하세요. 만약 너무 싸다는 생각이 들면 당신 좋을 대로 값을 불러 보시든지요. 저한텐 매한가지니까요. 당신의 그 '한 푼도'라는 말에 어찌나 열이 받히던지! 하마터면 당신에게 달려들 뻔했다니까요! 이리 와요, 이제. 그리고 당신의 기발한 표현들은 내일 아침 사랑의 소네트를 위해 아껴 둬요."

에브니저가 여전히 무릎을 꿇고 말했다. "아 이런, 조안, 당신은 정말 모르겠소? 나는 다른 사람들처럼 당신을 그저 놀이 상대로 갈구하는 게 아니오. 그런 음탕한 행위는 벤 올리버같이 그저 탐욕스럽기만 한 호색가에게 맡겨 두겠소. 내가 당신에게서 갈구하는 건 돈으로는 살 수 없는 거요!"

조안이 미소 지었다. "아하, 이제 보니 요상한 취미를 가지고 계신가 보네, 그렇죠? 나는 당신이 하도 정직한 얼굴을 하고 있어서 짐작도 못 했어요. 하지만 그것이 불가능하다고 그

17) 그리스 신화에 나오는 바다의 여신, 아킬레스의 어머니.
18) 그리스 신화에 나오는 테살리아의 프티아 국왕.
19) 트로이의 왕자. 비너스와의 사이에서 아이네이아스를 낳는다.

렇게 빨리 단정짓지는 말아요. 나는 '숲으로 가는 데는 여러 길이 있다.'는 걸 잘 알고 있으니까요. 만약 그게 그렇게 심하게 혹은 오랫동안 아프게 하는 게 아니라면, 그야, 그것은 이제 가격의 문제지요. 자, 원하는 걸 말해 봐요. 그러면 내가 요금을 정해 줄 테니까."

에브니저가 고개를 저으며 외쳤다. "조안, 조안, 이런 얘기는 집어치우시오! 그런 말이 내 마음을 갈기갈기 찢는다는 걸 모르겠소? 과거지사는 과거지사요. 나는 그것에 대해 생각조차 하기 싫소. 하물며 그것을 당신의 그 달콤한 입술로부터 듣는 데서야! 사랑스러운 여인, 지금 당신에게 맹세컨대 나는 숫총각이오. 그리고 내가 당신에게 순수하고 때묻지 않은 채로 다가가는 것처럼 당신도 내 마음속으로 그렇게 와 주시오. 이전에 무슨 일이 있었든지 간에, 그것에 대해서는 말하지 마시오. 아니!" 그가 경고했다. 조안의 입이 딱 벌어졌기 때문이다. "아니, 그것에 관해서는 한 마디도 하지 마시오. 그건 이미 끝난 일이니까. 조안 토스트, 나는 당신을 사랑하오! 아, 당신 놀랐군! 그래, 나는 하늘에 맹세코 당신을 사랑해. 그리고 내가 당신이 이곳에 왔으면 하고 바랐던 것은 바로 당신에게 이 말을 하기 위해서요! 당신의 그 끔찍스러운 거래에 대해서는 더 이상 말하지 마시오. 나는 당신의 달콤한 육체를 말할 수 없을 정도로 사랑하니까. 그리고 그 육체가 너무도 훌륭히 수용하고 있는 그 영혼 역시 상상할 수 없을 정도로 사랑하니까!"

조안은 미심쩍은 듯 말했다. "설마, 쿠크 씨, 자신을 숫총각이라고 부르다니 별 말도 안 되는 농담을 다 하시는군요."

에브니저가 맹세했다. "신에게 맹세코 나는 오늘 밤까지 어떤 여자도 안은 적이 없소. 그리고 사랑한 적도 없소."

조안이 다그쳤다. "하지만 어떻게 그럴 수 있죠? 내가 세상 사람들의 악행에 대해 아무것도 모르는 열네 살도 채 안 된 어린 소녀였을 때, 한번은 식사 중에 이런 일이 있었어요. 나는 그때 이상하게 몸에서 피가 나기 시작한다고 말하면서, 내가 무슨 병을 앓고 있는 건지 알려 달라고 큰 소리로 물었어요. 그리고 빨리 사람을 보내 거머리를 찾아 달라고 그랬죠! 그러자 사람들이 모두 웃으면서 이상한 농담을 했어요. 하지만 아무도 내게 그 이유를 말해 주지는 않았죠. 그때 젊은 총각 삼촌 해럴드가 내게 은밀하게 다가와서 내 입술 위에 키스하고는 내 머리카락을 어루만지면서 말했어요. 내가 이미 많은 피를 흘리고 있기 때문에 내게 필요한 것은 평범한 거머리가 아니라고요. 그러면서 그는 피가 그치면 자기에게 은밀히 와야 한다고 말했어요. 자기 방에 내가 한 번도 물려 본 적이 없는 커다란 수컷 거머리를 감춰 두고 있다나요? 그것에 물리면 뭔가 달콤한 것이 몸 안에 들어와 내가 잃었던 것을 모두 회복할 수 있다고 하더군요. 나는 아무런 의심 없이 그의 말을 모두 믿었어요. 왜냐하면 그는 내가 매우 좋아하던 사람이었고 내게 삼촌이라기보다 오빠 같은 사람이었으니까요. 그래서 나는 누구에게도 말하지 않고 그 저주가 내게서 사라지자마자 그가 처방해 준 대로 곧장 그의 침실로 갔어요. 나는 그에게 물었죠. '커다란 수컷 거머리는 어디 있나요?' 그가 말했어요. '내가 이미 준비해 두었지. 하지만 그것은 불을 무서워해서 오직 어둠 속에서만 일을 한단다. 너도 준비하렴. 그러면 내가 그 거머리를 그것이 가야 할 곳에 갖다 댈 테니까.' 내가 말했어요. '알았어요. 하지만 내가 어떻게 준비해야 하는지 가르쳐 줘요, 해럴드. 나는 거머리 시술에 대해서는 아무것도 모르니까요.' 그가 말하더군요. '옷을 벗어. 그리고 침대에 누우렴.'

순진했던 나는 그렇게 해서 바로 그의 눈앞에서 옷을 벗고 완전히 벌거숭이가 되었죠. 그리고 그가 지시한 대로 침대 위에 누웠어요. 나는 깡마른 아이였고 아직 가슴도 채 나오지 않고 거웃도 없는 상태였는데 말이죠. 나는 촛불을 불어 끄고 외쳤어요. '아, 해럴드! 침대로 와서 내 옆에 누워요, 제발. 어둠 속에서 커다란 수컷 거머리가 무는 건 무섭단 말이에요!' 해럴드는 아무런 대꾸도 하지 않고 곧장 자신의 침대로 와서 내 곁에 누웠어요. 곧 그의 피부가 내 피부에 닿는 것을 느끼고 내가 소리쳤죠. '왜 그래요? 삼촌도 그 거머리를 사용하려고요? 삼촌도 피를 잃었어요?' 그가 웃더군요. '아니, 이런 방식으로 내 거머리가 일을 하는 거야. 나는 너를 위해 그것을 준비해 두었어, 귀여운 아이야. 너도 준비되었겠지?' 나는 외쳤어요. '아뇨, 해럴드. 무서워요! 그것이 나의 어디를 물까요? 얼마나 아프죠?' 해럴드가 말했어요. '그것은 물어야 할 곳을 물 거야. 일 분 정도만 아프면 곧 상당한 쾌감을 느낄 거다.' 나는 한숨을 쉬었어요. '아, 그렇다면 고통은 그럭저럭 견뎌 내고 최대한 서둘러 즐거움을 느끼도록 해요. 하지만 제발 내 손을 잡아 주세요. 안 그러면 그것이 깨물었을 때 비명을 지를 것 같아요.' 그러자 해럴드가 그러더군요. '너는 비명을 지

르지 않을걸. 왜냐하면 내가 너에게 키스를 할 거거든.'

그러더니 그는 곧장 나를 껴안고 자기 입술로 내 입술을 꼭 막아 버리더군요. 그리고 우리가 키스를 하는 동안 갑자기 나는 그 커다란 수컷 거머리가 끔찍하게 깨물기 시작하는 것을 느꼈어요. 나는 이제 더 이상 처녀가 아니었죠. 처음엔 그저 울었어요. 그가 미리 경고했던 그 고통 때문만이 아니라 그 거머리의 정체를 알고 놀랐기 때문이죠. 하지만 역시 해럴드가 약속했던 것처럼 고통은 곧 사라졌어요. 그리고 그의 커다란 수컷 거머리는 거의 해 뜰 무렵까지 계속해서 나를 물어 댔죠. 그때쯤엔 나도 그 거머리에게 물리는 게 별로 지겹지 않았지만, 해럴드는 이미 거머리를 다 써 버려서 더 이상 나를 물게 할 수가 없었어요. 그런 작업에는 적합하지 않은 초라한 바퀴벌레나 보잘것없는 개미밖에 남지 않았더군요. 그리고 그것은 아침 햇빛을 보자 황망히 달아나 버렸어요. 내가 이 동물의 묘한 미덕을 알게 된 것은 바로 그때였죠. 왜냐하면 마치 벼룩에 물렸을 때처럼 긁으면 긁을수록 더 긁고 싶어지니까요. 그래서 일단 이놈이 나를 물자 나는 그것이 더 세게 깨물어 주기를 갈구하게 되었고, 마치 아편쟁이가 약병을 찾듯이 끊임없이 가엾은 해럴드와 그의 거머리를 찾게 되었어요. 그리고 그 일이 있은 후 나는 온갖 유형과 크기의 거머리에게 물려 봤지만 나의 충실한 존의 것보다 더 무시무시하고 게걸스러운 것은 없었지요. 나는 여전히 괴로울 정도로 그것을 갈망해요. 그 커다란 수컷 거머리에 대한 생각에 온몸이 떨릴 지경이죠!"

에브니저가 애원했다. "그만해요, 부탁하오! 나는 더 듣고 있을 수가 없소! 뭐라고, 그를 '친애하는 삼촌'이라고 부른다고! 그리고 '가엾은 해럴드'라니! 아, 그 악당, 그 나쁜 자식, 당신을 그렇게 기만하다니, 자기를 사랑하고 믿었던 당신을! 그는 당신에게 거머리 시술을 한 것이 아니라 당신을 이용해 자신의 더러운 욕망을 채운 거요. 그리고 당신의 순결한 육체를 영원히 매춘의 침상 위에 올려놓은 거라고! 나는 그를 증오하오. 그리고 그와 같은 부류도!"

조안은 미소를 지었다. "당신은 재미있게 말하네요. 그때의 나처럼 어리석은 어린애를 찾을 수 있다면 눈에 불을 켜고 엉덩이에 땀을 뻘뻘 흘리며 똑같은 짓을 할 사람처럼 말이에요. 아뇨, 에브니저. 가엾은 우리 해럴드를 욕하지 말아요. 그는 몇 년 전 추운 방 안에서 그 짓을 하다 학질을 얻어 이미 땅에 묻혔으니까요. 나는 거머리가 무는 것과 거머리에 물리는 사람이 물리기를 바라는 것은 그저 자연스러운 본능일 뿐이라고 말하겠어요. 그리고 그것은 나에게 신비이고 놀라움이에요. 그렇게 많은 사람들이 거머리에 물리기를 갈구하고, 그리고 최상의 거머리는 그렇듯 수월하게 배를 채우는데도 어떻게 당신의 거머리는, 당신 말대로 하자면, 거의 삼십 년 동안이나 굶주리며 살아올 수 있었던 거죠? 뭐예요, 당신은 그 정도로 구제불능의 게으름뱅이라는 건가요? 아니면 혹시 자신과 같은 성별을 가진 사람들 외에는 아무에게도 성욕을 느끼지 않는 그런 이상한 부류인가요? 도무지 이해할 수가 없군요."

에브니저가 말했다. "첫 번째도, 두 번째도 아니오. 나는 육체적으로나 정신적으로나 남자요. 그리고 내가 아직 동정인 것은 전적으로 내 자신의 선택에 의한 것은 아니라오. 나는 조금 전까지만 해도 충분히 준비가 되어 있었소. 하지만 사랑의 곡물을 빻으려면 절굿공이뿐 아니라 막자사발도 필요한 법이오. 어떤 남자도 모리스 댄스[20]를 혼자서 추지는 않잖소. 그리고 오늘 밤까지 어떤 여자도 나를 마음에 들어 하지 않았소."

조안이 웃었다. "이봐요! 암양이 숫양을 쫓겠어요, 아니면 암탉이 수탉을 쫓겠어요? 발이 갈리기 위해 쟁기를 찾아오나요, 아니면 칼집이 칼을 품기 위해 움직이나요? 당신은 세상을 온통 거꾸로 보는군요!"

에브니저는 한숨을 쉬었다. "그건 인정하오. 하지만 나는 유혹의 기술에 대해선 전혀 아는 바가 없소. 그럴 만한 인내심도 없고."

"흥! 여자들과 자는 일은 그리 어려운 일이 아니에요! 대부분의 경우, 내가 장담하건대 남자가 그저 솔직하고 예의 바르게 부탁하면 그뿐이죠. 그가 그것을 알고 있기만 하면 말이에요."

에브니저가 놀라서 외쳤다. "어떻게 그럴 수 있소? 여자들이 그렇게 밝힌다는 거요?"

조안이 말했다. "아뇨, 남자들이 늘 그렇듯 우리도 시도 때도 없이 그 짓을 원한다고 생각하지는 말아요. 물론 우리도 종종 쾌감을 느끼죠. 하지만 그것이 정열인 경우는 드물어요. 그

20) 영국 민속 무용 중 하나인 가장 무도.

럼에도 불구하고 남자들은 수많은 사냥개들이 물오른 암캐에게 하듯 언제나 우리를 보고 헐떡거리면서 우리에게 잠시 정조는 잊고 자기들과 함께 뒹굴자고 애걸하고는 일단 우리가 그렇게 하면 우리를 창녀니 헤픈 여자니 하면서 경멸하죠. 우리더러는 남편에게 충실하라고 명령하면서 자기들은 가장 충실한 친구의 마누라랑 놀아날 수 있는 기회가 있다면 결코 놓치는 법도 없고요. 우리에게 순결을 지키는 책임을 맡기고는 골목, 마차 혹은 거실 등 사방에서 그것을 강탈하기 위한 공격을 자행하죠. 그러다 만약 우리가 그 짓에 어떤 열정도 보이지 않으면 곧 싫증을 내고, 우리가 그걸 즐기기라도 할라치면 우리를 죄인이라 부르며 훈계해요. 남자들은 한편으로는 도덕을 만들어 내면서 다른 한편으로는 강간을 하죠. 그리고 대부분의 경우 자기들이 우리들을 타락으로 유혹하면서 우리더러는 정조를 지키라고 설교한단 말이지요. 이렇게 온통 밀어냈다 끌어당겼다를 반복하니, 여보세요, 우리 여자들은 온통 뒤죽박죽이 되어 우리가 해야 하는 것과 우리가 하고 싶은 것 사이에서 갈팡질팡, 언제나 정신이 하나도 없다고요. 그리고 완전히 어리둥절해져서는 그 문제에 대해 어떻게 생각해야 할지, 혹은 매 순간 어느 정도까지 허락해야 할지 도무지 종잡을 수가 없죠. 그래서 만약 한 남자가 으레 그렇듯 한바탕 거드름을 피우다가 여기저기를 슬쩍슬쩍 만지고 꼬집기 시작하면, 우리들은 그 녀석을 와락 밀어내겠죠. 만약 그가 완력을 사용하여 우리를 바닥에 쓰러뜨리거나 덮치지 않는다면 말이에요. 그리고 만약 그가 우리를 그냥 내버려 두면 우리는 그

휴식이 너무나도 행복해서 굳이 움직이려 하지 않아요. 하지만 어느 날 어떤 남자가 진실한 우정으로 우리에게 다가온다면, 그리고 종마의 눈이 아니라 그냥 인간의 눈으로 우리를 커다란 엉덩이나 살찐 젖가슴으로가 아니라 그저 똑같은 인간으로 바라봐 준다면, 그리고 얼마간 정중하게 대화한 후 (우리를 곧장 침대로 데려가려는 듯이 음탕하게 카드놀이에 초대하는 게 아니라 반대로) 카드놀이 한 판을 제안하듯이 함께 자고 싶은 진실한 마음을 표현한다면, 그러니까 남자가 그런 태도로 요청하는 법을 배우기만 한다면, 그의 침대는 고마워하는 여자들의 무게로 폭삭 내려앉을 거고 그는 과도하게 힘을 쓰느라 때 이른 백발이 되고 말 거예요!" 조안이 결론을 내렸다. "하지만 그런 일이 정말로 일어날 리는 없죠. 그렇게 하는 것은 동료를 받아들이는 것이지 노예를 취하는 게 아니니까요. 남자가 갈망하는 것은 단순한 쾌락이 아니라 정복이에요. 바로 그 때문에 난봉꾼들이 역병처럼 만연하고 매독처럼 흔한 거라고요. 하지만 그저 물어보기만 하면 돼요, 에브니저. 친절하게 그리고 정중하게, 친한 친구에게 작은 호의를 부탁하듯이. 그러면 거절당하는 일은 좀처럼 없을 거예요. 하지만 당신은 반드시 물어보아야 해요. 그렇지 않으면 심하게 강요받지 않았다는 데 크게 안도하며 우리는 당신을 그냥 지나쳐 버릴 수도 있으니까요."

에브니저는 고개를 주억거리며 수긍했다. "정말 그렇군. 조금 전까지만 해도 그런 생각은 하지 못했소. 여자들의 운명은 정말 비참하오. 우리들은 얼마나 짐승들인지!"

조안이 한숨을 쉬며 말했다. “아, 뭐, 나는 별로 개의치 않아요. 이따금 그것에 대해 곰곰 생각해 볼 때도 있지만. 창녀들이 그런 미묘한 문제를 고민하느라 잠을 설치는 경우는 드물죠. 지갑 안에 내게 치를 화대를 갖고 있고 무두질 공장보다는 좀 더 달콤한 냄새가 나고 다음 날 아침 나를 귀찮게 하지 않는 한 나는 그에게 ‘안 돼’라고 말하거나 그가 자신이 치른 돈을 아까워하며 떠나게 하지는 않아요. 그리고 나는 어린아이가 강아지를 귀여워하듯 숫총각을 사랑해서 그를 서게 하여 앞발을 들고 재롱을 부리게 하거나 혹은 누워서 죽은 척하는 놀이를 하게 만들죠. 자, 일어나요. 그리고 나와 함께 누워요. 찬바람 때문에 감기 걸리겠어요! 내겐 당신에게 가르쳐 줄 기술이 많이 있다고요!”

그렇게 말하면서 그녀는 그에게 팔을 뻗었다. 3월의 외풍 속에서 십오 분간 꿇어앉아 있던 에브니저는 내부의 열정과 외부의 찬바람 사이의 경쟁으로 인해 땀을 흘리는 한편 소름이 돋는 걸 느끼며 그녀를 열정적으로 포옹했다.

그가 외쳤다. “오 하느님, 그게 정말이오? 얼마나 놀라운 일인가. 옛날부터 꿈속에서 갈망해 왔던 것을 하루아침에 현실에서 얻게 되다니! 심장아, 정말 어리둥절하구나! 아무 말도 나오지 않는다! 내 팔도 내 뜻대로 움직이질 않아!”

조안이 말했다. “당신은 당신 지갑이나 신경 써요. 그리고 나머지는 모두 내게 맡겨요.”

에브니저가 한탄하듯 말했다. “하지만 신 앞에 맹세코 나는 그대를 사랑하오, 조안 토스트! 어떻게 당신은 아직도 그 더러운 지갑에 대해 생각할 수 있지?"

조안이 말했다. "시작하기 전에 5기니나 내놓아요. 그러고 나서 신 앞에서든 인간 앞에서든 나를 사랑하라고요. 내겐 이거나 저거나 모두 마찬가지니까."

에브니저가 소리쳤다. "당신은 그놈의 5기니로 나를 미치게 만드는군! 나는 이 세상 어떤 남자가 여자를 사랑했던 것보다 더 그대를 사랑한단 말이오. 맹세하오. 그 저주받을 5기니로 내 사랑을 매춘 행위로 만드느니 나는 차라리 그대의 목을 졸라 죽이든지 내가 목이 졸려 죽든지 하겠소! 나는 그대의 노예가 되어 저 지구 끝까지 그대와 함께 가겠소. 사랑을 위해서라면 영혼과 육체 모두 당신 손에 넘겨주겠소. 하지만 내 목숨이 붙어 있는 한 그대를 나의 창녀로 만들지 않을 거요!"

조안이 눈에 불꽃을 튀기며 외쳤다. "뭐예요, 그럼 이건 결국 사기에 속임수잖아! '그대'니 '그대의'니, 사랑이니 순결이니 하는 쓸데없는 말로 나를 속일 수 있다고 생각하는 거예요? 당장 내 돈 내놔요, 에벤 쿠크. 그렇지 않으면 나는 지금 당장 당신을 영원히 떠날 거예요. 그리고 이 사실이 나의 자니 메키보이의 귀에 들어가면 당신은 자신의 노랑이짓을 아주 오래도록 저주하게 될 거라고요."

에브니저가 말했다. "나는 그럴 수 없소."

조안은 침대에서 뛰어내려 자신의 옷을 획 집어들었다. "그렇다면 내가 당신을 악당이자 바보로 경멸한다는 것을 알아둬요!"

에브니저가 응수했다. "그리고 내가 그대를 내 구원의 여인이자 영감(靈感)으로 사랑한다는 것을 알아 두시오! 왜냐하면 오늘 밤 당신이 내게 오기 전까지만 해도 나는 결코 남자가 아니라 그저 저능아에다 건달에 불과했고, 그대를 포옹하기 전까지만 해도 나는 시인이 아니라 그저 천박한 한량에다 삼류 문사에 불과했으니까! 그대와 함께라면, 조안, 내가 성취하지 못할 일이 뭐가 있겠소! 내가 쓸 수 없는 시가 뭐가 있겠소! 아니, 심지어 당신이 지금은 실수로 나를 조롱하고 나를 더 이상 보려 하지 않는다 해도 나는 그대를 사랑할 거요. 그리고 나의 사랑으로부터 힘과 목표를 끌어낼 거요. 내 사랑은 너무나도 강해서 비록 보답이 없다 해도 나를 지탱해 주고 내게 영감을 줄 테니까. 하지만 신이 당신에게 그것을 이해하고 받아들이고 그것에 보답할 지혜를 허락하신다면, 당신은 필연적으로 그렇게 되겠지만, 세상 사람들은 지금까지 한 번도 접해 보지 못한 시를 듣게 될 것이고 우리의 사랑은 언제나 모범이자 본보기로 그들 앞에 서게 될 거요! 나를 경멸하시오, 조안. 그러면 나는 멋진 바보가 되겠지. 무지한 덜시네아[21]에게 목을 매는 돈키호테가 되겠지. 하지만 여기서 당신에게 장담하오. 만약 당신이 생명과 열정과 지혜를 충분히 가지고 있다면 내가 그대를 사랑하는 것처럼 나를 충심으로 사랑해 주오. 그러면 나는 온 힘을 다해 진짜 거인들과 결투를 해서 그들을 꺾어 버리겠소! 나를 사랑해 주오. 그러면 나는 그대에게 이것을 맹세하리다. 나는 영국의 계관시인이 되겠소!"

21) 돈키호테가 동경한 시골 처녀의 이름.

조안이 옷의 단추를 채우며 날카롭게 대꾸했다. "내 생각에 당신은 이미 완전히 맛이 간 것 같군요. 당신은 나더러 아무것도 모른다고 하는데 나는 악당보다는 바보가 낫고 미친놈보다는 차라리 악당이 낫다고 생각해요. 당신은 틀림없이 한 거죽 아래 이 세 가지 모두를 가지고 있겠군요. 어쩌면 나는 당신이 주장하는 그런 대단한 열정을 이해 못 할 만큼 멍청이인지도 모르지요. 하지만 나는 내가 골탕을 먹었을 때나 사기를 당했을 때 그것을 알아차릴 만큼의 기본적인 머리는 가지고 있어요. 그리고 나의 존이 그것에 대해 알게 될 거고요."

에브니저가 애원했다. "아, 조안, 조안! 당신은 그렇다면 진정으로 가치 없는 여자란 말이오? 그대에게 엄숙하게 선언하건대, 어떤 남자도 그대에게 다시는 이런 사랑을 제안하지 않을 거란 말이오."

"내가 받아야 할 돈을 주기나 해요. 그러면 존에게 단 한 마디도 하지 않을 테니. 당신의 나머지 제안은 당신 모자 속에 도로 집어넣어도 돼요."

에브니저가 여전히 도취된 상태로 한숨을 쉬었다. "그렇군. 당신은 정말로 가치가 없군! 할 수 없지. 그렇다고 해도, 내가 그대 때문에 고통을 당한다 해도, 내가 그대를 사랑하지 않는 일은 없을 거요!"

조안이 소리쳤다. "매독에나 걸려라, 이 멍청아!" 그리고 화가 나서 방을 나가 버렸다.

에브니저는 사랑의 감정으로 너무나도 충만하여 그녀가 떠나는 것도 거의 알아차리지 못했다. 그는 뒷짐을 지고 자신에게 생긴 새로운 감정의 깊이와 힘에 대해 새삼 곰곰이 생각하며 방 안을 열이 나도록 왔다 갔다 했다. 그는 자문했다. "나는 삼십 년 동안의 잠에서 깨어난 건가? 아니면 이제서야 꿈을 꾸기 시작한 건가? 확실히 깨어 있는 사람이라면 이런 엄청난 현기증을 느끼지는 않을 거야. 그리고 꿈을 꾸고 있는 사람이라면 이렇듯 폭발적인 활기를 느끼지는 못하겠지! 그래! 노래!"

그는 책상으로 달려가 깃펜을 낚아채서 별다른 고심 없이 다음과 같은 노래를 써 내려갔다.

프리아모스가 강탈된 도시 트로이에 대해 품었던 사랑도,
안드로마케가 절벽에서 떨어지는 어린 아들에게 품었던 사랑도,
율리시스가 자신의 정숙한 아내 페넬로페에게 품었던 사랑도,
사랑하는 조안, 내가 그대에게 품은 사랑만 못할 거요!

하지만 차가운 셀레네가 엔디미온의 동정(童貞)을,
그리고 페드르가 사랑스러운 의붓아들 히폴리투스의 동정을
사랑하듯이 나 역시 기도하오
내가 사랑하는 당신이 나의 흠 없는 순결성을 사랑해 주기를.

나의 순수성은 인색한 선물이 아니라
한번 주고 나면 보상할 수 없는 선물이므로.

휘황찬란한 보물 창고에서 집어 올릴 수 있는 평범한 보석이
아니라
한번 빼앗기면 결코 회복할 수 없는 보석이므로.

지켜 주시오, 나의 순수성을 지켜 주시오
삶으로부터, 시간으로부터, 죽음으로부터, 역사로부터.
그것이 없다면 나는 남자로서 마지막 숨을 쉬어야 하오.
삶이 시작되지만 그렇게 해서 나의 죽음이 시작된다오!

시를 다 지은 후, 그는 그저 모양새를 한번 시험해 보기 위해 그 지면의 아래쪽에 "영국의 계관시인, 신사 에브니저 쿠크"라고 써 넣었다. 그리고 그것을 바라보자 기분이 좋아졌다.

그는 기뻐하며 말했다. "이제 이건 그저 시간 문제일 뿐이야. 사실 자신이 누구인지를 알 만큼 현명한 사람은 매우 드물지. 내가 조안 토스트의 유혹에 단호하게 대처하지 않았다면 나는 그 지식을 결코 발견하지 못했을 거다! 그렇다면 나는 선택을 했는가? 아니다. 왜냐하면 그러한 선택을 할 '나'가 없었기 때문이다. 선택이 '나'를 만든 거다. 나의 사랑을 나의 정욕보다 더 가치 있게 여기는 고귀한 선택. 그리고 그런 고귀한 선택을 했다는 것은 그가 고귀한 선택자라는 것을 의미한다. 나는 누구인가? 숫총각이다! 시인이다! 나는 숫총각이자 시인이다. 인간이 아니면서도 그 이상이다. 남자가 아니라 인류지! 나는 나의 순수성을 나의 힘의 상징으로 그리고 나의 소명의 증거로 여기겠다. 그것을 가질 만한 가치가 있는 여자

로 하여금 내게서 그것을 가져가게 하라!"

바로 그때 시종 버트랜드가 조용히 문을 두드렸다. 그리고 에브니저가 미처 대답도 하기 전에 손에 촛불을 들고 들어왔다.

"이제 그만 물러가도 될까요, 주인님?" 그가 커다란 윙크를 보태며 물었다. "아니면 방문할 사람이 더 있습니까?"

에브니저는 얼굴을 붉혔다. "아니, 아니, 가서 자."

"알았습니다, 주인님. 좋은 꿈 꾸십시오."

"그건 또 무슨 말이야?"

하지만 버트랜드는 또 한 번 커다란 윙크와 함께 문을 닫았다.

에브니저는 생각했다. "정말이지 저 녀석은 주제를 모르는군!" 그는 다시 시로 시선을 돌려 얼굴을 찌푸리며 그것을 몇 번인가 다시 읽었다.

"정말 일품이야." 그가 자평했다. "하지만 뭔가 마지막 손질이 필요해……."

그는 그것을 한 줄 한 줄 찬찬히 검토했다. 그는 "사랑하는 조안, 내가 그대에게 품은 사랑만 못할 거요."에서 멈췄다. 그는 커다란 이마에 주름을 만들고, 입술을 오므리고, 눈을 가늘게 뜨고, 발을 구르고 깃펜으로 턱을 긁었다.

그가 말했다. "흠."

그는 잠시 생각한 후에 깃펜에 잉크를 묻혀 '조안'을 지웠다. 그리고 그 자리에 '심장'이라는 단어를 집어넣었다. 그런 다음 그는 시 전체를 다시 읽어 보았다.

그는 만족하여 외쳤다. "과연 대가의 마무리로군! 완벽한 작품이야."

8 원칙주의자들의 대화와 그 결과

시를 수정하는 일이 끝나자 에브니저는 그것을 테이블 위에 놓고는 옷을 벗고 침대에 누워 조안 토스트의 방문으로 중단되었던 잠을 다시 청했다. 그날 벌어진 일련의 사건들로 인해 진이 다 빠졌기 때문이다. 하지만 역시 깊이 잠들 수가 없었고 이전과 마찬가지로 잠이 오래 지속되지도 않았다. 이번에 그를 괴롭힌 것은 절망이 아니라 흥분이었다. 누비이불 아래서 잠든 지 한 시간도 채 안 되었을 때, 그는 문을 두드리는 시끄러운 소리에 다시 한번 잠을 깼다. 조안이 떠난 후 미처 문에 빗장을 걸어 두지 않았던 것이다.

"누구요?" 그가 큰 소리로 물었다. "버트랜드! 누가 문을 두드리고 있어!"

그가 불을 켜기도 전에, 아니 침대에서 채 일어나기도 전에 문이 거칠게 열리고 존 메키보이가 손에 랜턴을 들고 방으로 성큼 걸어 들어왔다. 그는 침대 옆에 서서 에브니저 얼굴 가까이에 불을 들이댔다. 이 소란에도 나타나지 않는 걸 보니 버트랜드는 깊이 잠든 게 분명했다. 에브니저는 다소 겁이 났다.

메키보이가 다른 쪽 손을 내밀면서 조용히 말했다. "웬만하면 내 5기니를 내놓으시지."

곧 땀이 비오듯 흐르기 시작했지만 에브니저는 침대에 그대로 누워 가까스로 쉰 목소리를 뱉어 냈다. "내가 자네에게 무슨 돈을 빚졌다는 거지? 나는 자네에게 어떤 것도 산 기억이 없는데."

메키보이가 단호하게 말했다. "당신은 세상 물정을 전혀 모르는 것 같군. 남자가 매춘부에게서 사는 것은 그녀의 엉덩이가 아니라 의지와 시간이라는 것이 매춘의 첫 번째 원칙이오. 일단 당신이 나의 조안을 고용하면, 당신이 그녀를 어떤 용도로 사용하든 그것은 그녀가 상관할 일도, 내가 상관할 일도 아냐. 당신이 요금을 제대로 지불하는 한 말이야. 오늘 당신이 그랬던 것처럼 몸을 섞는 대신 그저 이야기만 할 수도 있지. 바보 같은 선택이지만 말이야. 하지만 그렇게 해서 당신이 즐거워진다면, 바보 노릇을 하는 것도 당신의 특권이라고 할 수 있겠지. 자, 이제 내 5기니를 내놓으실까!"

에브니저는 메키보이를 똑바로 쳐다보더니 자신의 정체성을 다시금 스스로에게 각인시키며 말했다. "아, 이보게, 어쩌면 조안이 말하지 않았을지도 모르니 자네에게도 말해 주는 것이 옳겠군. 나는 그녀를 무척 사랑한다네!"

메키보이가 대답했다. "그래도 마찬가지야. 그러니 당신은 화대나 내놔."

에브니저가 말했다. "그럴 수 없어. 이 문제에서 자네의 논리 자체가 그것을 불가능하게 만들거든. 왜냐하면 자네가 단언한 대로 여자가 매춘부가 되는 것이 바로 그녀가 자신의 시간과 의지를 임대하기 때문이라면, 그녀가 여기서 보낸 시간에 대해 내가 돈을 지불하는 건, 곧 내가 그녀를 육체적으로 건드리지 않았음에도 불구하고 그녀를 매춘부로 만드는 셈이 돼. 그런데 나는 그녀를 매춘부로 만드는 짓은 결코 하지 않을 거거든. 아니, 때려죽여도 안 해! 나는 자네에게 아무런 유감이 없네, 존 메키보이. 그리고 자네도 내가 인색하다고 여겨서는 안 돼. 돈이라면 내게 충분히 있네. 그리고 나는 언제든지 그것을 내놓을 수 있어."

메키보이가 말했다. "그렇다면 화대를 지불하시지."

에브니저가 미소를 지었다. "여보게, 내가 5기니, 아니 6기니를 순전히 선물로 줄 테니 받겠나?"

메키보이가 고집했다. "5기니를 내놔. 화대로."

"내가 그 금액을 화대가 아니라 선물이라고 부른다 한들 자네에게 무슨 차이가 있지? 화대 5기니나 선물 5기니나 똑같이 5기니는 5기니인데 말일세."

메키보이가 대답했다. "그게 아무런 차이가 없다면, 당신이 그것을 조안 토스트의 하룻밤 몸값이라고 부르면 될 것 아뇨."

에브니저가 말했다. "아무런 차이도 없다고 생각지 말게. 내게는 엄청난 차이이니까! 어떤 남자도 자신이 사랑하는 여자를 매춘부로 만들지는 않아. 그리고 나는 조안 토스트를 사랑하네. 이 세상 어느 남자가 자기 여자를 사랑하는 것보다 더."

메키보이가 코웃음을 쳤다. "집어치워! 당신이 지금 한 말은 당신이 사랑에 대해 쥐뿔도 모르고 있다는 걸 증명하는 거야. 조안 토스트를 사랑한다고 생각하지 마쇼, 쿠크 씨. 당신이 사랑하는 건 당신의 '사랑'이고 그건 바로 당신이 사랑하는 대상은 조안이 아니라 당신 자신이라고 말하는 셈이지. 하지만 그녀를 사랑하든 그녀와 살을 섞든 상관없이 당신은 화대를 내야 해. 그녀는 나 이외의 어떤 남자에게도 창녀가 아닌 그 무엇이 될 수 없어. 나는 질투심이 많은 남자요, 선생. 당신은 고객으로서 조안의 의지와 시간을 살 수는 있지만 연인으로서 구애할 수는 없소."

에브니저가 외쳤다. "이봐, 그건 정말이지 말도 안 되게 이상한 질투심이야! 생전 처음 듣는 말이라고!"

메키보이가 말했다. "그러니 당신이 사랑에 대해 아무것도 모른다는 거야."

에브니저가 고개를 저으며 단언했다. "정말 이해할 수 없군. 맙소사, 이봐, 신성한 피조물이자 여성이 가질 수 있는 온갖 아름다움의 초상인 이 조안 토스트는, 그녀는, 당신의 애인이야! 당신은 어떻게 남자들이 그녀에게 음탕한 시선을 던지도록 내버려 둘 수가 있지? 더군다나……."

"더군다나? 당신이 사랑하는 건 조안이 아니라 당신 자신임이 확실하군! 조안에게 신성한 것이라곤 아무것도 없어, 이 친구야. 그녀도 언젠가 죽어 흙으로 돌아갈 거고, 우리와 마찬가지로 자기 몫의 결점을 가지고 있어. 당신이 말하는 이 '초상' 말인데, 그것은 그 여자가 아니라 당신이 사랑하는 환상이야. 이것은 틀림없는 사실이라고. 왜냐하면 나를 제외하고 당신들 어느 누구도 그녀를 제대로 알지 못하니까."

"그런데도 자네는 그녀의 포주 노릇을 한단 말인가!"

메키보이가 웃었다. "내가 당신에 대해 한 가지 말해 주지,

에벤 쿠크. 그리고 어쩌면 당신은 이것을 이따금씩 떠올리게 될 거야. 당신은 사랑에 대해서만 무지한 게 아냐. 당신은 '이 거대한 진짜 세상 전부'를 몰라! 당신의 감각은 당신에게 전혀 도움이 되지 않아. 당신의 분주한 공상은 당신을 배반하고 당신의 머리를 어리석은 그림들로 채우지. 사물은 당신 눈에 보이는 대로 존재하지 않아, 이 친구야. 세상은 얽힌 실타래라고. 그리고 그 모든 것은 당신이 생각하는 것보다 훨씬 더 복잡하게 얽혀 있어. 당신은 인생에 대해 아무것도 몰라. 더 이상 입씨름하기 싫어." 그는 주머니에서 서류 한 장을 꺼내 에브니저에게 건넸다. "빨리 읽어 보고 화대나 지불하쇼."

에브니저는 그 종이에 적힌 내용을 확인하고 소스라치게 놀랐다. 그것은 '신사 앤드루 쿠크 2세 앞'으로 되어 있었고 다음과 같이 시작되었다.

친애하는 쿠크 씨,

저는 당신의 아들 에브니저 쿠크의 행동과 관련된 유감스러운 문제들을 당신께 알려 드리는 불행한 임무를 맡게 되었습니다…….

그 편지는 계속해서 에브니저가 밤낮 술집과 커피 하우스와 극장을 전전하며, 마시고, 오입하고, 엉터리 시 나부랭이나 끼적거리며 보내고 있으며, 아버지의 말씀을 좇아 스스로를 위해 유익한 지위를 찾으려는 노력은 전혀 하고 있지 않다고 고자질하고 있었다. 그리고 다음과 같이 결론을 내렸다.

제가 이러한 애석한 상황을 당신께 알려 드리는 이유는 그 사실을 아는 것이 젊은 쿠크의 아버지로서 갖는 권리일 뿐만 아니라, 문제의 그 젊은이가 자신의 다른 악행들로도 모자라, 후한 보상을 해 주겠다는 약속으로 젊은 여자를 자신의 침실로 유혹한 후, 나중에 지불을 불이행하는 악행을 저질렀기 때문입니다.

저는 그렇게 사기를 당한 젊은 아가씨의 대리인으로서 쿠크 씨에게 5기니를 지불하라고 요구할 권리를 가지고 있습니다. 그런데 그는 제가 대단히 합당한 요구를 했음에도 불구하고 그 빚을 청산하기를 거부하고 있습니다. 저는 당신이 그 신사의 아버지로서 이 빚의 상환에 관심이 있으리라 확신합니다. 당신은 그 젊은 아가씨가 응당 받아야 할 돈을 저에게 직접 송금하셔도 좋고, 혹은 간접적으로, 이 문제가 당신 아드님의 평판을 더욱 떨어뜨리기 전에 그를 설득하여 빚을 청산하게 하셔도 됩니다. 이 용건에 관한 당신의 답변을 기다리겠습니다.

당신의 비천하고 충실한 일꾼,

존 메키보이

에브니저가 편지를 다 읽고는 중얼거렸다. "제기랄. 난 끝장이야!"

"그렇지. 내가 만약 이것을 부친다면 말이지." 메키보이가 인정했다. "그러니 화대나 지불하시지. 그러면 이걸 당신에게 넘겨주겠어. 당신은 그 편지를 없애 버리면 그만이야. 그렇지 않으면 나는 정말로 그것을 즉시 부쳐 버릴 작정이야."

에브니저는 눈을 감고 한숨을 쉬었다.

메키보이가 미소를 지었다. "그게 당신에겐 그렇게 중대한 문제인가?"

"그래. 자네에게도 그런가?"

"그래. 그것은 반드시 매춘에 따른 화대여야 해."

랜턴 불빛을 받아 에브니저의 눈에 자신이 지은 시가 들어왔다. 그의 얼굴 표정은 습관처럼 한바탕 춤을 추기 시작했고 이윽고 춤이 끝나자 그는 메키보이를 향해 얼굴을 돌렸다.

그가 말했다. "그럴 수 없어. 그것이 이 문제에 대한 나의 최후통첩일세. 편지를 부치든 고자질하든 맘대로 해. 자네가 꼭 그래야겠다면 말이야."

메키보이가 선언했다. "그러지." 그리고 떠나려고 일어섰다.

에브니저가 덧붙였다. "그리고 괜찮다면 이것을 거기에 첨부해 주게." 그는 '영국의 계관시인, 신사 에브니저 쿠크'라는 서명 부분을 찢어 내고는 메키보이에게 나머지 시를 건넸다.

"대단히 용감하시군그래." 방문객은 그것을 훑어보며 미소를 지었다. "이게 뭐지? '그리고 페드르는 그녀의 사랑스런 의붓아들 히폴리투스를?' 의붓아들(Step-Son)로 엔디미온(Endymion)의 운을 맞춘단 말이야?"

에브니저는 그의 비평을 전혀 신경 쓰지 않은 채 말했다. "그것은 적어도 내가 엉터리 시를 쓴다는 자네의 비난이 거짓말임을 증명해 줄 거야."

메키보이가 얼굴을 찌푸리며 되뇌었다. "엔디미온과 스텝 선(의붓아들)이라. 거짓말임을 증명해 줄 거라고? 저런, 선생, 이것은 오히려 그 비난이 결코 근거 없는 것이 아님을 확인시켜 줄걸! 내가 당신이라면 매춘 화대를 즉각 지불해 버리고 편지니 엔디미온이니 의붓아들이니 등등을 모두 불 속에 던져 버리겠어." 그는 에브니저에게 시를 돌려주었다. "다시 한번 생각해 보지 않겠나?"

"아니."

"당신은 겨우 매춘부 하나 때문에 메릴랜드로 갈 셈인가?"

에브니저가 단호하게 말했다. "나는 매춘부를 위해 길을 건너지는 않아. 하지만 원칙을 위해서라면 바다도 건널 걸세! 자네에게는 조안 토스트가 매춘부일지도 모르지만 나에게 그녀는 원칙이야."

메키보이가 대답했다. "나에게 그녀는 여자야. 당신에게 그녀는 환상이지."

에브니저가 비웃었다. "자네는 도대체 어떤 부류의 예술가기에 나를 불타게 하는 이 엄청난 사랑을 보지 못하나?"

메키보이가 응수했다. "당신이야말로 어떤 부류의 예술가기에 그걸 간파하지 못하지? 그리고 조안 토스트의 말로는 숫총각이라던데 정말인가?"

에브니저가 새롭게 평정을 되찾으며 단호하게 말했다. "그리고 시인이지. 괜찮다면 이젠 그만 가 보시지. 무슨 짓이든 할 테면 해 봐!"

메키보이는 재미있다는 듯 코를 문질렀다. "그럴 거야." 그가 약속했다. 그리고 방 주인을 완전한 어둠 속에 홀로 남겨 둔 채 나가 버렸다.

에브니저는 대화가 진행되는 내내 침대에 누워 있었다. 적어도 세 가지 이유 때문이었다. 첫째, 조안 토스트가 방을 떠난 후, 그는 자신의 발간 살갗 외에는 보온이 될 만한 다른 어떤 옷도 몸에 걸치지 않은 채 침대에 들었고, 점잔을 뺀다기보다는 수줍어하는 성격으로 인해, 비록 (곧 보게 되겠지만) 여자 앞에서는 언제나 그런 건 아니었지만 다른 남자 앞에서는 유독, 심지어 자신의 시종 앞에서조차도 노출하는 것을 꺼렸기 때문이다. 둘째, 꼭 첫 번째 이유 때문이 아니더라도 메키보이는 그에게 일어날 기회를 좀처럼 주지 않았다. 그리고 셋째, 우연히 같은 집에 기거는 하게 되었지만 자기 이웃은 전혀 고려하지 않고 각자 별개의 방식으로 태평하게 살아가는 완전히 다른 기질의 두 사람처럼 각자 독립적으로 작용하는 신경 체계와 이성 기능을 부여받은 것이 에브니저의 불행이라면 불행이었다. 조안 토스트와 새롭게 발견한 자신의 본질에 관한 그의 결심은 대단히 확고했지만, 그에게는 아직 몹시 흥분하면 땀이 비 오듯 흐르고 목소리는 어찌어찌 내더라도 몸은 말을 듣지 않으며 구역질이 나고 어지러워지는 고약한 버릇이 있었다. 결심과 기회가 모두 주어졌건만, 그는 여전히 일어나 앉는데 성공하지 못했다.

그의 침구는 땀으로 흠뻑 젖어 있었다. 위장이 요동을 쳤다. 메키보이가 나가고 나자 그는 더 이상의 방문객은 도저히 견딜 수 없어 문에 걸쇠를 걸기 위해 침대에서 벌떡 일어났다. 하지만 똑바로 서자 곧 구토가 치밀어 올라 방 맞은편에 있는 실내 변기로 달려가야 했다. 그는 몸을 추스르며 급히 잠옷을 입고는 버트랜드를 불렀다. 버트랜드가 이번에는 맨머리에 가운 차림으로 곧장 나타났다. 그는 한 손에는 양초를, 다른 손에는 커다란 양은 촛대를 들고 있었다.

에브니저가 말했다. "그 친구는 갔어. 네가 나타나도 될 만큼 안전해." 여전히 무릎이 후들거려 그는 책상 앞에 앉아 머리를 두 손으로 꼭 쥐었다.

버트랜드가 촛대를 흔들며 위협하듯 말했다. "그놈이 성질을 죽인 건 본인한테 다행한 일이었죠!"

에브니저가 미소를 지었다. "왜, 만약 그러지 않으면 조용히 하라면서 벽이나 두드리려고?"

"그놈의 오만한 골통을 두드려 주려 했죠, 주인님! 저는 그놈이 당신에게 달려들까 봐 바로 문 앞에 내내 서 있었거든요. 그리고 그놈이 떠날 때에야 비로소 제 방 안으로 뛰어 들어갔죠. 그놈이 저를 알아볼까 봐요."

"사실은 두려웠던 게지! 내가 부르는 소리를 듣지 못했단 말이야?"

"저는 정말로 못 들었습니다요, 주인님. 용서해 주십쇼. 만약 그가 여느 신사들처럼 아래층에서 문을 두드렸다면, 그놈은 저를 결코 피해 가지 못했을 겁니다요. 맹세해요! 제가 깬 건 두 분의 목소리 때문이었어요. 그리고 대충 무슨 이야기가 오가는지 파악했을 땐, 주제넘은 짓이 될까 봐 감히 끼어들지도 못하고, 한편 그가 주인님을 공격할까 봐 걱정되어 자리를 뜨지도 못했는걸요."

에브니저가 혀를 찼다. "이런, 버트랜드! 너는 정말 모범적인 시종이로군. 그렇다면 너는 우리 얘기를 모두 엿들었다는 얘기야?"

버트랜드가 항변했다. "엿들으려는 마음은 정말이지 요만큼도 없었습니다. 하지만 말소리가 들리는 데야 저도 어쩔 수 없죠. 그 포주 녀석은 정말 사기꾼에다 깡패더군요. 그 창녀는 주인님이랑 기껏해야 두 시간 정도 함께 있었을 뿐인데 5기니나 요구하다니! 저라면 5기니에 주인님의 침대를 창녀들로 한가득 채워 놓을 수도 있을 텐데 말입니다!"

"아냐, 그것은 사기가 아냐. 메키보이는 나만큼 정직한 남자야. 그것은 가격에 대한 입씨름이 아니라 원칙들 간의 충돌이었어." 그는 겉옷을 가지러 갔다. "불을 피워 주겠나, 버트랜드? 그리고 차도 좀 끓여 와. 오늘 밤은 제대로 잠을 잘 수 있을 것 같지 않아."

버트랜드는 들고 있던 양초불로 램프에 불을 밝히고 신선한 나무를 벽난로 속에 집어넣었다. 그리고 쇠살대 안의 깜부기불을 불어서 불을 피웠다.

그가 물었다. "그 비열한 놈이 주인님께 어떻게 해코지를 한답니까? 포주가 법률 소송을 고집하는 일은 드물잖아요."

"소송을 할 필요도 없어. 그저 내 아버지에게 그 사건에 대해 고자질하면 끝나는 거지. 그리고 나는 메릴랜드로 쫓겨 가는 거고."

"그깟 창녀 때문에요? 저런, 당신이 어린애도 아니고, 앤드루 어르신도 신부가 아닌 바에야! 용서하십쇼, 주인님. 그런데 제가 이렇게 말해도 될지 모르겠지만, 주인님의 고향집은 결코 가톨릭 수도원이 아닌걸요. 그곳에서는 안나 양과 주인님뿐만 아니라 여기저기 쿵쿵대며 기웃거리는 늙은 트위그조차 전혀 모르는 일들이 많이 일어나고 있으니까요."

에브니저가 얼굴을 찌푸렸다. "뭐라고? 이봐, 도대체 무슨 말을 하는 거야?"

"아닙니다, 아니에요, 고정하세요. 이런, 저는 당신의 아버지에 관해서는 아무 말도 하지 않을 겁니다! 그건 별 뜻 없는 말이었어요. 그저 앤드루 어르신이 주인님이나 저와 마찬가지로 정상적인 남자라는 거죠. 어르신은 그 연세에도 불구하고 아주 건장하시죠. 그리고 무례를 범할 의도는 전혀 없지만, 오랫동안 홀아비로 지내 오셨고요. 하인들은 이따금씩 여러 가지 일들을 목격한답니다."

에브니저가 재깍 말을 가로챘다. "하인들은 적게 보고 많이 상상하지. 그러니까 네 말은 아버지가 호색가다 이 말이야?"

"아이고, 주인님, 전혀 그런 얘기가 아닙니다! 앤드루 어르신은 위대하고 정직한 분이죠. 그리고 저는 제가 여러 해 동안 그분의 신임을 얻었다는 걸 자랑스럽게 여기고 있답니다. 그분이 저를 선택하여 당신이 계신 런던으로 보낸 것은 우연이 아닙니다. 저는 지금까지 그분을 위해 얼마간 중요한 일들을 처리해 왔거든요. 트위그 부인이 아무리 건방을 떨어도 그 방면에 관해서라면 전혀 아는 게 없죠."

에브니저가 관심을 가지며 다그쳤다. "이봐, 버트랜드. 그러니까 네가 아버지의 포주 노릇을 했다는 거야?"

"저는 그 점에 관해서는 더 이상 말하지 않을 겁니다. 그게 당신에게 더 나을 성싶네요. 지금 주인님께서는 기분이 언짢으셔서 제 말들을 곡해하시는 것 같으니까요. 제가 만약 당신이라면 그 악당의 편지가 아버님 손에 들어간다 해도 역시 그놈에게는 한 푼도 주지 않을 겁니다. 그게 제가 말하려던 전부입니다. 한 번도 여자를 산 적이 없다고 말하는 놈은 틀림없이 동성애자이거나 카스트라토[22], 둘 중에 하나예요. 그놈이 거짓말쟁이가 아니라면 말이죠. 그런데 앤드루 어르신은 이 세 가지 중 어느 것에도 해당이 안 된단 말입니다. 그러니 그 악당이 당신에게 부도덕이니 어쩌니 해도 내버려 두세요. 제가 알기로는 주인님이 여자를 산 건 이번이 처음이잖아요. 뭐 그리 망신스러운 일도 아니지요." 그는 에브니저에게 차 한 잔을 건네고는 불 옆에 서서 자기 차를 마셨다.

"그것이 사실이라 해도 망신스러울 것까진 없겠지."

버트랜드가 자신감을 얻으며 말했다. "저는 확신합니다. 당신은 여느 남자들처럼 창녀랑 잤어요. 그리고 그걸로 끝입니다. 그녀의 포주는 그녀의 가치 이상을 요구했어요. 그래서 당신은 그를 즉시 내쫓은 거지요. 저라면 그놈이 뭐라고 협박을 하든 그놈에게 한 푼도 주지 말라고 충고할 겁니다. 그리고 앤드루 어르신도 저랑 같은 생각이실 겁니다."

에브니저가 말했다. "아마 너는 문 밖에서 내 말을 잘못 들은 것 같군. 나는 그 여자랑 자지 않았어."

버트랜드가 미소를 지었다. "아, 그 포주놈이 미처 생각할

22) 어려서 거세한 남성 가수.

시간도 주지 않고 깨운 것을 고려한다면, 주인님이 그놈에게 그런 입장을 견지한 건 나름대로 영리한 판단이라고 봐요. 하지만 상대가 앤드루 어르신이라면 그것 가지고는 어림도 없지요."

"아냐, 그것은 명백한 사실이야! 그리고 내가 혹 그랬다손 치더라도, 나는 그것에 대해 반 페니도 지불하지 않을 거야. 나는 그 여자를 사랑하니까 그녀를 창녀로 사지는 않겠어."

버트랜드가 단언했다. "자, 자, 그 입장에는 뭔가 위대함이 엿보이는데요. 런던에서 가장 영리한 젊은이가 취하기에 손색이 없어요. 하지만 당신의 조언자로서 충고한다면……."

"나의 조언자! 네가 내 조언자라고?"

버트랜드는 거북하게 몸을 움직거렸다. "예, 뭐 말하자면 당신은 이해하시겠죠. 조금 전에 말씀드렸듯이 저는 당신의 아버지가 저를 신뢰하신다는 것에 대해 긍지를 갖고 있고……."

"아버지가 너를 내 감시역으로 보내신 거란 말이야? 내 행동들을 그에게 보고하는 건가?"

버트랜드가 달래듯이 말했다. "아닙니다, 아니에요! 저는 단지 제가 좀 전에 말씀드렸듯이 그분이 다른 사람이 아닌 저를 지목하여 당신을 시중들게 한 것은 분명 우연이 아니라는 걸 말씀드리고 싶은 겁니다. 저는 그것이 신임의 증표라고 나름대로 판단하고 있고 스스로 자랑스럽게 생각한답니다. 저는 단지 그 포주에게 당신이 그가 데리고 있는 매춘부와 사랑에 빠졌고 그녀를 싸구려로 만들어서는 안 된다고 말하는 것이 현명할 거라는 뜻입니다. 하지만 당신이 앤드루 어르신께 그

이야기를 그대로 전달할 거라면 그 포주놈에게 그렇게 말했던 것은 그저 수를 쓴 데 불과하다고 말씀드리는 게 현명할 겁니다. 안 그러면 놀라실 테니까요."

"넌 그것을 믿지 않는 거야? 내가 숫총각이라는 것도?"

"정말 집요하시군요! 저는 단지 어르신께서 그런 말장난을 이해하실지 여부를 묻는 겁니다."

에브니저는 고개를 저으며 말했다. "네가 납득하지 않는다는 걸 알겠어. 하지만 상관없어. 어쨌든 나를 망하게 할 것은 5기니에 관한 용건이 아니라 다른 것이니까."

"다른 여자요? 아니, 그런 나쁜 놈을 보았나!"

"아니, 다른 여자가 아니라 다른 용건. 어쩌면 나의 '조언자'로서 네가 관심을 가질 만한 것인지도 모르겠군. 메키보이는 그 편지에서 현재 피터 패건 상회에서의 내 처지가 어떤지 모두 떠벌리고 있어. 내가 오 년 동안 계속해서 처음 그 자리에 머물러 있다는 걸 말이야."

버트랜드가 컵을 내려놓았다. "주인님, 그놈에게 그 더러운 5기니를 줘 버리세요."

에브니저가 미소를 지었다. "뭐야? 그놈의 부당한 요구를 들어주라고?"

"제가 장롱 안 단추 상자 속에 2기니를 저축해 두었거든요. 그걸 드릴 테니 빚을 갚으세요. 그놈이 그 더러운 편지를 부치기 전에 제가 돈을 갖고 달려가겠습니다."

"그 정도로 마음을 써 주다니 정말 고맙구나, 버트랜드. 하지만 원칙은 똑같아. 나는 절대 돈을 지불하지 않을 거야."

"저런, 주인님, 그렇다면 저는 유태인을 찾아가 나머지 3기니를 융통해서는 직접 그 돈을 지불해야겠군요. 비록 그는 제 간과 허파를 담보로 요구할 테지만 말이에요. 하지만 앤드루 어르신은 이놈의 머리를 요구하실 터이니 차라리 그 편이 훨씬 나을 겁니다요!"

"소용없는 일이야. 메키보이가 원하는 것은 단순히 5기니가 아냐. 그는 내가 내 손으로 5기니의 화대를 지불하길 원해."

"그렇다면 저는 완전히 망했군요!"

"어째서?"

"앤드루 어르신께서 지시한 일을 당신이 얼마나 무시했는지 그분이 아시는 날엔, 당신을 벌하기 위해서라도 분명히 저를 해고하실 겁니다. 조언자가 무슨 낙이 있습니까? 일이 잘되면 학생이 칭찬받고, 잘못되면 욕은 조언자의 몫이지요."

에브니저가 안됐다는 듯이 말했다. "정말이지 보답 없는 직책이로군." 그는 하품을 하고 기지개를 켰다. "이제 남은 밤을 잠으로 때워야겠어. 너와 이야기하고 있으니 잠이 쏟아지는데."

버트랜드는 이 말을 전혀 이해한 것 같아 보이지 않았다. 그러나 그는 자기 방으로 돌아가려는 듯 일어났다.

"주인님은 그럼 주인님이 빚을 갚지 않아 제가 해고당하는 꼴을 보시렵니까?"

에브니저가 대답했다. "아버지가 설마 너처럼 유용한 조언자를 해고하시겠어? 아마도 내가 메릴랜드로 갈 때 너를 딸려 보내시겠지. 넌 내게 이것저것 훈수를 둬야 하잖아."

"정말인가요, 주인님! 농담하시는 거죠?"

"전혀."

"맙소사! 야만인들 손에 죽게 되다니!"

"아, 그 점에 관해서는 염려 마. 우리 두 사람이 힘을 합치면 혼자 있을 때보다 그들과 더 잘 싸울 수 있을 테니까. 자, 잘 자게." 그렇게 말하며 그는 겁에 질린 버트랜드를 자기 방으로 돌려보냈다. 그리고 스스로를 달래며 잠을 청했다. 그러나 아버지와 자신과의 임박한 대치 상황에 대한 다양한 각본들(그는 이것들을 냉정한 예술가적 배려로 변형시키고 완성시켰다.)이 그의 머릿속을 완전히 점령해 버려 그는 그 밤 내내 불안하게 뒤척여야 했다.

세인트자일스는 그가 사는 곳에서 마차를 타면 쉽게 왕래할 수 있는 곳에 위치해 있었지만, 막상 일이 터지고 난 후에도 대치 상황은 발생하지 않았다. 메키보이의 위협이 있은 지 둘째 날 밤에 한 심부름꾼이 현금 12파운드와 앤드루의 편지를 가지고 에브니저의 방에(그는 피터 패건 상회를 완전히 포기한 채, 이틀 동안 자기 방에서 거의 두문불출하다시피 했다.) 찾아왔다.

아들아, 자식은 확실한 근심거리지만 불확실한 위안거리라는 말은 정말 맞는 말인 것 같구나. 지금은 내가 네 구제불능의 상황에 대해 알고 있다고만 말해 두마. 나는 내 눈을 버릴까 봐 그것을 직접 목격하고 싶지는 않다. 4월 1일에 플리머스를 출발하여 피스카타웨이로 향하는 포세이돈호를 타고 메릴랜드로 가거라. 그곳에서 곧장 쿠크포인트로 가서 몰든의 경영을 맡는 거야. 이것을 어길 시에는 네 상속권을 모두 박탈하고 너와 절연하겠다. 나는 향후 일 년 안에 식민지 농장에 가서 마지막으로 머물 생각이다. 그리고 그때쯤이면 내가 번성한 몰든과 갱생한 아들, 물려줄 가치가 있는 재산과 그 유산을 받을 자격이 있는 상속자를 발견할 수 있게 되기를 기도한다. 이것이 너의 마지막 기회다.

너의 아버지

에브니저는 그 편지를 보고 망연자실하긴 했지만 그리 놀라지는 않았다. 일간 그런 최후통첩이 올 것을 예상했기 때문이다.

"저런, 지금부터 일주일밖에 안 남았잖아!" 그는 새삼 놀라 되뇌었다. 자신의 본질을 결정하고 동료들과 즐겁게 시간을 보낼 준비가 되었다고 느낀 시점에서 그들을 떠나야 한다는 사실이 대단히 아쉬웠다. 식민지가 그에게 제시했던 망명자의 매력은 실제로 그곳에 가야 한다는 전망 앞에서 꼬리를 감추고 말았다.

그는 버트랜드에게 편지를 보여 주었다.

"아, 이럴 줄 알았어요. 주인님의 원칙 때문에 저도 망했다고요. 이 편지에는 저더러 세인트자일스의 옛 자리로 돌아오라는 말씀이 없잖아요."

"어쩌면 일간 다른 심부름꾼이 그 말을 하러 올지도 모르지."

하지만 그의 시종에게는 그 말이 별로 위로가 되지 않은 듯했다. "맙소사! 트위그가 있는 곳으로 돌아가다니. 차라리 야만적인 인디언에게 용감하게 맞서는 편이 낫지."

에브니저가 단언했다. "나는 네가 내 문제로 고통받는 것을 보고 싶지 않아. 넉 달치 월급을 주겠어. 그리면 오늘부터 다른 자리를 찾아볼 수 있을 거야."

버트랜드는 그러한 아량을 믿을 수 없다는 듯 읊조렸다. "복 받으실 겁니다, 주인님! 당신은 어느 모로 보나 신사이십니다!"

에브니저는 그를 물리치고 자신의 문제로 돌아갔다. 난 이제 어떻게 해야 하나? 그는 그날 대부분을 거울에 비친 자신의 다양한 얼굴들을 근심스럽게 살펴보며 보냈다. 이튿날은 대부분 「일 펜세로소」[23]의 양식을 좇아 절망과 우울에 부치는 시를 지으며 보냈다. 셋째 날은 먹을 때와 대소변을 볼 때를 제외하고는 내내 침대에 누워서 보냈다. 버트랜드가 이따금씩 시중을 들고자 했지만 거절했다. 그는 수염도 깎지 않았고 속옷도 갈아입지 않았으며 발도 씻지 않았다. 이제서야 자신이 시인임을 깨닫고 런던을 나의 예술로 불태울 준비가 되었는데, 배를 타고 황량하고 미개한 식민지로 가야 하다니! 하지만 아버지에게 반항하여 상속권을 박탈당한다면, 어떻게

23) Il Penseroso. '생각에 잠긴 사람'이라는 뜻으로 존 밀턴이 1631년에 발표한 시다.

런던에서 남의 도움 없이 빈털터리로 생계를 꾸려 갈 수 있겠는가?

"이젠 어떻게 해야 하나?" 나흘째 되는 날 수염이 텁수룩한 상태로 침대에 누워 그가 자문했다. 화창하고 따뜻했지만 안개가 자욱한 3월의 아침이었다. 창 틈으로 들어오는 짙은 안개 때문에 머리가 욱신거렸다. 침구도 잠옷도 이미 더러워진 지 오래였다. 이미 죽어 버린 불은 식어서 재로 변해 있었다. 8시가 지나고 9시를 넘겼다. 하지만 그는 일어날 결심을 하지 못하고 있었다. 단지 한번, 그저 실험 삼아, 혹시 그렇게 하면 죽을 수도 있는지 시험해 보기 위해 숨을 멈춰 보았을 뿐이다. 하지만 삼십 초도 지나지 않아 미친 듯이 숨을 들이켰고 다시는 시도하지 않았다. 배 속에서는 꾸르륵 소리가 났다. 괄약근이 불편함을 호소했다. 그는 침대에서 일어나야 할 이유도, 또한 그곳에 그대로 누워 있어야 할 까닭도 생각해 낼 수가 없었다. 10시가 다가왔고 또 지나갔다.

정오가 가까워졌을 때, 그는 그날 아침 통산 백 번째로 방 안을 훑어보다가 이전까지 그의 시선을 용케 피해 갔던 무언가를 시야에 포착했다. 종잇조각 하나가 책상 옆에 떨어져 있었다. 그것이 무엇인지 알아본 그는 더 생각할 것도 없이 침대 밖으로 기어 나와 그것을 들어 올렸다. 그리고 눈을 가늘게 뜨고 노려보았다.

계관시인, 신사 에브니저 쿠크.

칭호의 나머지 부분은 찢겨 나가 있었다. 하지만 그 부분이 찢겨져 있었음에도 불구하고 아니, 아마도 그 때문인지는 모르지만 에브니저에게 갑자기 유쾌한 결의가 샘솟더니 3월의 산들바람이 차가운 겨울바람을 몰아내듯 그의 기분은 지난 사흘간의 우울함을 몰아내면서 즉시 소생되었다. 등골이 오싹할 정도로 흥분되었고 얼굴마저 화끈거렸다. 그는 편지지 한 장 위에 불을 밝히고 제3대 볼티모어 경이자 메릴랜드주의 제2대 영주인 찰스 캘버트 앞으로 직접 문안 편지를 썼다. 며칠 전 밤과 같은 자신감이 넘치는 필치로.

지금부터 며칠 후 저는 도체스터에 위치한 쿠크포인트라 불리는 제 부친의 재산을 관리하기 위한 목적으로 포세이돈이라는 범선을 타고 메릴랜드로 항해할 작정입니다. 승선하기 전에 제게 각하를 알현할 수 있는 영광을 베풀어 주시기 바랍니다. 감히 말씀드리건대 저는 각하를 전적으로 불쾌하게 만들지는 않을 그런 기획안을 가지고 있고 그것에 관해 논의드리고 싶습니다. 가능하다면 더 나아가 틈이 날 때 시, 음악 그리고 대화 등의 가장 세련된 취미를 함께 즐길 수 있는, 저와 마음이 맞을 만한 교양 있고 세련된 친구들을 그 주의 어디에서 찾을 수 있는지도 알고 싶습니다. 시, 음악 그리고 대화가 없는 삶은 야만이고 견딜 수 없는 것이기 때문입니다. 그러므로 삼가 공손하게 각하의 답변을 기다립니다.

당신의 가장 비천하고 충실한 일꾼,

에브니저 쿠크

그리고 그저 아주 잠깐 고민한 후에 자신의 참다운 본질을 부인하거나 감추는 것은 무의미한 겸손이라고 생각하며 자신의 이름 옆에 '시인'이라는 단어 하나를 대담하게 덧붙였다.

그는 최근의 무기력한 상태를 되돌아보며 스스로를 꾸짖었다. "맙소사! 또 한 번 심연 속으로 미끄러져 들어갈 뻔했어. 그것은 내가 빠지기 쉬운 위험인 것 같다. 그것은 나의 네메시스[24]야. 그리고 그것은 퓨리[25]가 오레스테스를 알아보는 것처럼 다른 사람들로부터 나를 구별해 낸다. 그렇다 해도 할 수 없지. 적어도 나는 나의 무서운 에리니스[26]가 무엇 때문에 존재하는지 알고 있어. 그리고 앞으로는 늦기 전에 그들의 접근을 경계할 것이다. 그 위에 조안 토스트에게 감사한다! 나는 이제 그들의 공격으로부터 스스로를 어떻게 방어해야 하는지 알고 있어." 그는 거울을 보고 자신의 안색을 살폈고 출발선에서 몇 번인가 실패를 거친 후에 다음과 같은 성찰에 도달했다. "인생! 나는 스스로를 인생 속으로 던져 넣어야 한다. 오레스테스가 아폴론의 신전 안으로 달아났듯이 그곳으로 달아나야 한다. 행동이 나의 성역이 될 것이다. 실행이 나의 방패가 될 것이다! 나는 맞기 전에 때릴 것이다. 인생의 뿔을 단단히 부여잡을 것이다. 시인들의 후원자여, 그대의 신전이 이 거대한 진짜 세계이기를! 나 그곳으로 두 팔 벌려 뛰어들어 가리니, 다시는 마비의 함정에 빠지지 않게 되기를! 그리고 나의

24) 아이스킬로스의 『오레스테이아』에 등장하는 복수의 여신들.

25) 역시 복수의 여신들.

26) 역시 복수의 여신들.

에리니스는 내가 피해 달아난 현기증 아래로 가라앉아 온후한 에우메니데스[27]로 변화하기를!"

그는 자기가 쓴 편지를 다시 읽었다.

그가 말했다. "그래, 읽고 기뻐하라, 볼티모어! 당신의 주(州)가 시인으로 인해 은총을 입는 것은 늘 있는 일이 아닐 테니까. 아차! 3월이 시작된 지 벌써 이십칠 일째다! 지금 바로 전달해야겠어."

에브니저가 그렇게 결심하고 버트랜드를 불렀지만 그는 방에 없었다. 에브니저는 퀴퀴한 냄새가 나는 잠옷을 벗어 던지고 옷을 입기 시작했다. 그는 굳이 피부에 물을 묻히는 수고를 접고 재빨리 자기가 가지고 있는 최고의 속옷이자 향수를 진하게 뿌려 놓은 가죽 끈 없는 짧은 리넨 속바지에, 통은 넉넉하고 부드러우며 셔츠 깃은 좁고 손목을 검은 공단 리본으로 잡혀 불룩하게 부푼 소매에다 적당히 주름 장식을 한 소매 끝동이 달린 네덜란드산(産) 고급 모직물로 만든 깨끗한 흰 셔츠를 입었다. 그다음엔 허벅지 부분은 몸에 딱 맞고 엉덩이 부분은 넉넉하며 끝에 장식을 달지 않은 검은 공단 무릎바지를 입고, 흰 실로 짠 긴 비단 양말을 신고는, 최신 유행에 따라 그것을 지탱하는 검은 리본으로 된 양말 대님을 드러내 보이기 위해 무릎 윗부분을 둘둘 말려진 채로 놔두었다. 그런 다음 아주 부드러운 검은 스페인 가죽으로 만든 신발을 신었

27) 오레스테스가 속죄하려는 노력에 마음이 누그러져 관대하게 변한 복수의 여신들.

다. 그것은 산 지 이 주일 된 것으로 구두코가 네모지고 굽이 높고 죔쇠가 달려 있으며, 큐피드의 화살처럼 생긴 구두의 혀는 매혹적인 빨간 안감을 과시하기 위해 접혀져 있었다. 그는 보온이라는 현실적인 문제와 당시 유행을 모두 고려하여 양복 조끼는 걸려 있던 곳에 내버려 두고, 은회색의 프루넬라[28]로 선이 그어진 자두색 서지 외투(커다란 소매 끝동은 자주색과 은색이 번갈아 있는 줄무늬를 보여 주기 위해 접혀져 있었다.)를 입었다. 외투는 칼라가 없고, 어깨가 좁고, 아래 품은 넉넉했는데 셔츠와 넥타이를 자랑하기 위해 그는 그것을 목에서부터 끝단까지 단추를 잠그지 않은 채 벌려 놓았다. 넥타이는 하얀 모슬린으로 만든 것으로 길게 늘어뜨린 장식 끝이 레이스로 마무리되어 있었다. 에브니저는 그것을 헐렁하게 매었고, 스타인커크 유행 양식을 따라 늘어뜨린 장식을 밧줄처럼 꼬아 그 끝을 들어 올려 풀어헤쳐진 외투의 맨 위쪽 단춧구멍에 통과시켰다. 그런 다음 리본으로 장식된 칼집에 꽂혀 있는 단검을 세공이 잘 되어 있는 허리띠에서부터 그의 왼쪽 다리 쪽으로 낮게 늘어뜨려 찼다. 그다음엔 길고 빽빽한 곱슬머리의 하얀 가발 위에 아낌없이 분을 바르고는 그것을 달걀처럼 머리숱이 없는 자신의 머리통에 조심스럽게 맞추어 썼다. 이제 남은 것이라곤 가발 위에 춤이 높고 테가 넓고 끝에 깃털이 달린 검은 실크해트를 얹고, 금실과 은실 자수로 장식된 긴 사슴 가죽 장갑을 끼고, (단검에 감겨 있는 것과 같은 자두색과 흰

28) 모직물의 일종.

색 리본이 감겨 있는) 긴 지팡이를 들고 거울 앞에서 완성된 상품을 바라보는 일밖에 없었다.

그는 한껏 기분이 고양되어 외쳤다. "제기랄! 얼마나 멋진 놈인가! 보라, 런던이여! 생생하게 지켜보라, 인생이여! 내가 간다!"

그러나 그러한 장관(壯觀)을 보며 감탄할 시간은 별로 남아 있지 않았다. 에브니저는 서둘러 거리로 나와 이발을 하고 구두를 닦고 배를 든든히 채웠다. 그리고 즉시 마차를 잡아타고 볼티모어 경인 찰스 캘버트의 런던 저택으로 향했다.

9 에브니저가 볼티모어 경을 알현하고 그 신사에게 독특한 제안을 하다

에브니저가 볼티모어 경의 시내 저택에서 자신을 소개하고 하인에게 전언을 들려 보낸 지 얼마 되지 않아 방문객을 자신의 서재에서 맞겠다는 찰스의 답변이 돌아왔다. 그 위대한 남자가 있는 곳으로 인도되어 가는 에브니저의 심정은 한편 몹시 놀라우면서도 말로 다 할 수 없을 정도로 기뻤다.

볼티모어 경은 벽난로 옆의 커다란 가죽 의자에 앉아 있었다. 그는 손님을 맞기 위해 일어서는 수고는 하지 않았지만 에브니저에게 맞은편 의자에 앉으라고 친절하게 손짓했다. 비교적 작은 체구에 나이에 비해 팽팽한 피부와 높이 솟은 코와 가느다란 하얀 콧수염과 커다랗고 빛나는 갈색 눈을 가진 늙은 남자였다. 에브니저의 느낌으로는 나이가 들고 고귀해진 헨리 벌링검 같아 보였다. 그는 에브니저보다 더욱 비싼 옷을 더욱 격식을 갖춰 입고 있었다. 하지만 에브니저가 이내 간파했듯이 최신 유행을 따른 차림새는 아니었으며 사실 약 십 년 정도 시대에 뒤떨어진 것이었다. 그가 쓴 정치 운동가용 가발은 풍성하지만 과도하게 길지는 않았고, 양 어깨에 닿을락 말락 하는 끝 부분이 나사 모양으로 곱슬곱슬 말려 있어서 마치 발기된 음경들이 빽빽이 매달려 있는 듯 보였다. 헐겁게 맨 넥타이는 끝이 레이스로 마무리된 리넨 소재였다. 외투는 하얀 알라모드로 안감을 댄 장미색 능라였고 현재 유행하는 것보다 허리 부분이 더 헐렁하고 기장은 더 짧았다. 그리고 덮개 없는 주머니들은 수직이 아니라 수평으로 잘려 있었고 옷단 쪽으로 낮게 배치되어 있었다. 소매는 거의 손목까지 내려왔다가 다시 위로 몇 센티미터 접혀 올라가 은색 실로 바느질된 하얀 안감이 보였고, 접혀 올려진 부분은 뒤쪽이 트여 있어 모서리들이 둥글게 말린 사냥개의 귀 모양을 하고 있었다. 엉덩이 높이까지 높게 잘린 옆 트임은 은색 단추들과 가짜 단춧구멍들로 테가 둘러져 있었고, 오른쪽 어깨는 은색 리본들이 고리 모양 매듭을 자랑하고 있었다. 그는 외투 안쪽에 남색 양복 조끼를 단추를 완전히 채워서 입고 있었고 그것에 맞춰 은색 반바지를 입고 있었다. 셔츠보다는 하얗고 가는 한랭사로 된 화사한 소매 끝동이 더 시선을 끌었다. 또한 양말 대님은 긴 양말의 말린 부분에 숨겨져 있었고 구두의 혀는 높고 각이 져 있었다. 그는 에브니저의 편지를 손에 들고는 두껍게 커튼이 쳐진 창문을 통해 들어오는 어스레한 빛 속에서 내용을 다시 검토하는 듯 그것을 응시하고 있었다.

"에브니저 쿠크, 맞나?" 그는 대화를 시작하기 위한 방편으로 그렇게 운을 떼었다. "도체스터 소재 쿠크포인트의?" 그의 목소리에서는 아직 남아 있는 기본적인 힘과 더불어 노쇠의 징후를 보여 주는 불확실한 떨림이 분명히 감지되었다. 에브니저는 인정한다는 의미로 고개를 약간 숙이며 집주인이 가리킨 의자에 앉았다.

자신의 손님을 유심히 바라보며 찰스가 물었다. "앤드루 쿠크의 아들이라고?"

에브니저가 대답했다. "그렇습니다."

찰스가 지난날을 회상하듯 말했다. "메릴랜드에서 앤드루 쿠크를 만난 적이 있네. 내 기억이 아직 녹슬지 않았다면 1661년의 일이었어. 내 아버지가 나를 그 주의 총독으로 만들어 준 해였지. 나는 앤드루 쿠크가 그곳에서 무역을 하도록 허가했어. 하지만 여러 해 동안 그를 보지 못했네. 어쩌면 지금은 그를 못 알아볼 수도 있어. 혹은 그가 나를 모르든지." 그는 한숨을 쉬었다. "삶은 우리 모두에게 상처를 주는 전투야. 승자나 패자나 모두 마찬가지라네."

에브니저는 선뜻 동의했다. "그렇습니다. 하지만 삶이란 싸우고 공격해서 쟁취하는 거고 훌륭한 군인이라면 이기든 지든 긍지를 가지고 상처를 입죠. 그래서 그는 공정한 전투에서 용감하게 상처를 얻었고요."

찰스가 중얼거렸다. "확실히 그렇지." 그리고 곧 편지로 돌아갔다. "'시인, 에브니저 쿠크', 이건 또 뭔가. 이게 무슨 뜻인지 말해 주겠나? 자네는 정말 시를 써서 생계를 유지한단 말인가, 아니면 여기저기 돌아다니며 시를 읊고 구걸하는 일종의 음유시인이라는 건가? 솔직히 말하자면 나는 이런 직업에 대해 아는 바가 거의 없네."

에브니저가 얼굴을 붉히며 대답했다. "저는 시인입니다. 그것도 감히 말하건대 꽤 괜찮은 시인일 겁니다. 하지만 시를 써서 돈을 벌어 본 적은 없죠. 앞으로도 그럴 생각은 없습니다. 뮤즈는 오직 자기만을 바라보는 남자를 사랑합니다. 그리고 자신의 지갑을 살찌우기 위해 그녀에게 빌붙어 살아가는 남자를 경멸하죠."

찰스가 말했다. "아마 그럴 테지, 그럴 거야. 하지만 누군가 자신의 이름에 어떤 수식어를 깃발처럼 붙여 그것을 모든 사람들이 볼 수 있도록 펄럭이게 할 때는, 자신의 직업을 보여 주고 세상에 광고하기 위함인 것이 통례가 아닌가? 자, 내가 만약 여기서 '땜장이, 에브니저 쿠크'라는 문구를 읽었다면 나는 자네를 우리 집 냄비를 수선하는 데 고용할 수 있을 걸세. '의사, 에브니저 쿠크'를 읽었다면 자네에게 내 식솔들의 검진을 부탁할 거야. 또 '신사 혹은 향사, 에브니저 쿠크'라면 자네가 취직을 부탁하러 온 건 아니라고 짐작했을 테지. 그리고 벨을 울려 하인을 부르고 자네에게 브랜디를 대접하라고 지시할 걸세. 하지만 '시인'이라니 말씀이야, '시인, 에브니저 쿠크.' 그건 도대체 무슨 직업이란 말인가? 자네를 어떻게 대우해야 하나? 자네에게 무슨 일을 맡겨야 하지?"

에브니저는 찰스의 조롱에도 평정을 잃지 않고 대답했다. "제가 말씀드리고 싶은 건 바로 그 문제에 관해서입니다. 비록 뮤즈에게 구애하는 것이 남자의 생활 방편은 아니지만 어떤 남자들에게는 그것이 하나의 '소명'이라는 것을 알아주십시오. 제가 아무렇게나 제 이름자 옆에 시인이라는 칭호를 붙인 것은 아닙니다. 제가 무엇을 하는가는 전혀 중요하지 않습니다. 시인은 바로 저의 본질입니다."

찰스가 물었다. "다른 사람들이 스스로에게 신사라는 표지를 다는 것처럼?"

"정확히 그렇습니다."

"그렇다면 자네가 나를 찾아온 용건은 일자리가 아니었군? 자네는 일자리를 원하는 게 아니로군?"

에브니저가 단호하게 말했다. "제가 찾는 것은 일자리가 아닙니다. 남자가 자신의 연인으로부터 사랑 외에는 아무것도 갈구하지 않듯이, 그리고 사랑만으로도 그에게는 충분한 보상인 것처럼 시인 역시 자신의 뮤즈로부터 행복한 영감 이상은 결코 바라지 않습니다. 그리고 남자가 수고해서 얻는 열매는 신부와 잠자리를 함께하는 것이고 그것의 증표가 선홍색으로 물든 침대보라면 시인의 전리품은 맵시 있는 운문이고 그로 인한 증표는 인쇄된 시집이지요. 물론 그 아가씨가 약간의 지참금을 가져온다 해도 남자가 그것을 물리치지는 않듯이 시를 출판함으로써 얼마간의 인세가 들어오더라도 시인 역시 그것을 물리치지는 않을 것입니다. 그럼에도 불구하고 그것은 단지 뜻밖의 수입에 불과합니다. 기쁘지만 애써 찾지는 않았던 부수적인 행운이지요.”

찰스가 벽난로 위 선반에서 파이프 두 개를 집어 들면서 말했다. “글쎄, 그렇다면 나는 자네가 일자리를 얻으러 온 것은 아니라고 알고 있겠네. 담배나 한 대 피우세. 그런 다음 자네의 용건을 한번 들어 보지.”

두 남자는 파이프에 담배를 채우고 불을 붙였다. 그리고 에브니저는 자신의 주제로 돌아갔다.

그가 반복해서 말했다. “‘일자리’에 대해서는 전혀 관심 없습니다. 하지만 ‘일’에 대해서라면 그건 상당히 다른 문제입니다. 그리고 이것이 바로 제 방문의 요점이지요. 각하께서는 조금 전에 물으셨습니다. 시인이란 도대체 어떤 직업이냐, 그리고 그에게 어떤 일을 맡겨야 하는가? 그것에 대한 답변을 드리기 전에 허락하신다면 우선 제가 각하께 여쭤보겠습니다. 만약 위대한 시인 호메로스가 없었다면 지금처럼 세상 사람들 모두가 아가멤논이나 사나운 아킬레스, 혹은 교활한 오디세우스, 혹은 오쟁이 진 메넬라우스, 혹은 거들먹거리는 그리스인들과 트로이인들의 흥미진진한 싸움에 대해 알 수 있었을까요? 후세 사람들에게 노래를 불러 줄 시인 한 사람이 없어서 앞으로 얼마나 많은 훨씬 더 중요한 전투들이 역사의 먼지 속으로 사라지게 될까요? 수많은 헬레네[29]들이 어느 봄에 기척도 없이 피었다가 벌레에게 먹혀 잊혀지겠죠. 하지만 호메로스에게 시라는 화려한 화장품으로 그녀를 단장시키라고 해 보세요. 그

29) 트로이 전쟁의 도화선이 된 미녀.

녀의 아름다움이 2000년 동안 뭇 남성들의 피를 끓게 할 겁니다. 감히 여쭤보건대 왕자의 위대함은 어디에서 찾을 수 있겠습니까? 그가 전장에서 세운 무훈에서요? 아니면 사랑을 속삭이는 부드러운 침상에서요? 글쎄요, 그들을 완전히 잊어버리는 데는 그저 한 세대도 안 걸릴 겁니다! 아시겠습니까, 그의 위대함을 찾을 수 있는 곳은 그의 행동이 아니라 그들의 이야기 속에서입니다. 그리고 그것을 누가 이야기합니까? 역사가는 아닐 겁니다. 왜냐하면 그는 에파미논다스[30]가 얼마나 많은 장갑(裝甲) 보병들을 거느리고 레욱트라에서 스파르타인들을 격파했는지, 혹은 샤를마뉴 이발사의 세례명이 무엇이었는지에 대해 결코 그렇게 귀신같이 정확하게 기록하지는 못할 것이기 때문입니다. 그래서 그의 동료 연대기 작가나 학생들(전자는 시기심으로 인해, 후자는 필요성으로 인해)을 제외하고는 아무도 그를 읽지 않습니다. 하지만 시인의 손에 여러 행동과 행위자들을 놓아 보세요. 그러면 그로부터 무엇이 나올까요? 보세요, 휘어진 코가 반듯해지고, 야윈 정강이에 살이 붙고, 매독이 종기가 되고, 그늘진 행위들에서 그늘이 거둬지고, 밝은 것은 더욱 윤이 나게 될 뿐 아니라 그 모든 것이 귀에 착착 감기는 압운과 마음을 끄는 독창적 비유와 감동적인 운율이 한데 어우러진 음악이 되어 「푸른 옷소매」[31]처럼 뇌리에 각인되고 『성경』처럼 가슴을 울리게 되죠!"

---

30) Epaminondas(기원전 418~기원전 362년). 그리스 테베의 정치가, 군인.
31) 영국의 오래된 민요.

찰스가 미소를 지으며 말했다. "시인이 군주에게 유용한 인물이라는 건 인정하네."

에브니저는 자신의 달변에 스스로 도취되어 계속해서 말을 이어 갔다. "그리고 한 군주에게 진실인 것은 군주들 전체에게도 진실이지요. 호메로스와 베르길리우스는 각각 그리스와 로마의 영광을 노래했습니다. 그런 호메로스가 없었다면 그리스는 어떻게 되었을까요? 베르길리우스가 없는 로마는요? 영웅들은 죽고 나라들은 망하고 제국들도 무너지지만 『일리아스』는 시간을 비웃습니다. 그리고 베르길리우스의 운문은 그것이 시인의 머리에 떠올랐던 바로 그날처럼 지금도 여전히 진실의 울림을 지니고 있습니다. 어느 누가 시인처럼 한 번에 훈계와 모범 모두를 제공하면서도 미덕을 먹음직스럽게, 그리고 악행을 비위 상하게 만들 수 있겠습니까? 다른 어느 누가 있어 사연을 손질해서 자신의 상상에 맞추고, 인간들을 자신의 목적에 따라 더욱 선하게 혹은 악하게 그리겠습니까? 무엇이 서정시처럼 노래 부르고, 찬송 시처럼 칭찬하고, 애가(哀歌)처럼 슬퍼하고, 휴디브라스풍의 풍자시처럼 상처를 주겠습니까?"

찰스가 말했다. "나는 아무런 이름도 댈 수가 없구먼. 그리고 자네는 인간의 가장 유용한 친구이자 가장 무서운 적은 바로 시인이라는 견해를 상당히 설득력 있게 전개했어. 이보게, 이제 더 이상의 사설은 접어 두고 자네의 용건이나 시원하게 말해 보게."

에브니저가 지팡이를 무릎 사이에 세우고 그 손잡이를 꽉 쥐며 말했다. "잘 알겠습니다. 각하께서는 자랑스럽게도 메릴랜드에는 시인들이 넘쳐난다고 말씀하시겠습니까?"

"시인들이 넘쳐나냐고?" 찰스가 에브니저의 말을 받아 반복한 후, 파이프를 물고 생각에 잠겼다. "글쎄, 자네가 지금 물었으니 말이네만 나는 그렇게 생각하지 않네. 아니, 솔직히 고백하겠어. 우리끼리 얘기지만 메릴랜드에는 시인들이 넘쳐나기는커녕 하나도 없네. 이봐, 5월의 어느 날 오후 세인트메리즈시티 곳곳을 빠짐없이 돌아다녀도 시인의 그림자 하나 만날 수 없을 거라 내 장담하지. 그 정도로 드물어."

에브니저가 말했다. "제가 짐작한 대로군요. 그렇다면 더 나아가 각하께서는 제가 일단 메릴랜드에서 자리를 잡은 뒤, 함께 어울려 2행 연구나 압운시를 짓고 감상할 수 있을 만한 동료 농장주 네댓 명을 찾는 것조차 대단히 어려울 거라고 예상하고 계십니까?"

찰스가 인정했다. "그럴 가능성도 있지."

"저도 그러리라 생각했습니다. 그렇다면 각하, 어쩌면 제가 테라 마리아[32]의 흙 위에 발을 올려놓는, 메릴랜드의 뮤즈에게 최초로 구애하는 절대적으로 처음의, 으뜸가는, 전례 없는 그리고 진정한 원조 시인이 될지도 모른다고 가정하는 것은 그저 저의 지독한 억측이자 허영에 불과할까요?"

찰스가 대답했다. "만약 정말로 메릴랜드에 뮤즈라는 아가씨가 숨쉬며 살고 있다면, 자네가 그녀의 첫 남자가 되어도 무방하다는 것을 부인할 방법이 내겐 없네."

---

32) Terra Mariae. '메리의 땅'이라는 뜻으로 메릴랜드를 가리킨다.

에브니저가 기뻐서 외쳤다. "그렇습니다! 한번 생각해 보세요! 한 주(州)와 주민 전체, 아무도 이들을 노래한 적이 없다니! 얼마나 많은 행동들이 잊혀지고, 얼마나 많은 매력적인 남자와 여자들이 시간 속으로 사라지고 말았을까요! 정말이지 그렇게 생각하니 정신이 아득해집니다! 나무를 베어 쓰러뜨리고 도시를 일으키고 허허벌판에 한 나라를 세웁니다. 기초를 닦고 투쟁하고 정복합니다! 자, 이것은 베르길리우스 같은 이가 할 만한 작업이지요! 생각해 보세요, 각하! 그저 생각만 좀 해 보십시오. 고귀한 캘버트 가문, 볼티모어 남작들, 그러니까 나라를 세우고 빛을 가져오고 황무지를 비옥하게 만든 사람들! 이 영광스러운 가문의 역사가 아직도 세상 사람들의 즐거움을 위해 음악으로 만들어지지 않았다니! 저런, 그것은 처녀지입니다!"

찰스가 동의했다. "메릴랜드에는 좋은 이야깃거리가 많지. 하지만 솔직히 말해서 그곳에는 처녀들이 시인만큼 드물까 봐 걱정이네."

에브니저가 간청했다. "제발 농담하지 마십시오! 이것은 지금까지 한 번도 쓰인 적 없는 서사시가 될 겁니다! 틀림없이 「메릴랜디아드」[33]가 될 거라고요!"

"그건 무슨 까닭인가?" 찰스는 비록 짓궂게 골리는 태도를 견지하고 있었지만 에브니저가 열변을 토하는 동안 점차 에브니저의 열띤 분위기에 동화되고 있었다.

33) Marylandiad. 호메로스의 서사시 『일리아스』를 염두에 둔 것.

에브니저가 반복해서 말했다. "메릴랜디아드!" 그리고 표제지의 선전 문구를 읽는 것처럼 웅변조로 읊었다. "서사시 이상의 서사시들에 대한 서사시. 볼티모어 경이자 메릴랜드의 영주인 고귀한 찰스 캘버트 가문의 역사는 곧 메릴랜드주의 영웅적인 건설의 과정! 미개한 자연과 무시무시한 야만인들과 싸워 영토를 빼앗고 그 황야를 지상낙원으로 변모시킨 메릴랜드 초기 정착자들의 용기와 불굴의 의지! 정원사 - 왕들처럼 그들의 거친 토양에 부드러운 문명의 씨앗을 뿌리고 그것을 경작하여 메릴랜드라는 이루 말할 수 없을 정도로 아름다운 열매를 맺게 한 메릴랜드 영주들의 위엄과 교양. 신록이 무성하고 비옥하고 번영하고 문화가 있는 메릴랜드. 용감한 남자들과 정숙한 여자들, 건강하고 아름답고 기품 있는 사람들이 살고 있는 메릴랜드. 요컨대 화려한 과거와 웅장한 현재와 영광스러운 미래를 약속하며 영국의 아름다운 왕관에서 가장 밝게 빛나는 보석. 세계 역사상 누구에게도 뒤지지 않은 한 가문이 소유하고 통치하는 메릴랜드. 이 모두는 영웅시적 2행 연구(heroic couplet)로 지어져서 아마포에 인쇄되고 송아지 가죽으로 장정되어 금박으로 날인될 겁니다." 여기서 에브니저는 그의 실크해트를 벗어 가볍게 휘두르면서 살짝 고개를 숙였다. "그리고 각하께 헌정되는 겁니다."

찰스가 물었다. "그리고 서명은?"

에브니저는 일어나서 한 손은 지팡이 위에, 한 손은 엉덩이 위에 올리고 주인을 향해 환하게 웃었다.

그가 대답했다. "'메릴랜드주의 계관시인, 신사 에브니저 쿠크'가 되겠죠!"

찰스가 말했다. "아, 계관시인이라고. 이게 바로 자네가 자네 이름에 붙일 새로운 수식어로군."

에브니저는 열변을 토했다. "그것이 얼마나 각하의 명예에 이바지할지 한번 생각해 보십시오. 각하께서는 계관시인을 임명함으로써 일거에 각하의 통치가 얼마나 위엄 있고 은혜로운지 증명하실 수 있을 겁니다. 하나의 주(州)가 그것을 찬양하고 그 위대한 순간들을 기록하는 성실한 계관시인을 갖게 되면 거기에는 왕국의 풍미와 궁정의 우아함이 더해질 것이기 때문입니다. 그리고 「메릴랜디아드」는 볼티모어 남작 가문을 영원히 불멸하게 만들고 그들 모두를 아이네아스[34]들로 만들 것입니다! 게다가 그것은 영국의 가장 고귀한 가문들을 매혹하여 그곳에 정착하게 만들 만큼 현재의 메릴랜드주를 강렬한 색채로 채색할 것입니다. 그것은 현 거주자들을 근면하고 고결하게 살도록 자극하고 제가 그린 그림 그대로 진실하게 보존하도록 격려할 것입니다. 요컨대 그것은 식민지의 질과 가치를 모두 증진시키기 위해 일할 것입니다. 그리고 그와 비례해서 그 주를 소유하고 다스리는 이를 더욱 고귀하게, 더욱 강하게, 더욱 부유하게 만들 것입니다. 그야말로 엄청난 성취 아닙니까?"

이 말에 발작적으로 웃음이 터진 나머지 찰스는 담배 연기에 거의 질식할 뻔했고 눈에는 눈물이 고였으며 하마터면 가

34) 트로이의 영웅으로 로마의 건설자.

발까지 벗겨질 뻔했다. 곁에 서 있던 두 명의 시종들이 열심히 등을 두드려 준 후에야 그는 겨우 진정되었다.

그는 손수건으로 눈가를 훔치며 마침내 외쳤다. "오, 저런! 메릴랜드를 다스리는 사람을 고귀하고 부유하게 만들 그야말로 대단한 성취로군그래! 이렇게 말해서 미안하네만, 시인 양반, 그 친구는 이미 스스로 계관시인 노릇을 하며 그를 노래한다네! 그를 현재 지위 이상으로 고귀하게 만드는 것은 불가능해. 그리고 그에게 부를 가져다주는 것에 대해 말하자면, 나는 내 몫을 다했고 그 이상을 했다고 감히 말하겠네! 오, 저런! 오, 저런!"

에브니저는 허둥지둥 물었다. "그게 무슨 말씀입니까?"

"여보게, 자네는 마치 바로 어제 태어난 사람처럼 말하는군. 지금 그곳이 어떤 상황인지 아무것도 모르는 건가?"

에브니저가 외쳤다. "분명히 그것은 당신의 땅이지요!"

찰스가 쓴웃음을 지으며 정정했다. "분명히 그것은 나의 땅이었네! 식민지 건설 특허를 받은 그날부터 시작하여 지금으로부터 삼 년 전까지만 해도 볼티모어 남작들이 그 주의 진정하고 절대적인 영주였어. 나는 아직 면역지대(免役地代)와 쥐꼬리만 한 항구 세입도 챙겨 받고 있지. 하지만 오늘날 그 나머지는 모두 윌리엄왕과 메리 여왕의 것이네. 내 것이 아냐. 차라리 폐하께 직접 제안을 드려 보지 그러나?"

에브니저가 말했다. "이런, 저는 전혀 모르고 있었습니다. 무슨 이유로 각하께서 권좌에서 물러나셨는지 여쭤봐도 되겠습니까? 인생의 말년을 조용히 보내고자 하는 당신의 바람이

셨습니까? 아니면 폐하에 대한 완전한 헌신이었습니까? 저런, 얼마나 고매한 인격자이신지!"

터져 나오는 웃음으로 다시 온몸을 흔들며 찰스가 외쳤다. "자, 자, 잠깐만 멈추게. 그렇지 않으면 내 등을 두드려서 아예 허파를 빼내 버려야 할지도 몰라. 휴우! 하!" 그는 깊게 한숨을 내쉬고는 가슴을 손바닥으로 두드렸다. 그는 가까스로 웃음을 진정시키고 말했다. "나는 자네가 메릴랜드의 역사에 대해 전혀 아는 바가 없다는 것을 충분히 알겠네. 그리고 자네가 그곳의 유래도, 누가 무엇을 대변하는지도 모르는 채 뛰어들려 하는 것도. 자네의 말에 의하면 자네는 나에게 무언가 호의를 베풀기 위해서 왔네. 맙소사! 나를 부유하고 고귀하게 만들어 준다고! 좋아, 그렇다면 내가 자네에게 한 가지 보답을 하게 해 주게. 자네가 똑같은 일로 다시 시간을 낭비하지 않도록 말이야. 자네가 허락한다면, 쿠크 군, 자네에게 이 메릴랜드의 역사를 간단하게 요약해서 말해 주겠네. 내겐 메릴랜드가 야만인의 선물 같아. 처음에는 선물로 받았지만 곧 도로 빼앗기고 말았지. 들어 보겠나?"

에브니저가 대답했다. "저의 즐거움이자 영광입니다." 그러나 역사의 교훈을 음미하기엔 그는 너무나도 풀이 죽어 있었다.

10 집주인이 에브니저에게 들려준 메릴랜드 제후령에 관한 짧은 이야기: 그 기원과 생존을 위한 투쟁

찰스의 말이 시작되었다. "'왕관을 머리에 쓰면 발을 못 뻗고 잔다. 시기와 탐욕은 결코 만족되지 않기 때문이다.'라는 말은 정말 맞는 말이야. 메릴랜드는 법으로 보나 권리로 보나 나의 것이지. 하지만 메릴랜드의 역사는 그것을 빼앗기지 않으려는 내 가문의 투쟁과 그것을 우리에게서 빼앗으려는 수없이 많은 악한들의 음모담이라네. 그들 가운데 빌 클레이본과 존 쿠드가 우두머리라고 볼 수 있는데 악마나 다름없는 이 존 쿠드라는 녀석은 아직까지도 나를 괴롭히고 있다네.

자네도 알겠지만 나의 조부 조지 캘버트는 로버트 세실 경의 개인 비서로서 제임스 1세의 궁정에 발을 들여놓았네. 그리고 그 위대한 남자가 죽은 후 추밀원의 서기로 임명되었고 아일랜드 판무관으로 두 번 임명되었어. 그는 1617년에 작위를 받았고 토마스 레이크 경이 (그의 아내가 방정맞게 입을 놀리는 바람에) 국무장관에서 해임되었을 때, 제임스가 총애하던 버킹엄 공작은 그 자리를 자신의 친구 칼튼에게 주기를 원했지만, 결국 나의 조부가 레이크 경을 대신하여 국무장관으로 임명되었지. 버킹엄이 이 일을 모욕으로 여기고 우리 집안 최초의 중요한 적이 되었다고 내가 믿는 데에는 그만한 이유가 있는 셈이지.

국무장관이 되기에는 시기가 대단히 좋지 않았다네. 그때가 1619년이었거든. 기억하나? 바로 30년 전쟁이 막 발발했을 때가 아닌가. 제임스는 국고를 탕진한 지 오래였고 우리에겐 강력한 동맹국이 하나도 없었네! 스페인과 프랑스 사이에서 선택을 해야 했지. 그리고 어느 하나를 선택한다는 것은 다른 하나와 멀어진다는 것을 의미했어. 버킹엄은 스페인을 편들었네. 그리고 나의 조부는 그를 지지했지. 당시엔 그것이 가장 현명해 보이는 판단이었거든. 찰스 왕세자를 마리아 왕녀와 결혼시키면 스페인을 영원히 우리 쪽에 묶어 둘 수 있고 마리아의 지참금으로 국고를 채울 수 있었지. 게다가 나의 조부는 왕과 버킹엄을 지지함으로써 왕에 대한 충성심을 증명하고 버킹엄의 원한을 무색하게 만들고자 했어. 확실히 그 결혼은 개신교들의 지지를 받지는 못했다네. 그리고 (내 생각엔 버킹엄의 건의로) 조부에게는 적대적인 의회에게 그 결혼의 옹호를 역설하는 불유쾌한 잡일이 주어졌지. 하지만 그것이 전부는 아니었어. 아무도 필립 왕과 그의 사절 곤도마의 배신을 짐작하지는 못했을 거야. 그들은 우리를 꼬드겨 프랑스와 멀어지게 만들고, 독일의 개신교 군주들과도 멀어지게 만들고, 심지어 제임스의 사위인 프레더릭과 우리의 하원(下院)과도 멀어지게 해 놓고는, 마지막 순간에 협상을 중단시켜 우리를 오도 가도 못하게 만들어 놓았던 거야!

에브니저가 공손하게 거들었다. "곤도마는 비열한 녀석이죠."

"조부께서 로마 교회로 개종한 것도 물론 문제가 되었지만, 그 일로 인해 조부의 공직 생활은 종지부를 찍었어. 그분은 왕의 간청에도 불구하고 공직에서 물러났지. 제임스는 충성의 대가로 조부에게 아일랜드 왕국의 볼티모어 남작이라는 작위를 내렸다네.

조부는 그때부터 죽을 때까지 아메리카의 식민지 사업에 헌신했어. 제임스는 1662년에 그에게 뉴펀들랜드 남동쪽 반도의 특허권을 주었네. 나의 조부는 그 땅에 관한 잘못된 정보에 속아 아발론이라 불리는 식민 거류지에 재산의 상당 부분을 쏟아붓고는 그곳에서 살기 위해 직접 갔어. 하지만 그곳의 기후는 견딜 수가 없을 정도였지. 게다가 프랑스인들(버킹엄 공작의 정치적 수완으로 인해 그들과 우리는 전쟁 중이었거든)이 끊임없이 우리의 배를 빼앗고 어부들을 못살게 굴었어. 그리고 그걸로도 모자랐는지 개신교 목사 몇몇이 추밀원에 말을 퍼뜨린 거야. 천주교 신부들이 아발론에 밀입국해서 그곳에서 영국 교회의 토대를 침식하려 한다고 말이야. 결국 조부께서는 찰스 왕에게 더 남쪽 버지니아령에 속한 곳을 인가해 달라고 청원했다네. 왕은 계획을 포기하고 영국으로 돌아오라는 답장을 보내왔지. 하지만 조부는 이미 자신의 식솔과 사십 명의 식민지 이주민들과 함께 제임스타운으로 옮겨 간 뒤였어. 그곳에서 그는 포트 총독과 의회 의원들을 만났지.(그들 중 한 명이 바로 윌리엄 클레이본이라는 악당이었고 말이야.) 그들은 모두 야만인들처럼 적대적이었어. 혹여 찰스가 자신들의 수중에 있는 버지니아를 조부에게 넘겨줄까 봐 그를 몰아낼 기회를 호시탐탐 노리고 있었지. 그들은 그에게 영국 왕이 정치적, 종교적 수장이라는 것을 맹세하는 지상권 승인 선서를 하라고 압력을 넣었어. 신실한 가톨릭 신자인 그가 거부하리라는 걸 계산에 넣고서 말이야. 왕도 명령하지 않았던 것을 그들이 요구한 거야. 그리고 선서하지 않으면 깡패들을 동원하여 뭇매라도 안길 것 같은 분위기였지."

에브니저가 말했다. "불공정하군요(Inequity)!"

찰스가 정정했다. "불법행위지(Iniquity)! 그들에게 무척 시달림을 당한 끝에 조부께서는 제임스타운에 아내와 가족을 두고 떠났어. 그리고 연안 지역을 한동안 탐사한 후, 영국으로 돌아가 찰스에게 캐롤라이나 영토를 요청했다네. 특허장은 작성되었지만 그것이 채 수여되기도 전에 누가 영국에 나타난 줄 아나? 바로 클레이본 나리였다네. 그는 곧장 특허장 수여를 저지하기 위한 음모를 꾸미기 시작했지. 그러자 조부께서는 분쟁을 피하기 위해 캐롤라이나를 신사답게 포기했고 대신 체서피크만 양쪽 측면의 버지니아 북쪽 땅을 신청했어. 찰스는 특허장과 식민지 문제로 더 이상 애쓰지 말고 영국에서 편하게 살라고 조부를 설득했지만 당신께서는 아예 들으려고도 하지 않으셨지. 그분은 그렇게 한가롭게 빈둥거리며 사는 것을 못 견뎌 하셨으니까. 오히려 조부 쪽에서 마침내 왕을 설득하여 허가를 얻어 냈다네. 그는 그것을 크레센티아라고 명명하려 했지만 왕은 여왕인 앙리에타 마리아의 이름을 따서 테라 마리아, 즉 메리-랜드라고 불렀어."

"훌륭합니다."

"그런 다음 특허장이 작성되었어. 권위로 보나 넓이로 보나 그와 같은 것은 영국 왕이 한 번도 작성해 본 적이 없을 정도였지. 그것은 남쪽으로 포토맥강에서 북위 40도까지, 그리고 대서양 서쪽에서 포토맥강의 최초 발원지인 자오선까지의 땅

전체를 나의 조부에게 수여한다는 내용을 담고 있었네. 무엇보다 메릴랜드는 그 지역의 다른 지방들과 구별하기 위해 주(州)이자 특권령(county palatine)이라는 이름을 부여받았고, 우리 볼티모어 남작들은 그것에 대한 진정하고 절대적인 주인이자 영주가 되었으며 또 그렇게 선포되었어. 우리는 교회의 성직자 추천권뿐 아니라 법을 제정하고 그것을 집행하기 위한 장원 재판소와 형사 재판소를 세울 권한도 가지고 있었지. 악당들의 생명을 빼앗거나 사지를 자르는 정도의 처벌도 할 수 있었어. 게다가 작위와 칭호를 수여할 수도 있었지."

에브니저가 말했다. "아!"

"우리는 군대를 의장하고 전쟁을 하고 세금을 걷고 땅의 특허권을 주고 해외 교역을 하고 도시와 관세항을 건설할 수 있었다네."

"세상에!"

찰스가 힘주어 말했다. "간단히 말해 일 년에 인디언 화살 두 대쯤 공물로 바치는 것을 제외한다면, 메릴랜드는 우리가 원하는 대로 경영할 수 있는 명백한 우리의 땅이었어. 게다가 혹여 특허장 안의 어떤 단어, 절 혹은 문장이 논쟁의 대상이 될 경우, 그것은 우리에게 가장 유리하게 해석되어야 한다고 명시되어 있었지!"

"정말 눈이 핑핑 도는데요!"

"그래, 그것은 정말 강력한 특허장이었어. 하지만 그것이 국새 상서(the Great Seal)를 통과하기 전에 조부께서는 쉰둘의 연세로 완전히 진이 빠져 돌아가셨다네. 곧 특허장이 추밀원을 통과했고, 그렇게 해서 1632년에 내 아버지가 고작 스물여섯 살의 나이로 제2대 볼티모어 경이자 메릴랜드주 최초의 영주가 된 걸세. 그는 즉시 배들을 정비하고 식민지 이주자들을 끌어모으는 데 착수했네. 빌 클레이본은 펄펄 뛰고 난리도 아니었지! 옛 버지니아 회사 사람들에게는 얼마나 이가 갈리고 머리를 쥐어뜯을 일이었겠나. 자신들의 특허장은 이미 취소된 지 오래였으니 말이야. 그들은 라임하우스[35]에서는 방주(Ark)호와 비둘기(Dove)호가 장비를 갖추고 수녀들을 스페인으로 실어 나르려 한다고 떠벌렸고, 켄싱턴에 가서는 아버지가 그 배들을 정비하는 것은 스페인 병사들을 수송하기 위한 거라고 욕을 했어. 적들이 이렇듯 많고 교활했던 탓에 아버지는 자신의 권리를 보호하기 위해 본인은 런던에 남고, 나의 숙부인 레오나르드와 조지에게 항해를 맡겨야 했네. 그리고 숙부님들은 1633년 10월에 그레이브샌드에서 출발하여 메릴랜드로 향했지. 하지만 방주호가 닻을 감아올리자마자 클레이본의 첩자 하나가 출항을 저지하기 위해 성실청 법원[36]에 달려가서는 우리가 세관을 통과하지 않았고 승무원들이 충성을 맹세하지 않았다고 밀고했어. 코크 대신이 샌드위치 먼바다 해협에 있는 페닝턴 제독에게 특사를 보냈고 우리는 런던으로 다시 소환되었지."

"공모로군요!"

---

35) 런던 동부, 이스트엔드의 한 구역.

36) Star Chamber. 1641년에 폐지된 형사 법원. 배심원을 두지 않았으며 불공평하기로 유명했다.

"무려 한 달 동안 입에 단내가 나도록 해명을 한 후에야 아버지는 그 혐의들이 거짓되고 악의적인 무고였음을 밝혀냈고 우리는 겨우 다시 출항할 수 있었어. 클레이본에게 더 이상 공격의 빌미를 제공하지 않기 위해 우리는 그레이브샌드에서 신교도들을 실었고 틸베리 먼바다에서 그들에게 선서를 하게 했어. 그런 다음 운하를 타고 내려가 와이트섬으로 갔고 그곳에서 가톨릭 신자들과 예수회 목사 두 명을 실었지."

에브니저가 다소 자신을 잃은 목소리로 말했다. "매우 현명한 조치였습니다."

"그런 다음 마침내, 이번엔 진짜로 메릴랜드를 향해 떠났지. 아버지는 우리에게 몇 가지 당부를 하셨어. 사람들이 보는 앞에서는 가톨릭 예배를 보지 말 것, 신교도들과 종교 문제로 분쟁을 일으키지 말 것, 버지니아인들이 무장 감시를 하고 있는 콤포트 항에서는 닻을 내리지 말고 대신 동부 해안의 아코막 근처에 정박할 것, 처음 일 년간은 클레이본 선장과 그 부하들과는 절대 상종하지 말 것이 그 내용이었지.

우리는 원주민들, 즉 피스카타웨이 부족과는 싸우지 않았어. 왜냐하면 그들은 당시의 생활에 꽤 만족하는 편이어서 오히려 그들의 적인 세네크족과 서스키하노우족에 대항하는 우리의 방위군에 자원 입대할 정도였거든. 우리의 골칫거리는 다름 아닌 악당 클레이본이었어! 클레이본 녀석은 '클로베리 앤 컴퍼니'를 위한 중개상이자 줏대 없이 흔들리는 찰스 1세가 임명한 영연방 자치령의 국무 대신이었다네. 그의 주요 관심 대상은 체서피크에서 반쯤 올라간 곳에 위치한 켄트섬이었지. 그곳에 그의 교역소가 자리 잡고 있었어. 그는 켄트섬을 넘겨주느니 차라리 팔 한쪽을 포기했을 거야. 우리에게 하사된 영역임이 분명했는데도 말이야."

에브니저가 물었다. "그래서 그는 어떻게 했습니까?"

"그야 그의 생각은 이랬지. '볼티모어의 특허장이 그에게 학테누스 인쿨타(hactenus inculta), 즉 지금껏 개간되지 않은 땅을 주지 않았나? 그렇다면 그는 당연히 켄트섬을 포기해야 하지. 왜냐하면 나의 상인들이 그보다 앞서 그곳에 자리를 잡았으니 말이야!' 그는 이렇게 식민지 판무관들에게 탄원했네. 하지만 이보게, 이 빌어먹을 '학테누스 인쿨타'는 단지 그 땅에 대한 형식적인 기술에 불과했어. 특허장에서 으레 쓰는 문구지 그 특허지의 실제 조건을 기술하기 위한 것이 아니었다고. 그리고 클레이본의 장사치들이 그 섬을 경작하지 않았다는 사실 또한 짚고 넘어가야 해. 그들은 '클로베리 앤 컴퍼니'와 모피를 교역하고 자신들의 물품을 팔아먹고 살기 위한 곡물을 구매했을 뿐, 그 '땅을 개간하지는' 않았단 말일세. 식민지 판무관들은 그의 주장을 각하(却下)했다네. 하지만 그는 켄트섬을 그대로 포기하려 하지 않았지. 메릴랜드 사람들은 1634년 3월에 상륙하여, 그러니까 오십구 년 전 이 달이군. 세인트메리즈에서 자리잡고 클레이본에게 켄트섬은 자신들의 것이라고 통보했다네. 그는 영주에게 충성을 맹세하지도, 켄트에 대한 권리를 영주를 통해 하사받으려 하지도 않은 채, 아무 상관도 없는 버지니아 의회에다 자신이 어떻게 해야 하는지를 물었어. 물론 버지니아 의회에는 식민지 판무관의 판결에 대해 전혀 언급하지 않았지. 추밀원에서 아메리카까지 소식이 닿는 데는 대단히 오랜 시일이 필요한 법이라네. 그래서 그들은 그에게 하던 대로 밀고 나가라고 말했고 그는 그 말을 따랐어. 그리고 온갖 사소한 이유를 들어 사람들에게 나의 아버지에 대한 반감을 자극했지.

세인트메리즈에서 레오나르드 숙부님은 클레이본의 지불 유예년을 만기시키고, 그에게 아버지의 권리를 인정하지 않으면 구속시키거나 섬을 몰수하겠다고 으름장을 놓았네. 찰스 왕은 버지니아 총독 하비에게 우리를 인디언들로부터 보호하고 식민지들 사이의 자유무역을 허가하라고 명령했어. 하지만 하비는 클레이본 대리인들의 말에 속아 켄트섬이 우리의 특허권 밖에 있다고 믿고는, 아버지에게 클레이본을 괴롭히지 말라고 명령했어! 그런데 하비는 꽤 양식 있는 인물이었네. 자기도 살고 다른 사람들도 살게 하자는 주의였지. 그런데 우리의 클레이본은 그 불쌍한 남자의 지위를 빼앗고 그를 식민지에서 몰아내는 것을 목표로 오랫동안 도당을 이끌어 왔단 말일세. 그래서 하비가 왕의 명령에 복종하여 메릴랜드와 기꺼이 교역하겠다고 천명하자 버지니아인들이 그에게 반기를 들고 우수수 일어난 거야. 자기들의 소를 우리에게 파느니 차라리 그 소의 머리를 때려죽이겠다고 악다구니를 쓰면서 말이야.

일이 이쯤 되자 이제 전쟁은 공공연한 것이 되어 버렸다네. 레오나르드 숙부님은 파투산강에 정박하고 있던 클레이본의 함재정 한 척을 압류하고 그 배의 주인인 토머스 스미스를, 허가를 받지 않고 교역한 죄로 체포했어. 클레이본은 소형 선박한 척을 무장시키고 그 배의 선장에게 그가 마주치는 메릴랜드 배는 무조건 공격하라는 명령을 내렸어. 레오나르드 숙부님은 그와 교전하기 위해 함재정 두 척을 파견했네. 그리고 포코모크강에서 한바탕 전투를 치른 후, 마침내 소형 선박이 항복을 선언했지. 그런데 이 주 후, 클레이본의 또 다른 배가 바로 그 톰 스미스의 지휘 아래 포코모크 항구에서 끝장을 볼 때까지 싸우게 된 거야. 이쯤 되자 불쌍한 하비 총독은 의회로부터 엄청난 포화를 맞게 되었고 결국 영국으로 피난을 가버렸다네.

한편 레오나르드 숙부님이 켄트섬을 완전히 고립시킨 채 그 땅을 전혀 개간하지 않고 방치하자 섬사람들은 굶기 시작했다네. 아버지는 이 점을 '클로베리 앤 컴퍼니'에 지적했지. 그들은 결국 이를 수용하고, 켄트에 대한 소유권을 미련하게 계속 주장하는 대신 클레이본을 경질하는 권한을 가진 새로운 대리인을 메릴랜드에 보냈어. 그 악당은 마침내 굴복했네. 오직 한 가지, 그 새로 온 사람, 즉 조지 이블린에게 켄트섬을 메릴랜드인들에게 넘겨주지 말 것을 요청하면서 말일세. 하지만 이블린은 약속을 거부했고 클레이본은 그렇게 런던으로 물러났다네. 거기서 그는 클로베리 측으로부터 고소당하고 하비 총독에 의해서는 반란죄로 고발당했지. 더 나아가 이블린은 버지니아에 있는 클레이본의 모든 재산을 '클로베리 앤 컴퍼니'의 이름으로 압류하는 데 착수했어."

에브니저가 말했다. "응당 받아야 할 벌이죠."

"그는 우리의 승리를 단지 일시적인 것으로 보고 새로운 방법을 시도했지. 그는 자신의 친구 서스키하노우족으로부터 파머스섬을 샀네. 파머스섬은 체서피크만의 머리 부분에 자리 잡고 있는데, 이곳에서 서스키하노우강이 바다로 합류하지. 그는 자신이 우리의 특허 범위 밖에 있는 것처럼 가장하며 그곳에 새로운 교역소를 세웠어. 그런 다음 찰스에게 아버지가 자신을 괴롭히지 못하게 해 달라고 탄원하는 한편, 더 나아가 남쪽으로는 만에서 바다까지, 북쪽으로는 캐나다의 그랜드 호수까지 포괄하는 서스키하노우강 양옆으로 58킬로미터나 되는 땅 전체에 대한 특허를 요청했던 거야! 그것도 아주 시침 뚝 떼고 말일세!"

"설마요!" 에브니저는 비록 방금 자기가 들은 지리적 설명을 아주 어설프기 짝이 없는 그림으로도 옮길 수가 없었지만 짐짓 놀란 듯 외쳤다.

찰스가 고개를 끄덕였다. "그래. 그놈은 미쳤어! 만약 그렇게 된다면 그는 너비 116킬로미터에 길이는 1450킬로미터에 가까운 뉴잉글랜드 땅에다 체서피크만 전체와 메릴랜드의 4분의 3을 더한 땅을 갖게 되었을 거야! 과거에도 그랬듯 왕이 다시 한번 속아 주기를 바란 거지. 하지만 식민지 판무관들은 그의 청원을 묵살했어. 그때 이블린이 켄트에 대한 아버지의 권한을 승인했지. 그리고 레오나르드 숙부님은 이블린을 그 섬의 사령관으로 임명했네. 그는 섬사람들을 설득하려고 애썼어. 아버지에게 자신들의 땅에 대한 소유권을 신청하라고 말이야. 그리고 만약 그 야비한 톰 스미스가 클레이본의 처남과 함께 그곳에 자리 잡고 있지 않았다면 섬사람들을 설복시킬 수도 있었을 거야. 그런데 결국 실패하고 말았지. 말로 안 되자 이제는 그들을 완전히 무력으로 진압하는 것 외엔 달리 방법이 없었다네. 레오나르드 숙부님이 직접 두 차례의 원정대를 이끌고 가 그 섬을 공격해서 결국 그들을 굴복시켰어. 숙부님은 클레이본의 친척을 감옥에 처넣었고 주에 남아 있는 그의 전 재산을 몰수했지."

"그 악당이 이번에는 제대로 벌을 받았겠군요!"

찰스가 대답했다. "당분간은 그랬지. 1638년에 숙부님은 바하마 제도의 한 섬에서 클레이본을 체포했다네. 그리고 우리는 그 후 사오 년 동안 그를 전혀 보지 못했지. 그의 친척들도 투옥시켰지만 아직 의회가 한 번도 소집된 적이 없었기 때문에 우리에게는 그들을 기소할 배심원단도, 재판할 법정도 없었네!"

에브니저가 물었다. "그래서 어떻게 했나요? 설마 그들을 풀어 준 건 아니겠죠?"

"그야 우리는 의회를 소집하여 대배심으로서 기소를 하게 했지. 그런 다음 그 사안을 재판하고 죄수들을 유죄 선고하기 위해 의회를 법정으로 바꿨어. 레오나르드 숙부님이 죄수들을 교수형에 처하라고 판결을 내리면 법정은 다시 의회가 되어 그의 판결을 법안으로 통과시키는 거야. (우리에겐 그 사안을 재판할 법률이 없으니까.) 그런 다음 어떤 불공정함도 없었다는 것을 보증하기 위해 레오나르드 숙부님이 형량을 줄여 주는 거지."

에브니저가 감탄하며 말했다. "기발한 작전인데요!"

찰스가 말했다. "하지만 그것은 불행의 시작이었다네. 의회가 소집되자마자 그들은 오직 시민의 '동의'만을 요구하면서 법률을 제정할 권리를 요구했어. 비록 특허장은 그 권리가 영주에게 있음을 명시하고 있었지만 말이야. 아버지는 한동안 그 요구를 무시하다가 반란을 피하기 위해 곧 양보했지. 적어도 일시적으로는 말이야. 그날부터 의회는 우리와 엇나가기 시작했고 곧 우리를 배반했어. 그들은 우리의 힘을 줄이고 자신들의 힘을 증대시키기 위해서라면 어떤 기회도 놓치지 않았지."

그는 한숨을 쉬었다.

"시련은 이것으로 충분하지 않았던 모양이야. 피스카타웨이족을 대규모로 개종시켜 왔던 예수회 선교사들이 그에 대한 보상을 빙자하여 교회 명의로 상당한 규모의 땅을 갈취해 왔다는 것을 우리가 알게 된 것도 바로 이때쯤이었어. 그리고 어느 화창한 날, 그들은 우리에게 이 거대한 영토를 영주의 간섭 없이 자신들이 독자적으로 보유할 작정이라고 공표했네! 그들은 아버지가 가톨릭이라는 걸 알고 있었고, 그래서 그들은 교회법이 그 주에서 완전한 지배권을 갖고 있고, 그들과 그들의 사기(詐欺)에 의한 토지 소유는 로마 교황의 교서 '주의 만찬(In Coena Domini)'에 의해 관습법의 영향을 받지 않는다고 선언한 거야!"

"맙소사!" 에브니저가 혀를 찼다.

찰스의 말은 계속되었다. "그들이 몰랐던 점은 조부께서 가톨릭으로 개종하기 전, 제임스의 명령으로 아일랜드 내부 불만의 원인 조사차 그곳에 갔을 때, 예수회 회원들의 궤변을 충분히 겪을 만큼 겪었다는 사실이었네. 예수회 회원들이 주 전체를 꿀꺽 집어삼키거나, 개신교도들이 이 사건을 반가톨릭 폭동의 구실로 삼기 전에 아버지는 예수회 회원들을 소환하고 대신 교구 사제들을 보내 달라고 로마에 직접 청을 넣어 반란의 싹을 잘라 버리려 했지. 그리고 몇 년간의 분쟁 끝에 프로파간다[37]의 명령으로 그것이 실행에 옮겨졌네.

다음엔 인디언이 문제였어. 북쪽으로 서스키하노우족과 동부 해안을 거점으로 삼은 낸티코크족은 농부들이 아니라 사냥꾼들인 관계로 종종 다른 부족들을 공격하곤 했네. 하지만 1640년 이후, 그들은 주 여기저기에서 농장들을 습격하는 데 맛을 들였지. 그리고 그들이 우리의 친구 피스카타웨이족을 쏘삭여 대대적인 학살에 동참하게 한다는 말도 떠돌았다네. 어떤 사람들은 그 모든 것의 배후에 프랑스인들이 있다고 말했어. 또 어떤 사람들은 그것이 예수회 회원들의 공작이라고 근거 없이 주장하고 다녔지. 하지만 나는 빌 클레이본의 검은 손이 배후에서 조종한 거라고 믿고 있네."

에브니저가 말했다. "클레이본! 어떻게요? 제가 방금 듣기론 클레이본은 바하마 제도에 은신하고 있다고 하지 않았나요?"

"그랬지. 하지만 1643년에 예수회 회원들의 문제, 인디언 문제, 그리고 찰스와 의회 사이의 내전에 대한 식민지 내에서의

37) 16세기 그레고리우스 13세 치하의 로마에서 신앙 보급을 위해 설립된 교단.

의견 충돌로 인해 레오나르드 숙부님은 주의 정세에 관해 아버지와 의논하려고 런던으로 돌아갔다네. 그리고 그가 출항하자마자 클레이본이 은밀히 만으로 기어 올라온 거지. 켄트섬 사람들을 선동하기 위해서였어. 선장이자 무신론자이자 반역자인 리처드 잉글이라는 인물이 '개혁(Reformation)'호라 불리는 상선과 함께 세인트메리즈에 입항하여 취하도록 마시고, 누구에게랄 것도 없이 왕은 왕이 아니며 자기 말을 감히 부인하는 왕당파는 누구든지 목을 베어 버리겠다고 떠벌리고 다닌 것도 이때쯤이었어!"

에브니저가 외쳤다. "그건 반역입니다!"

"우리 쪽 사람인 자일스 브렌트도 그렇게 말했네. 그는 레오나르드 숙부님이 돌아올 때까지 총독직을 수행하고 있었지. 브렌트는 잉글을 투옥하고 그의 배를 압류했네. 하지만 우리가 그 악당에게 수갑을 채우자마자 그는 우리 의회 의원인 콘웨일리즈 선장의 명령으로 석방되었고 미꾸라지처럼 빠져나갔지."

"놀랍군요."

"그런데 이 콘웨일리즈는 군인으로 최근에 낸티코크와 화해하기 위한 원정대를 이끌었고 서스키하노우족을 쫓아낸 인물이라네. 우리가 잉글을 석방한 일로 그를 탄핵하자 그는 이렇게 변명하더군. 자기는 그 악당으로부터 주 방어를 위한 화약 한 통과 탄알 180킬로그램을 제공한다는 약속을 받아냈다는 거야. 과연 그놈은 닥치는 대로 욕하고 덤벼들면서 돌아왔고 미래의 재판에 대비하는 보석금으로 군수품을 제공하겠다고 맹세했어. 하지만 우리가 실물을 보기도 전에 다시 출항해 버리더군. 통관 절차나 항구 사용료는 다 무시하고 말이야. 게다가 친구 콘웨일리즈도 승객으로 승선해 있더군.

최악의 적인 잉글과 클레이본이 영국 내전을 구실로 우리를 파멸시키기 위해 결탁했다는 것이 곧 분명해졌지. 클레이본은 켄트섬에 상륙하여 거짓 양피지 문서를 전시하고 그것이 그 섬을 다스리라는 왕의 위임장이라고 선언했어. 동시에 그 의회 당원 잉글은 무장한 배와 역시 거짓 양피지 문서를 가지고 세인트메리즈를 덮쳤지. 그는 시(市)를 장악하고 레오나르드 숙부님을 몰아붙여 버지니아로 쫓아냈다네. 그리고 역시 클레이본의 원조를 받아 이 년 동안 완전한 무정부 상태로 고통받던 메릴랜드 전체에 대한 통치권을 주장했어. 그는 여기저기서 물건을 강탈하고 재산을 몰수하고 모든 집들의 자물쇠와 경첩을 훔치고 심지어 순은 18킬로그램 가치의 메릴랜드 국새(國璽)를 강탈했어. 게다가 자신의 구세주 콘웨일리즈의 집과 재산마저 다른 집들과 마찬가지로 주저하지 않고 약탈했지. 그런 다음 그를 자신의 채무자이자 국가에 대한 반역자로 고소하여 런던에 있는 감옥에 집어넣었어! 그러고는 대법원에서 콘웨일리즈와 나머지 희생자들은 모두 가톨릭에다 왕당원들인 만큼 자신은 그 모든 일을 양심을 걸고 했다고 맹세하면서 대미를 장식했지!"

에브니저가 고백했다. "이해할 수가 없군요."

"1646년에 레오나르드 숙부님은 버클리 총독의 도움으로 군사를 소집했고 세인트메리즈를 비롯해 곧 메릴랜드 전체를 탈환했어. 켄트섬이 바로 최후의 탈환지였지. 주는 다시 우리 것이 되었네. 하지만 레오나르드 숙부님의 고통은 보상받지 못했어. 일 년 후에 돌아가셨으니까."

에브니저가 말했다. "하! 정말 대단한 악전고투였군요! 저는 메릴랜드주가 더 이상 클레이본 같은 무리들에게 시달리지 않고 평화와 질서를 유지할 수 있었기를 진심으로 바랍니다."

"그것은 맹세코 우리의 당연한 권리였네. 하지만 삼 년이 채 흐르기도 전에 당쟁과 분란의 냄비가 다시 끓기 시작했어."

"정말 유감이군요."

"주로 클레이본이 문제였지. 그가 이번에 손을 잡은 대상은 올리버 크롬웰과 신교도들이었네. 비록 크롬웰은 최근에 거들먹거리는 왕당파가 되었지만 말이야. 몇 년 전에 영국 국교도들이 신교도들을 버지니아에서 몰아냈을 때, 레오나르드 숙부님은 그들이 세번강 유역에 프로비던스라 불리는 마을을 건설할 수 있도록 허가해 주었어. 메릴랜드에서는 누구도 고통받지 말아야 한다는 게 그분의 신념이었으니까. 하지만 이 신교도들은 우리를 로마 가톨릭 교도들이라고 혐오했고, 아버지에게 결코 충성을 맹세하려 하지 않았지. 찰스 1세의 머리가 잘리고 찰스 2세가 추방되었을 때, 아버지는 어떤 이의도 제기하지 않았고 의회의 권위를 인정했다네. 그분은 심지어 레오나르드 숙부님이 돌아가신 후 총독 직을 맡고 있던 가톨릭 신자 토머스 그린을 신교도이자 의회와 친밀한 관계를 맺고 있던 윌리엄 스톤으로 대체했지. 주 내의 불평분자들에게 반란의 명분을 주지 않기 위해서였어. 그가 이러한 지혜를 발휘한

탓에 저지 섬에서 유배 중이던 찰스 2세는 그를 원두당원[38]이라고 단언하고 메릴랜드 정부를 시인인 윌리엄 데브넌트 경에게 넘겨주었지."

에브니저가 외쳤다. "데브넌트! 아, 시인-왕이라니, 그건 정말 고귀한 전망이군요! 저의 재주도 내세우기에 부끄러울 정도지만 그 사람은 아무 노력도 없이 과분한 상을 받은 셈입니다."

"하지만 그는 그 상을 가지고 그리 멀리 가지는 못했다네. 그가 탄 배가 메릴랜드를 향해 출항하자마자 랜즈엔즈 먼바다의 해협에서 숨어 기다리고 있던 의회 쪽 순양함이 그것을 묵사발로 만들어 놓았으니까. 그런데 자네는 잘 모르겠지만 버지니아는 철저한 왕당파였네. 그래서 찰스 1세가 참수당하자마자 곧 찰스 2세의 지지를 선언했지. 그러자 의회는 버지니아를 굴복시키기 위해 함대를 준비했다네. 바로 그때, 즉 1650년에 우리의 총독 스톤이 업무차 서둘러 버지니아에 가면서 전임자 토머스 그린에게 자신이 돌아올 때까지 대신 메릴랜드를 통치하게 했어. 그것이 어리석은 결정이었다는 것은 곧 증명되었지. 그린이란 놈은 스톤에게 총독 자리를 빼앗긴 일을 두고두고 마음에 새기고 있었거든. 대리를 맡게 되자 그는 곧 버지니아와 연대해 찰스 2세를 지지한다고 선언했어. 스톤 총독이 허겁지겁 돌아와 녀석을 쫓아냈지만 이미 해악은 퍼진 뒤

38) Roundhead. '둥근 머리'라는 뜻으로 1642~1649년 내란 때 왕당에 적대하여 머리를 짧게 깎았던 청교도의 별명.

였지. 여전히 런던을 자유롭게 활보하고 있던 딕 잉글은 이 소식을 접하자마자 곧 버지니아 진압을 담당하고 있는 위원회로 달려가 메릴랜드 역시 진압 대상에 포함시키도록 손을 썼어. 하지만 아버지는 곧 낌새를 알아채고 함대가 출항하기 전에 자신은 찰스에 대한 지지 선언을 그린에게 허락한 적도 없고 그에 대해 아는 바도 없다고 주장했어. 덕분에 메릴랜드는 위원회의 진압 대상에서 제외되었지. 아버지는 안심하고 물러났어. 그런데 그 즉시 교활한 빌 클레이본이 등장한 거야. 그는 위원회가 언제나 그랬듯 아메리카의 지리에 대해 아무것도 모른다고 믿고, 진압 대상에 '체서피크만 내부의 모든 농장들', 다시 말하면 메릴랜드 전체가 다시 포함되도록 손을 썼어. 게다가 스스로 그 함대와 동행하기 위해 의회의 대리 판무관 자리를 꿰찼지. 함대에는 세 명의 판무관(비록 클레이본에게 속기는 했지만 모두 분별 있는 신사들이었다네.)과 두 명의 대리 판무관이 동행하고 있었는데, 바로 클레이본과 리처드 베닛이라는 악당이었어. 그는 바로 버지니아가 청교도들을 내쫓았을 때 우리의 프로비던스 마을로 피신해 왔던 놈이었는데 말이야."

에브니저가 외쳤다. "저런! 그런 배신 행위가 또 있을까요!"

찰스가 말했다. "잠깐만 더 들어 보게. 클레이본과 베닛은 대리인으로 만족하지 않고 두 명의 판무관들이 항해 중에 실종되도록 손을 썼어. 그 결과 검포트곶에 상륙했을 무렵에는 버지니아와 메릴랜드 모두에 대한 완전한 권한을 가지고 있었지!"

"정말 권모술수가 대단한 사람이로군요!"

"버지니아를 진압한 후, 베넷은 총독 자리를 차지하고 클레이본을 국무 대신으로 임명했네. 그런 다음 그들은 메릴랜드로 향했지. 프로비던스에 있던 놈들은 두 팔을 벌려 환영했어. 선량한 총독 스톤이 면직되었고 가톨릭 교도들은 무차별적으로 권리를 박탈당했으며 아버지의 모든 권위도 강탈당했지. 최후의 일격으로 클레이본과 베닛은 옛 버지니아 회사를 부추겨 메릴랜드를 지도에서 완전히 없애 버리고 버지니아의 옛 경계를 회복시켜 달라고 청원하게 만들었다네. 아버지는 이 사건을 식민지 판무관들에게 탄원했고, 그것이 논의되고 있는 동안 크롬웰에게 메릴랜드는 왕당파 이웃들[39]에 둘러싸인 와중에도 공화국에 충성했던 사실을 일깨웠어. 크롬웰은 그의 말을 염두에 두고 있었고 후에 그가 의회를 해산하고 스스로 호민관 자리에 올랐을 때, 아버지에 대한 지원을 보장했다네.

스톤 총독은 복직되었어. 아버지는 그에게 호민관의 섭정 지지를 선포하고 판무관의 권한이 만료되었음을 선언하라고 지시했지. 클레이본과 베닛은 자신들의 병력을 소집하여 스톤을 다시 폐하고 그 자리에 프로비던스 출신의 청교도 윌리엄 풀러를 앉혔어. 아버지는 크롬웰에게 호소했고, 크롬웰은 베닛과 클레이본에게 정지 명령을 내렸어. 아버지는 스톤에게 병력을 일으켜 프로비던스에 있던 풀러를 진압하라고 지시했다네. 하지만 풀러의 화력이 더 우세했어. 그는 스톤의 부하들에

39) 버지니아, 펜실베이니아 등을 가리킨다.

게 구명을 약속하며 항복을 종용했지. 그러고는 그들을 항복시키자마자 스톤의 부관들 가운데 네 명을 그 자리에서 살해하고 중상을 입은 스톤은 감옥에 처넣었지. 그런 다음 풀러의 군사들이 국새를 강탈하고, 재산을 몰수하거나 약탈하고, 모든 가톨릭 신부들을 주에서 몰아냈어. 클레이본과 그의 군대는 판무관들에게 농장을 달라고 아우성쳤지. 하지만 그것은 모두 헛된 일이었어. 메릴랜드주는 1658년에 마침내 아버지에게 반환되었으니까. 그리고 주 정부는 조시아스 펜달에게 넘겨졌는데 그는 스톤이 투옥된 후 아버지가 그의 대리로 지명한 사람이었다네."

에브니저가 말했다. "하느님 감사합니다! 끝이 좋으면 모두 좋은 거죠!"

찰스가 대답했다. "끝이 나쁘기 때문에 모두 나쁜 셈이네. 왜냐하면 같은 해 펜달이 반역자로 돌변했으니까."

에브니저가 외쳤다. "정말 너무하는군요!"

"하지만 분명한 사실이야. 혹자는 그가 풀러와 클레이본의 꼭두각시에 불과했다고 하지. 설사 그렇더라도 크롬웰은 죽고 그의 아들은 나약한 인물이었기 때문에 펜달은 의회를 설득해서 영주로부터의 독립을 선언하게 만들고는 주의 모든 헌법을 폐지하고 아버지의 권한을 속속들이 찬탈했던 거야. 만약 얼마 후 찰스 2세가 왕위를 되찾지 않았다면 우리에겐 정말 불행한 시기가 도래할 뻔했지. 어떤 방법을 썼는지는 하늘만이 알겠지만 아버지는 어쨌든 찰스와 화해했고 모두 아버지의 정부를 지지할 것과 버지니아주의 버클리가 아버지를 도울 것을 지시하는 왕의 편지들을 얻어 냈다네. 필립 캘버트 숙부님이 총독으로 임명되었고 모든 음모는 수포로 돌아갔지."

에브니저가 물었다. "이것으로 당신의 시련이 모두 끝난 거겠죠?"

찰스가 인정했다. "한동안 반란은 일어나지 않았어. 1661년에 나는 총독이 되어 세인트메리즈로 왔다네. 그리고 1675년에 아버지가 돌아가셨을 때, 세 번째 볼티모어 경이 되었지. 그 시기 우리의 유일한 골칫거리라면 인디언들의 습격과 네덜란드인, 스웨덴인, 기타 다른 사람들이 '학테누스 인쿨타'라는 뻔한 수작으로 우리 땅을 강탈하려는 시도가 있을 뿐이었어. 네덜란드인들은 델라웨어강 유역에 불법으로 정착했고, 뉴암스텔의 총독 디노요사가 조나도족, 시나고족, 밍고족을 선동하여 우리에게 대항하도록 만들었지. 나는 그와 전쟁을 할까 생각했어. 하지만 (이미 내 특허장의 잡다한 특권들을 깨뜨린) 찰스 왕이 그 기회를 틈타 델라웨어 영토 전체를 강탈할까 두려워 그만두었지. 어쨌든 나는 1664년에 항의 한번 제대로 못 하고 그것을 그의 동생 요크 공작에게 잃었지만 말이야.

내가 볼티모어 경이 되던 해, 시나고족이(프랑스인들은 이들을 세네크족이라고 부른다네.) 서스키하노우족을 습격했고, 그들은 차례로 메릴랜드와 버지니아를 침략했다네. 뒤이은 폭동들은 버지니아에서 베이컨에게 반란을 일으킬 빌미를 주었고 메릴랜드도 이 때문에 민심이 흉흉했지. 얼마 전 나는 의회 불평분자들의 입에 재갈을 물리기 위해 참정권을 상류 계급의 시민들로 제한한 적이 있어. 그리고 선거를 새로 하는 위험을 피하기 위해 의회를 긴 회기 동안 잡아 두었지. 하지만 이것마저도 사안을 진정시키는 데 도움이 되지 않았어. 나의 적들은 사방팔방에서 나를 겨누고 있었다네. 심지어 클레이본마저 무대에 다시 등장했지. 여든이 훌쩍 넘은 나이였는데 말이야. 그는 다시 왕당파를 자처하며 왕에게 접근해 나를 모함했어. 다행히 아무 성과도 없었지. 그리고 오래지 않아 그 악당은 버지니아에서 죽었다네. 내게는 형언할 수 없을 정도로 기쁜 소식이었지."

에브니저가 말했다. "그 말을 들으니 저도 기쁩니다. 그 악당이 혹 영생불사의 몸을 가진 게 아닐까 걱정하고 있었거든요."

찰스의 이야기는 계속되었다. "나는 가톨릭 교도다, 왕의 세입을 횡령했다 뭐다 하는 온갖 죄목으로 기소되었다네. 냇 베이컨이 자신의 사병을 일으켜 버지니아의 버클리 총독을 공격했을 때는 데이비스와 페이트라는 한 쌍의 악당이 캘버트 카운티에서 비슷한 반란을 시도했어. 내 생각에 그들은 주 주변을 은밀히 배회하고 있던 배신자 풀러와 펜달의 사주를 받은 것 같아. 당시 나는 런던에 있었다네. 하지만 그 소식을 듣고 곧장 나의 대리인들을 시켜 그 둘을 교수하게 했지. 하지만 그 후 사 년이 안 되어 반역자 펜달은 다시 반란을 선동하기 위해 새로운 악당과 공모했어. 내가 지금 말하려는 인물이 바로 가짜 목사 존 쿠드인데 그는 빌 클레이본과 비교도 안 될 정도로 무서운 놈이었다네. 다행히 나는 그들의 속셈을 늦지 않게 간파했고 펜달을 평생 추방해 버렸어. 비록 쿠드는 의회의 공모로 교묘하게 법망을 뚫고 빠져나갔지만 말이야. 그리고 그것이 나중에 커다란 화근이 되고 말았지.

이 일이 있은 후 많은 시련들이 닥쳤다네. 1681년에 찰스 왕은 개인 빚을 청산하기 위해 윌리엄 펜에게 메릴랜드 북부의 커다란 지역을 하사했어. 그 퀘이커 교도놈의 비곗살이 지옥에서 불타 정제되기를! 그리고 곧 나는 그의 책략에 대항하여 북쪽 경계의 방어에 착수했지. 나의 특허장에는 메릴랜드의 북쪽 경계가 위도 40도라고 되어 있었다네. 나는 이미 서스키하노우족에 대항하여 그 위도선을 따라 작은 통나무 방책을 세워 놓은 지 오래였지. 펜은 그의 경계가 그 방책의 북쪽에 그어져야 한다는 데 동의했어. 그런데 그의 교부 증서에는 그것에 대한 언급이 전혀 되어 있지 않은 거야. 그 대신 어떤 법률가도 고개를 갸웃거리기 딱 좋을 허튼 소리만 나열되어 있었지. 펜은 자신의 계략을 뒷받침하기 위해 고장 난 육분의(六分儀)에다 사기꾼 측량 기사를 내세워 측량을 하고는 자신의 남쪽 경계가 내 방책에서 남쪽으로 13킬로미터가 될 거라고 선언했어. 그리고 내가 이 불법 행위에 대해 따지고 들까봐 온갖 구실을 대면서 우리를 회피했지. 결국 우리는 상호 측량을 제안해 그를 궁지로 몰아 넣었고 그는 계속해서 고장 난 육분의에 의존했다네. 우리가 정상적인 도구로 제대로 된 위치를 밝혀내자 그는 이번에는 내가 왕의 권위를 전복시키려 한다고 매도하더군. 그는 자기가 원하는 곳에 경계선을 그으려고 온갖 농간을 부리며 떼를 썼어. 위도 40도에서 97킬로미터라는 짧은 단위로 곳으로부터 북쪽을 측정하자, 당신의 남쪽 경계를 48킬로미터 낮추고 버지니아인들로부터 땅을 빼앗아라, 왓킨스 포인트에서 북으로 2도 위를 측정해라, 어쩌고저쩌고. 그래서 내가 '어째서 이런 식으로 측정을 하며 남의 땅을 빼앗는 거요? 어째서 육분의로 위도 40도를 찾고 깨끗하게 끝내지 않는 거요?' 하고 물었지. 그는 할 수 없이 합의했어. 하지만 만약 경계선이 자기가 원하는 곳의 북쪽에 그어진다면, 내가 그 사이에 위치한 땅을 자신에게 '신사'의 가격으로 팔아야 한다는 조건을 내걸었지."

에브니저가 말했다. "이해가 안 되는군요. 육분의니 위도니 정말 정신이 하나도 없어요."

찰스가 말했다. "사실은 펜이 자신의 무역 공동체에 맹세했었다는 거야. 그가 교부받은 땅이 만의 상류 지역을 포함한다고. 그래서 그 지역을 갖기로 결심한 거지. 다른 모든 것이 실패하자 그는 바로 이웃에 있던 자신의 친구 요크 공작과 더불어 음모를 꾸미기 시작했다네. 그리고 정말 대단히 유감스럽게도 공작이 왕관을 차지하고 제임스 2세가 되자 펜은 그를 꾀어 다시 '학테누스 인쿨타'의 유령을 불러냈고 델라웨어 영토 전체를 얻어 냈어. 그것은 그가 차지할 것도, 제임스가 하사할 것도 아니라 분명히 내 것이었는데 말일세.

단 일 분이라도 주를 적들 손에 남겨 두기가 불안했지만, 일이 이런 지경에까지 이르자 1684년에 런던으로 가서 펜의 음모에 대항하는 것 외에 내게는 다른 방도가 없었어. 게다가 나는 밀수입자가 왕의 항구세입을 갈취하도록 한동안 방치하고 왕의 세금 징수원을 제대로 돕지 못했다고 억울하게 기소되어, 거기에 대해 심지어 벌금까지 문 적도 있었네. 내가 런던을 향해 출항하자마자 세인트메리즈에 살던 나의 친척 조지 톨벗이 어떤 흉악한 짐승 같은 세금 징수원을 어쩌다 칼로 찔러 죽였어. 바보 같은 행동이었지. 나의 적들은 기회다 싶었겠지. 그들은 그가 공정한 재판을 받을 수 없도록 메릴랜드주 안에서 그를 재판하는 대신 당시 버지니아 총독이었던 에핑엄에게 인도했다네. 그건 그렇고 에핑엄은 후에 메릴랜드 전체가 자신에게 양도되도록 추밀원과 공모했지. 아무튼 내가 할 수 있는 거라곤 그의 목숨을 부지하게 해 주는 정도였어. 그런데 얼마 후 또 다른 세관 관리가 살해되었어. 이것과 앞서 일어난 사건 모두 사적인 싸움에서 기인한 것이었지만, 나의 적들은 이 두 사건을 한데 모아 덧칠해서 내가 왕에게 반역하려 했다고 모함했다네. 그러는 동안 펜은 나의 특허장 전문에 대하여 심문 영장[40] 소송을 시작했어. 나도, 왕위에 앉아 있던 그의 친구도 어떤 결과가 나올지 뻔히 알고 있었지. 그런데 공교롭게도 바로 그때 영국 백성들 스스로가, 말하자면 제임스왕에 대한 심문 영장 소송을 제기한 거야. 펜의 계획은 혁명에 의해 당분간 힘을 못 쓰게 되었지."

에브니저가 외쳤다. "정말 다행이군요."

찰스는 한숨을 쉬었다. "어쨌거나 나에게는 손해였어. 제임스가 왕위에 있을 때, 나의 적들은 내가 그에게 충성하지 않는다고 트집을 잡았지. 그런데 그가 유배되고 윌리엄이 영국

40) Quo warranto. 옛날 직권 특권 남용자에게 해명을 요구하기 위해 내는 영장.

에 상륙하자 그들은 내가 제임스와 마찬가지로 가톨릭 교도라는 걸 기억하고 싶어 했어. 게다가 이런 최악의 시기에 나의 어리석은 총독 대리는 의회에게 왕의 신성한 권리에 대한 자신의 신념을 선언해 버렸어. 가장 어리석은 짓은 메릴랜드의 총독 대리로서 가톨릭교도인 제임스의 아들의 탄생을 공식적으로 축하한 일이야!"

에브니저가 말했다. "정말 걱정이군요."

"윌리엄이 왕위를 차지한 순간 나는 당연히 메릴랜드 의회에 그를 지지하라는 언질을 주었어. 하지만 자연적인 원인에서였는지, 아니면 내가 의심하는 것처럼 내 적들의 악의에 의한 것이었는지는 모르지만, 그 심부름꾼이 배 위에서 죽었고 자연 그의 임무도 시신과 함께 수장되고 말았지. 그래서 메릴랜드는 버지니아와 뉴잉글랜드조차도 왕에 대한 지지를 선포한 마당에 혼자서 침묵을 지키는 꼴이 되었어. 나는 즉시 두 번째 심부름꾼을 보냈네. 해악은 퍼진 뒤였고 사람들은 '구교도 놈들!'이라고 욕을 하지 않으면 '제임스 2세파'라고 욕을 해 댔지. 이러한 불행으로도 모자라 1689년에 영국에 있던 적들이 내가 아일랜드에서 가지고 있던 법적인 권리를 박탈했어. 내가 그곳에서 제임스를 위해 윌리엄에게 반역을 저질렀다는 거야. 사실 나는 일생 동안 단 한 번도 아일랜드의 흙을 밟아 본 적이 없고 바로 그 순간에도 영국에 있으면서 내게서 메릴랜드를 강탈하려는 제임스와 펜의 책략에 공공연하게 맞서 싸우는 중이었는데 말이야! 가장 심한 것은 그해 3월에 9000명의 가톨릭교도들과 인디언들이 메릴랜드의 모든 신교도들을 살해하기 위해 쳐들어갈 거라는 소문을 퍼뜨린 일일세. 포토맥 강 어귀에 위치한 매타패니에 파견된 사람들이 강의 상류 지역에서 대학살에 대한 소문을 듣고 급히 그곳으로 달려갔더니 정착민들은 매타패니에서 소문으로 들었던 대학살에 대비하여 무장을 하고 있었어! 나의 친구들이 그것은 단지 근거 없는 공포이자 망상에 불과하다고 장담을 했음에도 불구하고 주 전체는 가톨릭교도들에 대항하여 무기를 들고 일어났다네."

"눈이 멀었군요, 눈이 멀었어!"

찰스가 말했다. "그렇다고 여기 런던의 반가톨릭 정서가 그곳보다 덜 심각했던 건 아닐세. 그래도 이 암울한 시기에 퀘이커 교도인 펜이 체포되어 예수회 신도로서 투옥된 일은 그나마 내게 유일한 기쁨이었지."

"정말이지 그건 저에게도 위안이 되는군요."

"음모가들이 마지막으로 할 일은 이제 최후의 일격을 가하는 일이었다네. 그리고 그들은 이것을 가짜 목사 쿠드의 지휘 아래 7월에 시행했지. 그는 세인트메리즈를 무장 병력으로 굴복시켰고 이 일로 장군으로 승진되었네. 그리고 그 자신이 한때 가톨릭이었음에도 불구하고 도시 전체가 항복할 때까지 '구교도 놈들'과 '예수회 놈들'을 외쳤어. 추밀원과 원장은 매타패니로 달아나 요새에 숨었다네. 쿠드 일파는 그들이 정부를 자기들에게 이양할 때까지 그곳을 포위 공격했지. 추밀원은 신교도의 동료라 자칭하며 윌리엄왕에게 직접 정부를 다시 빼앗아 달라고 간청했어!"

에브니저가 말했다. "틀림없이 윌리엄왕은 그놈의 목을 매달았겠죠."

묵주 알을 굴리며 고통스럽게 기도문을 외우듯 빠르고 두서없이 메릴랜드의 역사를 풀어놓던 찰스는 마치 이제서야 처음으로 방문객의 존재를 깨달은 것 같았다.

그는 가늘게 미소를 지었다. "친애하는 시인 양반, 윌리엄은 루이 왕과 전쟁을 하고 있었다네. 어쩌면 전쟁이 아메리카로까지 퍼질 수도 있다는 생각을 하면서도 그는 이러한 가능성에 대비하여 모든 식민지가 자신의 통제 아래 놓이기를 무엇보다도 바랐어. 둘째, 전쟁은 비용이 많이 드는 법이야. 내가 메릴랜드에서 거둬들이는 세입 정도면 자기 군사들에게 들어가는 임금을 보조할 수 있었지. 셋째, 그가 왕좌를 차지할 수 있었던 것은 반구교도 혁명 덕분이었어. 그런데 나는 구교도였지. 넷째, 메릴랜드 정부는 그에게 가톨릭과 인디언들의 압제로부터 자신들을 구해 달라고 애원하고 있었지."

에브니저가 외쳤다. "충분해요! 혹시 그가 메릴랜드를 빼앗은 건 아닌가요? 하지만 도대체 어떤 법률적인 권리로……."

찰스가 말했다. "아, 그건 정말 놀라울 정도로 합법적이었다네. 윌리엄은 법무장관에게 고지 영장[41]에 의해 소송을 걸도록 지시했어. 하지만 후에 그런 소송을 하는 데 많은 시간이 소요된다는 것과 국가의 재정 상태가 처참한 수준이라는 것과, 법정이 나에게 호의적으로 판결할 가능성도 배제할 수 없

41) Scire facias. 권석, 집행, 취소가 불가한 이유를 입증하도록 요구하는 고지 영장.

다는 것을 염두에 두고 홀트 재판장에게 덜 성가신 방법으로 내게서 메릴랜드를 빼앗을 방법을 찾아 달라고 요청했다네. 홀트는 한동안 곰곰이 생각하더니 결국 '군주가 원하는 것이 곧 법(jus est id quod principi placet)'임을 떠올렸어. 그런 다음 그는 대단히 엄숙하게 선언했지. 비록 적절한 심리를 거쳐 특허장을 몰수하는 것이 바람직하나 폐하의 말씀에 의하면 사안이 긴급하므로 심리 없이 우선 왕께서 즉시 통치권을 빼앗은 다음 조사는 나중으로 미룰 수 있으리라 생각한다고 말이야."

에브니저가 말했다. "저런, 그것은 마치 오늘 사형시키고 내일 죄를 재판하겠다는 거나 다름없군요."

찰스가 고개를 끄덕였다. "1691년 8월, 라이오넬 코플리 경이 영국의 직할 식민지 메릴랜드의 초대 왕명(王命) 총독이 되었다네." 그는 이야기를 마무리했다. "나의 지위는 신하들에 대한 생사 여탈권을 지닌 영주의 지위에서 내 개인 소유 면역지대와 외국 선박에 대한 톤당 14펜스의 항구세와 통당 1실링의 담배세 징수에 대한 권리만을 지닌 평범한 지주의 지위로 떨어졌지. 옥새관(玉璽官, the Privy Seal)의 위원들은 기특하게도 홀트의 결정에 반론을 제기했어. 그리고 사실상 사람들을 부추겨 심문 영장을 제출했을 때도 나에게 불리한 주장들은 증거 부족으로 무혐의 처리되었고 어떠한 판결도 내려지지 않았지. 하지만 윌리엄이 충분한 생각 없이 먼저 저지르고 본 것은 물론 정확히 이러한 상황을 예견했기 때문이었다네. 분명히 말하건대 그는 메릴랜드에 대한 생각을 바꾸지 않았고 남자가 자신의 애인을 끌어안듯 메릴랜드를 힘껏 포옹했지. 왜냐하면 어쨌든 '손에 쥔 사람이 임자나 다름없었고' 의회나 법전이나 법정이 모두 왕과 한통속이었으니까! '왕의 총애는 상속되지 않는다. 그리고 왕은 모든 것을 약속하고 자기가 원하는 것만 지킨다.'고 하잖아. 정말 맞는 얘기지."

에브니저가 덧붙였다. "그리고 '왕의 거위를 먹는 사람은 그 깃털에 목이 막히는 법이죠.'"

찰스가 불쾌한 듯 물었다. "뭐라고? 이보게, 지금 나를 조롱하는 건가? 메릴랜드가 언제는 왕의 거위인 적이 있었다고 생각하는 거야?"

에브니저가 서둘러 부인했다. "아닙니다, 아니에요! 각하께서 오해하신 겁니다. 저는 단지 '커다란 지참금은 가시나무 가득한 침대다.'라는 뜻으로 그 속담을 인용한 겁니다. 이런 말들이 있지 않습니까. '위대한 사람과 커다란 강은 나쁜 이웃이다.' 혹은 '왕의 관대함에는 축복과 더불어 불행도 섞여 있다.'"

"그걸로 충분해. 무슨 말인지 알겠네. 자, 그렇다면 여보게, 여기 메릴랜드가 있네. 자네는 그것이 「메릴랜디아드」에 적합하다고 생각하는가?"

에브니저가 대답했다. "솔직히 말씀드리면 그것은 예레미아드[42)]에 더 적합할 것 같습니다! 저는 당신이 방금 이야기해 주신 역사에서 벌어진 것과 같은 음모와 책략과 살인과 술수의 연속은 실제 삶에서도 책에서도 결코 만나 본 적이 없

---

42) Jeremiad. 바벨론에 의한 예루살렘과 성전의 파괴를 통탄하는 내용을 담은 구약성서의 '예레미아 애가'와 같은 슬픈 이야기를 의미한다.

습니다!"

찰스가 미소를 지었다. "그리고 그것이 아마 자네의 펜에 어떤 영감을 주었겠지?"

"아, 신이여! 각하께선 틀림없이 저를 어딘가 모자란 촌뜨기로 생각하실 겁니다. 2행 연구니 찬미가니 하는 거창한 계획을 가지고 당신 앞에 나타났으니 말입니다! 정말이지 죄송스럽기 짝이 없습니다. 저는 즉시 떠나겠습니다."

찰스가 말했다. "잠깐, 잠깐만 기다리게. 솔직히 말해 자네의 그 「메릴랜디아드」에 흥미가 아주 없는 것은 아니네."

에브니저가 말했다. "아뇨, 그저 제 잘못을 꾸짖어 주십시오."

찰스가 말했다. "나는 늙은 사람이네. 살날이 얼마 남지 않았어."

"그럴 리가요!"

찰스가 고집했다. "아니, 그건 분명한 사실일세. 내 인생의 전성기, 아니 그 이상을 나는 번영하고 훌륭히 다스려지는 메릴랜드의 제단 위에 올려놓았네. 그것은 나의 아버지가 나에게, 또 당신의 아버지가 당신에게 경작하고 개선시키라며 물려준 것이었지. 나 역시 그것을 잘 다스려, 더 비옥하고 더 부유한 영토로 나의 아들에게 물려주기를 꿈꾸었다네."

"아, 눈물이 납니다!"

찰스의 말은 계속되었다. "그리고 나는 이제 늙었고 그것이 가능하지 않다는 걸 알고 있네. 게다가 장시간 항해를 하기에는 나이도 너무 많고 몸도 허약하지. 그래서 나는 여기 영국에서 죽어야 한다네. 내 마음속에서 아내만큼이나 소중한 그 땅을 다시는 보지 못한 채 말이야. 그 소중한 땅을 다른 사람이 빼앗고 능욕했다는 사실이 내겐 천추의 한으로 남아 있네. 헬레네의 납치와 강간이 메넬라우스에게 그랬던 것처럼 말일세."

에브니저는 손수건에 코를 조심스럽게 풀면서 울었다. "더 이상 견딜 수가 없습니다!"

찰스가 결론을 내렸다. "나는 아무런 권한도 없네. 이전처럼 작위나 칭호를 수여할 수도 없어. 하지만 이것만은 단언할 수 있네, 쿠크 군. 서둘러 메릴랜드로 가게나. 그 역사를 마음속에서부터 지워 버리고 그곳의 비할 데 없는 미덕들을 바라보게. 그들을 연구하고 눈여겨보게! 그런 다음 가능하다면 자네가 본 것을 시로 옮기게. 거기에 가락을 붙이고 세상 사람들이 모두 듣도록 연주해 주게! 나에게 그런 시를 지어 주게, 에벤 쿠크. 시간도 음모도 빼앗아 갈 수 없는 나의 메릴랜드를 만들어 주게. 내가 나의 아들과 나의 아들의 아들과 세상의 모든 세대들에게 물려줄 수 있는 그런 메릴랜드를 만들어 주게! 나에게 그 노래를 불러 주게. 그러면 맹세코 찰스 캘버트와 아름다움과 정의를 사랑하는 모든 기독교인들의 눈과 마음에 자네는 진정 메릴랜드주의 계관시인으로 남을 걸세! 그리고 그 소문이 퍼진다면(비록 지금은 가능성이 희박해 보인다 하더라도 나는 밤마다 성모 마리아와 모든 성인들에게 기도할 걸세, 언젠가는 형편이 바뀌고 나의 소중한 주가 다시 한번 본래의 영주의 품으로 돌아올 걸세.), 그러면 맹세코 나는 자네에게 그 칭호를 수여하겠네. 양피지 위에 적어 공단 리본으로 장식하고 내가 직접 서명한 후 메릴랜드의 인장을 꾹 눌러서는 입을 딱 벌리고 바라보는 세상 사람들에게 떡 하니 보여 줄 거란 말일세."

에브니저는 너무도 가슴이 벅차올라 아무 말도 할 수 없었다.

찰스의 말이 계속되었다. "그사이에 괜찮다면 나는 최소한 자네에게 시를 의뢰할 수는 있을 것이네. 아니, 차라리 내가 자네에게 계관시인 위임장의 초안을 써 주는 게 더 낫겠어. 그리고 신이 언젠가 나에게 메릴랜드를 다시 돌려주신다면 그것은 바로 오늘 날짜로 소급될 것일세."

"세상에! 제가 지금 꿈을 꾸고 있는 것은 아니겠지요?"

찰스는 시종을 시켜 종이와 잉크와 깃펜을 가져왔다. 그리고 위엄 있는 언어에 익숙해져 있는 사람의 분위기로 다음과 같은 내용을 빠르게 써 내려갔다.

> 메릴랜드주와 아발론주의 절대적인 영주인 볼티모어 남작 찰스는 본인이 믿고 아끼는 쿠크포인트 소재 도싯 카운티의 신사 에브니저 쿠크에게 이르노니, 상기한 나의 주 메릴랜드의 다양한 미덕들이 운문으로 쓰여 대대손손 전해지는 것이 본인이 바라는 바이고 또한 본인은 그대가 그 임무에 필요한 재능을 갖추고 있음을 확신하는 바, 본인은 그대가, 본인이 그대에 대해 품고 있는 믿음에 부응하여 메릴랜드주민들의 상냥함, 그들의 좋은 혈통과 훌륭한 주거지들, 메릴랜드 법의 위엄, 메릴랜드 여관의 안락함 등등을 묘사하는 그러한 서사시를 지어 줄 것을 바라고 명하며 이 목적을 위해 본인은 그대를 상기한 메릴랜드

주의 계관시인으로 임명하고 칭한다. 상기 메릴랜드주를 본인이 통치한 지 십팔 년째 되는 해인 서기 1694년 3월 28일 런던에서 위와 같이 선언하노라.

그는 완성된 초안을 에브니저에게 건네면서 외쳤다. "자, 잘 해 보게! 이제 됐어. 자네의 순조로운 항해를 기원하네."

에브니저는 위임장을 읽고는 볼티모어 경 앞에 몸을 던져 무릎을 꿇고 감사하는 마음으로 그 유명 인사의 외투 단에 입을 맞췄다. 그런 다음 입 속으로 무언가를 중얼거리며 문서를 주머니 속에 넣었고, 비틀거리며 그 자리에서 일어나서는 그 저택으로부터 도망치듯 빠져나왔다. 그리고 분주한 런던의 거리 속으로 휩쓸려 들어갔다.

11 에브니저가 그의 친구들에게 돌아가고 그들 가운데 한 명이 없어진 사실을 발견하다. 자신이 떠남으로써 일행의 수를 한 명 더 줄이다. 상념에 잠기다

"로케츠로!" 에브니저가 마부에게 외쳤다. 그리고 관리를 잘못해 사지 관절이 어긋난 꼭두각시처럼 허청거리며 마차 안으로 뛰어들었다. 동료들이 산기슭에서 우물쭈물하는 동안, 자신은 이토록 빨리 파나수스 산 정상을 눈앞에 두다니! 그는 자신의 위임장을 꺼내 들고 귀에 달콤하게 들려오는 말 '계관시인'과 메릴랜드의 탁월함을 열거한 부분을 다시 읊조렸다.

그는 한껏 들떠서 중얼거렸다. "사랑스러운 땅! 노래를 배태한 땅! 그대의 산파가 간다!"

이런 표현은 기록해 둘 만한 가치가 있겠는걸, 하고 그는 생각했다. 예를 들어 산파(deliverer)라는 단어는 산파와 구세주라는 이중의 의미를 가지고 있잖아. 그는 입을 맞춘 후 코트 안에 잘 넣어 둔 볼티모어의 위임장 외에는 아무런 필기도구를 지니고 있지 않은 것이 내심 아쉬웠다.

그는 결심했다. "공책을 한 권 사야겠어. 그렇게 아름다운 야생화를 꺾지 않고 내버려 둔다는 건 애석한 일이야. 이제 나는 나 자신의 기쁨만을 생각해서는 안 돼. 왜냐하면 계관시인은 세상 사람들 모두의 것이니까."

마차는 로케츠에 곧 도착했다. 에브니저는 마부에게 대금을 치른 후, 허둥지둥 그곳으로 들어가 내기가 있던 밤 이후로 만나지 못했던 친구들을 찾았다. 그러나 일단 안으로 들어오자 자신의 변화된 처지를 염두에 두면서 좀 더 느긋하고 위엄 있는 걸음걸이를 가장했다. 그리고 손님들로 붐비는 테이블 사이를 뚫고 지나가 친구들이 앉아 있는 곳으로 다가갔다.

딕 메리웨더가 그를 처음 발견하고 짐짓 큰 소리로 말했다. "아니! 이봐 자네들, 누가 지금 이리로 오고 있는지 좀 보라고! 내가 술을 너무 많이 마신 건가, 아니면 정말로 내 눈앞에 무덤에서 일어난 나사로가 서 있는 건가?"

톰 트렌트가 거들었다. "어떻게 된 건가? 봄바람 덕에 녹은 건가, 응? 나는 자네가 영원히 굳어 버린 줄 알았네만."

벤 올리버가 한쪽 눈을 찡긋하며 이죽거렸다. "녹았다고? 아냐, 톰, 불같은 사랑에 빠진 남자가 어떻게 얼어 버릴 수가 있단 말인가? 내 짐작으로는 내기가 있던 날 밤 벌어졌던 엄청난 마상 창시합 때문에 완전히 녹초가 되었다가 이제서야 겨우 기력을 회복한 것 같은데. 오늘은 신청자 모두를 접수하기 위해 다시 돌아온 거고."

"벤, 적당히 해 두게." 톰 트렌트가 퉁을 놓았다. 그리고 옆에 있던 존 메키보이를 힐끗 쳐다보았다. 그러나 메키보이는 완전히 넋을 놓고 에브니저를 주시하느라 그 말을 미처 듣지 못한 것 같았다. "친구끼리 그런 사소한 일에 꽁해 있을 건 또 뭔가."

벤은 굽히지 않았다. "아냐, 아냐, 당사자로부터 직접 이야기를 듣는 것보다 더 즐겁고 유익한 일이 어디 있겠나? 이쪽으로 오게, 에브니저. 우리랑 거하게 술이나 한잔 마시고 처음부터 끝까지 솔직하게 이야기해 주게. 남자 대 남자로서 말이야. 자네는 자네랑 함께 잔 조안 토스트에 대해 어떻게 생각하나? 내 말은, 그녀가 침대에서 어땠느냐 말일세. 자네가 5기니라는 거금을 내놓고는 본전을 뽑을 요량으로 얼마나 무시무시한 짓을 요구했길래 그 후 자네나 그녀나 모두 코빼기도 안 보였느냐 말이야? 이런 세상에, 정말 대단한 남자야!"

에브니저가 자리에 앉으면서 시원하게 말했다. "자네의 그 사악한 혓바닥 좀 붙들어 매게. 자네들도 나만큼 사건의 전말을 알고 있잖아."

벤이 외쳤다. "하! 저렇게 용감할 수가! 뭐야, 자네는 매춘부가 자네를 비웃는데도 아무런 설명이나 변명도 하지 않겠다는 건가?"

에브니저는 어깨를 으쓱했다. "그녀는 곧 위대해질 거니까."

톰 트렌트가 외쳤다. "세상에! 용감한 답변을 하는 이 낯선 이는 누구인가? 나는 이 사람의 얼굴을 알고 목소리도 알지만 맹세코 그는 옛날의 에벤 쿠크가 아니로다!"

딕 메리웨더가 맞장구쳤다. "그래. 이 사람은 허풍이 대단한 사기꾼이야. 내가 알던 쿠크는 유들유들한 것과는 거리가 먼 아주 수줍음 많은 친구였어. 그리고 말장난에는 전혀 재주가 없었지. 당신 혹시 그의 행방을 알고 있소?" 그가 에브니저에게 물었다.

"그래." 에브니저가 미소를 지었다. "나는 그를 잘 알고 있네. 홀로 그가 죽는 걸 지켜보았고 또 그를 위해 만가(輓歌)를 시었으니까."

"그렇다면 선생, 도대체 무엇이 그의 목숨을 앗아간 거요?" 벤 올리버가 지금의 황당한 기분에서 끄집어낼 수 있는 최대한의 냉소를 날리며 말했다. "보답 없는 사랑의 고통 때문인가?"

에브니저가 대답했다. "사실을 말하자면 이렇다네. 그는 내기를 건 그날 밤, 출산을 하다가 죽었어. 하지만 자신이 겪은 고통이 산통(産痛) 때문이라는 것을 알지 못했지. 그는 어린 시절부터 배 속에 태아를 지니고 있었고, 게다가 보기 드물게 늦게 해산했기 때문에 더욱 격심한 산통을 겪어야 했다네. 그럼에도 불구하고 그가 능력 있는 산파를 만난 것은 세상 사람들의 복이었어. 그 산파는 바로 자네들 앞에 서 있는 남자를 완전히 성장한 상태로 분만시켰거든."

딕 메리웨더가 볼멘소리로 말했다. "이런! 나는 햄프턴궁의 미로 정원 같은 비유 속에서 자네를 깨끗이 놓치고 말았네그려! 괜찮다면 한 문장만이라도 문자 그대로 말해 주게. 그리고 죽음이니 산파니 등등의 알레고리가 도대체 무엇을 의미하는지 알기 쉽게 풀어놓아 보게."

에브니저는 미소를 지었다. "그러지. 하지만 나는 조안 토스트도 이리 와서 내 말을 들었으면 하네. 자신도 모르게 산파 역할을 맡은 것은 바로 그녀였으니까 말일세. 메키보이, 그녀를 데려오게나. 내가 자네나 그녀에게 악의를 품고 있지 않다는 걸 온 세상이 알도록 말일세. 비록 자네는 악의에서 행동했을지 모르겠지만 '정원에서 자라는 많은 것들 가운데 원래 그곳에 심겨져 있지 않았던 것들도 있다.'라는 속담도 있지 않은가. 게다가 '사람의 행운은 그를 시기하는 사람들에 의해 만들어진다.'라는 말도 있고. 확실히 그렇다네. 자네의 못된 짓 덕분에 내가 꿈꿔 왔던 것 이상의 열매를 맺었어! 자네 언젠가 내게 말했었지? 내가 인생에 대해 아무것도 모른다고 말이야. 어쩌면 그건 사실일지도 몰라. 하지만 자네는 이것 역시 인정해야 할 거야. '현명한 사람들이 한 걸음 내딛기조차 주저하는 곳을 바보들은 돌진해 들어간다.'는 것, 그리고 '성은 폭풍에 의해 무너질 수 있어도, 결코 포위에 함락되지는 않는다.'는 것 말일세. 사실 내게 놀라운 소식이 있어. 그녀를 불러 주겠나?"

에브니저가 술집에 나타난 후로 아무 말 없이, 심지어 뚱한 표정으로 앉아 있던 메키보이가 에브니저의 이 말에 자리에서 벌떡 일어나더니 거칠게 내뱉었다. "당신이 직접 불러 내든지, 빌어먹을!" 그리고는 대단히 못마땅한 표정으로 그곳을 떠났다.

에브니저가 물었다. "저 친구 왜 저러지? 내게 상처 줄 요량이었는데 그것이 오히려 행운으로 변한 게 억울해서 그러나? 나는 그저 공손하게 부탁했을 뿐이야. 조안의 행방을 알았다면 내가 직접 그녀를 데려왔을 거라고."

벤 올리버가 말했다. "아마 그렇지는 않을 거야."

"그게 무슨 말이지?"

톰 트렌트가 물었다. "자네는 방금 전에 우리가 한 얘기를 못 들은 건가? 지난 사흘 동안 우리는 조안의 머리카락도 보지 못했다고."

에브니저가 말했다. "자네가 나를 조롱하는 줄 알았네. 그녀가 정말 어디로 사라지기라도 했다는 말인가?"

딕이 확인해 주었다. "그래. 그 매춘부는 시야에서 완전히 사라졌어. 메키보이도 다른 누구도 그것에 대해 전혀 아는 바가 없네. 그녀를 마지막으로 본 것은 내기 다음 날이었네. 그녀는 무서울 정도로 안절부절하고 있었지."

벤이 끼어들었다. "우리가 말을 걸기도 불가능할 정도였어."

딕이 말을 이었다. "우리는 그것을 토라진 것으로 여겼지. 왜냐하면 자네가⋯⋯ 그러니까 말하자면⋯⋯."

벤은 끝까지 이죽거릴 기회를 놓치지 않고 냉큼 말을 받았다. “그녀는 정직한 사람이 내놓은 4기니를 조롱했어. 그리고 대신 누군가로부터 돈 한 푼 안 되는 설교를 들어야 했지.”

“그래, 바로 에브니저 쿠크로부터 말이야.” 자신이 계관시인이 되었다는 소식을 입이 근질근질하여 더 이상 속에 담아 두고 있을 수가 없던 에브니저가 서둘러 대신 마무리 지었다. “그리고 그는 바로 오늘 볼티모어 경에 의해 메릴랜드주 계관시인으로 임명되었다네! 그러니까 자네들은 그 이후로 그 여잘 보지 못했다, 그 말이지?”

하지만 그 질문을 귀담아듣는 사람은 아무도 없었다. 그들은 서로 시선을 교환하다가 에브니저를 쳐다보았다.

“뭐라고!”

“아니!”

“그게 사실인가? 자네가 메릴랜드의 계관시인이야?”

“그래.” 에브니저가 시인했다. 자신이 계관시인으로 ‘임명되었다’고 했지만 그는 오해를 해명하기에는 너무 늦었다고 여겼다. “나는 며칠 내로 배를 타고 아메리카로 떠날 걸세. 내가 태어난 곳의 영지도 관리해야 하고 볼티모어 경의 분부에 따라 식민지 계관시인으로서의 임무를 다해야지.”

톰 트렌트가 놀라움을 표명하며 물었다. “위임장이다 뭐다 모두 갖고 있는 건가?”

에브니저는 주저하지 않고 대답했다. “계관시인의 임무는 위임장에 쓰여 있네. 하지만 나는 이미 그에게 시를 지어 주기로 약속했어.” 그는 짐짓 주머니를 뒤지는 척하다가 외투 안에서 그 문서를 꺼내 놓았다. 그리고 효과를 극대화하기 위해 그것을 모두에게 돌렸다.

톰이 대단히 감명을 받은 듯 말했다. "세상에, 정말이군!"

딕이 거들었다. "메릴랜드의 계관시인! 정말 충격적인걸!"

벤도 가세했다. "솔직히 나는 그게 가능하다고 생각지 않았어. 하지만 잘해 보게! 자, 여기 한잔 받게, 계관시인 나리! 이봐, 거기 바텐더, 여기 맥주 좀 돌려! 자, 톰! 여어, 딕! 축배를 드세, 자! 내가 그러고 싶네." 그는 에브니저의 어깨에 팔을 두르고 계속해서 말했다. "더 초라한 사람이라면 앙심을 품었을 테지만 에벤은 언제나 내 조롱을 관대하게 받아 주었으니까 말이야. 자네를 위해 축배를 드는 건 굉장한 영광일세, 친구. 제발 내가 술을 사게 해 주게. 그러면 나는 자네가 재능만큼이나 아량 또한 대단하다고 여기겠네."

에브니저가 말했다. "자네의 칭찬을 듣고 보니 더욱 우쭐해지는걸. 나는 자네가 아첨꾼과는 거리가 멀다는 걸 잘 알고 있으니까 말이야. 암, 대단히 멀고말고. 건배하세. 그리고 자네의 만수무강을 비네!"

이때 급사가 1파인트들이의 맥주를 가져왔고 네 사람은 모두 잔을 들었다.

벤이 탁자 위로 뛰어올라가 누구에게랄 것도 없이 소리쳤다. "어이 거기, 술고래들과 엉터리 시인들! 자네들의 한담은 잠시 집어치우고 이 집 지붕 아래서 술고래 노릇을 한 이래 가장 근사한 축배를 들자고!"

에브니저가 벤의 외투를 잡아당기며 말렸다. "그만두게, 벤!"

"어디 들어 보자고!" 단골 손님들 몇몇이 외쳤다. 벤은 그들 사이에서 인기가 좋았다.

누군가가 외쳤다. "저 말라깽이 한량을 탁자 위로 끌어올리고 잔을 들게!"

"이리로 올려!" 벤의 명령이 이어졌고 에브니저는 자신의 의사와 상관없이 탁자 위로 끌어올려졌다.

"에브니저 쿠크가 오래오래 건강하게 살면서 훌륭한 재능을 발휘하기를!" 벤의 제안에 따라 홀 안의 모든 사람들이 잔을 들어 올렸다. "우리 시시한 수탉들이 거들먹거리고 허풍 떠는 데 정력을 낭비하고 있을 때, 그는 초연한 듯 앉아 자신의 잠재력을 계발했고 하찮은 성취를 두고 목에 힘주지 않았으며 자신이 독수리라는 걸 알고는 안마당의 암탉들은 조금도 신경 쓰지 않았지. 그래서 우리 나머지 수탉들이 근거 없는 시기심에 거름 더미나 뒤채고 있는 동안, 그는 날개를 펼치고 아무도 알 수 없는 저 높은 둥지를 향해 비상했다네! 자, 나는 여러분께 에브니저 쿠크를 소개하네. 그는 과거 모든 사람들의 조롱과 희롱의 대상이었지만(나만큼 그를 놀린 사람은 없을 걸.) 오늘은 메릴랜드주의 계관시인이라네!"

사람들이 너도나도 웅성거리기 시작했고 곧 정중하게 축하의 박수를 보냈다. 그것은 포도주처럼 에브니저를 취하게 했다. 태어나 처음 경험하는 일이었기 때문이다.

그는 사람들에게 잠긴 목소리로 말했다. "감사합니다. 더 이상 말을 할 수가 없군요!"

"조용! 조용히!"

누군가 요청했다. "시를 한 수 읊어 주시오!"

“옳소, 시 한 수를!”

에브니저는 감정을 추스르고는 사람들의 아우성을 몸짓으로 진정시켰다. “아니오, 뮤즈는 술집에서 술 한잔 얻어먹기 위해 노래하는 가수가 아니라오. 게다가 지금 내겐 어떤 시구도 떠오르지 않소. 여기는 건배를 위한 장소이지 시를 위한 장소가 아니오. 대신 여러분께서 나의 관대한 후원자 볼티모어를 위한 건배에 동참해 주시면 매우 기쁘겠소.”

잔 몇 개가 들어 올려졌지만 많지는 않았다. 런던에서는 반가톨릭 정서가 고조되어 있었기 때문이다.

에브니저는 사람들의 반응이 시원치 않음을 감지하고 덧붙였다. “그리고 메릴랜드의 뮤즈를 위해!” 그의 노력을 가상히 여기는 듯 몇 개의 잔이 추가되었다.

“예술 가운데 가장 아름다운 시를 위해!” 더욱 많은 잔들이 합세했다. “그리고 이 술집의 모든 시인과 좋은 친구들을 위해 건배! 왜냐하면 이 술집의 손님들만큼 유쾌하고 재능 있는 사람들은 지구상에 없을 테니까!”

“옳소!” 군중은 환호했고 한 남자를 위해 단숨에 잔을 비웠다.

에브니저가 마침내 자기 방으로 돌아온 것은 자정이 다되어서였다. 그는 아무 대답 없는 버트랜드의 이름을 헛되이 불러 댔고 취해 비틀거리며 옷을 벗기 시작했다. 그는 여전히 성취감에 젖어 있었다. 하지만 로케츠의 소란스러움에 비해 방이 너무나 고요했던 탓인지, 아니면 아침에 떠날 때 그대로인 너저분한 침대와 나흘 동안의 절망으로 인해 온통 헝클어지고 더럽혀진 침구의 불쾌한 광경 탓인지, 아니면 좀 더 포착하기 어려운 작인(作人) 탓인지는 모르지만 왠지 그의 명랑한 기분도 벗겨지는 옷과 더불어 사라지는 것같이 느껴졌다. 이윽고 신발과 바지와 셔츠와 가발을 벗어 던지고 수염도 머리카락도 없이 태어날 때의 알몸 그대로 방 한가운데 서자 마음은 허전해지고 눈은 맥이 풀리고 태도는 확신을 잃었다. 생애 거의 최초라 할 수 있는 큰 도박에서 엄청난 성공을 거둔 것은 새록새록 되새기고 싶을 만큼 여전히 그를 흥분시켰지만 그것은 이제 더 이상 전적으로 기분 좋은 흥분만은 아니었다. 배가 살살 아픈 것 같았다. 찰스가 그에게 얘기한 메릴랜드의 역사가 그의 기억에 악몽처럼 다가왔다. 그는 램프 불을 끄고는 신선한 공기를 마시기 위해 허겁지겁 창가로 갔다.

늦은 시간임에도 런던은 사람들의 움직임으로 여전히 부산스러웠다. 그의 주변을 감싸고 있는 어둠을 뚫고 주정뱅이의 고함 소리, 마차 몰이꾼의 욕설, 매춘부들의 웃음소리, 말의 울음소리가 간간이 들려왔다. 템스강 변의 물기 먹은 봄바람이 그의 코끝까지 실려 왔다. 저 멀리 강변에서는 닻이 올려지고, 돛들이 돛대에서 펴져 제자리를 잡고, 방위가 파악되고, 수심이 측량되고, 마침내 거무스레한 배들이 썰물을 타고 어둠을 머금은 해협으로 미끄러지듯 나아가고 있었다. 배들은 그곳에서 다시 망망대해로 나아가 달빛을 받은 파도에 몸을 뒤채며 이리 굼실 저리 굼실 할 것이었다. 잠 못 이루는 거대한 피조물들이 깊은 바닷속을 휘젓고 다녔다. 창백한 바닷새들은 밤바람을 가르며 선회하다가 날카로운 울음소리를 뽑아내거나 기세 좋게 불어오는 바람을 맞으며 힘겹게 비행했다. 저 멀리 별들 아래 어디엔가 정말로 메릴랜드라는 땅이 있어 지금 이 순간에도 그것의 긴 모래 해안에 검푸른 파도가 거품을 일으키며 부딪히고 있다는 걸 누가 짐작이나 할 수 있을까? 바로 이 순간, 어쩌면 벌거숭이 인디언이 사냥감을 찾아 갈대가 무성한 모래 언덕을 헤매거나 나뭇잎 서걱거리는 숲 속에 난 작은 길을 따라 몰래 사냥감의 뒤를 밟고 있을지도 모른다는 걸 누가 짐작이나 할까?

에브니저는 창문에서 몸을 돌리며 진저리를 쳤다. 그리고 재빨리 커튼을 쳤다. 위가 극도로 거북했다. 그는 침대 위에 누워 잠을 청했다. 하지만 잠은 좀처럼 오지 않았다. 근육이 쑤시고 수면 부족으로 눈이 화끈거리기 시작한 지 오랜 시간이 흐른 뒤에도, 자신이 대담하게 찰스 캘버트를 알현했던 일과 뒤이어 벌어진 모든 일들에 대한 상념들이 그를 떠나지 않았다. 윌리엄 클레이본, 리처드 잉글, 윌리엄 펜, 조시아스 펜달, 그리고 존 쿠드의 환영들, 그들의 이상하고 지칠 줄 모르는 힘, 그들의 음모와 반란 들 때문에 그는 한기가 돌고 구토가 치밀었다. 하지만 그들은 그의 상념 속에서 좀처럼 밀려나려 하지 않았다. 게다가 그는 자신의 새로운 칭호를 기억하고 소리 내 불러 보는 것을 그만둘 수가 없었다. 비록 그러한 반복이 그 칭호가 가지는 즐거움과 의미를 박탈하고 소리들의 악몽 같은 연속만을 남겨 놓았지만. 입에 침이 흥건히 고였다. 금방이라도 앓아누울 것만 같았다. '메릴랜드주의 계관시인!' 이제 되돌린다는 건 불가능하다. 저기 밤의 어둠 너머에 메릴랜드와 그의 유일한 필생의 운명이 그를 기다리고 있었다.

"아, 신이여!" 그는 결국 울음을 터뜨렸다. 그리고 온몸의 땀구멍으로 식은땀을 밀어내며 침대에서 뛰쳐나왔다. 그는 실내용 변기로 달려가 뚜껑을 팽개쳐 버리고 몇 번의 헛구역질 끝에 로케츠에서 마셨던 승리의 포도주를 모두 게워 냈다. 일단 게워 내고 나자 다소 진정되는 듯했다. 그는 침대로 돌아가 울렁거리는 위장을 진정시키기 위해 무릎을 가슴팍에 부여안았다. 그런 다음 안달하고 번민하며 수도 없이 한숨을 내쉰 후에야 겨우 눈을 붙일 수 있었다.

2부

몰든으로 가다

1 계관시인이 공책을 얻다

밤새도록 계관시인의 축축한 의식을 무겁게 짓누르며 휴식을 방해하던 형체를 알 수 없는 두려움과 의심도, 다음 날 아침 런던 하늘에 태양이 떠오르자 템스강의 안개와 더불어 흔적 없이 사라져 버렸다. 그는 9시에 가뿐한 몸과 가벼운 마음으로 잠에서 깨어났다. 그리고 지난밤의 사건들과 자신의 새로운 지위를 유쾌하게 기억해 냈다.

그는 침대에서 벌떡 일어나며 시종을 불렀다. "버트랜드! 이봐, 버트랜드! 거기 있나?"

옆방에 있던 시종이 즉시 주인 앞에 나타났다.

"잘 주무셨습니까, 주인님?"

"순진무구한 아기처럼 잘 잤지. 얼마나 좋은 아침인가! 날아갈 것처럼 기분이 좋군!"

"지난밤 주인님이 구토하는 소리를 들은 것 같은데 괜찮으세요?"

에브니저가 가볍게 대꾸했다. "이런, 그건 아마 로케츠에서 마신 시큼한 맥주 때문일 테지. 아니면 에일맥주든지. 저기 저 셔츠를 가져다줘. 그래, 고마워. 흠, 새로 다림질한 리넨만큼 좋은 건 없어. 상쾌한 냄새에 깨끗한 느낌까지."

"주인님께서 이렇게 괜찮아지시다니 놀랍군요. 그렇게 뒤척이며 끙끙대시더니!"

"그래?" 에브니저가 웃으며 느긋하게 옷을 입기 시작했다. "아니, 그것들 말고. 오늘은 면실로 뜬 옷을 입을 거야. 끙끙댔다고 했나? 틀림없이 지나가는 악몽 탓일 거야. 기억에는 전혀 없지만. 아무튼 의사나 신부님을 불러올 만한 일은 아니라고."

버트랜드가 몹시 놀라며 외쳤다. "신부님이라고요! 그렇다면 그들의 말이 모두 사실이군요."

"그럴지도 모르고 아닐 수도 있지만 '그들'이라니 대체 누구를 말하는 거야? 그리고 그들이 대체 무슨 이야기를 했는데?"

버트랜드가 입심 좋게 대답했다. "사람들이 그러는데요, 주인님이 볼티모어 경에게 고용되었다면서요? 헌데 그는 온 세상 사람들이 다 아는 유명한 가톨릭 신자잖아요. 그래서 당신이 로마 가톨릭으로 개종하는 조건으로 주인님께 일자리를 주었다는 소문이에요."

에브니저는 믿을 수 없다는 듯이 시종을 바라보았다. "세상에! 그런 야비한 중상모략이 있나! 어디서 그런 말을 들은 거야?"

버트랜드가 얼굴을 붉혔다. "용서하세요, 주인님. 뭐, 이미 아시고 계시겠지만 제가 비록 총각으로 혼자 살고 있긴 해도 여자들에게 관심이 전혀 없는 건 아니거든요. 그리고 솔직히 말씀드리면 저와 아래층의 젊은 여자는 이를테면 그 무엇이냐……."

"통정을 하고 있다 이 말이지?" 에브니저가 짜증스럽게 말을 잘랐다. "내가 그걸 모를 거라 생각해? 이 불한당 같으니. 너희 둘이 밤새도록 네 방에서 요란하게 뒹구는 소리를 못 들었는 줄 알아? 너는 내가 잠들었을 거라 생각했겠지? 정말이지 죽은 사람도 깨울 수 있을 만큼 시끄러웠다고! 내가 토악질하는 소리에 네가 지난밤 한 시간 정도 잠을 설쳤다 해도 너 때문에 내가 못 잔 거에 비하면 그건 백분의 일도 안 돼. 그래, 이런 터무니없이 황당무계한 이야기를 네놈에게 말한 사람이 그 여자인가?"

버트랜드가 시인했다. "예. 하지만 그녀가 지어낸 이야기는 아닙니다요."

"그렇다면 그게 어디서 나온 얘기란 말이야? 이봐, 요점을 말해! 시인이 어떤 명예를 수락하기 위해 시기심 많은 사람들의 근거 없는 중상모략을 견뎌야 하고 별 뜻 없이 신부님이라는 말을 좀 했기로 시종에게 구교도라는 욕을 들어야 한다면 정말 기막힌 일 아닌가!"

버트랜드가 말했다. "용서하십시오. 트집을 잡으려던 게 아니라 그저 염려가 되었을 뿐입니다. 저는 당신의 적들이 당신에 대해 뭐라고 찧고 까부는지 알려 드리는 것이 제 의무라고 생각했습지요. 사실은요, 주인님, 저의 베시가, 그러니까 그녀는 열정적이고 상냥한 계집인데 불행하게도 이미 결혼을 했거든요. 그것도 자기의 야망과 구두쇠 노릇에 쏟는 것 외에 다른 열정이라고는 눈곱만큼도 없는 무미건조하고 차가운 녀석하고요. 비록 그놈은 듬직한 아들처럼 돈푼깨나 꼬박꼬박 집으로 가져옵니다만 동전만큼이나 애무에도 인색하죠. 돈 모으는 일에 얼마나 열심인지 낮에는 세관 서기의 견습사원으로 일하고 밤에도 짬을 내 로케츠에서 깽깽이 연주가로 일한단 말입니다. 아이가 생겼을 때를 대비해 밑천을 마련해 놓아야 한다나요? 하지만 제기랄, 그것은 시간적으로도 육체적으로도 엄청난 부담이 되는 일이죠. 그놈은 자기 마누라 볼 짬 한번 제대로 못 내고 있다고요. 어쩌다 얼굴을 본다 해도 침대 노동에 쓸 만한 여력이 있겠어요? 결국 가엾은 베시는 혼자서 긴긴 밤을 남편의 손길을 그리며 안달을 하는데, 그녀의 남편 랄프는 씨 뿌릴 생각은 안 하면서 맺힐 열매를 대비해 돈을 모으고 있으니 이런 상황을 그냥 보고만 있는 것은 죄스러운 낭비가 아니겠습니까? 그래서 정직한 사마리아인처럼 저는 두 사람 모두를 위해 제가 할 수 있는 일을 한 겁니다. 랄프는 깽깽이를 켜고 저는 베시의 몸을 켠다, 이 말이지요."

"이 악당, 뭐라고? 너희 둘 모두! 남편 몰래 바람을 피우다니 정말 대단한 호의를 베풀었군그래! 대단한 파렴치한들이야!"

"아, 그 반대입죠, 주인님. 이렇게 말해도 될지는 모르겠습니다만 저는 그에게 이중의 은혜를 베푼 겁니다요. 왜냐하면 저는 그가 게으른 탓에 묵혀 둔 밭에 쟁기질을 했을 뿐만 아니라 씨를 뿌리기까지 했으니까요. 그리고 모든 정황으로 미루어 볼 때 풍작이 예상됩니다. 이보세요, 주인님, 저를 욕하시기 전에 일단 제 말을 한번 들어 보세요. 그 녀석은 이전엔 노동과 보답 없는 고역 외에는 아무것도 몰랐어요. 그리고 돈푼이나 모으는 재미 말고는 아무런 기쁨도 느끼지 못했단 말입니다. 그는 파김치가 되어 집으로 돌아옵니다. 그녀는 애정이 부족하니 어쩌니 투덜대고 앙앙대다 결국 그와 헤어지려 하지요. 하지만 그녀가 떠나는 것은 그에겐 죽음이나 진배없습니다. 자, 그는 이전보다 더 열심히 일합니다. 공작새처럼 우쭐해서요. 자기 아들이 마누라 배 속에서 한창 크고 있거든요. 그리고 서기 노릇과 깽깽이 연주가 노릇은 단순하고 힘겨운 노동에서 당당한 오락으로 변합니다. 베시로 말하자면 예전에는 습관처럼 짖어 대거나 남편에게 바가지를 긁곤 했는데 지금은 막대 사탕처럼 달콤하게 변해서는 그의 모든 변덕과 기분을 일일이 맞춰 준답니다. 그녀는 요크 공작이 꼬신다 해도 그의 곁을 떠나지 않을 겁니다. 남편과 아내가 모두 그 때문에 행복해졌단 말이죠."

"그리고 너는 돈 한 푼 안 드는 정부를 둔 덕에 부자가 되겠지." 에브니저가 덧붙였다. "그리고 그녀에게는 아주 당당하게 사생아의 가정을 만들어 줄 거고!"

버트랜드는 주인의 넥타이를 바로잡아 주면서 어깨를 으쓱했다.

그는 인정했다. "공교롭게도 그렇게 되었네요. 비록 선행은 보답받기 마련이라는 말이 생각나지만요."

에브니저가 힐문했다. "그렇다면 마누라 간수 못한 이 깽깽이 연주가 놈이 그 이야기를 시작했단 말이야? 그 비열한 놈을 법정으로 끌고 가겠어!"

"아뇨, 그는 그것을 로케츠의 술꾼들한테서 들었다네요. 축하주를 마시고 당신이 그곳을 떠난 후에요. 그리고 지난밤 그 소문을 베시에게 옮겼고 베시는 오늘 아침 저에게 옮긴 것뿐이라고요."

에브니저가 외쳤다. "그런 식으로 질투심과 악의를 품다니 정말 수치를 모르는 사람들이군! 너도 그 말을 믿는 거야?"

"글쎄요, 주인님. 당신이 어떤 교파를 따르든 그건 제가 상관할 바가 아니지요. 솔직히 말씀드리자면 저는 베시의 말을 듣고 궁금했어요. 지난밤 당신이 가슴을 쥐어뜯으며 끙끙대던 것이 모두 당신과 당신의 양심 사이에서 벌어진 난투 때문인지, 아니면 어떤 이상한 천주교 의식을 집행한 건지 말이에요. 저는 그들이 하루 매 시간마다 그런 이상한 의식을 한다는 걸 알고 있거든요. 저는 미신적인 맹세 정도로 그런 좋은 자리를 얻을 수 있다면 그건 단연코 남는 장사라고 생각해요. 이르든 늦든 우리는 모두 세상과 흥정을 해야 하거든요. 모든 것에는 제각각 가격이 붙어 있기 마련인데 당신은 그 자리를 그리 비싼 가격에 산 건 아니지요. 볼티모어 경이든 다른 예수교 회원이든 당신의 마음속을 들여다볼 수 없는 한 말입니다. 당신은 그저 그가 원할 때마다 수리수리 마하수리 하며 주문을 외워 주면 되거든요. 그 외의 세상 사람들로서는 당신이 어떤 지위를 차지하든지, 혹은 그것을 얻기 위해 당신이 무슨 대가를 지불했는지는 전혀 상관할 바가 아니지요. 주인님은 그저 잠자코 계셔요. 그저 임금이나 받아 챙기시고 교황이나 세상은 아예 무시해 버리시라고요."

에브니저가 말했다. "맙소사, 도대체 무슨 말을 하는 거야! 맹세하는데 버트랜드, 나는 볼티모어 경과 어떤 거래도 하지 않았어. 보상이니 뭐니 흥정하지도 않았고. 나는 지난주와 마찬가지로 지금도 가톨릭교도가 아냐. 그리고 임금이라는 말이 나왔으니 하는 말인데 나의 직책은 무보수라고."

버트랜드는 다 이해한다는 듯 고개를 주억거렸다. "누군가 그에 대해 묻는다면 그렇게 대답하는 게 가장 무난할 겁니다."

"이것은 순전한 사실이야! 그러므로 나는 계관시인으로 임명된 일을 비밀로 하기는커녕 오히려 그것을 모든 사람들에게 알릴 작정이라고. 물론 겸손의 범위 내에서 말이야."

버트랜드가 경고했다. "아, 그랬다간 분명 후회하실 겁니다. 당신이 그 직책을 공표하고 나면 그것을 얻기 위해 가톨릭으로 개종했다는 사실을 부인해 봐야 소용없습니다. 세상 사람들은 그저 저 좋은 대로 믿기 마련이니까요."

"그렇다면 그들은 중상과 악의와 터무니없는 주장 외에는 아무것도 받아들이려 하지 않는다는 거야?"

버트랜드가 말했다. "뭐, 그렇게 터무니없는 주장은 아니지요. 물론 저는 그게 사실이라고 믿지도 않습니다만. 어쨌든 '전쟁과 법안과 선포보다 비밀스러운 악수가 더 많은 역사를 만들어 낸다.'는 말도 있지 않습니까."

에브니저가 짜증스럽게 소리를 질렀다. "아냐! 그런 중상

모략은 평범한 사람들이 재능 있는 사람들에게 대항하는 무기에 지나지 않아. 로케츠의 그 건달들은 스스로를 위로하기 위해 나를 중상하는 거라고! 누군가 잘되면 그 뒤에 반드시 어떤 음모가 도사리고 있다고 믿는 너의 그 냉소 철학은 말이야, 내 생각엔 근거 없는 망상에다 편협한 정신의 표식에 불과해. 자기들을 제외한 모든 세상 사람들이 모종의 극적인 사건이나 비밀스럽고 자극적인 일들에 연루되어 있다고 보는 거지."

버트랜드가 말했다. "철학이니 뭐니 저는 전혀 아는 바가 없습니다. 저는 그저 그들이 뭐라고 말했는지를 말씀드릴 뿐이에요."

"정말로 말도 안 되는 헛소리로군! 맙소사, 런던은 아주 지긋지긋해! 내 여행용 가발을 가져와, 버트랜드. 이곳에서는 더 이상 단 하루도 머물러 있을 수가 없어!"

"어디로 가실 겁니까?"

"오후 마차를 타고 플리머스로 갈 거야. 잊지 말고 내 여행 가방을 꾸려서 마차에 실어 놓도록 해, 알겠나? 제기랄, 이런 부도덕한 도시에서 어떻게 하룻밤을 더 견디겠냔 말이야?"

버트랜드가 물었다. "그렇게 빨리 플리머스로 가십니까?"

"빠를수록 좋아. 다른 일자리는 구했어?"

"안타깝지만 못 구했어요. 베시 말에 의하면 지금은 일자리를 찾기에 좋은 시기가 아니래요. 그리고 제가 아무 자리나 얻을 수는 없고요."

"아, 뭐 그렇게 크게 문제 될 건 없어. 이 방들은 4월 말까지 임대가 되어 있어. 그러니 네가 자유롭게 사용해도 돼. 내가 네 임금을 미리 지불한 데다 만약 네가 내 짐들을 시간 맞춰 플리머스행 마차에 실어 놓으면 너에게 5실링짜리 은화를 하나 더 줄 요량이야."

"고맙습니다, 주인님. 저는 맹세코 당신이 안 떠나시길 바랍니다만, 틀림없이 늦지 않게 잘 실어 놓겠습니다. 믿으셔도 돼요. 아, 당신보다 더 친절한 주인은 정말 쉽게 찾지 못할 겁니다!"

에브니저가 미소를 지었다. "너는 좋은 친구야, 버트랜드. 여비가 빠듯하지 않았다면 널 메릴랜드로 함께 데려갔을 텐데."

"정말이지 저는 곰이나 야만인은 내키지가 않습니다요, 주인님! 그리고 괜찮으시다면 전 뒤에 남아 베시로부터 당신을 잃은 슬픔을 위로받을 겁니다."

에브니저가 떠나면서 말했다. "자, 행운을 빌어. 네 아들이 키가 크고 건장한 녀석이길 빌게. 난 이곳으로 다시 오지는 않을 거야. 아침나절을 여행 중 사용할 공책을 사는 데 쓸 생각이니까. 역참(驛站)에서 널 만나게 될지도 모르겠군."

"그러면 좋은 하루 되십시오," 버트랜드가 말했다. "그리고 안녕히 가세요."

친구들의 배신과 중상 때문에 짜증스러웠던 기분은 일단 문을 나서자 어디론가 사라져 버렸다. 사람들의 어리석은 질투 따위에 연연하기에는 날씨가 너무나 화창했고 그의 기분도 한껏 고조되어 있었다. "편협한 생각은 편협한 사람들 몫으로 남겨 두라지." 그는 혼자서 중얼거렸고 곧 그 일을 잊어버렸다.

훨씬 더 중요한 것은 목전의 볼일이었다. 공책 한 권을 고르고 구입해야 했다. 전날 그가 미래 세대들을 위해 적어 놓았으면 했던 멋진 표현들은 이미 그의 기억에서 사라지고 없었다. 시간이 지남에 따라 얼마나 많은 훌륭한 글귀들이 마치 사랑스러운 여인들이 방에 잠시 머물렀다 가 버리는 것처럼 마음속에 머물렀다 곧 사라져 버렸겠는가? 그런 일이 더 이상 생겨서는 안 된다. 엉터리 시인들과 이따금 재미 삼아 시구 몇 줄 끼적이는 사람들은 예고 없이 찾아오는 영감을 기다리며 기록과 진부한 책들을 비웃으라지. 성숙하고 헌신적인 예술가는 결코 그런 실수를 하지 않아. 상상력의 주 광맥에서 채굴한 모든 보석들을 모아 두었다가 짬이 날 때면 더 저급한 돌들에서 다이아몬드를 정선해 내곤 하니까.

그는 페이터노스터 거리에 있는 '까마귀의 흔적'이라는 상점에 들어섰다. 이곳은 인쇄업자이자 서적상이자 문구상인 벤저민 브래그라는 인물이 운영하는 문구점으로, 그와 그의 친구들 가운데 많은 사람들이 자주 이용하는 곳이자 문사들에 관한 여러 다양한 소문들이 모이는 장소였다. 훌쭉한 몸매에 반짝이는 눈동자에 달콤한 목소리를 가진 사십 대의 작은 남자로 남색가라는 소문이 있는 브래그 본인은 사실상 런던에서 문학을 합네 하는 사람들은 모두 알고 있었다. 결국은 평범한 장사꾼일 뿐이었지만 많은 사람들이 그의 호의를 얻기 위해 애썼다. 몇 년 전 이곳 주인과 고객들을 처음 소개받았지만 그 이후로도 쭉 에브니저는 이곳에만 오면 맘이 영 편치가 않았다. 바로 어제까지만 해도 다른 모든 것에 대해 그랬듯 자신의 재능에 대해서도 언제나 두 가지 이상의 생각을 가지고 있던 탓이다. 즉 한편으로는 자신이 맹인 존 밀턴 이래 가장 위대한 재능을 타고나 홀로 문학의 정상에 우뚝 설 운명이라고 (머리칼이 쭈뼛 설 정도로 흥분에 떨며! 영감에 젖어 황홀해하며!) 자신하면서도 다른 한편으로는 자신은 천부적인 자질은 커녕 평범한 재능마저 모자라며 다른 많은 사람들처럼 어수룩하고 실수투성이에 재치도 없이 허울만 그럴듯한 사람이라고 (침울이라는 수렁에 빠져 있을 때마다, 아무런 시흥도 일어나지 않아 공허함을 느낄 때마다, 심각한 마비의 순간마다) 똑같이 확신했던 것이다. 그런데 브래그의 점포를 방문하여 그곳 고객들의 확신에 찬 태도를 맞닥뜨리게 되면 그는 단번에 운동 박약에다 언어 박약의 상태로 위축되어 버렸고 비록 다른 상황에서라면 다른 손님들의 영리함을 자신에게 유리한 쪽으로 설명할 수 있었을 것을 이곳에서는 단 한 번의 예외도 없이 후자 쪽 의견으로 기울어지곤 했다. 어쨌든 에브니저는 자신의 커다란 불안감을 수줍음이라는 가면으로 가장하는 버릇이 있었고 브래그는 그런 그를 별로 주목하는 법이 없었다.

그러나 이번엔 달랐다. 에브니저가 그곳에 들어가 점원에게 공책 몇 권을 보여 달라고 예의 바르게 요구하자, 맨머리의 키 작은 손님과 잡담을 나누던 브래그는 그 손님을 두고 자기 쪽으로 와서 점원 대신 손수 시중들려 했던 것이다. 에브니저는 대단히 흡족한 기분이 되었다.

그가 외쳤다. "친애하는 쿠크 씨! 당신의 영예에 대한 저의 축하를 꼭 받아 주세요!"

에브니저가 짐짓 겸손하게 미소 지으며 말했다. "뭐라고? 오, 그것 말이군. 어떻게 그렇게 빨리 소식을 들은 건가?"

브래그가 새된 목소리로 빠르게 지껄였다. "빠르다니요! 런던에서는 온통 그 얘기뿐인데요! 저는 어제 친애하는 올리버로부터 그 소식을 들었는데, 오늘도 다른 많은 사람들이 그 이야기를 하더군요. 메릴랜드의 계관시인이라니! 자, 말해 줘요." 그는 신중하게 순진함을 가장하여 물었다. "사람들 말처럼 볼티모어 경으로부터 임명받은 건가요, 아니면 왕으로부터 임명받은 건가요? 벤 올리버는 볼티모어가 임명한 거라고 단언하면서 자기는 퀘이커 교도가 되어 윌리엄 펜이라는 놈을 찾아 펜실베이니아로 간다나요!"

에브니저가 냉정하게 대답했다. "내게 계관시인이라는 지위를 준 사람은 볼티모어 경이네. 그는 비록 로마 가톨릭교이지만 대단히 교양 있는 신사이고 시에 대한 놀라운 식견을 가지고 있지."

브래그가 동의했다. "분명히 그럴 테지요. 저는 그분을 한 번도 만나 본 적이 없지만. 제발, 선생, 그가 어떻게 당신의 작품을 알게 되었는지 말해 주세요. 우리는 모두 당신의 시를 읽고 싶어 안달하고 있지만 당신이 출판한 시를 도무지 찾을 수가 있어야 말이지요. 솔직히 말씀드리면 저는 당신이 시를 쓴다는 사실조차 모르고 있었답니다!"

에브니저가 말했다. "자기 집을 사랑한다고 해서 여자에게 하듯 자기 집 들보를 올라탈 수는 없는 법 아니겠나. 또한 어떤 사람의 시가 모든 여관에서 낭독되지 않고 그의 창작물이 런던교 위에 떨어진 밤〔栗〕처럼 뭇사람들에게 밟히도록 인쇄되어 나오지 않았다고 해서 그 사람을 시인이 아니라고 할 수는 없지."

브래그가 손뼉을 치면서 팔짝팔짝 뛰며 깔깔 웃었다. "말씀 한번 잘했습니다! 오, 정말 신랄한 표현이군요! 당신이 방금 한 말이 로케츠의 모든 테이블에서 앞으로 이 주일 동안은 두고두고 회자될 겁니다! 아, 아, 세상에, 정말 대가로서 손색이 없으셔!" 그는 손수건으로 눈두덩을 가볍게 두드렸다. "지나치게 캐묻는 감이 없지 않지만 말씀해 주시겠습니까, 쿠크 씨? 볼티모어 경이 윌리엄왕과 메릴랜드 총독에게 당신을 계관시인으로 추천하는 형식으로 된 겁니까, 아니면 볼티모어가 여전히 공직을 만들고 누군가를 임명할 수 있는 권한을 가지고 있는 겁니까, 어젯밤 이곳에서 그 문제에 대해 약간의 논쟁이 있었기에 드리는 질문입니다만."

에브니저가 쓰게 말했다. "아마 그런 것 같군. 내가 그것을 놓친 것은 행운인 듯싶어. 그러니까 자네는 지금 볼티모어 경이 의도적으로 자신의 권한에서 벗어나 자기 것이라고 주장할 수도 없는 권리를 행사했을 거라 말하고 싶은 건가?"

브래그가 눈을 둥그렇게 뜨며 외쳤다. "오, 하느님 맙소사! 저는 맹세코 무례를 범하려던 게 아닙니다. 그저 정중한 질문이었어요!"

"그렇다고 해 두지. 이제 이런 질문들은 그만두게. 계속하다간 플리머스로 가는 마차를 놓치겠어. 공책이나 몇 권 보여 주겠나?"

"그럼요, 즉시 보여 드리죠! 어떤 종류의 공책을 마음에 두고 계시나요?"

에브니저가 브래그의 말을 반복했다. "어떤 종류의? 그렇다면 공책에도 종류가 있단 말인가? 모르겠군. 상관없네. 어떤 종류든 상관없을 거야. 그저 기록을 하려는 것뿐이니까."

"긴 글이요, 손님, 아니면 짧은 글이요?"

"뭐라고? 질문하고는! 내가 어떻게 알겠나? 아마 둘 다겠지!"

"아, 그렇다면 당신은 이 길고 짧은 글을 집에서 쓰실 겁니까, 아니면 여행 중에 쓰실 겁니까?"

"아니, 그게 당신에게 무슨 차이가 있지? 아마 둘 다겠지. 그저 평범한 공책이기만 하면 된단 말일세."

"자, 자, 참으세요. 저는 그저 고객의 필요에 꼭 맞는 것만 팔고 싶어 이러는 거니까요. '자신이 필요로 하는 것을 아는 사람만이 자신이 원하는 것을 얻는다.'는 말도 있잖아요. 하지만 자신의 마음을 모르는 사람은 언제나 갈피를 못 잡고 괜히 아무 죄도 없는 세상 탓만 하기 마련이거든요."

에브니저가 짜증이 배어나는 목소리로 잘라 말했다. "부탁이니 문자 쓰는 일은 그 정도로 해 두게. 내게 길거나 짧은 글을 기록하는 데 적합하고 집에서나 여행 중에 쓰기에 모두 적합한 공책을 한 권 팔게. 그리고 이걸로 끝내자고."

브래그가 말했다. "아주 좋습니다, 손님. 하지만 아주 사소한 것 하나를 더 알아야겠습니다."

"맙소사, 이건 마치 케임브리지 입학시험 같군! 그래, 이번엔 또 뭔가?"

"당신은 집에 있든 여행 중이든 언제나 책상에 앉아 기록하는 게 습관입니까, 아니면 산책 중이든 마차를 타고 있는 중이든 쉬는 중이든 간에 머리에 생각이 떠오를 때마다 즉시 적어 두는 편입니까? 만약 후자라면 당신은 사람들이 보는 데서는 결코 펜을 안 드는 편입니까, 아니면 사람들이 보건 말건 원하는 곳에서 쓰는 편입니까? 만약 후자라면 당신은 사람들이 당신을, 말하자면, 세상과 사랑에 빠져 있는 사람이라고 생각하기를 바라십니까? 이를테면 제프리 초서나 윌리엄 셰익스피어 같은 사람 말이지요. 아니면 차라리 당신을 이 불완전한 세상에 대해서는 조금도 관심이 없고 언제나 영혼의 영원한 아름다움에만 시선을 고정시키고 있는 금욕적인 사람이라고 여기길 원하십니까? 이를테면 플라톤이나 존 던 경[43] 같은 사람 말입니다. 저는 이것을 반드시 알아야 합니다."

에브니저는 주먹으로 계산대를 내리쳤다. "이 빌어먹을 놈아, 이제 보니 너는 지금 나를 완전히 갖고 놀고 있구나! 나를 바보로 만들겠다고 저기 저 신사와 내기라도 했느냐? 군인이 병기를 찾고 선원이 항해 도구를 찾듯 내가 내 직업에 필요한 도구를 찾아 이곳에 온 것은 구역질이 날 만큼 넌더리가 나는 말장난과 위선을 피해 런던에서의 마지막 아침을 조용히 보내기 위해서였어. 하지만 이곳에서도 피신처를 찾을 수 없다니. 맹세코 나는 네로의 사자들조차도 순교자들이 기도하며 의지

43) John Donne(1572~1631년), 17세기에 활동한 영국의 형이상학파 시인이며 성직자.

를 단련하는 지하 감옥에는 들어갈 수 없었고 그 불쌍한 사람들이 완전히 경기장에 들어설 때까지 배고픔을 참아야 했다고 생각하는데 말이야. 자네는 황무지에서의 삶을 목전에 둔 내게 그런 자그마한 위안조차 거부할 생각인가?"

브래그가 억울하다는 듯 항변했다. "참으세요, 손님. 제발 참으세요. 그리고 저기 저 신사분을 오해하지 마세요. 저도 전혀 모르는 사람이니까요."

"좋아. 그렇다면 즉시 자네 꿍꿍이를 밝히고 내게 금욕주의적 성향과 향락주의적 성향을 모두 지니고 있는 시인이 쓸 만한 평범한 공책을 한 권 팔게."

브래그가 단언했다. "제가 원하는 것도 바로 그것입니다. 하지만 저는 당신이 2절판을 원하는지 4절판을 원하는지 알아야겠습니다. 참고로 말씀드리자면 2절판은 시인들에게 좋습니다. 대개 시 한 수 전체를 한 면에 배치할 수 있기 때문에 보기가 편하죠."

에브니저가 동의했다. "상당히 일리 있는 말이군. 2절판으로 하세."

"반면에 4절판은 휴대하기가 좀 더 편하죠. 특히 걷거나 말을 타고 있을 때 안성맞춤이랍니다."

에브니저가 수긍했다. "맞아, 그렇군."

"마찬가지로 마분지 제본은 값이 싼 대신 좀 단순한 감이 있죠. 가죽 제본은 여행할 때 들고 다니기엔 번거로워도 손에 들었을 때 일단 느낌이 좋고 한 권 소지하고 있으면 뿌듯합니다. 그뿐입니까, 종이 종류에도 괘선이 있는 것과 없는 것 두

가지가 있습니다. 괘선이 없는 것을 사용하면 세속적인 제약에서 벗어나 자유롭게 공상할 수 있고 서체 크기나 모양에 신경 쓰지 않아도 되며 글을 쓰고 나면 보기도 좋지요. 반면 괘선이 있는 것을 사용하면 시간을 절약할 수 있고 마차나 배를 타고 있을 때도 별 어려움 없이 필기할 수 있으며 글자들을 아주 깔끔하게 정돈할 수 있습니다. 마지막으로 휴대하기 편하지만 금방 다 써 버린다는 것이 흠인 얇은 것을 선택할 수도 있고, 가지고 여행하기에는 성가시지만 한 권 안에 수년간의 생각들을 차곡차곡 저장할 수 있는 두꺼운 것을 선택하실 수도 있죠. 자, 계관시인께서는 이들 가운데 어떤 것을 선택하시겠습니까?"

"이런 빌어먹을! 정신이 하나도 없군! 여덟 가지 유형의 평범한 공책이라고?"

브래그가 자랑스럽게 말했다. "열여섯 가지지요, 열여섯 가지. 그러니까 당신은,

얇고 괘선 없는 마분지 제본 2절판
얇고 괘선 없는 마분지 제본 4절판
얇고 괘선 없는 가죽 제본 2절판
얇고 괘선 있는 마분지 제본 2절판
두껍고 괘선 없는 마분지 제본 2절판
얇고 괘선 없는 가죽 제본 4절판
얇고 괘선 있는 마분지 제본 4절판
두껍고 괘선 없는 마분지 제본 4절판
얇고 괘선 있는 가죽 제본 2절판

두껍고 괘선 있는 마분지 제본 2절판
두껍고 괘선 없는 가죽 제본 2절판
얇고 괘선 있는 가죽 제본 4절판
두껍고 괘선 있는 마분지 제본 4절판
두껍고 괘선 없는 가죽 제본 4절판
두껍고 괘선 있는 가죽 제본 2절판,
두껍고 괘선 있는 가죽 제본 4절판 가운데서 고르시면 됩니다."

에브니가 고개를 저으며 외쳤다. "그만! 이건 함정이야!"

"제가 한 말씀 더 드리자면 지금부터 일주일 내로 이곳에 멋진 모로코 가죽이 도착할 겁니다. 그리고 필요하시다면 제가 가지고 있는 것보다 더 고급스럽거나 더 저렴한 수준의 종이를 구해 드릴 수도 있습니다."

에브니저가 단검을 뽑으며 소리쳤다. "덤벼라, 이 남색가야! 네가 죽든지 내가 죽든지 끝장을 보자. 네가 그 사악한 혓바닥으로 또 다른 선택을 요구하면 어차피 나는 끝장이니까!"

인쇄업자가 비명을 지르며 계산대 밑으로 몸을 숨겼다. "진정하세요! 진정하세요!(Peace! Peace!)"

에브니저가 위협했다. "내가 널 칼로 찌르면 우리는 정말로 평화를 얻게 되겠지(Peace Peace we'll have do I reach thee). 또한 열여섯 가지(pieces) 외에 더 이상의 선택 사항은 없을 거야!"

이들의 대화를 흥미 있게 듣고 있던 맨머리의 키 작은 손님이 가게 맞은편에서 이쪽으로 다가와 에브니저의 단검 손잡이에 손을 올려놓으며 말렸다. "잠깐만요, 계관시인 나리. 분노를 가라앉히세요. 이러다간 계관시인 지위고 뭐고 다 날아가겠습니다."

"어? 아, 분명히 그럴 테죠." 에브니저는 한숨을 쉬었다. 그리고 머쓱해져서는 칼을 다시 칼집에 꽂았다. "전투를 하는 건 군인의 임무죠, 그렇죠? 시인의 임무는 그것을 노래하는 거고요. 하지만 대체 누가 자신의 이성을 지키기 위해 싸우려 하지 않겠소?"

그 낯선 인물이 되받아쳤다. "그리고 대체 누가 자신을 이성적이라고 부를 수 있겠습니까? 만약 그가 하찮은 상점 주인 하나 때문에 무기를 꺼내들 정도로 흥분한다면 말입니다. 내가 옳게 보았다면 당신의 고민은 여기에 있소. 그러니까 이 모든 공책들이 제각기 장점을 가지고 있지만 그렇다고 완벽하게 적당한 건 없다는 거죠. 당신이 원하는 것 자체가 서로 모순되니까요."

에브니저가 인정했다. "정확히 보았소."

"그렇다면 이 불쌍한 놈이 당신에게 많은 선택 사항들을 제시한 것은 결코 그의 잘못은 아니라고 생각지 않습니까? 당신은 그를 욕하기보다는 칭찬해야 하오. 당신의 분노는 잠시 접어 두시오. '분노는 어리석음으로 시작해 후회로 끝나는' 법이죠. 그로 인해 부자들은 욕을 먹고 가난한 자들은 경멸을 당하는 거요. 그리고 문제를 해결하기는커녕 오히려 악화시키죠. 차라리 이성이라는 친절한 빛을 따르시오. 그것은 마치 북극성처럼 현명한 키잡이가 사나운 열정의 바다를 헤쳐 나가 안전하게 항구에 도착할 수 있도록 이끄니까요."

에브니저가 말했다. "당신 덕분에 진정이 좀 되는군요. 두려워 말고 나오게, 벤 브래그. 난 다시 이성을 찾았으니까."

브래그가 계산대 아래에서 다시 나타나며 소리쳤다. "맙소사, 무슨 시인이 이렇게 다혈질이랍니까!"

"용서해 주게."

낯선 손님이 말했다. "자, 그래야 좋은 친구지! '분노는 현명한 사람들의 마음을 노리지만 오직 바보들의 마음속에서만 안식한다.'는 말도 있지 않소. 이성의 목소리 외에는 다른 어떤 목소리에도 귀를 기울이지 마시오."

에브니저가 말했다. "좋은 충고요. 인정하오. 하지만 솔직히 나는 이해가 되지 않소. 솔로몬조차도 반대 의견들을 화해시키거나 평범한 책을 고급스럽게 만들거나 두꺼운 책을 얇게 만들지는 못할 거요. 아퀴나스의 모든 논리를 동원해도 해결할 수 없는 문제란 말이오!"

낯선 손님이 미소를 지으며 말했다. "그렇다면 그를 넘어서 아리스토텔레스를 보세요. 그리고 양극단이 존재하는 곳에서 언제나 중용을 추구하시오. 이성은 '절충하라.'고 요구합니다. 쿠크 씨, 절충하시오. 자 그럼, 안녕히."

에브니저가 미처 고맙다는 인사를 하기도 전에 남자는 그 말만 남긴 채 떠났다. 에브니저는 그의 이름도 알아 두지 못했다.

그는 브래그에게 물었다. "저 신사는 누군가?"

브래그가 대답했다. "피터 세이어라는 사람이지요. 방금 저에게 인쇄를 몇 장 맡겼습니다만 그 이상은 저도 모릅니다."

"저자는 런던 토박이가 아냐. 내 장담하지. 정말 현명한 친구로군!"

인쇄업자가 한숨을 쉬었다. "그리고 가발도 안 쓰고 맨머리로 다니지요! 그의 충고에 대해 어떻게 생각하시죠?"

에브니저가 단언했다. "대법원의 판결만큼이나 가치가 있지. 그리고 난 그것을 당장 집행할 작정이네. 내게 너무 두껍지도 너무 얇지도, 너무 크지도 너무 작지도, 너무 단순하지도 너무 화려하지도 않은 공책을 가져다주게. 처음부터 끝까지 중용을 따를 거야!"

브래그가 곤란한 듯 말했다. "용서하세요, 손님. 저는 이미 제가 가지고 있는 물품들의 목록을 모두 말씀드렸습니다. 그리고 거기엔 중용이란 것은 존재하지 않아요. 하지만 제 생각엔 책 한 권을 사서 그것을 용도에 맞게 변경하면 될 것 같네요."

세이어가 나간 문 쪽을 신경질적으로 바라보며 에브니저가 물었다. "이봐, 도대체 언제까지 이런 서적 제작에 관한 강의를 들어야 하지?"

브래그가 간청했다. "진정하세요, 진정하세요! 이성의 목소리를 기억하세요."

에브니저가 말했다. "좋아, 그렇다면 할 수 없지. '장사에는 각각 전문이 있는 법'이라고 이성이 말하는군. 여기 공책과 그것을 변경하는 데에 들일 1파운드가 있네. 즉시 착수하게. 또한 자네는 단 한순간이라도 이성의 북극성에서 시선을 떼지 않도록 하게."

브래그가 돈을 주머니에 넣으면서 대답했다. "잘 알겠습니다, 손님. 그런데 긴 것은 짧게 자를 수 있지만 짧은 것은 길게 늘릴 수가 없고, 두꺼운 책은 얇게 만들 수 있지만 얇은 것은 두껍게 만들지 못하는 게 논리적으로 당연한 것 아니겠습니까?"

에브니저가 동의했다. "어느 누구도 자네에게 아니라고 말하지 못할 걸세."

브래그가 화려하고 두껍고 괘선 없는 가죽 2절판을 선반에서 꺼내며 말했다. "그렇다면 우리는 이렇게 크고 뚱뚱한 친구를 데려와서 이렇게 넓게 펴 놓고는 그 녀석에게 '절충'을 종용해야겠군요!" 그는 그 공책을 계산대 위에 납작하게 펴 누르고는 어림잡아 몇 장을 찢었다.

에브니저가 외쳤다. "어이, 잠깐!"

에브니저의 말을 철저히 무시하며 브래그가 계속해서 말했다. "그런 다음 이성의 말에 의하면 멋진 외투는 닳으면 초라해지지만, 초라한 외투가 멋진 외투로 변할 수는 없는 법이니 우리는 그냥 이 모로코 가죽을 여기저기 절충시키기로 하지요." 그는 종이 자르는 칼로 가죽 장정을 마구 찍고 자르며 흠집을 냈다.

"이봐, 멈춰! 맙소사, 내 공책!"

브래그는 종이 자르는 칼을 깃펜과 잉크 병으로 교환하며 계속했다. "속지에 대해 말하자면 이성을 안내자로 삼아 마음이 내키는 대로 선을 그려 주면 되겠죠. 자, 우선, 비스듬히." 그는 여섯 페이지 정도에 걸쳐 무분별하게 사선을 그어 댔다.

"이번엔 세로로." 그는 다시 여섯 페이지 정도에 대중 없이 세로 줄을 그었다. "혹은 그냥 내키는 대로!" 그는 내처 모든 페이지에다 아무렇게나 낙서를 했다.

"이런 제기랄! 내 돈!"

브래그가 결론을 내렸다. "이제 크기 문제만 남았네요. 2절판보다는 작고 4절판보다는 커야 한다고 그러셨죠? 자, 들어보세요. 제 생각엔 이성의 목소리가 이렇게 명령을……."

에브니저가 소리쳤다. "절충이라고!" 그러고는 칼을 꺼내 만신창이가 되어 버린 공책을 엄청난 힘으로 내리쳤다. 마침 자신의 피조물을 제대로 감상하기 위해 뒤로 한 발짝 물러나지 않았다면 브래그는 분명히 자신의 조물주를 대면하는 신세가 되었을 것이다. 표지가 떨어져 나갔고 제본이 헐거워졌고 속지들이 사방으로 흩어졌다. "이건 너의 그 빌어먹을 중용을 위해서다!"

"미친놈!" 브래그가 새된 목소리로 비명을 지르며 거리로 달려나갔다. "오, 이런, 살려 주세요!"

지체할 시간이 없었다. 에브니저는 칼을 칼집에 집어넣고 자신의 눈에 들어온 첫 번째 공책(그것은 마침 바로 가까이 현금출납기 위쪽에 놓여 있었는데)을 집어 들었다. 그리고 가게 뒤쪽으로 허둥지둥 달려가, 일을 하다 말고 놀라서 쳐다보는 두 점원의 시선을 뒤로 하고 뒷문으로 빠져나갔다.

2 계관시인이 런던을 떠나다

출발 시간 전까지는 아직 몇 시간 정도 여유가 있었지만 에브니저는 브래그의 상점에서 곧장 역참으로 가 이른 저녁을 먹은 후, 불안하게 맥주를 홀짝거리며 버트랜드가 자신의 짐을 들고 나타나기만을 기다렸다. 메릴랜드로 갈 예정이라는 사실이 그렇게 다행스러울 수가 없었다. 정말이지 이곳을 한시바삐 벗어나고 싶었다! 브래그의 상점에서 황당한 일을 겪은 터라 런던엔 오만 정이 다 떨어진 상태였다. 게다가 그는 브래그에게 플리머스행 마차를 탈 예정이라고 말해 둔 상태였다. 자기가 지불한 돈이면 공책 두 권 값으로 충분할 거라는 확신이 있었지만 그래도 혹 그자가 사람을 풀어 자신을 뒤쫓을까 봐 다소 걱정이 되었다. 또 다른 이유가 있었다. 한 시간 전에 칼을 휘둘렀던 일이 생각난 것이다. 그는 심장 박동이 빨라지고 얼굴이 달아오르는 것을 느꼈다.

그는 스스로 감탄하며 생각했다. "정말 대단했어! '이건 너의 그 빌어먹을 중용을 위해서다!' 그야말로 멋진 말에 멋진 행동이었지! 그 나쁜 놈이 아주 혼비백산했을 거야! 시작이 좋은데!" 그는 공책을 탁자 위에 올려놓았다. 표지는 마분지에 옆면은 가죽으로 되어 있었고 크기는 4절판, 두께는 약 1인치 정도 되는 공책이었다. 그는 별다른 아쉬움 없이 생각했다. "내가 선택하려 했던 건 아니군. 하지만 남자답게 얻은 거지. 그걸로 된 거야, 그걸로 된 거라고. 바텐더!" 그가 소리쳐 불렀다. "괜찮다면 잉크와 깃펜을 좀 가져다주게!" 바텐더가 필기구를 대령하자 에브니저는 헌사를 쓰기 위해 공책을 펼쳤다. 놀랍게도 첫 번째 면에 이미 'B. 브래그, 인쇄업자이자 문구업자, 런던 페이터노스터 거리의 까마귀의 흔적'이라고 적혀 있었고 두 번째와 세 번째, 그리고 네 번째 면에는 "뱅글 앤 선, 창문 유리 전문가, 유리 직공, 13/4, 그리고 Jno. 이스트베리, msc 인쇄, 1/3/9"라고 기록되어 있었다.

"제기랄! 이건 브래그의 회계장부잖아! 평범한 회계원장이로군!" 에브니저는 몇 장을 더 넘겨 보다가 책의 처음 4분의 1만 사용된 것을 발견했다. 마지막 기재 사항은 그날 날짜로 되어 있었고 '피터 세이어 대령, 대판지(大版紙), 2/5/10'이라고 기재되어 있었다. 나머지 면들에는 사용한 흔적이 없었다. "뭐, 할 수 없지." 그는 체념한 듯 미소 지으며 이미 사용된 종이들을 찢어 냈다. "뮤즈와 나 사이의 소통에 대해 엄격하게 기술하는[44] 것이 나의 목표 아니었던가?" 그는 깃펜에 잉크를 적셔 새로운 첫 페이지에 '에브니저 쿠크, 메릴랜드의 계관시인'라고 적었다. 공교롭게도 (그것이 복식 기장형 회계원장인 관계로) 자신의 이름은 차변(借邊)란에, 호칭은 대변(貸邊)란에 들어가 있었다.

그는 고개를 가로저었다. "아냐, 이건 안 되겠어. 이렇게 되면 내 직책은 자산이 되는 반면 나는 곧 내 직책에 대한 부채인 셈이잖아." 그는 그 장을 찢어 버리고 기입 순서를 바꿨다.

---

44) 'account'가 '회계'와 '기술, 설명, 이야기'라는 뜻을 가지고 있는 것을 이용한 말장난.

그러나 곧 다시 고민하기 시작했다. "하지만 '계관시인인 에브니저 쿠크' 역시 사실이 아닌걸. 나는 내 직위에 대해 신용(credit)이 되고 싶지만 내 직위는 내겐 분명 부채가 아닌걸. 차라리 이것을 모두 대변란에 비스듬히 써넣는 게 적당할 것 같군. 그렇게 하면 호칭과 사람이 서로에게 이득이 된다는 걸 의미할 수 있을 거야." 그러나 그가 막 두 번째 장을 찢어 버리려는 순간, 갑자기 이런 생각이 떠올랐다. '신용'이라는 것은 '누군가에 대한' 신용이 아니고는 의미가 없다. 그런데 그 '누군가'가 그것을 (빌려) 받았다고 (차변란에) 기입하는 순간, 그것은 곧 채무가 되어 버리지 않는가! 잠시 동안 그는 정신을 못 차릴 정도로 허둥댔다.

그는 땀을 뻘뻘 흘리며 스스로를 설득시켰다. "아니지! 세상의 본질이 잘못된 것이 아니라 이 장부의 분류가 잘못된 거야. 그냥 임명장 자체를 표지에 붙여 버려야겠어."

그는 바텐더에게 풀을 가져다 달라고 부탁한 후, 볼티모어 경에게서 받은 임명장을 꺼내려고 주머니들을 뒤졌다. 그러나 그 어디에서도 임명장은 나오지 않았다.

"참! 그건 어젯밤 로케츠에서 입었던 외투 안에 있잖아! 낭패로군. 버트랜드가 이미 짐 가방에 넣어 버렸을 텐데."

에브니저는 급히 시종을 만나기 위해 역참으로 갔다. 하지만 마차가 대기하고 있는 길가에서 만난 것은 시종이 아니라 놀랍게도 자신의 누이 안나였다.

"아니!" 그는 놀라 외쳤고 서둘러 다가가 그녀를 포옹했다. "최근에는 마치 드루어리 레인[45]이 올리는 희극처럼 사람들이 사라지기도 하고 나타나기도 하는구나. 어떻게 런던을 다 왔니?"

안나가 말했다. "플리머스로 가는 널 전송하기 위해 왔지." 그녀의 목소리는 이제 소녀티를 완전히 벗고 단단하고 침착한 음색을 띠고 있었다. 그녀는 스물여덟 살이라기보다는 오히려 서른다섯에 가까워 보였다. "아버지가 당신도 안 오실 거라면서 나도 이곳에 나오지 못하게 하시는 바람에 그냥 도망쳐 나왔지 뭐. 나중에 아버지가 뭐라시든 상관 안 해!" 그녀는 뒤로 물러서서 자신의 오빠를 찬찬히 훑어보았다. "이런, 더 말랐네, 에벤! 바다 여행을 견뎌 내려면 살을 좀 찌워야 할 텐데 말이야."

에브니저가 그녀를 일깨웠다. "알고 있겠지만 내겐 지금 살 찌울 여유가 일주일밖에 없어." 그는 패건의 점포에서 일하는 동안 안나를 일 년에 한 번 정도밖에 보지 못했다. 그런데 이렇게 그녀의 변한 모습을 보니 기분이 몹시 이상했다.

그녀는 눈을 내리깔았고 그는 얼굴을 붉혔다.

그가 몸을 돌리면서 짐짓 명랑한 어조로 말했다. "나는 대단히 냉소적인 내 하인 놈을 찾고 있었어. 너도 아마 그를 못 보았겠지?"

"버트랜드를 말하는 거야? 방금 전에 네 짐을 마차에 싣고 왔었어. 내가 그를 돌려보낸 지 채 오 분도 안 됐는걸."

"아, 안됐군. 제 시간에 맞춰 오면 1크라운을 주겠다고 약속

45) 17세기에 창립된 런던의 유명한 극장.

했는데."

"내가 줬어. 물론 아버지가 주신 돈이지만 말이야. 버트랜드는 세인트자일스로 돌아가게 될 것 같아. 트위그 부인이 병으로 얼마 못 살 것 같거든."

"설마! 소중한 트위그! 그녀가 곧 죽게 되다니 정말 안타까운 일이야."

그들은 잠시 그렇게 어색하게 서 있었다. 에브니저는 그녀의 눈을 정면으로 보는 것을 피하기 위해 고개를 돌렸다. 마침 문구점에서 만났던 맨머리의 친구 피터 세이어가 길모퉁이에 한가하게 서 있는 모습이 눈에 들어왔다.

그가 가벼운 어조로 물었다. "버트랜드가 혹 내가 계관시인 된 얘기 했니?"

"그래, 들었어. 네가 자랑스러워." 하지만 정작 안나의 관심은 딴 곳에 있는 듯했다. "에벤." 그녀가 그의 팔을 잡으며 초조하게 물었다. "편지에서 말한 거, 그거 사실이야?"

에브니저는 계관시인이라는 지위에 대해 안나가 별반 관심을 보이지 않자 다소 약이 올라 헛웃음을 웃었다. "요 몇 년 동안 피터 패건 상회에서 별로 재미를 못 본 건 사실이야. 내 방에 여자가 왔었던 것도 사실이고."

누이가 걱정스럽게 물었다. "그러면 정말 네가 그녀를 속인 거야?"

에브니저가 대수롭지 않게 대답했다. "그랬지." 안나가 숨을 훅 들이마시며 외면했다.

그가 서둘러 해명했다. "잠깐! 네가 지금 생각하는 것과는 전혀 달라. 그녀는 5기니로 고용되어 온 매춘부였기 때문에 결과적으로 내가 그녀를 속인 셈이 되어 버렸지. 하지만 나는 그녀를 무척 사랑하게 되었어. 그래서 매춘이라는 조건으로 그녀를 침대에 누이기도, 그녀에게 돈을 지불하기도 싫었어."

안나는 급히 눈물을 훔치고는 다시 그를 쳐다보았다. "정말이야?"

에브니저가 웃었다. "맹세코 나는 우리가 태어났던 그날처럼 순결해. 어쩌면 너는 그 때문에 날 남자도 아니라고 생각할지도 모르겠지만 말이야. 뭐야, 너 또 울고 있구나!"

그를 껴안으며 안나가 말했다. "하지만 슬퍼서가 아냐. 알고 있어, 에벤? 나는 네가 막달레나 대학에 들어가고 난 다음부터 우리가 더 이상 서로에 대해 잘 알지 못하게 되었다고 생각했어. 하지만 내가 잘못 생각한 것 같아."

에브니저는 이 말을 듣고 감동했다. 하지만 안나가 한층 더 강하게 껴안자 사람들의 시선에 다소 당황하지 않을 수 없었다. 길모퉁이에 서 있던 피터 세이어를 비롯해 마침 옆을 지나던 행인들이 모두 고개를 돌려 그들을 쳐다보았던 것이다. 누가 보더라도 헤어지는 연인들 같았다. 하지만 그는 자신이 당황하고 있다는 게 부끄러웠다. 그는 안나가 포옹을 풀자 사람들의 추잡한 오해를 방지하기 위해 마차 곁으로 더 가까이 다가갔다. 그리고 누이의 손을 잡았다. 적어도 부분적으로는 더 이상의 포옹을 사전에 차단하기 위해서였다.

안나가 물었다. "지난날에 대해 생각해 본 적 있니?"

"그럼."

"그땐 정말 좋았지! 기억나? 트위그 부인이 램프 불을 끈 후에도 우리가 몇 시간이고 얘기를 나눴던 거?" 그녀의 눈에 다시 눈물이 그렁그렁 맺혔다. "네가 정말 보고 싶을 거야, 에벤!"

에브니저는 그녀의 손을 가볍게 토닥거렸다.

그가 진심으로, 그러나 어색하게 말했다. "나도 네가 보고 싶을 거야……. 참, 우리가 열세 살 때였나. 하루는 네가 열이 나서 온종일 침대에 누워 있었지. 그래서 헨리와 나만 웨스트민스터 사원을 견학하기 위해 외출했어. 내가 그렇게 오랫동안 너와 떨어져 있었던 적은 그때가 처음이었지. 저녁 식사 시간 무렵엔 네가 너무나 그리워져서 헨리에게 집에 데려다 달라고 졸랐어. 하지만 우리는 집으로 돌아가는 대신 세인트제임스 공원에 갔지. 그리고 저녁 식사 후에는 링컨셔의 인필즈에 있는 듀크 극장에 들렀었고. 그래서 자정이 훨씬 지나서야 집에 도착했어. 엄청난 하루를 보내고 나니까 나는 열 살은 더 먹은 것처럼 느껴졌고 너에게 그 모든 일을 어떻게 다 얘기해야 하나 걱정부터 앞섰지. 난 그날 처음으로 집 밖에서 식사를 했고 처음으로 극장에 갔으며 처음으로 브랜디를 마셔 봤어. 우리는 그 후 몇주 동안 줄곧 그날 내가 경험했던 일들에 대해 이야기하고 또 이야기했지. 아주 오랫동안 그 이야기만 했는데도 여전히 빠뜨린 이야기가 생각날 정도였어. 그날 일을 생각할 때마다 나는 가슴이 아팠어. 그리고 종국에는 애초에 내가 왜 갔을까 후회하게 되었지. 헨리에게도 그렇게 말했고. 왜냐하면 아무리 내가 모든 걸 다 이야기해 준들, 너는 결코 그것을 진짜로 경험할 수는 없을 거라는 생각이 들었거든."

안나가 말했다. "난 그걸 바로 지난주 일처럼 생생하게 기억해. 네가 혹 그 일을 잊은 건 아닌지 몇 번이나 궁금했었어." 그녀가 한숨을 쉬었다. "그래, 정말로 널 따라잡을 수가 없었지! 아무리 질문을 하고 아무리 답을 들어도 내가 그날 있었던 일을 모두 경험하는 건 불가능했어. '내가 그곳에 직접 가지 않았다.'는 것이야말로 벗어날 수 없는 진실이었으니까!"

에브니저가 뭔가 생각난 듯 웃으면서 끼어들었다. "저런, 지금도 그때 잊어버리고 네게 말하지 않았던 게 기억난다! 그날 폴 몰이라는 선술집에서 저녁을 먹은 후, 헨리가 이러저러한 이유로 2층에 올라가 있는 동안 테이블에서 혼자 반 시간가량을 기다렸거든." 그는 문득 말을 멈추고 얼굴을 붉혔다. 그 일이 있은 후 십오 년이 지난 지금에서야 헨리 벌링검이 2층에 뭘 하러 갔었는지 대충 짐작이 갔기 때문이다. 그러나 다행히 안나는 아무것도 눈치채지 못한 것 같았다.

"포도주 기운이 머리끝까지 올라왔어. 나 자신은 물론이고 다른 사람들 모두가 기괴하게 보였지. 내가 머릿속으로 생애 첫 번째 시를 지은 건 바로 그때였어. 4행으로 이루어진 소품이었지. 아니, 솔직히 말할게. 그때 난 말하는 걸 잊어버린 게 아니라 일부러 말하지 않은 거였어. 그냥 비밀로 하고 싶었던 것 같아. 왜 그런지는 하늘만이 알겠지. 어쨌든 나는 그걸 지금도 외울 수 있어.

신이 인간의 일부로 의도하지 않았을 만큼

너무도 이상한 형상들,

하지만 방종한 자연은…….

이런, 나머지는 생각이 안 난다. 에이 참." 그가 말했다. 마차에 타자마자 자신의 소품을 공책에 적어 두리라 행복하게 다짐하면서. "그 이후 우리가 얼마나 많은 세월을 떨어져 보냈는지! 그리고 상대방이 전혀 모르는 얼마나 많은 위기와 모험들을 겪어 왔는지! 네가 그날 열병을 앓았던 것도 마찬가지로 애석한 일이야!"

안나가 고개를 저었다. "비밀이라면 나도 있어, 에벤. 트위그 부인은 그걸 알고 있었고 헨리도 짐작했지만 너나 아버지는 전혀 몰랐었지. 내가 그날 자리보전하고 누운 건 열이 나서가 아니라 생리를 처음 시작했기 때문이었어! 많은 여성들이 처음 시작할 때 그렇듯 배가 갑자기 끔찍하게 아팠거든. 그날 아침 나는 아이에서 여인으로 변한 거야."

에브니저는 뭐라고 말해야 할지 갈피를 잡을 수 없어 그저 그녀의 손을 꼭 쥐었다. 이제 마차에 오를 시간이었다. 시종과 마부가 막바지 세부 사항을 점검하고 있었다.

그가 말했다. "오랜 세월이 흐른 뒤에야 너를 다시 볼 수 있겠구나. 어쩌면 너는 아이 여섯을 가진 뚱뚱한 부인이 되어 있을지도 모르지!"

안나가 단호하게 말했다. "그렇지 않아! 내가 죽을 때, 난 아마 트위그 부인과 비슷한 처지일 거야. 노처녀 가정부 말이야."

에브니저가 말도 안 된다는 듯 코웃음을 쳤다. "너는 최고의 남자들이 탐낼 만한 여성이야. 내가 너 정도의 여자를 찾을 수 있었다면 그렇게 오랫동안 동정을 지키지도, 독신으로 살지도 않았을걸." 그는 그녀에게 작별 키스를 하고 아버지께 대신 안부 전해 달라고 부탁한 후 마차에 올라탔다.

"잠깐!" 안나가 충동적으로 말했다.

에브니저는 그녀의 의도를 확신할 수 없어서 잠시 주춤했다. 안나는 손가락에서 인장이 새겨진 은반지를 빼냈다. 그것은 그들이 한 번도 본 적 없는 어머니의 유일한 유품이었으므로 시인도 잘 알고 있던 반지였다. 앤드루가 아내와의 짧은 연애 기간 동안에 샀던 것으로 몇 년 전 딸인 안나에게 선물했었다. 반지에는 동그란 모양의 인장이 새겨져 있는데 큰 원 안에는 그의 약혼녀 앤 보이어를 의미하는 'ANNEB'라는 글자가 같은 간격으로 늘어서 있었고, 중앙에는 화려하게 도안된 한 쌍의 A가 단일한 가로 선으로 맞붙어 겹쳐져 있었다. 이것은 앤과 앤드루의 결합을 의미했다. 인장의 모양은 다음과 같았다.

"제발 이 반지를 가져가." 안나가 애원하듯 말했다. 그리고 그것을 생각에 잠겨 바라보았다. "이것은, 이것은 그냥 내 습관인데…… 난 이 반지에 새겨진 인장의 의미를 내 맘대로 바꿔서 생각하곤 했어……. 하지만 상관없어. 자, 여기, 내가 끼워 줄게." 그녀가 반지를 그의 왼손 새끼손가락에 끼워 넣었다. "맹세해 줘……." 그녀는 뭔가 말을 시작하려는 듯 입을 뗐지만 끝맺지는 못했다.

에브니저가 어색하게 웃었다. 그리고 이 거북한 상황을 빨리 벗어나기 위해, 몰든의 반은 그녀의 지참금에서 커다란 몫을 차지하므로 자신이 꼭 그것을 번성시키겠다고 맹세했다.

떠날 시간이었다. 그는 그녀에게 다시 키스하고 마차에 올라서 그녀에게 손을 흔들 수 있는 자리에 앉았다. 마지막 순간에 맨머리의 인물, 피터 세이어가 마차에 올라 에브니저의 맞은편에 앉았다. 시종이 문을 닫고 자신의 좌석에 올라탔다. 보아하니 더 이상의 승객은 없는 것 같았다. 마부가 말 등에 채찍을 올려붙였다. 에브니저는 역참 문가에 서 있는 자신의 쌍둥이의 쓸쓸한 형상에 손을 흔들었다. 곧 마차가 출발했다.

세이어가 말을 걸었다. "사랑하는 여자를 떠나는 건 그리 쉬운 일이 아니지요. 당신의 아내요? 아니면 연인?"

에브니저가 한숨을 쉬었다. "둘 다 아닙니다. 저 애는 내 쌍둥이 누이지요. 언제 다시 보게 될지는 알 수 없지만." 그는 자신의 길동무에게 얼굴을 돌렸다. "벤 브래그의 상점에서 저를 구해 주신 분 맞죠, 세이어 씨?"

세이어가 짐짓 놀란 듯 물었다. "아, 나를 아시오?"

"벤 브래그에게서 귀하의 이름만 들었습니다." 그는 손을 내밀었다. "에브니저 쿠크입니다. 메릴랜드로 가는 중이죠."

세이어는 다소 경계하는 듯한 표정으로 에브니저의 손을 잡았다.

"플리머스가 당신의 고향입니까, 세이어 씨?"

그 남자는 에브니저의 얼굴을 조심스럽게 살피며 물었다. "당신은 정말로 피터 세이어 대령을 모르시오?"

에브니저가 어리둥절해하며 미소를 지었다. "글쎄, 잘 모르겠는데요. 어쨌든 당신과 동행하게 되어 영광입니다."

"메릴랜드의 톨벗 카운티 사람이오만?"

"메릴랜드! 정말 기막힌 우연이군요!"

세이어가 말했다. "그렇게 기막힌 우연은 아니오. 훈제업자의 선단이 제일 먼저 출항하니까요. 요즘 플리머스로 가는 사람들 대부분은 식민지로 가는 사람들이죠."

"그렇군요. 즐거운 여행이 될 겁니다. 톨벗 카운티는 도체스터에서 가까운 편인가요?"

세이어가 짐짓 불쾌한 듯 외쳤다. "이런, 선생, 나를 놀리는 거요?"

"아뇨, 전혀요. 저는 메릴랜드에 대해 아무것도 모릅니다. 네 살 때 이후로 이번이 첫 번째 방문이거든요."

세이어는 여전히 의심을 풀지 않는 듯한 얼굴이었다. "나의 친애하는 친구, 당신과 나는 이웃이요. 톨벗과 도체스터는 찹탱크강을 사이에 두고 서로 이웃하고 있다오."

"정말이지, 세상 참 좁군요! 언제 한번 시간 내서 우리집을 꼭 방문해 주십시오, 선생. 나는 쿠크포인트에 있는 영지를 관리하고 있을 겁니다."

"그리고 많은 시를 쓰고 있겠지요. 내가 브래그 씨의 말을 제대로 들었다면 말이오."

에브니저가 얼굴을 붉혔다. "그래요. 할 수 있다면 시 한두 줄 쓸 생각입니다."

"아니, 그리 겸손해하실 것 없소, 계관시인 나리! 볼티모어 경이 당신에게 어떤 영예를 내렸는지 브래그한테서 다 들었다오."

"아, 그래요. 그것에 관해서라면 그가 뭔가 좀 잘못 알고 있는 것 같습니다. 나의 임무는 메릴랜드에 대한 찬양시를 쓰는 겁니다. 하지만 볼티모어가 그 주를 다시 회복하기 전까지는 나는 사실상 계관시인이라 할 수 없죠."

세이어가 말했다. "아마도 당신과 제임스 2세파들은 그런 날을 고대하고 있겠죠?"

에브니저가 말했다. "무슨 말입니까, 지금! 나는 당신만큼이나 윌리엄왕에게 충성스러운 사람입니다."

세이어가 잠시 미소를 지었다가 곧 엄숙한 어조로 지적했다. "그런데도 당신은 윌리엄왕이 구교도에게 자신의 주를 잃기를 바라시오?"

"나는 시인입니다." 에브니저가 단호하게 말했다. 그러고는 거의 습관적으로 '또한 숫총각입니다.'를 덧붙일 뻔했다. "그리고 제임스 2세파나 구교도들에 대해서는 아무것도 모릅니다. 관심도 없고요."

세이어가 말을 받았다. "그리고 당신은 메릴랜드에 대해서도 아무것도 모르는 것 같군요. 당신의 후원자에 대해서는 얼마나 알고 있소?"

"전혀 모릅니다. 그저 그가 위대하고 관대한 사람이라는 것 외에는요. 나는 그를 단 한 번 만나 얘기를 나눴을 뿐이지만 그로부터 메릴랜드주의 역사에 대해 듣고 그가 대단히 억울한 일을 당했다고 믿게 되었습니다. 수많은 악당들이 그를 속이고 강탈하고 중상했지요! 나는 윌리엄왕이 진상을 정확히 모르고 있다고 확신합니다."

"그러면 당신은 알고 있소?"

"그렇게 말하지는 않았소. 어쨌든 악당은 악당이죠! 클레이본이라는 놈, 그리고 잉글, 그리고 최근에 반란을 이끌었던 존 쿠드……."

세이어가 말을 잘랐다. "그가 신념을 위해 반란을 일으켰다고 하지 않던가요? 이를테면 구교도에 대항하여?"

에브니저는 불편해지기 시작했다. "나는 당신이 어느 편에서 있는지 모르겠군요, 세이어 대령. 어쩌면 당신은 쿠드 부대의 대령일 수도 있겠군. 그리고 내가 메릴랜드 해변에 발을 내려놓는 그날로 나를 감옥에 집어넣을지도 모르지."

"그렇다면 말을 조심하는 게 신중한 태도 아닐까? 명심하시오. 나는 내가 쿠드의 친구라고는 말하지 않았소. 그저 그럴지도 모른다고 당신이 지레 짐작한 것뿐이지."

에브니저가 다소 섬뜩해져서 말했다. "그렇군요. 정말 신중했어야 했어요. 당신은 정의로운 것이 언제나 신중한 것은 아니라고 말할지도 모르지만 나는 신중한 게 언제나 정의로운 건 아니라고 말할 겁니다. 나는 로마가톨릭도 아니지만 그렇다고 반가톨릭주의자도 아닙니다. 그것이 메릴랜드의 개신교도들과 구교도들 사이의 문제인지, 그들의 신앙과 관계없이 그저 악당과 인격자 사이의 문제인지 궁금하군요."

세이어가 미소 지었다. "그런 말을 했다간 감옥에 갇히게 될 거요."

에브니저가 매우 걱정스럽게 단언했다. "그건 매우 부당한 일입니다. 왜냐하면 나는 어느 편도 아니니까요. 볼티모어 경은 내가 보기에 인격자였습니다. 그리고 그걸로 된거요. 내가 잘못 본 건지도 모르지만 말입니다."

세이어가 웃었다. "아니, 당신은 잘못 보지 않았소. 나는 단지 당신의 충성심을 시험해 봤던 것뿐이오."

"누구에 대한 충성심 말입니까? 그래서 당신의 결론은 뭐죠?"

"당신은 볼티모어의 사람이오."

"내가 그로 인해 감옥에 가게 될까요?"

세이어가 미소 지었다. "그럴지도 모르지. 하지만 내 손으로 당신을 감옥에 넣지는 않을 거요. 왜냐하면 나는 쿠드에 반대하는 연설을 한 죄로 메릴랜드에서는 지금 이 순간에도 수배 중인 사람이니까. 지난 6월부터 그랬지."

"설마!"

"사실이오. 찰스 캐럴, 토머스 로렌스 경, 에드워드 랜돌프, 그리고 그 악당을 비판한 다른 훌륭한 친구들 대여섯 명과 함께. 나 역시 가톨릭은 아니오. 하지만 찰스 캘버트는 나의 오랜 소중한 친구요. 내가 후환이 두려워 비겁한 인간들을 비난하는 데 주저하게 된다면 그날이 내 인생의 마지막 날이 되기를!"

에브니저는 여전히 망설였다. "당신이 조금 전이 아니라 '지금' 시험하고 있는 게 아니라는 걸 내가 어떻게 믿죠?"

세이어가 대답했다. "당신은 결코 알 수 없을 거요. 특히 메릴랜드에서는 사람들이 자신들의 색깔을 청개구리처럼 바꿀지도 모르지. 혹시 수년간 나의 친구이자 이웃이었던 톨벗의 밥 골즈버로라는 변호사가 코플리 총독에게 나에 대한 불리한 증언을 한 일을 알고 있소? 그는 결코 배반 같은 건 하지 않을 사람이라고 굳게 믿었었는데 말이오!"

에브니저가 고개를 저었다. "'인간은 자신의 목을 구하기 위해 심장을 판다.'는 말도 있지 않습니까. 정말 무시무시한 일이군요."

세이어가 말했다. "그런 경우, 분명한 선택에 도움이 되는 적당한 말이 있소. 양심을 제외한 모든 것에 입을 다물거나, 마음에 있는 것을 말하고 그 결과를 받아들이거나. 분별도 절충도 이미 문제가 되지 않아요."

에브니저가 물었다. "이것도 이성의 목소리가 하는 말입니까?"

"아니오, 이건 행동의 목소리요. 양극단 모두 당신에게 원하는 것을 가져다주지 않을 때는 절충이 소용 있겠지만 인간이 반드시 원하지 말아야 할 것들이 있소. 영혼이 중상을 입어 다 죽게 생겼는데 겉만 멀쩡해서야 무슨 위안이 되겠소? 쿠드가 일으킨 반란의 전모를 처음으로 볼티모어에게 알려 준 사람이 바로 나요. 그리고 그의 거짓된 공모자들의 통치 아래 사느니 차라리 내 집과 땅을 버리고 영국으로 간 거요."

"그런데 어째서 당신은 돌아가는 겁니까? 감옥에 갇히게 되지 않겠습니까?"

세이어가 말했다. "그럴지도 모르지. 하지만 난 그렇게 생각지 않소. 코플리는 9월에 죽었소. 그러자 볼티모어가 영향력을 행사하여 프랜시스 니콜슨을 그 자리에 대신 앉힐 수 있었지. 니콜슨을 알고 있소?"

에브니저가 고개를 저었다.

"글쎄, 그도 물론 나름대로 결점이 있는 사람이오. 이를테면 권위에 대한 열정이 대단하지. 그래서 그것이 도전받는 것을 결코 용납하지 않는다오. 하지만 그는 옳은 말을 귀담아들을 줄 아는 편이오. 쿠드에게는 별반 이득이 되지 않는 인물일 거요. 그는 이 지위를 얻기 전에는 뉴잉글랜드에서 에드먼드 앤드로스와 함께 있었소. 그리고 라이슬러가 뉴욕에서 반란을 일으키는 바람에 앤드로스가 쫓겨났지. 그런데 쿠드가 메릴랜드에서 일으킨 반란이 바로 이 라이슬러의 반란을 본뜬 거거든. 그러니 나는 니콜슨이 내게 어떤 해악을 끼칠 거라고는 생각지 않소."

에브니저가 나름대로 조심스럽게 평가를 내렸다. "그래도 아주 대담한 결심을 하신 겁니다."

세이어가 어깨를 으쓱했다. "인생은 짧소. 대담한 결심만 하기에도 시간이 빠듯하지."

에브니저가 흠칫 놀라 동행자를 날카롭게 쳐다보았다.

"왜 그러시오?"

에브니저가 서둘러 표정을 고치며 말했다. "아닙니다. 그저 내 소중한 친구 하나가 종종 그렇게 말하곤 했거든요. 마지막으로 그를 본 지 벌써 육칠 년이 지났군요."

세이어가 무언가를 암시하듯 말했다. "어쩌면 그도 어떤 대담한 결심을 했는지도 모르지. 충고하는 것보다는 행동에 옮기는 것이 훨씬 어렵지만 말이오. 그래서 그의 충고를 받아들였소?"

에브니저가 고개를 끄덕이며 말했다. "이 여행이나 계관시인이라는 지위도 다 거기에서 비롯된 거죠." 앞으로 갈 길이 멀었으므로 에브니저는 자신의 길동무에게 케임브리지에서 실패했던 일이며 런던에서 벌링검과 잠시 함께 지냈던 일, 피터 패건 상회에서 오랫동안 일했던 것이며 술집에서 내기했던 일, 그리고 볼티모어 경을 알현한 일 등을 말해 주었다. 마차의 움직임이 그의 혀에 기름칠을 했음에 틀림없다. 왜냐하면 그가 상당히 자세한 부분까지 언급했기 때문이다. 마침내 공책을 선택하는 문제를 자신이 어떻게 해결했는지 이야기하며 브래그의 회계장부를 보여 주자 세이어는 옆구리가 아플 정도로 정신없이 웃어 댔다.

그가 가쁘게 숨을 몰아쉬며 말했다. "오! 하! '이건 너의 그 빌어먹을 중용을 위해서다.'라니! 오, 세상에, 당신은 틀림없이 당신 선생의 자랑거리일 거요. 내 장담하지."

에브니저가 미소를 지었다. "그것이 계관시인으로서 내가 처음으로 한 일이었어요. 난 그것을 일종의 위기로 보았거든요."

"저런, 그리고 그것을 놀랄 만큼 잘 처리했군요! 그래서 당신이 여기에 앉아 있는 거고. 숫총각이자 시인이라! 당신은 그 둘이 같은 지붕 아래서 밤낮으로 서로 다투지 않고 살아갈 수 있을 거라고 생각하오?"

"다투기는커녕 조화롭게 살 뿐만 아니라 서로 영감을 주며 살죠."

"하지만 숫총각이 노래할 만한 건 대체 뭐가 있소? 당신의 그 회계원장 안엔 무엇이 적혀 있는 거요?"

"아직은 내 이름 외엔 아무것도 없어요. 나는 원래 여기에 볼티모어가 작성한 내 임명장을 붙여 놓을 생각이었죠. 하지만 그건 여행 가방에 구겨져 있어요. 그래도 여유 있을 때 찬찬히 기억을 되살려 적어 놓을 시가 두 수 정도는 있죠. 아까 말씀드렸다시피 내기를 건 날 밤에 쓴 시인데 순결에 관한 시예요."

동행인의 요청에 따라 에브니저는 그 시를 암송했다.

암송이 끝나자 세이어가 말했다. "아주 좋소. 당신의 견해를 충분히 적절하게 표현한 것 같군. 내가 비평가는 아니지만. 그런데 당신이 자신의 순결 말고 다른 무엇에 대해 노래할지 정말 궁금하군. 내게 다른 시 한 수를 암송해 줄 수 없겠소?"

"아뇨, 그건 내가 사춘기에 쓴 서툰 4행시에 불과해요. 생애 처음으로 지은 시죠. 그런데 지금은 아쉽게도 앞의 3행밖에 기억이 안 나는군요."

"유감이군. 계관시인의 첫 번째 노래라. 당신이 전 세계적으로 유명해지면 그 가치도 대단히 높아질 거요. 내 장담하지.

지금 기억하고 있는 3행만이라도 내게 들려주지 않겠소?"

에브니저가 망설였다. "절 가지고 괜히 장난 치는 건 아니겠죠?"

세이어가 그를 안심시켰다. "설마! 위대한 독수리가 풋내기 시절 어떻게 날았는지 궁금해하는 건 인지상정 아니겠소? 우리는 짐마차 앞으로 돌진한 젊은 알키비아데스나 자신의 머리칼을 반쯤 밀어 버린 데모스테네스 혹은 시칠리아의 해적들을 조롱한 카이사르 등 『플루타르크 영웅전』 속 젊은 주인공들에게 경탄하지 않소? 그리고 당신이라면 셰익스피어나 위대한 호메로스의 설익은 시구를 듣고 싶지 않겠소?"

에브니저가 수긍했다. "물론 그럴 거예요. 하지만 사람을 판단할 때 그 사람의 어릴 적 모습을 가지고 판단하지는 않을 것 아닙니까? 중요한 건 그가 현재 어떤 시를 쓰느냐지 과거에 어떻게 썼느냐가 아니라고 생각합니다. 그리고 그 시를 지은 사람의 나이와는 관계없이 시 자체의 미덕으로 평가받아야 합니다."

세이어가 별 관심 없다는 듯이 손을 내저으며 말했다. "물론이오, 물론이야. 어째서 갑자기 '미덕'이란 단어가 튀어나왔는지 도무지 알 수 없지만 말이오. 내가 말했던 건 '흥미'에 대한 것이고 그것이 그 자체로 좋든 나쁘든 분명히 당신의 '순결에 대한 찬가'는 그런 시가 탄생한 정황에 대해 아무것도 모르는 사람에게보다는 작가의 내력을 아는 사람에게 훨씬 더 흥미가 있을 거라고 생각하오."

에브니저가 인정했다. "당신의 주장에도 나름의 '미덕'이 있군요." 그는 담배 경작자의 입에서 이렇듯 훌륭한 논리가 나오는 것을 보고 적잖이 감동했다.

세이어가 웃었다. "'미덕'은 무슨 얼어죽을! 이보시오, 나의 주장에는 나름의 '흥미'가 있는 거요. 아마도 그 논쟁자를, 그리고 플라톤 시대 이래로 그러한 논쟁의 역사를 잘 아는 사람에게 말이오."

"하지만 분명히 그 '찬가'는 어느 정도의 미덕을 가지고 있어요. 그것을 읽은 사람이 케임브리지 교수든 아니면 어리석은 사환 녀석이든, 혹은 그 문제가 읽혀졌든 안 읽혀졌든 더할 것도 덜할 것도 없지만 말입니다."

세이어가 어깨를 으쓱하며 말했다. "어쩌면 그럴지도 모르지. 사막에서 나무가 쓰러질 때 소리가 날 것인지 안 날 것인지 묻는 것은 그것을 직접 들어 본 사람이 없는 한 학자들이나 할 직한 질문이오. 나는 그것에 관해서는 아무런 의견도 없소. 솔직히 말해 그 논쟁에 약간의 흥미가 있는 건 사실이지만 말이오. 그것은 아주 오래된 논쟁이고 뭔가 대단한 것들을 많이 암시하고 있지."

에브니저가 심각하게 말했다. "이 '흥미'라는 단어는 당신이 사용하는 어휘의 기본 토대인 것 같군요. '미덕'이 내가 사용하는 어휘의 기본 토대이듯이."

세이어가 미소 지었다. "그것은 적어도 대화를 가능하게 하지. 말해 보시오, 어느 쪽이 당신의 찬가에서 더 많은 즐거움을 얻을 수 있겠소? 프리아모스와 선량한 왕 웬세슬러스를 구별 못 하는 사환 아이겠소, 아니면 고대인들의 별명까지 주워

섬길 수 있는 교수겠소? 순결에 대해 논하는 것을 한 번도 들어 본 적이 없는 야만인 인디언이겠소, 아니면 순결을 찢기지 않은 처녀막과 연결시키도록 배워 온 기독교인이겠소?"

에브니저가 외쳤다. "아! 당신이 든 사례는 분명 무게를 지니고 있지만 솔직히 나는 뮤즈의 노랫소리가 교수들에게 가장 분명하게 전달된다고는 결코 말하고 싶지 않아요. 그 시를 쓸 때 내가 생각한 것은 결코 그들이 아니었단 말입니다."

세이어가 말했다. "아니, 내 말을 오해하셨군. 이건 교육이라는 단순한 문제가 아니오. 비록 누구도 교육을 좀 받았다고 해서 더 나빠지는 건 아니지만 말이오. 내가 말하고자 하는 건 인간의 경험이오. 책에 저장된 것이건, 인생이라는 더욱 어려운 교과서로부터 배운 것이건 간에 세상에 대한 지식 말이오. 당신의 시는 하나의 샘〔泉〕이오, 계관시인 나리. 사실 그와 마찬가지로 우리가 마주치는 모든 것은 샘이라고 할 수 있소, 그렇지 않소? 우리가 그곳에 더 큰 그릇을 가져갈수록 우리는 더 많이 담아갈 수 있지. 그리고 우리가 더 많은 샘물을 마실수록 우리의 그릇은 더 커지는 거요. 만약 내가 당신의 견해에 반대한다면 그건 그런 생각이 내가 상당한 예금을 보유하고 있는 인간의 경험이라는 은행을 약탈하기 때문이오. 나는 내가 가진 그릇을 버리게 만드는 사람과는 결코 함께 샘물을 마시지 않을 거요. 간단히 말해 내 비록 시인도, 비평가도, 심지어 평범한 문학 학사도 아닌, 일생에 책 한두 권 읽고 드넓은 세상을 얼마간 경험해 본 게 고작인 담배 경작자에 불과하지만 나는 당신의 시가 당신보다 내게 더 많은 것을 의미한다고 확신하오."

"뭐라고요! 동정(童貞)도 시인도 아닌 당신에게요?"

세이어가 고개를 끄덕였다. "'동정'에 관해서라면 나도 한때 그런 적이 있었으니 지금은 그것을 경험이라는 유리한 조건에서 바라보고 있는 거요. 당신은 결코 이것을 할 수 없지. '시인'에 관해서라면 그건 그저 당신이 작가로서 얻은 '다른' 관점에 불과하오. 게다가 나는 그렇게 둔한 독자도 아니고. 예를 들어 나는 당신이 아까 암송해 준 시의 첫 번째 4행의 말장난을 나름대로 감상할 수 있지."

"말장난이요? 무슨 말장난이요?"

세이어가 말했다. "우선 '정숙한 페넬로페'를 예로 들어 봅시다. 이십 년 동안이나 구혼자들에게 시달린 아내를 표현하는 데 그보다 더 좋은 말장난이 어디 있겠소? 그건 정말 탁월한 선택이었소!"

에브니저가 입 속으로 중얼거리듯 말했다. "고맙습니다."

세이어의 말은 계속되었다. "그리고 일리움[46]의 성벽에서 내던져져 바닥에 부딪히면서 '튀어 오른' 안드로마케의 어린 아들……."

에브니저가 항의했다. "아뇨, 그건 너무 괴상해요. 제가 의미한 건 결코 그게 아닌걸요!"

"그렇게 괴상하진 않소. 그것은 셰익스피어의 맛깔스러움을 가지고 있지."

---

46) 고대 트로이의 라틴명.

"그렇게 생각해요?" 에브니저는 그 문구를 마음속으로 다시 되뇌어 보았다. "어쩌면 그럴지도 모르죠. 어쨌든 당신은 내가 표현하고자 했던 것보다 더 많은 것을 읽어 내는 것 같군요."

세이어가 말했다. "그렇다고 인정할 수밖에 없군. 분명히 나는 당신이 읽어 내는 것보다 더 많은 것을 읽어 낸다고 생각하오. 당신의 시는 내게 더 의미가 있소."

에브니저가 사뭇 감동하여 말했다. "정말이지 당신 말엔 반박할 여지가 없군요. 만약 당신이 나의 동료 농장주들의 진정한 표본이라면, 선생, 정말 그렇다면 메릴랜드는 뮤즈의 놀이터이자 시인들의 천국임에 틀림없을 겁니다! 진정 당신은 이성의 목소리이자 호흡이에요. 그리고 저는 당신과 같은 이웃을 둬서 영광입니다. 나의 그릇은 차고 넘치는군요."

세이어가 미소 지었다. "아마도 그 그릇이 더 커질 필요가 있는 것 같군요."

"현재 그것은 제가 런던을 떠나 올 때보다 더 커졌습니다. 당신은 훌륭한 선생님이에요."

세이어가 대답했다. "내가 만약 당신의 교사라면 강습료로 시를 지불하는 건 어떻소? 우리 사이에 논쟁의 발단이 되었던 그 3행 말이오."

에브니저가 웃었다. "원하신다면 그렇게 하죠. 비록 당신이 그 안에서 무엇을 발견할는지는 오직 하늘만이 아시겠지만! 언젠가 폴 몰 선술집에서 난생처음으로 말라가 술을 한잔 마신 적이 있는데 이것은 술을 마신 직후 술기운으로 온 세상이 이상하고 낯설게 보였을 때 지은 시입니다." 그는 목을 가다듬었다.

"신이 인간의 일부로 의도하지 않았을 만큼
너무도 이상한 형상들,
하지만 방종한 자연은…….

사실 이것은 두 줄 반에 불과하죠. 그 뒤로 어떻게 이어졌는지는 도무지 기억이 안 나요. 하지만 이 시에서 제가 말하고자 했던 건, 그저 우리들은 너무나도 어리석어서 숭고한 지성의 명예가 될 만한 일을 할 수 없다는 거였어요. 내가 아는 한 어떤 말장난이나 재치 있는 표현도 없었죠."

세이어가 말했다. "소년 시절 한번쯤은 가질 법한 냉소적인 견해로군."

"그건 그저 내 그릇에 담긴 것들을 보는 내 나름의 방식이었어요. 아이 참, 마지막 행이 생각날 듯도 한데!"

세이어는 턱수염을 쓰다듬더니 창 밖을 곁눈으로 바라보았다. 열두어 살 됐음 직한 시골 소년이 먼지를 뒤집어쓴 채 길을 따라 한가롭게 걸어가다가 그들이 지나가자 한쪽으로 비켜서서는 그들을 향해 손을 흔들었다.

"신이 인간의 일부로 의도하지 않았을 만큼
너무도 이상한 형상들."

세이어가 암송했다. 그리고 고개를 돌려 에브니저를 바라보며 장난스럽게 미소 지었다.

“하지만 방종한 자연은 쉼 없이,

장난삼아 부서지기 쉬운 진흙으로 본을 뜨는구나.

내가 제대로 외운 건가, 에벤?”

3 계관시인이 피터 세이어 대령의 진짜 정체를 알게 되다

“아니, 이럴 수가!” 에브니저는 눈을 깜박거리며 고개를 저었다. 그리고 상대방의 얼굴에서 어떤 실마리라도 찾으려는 듯 그를 향해 목을 쑥 내밀었다.

“그래, 바로 나야. 부끄러운 줄 알게. 그것도 못 알아채다니. 안나 역시 마찬가지고.”

“하지만 세상에, 헨리, 당신은 너무 변했어요. 지금도 여전히 못 알아보겠는걸요! 맨머리에 턱수염에…….”

벌링검이 미소 지었다. “칠 년 세월이면 사람이 변하기 마련이지. 난 이제 마흔일세, 에벤.”

에브니저가 여전히 자기 눈을 믿을 수 없다는 듯 고개를 저었다. “심지어 눈까지! 그리고 당신의 말투도! 목소리 자체가 달라요. 태도는 어떻고요! 당신은 벌링검을 가장한 세이어인가요, 아니면 세이어를 가장한 벌링검인가요?”

"가장이 아닐세. 진짜 세이어를 아는 사람이라면 누구든 증명할 수 있을 거야."

에브니저가 말했다. "하지만 나도 진짜 헨리 벌링검을 알고 있었다고요. 그런데도 당신이 내 4행시를 몰랐다면, 난 아직도 당신이 그 사람이라는 걸 믿을 수 없었을 거예요! 헨리 외에는 아무에게도 그 시를 들려준 적이 없거든요. 그것도 십오 년 전에 단 한 번."

헨리가 말을 받았다. "내가 자네를 세인트제임스 공원에서 집으로 데려갈 때였지. 자정이 지난 시간이었고 말라가 술이 자네의 혀에 기름칠을 했는지 말이 술술 나왔어. 하지만 자네는 세인트자일스에 도착하기도 전에 잠이 들었지. 머리를 내 어깨 위에 올려놓고 말이야, 그렇지?"

"맞아요, 그래요! 난 잊고 있었어요." 에브니저가 마차 안을 가로질러 벌링검의 양팔을 움켜쥐었다. "아, 신이여. 당신을 다시 만나다니, 헨리!"

"그러면 자네는 내가 헨리 벌링검이라고 믿는 건가?"

"의심해서 죄송해요. 사람이 그렇게 변하리라곤, 그리고 그것이 가능하리라곤 정말 생각도 못했어요."

벌링검이 집게손가락을 들어 올렸다. "세상은 사람을 완전히 변화시킬 수 있네, 에벤. 혹은 그 자신이 스스로를 변화시킬 수도 있지. 본질까지 완전히 말일세. 자네도 내기가 있던 그날 밤 그 순간부터 예전의 자네를 버리고 숫총각이자 시인이 되기로 결심했다고 아까 자네 입으로 말하지 않았나? 아니, 사람은 무덤으로 가는 여정에서 싫든 좋든 변화해야 해.

그는 바다를 향해 흘러가는 강일세. 흐르는 물은 한 시간 전과 후가 결코 같을 수 없어. 메릴랜드의 계관시인 안에는 내가 언젠가 막달레나 대학에서 데려왔던 소년의 모습이 얼마나 남아 있나?"

에브니저가 대답했다. "적을수록 더 좋죠! 하지만 아무리 빨리 흘러도 템스강은 템스강인 것처럼 나는 여전히 에벤 쿠크예요. 비록 옛날과 '똑같은' 에벤 쿠크는 아닐지 몰라도요."

"남아 있는 건 이름뿐 아닌가? 그리고 그 강이 처음 생긴 그날부터 템스라고 불렀겠나?"

"저런, 헨리, 당신은 언제나 수수께끼를 던지는군요! 그렇다면 둑이 강을 만들듯이 사람을 만드는 것은 형상이라는 말인가요? 이름이나 내용이 무엇이건 간에? 아뇨, 저는 이미 그 정반대를 목격하고 있는걸요. 즉 형상은 영원하지 않다는 거죠. 인간은 세월의 변화에 따라 뚱뚱해지기도 하고 등이 굽기도 하죠. 흐르는 물은 제방을 깎아 새로운 모습을 만들고요."

벌링검이 고개를 끄덕였다. "그런 변화는 인간이 감지하기엔 너무 느리지. 어느 날 문득 지나간 먼 과거를 되돌아보았을 때에나 비로소 깨달을 수 있는 정도의 변화라네. 심술궂은 늙은이가 자신의 청춘을 떠올리거나 사람들이 기록을 보고 지금은 이러저러하게 흐르고 있는 강이 옛날엔 어디로 흘러갔는지를 가늠하는 것처럼 말일세. 우리가 템스와 티그리스강에 대해, 심지어 프랑스와 영국에 대해, 그리고 특히 '나'와 '너'에 대해 마치 과거 어느 때 그런 이름들 혹은 다른 이름들로 통하던 것들이 현재의 대상과 어떤 관계라도 있는 양 이야기하는 것은 바로 우리의 지각 능력이 그만큼 둔하기 때문 아니겠나? 마찬가지로 만약 우리의 서툰 시력이 그 대상물들의 변화를 감지해 낼 수 없다면, 우리가 어떻게 그들에 대해 이야기할 수 있단 말인가? 헤라클레이토스[47]가 단언한 대로 세상은 하나의 흐름일세. 우주는 변화와 움직임 그 자체지."

내내 불안하게 벌링검의 말에 귀를 기울이던 에브니저의 표정이 이내 밝아졌다. "당신은 혹 저 낭떠러지 너머만을 응시하다가 길을 못 찾은 건 아닌가요?"

"자네의 비유를 이해하지 못하겠군."

"어떻게 당신은 당신의 이름도 모습도 모두 변한 상태에서 내게 당신이 헨리 벌링검이라는 확신을 줄 수 있었죠? 어떻게 우리는 우리의 시각이 감지할 수 없을 정도로 미묘한 변화들을 알고 있을까요?" 그는 자신의 예리함에 기분이 좋아져 웃음이 나왔다. "당신이 그토록 떠받드는 이 유동과 변화 말인데요. 만약 우리가 사물의 이전 모습을 기억하지 못한다면 우리가 애초에 그런 변화에 대해 이야기나 할 수 있을까요? 그것은 결코 그렇게 빠르지 않았다 혹은 느리지 않았다 하면서요. 당신의 '기억'은 당신의 신분 증명서 구실을 하죠, 그렇지 않나요? 그것은 정체성의 집이자 영혼의 거주지죠! 당신의 기억, 나의 기억, 그리고 종족의 기억. 이것이 우리가 변화를 측정하는 상수(常數)예요. 태양과 같은 거죠. 그것 없이는 모든

47) Heracleitos(기원전 540~기원전 480년), 실재의 근원을 유동과 변화에 둔 고대 그리스의 철학자.

것이 감당할 수 없는 혼돈에 빠지게 되는 그런 거요."

"그렇다면 요컨대 자네는 자네의 기억이다?"

에브니저가 동의했다. "그래요. 더 정확히 말해 나는 내가 '무엇'인지는 몰라요. 하지만 나는 기억 덕분에 내가 존재하고 존재해 왔다는 걸 알죠. 기억은 모든 구슬을 꿰어 하나의 완성된 목걸이를 만들어 내는 실이에요. 기억은 아리아드네가 은혜를 모르는 테세우스에게 건넸던 실처럼 삶의 미로에서 나의 길을 표시해 주고 나와 내가 처음 출발한 장소를 연결시켜 주죠."

벌링검의 입이 미소로 벌어졌다. 에브니저의 시선이 그의 치아에 닿았다. 이전에는 하얗던 치아가 지금은 누렇게 착색되어 있었고 간혹 충치도 보였다. 그리고 그것들 가운데 적어도 두 개는 완전히 빠져 있었다.

"자네는 '기억'을 굉장한 것으로 생각하는군, 에벤."

"솔직히 전엔 그것의 중요성에 대해 그렇게 심각하게 생각해 본 적 없어요. 잘하면 이걸로 소네트 한두 수 나올 것 같은데 그렇게 생각지 않으세요?"

벌링검은 그저 어깨를 으쓱할 뿐이었다.

"이봐요, 헨리. 설마 내가 당신의 함정을 피했다고 기분이 상하신 건 아니겠죠!"

벌링검이 말했다. "자네가 그랬다면 오죽 좋았겠나. 하지만 나는 자네가 옛날 데카르트가 그랬듯이 비유(metaphor)에 끌리는 게 아닌가 걱정스럽다네."

"어째서 그런 거죠? 제 말을 반박할 수 있으세요?"

"글쎄, 자네가 무언가를 잊어버렸다는 걸 증명하는 것보다 이 신성한 '기억'에 대한 반박으로 더 좋은 건 없겠지?"

"무슨……." 에브니저는 곧 말을 멈췄고 그의 친구의 말이 무엇을 암시하는지 깨닫고는 얼굴을 붉혔다.

벌링검이 지적했다. "자네는 폴 몰에서 집으로 돌아오는 길에 내 어깨 위에서 잠든 일을 기억하지 못했어. 이것은 자네의 영혼을 구원하는 실이 가지고 있는 첫 번째 약점의 증거가 되지. 즉 기억 안에는 균열이 존재한다는 거야. 그 외에도 세 가지가 더 있네."

에브니저가 한숨을 쉬었다. "만약 그렇다면 제 주장이 틀렸을까 두렵네요."

"자네는 우리가 그날 밤 마신 술이 말라가 술이라고 말했지."

"그래요, 나는 그걸 분명히 기억해요."

"그런데 나는 그것이 마데이라 술이었다고 말했어."

에브니저가 웃었다. "그것에 관해서라면 나는 당신의 기억보다는 내 기억을 믿겠어요. 생애 처음으로 마신 술인데 내가 그 이름을 잊어버릴 리가 없잖아요."

벌링검이 동의했다. "그래, 맞아. 만약 자네가 애초에 그것을 제대로 알고 있었다면 말이야. 하지만 나 역시 자네의 첫 번째 술을 꽤 관심을 가지고 봐 두었어. 그리고 난 말라가와 마데이라를 제대로 구분할 줄 알았지. 반면 자네에게는 그것들이 낯설고 무의미한 이름들이었어. 그래서 쉽게 혼동한 거고."

"그럴지도 모르죠. 그래도 난 그것이 말라가라는 걸 확신해요."

벌링검이 단호하게 말했다. “상관없어. 문제는 기억들이 충돌할 경우 그 논쟁을 해결할 방법이 없을 때가 종종 있다는 거야. 그리고 그것이 바로 기억의 두 번째 약점이지. 세 번째는 우리는 대부분 원하는 것들만 기억하고 나머지는 잊는다는 거야. 예를 들어 자네 입을 통해 이 4행시 이야기를 듣고서야 비로소 자네가 홀로 그것을 짓고 있는 동안 나는 슬쩍 2층의 창녀에게 갔던 일이 생각났어. 자네를 그렇게 홀로 남겨 둔 게 부끄러워 그 일을 애써 기억에서 지워 버렸을지도 몰라.”

에브니저가 아쉬운 듯 말했다. “정말이지 내 북극성이 나를 좌초시키는군요. 자, 네 번째 반박은 뭐죠?”

벌링검이 대답했다. “기억은 선별적일 뿐만 아니라 그조차 원래 모습으로 기억하는 게 아니라 각색을 한다는 거야. 그것은 마치 테세우스가 모퉁이를 돌 때마다 실을 감아 올려서 더 아름다운 문양으로 다시 펼쳐 놓는 것과 마찬가지라고 볼 수 있지.”

에브니저가 말했다. “당신의 네 가지 반박은 치명적이라 어떻게 손써 볼 도리가 없군요. 그들은 마치 그레텔이 숲으로 들어가면서 표식으로 남겨 둔 완두콩을 먹어 치워 버린 네 마리의 검은 까마귀 같아요.”

벌링검이 말했다. “아냐, 그들은 그저 약점에 불과해. 치명적인 상처는 아니지. 그들은 그 길을 지워 버리지는 않아. 단지 희미하게 만들 뿐이야. 그래서 우리가 아무리 애써도 결코 그것을 확신할 수 없지.” 그는 미소 지었다. “하지만 아직 다섯 번째 까마귀가 남아 있어. 그리고 그놈은 혼자 힘으로도 길을 완전히 없애 버릴 수 있지."

"맙소사, 당신은 그 나쁜 녀석을 새장에서 풀어놓는 게 좋겠어요. 그놈을 자세히 볼 수 있게요."

벌링검이 말했다. "자네가 말한 대로 내 기억은 신분 증명서 구실을 한다네. 부주의한 사용으로 여기저기 인쇄 상태도 안 좋아지고 흠도 생겼지만. 그리고 자네의 기억도 마찬가지지. 내 기억과 자네의 기억은 내가 벌링검이라는 사실을 자네에게 납득시키기 충분할 정도로 몇 가지 점에서는 일치를 한다네. 비록 그것 말고는 달리 증명할 길이 없지만 말이야. 하지만 종종 그렇듯 그 실을 완전히 잃어버린다고 가정해 보게. 내가 내 과거에 대한 기억을 전혀 가지고 있지 않다고 가정해 보란 말일세."

에브니저가 대답했다. "그렇다면 당신은 저랑은 상관없이 세이어 대령이었을 테지요. 혹 당신이 자신을 헨리라고 주장했다 하더라도 당신 이름 외에 아는 것이 없었다면 나는 당신의 이야기를 결코 믿지 않았을 거예요. 하지만 이런 경우, 즉 이렇게 기억을 완전히 상실하는 경우는 매우 드물지요, 그렇지 않나요? 그리고 어떤 사람의 정체성을 증명할 수 있을 만한 것이 아무것도 존재하지 않는 경우는 더욱 드물죠."

"맞는 말이네. 하지만 내가 자네를 런던으로 데려온 사람과 똑같이 생겼고, 목소리도 옷 입는 취향도 똑같고, 심지어 트렌트와 메리웨더와 뚱뚱한 벤 올리버가 나를 벌링검이라고 부른다고 다시 가정해 보게. 게다가 내가 여러 사람들이 보는 앞에서 벌링검의 필체 그대로 헨리 벌링검이라 서명했다고 가정해 보게. 그런데 어느 날 갑자기 내가 나는 결코 벌링검이 아니고 그의 행방에 대해서도 전혀 아는 바가 없으며 단지 남의 서명을 똑같이 흉내 내는 재능을 지닌 영리한 배우에 불과하고 그저 장난삼아 헨리 벌링검 노릇을 한 것뿐이라고 털어놓는다면 자네는 어쩌겠는가?"

에브니저가 외쳤다. "당신의 가정들 때문에 현기증이 다 나네요!"

벌링검이 계속했다. "자네의 확신이 얼마나 강하든지 간에 자네는 내가 바로 벌링검이라는 증거를 결코 대지 못할 거야."

"솔직히 말하면 분명히 그럴 거예요. 비록 가슴 아픈 일이긴 해도."

"자, 또 다른 경우……."

에브니저가 더 이상 못 견디겠다는 듯 말을 잘랐다. "제발 경우 얘기는 그만해요. 나는 지금 온통 경우투성이라고요."

"아냐, 이건 내가 말하려는 요지와 상관 있는 얘기야. 만약 비록 모습은 변했지만 내가 틀림없이 벌링검이라고 주장하고는 자네의 4행시에 적당한 행 하나, 아니 자네의 삶 전체를 꾸며 냈다고 가정해 보게. 그런데 그게 자네의 기억과는 일치하지 않는 거야. 그러면 자네는 내게 의문을 제기하겠지. 그런데 오히려 내가 자네를 교활한 사기꾼으로 몰아붙인다고 가정해 보게. 최선의 상황이라 해도 자네에겐 증거가 없어. 현재 그렇지 않은가?"

에브니저가 인정했다. "제 자신의 확신 말고는 아무것도 없죠. 그걸 증명하는 책임은 당신이 지게 될 거라는 생각이 드네요."

"그런 경우 그렇지. 그런데 나는 '최선의 상황이라 해도'라고 말했어. 그러나 만약 내가 자네의 과거에 대해 무언가를 알고 있다면 그러한 불일치의 책임이 바로 자네의 빈약한 입지로 향하게 되어 있어. 또 더 나아가 내가 자네와 외모가 매우 비슷한 사람을 내세운다면 증명의 짐은 자네가 지게 될 가능성이 농후하지. 그리고 만약 내가 이 게임에 자네 친구들 몇 명을 데려온다면, 혹은 심지어 앤드루와 자네의 누이를 데려온다면, 그리고 그들이 모두 자네를 부인한다면 자네는 틀림없이 스스로의 진정성마저 의심하게 될 거야. 내 장담하지!"

에브니저가 외쳤다. "맙소사! 맙소사! 제발 이런 있을 법하지도 않은 가설은 그만하세요. 넋이 다 나갈 지경이라고요! 나는 당신이 헨리라는 걸 믿어요. 맹세컨대 난 진짜 에브니저 쿠크예요. 그리고 그걸로 얘기는 끝난 거예요! 그런 궤변적인 억측은 오직 정신을 마비 상태로 몰고 갈 뿐이에요."

벌링검이 기분 좋게 말했다. "전적으로 맞는 말이야. 나는 그저 '너'와 '나'에 대한 모든 주장들은 심지어 자기 자신에게조차도 진실을 규명할 수 없는 신념의 행위라는 걸 입증하고 싶었다네."

"인정해요, 인정해. 그것은 입증되었어요, 마치……." 그는 허공에다 손을 흔들며 뭔가를 애써 생각해 내려 했다. "저런, 당신의 이야기는 내게서 직유를 빼앗아 갔어요. 난 이제 직유의 기준이 될 만한 불변의 확실한 어떤 것을 전혀 찾을 수가 없다고요!"

벌링검이 미소 지었다. "그게 바로 천국으로 가는 첫걸음이지."

에브니저가 말했다. "그럴지도 모르죠. 어쩌면 지옥으로 가는 첫걸음일지도 모르고요."

벌링검이 눈썹을 곧추세웠다. "그것은 모두 같은 길이야. 아니면 선량한 단테가 거짓말쟁이든지. 자네는 내가 벌링검이라는 데 꽤 만족하나?"

"상당히요, 맹세해요!"

"그리고 자네는 에브니저고?"

"난 그걸 결코 의심치 않아요. 그리고 이 마차 여행에서 증명되었다시피 여전히 당신의 제자지요."

"좋아, 언젠가 나중에 '나'와 '너'가 무엇을 지칭하는지 자네에게 또 물어보겠어. 하지만 지금은 아냐."

"그래요, 제발 지금은 말아 주세요. 당신에게 묻고 싶은 게 무척 많거든요."

벌링검이 말했다. "기꺼이 이야기해 주지. 하지만 그것이 너무나도 환상적인 이야기라서 내 첫 번째 관심은 자네가 과연 믿을 수 있을까 하는 것이었네. 그래서 이 모든 궤변론적인 담론이 필요하다고 여겼던 거야."

오래지 않아 마차는 앨더숏에서 멈춰 섰다. 저녁 식사 시간이 꽤 지났는데도 이들 마차 승객들은 식사를 하지 못했기 때문이다. 벌링검은 늘 그랬듯 차가운 닭 요리와 감자로 식사를 하는 동안은 그 주제에 관해서 단 한 마디도 꺼내지 않았다. 식사 후 마부로부터 그들을 셸리스베리와 엑스터를 거쳐 플리머스로 데려다 줄 마차가 두 시간 정도 있어야 도착한다는 정보를 얻고 그들은 벌링검의 제안에 따라 파이프와 브리스톨 셰리주 잔을 들고 벽난로 앞에 자리를 잡고 앉았다. 밖은 어두워지고 있었다. 비가 가볍게 떨어지기 시작했다. 에브니저는 조바심을 치며 친구의 이야기가 시작되기만을 기다렸다. 하지만 벌링검은 파이프에 불을 붙이고 잔을 채운 뒤 편안하게 한숨을 쉬더니 그저 이렇게 묻는 것이었다. "아버지는 요즘 어떻게 지내시나, 에벤?"

4 계관시인이 벌링검이 최근에 겪은 모험에 대해 듣다

"아버지 얘기는 집어치워요!" 에브니저가 초조하게 통을 놓았다. "나는 그가 죽었는지 살았는지도 몰라요. 그리고 당신의 이야기를 다 들을 때까지는 신경도 안 쓸 거예요!"

"하지만 자네는 적어도 아버지가 누군지는 알잖아, 그렇지? 그가 살았든 죽었든 간에 말이야. 그리고 그런 점에서 다른 사람들은 몰라도 '자네가' 누군지는 알고 있는 셈이지."

에브니저가 간청했다. "제발 그 노인네 얘기는 잠시 우리 화제에서 몰아내도록 해요. 그가 나를 몰아냈듯이 말이에요. 그동안 어디 있었어요? 무엇을 했죠? 무엇을 봤어요? 피터 세이어라는 이름은 어떻게 된 거죠? 어쩌다 이렇게 내가 다 못 알아볼 만큼 변한 거냐고요? 자, 어서 대답해 봐요. 노인네 얘기는 집어치우고요!"

벌링검이 물었다. "어떻게 그의 이야기를 빼놓을 수 있겠나? 내 이야기는 그가 나를 해고시킨 사건에서 비롯되는데."

"뭐라고요? 당신이나 안나에 대한 그 말도 안 되는 소리를 말하는 거예요? 그 일이 당신 얘기와 무슨 관계가 있죠?"

벌링검이 말했다. "얼마나 격렬하게 분노하던지! 얼마나 지독하게 놀라던지! 정말이지 그가 나에게 품었던 증오는…… 그 일을 생각하면 나는 지금도 두려움을 느낀다네!"

에브니저가 퉁명스럽게 말했다. "그 일에 대해서라면 아버지를 한 번도 용서한 적이 없어요."

"그의 아들로서 자네가 가진 특권이겠지. 하지만 에벤, 나는 그를 그 즉시 이해했어. 그리고 용서했다네. 아니, 심지어 그 때문에 그에게 감탄했지. 만약 그가 날 죽이려 했다면……. 아, 글쎄, 하지만 상관없어."

에브니저가 고개를 저었다. "이해할 수 없군요. 하지만 말해 봐요. 언제쯤 되면 당신의 이야기를 들을 수 있죠?"

벌링검이 단언했다. "이미 듣고 있잖아. 이것은 이야기 전체가 놓여 있는 교각이야. 본격적인 노래를 예고하는 류트 전주(前奏)라고 할 수 있지."

"그렇다면 할 수 없죠. 하지만 나는 머리가 몸통보다 큰 올챙이 꼴이 될까 봐 걱정이네요. 그러면 당신은 그를 용서한 건가요?"

"그 이상이지. 나는 그 일로 인해 그를 사랑하게 되었어. 그리고 부끄러움에 허둥지둥 달아났지."

"하지만 아버지는 당신에게 거짓되고 악의적인 혐의를 씌웠어요!"

벌링검이 어깨를 으쓱했다. "내가 감탄한 건 그의 정의(正義)가 아니라 자기 자녀에 대한 굉장한 관심이었어."

에브니저가 말했다. "그는 우리에게 늘 대단한 관심을 품고 있죠. 그것도 아주 지나칠 정도로. 하지만 그런 관심이 우리를 파괴하고 있다고요! 당신이 말해 준 것처럼 안나를 피투성이가 될 만큼 채찍질했다고 가정해 보세요. 당신은 그런 종류의 관심을 좋아하거나 존경하지는 않겠죠?"

벌링검이 대답했다. "만약 정말로 그랬다면 나는 그를 죽여 버렸을 거야. 하지만 그럼에도 불구하고 그를 사랑했을 거야."

"이제 보니 지난번 런던에서 마지막으로 만났을 때와는 생각이 무척 달라졌군요. 그렇다면 어째서 당신은 안나와 함께 집에 돌아가겠다는 내 결심을 칭찬하지 않았나요? 그런 결심을 내리게 된 건 자식으로서의 순수한 염려에서였다는 걸 알고 있었으면서."

벌링검이 말했다. "내 말을 오해했군. 나는 여전히 그 점에 반대해. 안나가 매번 그의 기분을 맞춰 주는 것 역시 마음에 안 들고. 내가 그의 아들이었다면 그의 관심을 피해 달아난 죄로 애저녁에 절연당했을 거야. 하지만 아버지의 관심이라는 건 얼마나 귀중한 것인가, 에벤! 그런 보물을 아쉬움 없이 내던질 수 있다면 나는 얼마나 부유한 사람이겠는가! 자네 아버지는 침대에 누워 자네를 잃은 슬픔에 한숨을 쉬고 자네를 가문에 걸맞은 사람으로 만들기 위해 자네 삶의 방향을 규정하네! 하지만 말해 보게, 누가 나를 위해 슬퍼해 주겠는가?

내가 건달로 살든 철학자로 살든 누가 신경이나 쓰겠는가? 누가 있어 내게 반항할 만한 인생의 목표나 조롱할 만한 가치를 강요하겠는가? 요컨대 나는 무엇 때문에 이 세상에 태어났는가? 나는 어디로부터 달아나야 하고 어떤 이력이나 배경을 경멸해야 하는가? 내게 고향이 있다면 나는 그곳을 떠날 걸세. 가족이 있다면 죽었든 살아 있든 그들을 경멸할 걸세. 그리고 낯선 도시들을 이방인이 되어 방황할 걸세. 하지만 세상 사람들 모두에게 이방인이 되고 역사와 아무런 연결 고리도 없다는 것은 얼마나 짐스럽고 절망할 만한 일인가! 그것은 내가 마치 썩은 고기에 구더기 꾀듯 갑자기 생겨나거나 하늘에서 뚝 떨어진 것과 마찬가지라는 얘길세. 내게 천사의 혀가 있다 해도 그것이 얼마나 외로운 일인지 자네에게 결코 말하지 못할 걸세!"

에브니저가 말했다. "이해할 수 없군요. 이게 정말 템스 거리에 서서 자신의 선조에 대해 전혀 모른다는 걸 하늘에 감사하던 그 남자의 입에서 나온 말인가요?"

"그것은 자포자기에서 나온 말이었어." 벌링검이 미소 지었다. "가난한 사람들이 부자들은 다 죄인이라고 욕을 퍼붓는 것처럼. 자네 둘이 떠났을 때 나는 전에 없이 외로움을 느꼈다네. 그리고 나를 키워 주었던 새먼 선장과 상냥한 멜리사에 대해 오랫동안 생각했지. 언젠가 자네가 케임브리지에서 내가 어떻게 해서 헨리 벌링검 3세라고 불리게 되었느냐고 물었던 것 기억나나?

"그럼요. 그리고 당신은 태어날 때부터 지니고 있던 이름이라고 대답했죠."

벌링검이 말했다. "나는 몇 시간 동안 방 안에서 투덜거렸네. 그리고 마침내 알게 되었지. 이 으리으리한 내 이름이야말로 내가 가진 가장 귀중한 재산이라는 걸. 나는 어떻게 해서 그냥 벌링검이 아닌 벌링검 3세가 되었던 것일까?"

에브니저가 새삼 놀란 듯 말했다. "세상에, 무슨 말인지 알겠어요! 당신을 선조들과 연결시켜 주는 것은 바로 당신의 이름이에요. 당신은 결국 완전히 '무(無)에서 창조된' 건 아닌 거예요! 당신 이름이 바로 수수께끼를 풀 수 있는 일종의 실마리라고요!"

벌링검이 고개를 끄덕였다. "그러게 내가 학자가 되겠다고 공언하지 않았던가?" 그는 브리스톨 셰리주로 잔을 다시 채우고 말을 이었다. "난 그 자리에서 이렇게 맹세했다네. 내 아버지의 이름과 됨됨이, 내 출생의 배경, 그리고 가능하다면 그가 어디에서 어떻게 죽었는지도 알아내고 말리라. 다른 어떤 일보다도 그 일을 우선적으로 여기며 원하는 답을 찾을 때까지, 아니 탐색하다가 생을 마감하는 한이 있더라도 지구 곳곳을 샅샅이 뒤지리라 하고 말일세. 그리고 지난 칠 년 동안 나는 탐색을 계속해 왔다네. 그것은 이제 내 필생의 사업이지."

"그렇다면 난 반드시 그 얘기를 들어야겠어요. 이미 너무나 오래 기다렸다고요. 자, 남아 있는 셰리주나 얼른 비워 버리고 얘기를 시작하세요. 그 이야기가 끝날 때까지는 어떤 방해도 참지 않을 거니까요."

벌링검이 말했다. "원하는 대로 하지." 그는 술잔을 비우고 파이프를 채운 뒤 다음과 같은 이야기를 풀어놓았다.

"만약 한 인간이 자기가 어디에서 왔는지, 어떻게 왔는지, 혹은 자기 이름의 진위 여부조차 확신할 수 없다면 과연 어떻게 자기 가문의 역사를 밝혀낼 수 있을까? 내 유일한 희망이 거짓 희망일 수도 있다는 가능성을 내가 완전히 외면했다고 생각지는 말게, 에벤. 내 이름에 관한 것, 혹은 어쩌면 새먼 선장을 우연히 만나기 전까지 나를 유아 때부터 양육했던 다른 보호자들에 관한 것 역시도 어떤 농담이나 뜻밖의 일이 아니라는 증거가 내겐 어디에도 없었으니까. 다리를 놓겠다고 맹세하려면 용기만 있으면 되네. 하지만 용기만으로는 결코 다리를 놓을 수 없지. 나는 첫 단계를 위한 방침을 정하고 마침내 브리스톨로 갔어. 어쩌면 그곳에서는 적어도 새먼 선장을 알거나 그가 데리고 있던 고아를 기억하는 누군가를 찾을 수도 있을 거라 생각했거든. 그리고 솔직히 나의 신상에 대해 알고 있을지 모르는 그의 오래되고 믿을 만한 친구나 친척이라도 마주치기를 마음속으로 기도했다네. 여기저기 다니며 떠벌리지는 않았다 해도 만약 그것이 어떤 커다란 범죄에 연루되어 있지만 않다면 적어도 한두 명에게는 얘기했을 가능성이 전혀 없진 않을 테니까."

에브니저가 얼굴을 찌푸렸다. "이를테면 어떤 거요? 당신의 말로 판단하건대, 그 남자는 비열하게 유괴 같은 건 하지 않을 사람 같던데."

벌링검이 입술을 뾰족하게 내밀더니 손을 들어 올렸다가 다시 내렸다. "그는 내가 아는 한 자식이 없었어. 그리고 아들에 대한 갈망은 흔히 한 남자와 여자를 돌이킬 수 없는 지경까지 몰고 가기도 하지. 게다가 그것은 그리 어려운 일도 아니었으니까. '수많은 닻이 땅거미 질 때 내려졌다가 동트기 전 올려진다.'는 말도 있지. 유괴의 가능성을 완전히 배제할 수는 없지만 내가 주로 의심하는 건 그게 아닐세. 만약 그가 나를 적절치 못한 방식으로 얻었다면 자신이 자주 들르던 기항지의 현지처에게서 얻었다고 보는 게 더 그럴듯하지 않을까?"

에브니저가 말했다. "설마요. 물론 뱃사람들은 직업이 직업이다 보니 여자 관계가 꽤나 복잡한 편이고 개중에 중혼을 하는 사람도 있다는 얘기는 책에서 읽은 적이 있어요. 하지만 내가 상상하는 대로라면 새먼 선장은 그런 어리석은 일을 저지를 만한 젊음도 기질도 가지고 있지 않잖아요. 일개 평범한 선원이 아니라 배의 주인이라는 점에서 더욱 그렇죠. 그런 남자가 덜컥 사생아를 낳아 놓는다는 것은 솔로몬이 헛소리를 지껄이거나 유태인이 공정한 흥정을 하는 것만큼이나 있을 수 없는 일이죠."

벌링검이 미소 지었다. "물론 그렇지만 그렇게 불가능한 일은 아냐. 시를 지을 때는 가능한 한 호라티우스를 따르게. 하지만 실제 사람들이 그렇게 단순하다고는 생각지 말아. 많은 유태인들이 알거지가 되었고 많은 성인들이 은밀히 시동(侍童)의 몸에 올라탔어. '탐욕스러운 사람도 때때로 베풀 수 있다. 심지어 개미도 복수를 꾀할 수 있다.'는 말이 있지. 새먼 선장이 젊은 혈기로 여기저기 아무 데나 씨를 뿌릴 만한 사람은 아니었지만 만약 자기 밭이 영 신통치 않다면 그라고 해서 더욱 비옥한 밭을 찾지 말라는 법은 없지 않겠나. 오히려 멜리사 쪽에서 그를 부추겼을 수도 있고."

"아내가 남편의 바람을 부추긴다고요?"

"그런 경우 꼭 부부간의 신의를 저버린 거라고 생각하진 않아. 하지만 상관없어. 우선 나는 그가 그런 떳떳하지 못한 방식으로 나를 얻은 것이 아니라 기독교인의 심성을 가진 사람이라면 누구라도 그럴 수 있듯이 그저 고아 한 명을 맡아 길렀다는 게 가장 그럴듯한 각본이라고 생각했어. 둘째, 나는 그가 나를 얻은 방식에 대해서는 조금도 개의치 않았어. 그렇게 해서 내가 나를 얻은 사람과 방식을 알아낼 수만 있다면."

"그래서 알아냈나요?"

벌링검이 고개를 저었다. "나는 나이 든 사람 서넛을 만났는데 이들은 새먼과 알고 지내던 사이였고 그의 배은망덕한 양아들도 기억하고 있었지. 한 사람이 그러는데 선장은 나를 잃은 슬픔 때문에 죽었다더군. 그리고 멜리사는 그를 잃은 슬픔 때문에 죽었고. 나는 그 이야기를 믿고 싶었어. 그렇게 하지 않으면 그런 무서운 책임을 회피하려 한다고 내 양심이 나를 비난할 것 같았거든. 하지만 개중에는 과거를 비틀어 한 편의 연극으로 각색하고 그럴듯한 이야기를 실제 있었던 일로 착각하며 자신이 마치 라다만토스[48]라도 되는 양 모든 사람들을 심판하려고 드는 사람이 있기 마련이지. 이건 마지못해 하

48) 제우스와 에우로파의 아들. 죽은 뒤 지옥의 세 재판관 가운데 하나로 뽑혔다. 강직한 재판관.

는 말이네만 그 남자가 바로 그런 사람이었네. 어쨌든 어느 누구도 새먼 선장이 어딘가에서 배로 나를 집으로 데려온 것 외에 나의 근본에 대해 아는 바가 없었어. 그래서 내가 물었지. 누가 선장의 가장 가까운 친구였느냐고, 그리고 누가 멜리사의 가장 가까운 친구였느냐고. 그러자 남자들은 다 자기가 바로 선장의 가장 가까운 친구라고 하고 여자들은 다 자기가 바로 멜리사의 가장 가까운 친구라고 하더군. 마침내 나는 그 당시 새먼의 배에서 항해사 노릇을 하던 사람이 누구인지 기억하느냐고 물었지. 하지만 브리스톨은 번잡한 항구야. 그곳에서는 사람들이 항해 때마다 배를 바꿔 타지. 그리고 일 년 전이라면 모를까 삼십 년 전의 일에 대해 알고 있는 사람이 있을 가능성은 거의 없었어. 하지만 종종 그런 일이 일어나듯이 나는 다른 사람들에게 물어보는 과정에서 오히려 스스로 해답을 발견했다네. 아니, 해답이라고 할 수는 없어도 적어도 새로운 희망은 생겼지. 리처드 힐이라 불리는 남자는 내가 새먼 선장과 함께 했던 다섯 번의 항해에서 모두 일등 항해사로 일했던 사람이었네. 그리고 명백하게 어떤 말을 들은 건 아니지만 서로에 대한 그들의 태도에서 그때 내가 느낀 인상으로는 그와 선장은 몇 년 동안 동료로서 함께 일했던 것 같아. 그렇다면 십 년 전 그 항해에서 선원으로 일했을 가능성도 있는 셈이지. 비록 희박하긴 해도 말이야. 그리고 정말 그랬다면, 그야 그 문제에 관해 그가 나보다 더 잘 알고 있는 게 확실했지. 물론 모르긴 몰라도 이 힐이라는 인물이 오래전에 죽었거나 그를 찾는 일이 내 아버지를 찾는 일만큼 어려울 수도 있을 테지만."

에브니저가 참지 못하고 끼어들었다. "그럴 테죠, 그럴 거예요! 제발 이야기 진행과 상관없는 장애물들만 이것저것 나열하지 말고 이야기 자체를 감상할 수 있게 해 주세요. 당신이 그것들을 어떻게 넘었는지나 빨리 알려 주시고요. 그래서 이 힐이라는 사람을 찾았나요? 그가 당신에게 뭐라고 하던가요?"

벌링검이 말했다. "이야기의 '어떻게'에 관심을 가지게. 그렇지 않으면 자네는 『일리아스』에서 결말이 간결하게 명시된 첫머리밖에 읽지 않는 보이오티아인[49]과 다를 게 없어. 공교롭게도 내가 만난 사람들 가운데 리처드 힐을 기억하는 사람은 아무도 없었어. 그런데 그들 가운데 지금도 여전히 부둣가 주변을 어슬렁거리곤 하는 두 사람이 하는 말이 담배 선단에 리처드 힐이라는 사람이 있다는 거야. 그는 종종 브리스톨을 방문하긴 해도 브리스톨 사람도, 또 심지어 영국인도 아니고 메릴랜드나 버지니아 사람일 거라 하더군. 그리고 이제 선원이 아니라 자기 배를 가진 선장이 되었다고 했어.

나는 이것을 나쁜 소식이라기보다는 좋은 소식으로 여겼어. 그리고 브리스톨에서는 더 이상 힐 선장 본인도, 그에 대한 소식도 얻을 수 없다는 결론을 내리고 서둘러 런던으로 돌아왔다네."

에브니저가 짐짓 실망을 가장하며 물었다. "식민지로 가는

49) 교양 없는 사람, 문학과 예술을 이해하지 못하는 사람.

게 아니고요? 이건 당신답지 않아요, 헨리!"

벌링검이 대답했다. "아냐, 나는 기꺼이 아메리카로 갈 준비가 되어 있었어. 하지만 '마차 차고에서 물어보는 것이 길을 따라 추격하는 것보다 현명하다.'는 말도 있지 않나. 런던은 바로 연초 무역의 중심지라고. 그곳에선 힐 선장이 정말로 메릴랜드 사람이고 앤아룬델 카운티 출신이며 바로 그 순간 템스강에 정박하여 선단의 다른 선박들과 함께 짐을 부리고 있던 희망(Hope)호의 주인이라는 걸 알아내는 데 반나절밖에 걸리지 않았어. 나는 그 배가 정박해 있는 부둣가로 허겁지겁 달려 내려가 어렵사리(나는 돈이 없었거든.) 힐 선장과 말을 나눌 기회를 얻었다네. 하지만 굳이 내 쪽에서 먼저 질문을 할 필요도 없었어. 왜냐하면 그는 내 이름을 듣자마자 대뜸 에이브리 새먼의 아들이 아니냐고 물었으니까. 물론 내가 리버풀에서 배를 뛰쳐나간 것도 알고 있었고. 둘이서 함께 나의 어린 시절 객기에 대해 한바탕 혀를 차고, 새먼 선장에(그는 슬픔 때문이 아니라 종양으로 죽었다더군.) 대해서도 한차례 칭찬을 늘어놓은 후 나는 그에게 방문 목적을 말했어. 그리고 그가 혹 머릿속에 지니고 있는 어떤 정보라도 내게 알려 달라고 간청했지.

그가 말하더군. '글쎄, 난 그 당시에는 에이브리의 선원이 아니었네, 헨리. 그 당시에 관해 알아야 할 건 알고 있지만 그 이상은 몰라.'

'그게 뭔데요?'

그가 말했어 '자네도 이미 알고 있는 사실이지, 뭐. 자네가 체서피크의 바닷물 속에서 게처럼 낚여 올려졌다는 것 말일세.'"

에브니저가 외쳤다. "잠깐만요! 그 얘긴 처음 듣는데요, 헨리!"

벌링검이 말했다. "자네와 마찬가지로 나도 처음 듣는 얘기였어. 지금의 자네보다 열 배는 더 놀랐을 거야. 그리고 힐 선장에게 질문을 퍼부어 댔지. 내가 그 문제에 관한 한 전혀 아는 바가 없다고 정색을 하며 말하자 그는 이런 얘기를 들려주더군. 자기 기억으로는 그때가 1654년이나 1655년 초였는데 피스카타웨이에서 체서피크만을 따라 켄트섬으로 항해하는 중에 새먼 선장의 배가 바람에 밀려온 빈 카누를 우연히 발견했다는 거야. 선원들은 인디언의 배가 떠내려 온 거라고 짐작하고 별다른 주의를 기울이지 않았대. 그런데 가까이 다가가니까 거기서 이상한 울음소리가 들려오더라는 거야. 선원들은 새먼 선장에게 이 사실을 보고했고 그는 곧 배를 세우고 보트 한 척을 내려 보내 그것을 조사하게 했지."

에브니저가 숨가쁘게 말했다. "세상에, 헨리! 그럼 그게 당신이었단 말이에요?"

"그래, 완전히 벌거숭이에다 추위로 다 죽어 가던 이삼 개월 된 아기였어. 손과 발은 생가죽 밧줄로 묶여 있었고 피부 위에는 선원의 문신처럼 작고 빨간 글씨로 '헨리 벌링검 3세'라는 이름이 쓰여 있었다는군. 그들은 서둘러 나를 배 위로 데려갔지."

"잠깐만요, 부탁이에요! 당신이 거위 똥처럼 가볍게 떨어뜨려 놓은 이 놀라운 일들에 적응할 시간이 필요해요! 알몸뚱이에다 문신까지 새겨져 있다니, 맙소사! 지금도 남아 있나요?"

"아냐, 희미해진 지 오래야."

"하지만 어쩌다 당신이 거기 있게 된 걸까요? 모종의 악행이 저질러졌던 게 분명해요!"

벌링검이 말했다. "아무도 몰라. 카누와 가죽 끈들로 보아 야만인들과 관련이 있는 게 분명했어. 하지만 내가 아는 범위 내에서는 문자를 알고 있는 야만인 종족은 없었지. 게다가 피부와 머리 가죽은 온전했거든."

에브니저가 외쳤다. "저런! 도대체 어떤 놈이 아무것도 모르는 아기에게 그런 악의를 품을 수 있는 거죠? 즉시 죽여 없애는 걸로 만족하지 못하고 그렇게 잔인하게 오랜 시간 고통을 주려 하다니."

"그것이 오늘날까지 풀리지 않는 수수께끼야. 어쨌든 새먼 선장은 나를 선장실로 데려가 이불로 감싸 두었어. 그곳에서 나는 열흘 동안 밤낮 없이 사경을 헤맸지. 선장은 내게 신선한 염소젖을 먹이고 극진히 간호했어. 마침내 열이 가라앉았고 나는 건강을 회복했지. 새먼 선장은 내게 무척이나 정이 들어서 배가 브리스톨로 돌아오기도 전에 나를 자신의 아들로 삼으리라 결심했다는군. 힐 선장이 아는 건 이게 전부였어. 물론 나는 그 덕분에 이전보다 훨씬 더 많은 걸 알게 되었지만 내 호기심이 거기서 진정되지는 않았어. 아니, 오히려 더 커졌지. 그 자리에서 나는 메릴랜드로 회항할 때 희망호의 선원으로 합류하고 싶다고 말했어. 그곳을 샅샅이 뒤져 실마리를 찾아볼 생각이었지."

에브니저가 미소 지었다. "사실상 자포자기에 가까운 결심이었겠군요, 그렇죠? 그 카누가 어디에서 떠내려 온 건지, 새먼 선장의 배가 그것을 발견한 지점이 어디인지를 모르기 때문에 더욱더 그랬을 테죠."

벌링검이 동의했다. "정말 그랬다네. 비록 자포자기적인 결심도 때로는 성공을 거두기도 하지만 말일세. 어쨌든 그렇게라도 하지 않으면 탐색 자체를 포기할 수밖에 없는 상황이었지. 희망호가 출항하기 전까지는 이 주일 정도의 여유가 있었네. 나는 진짜 무슨 연구원이라도 되는 것처럼 세관 기록을 이 잡듯이 뒤졌어. 메릴랜드에 살고 있는 벌링검이라는 성을 가진 모든 사람들을 찾아내는 게 목적이었지. 일단 주에 도착하면 정당한 방법으로든 부정한 방법으로든 그들 모두에게 접근해서 내가 찾고자 하는 것을 파헤칠 작정이었으니까."

에브니저가 물었다. "그래서 수확은 좀 있었나요?"

벌링검이 고개를 저었다. "내가 알고 있는 한 지금 그 주에는 그런 이름을 가진 사람이 단 한 명도 살고 있지 않다네. 아니, 그 주가 건설된 이래 지금까지 한 명도 없었지. 그다음 나는 같은 방식으로 다른 주들의 기록을 검토하기로 결심했어. 메릴랜드의 북쪽과 남쪽을 차례로 훑었지. 세월이 지나면서 양도 증서와 특허장에 많은 변화가 생긴 데다가 내전에 대한 공포로 인해 그것은 더더욱 어려운 과제가 되었어. 내전에 대한 공포는 세관 서기들이 자기 동료들에게 갖고 있던 믿음을 엄청나게 파괴시켰지. 나는 버지니아부터 시작했어. 현재부터 과거로 거슬러 올라가며 작업했지. 하지만 크롬웰의 시대를 넘어가기도 전에 이 주일이 다 가고 말았다네. 나는 메릴랜드로 갔지." 벌링검이 미소를 지으며 파이프에서 재를 떨었다. "기상 상태가 이 주일 정도만 더 나빴어도 내 희망을 엄청나게 부채질할 만한 무언가를 찾을 수 있었을 텐데 말이야. 하지만 아쉽게도 실상은 그렇지가 못했지. 결국 난 그걸 찾기 위해 거의 이 년을 더 기다려야 했으니까."

"그게 뭐였죠? 당신 아버지의 소식?"

"아냐, 에벤. 그분에 대해서는 그때나 지금이나 더 아는 게 없어. 내 어머니나 나 자신에 대해서도."

에브니저가 혀를 차면서 핀잔을 주었다. "아, 차라리 말을 하지 말지 그랬어요. 그런 말은 이야기를 망친다고요. 어떤 탐색에 대한 본격적인 이야기를 듣기도 전에 실패로 끝났다는 얘길 먼저 들으면 얘기를 계속 들을 맘이 나겠어요?

벌링검이 물었다. "자네는 내가 그 나머지를 건너뛰도록 만들 셈인가? 그 소식은 내 할아버지에 관한 것이었어. 아니, 나는 그렇게 믿고 있네. 적어도 그분에 대해서는 아주 조금이나마 알게 되었지."

"아, 그렇다면 당신은 날 감질나게 만들려는 거군요!"

벌링검이 고개를 끄덕이며 일어섰다. "나는 내 아버지에 관해서는 예나 지금이나 아는 바가 없어. 하지만 그렇다고 알게 될 가능성이 전혀 없다는 건 아냐. 하지만 그 이야기는 뒤로 미뤄야겠어."

"뭐예요! 혹시 화난 거예요, 헨리?"

벌링검이 대답했다. "아냐, 아냐. 단지 우리 마부가 마당에서 말들에게 마구를 씌우는 소리가 들려서 말이야. 다리를 좀 쭉 펴게. 출발하기 전에 용변 문제도 해결해야지."

에브니저가 불안하게 물었다. "하지만 꼭 다시 이야기해 줄 거죠?"

벌링검이 어깨를 으쓱했다. "할 수 있다면 잠을 자는 게 좋을 거야. 잠이 영 올 것 같지 않다면 이야기를 들으며 새벽을 기다려도 좋겠지."

그 순간 새 마부가 궂은 날씨를 저주하며 뛰어들어 와서는 여행객들에게 출발 준비를 하라고 일렀다. 그들은 그의 지시에 따라 3월의 세찬 바람이 가랑비를 때려 물보라로 만드는 바깥으로 나갔다.

5 벌링검이 잠들 때까지 이야기가 계속되다

여행을 계속하기 위해 마차를 갈아타고 자리를 잡고 나자 에브니저와 벌링검은 일단 잠을 자 보려고 애썼다. 하지만 잠을 청하기에는 길이 너무 울퉁불퉁했다. 그들은 상당히 피곤한 상태였지만 덜컹거리는 마차에서 족히 반시간을 시달리고 나자 잠을 자려는 시도가 무모한 것이었다는 사실을 깨달았다. 그리고 결국 그들은 잠들기를 포기했다.

에브니저가 한숨을 쉬며 말했다. "에잇, 잠은 무슨! 아버지 말씀마따나 무덤 속에 들어가면 쉴 시간은 충분해요."

벌링검이 동의했다. "맞는 말이야. 쉬는 것을 너무 오래 미루면 오히려 무덤에 더 빨리 도달하겠지만."

에브니저의 제안에 따라 그들은 파이프를 채우고 불을 붙였다. 담배를 한 모금 빤 후 시인이 단언했다. "난 미루는 거 대찬성이에요. 내 방광이 브리스톨 셰리주 대신 레테[50] 강물로 가득 차 있다 하더라도 난 여전히 당신이 내게 들려주었던 이야기를 결코 잊을 수 없고 그것을 모두 다 들을 때까지 잠들고 싶지도 않아요."

"자네는 이 이야기가 지루하지 않나?"

"지루하다뇨! 당신이 몇 년 전에 케임브리지에서 들려주었던 집시들과의 여행 이야기만큼이나 신기한걸요. 당신이 거짓말에 익숙지 않은 사람이라는 걸 내가 알고 있기에 망정이지 그렇지 않았다면 그 놀라운 이야기들을 도무지 믿을 수 없었을 거예요."

벌링검이 말했다. "그렇다면 여기서 그만두는 게 나을 것 같군. 왜냐하면 아무도 다른 사람의 마음을 확실히 알 수는 없는 거거든. 그리고 내가 지금까지 말한 것들은 말하자면 본격적인 연주에 앞선 일종의 줄 고르기에 불과하다네."

"그렇다면 제발 더 이상 지체하지 말고 빨리 연주하세요. 그리고 내가 당신을 믿는다는 걸 믿어 줘요."

"좋아. 이건 그리 지독하게 긴 이야기는 아냐. 하지만 솔직히 상당히 복잡하다네. 이곳저곳 장소의 이동도 많고 등장하

---

50) 그리스 신화에서 지옥 경계에 있는 망각의 강.

는 인물만 해도 일개 대대는 될걸."

에브니저가 벌링검을 안심시키려는 듯 말했다. "엉킨 포도나무엔 적지 않은 포도가 열려 있는 법이죠." 그러자 벌링검은 더 이상의 전주 없이 바로 본 악장으로 들어갔다.

"나 같은 선원을 밑에 두는 것은 딕 힐로서는 상당히 흡족한 일이었을 거야. 승선한 지 일주일 정도 되자 십오 년 이상을 묵혀 두었던 옛 솜씨가 모두 되살아났거든. 하지만 나는 일단 메릴랜드에 도착해서는 선원 일을 그만뒀고 한 장소에 묶여 교사 노릇이나 하고 싶지 않았기 때문에 힐의 농장에서 자리를 잡았지."

에브니저가 물었다. "그것 역시 한 장소에 묶이는 것 아닌가요?"

"오랫동안은 아니지. 나는 그의 회계를 봐주는 것부터 시작했어. 계산을 정확히 할 줄 아는 농장주는 드물었거든. 나는 곧 그의 신임을 얻었고 그는 내게 세번강 유역의 연초 밭에 대한 전반적인 관리를 맡겼다네. 그것은 포기할 수 없을 만큼 중요한 사업이지만 자기는 그것에 대해 별반 애정을 갖고 있지 않고 차라리 항해를 하며 시간을 보내고 싶다고 말하더군."

"아, 그렇다면 당신은 나보다 먼저 메릴랜드 연초 경작자 노릇을 해 본 셈이네요! 당신이 그것을 어떻게 관리했는지 꼭 들어 봐야겠는데요."

벌링검이 대답했다. "그 얘긴 나중에 하지. 왜냐하면 바로 여기에서 우리의 이야기가 돛을 올리고 출항을 하니까. 그때가 1688년이었는데, 영국이 구교도와 개신교 문제로 혼란스러웠던 것처럼 식민지 각 주에서도 커다란 소요가 있었어. 메릴랜드와 뉴잉글랜드에서는 말썽이 특히 많았지. 볼티모어 본인과 메릴랜드 의회 의원의 대부분은 가톨릭교도였어. 그리고 뉴잉글랜드의 총독과 부총독, 즉 에드먼드 앤드로스와 프랜시스 니콜슨은 모두 제임스왕의 적으로도 알려져 있는 인물들이었지. 메릴랜드 반란군들의 우두머리는 존 쿠드라는 인물이었는데…….”

에브니저가 말을 받았다. “그래요. 나도 그 이름을 볼티모어 경으로부터 들었어요. 그는 메릴랜드 정부를 빼앗은 가짜 신부라지요.”

“비범한 친구야, 에벤, 내 맹세하지! 어쩌면 자네는 그를 만나게 될지도 몰라. 그는 여전히 자유의 몸이니까. 뉴욕에서 그에 상응하는 인물은 제이콥 라이슬러인데 그는 니콜슨을 노리고 있었어. 그런데 그해 겨울 라이슬러가 쿠드와 공모하기 위해 메릴랜드로 온 거야. 윌리엄왕이 등극할 거라는 정보가 막 메릴랜드에 전해졌던 터라 한 명은 세인트메리즈에서, 다른 한 명은 뉴욕에서 함께 공격을 하는 것이 그들의 의도였지. 간단히 말하자면 힐 선장은 그에 대한 정보를 입수하고 라이슬러가 돌아가기 전에 니콜슨에게 경고하기 위해 1월에 나를 뉴욕으로 보냈어.”

“그렇다면 힐 선장은 가톨릭 신자였나요?”

벌링검이 대답했다. “자네나 나와 마찬가지로 그렇지는 않았어. 그것은 메릴랜드에서는 신앙의 문제가 아니었지. 쿠드는 제임스에게 충성하지 않았지만 윌리엄에게 충성한 것도 아니었어. 그가 싫어했던 건 정부 자체 그리고 모든 유형의 질서였다네! 그에 비하면 라이슬러는 그저 건달에 불과했지."

에브니저가 말했다. "쿠드라는 사람과는 제발 마주치지 않기를 바라야겠군요. 그런데 당신은 뉴욕에 도착했나요?"

"그래. 내가 소식을 전하자 니콜슨은 마치 포병처럼 욕을 퍼부어 대더군. 니콜슨은 1686년에 아일랜드 가톨릭 군대의 지휘관 자격으로 앤드로스에게 왔었고 뉴욕에서 제임스의 아들의 생일을 경축한 적이 있었네. 그는 반란군들이 자신에게 로마가톨릭 교도라는 낙인을 찍고 그걸 구실 삼아 자신을 몰아내기 위해 갖은 수를 동원하리라는 것을 잘 알고 있었어. 그는 그 소식을 은폐하려 했지만 소용이 없었지. 딕 힐은 내가 니콜슨을 위해 일할 수 있도록 안배해 놓았기 때문에 니콜슨은 앤드로스에게 경고하기 위해 나를 보스턴으로 보냈어. 나는 두 사람의 신임을 얻었고 두 사람의 개인 연락관 노릇을 자원했어. 나는 공식적으로 그들 조직에 속한 사람이 아닌 관계로 역도들 사이에서 운신의 폭이 넓다는 장점을 지니고 있었지. 아니, 솔직히 말함세. 나는 그들 도당의 일원으로 가장한 적이 있었고 그렇게 해서 그들의 움직임을 총독에게 수시로 보고할 수 있었다네."

"당신 정말 대담하군요, 헨리!"

"어? 아 글쎄, 대담하든 아니든 간에 질서라는 대의를 위해 도움을 좀 주긴 했지. 아무튼 역도들은 그해 봄 윌리엄의 등극 소식을 듣자마자 앤드로스를 체포했고 보스턴 감옥에 집어넣었어. 또한 그들은 뉴욕에서 니콜슨이 도시에 불을 지를 작정이라는 소문을 퍼뜨렸지. 그리고 그것을 핑계로 라이슬러는 요새를 점거할 수 있을 만한 병력을 소집했네."

"니콜슨은 어떻게 되었나요? 탈출했나요?"

벌링검이 말했다. "그래. 6월에 배를 타고 런던으로 도망쳤어. 라이슬러는 그를 사략선[51] 선장이라고 욕했지만 결국 무사히 돌아갔지."

에브니저가 외쳤다. "'무사히'라니요! 라이슬러에게서 도망쳐 윌리엄의 품 안으로 들어가는 것은 프라이팬에서 불속으로 도망가는 것과 마찬가지 아닐까요?"

벌링검이 웃었다. "아냐, 에벤. 닉은 그렇게 단순한 바보가 아닐세. 자네도 곧 알게 되겠지만."

"그렇다면 당신은 어때요, 헨리? 메릴랜드로 되돌아갔나요?"

"이번에도 아냐. 왜냐하면 그거야말로 정말로 불속으로 들어가는 셈이었을 테니까! 쿠드는 7월에 공격을 개시해서 8월에는 총독의 의회를 매타패니 요새에 몰아넣고 포위했거든. 아냐, 난 뉴잉글랜드에 남았어. 처음엔 뉴욕에 있다가 니콜슨이 안전하게 빠져나간 뒤로는 보스턴에 있었지. 나는 에드먼드 앤드로스 경을 아일랜드성 감옥에서 빼낼 작정이었다네."

에브니저가 말했다. "정말이지! 이건 에스퀴멜링의 소설에나 나올 법한 이야기로군요!"

벌링검이 미소를 지으며 대답했다. "여러 면에서 그럴 거야. 보스턴 항구에는 영국의 소형 구축함 '장미(Rose)'호가 정박하

---

51) 전시에 적선을 나포하는 면허를 가진 민간 무장선.

고 있었어. 그 지역의 선박들을 해적으로부터 보호하기 위한 목적이었지. '장미'호의 선장 존 조지는 앤드로스의 친구였네. 그가 총독의 석방을 요구하며 도시에 포격을 할까 봐 역도들이 그를 인질로 삼을 정도로 친한 친구였지. 사실 내가 원하는 게 바로 그거였어. 그리고 필요하다면 앤드로스를 '장미'호에 태워 몰래 프랑스로 데려갈 계획이었지."

"대체 어떻게 해낸 거죠?"

"하지 못했어. 계획을 잘못 세운 건 아니었지만. 나는 키잡이이자 지도 제작자인 토머스 파운드라는 사람을 구했는데 그는 조지 선장의 친구로 앤드로스에 대한 충성심을 증명하기 위해 무슨 일이든 할 준비가 되어 있었어. 총독은 탈출했고 닷새 후 우리는 항구를 몰래 빠져나와 매사추세츠로 들어가서는 해적으로 가장하여 고기잡이 선단을 괴롭히기 시작했지."

"저런!"

"그들이 우리들에게 괴롭힘 당하는 것을 견디다 못해 조지 선장에게 하소연을 하면 결국 그는 우리를 진압하기 위해 '장미' 구축함을 끌고 올 것이 아닌가. 이것이 바로 우리가 짜 놓은 각본이었어. 그러면 우리는 로드아일랜드로 가서 앤드로스를 태워 프랑스로 향할 작정이었지. 하지만 우리가 그들을 양껏 괴롭히기도 전에 앤드로스가 이미 다시 체포되어 영국으로 이송되고 있다는 소식이 전해졌다네."

에브니저가 말했다. "어쨌든 시도할 만한 가치는 있었잖아요."

벌링검이 말했다. "아마 처음엔 그랬겠지. 하지만 방금 말했듯이 결국 그것이 소용없는 일이란 게 밝혀지자 파운드는 곤경에 빠졌네. 그는 해적 노릇을 한 죄가 있기 때문에 교수형이 두려워 보스턴 항구로 들어가지 못했어. 게다가 양식이 부족한 관계로 프랑스로 건너갈 수도 없었지. 그 결과 우리는 예전엔 구실 삼아 하던 해적 노릇을 진짜로 하게 된 거야."

"맙소사!"

"그래, 그랬어. 우리는 해적이 되었고 먹이를 찾아 북쪽 해안을 어슬렁거렸지."

"하지만 헨리, 설마 당신도 그들과 함께했나요?"

"그렇지 않으면 물고기 밥이 되는 수밖에 없었어, 에벤. 그래, 나는 나머지와 함께 싸웠다네. 그리고 사실 옳지 못한 일이라고 생각은 하면서도, 그 일이 그렇게 싫었던 건 아냐. 범법행위에는 묘한 매력이 있다네 선량한 사람이 꿈꿀 수 없는 그런. 말하자면 술과 같은 거지."

에브니저가 말했다. "난 당신이 그것에 오래 취해 있지 않길 바라요! 그건 위험한 양조주로 보이는군요."

"솔직히 젖먹이들의 입에 물리는 젖꼭지 같은 것은 아니지. 파운드는 두 달은 족히 훔치고 약탈했어. 비록 자신의 수고에 대한 대가로 소금에 절인 돼지고기와 신선한 물 이상은 원하지 않았지만 말일세. 그는 10월에 마서즈비니어드 먼바다에서 한 보스턴 슬루프 선에 의해 공격을 당했고 배 위에 있던 모든 사람들이 죽거나 다쳤어. 당시 버지니아에 있던 나는 몇 주 전 파운드의 배에서 탈출한 것을 하늘에 감사했지. 뉴잉글랜드에 머무는 동안 내내 가명을 사용했기 때문에 발각될 염려는 없었어. 나는 그것을 최대한 이용하여 메릴랜드로 돌아가 앤아룬델에서 딕 힐과 재회했다네. 그는 오래전에 내가 죽은 것으로 알고 포기하고 있었다 하더군. 사실 내가 파운드의 배를 탈출하려 한 데는 더 중요한 이유가 있었어. 우선 나는 존 쿠드가 힐 선장이 자신의 적이라는 걸 알고 있으므로 분명 오래지 않아 그에게 어떤 해를 입힐 것이라 걱정했어. 게다가 더 이기적이지만 중요성에서는 결코 뒤지지 않은 용건이 있었지. 글쎄, 버지니아에 벌링검 가문이 존재한다는 말을 들은 거야!"

에브니저가 외쳤다. "설마, 정말 놀라워요! 혹 당신의 친척인가요?"

"몰라. 그때까지 살아 있는 사람이 있는지조차 알 수 없었지. 단지 벌링검이라는 사람(실제로 '헨리' 벌링검이라더군.)이 버지니아의 최초 정착민들 가운데 한 명이었다는 것만 알고 있을 뿐이야. 난 어떤 구실을 대서든 그곳에 가서 탐문해 볼 작정이었지."

"싫든 좋든 당신은 바다 위를 항해하고 있었을 뿐인데 어떻게 그 얘길 듣게 된 거예요? 그건 정말 기적에 가까운 일이에요!"

"기적이 아니라면 신의 이상한 조화겠지. 그 놀라운 일은 그렇게 간단하게 이야기할 수 있는 게 아냐, 에벤."

에브니저가 고집했다. "하지만 반드시 얘기해야 해요."

벌링검이 어깨를 으쓱했다. "내가 파운드와 함께 있을 때였어. 그의 해적질은 이미 절정에 달해 있었지. 평상시 우리의 먹이는 작은 상선이나 연안 무역선이었는데 우리는 그들의 배에 넘어가 마음에 드는 것을 훔치고는 그들을 놓아주곤 했어. 저항하지만 않으면 누구에게도 상처를 입히진 않았지. 하지만 어느 날 북동풍에 의해 버지니아 근해로 밀려갔을 때, 우리는 요크강 입구에서 체서피크만을 따라 올라가던 낡은 함재정과 우연히 마주쳤어. 우리는 물론 그 배를 공격했고 약탈을 하기 위해 배 안에 있던 승무원들을 모두 쫓아냈지. 그런데 그 배는 승객 셋을 더 태우고 있었던 거야. 50세 전후의 천박해 보이는 녀석과 그보다 몇 살 젊은 아내, 그리고 채 스물이 되지 않은 딸이 있었지. 그녀는 군침이 돌 만큼 흔치 않은 미모를 자랑하고 있었고 검은 머리에 생기가 넘쳐흘렀어. 그리고 그녀의 엄마 역시 딸에 버금가는 미모였지. 그들을 보자 남자들의 머리에서는 약탈할 생각이고 뭐고 다 사라지고 말았어. 사실 수확이 적었기도 했고. 그들은 여자 둘을 즉시 강간하려 했지. 파운드 선장은 폭력에 반대하는 쪽이었지만 선원들의 흉흉한 분위기에 감히 안 된다고 말하지는 못했어. 보스턴에서 항해를 시작한 이후로 여자 맛을 단 한 번도 보지 못했기 때문에 만약 파운드 선장이 그들을 말렸다면 그들은 아마 그 자리에서 폭동이라도 일으켰을 거야. 내가 그들을 저지하기 위한 최소한의 움직임이라도 취했다면 그들은 그 즉시 나를 물고기 밥으로 던져 버렸을걸!

순식간에 그 무법자들은 여자들의 옷을 벗기고는 난간으로 끌고 갔어. 자네도 알다시피 포로들을 난간에서 강간하는 것이 해적들의 습관이거든. 난간 뒤쪽으로 구부려 놓고 앞으로 하든, 손발을 묶어 위에 걸쳐 놓고 뒤로 하든. 내 동료 선원 한 명은 어떤 처녀가 이 같은 방식으로 열세 명에게 강간당하는 모습을 본 적이 있다더군. 그들은 그녀의 등허리 부분을 선미의 난간에 걸쳐 놓고 돌아가며 강간을 해서 결국 등뼈를 부러뜨리더니 강간이 끝나자 그녀를 난간 너머로 던져 버렸다는 거야. 그들이 이런 식으로 강간하는 것은 더욱 잔인하게 보이기 위해서인 것 같아. 힐 선장은 언젠가 내게 자신이 마르티니크에서 만났던 늙은 프랑스인 악당에 대해 말해 준 적이 있어. 그 악당은 이렇게 떠벌렸다는 거야. 자기는 자기가 강간하고 던져 준 여자를 맛있게 먹고 있는 상어를 바라볼 때 가장 쾌감을 느끼곤 했는데, 일단 그런 세련된 즐거움을 맛보고 나니 뭍에서는 여자를 안을 맛이 영 안 나더라고."

에브니저가 외쳤다. "제발 그만하세요! 내가 듣고 싶은 건 야만의 역사가 아니라 그 불행한 희생자들의 소식이에요."

벌링검이 부드럽게 말했다. "자네는 지나치게 성급하군. 배우고자 열망하는 사람은 가장 사악한 행동에서도 교훈을 발견할 수 있는 법이야. 그건 그렇고 내가 그 여자들을 어디에 남겨 두었지?"

"배의 난간에요. 그들의 정조가 지금 경각에 달려 있다고요."

"아, 정말로 그것은 여성에겐 끔찍한 시간이었어. 남자 열여섯이 자신들을 겁탈하기 위해 죽 늘어서 있었으니까. 남편은 그동안 제 목숨이라도 살려 보겠다고 자비를 구하느라 여자들의 목숨까지 신경 쓸 여유는 없어 보이더군. 아내는 온 힘을 다해 완강히 저항하고 있었어. 그런데 그 소녀는 해적의 의도를 파악하자 재빨리 자신의 엄마에게 프랑스어로 말하더군. 배 안에서 그것을 알아들을 수 있는 사람은 나뿐이었지. 그리고 그녀는 아무런 저항 없이 선원들에게 프랑스어 억양으로 조용히 묻는 거야. 자신의 정조를 유린하는 게 더 이득이 되겠는가, 아니면 각자 100파운드를 손에 넣는 것이 더 이득이 되겠느냐고. 남자들은 처음엔 그녀의 말을 그냥 무시했어. 그녀의 벗은 모습에 완전히 넋이 나가 있었거든. 하지만 그녀는 난간으로 끌려가는 내내 자기 말을 들어 보라고 간청했어. 아니, 차라리 제안을 했다고 하는 편이 맞겠군. 왜냐하면 그녀의 목소리는 마치 상인이 흥정이라도 하듯 침착하고 냉정했으니까. 그녀는 자신과 자신의 엄마가 프랑스 귀족이라고 하면서 자신들이 어떤 상처라도 입는다면 그로 인해 선원들 모두 교수형을 당할 거라고 경고했어. 하지만 만약 자신들에게 손대지 않고 온전하게 풀어 준다면 우리들은 모두 일주일 내로 100파운드씩 갖게 될 거라고 장담하더군.

여기서 나는 만약 성욕으로 눈이 벌개진 해적들의 움직임을 잠시나마 주춤하게 만들 수 있다면 여자들을 도울 수도 있겠구나 하는 생각이 들었어. 그래서 나는 일부러 그들을 희롱하는 해적들의 대열에 동참했지. 심지어 다른 놈들 몇몇을 밀치면서 내 손으로 그녀를 난간으로 끌고 갔다네. 마치 첫 자리를 차지하겠다는 듯이 말이야. 하지만 거기서 일단 멈췄어. 그리고 그녀가 다시 제안을 해 오자 내가 외쳤지. '잠깐 물러서 봐, 친구들. 이 계집을 해치우기 전에 일단 말이나 들어 보자고. 100파운드가 생기면 창녀들은 얼마든지 살 수 있을 테니까.' 나는 더 나아가 그들에게 우리가 해적질로 웬만큼 재물을 모으면 프랑스로 건너가기로 했던 일을 상기시켰어. 그리고 우리가 그곳에 입항하는 데 어려움을 겪을지도 모르는 위험을 무릅쓰는 일이 과연 신중한 일인지 의문을 제기했지. 나의 주된 의도는 그들의 움직임을 잠시 동안만이라도 제지하여 그들로 하여금 다시 한번 생각하도록 만드는 거였어. 왜냐하면 생각은 폭력의 적이니까. 두 번을 생각하고서도 강간하는 놈은 정말로 짐승이야! 거기까지는 전략이 성공했어. 남자들은 그 제안을 조롱하고 비웃었지만 한동안은 더 이상의 움직임을 보이지 않았거든.

한 놈이 물었어. '어떻게 너희들 같은 궁정의 귀부인들이 이런 형편없는 배에서 항해를 하고 있었지?' 딸이 대답했어. 자기들이 부자는 아니지만 약속된 몸값을 치를 만한 돈은 충분히 가지고 있으며 돈을 치르고 나면 빈털터리가 될 거라고. 다른 녀석이 엄마 쪽에게 상스럽게 물었어. 어떻게 귀족 가문의 여자가 자신의 고귀한 엉덩이를 저런 겁쟁이에다 촌뜨기 남편에게 맡길 생각을 다 했느냐고 말이지. 나는 이것이 꽤 날카로운 질문이라고 생각했어. 왜냐하면 그놈은 외모로 보아 정말 거칠고 비속한 상인이었으니까. 하지만 딸이 빠르게 프랑스어로 말했고 그 부인은 자기 남편이 버지니아의 유력 가문 출신이라고 대답했어. 거기에 딸이 다음과 같이 덧붙였지. '꼭 알아야겠다면 말씀드리죠. 그건 사실 정략 결혼이었어요.' 그녀의 말은 계속 이어졌는데, 사실 이게 본론이었지. 즉 자기 아버지가 자기 소유의 영지를 가지고 어머니의 정조를 산 것처럼 자기도 바로 그 동일한 영지를 가지고 우리들로부터 자신들의 정조를 사겠다는 거야. 남자들은 이 말에 재미있다는 듯 웃어 댔고 남편에게 끝없이 조롱을 퍼부었어. 그 녀석은 갑판 위에서 두려움으로 당장 오줌을 지릴 것만 같더군. 이제 해적들의 마음은 강간하고 싶은 마음 반, 100파운드를 받고 싶은 마음 반으로 갈렸지. 하지만 여자들의 이야기를 믿어야 할지 말아야 할지 갈피를 잡지 못하는 것 같았어.

그런데 자네도 내가 낯선 사람을 만날 때마다 습관적으로 벌링검이라는 사람에 대해 묻는다는 걸 분명 알고 있을 테지? 내게 헨리 벌링검 3세라 불리는 친구가 있는데, 그는 자기가 사생아가 아니라는 걸 무척 증명하고 싶어한다고 설명하면서 말이야. 배 위의 모든 남자들도 내가 이러는 것에 익숙해져 있었어. 그리고 헨리 벌링검 3세를 모두가 알아야 하는 어떤 대단한 거물이라도 되는 양 자기들끼리 농담 삼아 말하곤 했지. 이런 이유로 그 숙녀가 그런 제안을 했을 때, 우리들 가운데 익살꾼 하나가 이렇게 말한 거야. '만약 그가 대단한 버지니아 신사라면 분명히 헨리 벌링검 경을 알겠군. 그는 연초 위에 똥을 누었던 가장 고귀한 버지니아인이거든.' 그러고는 만약 모른다면 그들은 사기꾼임에 틀림없을 테고 자기들과 함께 난간으로 가야 한다는 말을 덧붙였지. 이것으로 나는 게임이 끝났다고 생각했어. 그것은 강간의 구실을 마련하기 위한 바보의 시험이었으니까. 하지만 놀랍게도 그 처녀가 자기는 정말로 제임스타운의 헨리 벌링검에 대해 알고 있다고 말하는 거야. 그는 최초의 정착민들과 함께 그곳에 왔고 스스로를 기사라고 밝혔다나 어쨌다나. 그녀는 자신의 말이 사실이라는 걸 증명하려는 듯 그쪽 사회에서는 그가 진짜 귀족 혈통인지 의심하는 사람이 많다는 말도 덧붙였어.

해적들은 굉장히 놀랐어. 물론 가장 놀란 건 나였지만. 난 그들의 목숨을 구하기 위해 필요하다면 내 목숨까지 걸리라 결심했어. 이 문제에 대해 그 여자들을 더 추궁해 봐야 했으니까. 나는 그들에게 그 여자가 벌링검에 대해 말한 건 모두 사실이라고 했어. 그리고 나는 그녀의 이야기를 모두 믿으며 그녀의 처녀막을 기꺼이 100파운드와 교환하겠다고 말했지. 남자들의 과반수 이상이 나와 같은 결정을 내릴 충분한 기미가 보였어. 그때는 이미 최초의 욕망이 진정된 상태인 데다 그때까지의 해적질로 별반 건져 올린 게 없었기 때문이야. 그러자 파운드 선장이 인질 문제를 제기했어. 그리고 그들 가운데 한 명은 몸값이 지불될 때까지 배에 남겨 두었다가 일이 잘못되면 생명과 명예를 몰수하기로 결정했지. 이에 대해 엄마와 딸은 짧게 프랑스어로 얘기하더니 각자 자기가 인질로 남을 테니 아버지를 풀어 달라고 애원하는 거야."

에브니저가 외쳤다. "세상에, 대단한 애정이로군요! 그 비열한 놈은 그런 애정을 받을 가치가 없어요!"

벌링검이 웃었다. "다른 선원들에게도 그렇게 보였다네. 그 여자들이 한 말을 모두 알아들었던 나를 제외하고 말일세. 이보게, 에벤, 이 아름다운 여성들은 대담한 사기꾼들이었어. 딸이 계략을 생각해 내고 그것을 자기 엄마에게 프랑스어로 말했지. 인질 문제가 불거지자 엄마는 이렇게 말했어. '제발 신이여, 그들이 해리를 붙잡기를. 그렇게 되면 우리는 그에게서 벗어나면서도 돈 한 푼 안 줄어들 텐데.' 딸이 대담하게 말했지. '우리가 그들에게 그의 가치를 납득시키지 않으면 그 짓을 하기 위해서라도 엄마나 나를 택할 게 분명해요.' 엄마가 외쳤어. '쳇! 저 짐승은 부크-메흐드(bouc-merde)의 가치도 없어!' 자기 남편을 숫염소의 배설물에 비유한 거지. 처녀는 자신의 생각도 엄마의 생각과 정확히 일치하지만 자기들이 달아나기 위해서는 오히려 자신들이 남기를 자원하고 그의 석방을 간청해야 한다고 대답했어. 우리가 속아 넘어가 주길 기대한 거지.

남자들은 처음엔 그 미끼를 무시했어. 그때 내가 그들에게 물었지. 해적들에게 강간당할 위험에 처한 당신들에 대해서는 조금도 염려하지 않고 자기 혼자만 살겠다고 울고불고 난리를 치는 이 짐승 같은 겁쟁이 놈을 그렇게 감싸 주는 이유가 뭐냐고. 처녀가 대답했어. 그가 자기들에게 전혀 애정을 갖고 있지 않은 것은 사실이고 그는 10크라운을 잃느니 차라리 자기들을 버릴 사람이지만, 어리석은 여인들이 종종 그렇듯 자신들은 그를 진심으로 받들고 있으며, 따라서 그가 다치는 걸 보느니 차라리 자기들이 죽겠다는 거야. 남편은 이 말에 넋이 나갈 정도로 놀라서 처음엔 분노와 공포로 입조차 떼지 못했어. 그리고 그가 정신을 추스르기 전에 내가 단언했지. 그놈은 일단 뭍에 다다르면 배신할 테니 그를 인질로 삼고 그를 구하기 위해 여자들은 반드시 돌아올 테니 여자들을 보내 몸값을 가져오게 해야 한다고. 남자들은 여자들을 풀어 준다는 것을 영 내키지 않아했지만 파운드 선장은 내 주장에 일리가 있다고 보고 그렇게 하라고 명령했어. 그놈은 사슬에 묶여 밑으로 보내졌고 여자들은 여행 가방에서 새 옷을 꺼내 왔어. 그들을 뭍으로 운반할 보트도 준비되었지. 나는 보트가 출발하기 전에 선장에게 은밀히 나를 그들과 함께 보내 달라고 간청했어. 내가 그들의 언어를 알고 있고 그들은 이 사실을 모르기 때문에 만약 그들이 배신하려고 해도 미리 알아챌 수 있는 데다 내가 감시자로 붙어야 그들이 확실히 몸값을 가지고 돌아올 거 아니냐고 말했지. 그는 나를 보내는 걸 별로 내켜하지 않았지만 결국 설득당했다네. 나는 여자들과 함께 대형 보트를 타고 노를 저어 나아갔어. 내가 그들에게 알려 준 계획은 파운드가 몇 주 동안 해적질을 하러 갔다가 케이프에 돌아오면 9월 말에 내가 거기서 그들과 합류하는 거였지. 게다가 선원들의 의심을 잠재우기 위해, 그리고 내가 혹 그들 몫을 가로챌까 봐 우려하는 질투심을 가라앉히기 위해, 나는 그들에게만 따로 얘기해 두었어. 내가 그 여자들로 하여금 직접 몸값을 배 위로 가져오게 할 테니 몸값이 일단 확보되면 그들은 난간이 부러질 때까지 여자들을 마음대로 범할 수 있을 거라고!"

에브니저가 외쳤다. "헨리! 어떻게 그럴 수가……."

벌링검이 가로막았다. "잠깐 기다려. 이야기가 아직 안 끝났네. 우리는 버지니아 동쪽 해안의 아코막 근처에 배를 댔어. 그곳에서 그 여자들의 집으로 향하는 여정을 시작했지. 우리는 발각될까 두려워 어둠을 틈타 상륙했어. 그리고 동이 틀 때까지 더 나아가지 않고 해변에서 불을 피우고 몸을 녹이기로 결정했지. 해적들이 돛을 올리고 달빛 아래서 항해를 시작하는 모습을 보자 두 여자는 기쁨의 눈물을 흘리더군. 그리고 엄마가 프랑스어로 말했어. '신께서 널 축복하기를, 앙리에타. 넌 단번에 해적들과 아버지를 떨어냈구나!' 딸이 대답했어. '우리와 함께 있는 이 친구를 축복하는 게 나아요. 그는 내 거짓말을 믿을 만큼 놀라운 멍청이니까.' 엄마가 말했어. '정말 그래. 저렇게 잘생긴 녀석이 저렇게 바보일 줄 누가 알았겠니?' 그들은 스스로의 대담함에 감탄하며 소리 내어 웃더군. 내가 자기들의 말 하나하나를 모두 이해하고 있으리라고는 꿈에도 생각지 못한 채. 그리고 장난을 계속 진행시키려는 듯 처녀가 말했어. '그래요. 사실 그는 엄마나 나나 한 번도 즐겨 보지 못한 귀여운 남자예요.' 다른 한쪽이 말했어. '우리가 만약 해리를 위해 눈물을 흘리지 않았다면 앞으로도 결코 그럴 수 없었을 거야. 솔직히 이 사람 혼자서 강간하겠다고 위협했다면 나는 차라리 그에게 강간당하고 우리 돈을 절약했을 거야. 하지만 네게 손대는 건 바라지 않았을 거다.' 처녀가 대답했어. '어머나, 내가 한 푼이라도 잃을 것 같아요? 저 잘생긴 놈은 곧 잠이 들 거예요. 그러면 우리는 도망을 가거나 그를 죽이면 돼요. 내 처녀막이야 내겐 그저 샴페인 코르크 마개에 불과해요. 즐기기 위해서는 반드시 따야 하죠.' 그리고 내 눈을 바라보면서 희롱하듯 말했어. '이봐요, 어떻게 생각해요. 내 몸의 코르크 마개를 뽑고 싶나요? 응? 내 손에 죽기 전에 나를 송곳으로 뚫고 싶나요?(원문: 프랑스어)'"

에브니저가 말했다. "난 프랑스어를 몰라요. 하지만 소리만

들어도 정숙과는 거리가 먼 것 같네요."

벌링검이 핀잔을 주었다. "그렇다면 배우지 않은 걸 부끄럽게 여기게. 프랑스어는 구애하기에 안성맞춤인 언어지. 그런 음탕한 제안을 그렇게 달콤한 말투로 듣는 것이 얼마나 매혹적인지 말로 다 표현 못 할 정도야. '**내 몸의 코르크 마개를 당신의 송곳으로 뚫어 주세요.**(원문: 프랑스어)' 그 목소리가 여전히 들리는 것 같아. 그리고 그때마다 몸에 땀이 나면서 전율이 온다네! 난 더 이상 속일 필요가 없다고 보았어. 그래서 완벽한 파리식 프랑스어로 대답했지. '나로선 영광이오, 아가씨, 그리고 부인. 그 후에 날 죽일 필요도 없소. 왜냐하면 해적들을 따돌린 일은 당신들 못지않게 나도 기쁘니까.' 그들은 내 말을 듣고 놀라움과 부끄러움으로 당장이라도 죽을 것만 같아 보였어. 특히 그 처녀는 더욱 그랬지. 하지만 내가 어쩌다가 그 해적들과 함께하게 되었는지를 설명하고 내가 찾는 것이 무엇인지 알려 주자 그들도 곧 진정하더군. 그리고 태도도 상냥해졌지. 아니, 상냥함 이상이었어. 그들은 아낌없이 고마운 마음을 표현했다네. 그리고 이미 서로 간의 비밀이 들통난 걸 알고 그날 밤 모래 위에서 한껏 뒹굴었지."

에브니저가 말했다. "정숙하진 않더라도 정말 멋진 이야기네요. 헌데 벌링검에 대해 더 알게 된 건 없나요? 따지고 보면 그 여자들을 구한 건 바로 그 때문이잖아요."

벌링검이 말했다. "그래. 그날 밤 나는 그들에게 벌링검에 관한 얘기가 그들이 지어낸 허구인지 물었어. 그러자 처녀는 절대 허구가 아니라더군. 자기 아버지는 사실 사생아이면서 대단히 특별한 양 젠체하고 자기 가문을 미화하는 데 굉장히 열심이었던지라 언제나 오래된 기록들을 찾아 여기저기 뛰어다니곤 했대. 그리고 자기는 그를 위해 성(姓)씨를 검색해야 했다는 거야. 그들이 제임스타운으로 여행을 갔던 것도 바로 그 때문이라더군. 그녀는 먼지가 켜켜이 앉은 수많은 종이들 사이에서 헨리 벌링검이라는 사람이 쓴 일기로 보이는 문서 몇 장을 발견했어. 하지만 자기는 그걸 그저 대충 훑어보았을 뿐이라더군. 자기 가문에 대해선 아무런 언급도 없었으니까. 그녀는 그 일기가 제임스타운에서부터 시작되는 어떤 여행을 다루고 있다는 정도만 기억하고 있었어. 존 스미스 선장이 그 여행을 이끌었다는 것, 그리고 그와 일기 저자 사이에 서로 좋지 않은 감정이 있는 듯 보였다는 것도. 그녀는 그 이상은 읽지 않았고 기억하고 있는 것도 전혀 없었어. 오래지 않아 나는 욕구를 채웠다네. 서른다섯 치고는 그런 문제에 있어서 그리 대단한 정력은 지니고 있지 않았으니까. 그리고 불 옆에서 잠이 들었지. 아침 햇빛에 눈을 떴을 때 그 여자들은 이미 사라지고 없었네. 그리고 그 이후로 다시 만난 적도 없어. 내가 깨어나기 전에 움직인 것은 신중함 때문이었던 것 같아. 많은 것들이 밤에는 달콤한 향기를 흩뿌리다가도 뜨거운 태양 아래서는 고약한 냄새를 풍기기 마련이니까. 게다가 그들의 평판도 전혀 손상을 입지 않았어. 우리가 그들의 배를 덮친 후로 그들은 자기들의 이름도, 어디에 사는지도 밝힌 적이 없으니까. 그저 메릴랜드 동쪽 해안에 그들의 집이 있다는 것밖엔."

"그곳에서 곧장 제임스타운으로 갔나요?"

"아냐, 앤아룬델 카운티로 가서 힐 선장을 만났어. 나는 쿠드가 혹 그를 해한 건 아닌지 몹시 궁금했거든. 게다가 내겐 양식을 살 돈이 한 푼도 없었고. 잠시 동안 힐을 위해 일해 주다가 탐색을 속행할 작정이었어. 솔직히 난 그곳의 정치 상황에 관심이 없지 않았고 이전에 맡았던 것과 비슷한 또 다른 임무를 맡길 원했거든."

에브니저가 말했다. "당신은 모험에 대한 탐식가예요."

"어쩌면 그럴지도 몰라. 더 정확히 말하자면 세계에 대한 탐식가지. 아무리 보고 배워도 세상에 대한 허기를 좀처럼 달랠 수가 없거든."

"힐 선장이 당신을 보고 분명 기쁘기도, 놀라기도 했을 거예요."

"정말 그랬어. 뉴욕에서 라이슬러의 반란 이후로 나에 대한 소식을 전혀 듣지 못했고, 그래서 내가 죽었을까 봐 걱정하고 있었으니까. 그는 자신의 입지가 대단히 위험하다고 말했어. 쿠드와 그의 부하들이 날마다 자기 적들의 영지를 폐허로 만들어 놓고 있었는데 힐의 영지는 그대로 남겨 두었다더군. 그저 변덕 때문이었는지 혹은 영국에서의 힐의 영향력에 대해 아직 확신을 못 해서인지는 모르지만. 자기 자신을 나폴리의 반란군 이름을 따서 마사니엘로[52]라고 부르는 것이 쿠드의 대단한 자부심의 표현이었지. 그의 최측근인 캘버트 카운티의

52) Masaniello(1620~1647년), 17세기 초 스페인의 지배에 대항해 일어났던 나폴리 혁명의 전설적인 영웅. 물론 스페인 정부의 입장에서 보자면 악명 높은 반도였다.

헨리 자울스 대령이 스캠버러 백작을 연기했고, 니니안 빌 대령은 아르길 백작 역을, 의회 대변인인 케넴 케셀딘은 역시 대변인인 윌리엄스 역을 맡았어. 그들이 법정에서 이런 역할을 맡아 연기하고 우쭐대며 세인트메리즈를 약탈하는 동안, 나는 그해 겨울을 힐의 영지를 정돈하며 보냈다네. 그리고 필요할 때마다 주를 여행하면서 몇몇 카운티에서 반대 세력을 선동했지. 쿠드는 봄에 이 소식을 듣고 우리를 공격하기로 결심했어. 그는 불온한 언사를 했다는 혐의를 날조하고 40명 이상의 부하들을 보내 우리를 짓밟았다네. 힐 선장이 항해를 위해 무려 700파운드를 들여 건조한 희망호를 압수하고 영지를 약탈했어. 우리가 숲으로 탈출해 가까스로 목숨을 구할 수 있었던 것도 운이 좋아서였지.

나는 처음엔 다른 여러 배의 선장들을 찾아갔어. 이들은 모두 힐의 친구이자 쿠드 대령의 적이었는데……."

에브니저가 끼어들었다. "대령이라고요! 신부(神父)가 아니었나요?"

벌링검이 대답했다. "그자는 자신을 부르고 싶은 대로 부르지. 그는 자신 말고는 어떤 권위도 인정하지 않아. 인간과 신에게 똑같은 반역자지. 어쨌든 나는 이 사람들로부터 라이슬러에 의해 제임스 2세파로 몰려 퇴출되었던 니콜슨이 현재 버지니아의 부총독(말하자면 최고 관리지. 왜냐하면 총독은 영국에 살고 있었으니까.) 직(職)을 맡고 있다는 걸 알게 되었어. 바로 윌리엄왕 본인의 명령으로 말일세! 왕은 어떤 사람이 맡은 바 소임을 잘 수행하는 한 그가 자신의 적들에 의해 뭐라고 불리는지에 대해서는 별로 신경을 쓰지 않는 듯 보였어. 그리고 사실 닉은 단점이 없진 않았어도 아주 능력 있는 총독이었지. 난 이 소식이 그렇게 반가울 수 없었다네. 우리를 가장 잘 보호해 줄 수 있는 사람이 바로 니콜슨이었으니까. 게다가 제임스타운이라면 내가 꼭 찾아가 보려던 곳이기도 했고. 나는 힐의 친구들로 하여금 니콜슨에게 쿠드의 야만스러운 짓거리들을 고발하고 선장과 그의 가족을 위해 은신처를 요청하는 편지를 쓰게 했어. 그리고 6월이 다 가기 전에 우리는 제임스타운에 있었지. '마사니엘로'와 그의 도당은 우리에게 마수를 뻗치기 위해 니콜슨을 몇 차례나 구슬리고 위협했지만 그는 끄떡도 안 했어. 메릴랜드로부터 도망친 자들은 언제나 버지니아에서 안식처를 구한다는 것이 버지니아의 결점이자 미덕이었지."

에브니저가 물었다. "그런데 당신이 찾던 그 귀중한 일기책은 발견했나요? 아니면 그건 그저 오도 가도 못하는 상황에서 젊은 여자가 지어낸 터무니없는 이야기였나요? 제발 그 문제에 대해서 더 이상 날 기다리게 하지 말아요. 난 그런 장시간의 대장정이 과연 열매를 맺을 수 있었는지 여부를 꼭 알아야겠어요!"

벌링검이 웃었다. "결론에 도달하기 위해 너무 서두르지는 말게, 에벤. 성급함은 보조(步調)를 망치고 형상들을 섞어 놓지. 장기간의 방랑이 열매를 맺는 거 누가 본 적 있나?"

에브니저가 외쳤다. "더 이상 놀리지 말아요!"

"아주 좋아, 계관시인 나리. 어찌 되었든 난 정말로 그 일기를 손에 넣었어. 게다가 한 글자 한 글자 충실하게 필사를 했지. 한두 면 정도 지루한 부분들은 요약만 해 두었지만. 지금 여기 외투 안에 있네. 아침이면 읽을 수 있을 거야. 지금은 그저 그것이 헨리 벌링검의 일기가 틀림없지만 그 사람이 내 조상인지에 대해서는 아직 증거가 없다는 것 정도만 말해 두기로 하지."

"당신이 그것을 찾아내다니 정말 기뻐요. 하지만 아침까지 기다릴 순 없어요! 당신의 이야기가 아직 끝난 게 아니라니 다행이에요. 초조하게 시간 가는 것만 기다리는 건 힘든 일일 테니까. 자, 다음엔 어떤 경이로운 일들이 당신을 기다리고 있죠?"

벌링검이 단호하게 말했다. "오늘 밤은 여기까지야. 이젠 길도 좀 평탄해졌고 밤도 거의 다 되어 가잖아. 나머지 이야기는 플리머스에 도착할 때까지 기다리게." 그는 그렇게 말하더니 에브니저의 불만 섞인 항의에는 완전히 귀를 닫은 채 다리를 최대한 쭉 뻗고는 곧 잠이 들었다. 그러나 시인은 그리 운이 좋지 못했다. 비록 머리는 피로로 인해 지끈거렸지만 아무리 애써 봐도 체념하고 잠을 자기는커녕 그저 눈을 감고 있기조차 힘들었다. 그의 마음속은 볼티모어에게서 처음 듣고 이제 벌링검의 이야기를 통해 살이 붙은 이름들로 가득 채워졌다. 그리고 엄청난 에너지와 목표 의식을 가진 인물들이 그의 공상 속을 배회했다. 그 가운데 그의 친구이자 교사가 첫 번째를 차지하고 있었다.

6 벌링검의 이야기가 계속되다. 계관시인이 헨리 벌링검 경의 「개인 일기」의 일부를 읽고 순수성의 본질에 대해 이야기하다

날이 샌 후 여행객들이 아침 식사를 할 수 있도록 이오빌에서 마차가 멈추자 에브니저는 당장 그 일기를 보게 해 달라고 벌링검을 졸랐다. 하지만 그의 선생은 식사가 끝날 때까지 고집스럽게 못 들은 척했다. 해가 완전히 떠올라 한기가 가시고 주위도 밝아지자 그들은 밖으로 나와 담배를 피우고 다리를 쭉 뻗었다. 벌링검이 외투 주머니에서 여러 번 접힌 종이 뭉치를 꺼냈다. 시인의 눈에 처음 들어온 것은 '헨리 벌링검 경의 개인 일기'라는 제목이었다.

벌링검이 말했다. "그 제목은 내가 지어 놓은 거야. 보다시피 전체가 아니라 일부일세. 하지만 그것이 기술하고 있는 여행은 존 스미스의 『버지니아 통사(Generall Historie)』에 적혀 있어. 여행 시기는 1607년 1월, 즉 식민지에 정착해서 처음 맞는 겨울이었지. 그들은 인디언들의 '황제' 포우하탄의 마을을 찾기 위해 치카호미니강을 따라 올라갔어. 당시 제임스타운은 스미스 선장에게 적대적인 분위기가 지배적이었지. 어떤 사람들은 윙필드 의장과 랫클리프 의장을 몰아내려는 그의 책략을 경계했고, 다른 사람들은 그가 런던 회사의 지령을 무시한다고 비난했다네. 그는 금을 찾는 일이나 동양으로 가는 물길을 찾는 일에 많은 시간을 투자했거든. 하지만 또 다른 사람들은 그저 배가 고팠고, 그래서 그가 포우하탄과 거래를 터야 한다고 생각했어. 치카호미니강을 따라 올라가는 여행은 이 모든 불만들에 대한 해결책이 될 수도 있었으니까 틀림없이 모두에게 만족스러운 탐험이었을 거야. 우선 선장은 당분간 정치 문제로 골머리를 썩지 않아도 될 것이고, 게다가 사람들 말에 의하면 치카호미니강은 서양에서 동양으로 흐르고 있었거든. 어쨌든 상류 쪽에서 몇 킬로미터만 더 가면 황제의 마을이 나온다는 것이 거의 확실했어. 스미스는 『버지니아 통사』에서 자신이 오페칸카노우라 불리는 포우하탄의 부하에게 포로로 잡힌 일이며 지니고 있던 나침반의 마술 같은 속임수로 목숨을 건진 일들을 말하고 있다네. 그는 혼자서 포우하탄에게 끌려가 죽임을 당할 뻔했는데 황제의 딸이 간청하는 바람에 목숨을 건졌다는 거야. 그가 그 일에 대해 묘사한 부분은 거기 제목 밑에 베껴 두었네."

에브니저는 표지에 쓰여 있는 짧은 글을 읽었다.

그들은 당장이라도 곤봉으로 그의 머리를 때려 부술 것 같았다. 왕이 가장 사랑하는 딸인 포카혼타스는, 아무리 간청해도 소용이 없자 그의 머리를 팔로 감싸고 자신의 머리를 그의 머리 위에 얹어서 그의 목숨을 구했다. 그러자 황제는 스미스에게, 살아서 자신에게는 전투용 도끼를, 그녀에게는 종과 구슬과 동전을 만들어 주어야 한다고 말했다. 왜냐하면 야만인들은 그가 자신들과 마찬가지로 모든 일에 능하다고 생각했기 때문이다.

그가 말했다. "이건 정말 극적인 구출이군요!"

벌링검이 정정했다. "극적인 로맨스지. 그런데 그 '일기'의 요지는 이 벌링검이라는 사람이 그 사건의 전말을 직접 목격했는데 그건 사실 그렇게 멋진 영웅적 행위가 아니었다는 거야. 더 이상은 말하지 않겠네. 어서 자네 눈으로 읽어 보게."

이 말을 남기고 벌링검은 여관 안으로 들어갔다. 에브니저는 햇볕 잘 드는 벤치를 찾아 편안하게 자리를 잡고 '일기'를 읽기 시작했다.

헨리 벌링검 경의 개인 일기

나는 (……) 여러 번 스미스에게 주의를 주었다. 우리의 길잡이는 당신을 바라보느니 차라리 당신의 지갑을 훔칠 만큼 악랄한 야만인이므로 결코 신뢰할 수 없는 사람이며 틀림없이 황제 포우하탄에게 고용되어 있는 자일 거라고. 하지만 그는 도무지 내 말을 들으려 하지 않았다. 강의 수심이 얕아져 배가 더 이상 나아갈 수 없게 되었을 때, 아까 말한 야만인이 황제의 마을은 여기서 아주 가까우니 뭍으로 올라가 거기까지 걸어가자고 제안했고 선장은 즉시 받아들였다. 내가 저 숲은 밀림처럼 두터우니 적의를 품은 야만인들에 의해 쉽게 공격당할 수도 있다고 지적했지만 선장은 자신의 무지와 어리석음이 노출될 때마다 습관처럼 하는 말대꾸로 내 입을 막았다. 말하자면 나는 겁쟁이고 기생충이며 허약한 어린애고 게다가 환관 같다는 것이었다. 그는 이 마지막 표현을 자신이 던질 수 있는 최상의 모욕으로 여겼다. 그는 자신의 남자다움에 대해 지나칠 정도의 자부심을 가지고 있었기 때문이다. 사실 선장은 대단한 비너스 신봉자라서 기회가 있을 때마다 대륙 전역에 걸친 자신의 연애 모험담과 무어인, 터키인, 아프리카인 들과 사랑을 나눴던 기억을 가장 음탕한 언어로 떠벌리곤 했다. 그는 자신을 성적 기교의 대가라고 자부했고 지구상에 존재하는 모든 유형의 여성들의 육체와 온갖 체위에 정통하다고 큰소리쳤다. 그에 덧붙여 그는 여행 중에 수집한, 차마 눈뜨고는 볼 수 없는 춘화(春畵)를 다수 소유하고 있었고, 종종 우리들 중 몇몇에게 그 일부를 미술품 감정가인 양 몹시 잘난 체하며 은밀히 보여 주곤 했다. 이에 관해서는 곧 더 언급하겠지만 일단은 다음과 같이 말할 수 있을 것이다. 이러한 것들에 대한 선장의 집착을 이미 알고 있던 터라 그의 취미가 보통 난봉꾼들의 취미보다 더 광범위하다는 걸 알고도 전혀 놀라지 않았다고. 그의 음탕함은 자연스러움의 범위를 넘어서 종종 변태의 수준까지 확대되었던 것이다…… .

저자는 여기에서 어떻게 일행이 뭍으로 올라갔고 결국 그들을 배신한 길잡이 때문에 인디언들의 손에 떨어지게 된 경위를 묘사한다.

선장보다는 현명한 사람들이 이미 예견했던 대로, 야만인들은 우리들을 공격했고 우리는 있는 힘껏 저항해 보았지만 별로 성과가 없었다. 좁은 지역인 데다 우리를 공격한 놈들의 전력이 사실상 우리보다 우세했기 때문이다. 우리더러는 남자답게 싸우라고 독려하던 우리의 지도자는 약삭빠르게 길잡이를 방패 삼아 허겁지겁 뒤로 물러났다. 그러나 우습게도 그는 사이프러스 나무 뿌리에 발이 걸렸고 그 반동으로 모래톱 너머로 날아가 진흙과 얼음이 섞여 있는 구덩이 속에 빠져 버렸다. 우리들을 이미 제압한 야만인들은 곧 그에게 달려들어 등을 단단히 붙잡아 눌렀다. 누가 우리의 우두머리냐는 그들의 질문에 우리들은 주저없이 그라고 대답했고 그들의 우두머리인 오페칸카노우와 그의 부하 몇 명은 그 즉시 계급에 따라 차례대로 그에게 오줌을 갈겼다. 그들은 드러내 놓고 즐거워했고 우리들은 은밀히 기뻐했다.

포로 다섯은 공터로 끌려갔고 그곳에서 한 번에 한 명씩 소합향 나무에 묶여 화살을 맞았다. 곧 스미스와 벌링검만 남게 되었다.

선장의 차례가 되자 그들은 마치 그 역시 다른 사람들이 앞서 경험한 것과 똑같은 운명으로 이끌려는 듯 그를 붙잡았다. 스미스는 끝까지 신사도를 잃지 않으려는 듯 나에게 순서를 양보하겠다고 겸손하게 제안했다. 하지만 말이야 바른 말로 이런 문제에서 나의 관대함 역시 어느 누구에게도 뒤지지 않았기 때문에 여차하면 완강하게 선장의 제의를 사양할 작정이었다. 그러나 오페칸카노우는 선장의 말에는 전혀 귀기울이지 않았고 자신이 직접 그를 팔로 안아서 피범벅이 된 나무 쪽으로 끌고 갔다. 이 절체절명의 순간에 선장은(그는 후에 자신은 그때 아프리카의 행운 부적을 찾고 있었던 것뿐이라고 내게 해명했다.) 외투에서 작은 색색의 카드를 한 뭉치 꺼내서 슬쩍 바닥에 떨어뜨렸다. 야만인들은 곧 흥분했고 서로 많이 가지려고 뒤엉켜 싸웠다. 카드들을 한 장씩 뒤로 넘겨 보던 그들은 그것이 전라의 남녀가 다양한 체위를 구사하며 구합하는 모습을 생생한 색깔로 그려 놓은 그림이라는 걸 알게 되었다. 카드에는 두 명, 세 명, 네 명, 심지어 다섯 명이 집단으로 엉켜 질펀하게 놀아나고 있는 장면이 보기 드물게 음탕하고 상당한 상상력이 동원되어 그려져 있었다. 웬만큼 몸이 유연하지 않고는 불가능한 체위들이 마치 실제 눈앞에서 이루어지고 있는 것처럼 생생하게 표현되어 있었다.

야만인들이 이 도색 예술 작품들을 감상하면서 얼마나 함성을 질러 대고 웃어 댔는지는 능히 상상할 수 있을 것이다. 왜냐하면 야만인들이란 자기들이 사냥하는 짐승들보다 별반 나을 게 없는 미개한 종족이면서도 다른 한편 더럽고 음탕한 것에 사족을 못 쓴다는 점에서는 백인들과 별반 다를 게 없는 족속이기 때문이다. 스미스의 카드는 적어도 그들의 마음에 들었다. 그들은 지금까지 한 번도 옷 입은 백인 여자를 본 적이 없었고 옷 벗은 백인 여자는 더더구나 본 적이 없었다. 그러니 실오라기 하나 안 걸친 백인 여자가, 그것도 그들이 지금 보고 있는 것과 같은 그런 색다른 몸짓에 탐닉하는 모습이 얼마나 신기해 보였겠는가. 그들은 웃으며 괴성을 질러 댔고 모조리 다 보기 위해 상대의 카드를 낚아챘다.

(그들은 스미스에게) 그가 혹 (그러한 카드를) 더 가지고 있는지 물어보았다. 그는 그 기회를 틈타 주머니에서 조그마한 나침반을 꺼내 보였다. 나침반 내부의 작은 눈금들만으로도 야만인들은 충분히 압도되었겠지만…… 또한 그것의 내부에는 작은 유리 조각들이 설치되어 있었고 그 위에는 양쪽의 작은 구멍 사이로 들여다보는 타락한 사람들에게 대단히 눈요기가 될 만한 아주 작은 그림들이 그려져 있었다. 거기에 그려진 그림들은 카드에 그려진 그림들과 비슷했지만(부끄럽지만 나 역시 그것을 전에 본 적이 있다.) 좀 더 진짜 같은 느낌을 주었다. 왜냐하면 이 경이로운 물건을 만든 대단한 솜씨의 장인은 그런 그림의 입체감을 살리는 훌륭한 재간을 가졌던 터라 구멍을 통해 그것을 보는 사람들은 마치 열쇠 구멍을 통해 실제 정사 장면을 엿보는 것과 같은 (타락한 인간들에게 기쁨이 되는 그런) 느낌을 주었기 때문이다. 그들은 그런 방식으로 남자들은 종마처럼, 여자들은 발정 난 암말처럼 행동하는 광경을 구경할 수 있었다.

그러나 그 저주받을 장치는 어떤 특정한 방식으로 들어야만 렌즈가 햇빛을 적당한 각도에서 받아들일 수 있었다. 특히 오페칸카노우를 비롯한 야만인들은 이런 간단한 기교조차 습득하지 못했으므로, 자신들이 원할 때마다 이 눈요깃거리를 작동시키기 위해서는 비열한 선장의 목숨을 살려 둘 필요가 있었다. 야만인들은 새로 생긴 보물로 인해 너무나 들떠서 그 나침반의 기적을 행사하는 데는 자기 혼자만 있으면 된다는 선장의 암시에도 불구하고 우리 둘 모두를 황제의 마을 바로 옆에 있다는 오페칸카노우의 마을로 데려갔다. 자기들의 부도덕한 즐거움에 정신이 팔려 내 배를 화살로 채우는 일은 까맣게 잊어버린 채.

두 사람은 오페칸카노우의 마을로 끌려갔다가 그곳에서 다시 포우하탄의 마을로, 그리고 마침내 황제 앞에 끌려갔다.

(이러한 전망에) 선장은 대단히 기쁜 모양이었다. 자신이 그 거물 앞에 소개될 때를 대비해 그의 호의를 얻을 가장 효과적인 방법을 줄곧 궁리해 왔다는 이야기만 반복해서 떠들어 대는 걸로 보아 말이다. 나는 솔직히 말해 그의 목숨을 구하는 일보다 결코 잃고 싶지 않은 내 목숨을 구할 일을 걱정하며, 우리는 내가 아는 한 여전히 그저 죄수들일 뿐이지 왕의 사자(使者)가 아니라고 그에게 충고했다. 덧붙여 나는 황제의 호의를 얻으려고 굳이 애쓰거나 어떤 거래를 하려 하지 않을 것이며 만약 황제와 면담 후에도 내 머리가 어깨 위에 그대로 붙어 있고 배에 화살이 꽂히지 않는 한 죄수의 신분으로도 만족할 것이라고 말했다. 선장은 내 말에 평소와 같이 무식한 모욕으로 응수했다.

포우하탄의 집으로 끌려갔을 때 나의 두려움은 배가되었다. 왜냐하면 맹세컨대 그는 내가 가능한 한 평생 마주치고 싶지 않을 만큼 사악하게 생긴 놈이었기 때문이다. 나이는 거의 예순쯤 되어 보였다. 그의 갈색 피부는 햇볕에 오래 방치해 둔 사과의 표면처럼 건조하고 주름져 있었으며 얼굴에는 우리가 그런 사과를 입에 넣었을 때 지을 법한 잔뜩 찌푸린 표정이 떠올라 있었다. 나는 그 얼굴에서 어떤 호의도 찾아볼 수 없었다. 무엇보다도 그의 눈동자가 인상적이었다. 마치 오래된 부싯돌처럼 단단함이 엿보이면서도 난봉꾼과 타락한 늙은 호색한들의 눈에서 발견할 수 있는 이상야릇한 음탕함이 있었기 때문이다. 선장의 눈 역시 그런 기미를 띠기 시작하고 있으니 아마 그가 예순 정도 되면 이 포우하탄과 꽤 닮아 있을 거라는 생각이 들어 나도 모르게 웃음이 나왔다.

게다가 황제 주변을 보니 나의 판단이 틀리지 않았음을 확신할 수 있었다. 그의 주위에는 경호원들만 있는 것이 아니라 다수의 야만인 계집들이 이브처럼 옷을 입고 한가하게 빈둥거리고 있었고, 인류의 어머니가 나뭇잎 한 장으로 가렸었던 그곳에 손바닥만한 동물 가죽이 펄럭이고 있었다. 한 여자는 자신의 주인에게 담배를 가져다주었고, 다른 여자는 그에게 몸을 기울여 타다 남은 나무 조각으로 파이프에 불을 붙여 주었다. 그리고 또 다른 여자는 곰의 지방 혹은 모종의 고약한 냄새가 나는 탕약을 그의 등에 문질러 주었다. 그리고 그는 이러한 봉사에 대한 보답으로 모두 한결같이 심하게 꼬집어 주거나 그의 나이로 볼 때 마땅히 이제는 기분 좋은 추억 이상은 되지 않을 만한 음탕한 장난을 쳤다. 그리고 그 여자들은 이러한 것들을 불평 없이 견뎠다. 사실 그들은 이 늙은 사티로스[53]의 주목을 받기 위해 경쟁이라도 하는 것처럼 보였다. 그들은 왕의 관능을 자극하면 마치 그가 기운 빠진 늙은이에서 내 나이 또래의 젊

---

53) 그리스 신화에 나오는 술과 여자를 몹시 좋아하는 반인반수의 괴물.

은 남자로 회춘이라도 할 거라 믿는 듯 이런 단순한 의무들을 한껏 요염을 떨며 수행했다. 선장은 이 처녀들을 대단히 흥미롭게 관찰했다. 그것도 그저 눈앞의 광경을 자신의 '역사'에 옮겨 보겠다는 순수한 관찰자로서가 아니라 그 이상의 주의를 기울여 열심히 구경하고 있었다. 그러나 나로 말하자면 그저 오줌을 참는 일이 급했고 그런 무시무시한 상황에서는 그것만으로도 충분히 버거운 일이었으므로 그 야만스럽고 문란한 여자들이 왕에게 어떤 요염을 떠는지, 그는 또 어떤 음탕한 행동으로 그들에게 보답하는지 신경 쓸 여력이 없었다.

이쯤 해서 포우하탄은 한 층 높은 침상 위에 앉아 있었고 그 앞의 바닥에 대략 열여섯 살 정도 되는 대단히 매혹적인 야만인 처녀가 앉아 있었다는 사실을 언급해야 할 것 같다. 의복이 화려하고 다른 야만인들이 공손하게 대하는 것으로 보아 아마도 왕비 정도 되는 듯했다. 우리가 그 집에 들어간 이후 연회가 벌어지는 내내 이 젊은 숙녀는 우리에게서 좀처럼 시선을 떼지 않았다. 그리고 나는 선장과 달리 자신이 여성의 호감을 얻을 만한 용모를 가지고 있다고 스스로를 기만하는 취미는 없었지만, 그녀의 시선에는 피부가 흰 남자들을 처음 보았을 때 드러낼 수 있는 자연스러운 호기심 이상의 무언가가 담겨 있었다고 장담한다. 포우하탄은 그녀의 태도를 알아챈 것 같았다. 왜냐하면 식사가 진행될수록 그의 얼굴은 더욱 험악하게 일그러졌기 때문이다. 나는 우리의 상황을 악화시키지 않으려고 왕비의 시선을 부지런히 피했다. 그러나 선장은 그녀의 유혹하는 듯한 시선을 똑같은 시선으로 되받아쳤다. 그의 시선은 너무나도 노골적이어서 내가 황제였더라도 그 자리에서 그를 때려죽이고 싶은 마음이 들 정도였다. 내 가엾은 심장은 내 머리의 안위를 걱정하며 벌벌 떨었다.

그 두 포로들에게 제공된 연회에 대한 묘사가 이어진다. 가르강튀아[54]도 만족할 만큼 음식이 떡 벌어지게 차려져 있었지만, 작가는 한술도 제대로 뜰 수가 없었다. 반면 스미스는 도살장의 돼지처럼 게걸스럽게 먹어 댔다.

선장은 그런 다음 짧은 연설을 했다. 연설의 요점인즉 (왜냐하면 나 역시 야만인의 횡설수설을 약간은 이해했으므로) 자기가 황제를 위해 희귀한 선물을 준비해 왔는데, 불행히도 그것을 황제의 부하에게 (즉 일찍이 우리 동료들을 죽음으로 몰아넣은 바로 그 악명 높은 오페칸카노우에게) 빼앗겼다는 것이었다. 포우하탄은 당장 오페칸카노우를 불러들였고 그에게 선물을 내놓으라고 명령했다. 오페칸카노우는 내키지 않았겠지만 앞서 기술했던 그 사악한 나침반을 꺼내어 자신의 우두머리에게 주어야 했고, 게다가 채찍을 맞는 신세가 되었다. 중간에서 황제에게 바칠 선물을 가로챘다는 죄목에서였다. 이것은 분명 심히 부당한 일이었다. 오페칸카노우는 그 나침반이 포우하탄에게 전해질 것이라는 사실을 전혀 몰랐고 애초에 제 목숨 구해 보

54) 라블레의 『가르강튀아와 팡타그뤼엘』에 등장하는 대단한 식욕을 가진 괴물.

자고 그 부도덕한 물건을 오페칸카노우에게 건네준 선장 역시 전혀 의도한 바 없는 일이었기 때문이다. 그럼에도 불구하고 그 야만인은 채찍을 맞기 위해 방에서 끌려 나갔다. 나는 어쩐지 우리의 미래가 그리 밝지 않을 것이라는 느낌이 들었다.

이윽고 선장은 대단히 놀랍게도 포우하탄에게 나침반의 비밀을 보여 주기 시작했다. 그는 그것의 작은 렌즈들을 불 쪽으로 향하게 하여 안에 있는 부끄러운 장면들을 노출시켰다. 나는 우리에게 종말이 임박했다고 확신했다. 그리고 신사답게 죽기 위해 마음의 준비를 하기 시작했다. 아무리 야만인이라 해도 한 나라를 다스리는 왕의 지위까지 오를 만한 자질이 있는 사람이라면 지금 보고 있는 것과 같은 광경을 보고 혐오감을 느끼지 않을 수 없을 것이기 때문이었다. 나는 마음속으로 선장을 대책 없는 멍청이라고 수없이 욕했다.

하지만 여기서 내가 계산에 넣지 않은 것이 있었으니 그것은 그 야만인의 성적 타락이었다. 그의 추잡한 상상력은 언제나 가장 상스러운 것들에서 쾌감을 느꼈던 것이다. 포우하탄은 화를 내기는커녕 그 작은 그림들을 보며 크게 웃었고 추임새를 넣듯 무릎을 치며 주름진 입술 사이로 연신 군침을 흘려 댔다. 그는 그 구멍에서 좀처럼 눈을 떼려 하지 않았고 뗐다가도 곧 다시 엿보곤 했다. 그의 엿보기는 이런 식으로 오랫동안 계속되었고 그때마다 탄성이 터져 나왔다.

마침내 선장은 왕비에게도 드릴 선물이 있다고 말했다. 나는 눈을 질끈 감고 신에게 나의 안위를 기원했다. 선장의 선물이란 게 어떤 것일지 뻔히 예측할 수 있었고 더 나아가 황제가 질투

하고 있음을 이미 눈치챘기 때문이었다. 당장이라도 토마호크가 내 목을 향해 날아올 것만 같았다. 왕비는 선장의 말에 상당히 기뻐하는 듯 보였다. 짐작대로 선장은 그녀를 위해 가장 인상적인 선물을 마련해 두고 있었다. 그는 마치 화수분처럼 끊임없이 신기한 물건들을 쏟아 내는 자신의 주머니에서 위쪽이 단단히 묶인 꽤 두꺼운 작은 책자 비슷한 것을 꺼냈다. (이 불가사의한 물건 역시 제임스타운에서 본 적이 있다.) 각 장마다 남자가 자신의 아내에게는 보이기 꺼려 할 만한 그림들이 그려져 있었는데 각각의 그림들은 그다음 장의 그림들과 아주 약간 다를 뿐이고 전체가 일종의 연속 그림들로 되어 있어서 그 음탕한 책의 위쪽을 잡고 약간 비스듬히 기울여 한꺼번에 차례대로 빠르게 넘기면 그림 속의 남녀가 마치 실제로 성 행위를 하는 것처럼 생생하게 움직였다.

아! 그 왕비는 남편과 마찬가지로 타락한 게 분명했다. 그 작은 책의 미덕을 알게 되자 그녀는 계속 반복하여 그 안의 배우들을 움직이게 했고 그들이 바쁘게 아랫도리를 움직일 때마다 크게 웃음을 터뜨렸다.

더 많은 음식과 인디언 술이 제공되었다. 스미스는 음식과 술을 모두 양껏 먹고 마셨지만 작가는 전과 같은 몇 가지 이유로 음식과 술을 거절했다. 왕비는 자청해서 스미스를 개인적으로 시중들었다. 그녀는 그의 손을 물에 씻겼고 야생 칠면조 깃털 뭉치를 가져와 물기를 닦아 주었다.

이 두 번째 연회가 진행되는 동안 나는 가까스로 용기를 내어 포우하탄을 관찰했다. 그의 얼굴 표정에서 다음에 올 일을 읽어 내기 위해서였다. 내가 예측한 바에 의하면 상황은 그리 낙관적이지 않았다. 황제는 왕비에게서 좀처럼 눈을 떼지 않았고 그녀 또한 선장에게서 눈을 떼려 하지 않았다. 그녀의 눈은 선장을 노골적으로 유혹하고 있었다. 그녀는 이것을 가져오고 저것을 나르며 선장의 주변에서 바쁘게 움직였다. 그녀의 모든 움직임은 과장되어 있어서 마치 드루어리 레인에서 여사제 역할을 연기하는 배우처럼 보였다. 어리석어서였는지, 아니면 더욱 그럴듯하게는 자신의 어떤 사악한 목적을 달성하기 위해서였는지 모르지만 선장은 갖은 교태를 다 부리고 있는 그녀를 친절히 응대했다. 황제는 이 둘을 모두 예의 주시하고 있었다. 내가 보기에는 그들을 주시하느라 음식에도 거의 손을 대지 못하는 것 같았다. 이때 포우하탄이 매우 사악하게 생긴 부하 세 명을 자신의 침상으로 불렀다. 이들은 모두 온몸에 검댕을 묻히고, 기름을 바르고, 얼룩덜룩 칠을 하고, 장식 술을 달아 요란하게 꾸민 모습이었다. 포우하탄이 마치 짐승이 말을 하듯 툴툴거리거나 속삭이는 소리로 장시간 그들과 대화하기 시작했을 때 그 목적은 분명해 보였다. 나는 다시 한번 내 영혼을 신의 자비에 맡겼다. 그를 대면할 시간이 얼마 남지 않은 것처럼 느꼈기 때문이다. 선장은 전혀 신경을 쓰는 기색이 아니었고 주위를 완전히 무시한 채 왕비와의 수작을 계속했다.

나의 두려움은 현실이 되었다. 황제가 신호를 보내자 거대한 야만인들 셋이 선장을 붙잡았다. 그는 크게 소리를 지르며 저항했지만 곧 포우하탄의 침상 쪽으로 끌려가 무릎을 꿇렸다. 야만인들은 그의 머리를 한 쌍의 커다란 돌 위에 올려놓고는 흉측하게 생긴 곤봉을 꺼내 들었다. 만약 그 중대한 때에 놀랍게도 왕비 본인이 끼어들지 않았다면 그들은 비록 내용물은 형편없이 작더라도 선장의 것임에 틀림없는 그 두개골을 후려쳤을 것이다. 그녀는 제단으로 구르듯 달려 올라가 선장의 머리 위에 자신의 몸을 던지고는 포우하탄에게 단언했다. 그의 머리를 부수게 내버려 두느니 차라리 자신의 머리를 잃겠다고. 솔직히 내가 황제였다면 그 둘 모두를 죽여 버렸을 것이다. 왜냐하면 오래지 않아 그들의 관계는 간통으로 이어질 것이 불을 보듯 뻔했기 때문이다. 하지만 포우하탄은 부하들을 제지했고 자신과 왕비, 선장 그리고 나를 제외한(신께 감사하게도 모두가 나의 존재를 잊어버리고 있는 듯했다.) 모든 사람들을 밖으로 물러나게 했다. 그리고 당분간 내 심장은 가슴속에서 계속 박동칠 수 있을 듯했다.

추장의 말이 이어졌다. 내가 이해하는 한 그것은 이 상황에서 어울리지 않은 일인 데다 유별나기까지 한 일이었다. 포우하탄이 매우 빨리 말을 한 데다가 웅얼거리는 듯한 발음 탓에 일부는 알아듣지 못했지만 내가 파악한 요점인즉, 내가 왕비로 알고 있던 그 여자는 왕비도 후궁도 아니었으며 바로 그의 딸이라는 사실이었다. 그녀의 이름은 포카혼타스로 이 이름의 뜻은 그들의 언어로 '작은 사람' 혹은 '작고 꿰뚫기 어려운 여자'를 의미했다. 그리고 이것은 내가 보기에 실제로 작은 이 처녀의 키를 가리키는 건 아니었다. 그렇다고 그녀의 마음을 가리키는 것도 아니었다. 그녀의 마음은 대단히 쉽게 꿰뚫어 볼 수 있었으니까. 사실 그것은 대단히 남세스럽게도 그 여자의 특이한 육체적인 단점을 가리키는 것이었다. 즉 그녀의 은밀한 곳이 대단히 견고하고 그 안의 막이 상상 이상으로 튼튼해서 그것을 뚫는다는 것이 도저히 불가능할 정도라는 것이었다. 이 일은 황제를 매우 괴롭혔다. 그의 나라에서는 어떤 처녀가 약혼할 때, 그녀와 결혼하기를 원하는 야만인이 약혼할 자격을 얻으려면 우선 그녀의 처녀막을 찢어야 하고 그런 다음에야 결혼식이 이어지는 야만스러운 풍습이 있었기 때문이다. 그런데 포우하탄은 여러 차례 그의 백성들 가운데 전사들을 선택하여 이 포카혼타스와 결혼시키려 했지만 매번 예식은 허사로 끝나고 말았다는 것이다. 남자들이 아무리 용을 써도 그녀의 처녀막을 뚫을 수 없었기 때문이다. 정상적인 경우라면 여자가 상처를 입는 이 과정에서 오히려 대부분의 남자들이 부상을 당하곤 했다. 그리고 가장 통탄할 일은 상처의 정도가 남성성의 척도와 관계되었다는 것이다. 이 나라의 야만인들은 관례상 딸이 열두 살 정도가 되면 시집을 보내는데 황제가 열여섯 살인 딸을 아직 처녀인 채로 데리고 있는 것은 참으로 불명예스러운 일이 아닐 수 없었다.

포우하탄은 계속해서 다음과 같이 말했다. 선장의 두개골은 어느 때고 자신이 원하는 때에 부셔 버릴 수 있지만 그의 딸이 선장의 생명을 구하는 것을 옳다고 보았으므로 선장은 반드시 그녀와 약혼해야 하고 그녀의 이전 구혼자들과 마찬가지로 당연히 그 약혼이 요구하는 노동을(즉 비너스의 작은 동굴로 들어

가는 출입문을 부수는 노동을) 해야 한다. 하지만 그들과 다른 점은 만약 실패할 경우 그녀의 야만인 애인은 그저 창피를 좀 당하거나 (남자가 아니라) 늙은 여자라고 놀림 받는 정도로 끝나겠지만 안타깝게도 선장은 자신의 머리를 다시 돌 위에 얹어 놓아야 할 것이고, 그때는 단 한 번의 중지도 없이 머리에 곤봉 세례를 받게 될 거라는 얘기였다.

영국 여자였다면 분명 굴욕감을 느꼈을 이런 이야기를 포카혼타스는 대단히 기뻐하며 들었다. 그리고 선장 역시 기꺼이 받아들였다. (사실 그 문제에 대해서 그는 선택권이 없었다). 나야 다시 한번 도살의 위기에서 벗어났으니 기쁠 수밖에. 하지만 그것은 아주 잠시 동안의 유예일 뿐이었다. 키가 크고 건장한 야만인들이 실패한 일을 이 호리호리한 선장이 성공할 수 있을지는 미지수였다. 눈에 보이는 몸집의 크기와 숨겨져 있는 물건의 크기 사이에 뭔가 경이로운 불균형이 존재하지 않는 한 말이다. 어쨌든 내 운명은 선장에게 달려 있는 셈이었다. 따라서 나는 그의 행운을 빌었다. 그가 실패해서 내 두개골에 야만인의 곤봉 세례를 받느니 차라리 그가 성공한 후 지겹도록 자랑하는 것을 들어 주는 편이 나았기 때문이다. 몸뚱이만으로 하는 마상 창시합은 황제의 집 앞에 있는 광장 비슷한 곳에서 해뜰 무렵 거행되기로 결정되었다. 그리고 전 부락민이 참석하도록 명령을 받았다. 이것 하나만으로도 비너스를 (내 방식대로) 어두운 침실에서 은밀히 숭상하는 습관이 있는 나를 비롯한 평범한 남자의 물건은 주눅 들게 마련이다. 하지만 선장은 조금도 당황하는 기색이 아니었다. 오히려 자신의 시도를 공개적으로 과시하는 데 열심인 것 같았다. 내가 이해하기에 이것은 그의 추잡함의 정도로 볼 때 아주 적절한 태도였다. 신사라면 자신의 의지에 반하여 어떤 혐오스러운 작업을 하도록 강요당하게 되면 그것을 가능한 한 신속하고 다른 사람들의 눈에 띄지 않게 해치울 테지만, 방탕한 인간이나 바보는 세상의 이목을 자신의 어리석음과 음탕함에 끌어 모으며 그 문제를 시끄럽게 떠벌리게 마련이기 때문이다. 그리고 그는 자신이 못된 짓을 할 때 그것을 보아주는 관객이 있어야만 대단히 만족스러워하곤 했다.

여기서 벌링검이 현재 가지고 있던 부분이 끝난다.

원고를 다 읽고 에브니저는 아쉬운 듯 외쳤다. "세상에, 어떻게 여기서 끝날 수 있지!" 그리고 서둘러 벌링검을 찾았다. "더는 없는 건가요, 헨리?"

"맹세코 더는 한 마디도 찾을 수 없었어. 나머지 부분을 찾겠다고 마을 전체를 샅샅이 훑었지만 말이야."

"하지만 그 뒤 사건이 어떻게 진행되었는지 알아야 하잖아요. 이 가증스러운 스미스가 결국 성공해서 또 한바탕 자랑을 해 댔는지 아니면 당신의 불쌍한 조상이 목숨을 잃었는지 말이에요."

벌링검이 대답했다. "아 그거, 뭐 둘 다 탈출에 성공했다는 것 정도는 알고 있지. 어쨌든 스미스는 같은 해 체서피크를 계속 탐험했고 벌링검 역시 적어도 이 이야기를 적을 순 있었으니까. 게다가 내가 만약 사생아가 아니라면 그는 나중에 분명 아내를 얻었을 텐데, 여기엔 그런 얘기는 전혀 언급되어 있지 않잖아. 에벤, 정말이지 나야말로 말로 다 표현할 수 없을 만큼 나머지 내용을 알고 싶다네!"

에브니저가 웃었다. "나도 마찬가지예요. 아마도 포카혼타스는 시인은 아니었겠지만 나보다 두 배는 더 순결한 몸인 것 같으니까요!"

놀랍게도 벌링검의 얼굴이 빨개졌다. "나는 그런 의미가 아니었어."

"그런 뜻으로 말한 게 아니라는 건 충분히 알고 있어요. 당신이 관심을 갖고 있는 건 당신의 조상에 관한 일이죠. 하지만 이것도 그리 저속한 호기심은 아니에요. 처녀의 타락은 언제나 좋은 교훈거리니까요. 그리고 세상은 그런 이야기에 대해 결코 지겨워하는 법이 없죠. 그 타락의 정도가 심할수록 더 좋고요."

"정말 그런가?" 벌링검이 평정을 회복하며 미소를 지었다. "그러면 제발 내게 말해 주게. 그것은 어떤 교훈을 주지?"

에브니저가 말했다. "이거 내가 선생 입장이 되고 당신이 학생 입장이 되다니 기분이 묘한데요. 하지만 솔직히 이것은 내 가슴에 와닿는 주제고 매우 관심이 가는 이야기예요. 내 결론은, 인류는 그러한 이야기에서 두 가지의 교훈을 발견한다는 거예요. 순수(innocence)의 타락(fall)과 자부심(pride)의 타락이죠. 첫 번째 유형의 원형은 아담에서 찾을 수 있고 두 번째는 사탄에서 찾을 수 있어요. 첫 번째만으로는 두 번째와 달리 비극의 고통은 없죠. 이를테면 포카혼타스처럼 순수하고 단순한 처녀는 그녀의 처녀막 때문에 선하거나 악한 것이 아니에요. 그녀는 그저 아담처럼 타락한 사람들의 선망의 대상일 뿐이죠. 그래서 그들은 그녀가 유린되는 것을 보고 은밀한 쾌감을 느끼는 거고요. 가난한 사람이 재물을 도둑맞은 부자를 보며 내심 고소해하듯 말이에요. 심지어 도덕적인 축에 드는 타락자들도 그녀에게 추상적인 연민 이상은 아무것도 느낄 수가 없어요. 두 번째 유형은 드라마의 재료로 안성맞춤이죠. 우리는 자부심이 대단한 사람을 보며 종종 감탄하곤 하니까요. 말하자면 그의 성공을 통해 대리 만족을 얻죠. 그리고 그의 몰락을 통해 정화되고 교훈을 얻는 거고요. 우리가 사탄에게 저주의 말을 퍼부을 때, 결국 우리가 꾸짖는 건 바로 우리 자신이잖아요? 우리가 마음 한구석에서 은밀히 그의 천상에 대한 반란을 동경한 데 대해서 말이에요."

벌링검이 말했다. "모두 일리 있는 말이야. 그렇다면 자네 말은 자네가 선장에 대한 불쾌감을 표시했을 때, 자네는 그저 같은 방식으로 자네 자신을 꾸짖거나 그가 성공하기를 바라는 자네의 마음 한구석을 비난하고 있었다는 뜻인가?"

에브니저가 인정했다. "명백히 그런 경우죠. 비판하는 사람 스스로가 타락한 사람들에 속해 있을 때는요. 나에게 그것은 마치 처녀가 자신을 강간하는 놈을 격려하거나 볼티모어 경이 쿠드를 지원하는 것처럼 보여요."

"나는 두 가지 다 불가능한 일은 아니라고 봐. 하지만 일단 그 얘긴 관두자고. 단언하건대 자네 자신이 타락하는 일이 생긴다면 틀림없이 아주 볼만할 거야. 자네는 순결한 데다 자부심도 대단하니까 말일세."

에브니저가 친구의 말에 눈에 띄게 당황해서 물었다. "내 자부심의 근거가 뭔데요?"

"바로 자네의 순결성이지. 자네는 그것을 단순한 사실 이상으로 고양시키고 특별한 미덕으로 만들고 있어. 자네는 확실히 그에 대해 어떤 기독교적인 경의까지 품고 있어!"

에브니저가 대답했다. "어떤 의미로는 기독교적이죠. 비록 기독교는 성 바오로를 제외하고는 남자의 순결에 대해 별로 대단하게 여기는 것 같지는 않지만요. 순결은 일종의 표적(sign)으로, 아니 이중의 표적으로 존중되죠. 왜냐하면 그것은 저 멀리 이브와 마리아에게까지 똑같이 닿아 있으니까요. 그런 점에서 순결은 그 자체만으로 의미가 있는 기본 덕목들[55]과는 달라요. 간음은 신의 율법이 금지한 용서받지 못할 큰 죄지만 혼전 성교는 그렇게까지 심각하지는 않을 거라고 믿어요."

"그렇다면 동정(童貞)은 부차적인 덕목이라는 얘기로군? 그리고 배우자에 대한 충실성보다는 덜 존경받아야 할 것이고? 모어[56]도 그것을 부정하지는 않을 것 같군."

에브니저가 고집했다. "하지만 내가 기독교적인 정서와 공유하는 것은 단지 일정 부분에서만이라고 말했다는 걸 기억

---

55) cardinal virtues. 고대철학에서 말하는 정의, 분별, 절제, 불굴의 용기 등의 4대 덕목을 가리킨다.

56) 헨리 모어(Henry More)를 가리킨다.

하세요. 나는 인간의 덕목에는 두 가지 주요한 유형이 있다고 생각하는데…….”

벌링검이 초조하게 말했다. “그래, 우리는 그것을 학교에서 배웠지.” 그는 슬슬 대화를 끝낼 준비를 하는 듯했다. “만약 어떤 덕목이 우리를 모종의 목표로 이끈다면 그것은 ‘도구적인’ 거고, 만약 우리가 그것을 그 자체로 사랑한다면 ‘목적론적인’ 거지. 학자들이 하는 말 아닌가.”

에브니저가 말했다. “아니에요. 내 말뜻은 그게 아니에요. 한편으로는 천국 가고 싶어 착한 일 하면서 입으로는 결코 어떤 보답을 바란 게 아니라 착한 일 자체가 보답이라고 말하는 기독교인에게 그런 용어들은 별 의미가 없어요. 내 말뜻은 그러니까 어떤 덕목들은, 적당한 단어가 생각이 안 나는데, 그러니까 ‘평범하다’는 거고, 어떤 것들은 ‘의미심장하다’는 거예요. 전자 가운데는 말과 행동에서의 정직, 배우자에 대한 성실성, 부모에 대한 공경, 자비 등이 있어요. 두 번째 항목에는 금요일에 생선을 먹는 것, 안식일을 지키는 것 그리고 무덤이든 신혼부부의 침대든 둘 중 어떤 경우든 간에 순결한 몸으로 오는 것 등이 있어요. 그것들은 모두 그 자체만으로는 아무것도 의미하지 않아요. 우리가 ‘글쓰기’라고 부르는, 붓을 놀리고 무언가를 끼적이는 행위처럼 말이에요. 그들의 덕목은 그들이 무엇을 상징하느냐에 놓여 있죠. 자, 첫 번째 항목의 것들은 그렇게 의도되었건 아니건 공공 정책의 문제들이에요. 그래서 이교도든 기독교인이든 분별 있는 사람들에게 적용되는 덕목들이죠. 두 번째는 분별과는 관련이 적어요. 그저 표적[57]에 불과하니까요. 그리고 신앙에 따라 다 다르죠. 첫 번째는 사회적이고 두 번째는 종교적이죠. 첫 번째는 인생을 위한 지침들이고 두 번째는 의례적인 형식이에요. 첫 번째는 실용적이고 두 번째는 신비하거나 시적이고."

벌링검이 끼어들었다. "원리는 이해하겠어."

에브니저가 강조했다. "자 그렇다면 결과적으로 이 두 번째 유형이 그런 대로 '더 순수한' 셈이 되죠. 그리고 그렇기 때문에 더 열등한 것이 아니라 그 반대가 되고요."

벌링검이 넌더리가 난다는 듯 말했다. "저런, 자네는 학자의 심성을 가지고 있군그래. 나는 그것들이 뭐가 '순수'하다는 건지 전혀 모르겠는걸. 모든 의미가 다 걸러졌다는 걸 제외하곤 말일세. 그리고 의미가 걸러지고 남은 찌꺼기는 (당연히) 무의미한 말이지."

"맘대로 생각하세요, 헨리. 나는 기독교가 아니라 나의 동정에 대해 말하려는 거예요. 나의 동정이 남들에겐 무의미(senseless)해 보일지 몰라도 내게는 '헛소리(nonsense)'가 아니라 '본질(essence)'이에요. 기독교인들에게 그런 것처럼 하나의 '표적'이죠. 그것은 단순히 에덴이나 베들레헴을 가리키는 것이 아니라 내 영혼을 가리킨다고나 할까요. 나는 그것을 어떤 덕목으로서가 아니라 바로 나 자신의 표상으로서 소중히 여겨요. 그리고 내가 나를 숫총각이자 시인이라고 부를 때는 뭔가

57) 구약에서 '표적'은 하나님과 그의 백성 사이의 관계를 상기시키는 가시적인 표시였다.

과시하려는 것이 아니라 누군가가 자신을 남자이고 영국인이라고 소개하는 것과 다를 바가 없다고요. 제발 그 점에 관해서 더 이상 나를 다그치지 말아요. 그리고 당신이 그리 즐기지 않는 이 대화를 끝내자고요."

벌링검이 단언했다. "그럼에도 불구하고 자네가 타락한다면 정말 볼만할 거야."

"나는 타락할 마음 없어요."

벌링검이 어깨를 으쓱했다. "등산가가 하는 일이 뭐지? 자네의 경우엔 더 있을 법한 일이야. 왜냐하면 자네는 말하자면 잠이 든 채로 여행을 하고 있으니 말일세. 자네의 친구 메키보이는 그 점에서 멍청이는 아니었어. 비록 냉혹한 녀석이긴 하지만 말일세. 그러나 어쩌면 타락으로 인해서 자네가 눈을 뜰 수 있을지도 모르겠군."

"나는 당신이 내 친구인 줄 알았는데요, 헨리. 하지만 지금 이 순간 당신은 이전에 런던에서 그랬던 것처럼 잔인하군요. 내가 안나와 함께 세인트자일스에 가려고 했을 때 말이에요. 당신은 내가 그때 케임브리지에서 어떤 꼴이었는지 잊은 건가요? 로케츠에서 습관적으로 경험하던, 바로 어제만 해도 내가 이야기하던 그 병을 잊은 거냐고요?" 그는 점점 더 흥분하며 말을 이었다. "당신은 내가 정말로 등산가가 되고 싶어하지 않을 거라고 생각하나요? 넘어지는 모습이 사람들의 공포와 연민을 불러일으키는 그런 등산가 말이에요. 나는 높은 곳을 향해 올라가는 게 아니에요. 그저 길을 걸어갈 뿐이죠. 그리고 어쩌다 넘어진다 해도 그건 결코 대단한 추락은 아니에요. 그저 걸음을 잠시 멈추거나 방향을 잃은 배처럼 파도에 잠시 떠밀리는 정도죠. 혹은 어쩌면 한곳에 박혀 있는 돌처럼 이끼가 돋는 정도겠지요. 그런 정도의 추락에서 뭐가 그리 대단한 구경거리나 교훈을 찾을 수 있다는 건지 모르겠군요."

벌링검은 그 문제에 대해서는 더 이상 말하려 하지 않았고 자신이 어깃장을 놓은 것에 대해 사과했다. 하지만 그 후 몇 시간 동안 내내 기분이 언짢은 듯했고 시인 역시 그랬다. 그들은 플리머스에 거의 다 와서야 겨우 예전의 기분을 회복할 수 있었다. 그리고 벌링검은 에브니저의 요청에 따라 일기를 발견한 부분에서 중단되었던 자신의 모험 이야기를 다시 이어 가기 시작했다.

7 벌링검의 이야기가 끝나다. 여행객들이 플리머스에 도착하다

벌링검이 말했다. "「개인 일기」에서 자네가 읽은 그 부분은 자네가 상상할 수 있듯이 내 탐색의 열정을 식히기는커녕 오히려 더욱 불을 붙였어. 거기엔 '헨리 벌링검이 존재했다'는 사실이 나와 있지만, 그가 언젠가 후사를 보았는지, 혹은 그의 아이들 가운데 나의 아버지가 있었는지에 대한 얘기는 언급되어 있지 않았으니까. 하지만 나름대로 희망을 가져 보고 추측해 볼 수 있을 만한 근거가 하나 있기는 했지. 즉 존 스미스 선장이 바로 그해 여름 체서피크를 탐험하기 위해 출항했다는 건데 그로부터 오십 년 후 바로 그곳에서 내가 물 위에 떠다니는 것이 발견되었다잖아. 하지만 그의 『버지니아 통사』 어디에서도 벌링검이라는 이름은 언급되어 있지 않았어. 게다가 그 불쌍한 사람은 선장의 배에 승선했던 일행의 목록에 올라와 있지도 않았다고. 나는 식민지에 관한 오래된 기록들을 찾아보았고 제임스타운 전역을 돌며 물어도 보았지. 하지만 그 문제에 관해서는 더 이상의 정보를 얻을 수가 없었어. 그래서 용기를 내어 니콜슨 본인에게 그 자치령 안의 어떤 다른 기록들에 대해 아는 바가 있는지 물어보았다네. 그는 자기가 그곳에 있긴 했었지만 너무 짧은 기간이 되어 놔서 비밀문서들이 어디에 있는지 아는 바가 없다고 대답하더군. 그러면서 식민지에는 한탄스러울 만큼 종이가 부족해서 정부 관리들이 오른쪽 면에만 글자가 쓰여 있는 종이 기록물들을 샅샅이 뒤져 빼가는 일이 비일비재하다고 덧붙였어. 그들은 그런 문서들을 찾아내서 왼쪽 면들을 개인 용도로 사용한다는 거야. 그는 이런 관행에 대해 개탄하더군. 배움이라는 대의에 헌신하는 사람이었으니까. 하지만 식민지 각 주가 종이 공장을 세우기 전까지는 별반 해결책이 없는 모양이야.

'일기'도 이런 운명을 겪었을 가능성이 커 보였지. 작가가 그것을 질 좋은 영국 종이에 기록한 데다 오른쪽 면만 사용했으니까. 나는 나머지 부분을 찾는 일을 아예 포기했다네. 그리고 1690년 가을에 힐 선장과 함께 런던으로 갔어. 힐 선장은 불온한 연설을 했다는 누명을 뒤집어쓰고 있던 터라 그 혐의를 벗기 위해 소송을 제기하려 했던 거지. 그리고 가능하다면 쿠드 대령과 그의 도당들을 몰락시킬 기회도 엿보고 말이야. 그때가 아주 호기였어. 왜냐하면 쿠드와 그의 대변인 케넴 체셀딘 역시 배를 타고 런던으로 왔는데 자신들을 보호할 수행원들을 데려오지 않아서 무방비 상태였거든. 한편 나는 같은 시기에 그의 수많은 적들이 영국에 나타나도록 손을 써 두었다네. 우리들이 무더기로 그의 파면 소송을 제기하면 잘하면 그를 파멸시킬 수도 있거니와 우리가 더욱 심도 있게 음모를 꾸미는 동안 적어도 그를 붙잡아 둘 수 있다고 생각했지. 이러한 목적으로 나는 영국으로 출항하기 전 비밀리에 메릴랜드로 갔어. 세인트메리즈 시티에 은밀히 잠입해서 쿠드가 담당했던 법정의 범죄 기록을 훔치거나 뇌물을 먹여 그것들을 다른 사람이 훔쳐 내도록 손을 쓸 계획이었지. 그것만큼 그의 부패에 대한 분명한 증거가 될 것도 없을 테니까. 그런데 아니나 다를까 그놈은 이번에도 내 계획을 예상한 것 같더군. 내가 알아보니 쿠드와 체셀딘이 이미 그 기록들을 가져가고 없더라고.

어찌 되었든 우리는 계획을 실행에 옮겼어. 우리가 11월에 런던 부두에 닿자마자 무역과 농장 담당 판무관들이 쿠드를 소환했고 자신들이 보는 앞에서 볼티모어 경과 대면시켜 경이 고발한 사항들에 대해 답변하게 했지. 동시에 켄트 카운티의 헨리 코지 대령은 톨벗 카운티의 세인트폴 교구 목사인 존 릴링스톤과 모두 개신교도로 알려져 있는 다른 열 사람들(왜냐하면 자신이 반란을 일으킨 건 야만적인 구교도들을 진압하기 위해서였다는 것이 쿠드의 주된 변론이었으니까.)이 그랬듯이 쿠드와 체셀딘을 고발하는 소장을 제출했어. 마지막으로 힐이 자신의 청원서를 제출했고 심지어 우리가 니콜슨에게로 도망치는 것을 도와주었던 '에이브러햄 & 프랜시스'호의 선장인 우리의 친구 버포드도, 쿠드가 자신이 보는 앞에서 볼티모어 경을 저주했으며, 주(州)에서 횡령한 세입을 써 버리겠다 말한 바 있다고 플리머스에서 선서 증언했지. 최근에 그 악당들이 그의 배를 타고 바다를 건넌 적이 있거든.

한동안은 그를 완전히 제거할 수 있을 것처럼 보였어. 하지만 빌어먹을! 그는 지략이 풍부한 악마였고 우리의 공격에 대해 완벽한 방어막을 쳐 두었더군. 반란이 일어나기 바로 일 년 전, 파투산강에서 폐하의 관세를 징수하던 존 페인이라는 인물이 배 위에서든가 니콜라스 슈얼 소령 소유의 슬루프 선 근처에서든가 아무튼 총에 맞아 죽은 일이 있었어. 그런데 쿠드는 슈얼과 다른 네 명에게 의도적인 살인 혐의를 씌운 거야. 닉 슈얼은 반란 전 메릴랜드 총독 대리이기도 했지만 그보다 중요한 건 찰스 캘버트의 조카로 볼티모어 부인의 아들이었던 거야. 반란군들은 그를 세인트메리즈에서 인질로 잡았고 어느 때라도 그를 쿠드의 친구인 니아미아 블래키스톤의 법정에 넘길 수 있었어. 그렇게 되면 그는 분명 교수형을 당하게 될 상황이었지. 이렇듯 우리의 손이 묶이고 보니 계획은 허사가 되어 버렸다네. 증거로 내세울 범죄 기록들이 우리 수중에 없었기 때문에 우리에겐 더더욱 불리했어. 판무관들은 12월에 힐 선장의 혐의를 벗겨 주었고 동부 해안에서 개신교들을 살육하라고 챱티코 인디언들을 사주하고 불온한 연설을 했다는 죄목으로 기소되었던 볼티모어 경의 대리인 헨리 다널의 혐의 역시 벗겨 주었네. 하지만 그들은 쿠드를 건드릴 수가 없었어. 어쩌면 볼티모어 경의 요청에 따라 일부러 그러지 않았을지도 모르지.

나는 더 이상 힐 선장과 함께 있을 필요가 없다고 판단했어. 그는 자유의 몸이 되어 세번으로 돌아갔고 정치에 대해서도 흥미를 잃었지. 하지만 이전의 탐색은 이미 막다른 골목에 다다른 것처럼 보였기 대문에 내 관심은 존 쿠드 쪽으로 옮겨 갔어. 그 남자의 교활함과 대담함, 목사와 신부로서 다양하게 역할을 바꾸는 재주, 그리고 가장 크게는 그의 동기에 대한 궁금증이 내 입맛을 돋웠지. 사실 그는 관직에는 별로 욕심은 없어 보였어. 그리고 세인트메리즈의 군대 내에서의 직위를 제외하고는 다른 어떤 직함도 가지고 있지 않았지. 그는 탐욕을 채우기 위해서라기보다는 그냥 장난삼아 약탈을 했고 기발한 수를 두기 위해 모든 것을 걸곤 했어. 그놈은 음모 자체를 사랑한 거야. 그리고 그저 재미삼아 총독을 내쫓은 거라고! 마침내 나는 그의 기지에 도전해 보기로 결심했어. 그리고 그 목적을 위해 볼티모어 경에게 메릴랜드 관련 사업에서 일종의 무임소(無任所) 대리인으로서 그를 위해 일하겠다고 제의했지. 무역과 농장 담당 판무관들은 이 시기 볼티모어 경에게 호의적인 편이었네. 그들은 존 쿠드가 악당이고 윌리엄왕이 자네나 나 이상으로 메릴랜드주를 강탈할 권리를 가지고 있지 않다는 것을 충분히 잘 알고 있었기 때문이지. 그래서 왕이 총독을 임명하려 하자 그들은 경에게 선택에 있어 약간의 발언

권을 주었어. 그리고 그는 천지 분간 못 하는 얼간이 중의 얼간이인 라이오넬 코플리 경을 선택했지. 그런데 나는 신임 총독 코플리가 런던을 떠나기도 전에 쿠드가 그를 은밀히 만나 버지니아의 프랜시스 니콜슨이 그의 자리를 차지할 준비를 하고 있다고 고자질했다는 소문을 들었어. 지난 일에 앙심을 품고 일종의 화풀이를 한 거지. 그는 그렇게 해서 두 총독들 사이에 마찰을 불러일으키고 싶었던 거야. 그는 니콜슨을 전혀 좋아하지 않았고 메릴랜드에 있는 행정부가 무능할수록 운신의 폭을 넓히는 데 유리했으니까. 그의 전략을 보고 나도 나름대로 대응 전략을 세웠지. 즉 니콜슨을 메릴랜드의 총독 보좌로 임명해야 한다고 볼티모어에게 제안한 거야. 왜냐하면 제임스타운에는 그의 자리를 다름 아닌 앤드로스가 대체한다는 말이 있었으니까. 나는 더 나아가 앤드로스를 니콜슨이 죽거나 코플리의 부재시 명령을 내릴 수 있는 권한을 가진 주의 총사령관으로 임명해야 한다고 건의했어. 그것은 정말 환상적인 배치였지. 코플리는 니콜슨을 믿지 못하고, 니콜슨은 앤드로스를 싫어하고, 그리고 쿠드는 이 모두를 아주 질색했으니까! 나의 목표는 그들을 그렇게 부적절하게 배치해서 그들의 통치가 하나의 소극(笑劇)이 되게 하는 거였어. 그렇게 되면 언젠가는 윌리엄이 주 정부의 지배권을 볼티모어에게 돌려줄지도 모르는 일이었으니까.

일단 내가 설명을 드리자 경은 내 계획에 찬성했어. 그리고 내가 앤드로스와 니콜슨 모두에게 신임을 얻고 있다는 것을 알고는 내게 원하던 자리를 주었지. 비밀로 한다는 조건으로 말일세. 니콜슨과 앤드로스는 1692년에 임명을 받았다네. 그 소식을 들은 쿠드는 소스라치게 놀랐지. 코플리는 워낙 둔해서 자기가 저지른 잘못의 증거를 알아볼 능력이 없고 혹 봤다 해도 자기에게 해를 입히기엔 힘이 부족하다는 걸 그는 잘 알고 있었어. 그리고 앤드로스는 버지니아에서 할 일이 많아 다른 데 주의를 쏟을 여력이 별로 없을 터였지. 하지만 니콜슨은 둔하지도 약하지도 않았으며 이미 쿠드가 악당이라는 걸 알고 있었어. 그래서 그는 세인트메리즈의 대리인에게 1691년 의회 일지를 훔쳐서 파기하라는 내용의 급전을 보냈어. 거기에는 그의 정부에 관한 모든 이야기가 모든 사람들이 볼 수 있도록 기록되어 있기 때문이었지. 나는 친구들을 통해 벤저민 리코드라는 사람이 그 선단에 합류했다는 소식을 들었어. 나는 그가 바로 쿠드의 심부름꾼이라는 걸 알아채고 곧 그의 뒤를 따라갔다네. 그가 '베일리'호에 승선한 것은 내겐 행운이었어. 그 배의 주인인 세실 카운티의 페리그린 브라운은 힐과 볼티모어의 친구였던지라 나와는 잘 알고 지내는 사이였기 때문이지. 게다가 그곳엔 우리 쪽 사람들이 여러 명 있었어. 우리는 리코드의 물건들을 겨우 찾아내어 쿠드의 편지를 가로챘다네. 그리고 내가 그것을 볼티모어에게 넘겼지.

나는 곧 메릴랜드로 가기로 결심했다네. 볼티모어에게 나를 코플리가 승선한 그 배로 보내 달라고 부탁했지. 메릴랜드 정부에는 우리의 강력한 동지 토머스 로렌스 경이 있었는데 그는 폐하의 주(州) 장관으로서 모든 인장과 서류에 대한 접근권을 가지고 있었어. 의회 일지가 파기되기 전에 그가 그것을 훔쳐 내서 니콜슨에게 몰래 전하게 하는 것이 나의 계획이었지. 그러면 니콜슨이 그것을 여기 런던으로 가져올 것이고 우리는 그것을 이용할 수 있게 되는 거였지. 내가 그것을 그토록 손에 넣고자 했던 것은 그 문서가 내 별개의 목표들을 하나로 통합하고 있기 때문이었어. 즉 내 아버지를 찾는 일과 쿠드를 제거하는 방법을 찾는 일이 이제는 동일한 탐색이 된 걸세!"

놀라운 이야기에 넋이 나간 듯 말 한 마디 없이 열심히 듣고만 있던 에브니저가 물었다. "어떻게요? 무슨 말인지 전혀 짐작이 안 되는데요."

벌링검이 대답했다. "우리가 가로챈 것은 쿠드의 편지였어. 우리도 처음엔 그것이 얼마나 중요한 것인지 알지 못했지. 왜냐하면 거기에는 '애빙턴: 존 스미스의 책 같은 음담패설은 불쏘시개로나 쓰는 게 최선이다.'라고만 쓰여 있었거든. 우리가 알고 있던 '애빙턴'은 존 페인이 살해된 후 쿠드가 파투산강의 징수원 자리를 내준 세인트메리즈 출신의 앤드루 애빙턴이었어. 하지만 우리는 나머지 부분을 이해할 수가 없었지. 그래서 나는 리코드를 매수했다네. 그는 간에 붙었다 쓸개에 붙었다 하는 녀석이었거든. 아무튼 그놈은 우리에게 '존 스미스의 책'은 1691년의 의회 일지를 의미한다고 귀띔해 주었어. 그것이 어떤 오래된 원고의 뒷면에 쓰여 있다는 거야. 잘은 모르지만 그건 아마 『버지니아 통사』의 초고였을 거야. 나는 그걸 인쇄된 걸로 읽은 적이 있지. 나는 그 소릴 듣고 뛸 듯이 기뻤다네. 그리고 그 원고에 나와 같은 이름을 가진 사람이 언급되어 있기를 기도했지. 나의 행운은 계속되었어. 왜냐하면 그 문장 자체도 오래된 종이 위에 쓰여 있었는데 제임스타운에서 찾아낸 「개인 일기」의 종이와 다르지 않았거든. 그리고 리코드의 말로는 버지니아주에 친척이 많이 사는 관계로 쿠드가 그곳을 자주 여행했다더군. 그리고 반란 후 체셀딘과 블래키스톤에게 제임스타운에서 훔친 낡은 종이 한 묶음을 주었다는 거야. 의회와 세인트메리즈 법정에서 사용할 수 있도록 말이야. 그러니까 아마도 「개인 일기」의 나머지 부분은 메릴랜드 어딘가에 정리 보관되어 있을지도 모른다는 거지!

세인트메리즈 시티에 도착하자마자 나는 토머스 로렌스 경을 찾아갔어. 그리고 볼티모어 경의 계략을 공개했다네. 그가 의회 일지를 훔쳐서 니콜슨에게 전달해 주면 그 즉시 니콜슨이 런던을 방문할 구실을 찾아낸다는 거였지. 게다가 나는 가능한 한 많은 쿠드 일당들의 평판을 떨어뜨릴 작정이었지. 그리고 그 목적을 위해 로렌스를 설득하여 그들의 부패를 부추기게 했어. 우리는 예를 들어 총독 자문회 위원이자 민병대 대령인 헨리 자울스 대령에게 캘버트 카운티의 서기 노릇을 시켜 불법적인 돈으로 자기 주머니를 쉽게 채울 수 있도록 손을 썼지. 세인트메리즈의 구교도 변호사이자 볼티모어의 친구인 찰스 캐럴은 쿠드의 처남이자 의회의 의장이고 코플리의 오른팔인 니아미야 블래키스톤에게 똑같이 손을 써 두었어. 그들 가운에 가장 성가신 존재는 폐하의 측량 기사인 에드워드 랜돌프였어. 그는 불쌍한 코플리를 괴롭히고 중상하는 것을 좋아했고 공공연히 제임스왕을 지지하는 발언을 하곤 했지. 마지막으로 우리는 프랑스인들과 캐나다의 네이키드 인디언들이 대대적인 학살을 준비하고 있다는 이야기로 그들을 공포에 떨게 했다네. 우리가 상륙한 지 한 달이 채 안 된 6월에는 이미 코플리가 무역과 농장 담당 판무관들에게 랜돌프에 관해 불평을 늘어놓는 상황에 이르렀지. 7월에는 로렌스가 의회 일지를 훔쳤지만 내가 미처 그것을 보기도 전에 니콜슨이 그것을 급히 런던으로 가져가 버렸어. 10월에 우리는 자울스 대령의 비리를 폭로했다네. 그는 대령이자 의회 의원이면서 서기로 밝혀졌지. 12월에 코플리는 다시 랜돌프를 정식으로 고소했고 판무관들에게 니콜슨이 모종의 뒤가 구린 용건차 런던에 있다고 진술했어. 이러한 근황은 우리를 매우 기쁘게 했다네. 왜냐하면 우리는 니콜슨 자신이 총독 자리로 돌아왔을 때 그것을 유리한 방향으로 이용할 작정이었거든.

이런 식으로 우리는 코플리를 귀찮게 했어. 그는 다음 해 2월 판무관들이 블래키스톤을 부정이득으로 고발할 때까지도 무슨 일이 벌어지고 있는지 제대로 감을 잡지 못하고 있었지. 그는 뒤늦게 우리의 계획을 알게 되었고 작년 봄에 캐럴, 토머스 경, 에드워드 랜돌프 그리고 다른 무리들을 체포했어. 그 가운데 내가 벤 브래그의 문구점에서 가장했던 톨벗의 피터 세이어도 포함되어 있었지. 캐럴과 마찬가지로 토머스 경도 감옥에 갇혔고 게다가 탄핵까지 받았다네. 랜돌프는 서머셋 카운티 보안관에 의해 버지니아의 동부 해안에서 체포되었어. 하지만 보안관이 그를 아코막에서 데리고 나가기 전에 내가 윌리엄스버그에 있던 에드먼드 앤드로스에게 그에 관한 소식을 전했다네. 앤드로스는 옛 보스턴 시절부터 랜돌프의 술친구였거든. 그러자 앤드로스는 안전을 위해 그를 집으로 데려왔지."

에브니저가 물었다. "그렇다 하더라도 당신의 대의는 피해를 입은 거네요, 그렇지 않나요?"

벌링검이 미소를 지으며 대답했다. "나의 대의? 그것은 자네의 것이기도 해, 그렇지 않나? 우리는 같은 고용주를 위해 일하는 거니까. 이렇게 말하기로 하지. 우리의 활동은 당분간 운신의 폭이 좁아졌다고 말일세. 우리는 코플리가 그 사람들을 오랫동안 붙들어 놓을 수 없다는 걸 잘 알고 있었어. 하지만 우리는 그들을 감옥에서 빼내고 싶었지. 그들의 안위를 위해서뿐만 아니라 존 쿠드가 그들이 없는 틈에 나타나 코플리와 확실한 기반을 다질까 두려웠으니까. 그런데 공교롭게도 우리의 우려는 무의미한 것이 되어 버렸어. 총독과 아내가 9월에 모두 죽어 버렸거든. 메릴랜드의 풍토에 적응하질 못한 것 같아. 코플리의 죽음은 내겐 무척 당황스런 일이었지."

"세상에, 헨리, 당신은 모사꾼 쿠드 그 자체예요!"

"볼티모어 경이 앤드로스를 메릴랜드주의 총사령관으로 임명하면서 그의 위임장에 니콜슨이 사망하고 코플리가 부재할 경우 그가 전권을 갖도록 명시했다고 말했던 걸 기억하겠지. 비록 죽은 쪽은 코플리이고 자리를 비운 쪽이 니콜슨이지만 어쨌든 커다란 혼란이 일어날 수도 있다는 생각이 그때 떠오른 거야. 그래서 나는 급히 윌리엄스버그로 가서 앤드로스에게 이 소식을 전하고는 위임장이 발효되었다고 그를 설득했지. 그는 그 사실을 의심하는 듯했지만, 나를 볼티모어의 대리인으로 알고 있었고, 비록 드러내 놓고 표현하지는 않았지만, 메릴랜드의 법과 질서를 구축함으로써 니콜슨 대신 자신이 주목받는 것이 싫지는 않은 듯했어. 그는 니콜슨의 뒤를 따라 버지니아에 들어간 일로 가슴 한구석이 쓰린 사람이었거든. 간단히 말하자면 그는 세인트메리즈 시티로 행진해 들어갔고, 메릴랜드 정부를 요구했고, 의회를 해산시켰고, 블래키스톤의 형벌을 유예시켰으며, 로렌스를 석방시킨 후 그를 데리고 다시 윌리엄스로 돌아갔어. 메릴랜드주를 그린스베리라는 온화한 무명인의 책임 아래 두고 말일세. 그는 이번 봄에 다시 돌아와 로렌스를 의회 의장으로 세울 작정이었어. 하지만 정말 그랬는지는 나도 몰라.

이 일이 있은 후 메릴랜드주에서는 달리 급하게 할 일이 없어졌지. 그래서 1월에 여기 런던으로 건너왔어. 사실 여기 도착한 지 채 이 주일도 안 됐다네. 나는 니콜슨도 볼티모어도 의회 일지를 지니고 있지 않다는 걸 알게 되었어. 쿠드의 정보원들이 훔쳐 갈까 봐 두려웠던 거야. 얼마나 실망했는지! 볼티모어 경은 안전하게 보관하기 위해 그것을 세 부분으로 나누어 메릴랜드 모처에 각각 은밀하게 숨겨 두었다고 말하더군. 바로 그곳에서 내가 막 돌아온 건데 말일세! 나는 보관하고 있는 사람들의 이름을 알려 달라고 간청했어. 하지만 그는 밝히려 하지 않는 거야. 니콜슨 역시 나만큼 그 문제에 대해서는 아는 게 없는 것 같았어. 하지만 며칠이 지나자 그가 말하더군. 내가 할 일이 있다고. 다른 어느 누구에게도 맡길 수 없을 만큼 중요한 일이라고. 그래서 내가 대답했지. 내게 일지를 가지고 있는 사람의 이름도 알려 주려 하지 않으면서 나를 그렇게 신용한다고 말할 수 있겠느냐고. 그러자 그가 미소를 짓더니 일리가 있다고 말하면서 일지의 각 부분들은 성(姓)이 스미스인 몇몇 충성스러운 사람들의 손에 있다고 알려 주었어. 그 이유까지 내가 알 필요는 없었지. 그는 그들의 이름이 엄청난 기밀 사항이라고 덧붙였어. 나는 그에게 감사했고 어떤 일이든 맡겨만 달라고 답했지. 그러자 그는 그날 오후 자신을 시인이라고 소개하는 젊은이가 자기를 방문했는데 자기가 그에게 메릴랜드와 영주를 찬미하는 작품을 쓰라고 맡겼다는 거야. 그러면서 만약 그 시가 훌륭하게 완성된다면 자기가 메릴랜드주를 되찾는 데 있어 열 가지 음모보다도 더 큰 역할을 할 거라 믿는다더군."

에브니저가 외쳤다. "세상에, 정말 세상 좁군요! 그가 시를 그토록 대단히 여긴다니 정말 기뻐요! 하지만 도대체 어떤 일을 맡기려고 자신이 비밀로 하려던 것까지 당신에게 알려 주었을까요?"

"그는 내게 에브니저 쿠크라는 시인을 알고 있는지 물어보더군. 얼마나 심장이 뛰던지. 칠 년 동안 자네나 안나로부터 아무런 소식도 듣지 못했으니까 말일세. 하지만 난 그저 그런 이름을 가진 시인에 대해 들어 본 적이 있다는 정도로 대답했다네. 그러자 그는 자네가 방문해서 어떤 제안을 했는지를 말해 주었어. 그리고 자신이 써 준 위임장에 대해서도. 그러면서 나더러 자네와 동행하여 메릴랜드로 가라는 거야. 자네는 지금까지 한 번도 영국을 떠난 적이 없다면서 말일세. 그러니까 자네의 안내자이자 보호자 노릇을 하라는 거였지. 내가 얼마나 기뻤을지 자네도 상상할 수 있겠지. 그리고 곧장 자네를 찾아 나선 거야!"

이 긴 이야기의 전반부를 듣는 동안 이미 "아!"와 "저런!"과 "세상에!"와 "맙소사!"를 남발해 버린 에브니저는 마지막 부분을 들으면서는 입을 딱 벌리고 이마엔 주름을 잡은 채 아예 말없이 앉아 있을 수밖에 없었다. 하나의 놀라움 뒤에 끊임없이 이어지는 놀라움 때문에 "세상에!"를 내뱉고 미처 입을 다물기도 전에 다시 그 말을 영구적으로 반복할 수밖에 없다는 듯이. 벌링검의 말에 너무나도 감동을 받은 그는 결국 부끄러움도 잊은 채 친구를 포옹하고 말았다. 동시에 이 칠 년 동안의 모험이 그의 친구에게 일으킨 변화들 가운데 고약한 입 냄새도 포함된다는 것을 깨달았다. 그것은 의심할 여지없이 충치의 산물이었다.

그가 외쳤다. "아, 신이여, 만약 당신이 지금 내게 들려준 이야기를 안나가 듣는다면 얼마나 좋아할까요! 그런데 어쩌다가 피터 세이어란 사람 노릇을 하게 된 거죠? 적어도 우리가 떠나기 전에 런던에서 당신의 정체를 밝힐 수도 있었잖아요. 그러면 안나도 지금의 이 기쁨을 공유할 수 있었을 텐데."

벌링검이 한숨을 쉬었다. 그리고 잠시 후에 대답했다. "내 일의 특성상 나는 내 진짜 이름보다는 빌린 것이든 만든 것이든 다른 이름으로 지내는 것에 오히려 익숙해져 있다네. 쿠드가 내 진짜 이름을 알아봐야, 아니 심지어 나라는 인간이 존재한다는 것 자체를 알아봐야 좋을 거 하나도 없어. 게다가 나는 그와 그의 요원들을 혼란시킬 수 있다네. 예를 들어 나는 브래그 서점에서는 세이어의 신분을 도용했는데 그건 쿠드가 세이어라는 인물이 선단과 함께 플리머스에 있다고 생각하고 있기 때문이었어. 비슷한 방식으로 나는 볼티모어의 대의를 진척시키기 위해 때로는 그의 친구로도 적으로도 가장했지. 솔직히 한번은 페리 브라운의 배인 '베일리'호에 있을 때는 쿠드로 가장한 적도 있다네. 그 불쌍한 얼간이 벤 리코드로부터 편지들을 가로채기 위해서였지. 그리고 내가 처음으로 정치 놀이란 걸 시작한 1687년 이후로는 리처드 힐, 볼티모어 경, 그리고 자네를 제외하고 내 이름을 아는 사람은 아무도 없다네. 그리고 그러한 놀이 자체가 이전에 나를 알았던 사람들이 지금의 나를 알아볼 수 없을 만큼 나를 변화시켜 버렸지. 나 역시 그들이 나를 알아보도록 만들 생각은 없어. 그들이 나를 잃어버린 것으로 생각하는 게 낫거든."

"하지만 분명히 안나는……."

벌링검이 집게손가락을 들어 올리며 말을 잘랐다. "나는 아직 자네의 첫 번째 질문에만 대답했을 뿐일세. 두 번째에 관해서는 많은 사람들이 런던에서 선단으로 향하고 있다는 걸 잊지 말게. 우리 쪽 사람들뿐만 아니라 쿠드 쪽 사람들도 있고, 어쩌면 쿠드 본인이 있을지도 몰라. 그런 곳에서 내가 가면을 벗어던지는 건 어리석은 일일뿐더러 위험한 일이기도 해. 게다가 그럴 시간도 없었어. 자네가 막 떠나려는 찰나에 자네를 따라잡은 거잖아. 그리고 얼마나 오랫동안 자네에게 내 신분을 노출시켰는지를 생각해 보게. 선단은 우리 없이 항해했어."

에브니저가 수긍했다. "그래요, 그건 사실이에요."

벌링검이 웃었다. "게다가 자네에게 사실대로 말해 주는 것이 현명한 것인지 아닌지 나는 아직도 마음을 못 정했네."

"뭐라고요! 당신은 내가 신의를 저버릴 인간이라고 생각해요? 당신은 그렇게 내게서 매정하게 나의 유일한 친구를 빼앗을 수 있어요? 너무해요!"

"첫 번째에 관해서는 내가 세이어인 체하며 자네에게 탐문한 것은 바로 그것에 대답하기 위해서였네. 세월은 어느 누구라도 변화시키지. 벤 브래그는 자네를 그저 기회주의자에 불과하다고 말했어. 자네 시종은 자네의 동기에 대해 더욱 납득하지 못하겠다는 눈치였지. 물론 그는 자네를 존경했지만 말일세. 자, 내가 어떻게 벌링검에 대한 자네의 감정을 알 수 있겠나? 자네가 피터 세이어에게 말했던 이야기는 자네의 보증서나 마찬가지였어. 그것을 듣고 그 즉시 나는 정체를 밝혔지. 하지만 자네가 다른 음조로 노래했다면 자네의 안내자는 벌링검이 아니라 피터 세이어였을 걸세."

"충분해요. 이제 납득했고 말로 표현 못 할 만큼 기뻐요. 하지만 당신의 이야기를 듣고 보니 나의 소심함과 게으름이 더욱 부끄러워지는군요. 당신의 지혜가 나의 빈약한 재능을 더욱 초라하게 만드는 것처럼 말이에요. 당신 같은 베르길리우스는 더욱 훌륭한 단테를 인도해야 할 텐데요."

벌링검이 코웃음을 쳤다. "흥, 자네 정도의 지혜와 주의력이면 충분해. 게다가 메릴랜드주는 지옥도 연옥도 아닌 단지 영국과 같은 한 조각의 커다란 세계에 불과해. 차이가 있다면 그곳의 땅이 더 광활하고 새롭다고 할까. 연초가 그곳의 토양을 아직 고갈시키지는 않았으니까. 게다가 통제와 감독이 거의 없고, 있다 해도 약하지. 좋은 식물과 잡초가 똑같이 크게 자라고. 만약 그곳의 사람들이 이상하고 거칠게 보인다면 이것을 기억하게. 유럽에 만족하는 사람이라면 좀처럼 바다를 건너지 않았을 거라는 점을. 분명한 사실은 그곳에 있는 대부분의 사람들이 유럽에서 버림받은 사람들이거나 그들의 자식들이라는 거야. 역도들, 실패자들, 전과자들 그리고 모험가들 말일세. 그러한 씨를 그러한 토양에 뿌려 보게. 거기서 학자들과 궁정 귀족을 많이 찾기 원하는 것은 어리석은 일일세!"

에브니저가 말했다. "하지만 당신은 그곳을 사랑하는 것 같은데요. 당신이 그렇다는 것만으로도 나 역시 그러리라고 믿어요."

벌링검이 어깨를 으쓱했다. "그럴 수도 있고 아닐 수도 있지. 그곳에는 축복이기도 하고 저주이기도 한 자유가 있어. 그것은 단순히 정치적이고 종교적인 자유 이상의 것이지. 그들은 해가 바뀔 때마다 오기도 하고 가기도 하니까. 내가 말하는 것은 역사의 결여에서 비롯되는 철학적인 자유일세. 그것은 모든 사람들을 나처럼 고아로 만들지. 그러한 자유는 사람을 고귀하게 만들기도 하고 타락시킬 수도 있어. 하지만 이 얘기는 그만하세. 저기 플리머스의 돛대와 첨탑이 보이는군. 자네는 곧 메릴랜드주에 관해 충분히 알게 될 거야. 그리고 그것이 얼마나 자네에게 충격을 주는지도."

벌링검이 이 말을 하는 동안에도 바다 내음이 마차 안으로 밀려 들어와 에브니저를 존재의 저 깊은 곳까지 흥분시켰다. 그리고 잠시 후 난생 처음으로 저 멀리 수평선까지 펼쳐진 바다를 목도한 에브니저는 두세 번 온몸을 떨었고 하마터면 오줌까지 지릴 뻔했다.

8 계관시인이 4행시를 짓고 바지를 더럽히다

마차가 플리머스로 들어갈 때 벌링검이 말했다. "명심하게. 나는 헨리 벌링검도 피터 세이어도 아냐. 진짜 세이어는 저 선단 위 어딘가에 있으니까. 내 생각엔 육지에서 완전히 멀어질 때까지 자네는 나를 어떤 이름으로도 부르지 않는 게 나을 것 같네."

그들은 짐 가방들을 내리자마자 부두에서 포세이돈호의 행방을 물었다. 그리고 그것이 이미 선단에 합류했다는 말을 들었다.

에브니저가 외쳤다. "뭐라고요! 그렇다면 우리는 결국 배를 놓쳤다는 거네요!"

벌링검이 미소를 지으며 말했다. "아냐, 이건 그리 드문 일도 아닐세. 선단은 리저드 해협 먼바다의 다운스에 모여 있어. 맑은 날에는 여기서도 보이지."

알아보니 다운스와 항구 사이를 오가는 소형 선박이 있었다. 그들은 오후에 그 배를 타기로 하고 통행권을 준비해 두었다.

"자, 뭍에서의 마지막 식사를 하는 게 좋겠네." 벌링검의 설명이었다. "게다가 나는 옷을 갈아입어야 해. 자네의 시종 행세를 하기로 결심했거든. 이름이 뭐라고 했지?"

에브니저가 중얼거렸다. "버트랜드요. 그런데 꼭 시종이어야 하나요?"

"그래, 그렇지 않으면 자네와 동행할 만한 가공의 신사 한 명을 완전히 만들어 내야 하니까. 버트랜드가 되면 나는 자네 옆에서 눈에 띄지 않게 지나다닐 수 있고, 자네의 동료 여행객들에 대한 정보를 수집하기도 편하지."

그렇게 말하며 그는 부두에서 어떤 선술집으로 길을 안내했다. 간판 위에는 대문자 C 두 개가 서로 마주 본 채 맞물려 있는 형상 위에 세 장의 나뭇잎 모양 왕관이 얹혀져 있는 그림이 그려져 있었다.

벌링검이 말했다. "이곳은 '바다의 왕'일세. 옛날부터 알던 곳이지. 내가 처음으로 때 이른 매독에 걸렸던 곳이 바로 여기야. 아직 새먼 선장의 배에서 일할 때였지. 어느 말라빠진 웨일즈 출신 매춘부에게서 옮았어. 그 여잔 내가 아무것도 모른다는 걸 이용해서 병이 없는 듯 속이고 깨끗한 처녀의 화대를 받아먹었지. 리스본을 목적지로 플리머스에서 출항한 지 여러 날이 지나고 나서야 사기당했다는 걸 알게 되었다네. 매독은 곧 사라졌지만 나는 그 여자를 잊을 수 없었어. 그때 리스본에서 플리머스로 가는 선박 하나를 발견했고 그 선원들을 탐문하다가 애꾸눈의 포르투갈인 하나를 우연히 만나게 되었다네. 그는 아프리카에서 심한 매독에 걸려 거의 죽을 지경이었는데, 그에 비하면 우리 영국의 매독은 그저 벼룩에 물린 정도에 불과했지. 이 끔찍한 녀석에게 나는 새먼 선장이 항해 연습하라고 사다 준 멋진 사분의(四分儀)를 주었어. 플리머스에 입항하자마자 '바다의 왕'에서 그의 매독을 그 웨일즈 창녀에게 옮겨 준다는 조건으로 말일세. 하지만 이곳에서 그 병으로 죽은 사람은 없어."

해가 뜨고도 한참이 지나 있었다. 선술집에는 판석으로 된 바닥을 걸레질하는 젊은 여종업원 외에는 아무도 없었다. 그녀는 작고 통통했으며 머리칼은 푸석푸석한 데다 주근깨가 나 있었다. 하지만 그녀의 눈빛은 발랄했고 코도 매력적이었다. 벌링검은 에브니저에게 탁자를 고르도록 맡기고 그녀에게 허물없이 다가가서 말을 걸었다. 목소리가 너무 낮아서 똑똑히 알아들을 순 없었지만 그녀는 곧 웃음을 터뜨렸고 손가락 하나를 흔들었다.

벌링검이 곧 돌아와 말했다. "저 귀여운 것이 말하기를 여기 식품 저장실에는 생선밖에 없다는군. 하지만 내가 당신이 먹일 사람은 바로 이곳을 휴디브라스풍의 익살스러운 풍자시로 매도해 버릴 수도 있는 계관시인이라고 말하자 그녀는 자네의 펜을 소고기 구이로 저지하는 데 동의했다네.[58] 곧 이리로 올 거야."

에브니저가 겸손하게 말했다. "나를 놀리는군요."

---

58) 소고기 구이를 대접함으로써 시인이 매도 시를 쓰지 않도록 기분을 맞춰 주겠다는 뜻이다.

벌링검이 어깨를 으쓱했다. “나는 음식이 되는 동안 옷을 갈아입겠네.”

“하지만 우리 짐은 부두에 있잖아요.”

“상관없어. 싸구려 스카치 옷감을 비단으로 바꾸는 데는 평생이 걸리기도 하지만 비단에서 싸구려 스카치 옷감으로 바꾸는 데는 일 분이면 족하니까.” 그는 다시 그 종업원에게 갔고 다가오는 그를 보며 미소를 짓는 그녀에게 말을 걸며 희롱하듯 꼬집었다. 그녀는 비명을 지르더니 한 손을 엉덩이 위에 올려놓은 채 웃으면서 벽난로 옆에 나 있는 문을 가리켰다. 벌링검이 그녀를 데려가려는 듯이 그녀의 팔을 잡았다. 그녀가 뒤로 물러서자 그가 진지하게 그녀의 귀에 무슨 말인가를 속삭였다. 그녀가 에브니저 쪽을 건너다보았고 에브니저는 얼굴을 붉히고는 괜히 넥타이가 제대로 매여 있는지 점검하는 척했다. 벌링검이 세 번째로 속삭이자 그녀의 빛나는 눈이 수줍음으로 물들었다. 그는 곧 그녀가 가리켜 준 문을 통해 방을 나갔고 그 여자는 이 분 정도를 방에서 서성거리다 다시 한번 에브니저 쪽에 날카로운 시선을 보내더니 콧방귀를 뀌고는 같은 문을 통해 뛰어나갔다.

시인은 눈앞에 펼쳐지는 이 작은 드라마에 적잖이 당황했지만 잠시 동안 혼자서 친구가 경험한 경이로운 모험들에 대해 곰곰이 생각도 해 보고 자신의 위치에 대해서 나름대로 평가해 보는 것도 꽤 괜찮은 일이라고 생각했다.

그는 혼자서 중얼거렸다. “헨리의 이야기에 입을 딱 벌리고 감탄하는 데만 열중하느라 내가 누구인지 그리고 내가 어떤 일을 하려던 것이었는지에 대해서는 거의 잊고 있었군. 런던을 떠난 이후 한 줄도 쓰지 못했어. 내 여정을 기록하는 일에 대해서도 전혀 생각조차 하지 않았고."

그는 앞에 놓인 탁자 위에 복식 기장형 회계원장을 펼쳐 놓고 자신의 공식적인 경력의 첫 번째 4행시를 베껴 쓴 면을 펼쳤다. 그리고 깃펜과 잉크를 바 옆의 작은 탁자 위에서 가져와 펼쳐진 면 위를 어떤 내용으로 장식할까 고민했다.

"이곳까지의 여행에 관해서는 「메릴랜디아드」에 기록할 내용이 별로 없군. 본 것이 거의 없으니까. 게다가 시는 플리머스에서 시작하는 게 적당하겠어. 메릴랜드로 가는 대부분의 사람들은 바로 이곳에서 알비온의 바위에 작별을 고하니까. 그렇게 하면 독자들도 곧장 항해 이야기 속으로 들어갈 수 있을 거야." 그는 이러한 생각을 더욱 발전시키다가 자신의 서사시 「메릴랜디아드」는 상상 속의 여행이라는 형식으로 쓰리라 결심했다. 그렇게 하면 자신이 메릴랜드에서 경험하는 새롭고 경이로운 모험들을 마치 독자 자신이 그곳에서 보고 느끼듯 생생하게 전달할 수 있을 거라고 생각했다. 그는 새삼 만족스러움과 일종의 경외감을 가지고 자신이 탈 배의 이름을 떠올렸다.

그는 생각했다. "포세이돈! 이건 정말 좋은 징조야, 암! 동반자는 그야말로 베르길리우스 같은 사람[59]에다 엘리시온[60]으

59) 벌링검을 가리킨다.

60) 제우스로부터 특별 대우를 받은 영웅이 이생에서의 삶이 끝난 후 안락한 불사의 생활을 보내는 곳. 여기서는 메릴랜드를 가리킨다.

로 안내하는 뱃사공은 바로 땅을 흔드는 자[61]라!"

그는 그 행복한 형상을 마음속에서 몇 분 간이나 그려 본 후 다음과 같이 썼다.

> 제아무리 바다가 무시무시한 돌풍을 토해 낸다 해도
> 우리의 배는 새지 않는다. 우리의 돛대는 무너지지 않는다.
> 우리 곁엔 위대한 포세이돈이 있으니
> 바다는 거칠어 보이지도, 막막해 보이지도 않는다.

그는 말미에 '메릴랜드의 계관시인, 신사 에브니저 쿠크'를 추가하고는 밝게 미소 지었다. 그가 이렇게 열중하고 있는 동안 남자 둘이 여인숙 안으로 들어오더니 시끄럽게 문을 닫았다. 외양으로 보아 선원들이 분명했고(하지만 평범한 뱃사람은 아니었다.) 행동으로 보나 외모로 보나 쌍둥이라고 해도 무방할 정도로 닮아 있었다. 둘 다 키가 작고 뚱뚱했으며 코가 빨갛고 사팔눈에 검은 구레나룻을 기른 데다 가발을 쓰지 않은 맨머리였다. 둘 다 검은 바지와 검은 외투를 입었고 역시 같은 색깔의 챙이 달린 모자를 과시하고 있었다. 각각 오른쪽에 권총 한 쌍을 장식 끈 사이에 찔러 넣고 왼쪽에는 단검을 차고 있었으며 무게가 꽤 나가 보이는 지팡이를 들고 있었다.

한쪽이 으르렁거리듯 말했다. "맥주는 내가 사겠네, 스커리 선장."

---

61) 포세이돈의 별명.

다른 한쪽 역시 으르렁거리듯 말했다. "아니지, 슬라이 선장. 살 사람은 나야."

그렇게 말하며 여전히 서서 종업원을 부르려는 듯 지팡이로 탁자를 두드리기 시작했다. "맥주!" 한 사람이 외쳤다. "맥주!" 다른 쪽이 외쳤다. 자기들의 요구에 아무런 반응이 없자 그들은 서로를 성난 얼굴로 노려보며 얼굴을 찌푸리고 투덜거렸다. 생김새가 무시무시한 데다 태도 또한 흉포해서 에브니저는 그들이 해적선의 선장들일 거라 확신했다. 하지만 그는 방에서 달아날 용기가 없었다.

"맥주!" 그들은 다시 소리쳤다. 그리고 다시 탁자를 지팡이로 두드렸으나 아무런 보람이 없었다. 에브니저는 그들이 자신의 존재를 눈치채지 못하기를 기도하며 탁자에 펼쳐져 있는 공책 위에 얼굴을 거의 파묻다시피 했다.

한 명이 말했다. "아무래도 우리가 알아서 챙겨 먹든지, 아니면 목도 축이지 못한 채 놈을 찾아야 하는 게 아닌가 싶군."

다른 한쪽이 대답했다. "그러면 우리가 알아서 맥주를 꺼내 마시자고, 스커리 선장. 놈이 멀리 가지는 못했을 거야. 맥주 두 잔을 따라 올게. 어쩌면 우리가 다 마시기도 전에 그놈이 이리로 들어올지도 모르지."

"그래, 어쩌면." 하고 선장 1이 수긍했다. "하지만 맥주를 받아 올 사람은 나야. 왜냐하면 자네는 내 손님이니까."

"웃기고 있네!" 선장 2가 외쳤다. "먼저 말한 사람은 나야. 그리고 자네는 내 손님이고, 빌어먹을!"

선장 1이 말했다. "죽고 싶어 환장했나? 내가 낸다니까."

선장 2가 좀 더 위협적으로 말했다. "나야!"

"빌어먹을! 왜 자네가 낸다는 거야!"

선장 2가 권총을 꺼내 들며 말했다. "내가 자네의 맥주를 따라 오겠어, 슬라이 선장. 아니면 자네의 피를 따라 내든가."

선장 1이 매한가지로 말했다. "내가 자네의 것을 따라 오겠어. 아니면 자네는 벌레들의 맛있는 먹이가 될 거야."

순간 에브니저가 끼어들었다. "여러분, 여러분! 제발 화를 가라앉히세요!"

그는 곧 자신의 말을 후회했다. 그 두 남자들은 여전히 권총을 서로에게 겨눈 채 고개를 돌려 그를 노려보았다. 그들의 표정이 더욱 험악해졌다.

그들이 자신을 향해 움직이기 시작하자 그는 서둘러 말했다. "이건 제가 상관할 바가 아닙니다. 상관할 일이 전혀 아니지요, 인정합니다. 제가 말씀드리려던 것은 두 분을 위해 맥주를 사는 것이 제겐 영광이자 기쁨이 될 거라는 겁니다. 그리고 만약 제게 방법을 보여 주시기만 하면 제가 따라 오기도 하겠습니다. 아뇨, 상관없습니다. 말씀해 주시지 않아도 제가 당장 할 수 있을 겁니다. 로케츠에서 맥주를 따라 본 적이 있거든요." 그는 그들로부터 물러나며 계속 말했다. "맥주를 따르는 데는 별다른 기술이나 비법이랄 게 없죠. 그저 잔 끝을 꼭지 가까이 댄 후, 만약 작은 나무통에 든 맥주의 거품이 살아 있으면 맥주가 부드럽게 미끄러져 흘러 들어오게 하면 되고, 만약 김이 빠져 있으면 잔을 채우기 전에 잔과 꼭지 사이에 좀 더 공간을 두어 낙차를 키우면 그 충격으로 거품을 만들 수 있습니다."

"그만!" 선장 1이 명령했다. 그가 지팡이로 탁자를 아주 세게 치는 바람에 에브니저의 공책이 튀어 올랐다. "맙소사, 슬라이 선장, 자넨 저런 헛소리를 들어 본 적이 있나?"

다른 쪽이 대답했다. "저렇게 주제넘은 짓도 본 적이 없네, 스커리 선장. 우리 문제에 끼어드는 것으로도 모자라 저 혼자 모두 해 처먹으려 드는군."

에브니저가 외쳤다. "아닙니다, 여러분. 저를 오해하셨습니다!"

"제발 입 닫고 앉기나 해!" 스커리 선장이 지팡이로 시인의 의자를 가리키며 말했다. 그런 다음 동료에게 단언했다. "내가 이 멍청이의 양미간에 총알을 박아 넣을 테니 잠시 기다려 주게."

다른 쪽이 대답했다. "나 역시 그런 즐거움을 놓칠 수 없지. 그런 다음 우리는 평화롭게 마실 수 있을 거야." 이제 권총 두 개가 모두 에브니저를 겨누는 형상이 되었다.

첫 번째가 말했다. "손님이 그런 사소한 일까지 거들어서야 되나." 에브니저는 자신의 의자 뒤에 서서 벌링검과 여종업원이 지나갔던 문 쪽을 곁눈질했다.

슬라이 선장이 으르렁거렸다. "내 생각 역시 마찬가지야. 하지만 제발 누가 주인인지 기억하라고. 그렇지 않으면 권총을 두 번 쏠지도 모르니까."

"제발, 훌륭하신 선장님들!" 에브니저가 쉰 목소리로 겨우 입을 뗐다. 하지만 다리도 괄약근도 모두 그를 배반하고 말았다. 그는 더 이상 말을 잇지 못한 채 엄청난 악취와 함께 풀썩

주저앉고 말았다. 그리고 얼굴을 의자 위에 파묻었다. 그 순간 뒷문이 열렸다.

스커리 선장이 외쳤다. "잠깐, 여기 종업원이 왔군. 아가씨, 여기 맥주 두 잔만 가져다줘. 내가 이 냄새나는 녀석을 내던지는 동안!"

출입문 쪽을 마주하고 있던 슬라이 선장이 고함쳤다. "맥주는 무슨 빌어먹을 맥주! 저기 계관시인이 지나가고 있다고!"

다른 쪽이 말했다. "그렇담 그를 쫓아야지. 또 빠져나가기 전에!"

그들은 맥주와 시인은 내버려 둔 채 서둘러 거리로 나갔다. 곧 밖에서 총 쏘는 소리와 도망치며 욕하는 소리가 떠들썩하게 들려왔다. 하지만 에브니저는 그 어떤 소리도 듣지 못했다. 그들이 자신들의 사냥감을 언급하는 순간 여인숙 바닥 위에 기절해 버렸기 때문이다.

9 '바다의 왕'의 마구간에서도 해양 시가 계속되다

의식을 회복했을 때, 에브니저는 '바다의 왕'의 마구간 건초 위에 누워 있는 자신을 발견했다. 싸구려 옷으로 갈아입은 그의 친구 벌링검이 엉덩이 옆에 쪼그리고 앉아 그의 얼굴을 복식 기장형 회계원장으로 부채질하고 있었다.

헨리가 미소를 지으며 말했다. "자네를 밖으로 데리고 나와야 했네. 안 그랬다면 손님들이 다 달아나고 말았을 테니까."

시인이 힘없이 말했다. "망할 놈들! 나를 이 지경으로 만든 것이 바로 그 두 사람이었다고요!"

"이젠 정신이 든 건가, 아니면 부채질 더 해 줄까?"

"제발, 이제 됐어요. 적어도 당신이 있는 곳에서는 더 이상 부채질하지 마세요. 그렇지 않으면 난 진짜 죽을지도 몰라요." 그는 일어나 앉기 위해 몸을 움직였다. 그러나 이내 얼굴을 찡그리더니 한숨을 쉬며 다시 뒤로 누웠다.

"내 잘못이야, 에벤. 자네가 그렇게 급한 줄 알았더라면 저기 옥외 변소에서 그렇게 꾸물대지 않았을 걸세. 어째서 이 건초를 사용하지 않은 건가? 변소 대신 여기서 해결해도 괜찮았을 텐데."

에브니저가 짜증스러운 목소리로 외쳤다. "지금 난 가벼운 농담을 즐길 기분이 아니에요. 당신이 그 아가씨와 장난치고 있는 동안, 해적 선장 둘이 내 양미간에 총알을 박아 넣으려 했다고요. 다른 이유도 아니고 내가 자기들의 싸움을 말리려고 했다는 이유로요!"

"해적 선장이라고!"

에브니저가 우겼다. "그래요, 확신해요. 에스퀴멜링의 소설은 읽을 만큼 읽어서 해적 정도는 금방 알아볼 수 있다고요. 쌍둥이처럼 똑같이 생긴 흉포한 놈들이었어요. 온통 검은색으로 휘감고 검은 수염에다 지팡이를 들고 있었죠."

벌링검이 물었다. "어째서 자네의 이름과 지위를 밝히지 않았나? 그랬다면 그들이 감히 자네를 괴롭히지 못했을 텐데."

에브니저가 고개를 저었다. "다행히 내가 안 밝혔기 망정이지 밝혔다면 그 자리에서 끝장났을걸요. 그들이 찾고 있던 사람은 바로 계관시인이었어요, 헨리. 계관시인을 찾아내 죽이는 게 그들의 목적이었다고요."

"설마! 도대체 무엇 때문에?"

"그 이유는 하늘만이 알겠죠. 내가 살아남은 건 순전히 어떤 불쌍한 녀석 덕분이었다고요. 그는 마침 창문 옆을 지나가고 있었는데, 그들이 나로 착각하고 그를 추격했지 뭐예요. 제발 그들에게서 속히 벗어나야 할 텐데!"

벌링검이 말했다. "그렇게 되겠지. 자네 방금 해적이라고 그랬지! 그래, 불가능한 일이 아냐. 결국…… 하지만 이보게, 자네는 온통 똥투성이야."

에브니저가 신음을 올렸다. "정말 수치스러워요! 깨끗한 바지를 가져와야 할 텐데 이 상태로 어떻게 부두까지 어기적거리며 걸어가죠?"

벌링검이 시골 시종의 어조로 말했다. "저런, 저는 어기적어기적 걷는 것에 대해서는 아무 말도 하지 않았습니다요, 주인님. 먼저 속옷과 바지를 벗어 버리세요. 저의 귀여운 돌리가 세탁을 해야 하니까요. 그러면 제가 당신에게 깨끗한 옷을 가져다드립지요."

"돌리?"

"그래요, '바다의 왕'에서 일하는 주근깨 조안이요."

에브니저가 얼굴을 붉혔다. "하지만 조안도 여자예요. 아무리 매춘부라지만. 그리고 나는 메릴랜드의 계관시인이라고요! 그녀에게 이런 처지를 알릴 수는 없어요."

벌링검이 웃었다. "자네 처지에 대해 알린다고! 자네는 이미 그녀를 거의 질식시킬 뻔했어. 자네가 마루 위에 널브러져 있는 걸 도대체 누가 발견했을 거라고 생각하나? 그리고 누가 나를 도와 자네를 여기까지 옮겼겠느냐고? 자, 집어치우게, 계관시인 나리. 그리고 내 앞에서는 그 수줍어하는 태도는 자제해 달라고. 태어날 때 자네 엉덩이를 닦아 준 것도 여자였고 노망들었을 때 자네 엉덩이를 닦아 줄 이도 여자니까. 그사이에 또 한 번 엉덩이를 맡긴다 해도 뭐 그리 문제 될 게 있나?" 이 말에 에브니저가 마지못해 단추를 풀자 그의 친구는 옷을 확 잡아당겼고 시인은 순식간에 노출되고 말았다.

벌링검이 킬킬 웃었다. "자, 보라고. 자네는 아주 근사해. 다소 더러워졌지만 말이야."

시인이 불평했다. "난 부끄러워 죽을 것만 같아요. 오물 때문에 몸을 가리고 있지도 못하고. 누군가 내 이런 꼴을 보기 전에 제발 서둘러 줘요, 헨리!"

"그래야겠어. 남자든 여자든 자네를 보면 그냥 두지 않을 거야. 내 맹세하지. 자넨 정말 매혹적이라고." 그는 에브니저의 비참한 기분에 다시 한번 대못을 박고는 더러워진 옷들을 그러모았다. "잠깐 예 있게. 해적들에게 잡히지만 않으면 자네 시종은 곧 돌아올 거야. 그동안 서둘러 몸이나 씻으라고."

"하지만 어떻게요?"

벌링검이 어깨를 으쓱했다. "그저 주위를 잘 둘러보시오, 선생. '현명한 사람은 결코 오랫동안 헤매지 않는 법이니.'" 이 말과 함께 그는 돌리에게 전리품을 가져가라고 외치며 마당을 가로질러 갔다.

에브니저는 자신의 불행한 상태를 바로잡아 줄 수단을 찾기 위해 즉시 주위를 둘러보았다. 우선 마구간에 넘칠 만큼 쌓여 있는 밀짚이 눈에 들어왔지만 그는 그것을 이내 고려 대상에서 제외했다. 편안하게 손에 쥘 수조차 없었기 때문이다. 다음으로 그가 생각해 낸 것은 훌륭한 네덜란드산 손수건이었다. 그리고 그것이 자신의 바지 주머니에 있다는 사실을 기억했다.

그는 다시 한번 생각해 보더니 결론을 내렸다. "그것 역시 마찬가지야. 거기엔 끔찍스럽게도 커다란 프랑스 단추들이 달려 있거든."

외투나 셔츠나 스타킹을 버릴 수도 없는 노릇이었다. 한편으로는 함부로 버릴 수 있을 만큼 옷이 충분하지도 않았고, 다른 한편으로는 그 여종업원에게 세탁물을 더 만들어 줄 용기가 없었기 때문이었다. "현명한 사람은 결코 오랫동안 헤매지 않는다."라고 그는 되뇌었다. 그리고 다음에는 그의 뒤에 칸별로 수용되어 있는 말 가운데 커다란 적갈색 거세 말의 꼬리를 눈여겨보다가 곧 그것을 제외시켰다. 꼬리의 높이와 위치로 볼 때 접근이 불가능할뿐더러 위험해 보였기 때문이다. 그는 입술을 오므리고 곰곰이 생각했다. "이러한 상황이 우리에게 가르치는 것은 사람의 지혜란 정말 보잘것없다는 사실이다. 바보들과 야생 짐승은 타고난 지혜로 살고 경험으로부터 배운다. 현명한 사람은 이해력과 다른 사람들의 삶으로부터 배우지. 이런, 케임브리지에서 보낸 이 년, 그리고 아버지의 여름 별관에서 헨리와 보낸 육 년의 시간이 다 부질없었던 건가? 타고난 지혜가 나를 구할 수 없다면 교육이 나를 구할 수 있겠지!"

따라서 그는 스스로를 구하기 위해 역사에 대한 기억부터 시작해서 자신이 배웠던 모든 것들을 탐색했다. 그리고는 자문했다. "과거의 기록들이 현재의 상황에 교훈을 주지 않는다면 사람들이 무엇 때문에 그들을 귀중히 여기겠는가?" 하지만 헤로도투스, 투키디데스, 폴리비우스, 수에토니우스, 살루스트, 그리고 다른 고대와 현대의 연대기 사가들이 결코 그에게 낯선 인물들이 아니었음에도 불구하고 그는 그들에게서 자신이 현재 맞닥뜨린 재난에 도움을 줄 어떤 전례도 찾아낼 수 없었고, 따라서 어떤 충고도 떠올릴 수가 없었다. 그는 마침내 그러한 시도를 단념했다. 그리고 결론을 내렸다. "역사는 분명한 인간을 가르치는 게 아니라 인류를 가르친다. 역사의 뮤즈가 가르치는 대상은 국가와 그 지도자야. 아니, 게다가……." 그는 항구에서 불어오는 바람에 몸을 떨면서 추론을 이어 갔다. "클리오[62]의 눈들은 뱀 눈과 같아. 움직임 외에는 아무것도 볼 수 없지. 그녀는 국가의 흥망성쇠 같은 것에는 주목하지만 불변하는 것, 즉 항구적인 진실과 시간을 초월한 문제들은 응당 주목하지 않아. 철학의 영역을 침범할까 두려워서지."

그러므로 다음에 그가 한 일은 아리스토텔레스, 에피쿠로스, 제논, 아우구스티누스, 토마스 아퀴나스 등 가능한 한 많

---

62) 역사의 여신, 세 명의 뮤즈 가운데 하나.

은 사상가들을 마음속에서 불러내는 일이었다. 물론 플라톤을 연구하던 그의 교수들과, 한때 그들의 친구였던 데카르트도 잊지 않았다. 그런데 비록 그들은 그의 재난이 실제적인 것인가, 아니면 상상의 것인가, 그것이 영원의 측면에서 보았을 때[63] 가치 있는 관심인가, 그리고 그것과 관련하여 앞으로의 그의 행동이 이미 예정되어 있는가, 아니면 전적으로 그의 손에 달려 있는가에 관해서는 무한한 관심을 가지고 있었지만, 정작 아무도 실질적인 충고를 해 주지는 않았다. 그는 궁금해졌다. "그들은 모두 악취도 얼룩도 남지 않는 삼단논법을 배설할 수 있는 걸까? 그리고 그 외에는 아무것도 없는 걸까? 바지를 더럽히는 두려움 따위는 그들의 이성을 지나가지 않은 것일까?" 그는 헛되이 헨리를 찾아 앞마당을 응시하며 결론을 내렸다. 문제의 진실은, 철학은 모어의 '영원한 응축'처럼 일반론, 범주, 그리고 추상만을 다룬다는 것이다. 그리고 개인적인 문제들은 오직 그들이 일반적인 문제를 예시할 때 한해서만 언급된다. 어쨌든 아무리 그의 기억을 더듬어 보아도 철학은 자신의 지금 상황과 같은 소박하고 실질적인 곤경들에 대한 답을 보유하고 있지 않았다.

그는 같은 이유로 인해 물리학, 천문학 그리고 자연과학의 다른 분야는 고려조차 하지 않았다. 또한 조형예술에 대한 기억도 애써 되살려 보려고 하지 않았다. 어떤 페이디아스[64]나

---

63) *sub specie aeternitatis*. 스피노자의 말로서 만물의 본질을 영원의 진리로 본다.

64) Pheidias(기원전 480~기원전 430년), 고대 그리스의 조각가.

미켈란젤로도 자신의 상황 같은 것을 조각을 통해 불멸화하려 하지는 않으리라는 점을 충분히 잘 알고 있었기 때문이다. 그들이 아무리 인간의 고통에 대해 매력을 느낀다 해도 말이다. 그는 마침내 결심했다. 자신이 도움을 청해야 할 곳은 바로 문학이라고. 진작 그랬어야 했다. 모든 예술과 과학 가운데 오직 문학만이 인간의 경험과 행동의 전 범위(요람에서 무덤, 그리고 그 너머까지, 황제에서부터 창녀에게까지, 도시를 불태우는 것에서부터 바람이 부는 것까지)와 크기에 관계없이 인간의 모든 문제를 자신의 영역으로 여기기 때문이다. 문학에서만이 서로 성격이 다른 것들을 똑같은 관심을 가지고 분류한다. 이를테면 노아의 조상들, 아카이아인들의 배…….

여기서 그는 잠시 말을 멈췄다. 그러고는 갑자기 뭔가 생각난 듯 크게 외쳤다. "가르강튀아의 엉덩이 때리기!" 그는 혼자 중얼거렸다. "지금껏 왜 그 생각을 못 했지?" 그는 즐거운 마음으로 라블레의 소설을 검토했다. 거기에서 젊은 가르강튀아는 말하자면 잡다한 걸레와 소제 도구들을 직접 시험해 본다. 분명 자포자기에서가 아니라 가장 고결한 것을 발견하겠다는 순수한 경험주의적 정신에서 그런 것이다. 그리고 살아 있는 하얀 거위의 목에 상을 수여한다. 그런데 암탉들과 뿔닭은 마구간 주변 마당에 충분히 있었지만 거위는 에브니저의 눈에 한 마리도 띄지 않았다. 잠시 후 그는 다소 풀이 죽어 다음과 같이 결론을 내렸다. "곧 우리 배 속으로 들어갈 어리석은 닭들을 그리 심하게 다루는 것은 희극이나 풍자극을 제외하고는 어울리지 않는 일일 거야. 착한 라블레는 분명히 농담으로 그런 얘기를 쓴 거라고." 점점 더 불안감을 더해 가면서 그는 자신이 읽었던 문학작품에서 자신의 상황과 유사한 경우가 또 어디에 있었나 기억을 더듬어 보았다. 그리고 적용 불가능하거나 부적절한 것들을 차례차례 제외시켰다. 그는 무거운 마음으로 문학 역시 자신에게 아무런 도움이 되지 않는다는 결론을 내릴 수밖에 없었다. 왜냐하면 문학은 비록 사람에게 삶에 대한 특정한 지적 교양과 인간의 유일한 치명적인 운명으로부터의 해방을 제공했지만 그것은 우연히 그렇게 될 때를 제외하고는 실질적인 문제들에 대한 해결책을 제시하지는 않았기 때문이다. 자, 그러면 문학 말고 다른 무엇이 남아 있나?

문득 총체적이고 거대한 진짜 세계와 그 안에서 살고 있는 실제 인물들에 대해서는 아무것도 모르고 있다던 존 메키보이의 비난이 생각났다. 그는 자문했다. 정말 다른 사람들이라면 그와 같은 상황에서 어떻게 할까? 거대한 진짜 세계에 대해 정말로 알고 있는 사람은 과연 누구일까? 하지만 그렇게 식견이 많은 사람들 가운데 그가 잘 아는 사람이라고는 벌링검과 메키보이 두 사람밖에 없었다. 그들이 언젠가 자신과 같은 상황에 처하리라고는 생각할 수 없었다. 하지만 그가 이해하기에 세상에 대한 지식은 개인적인 면식 범위 이상이다. 한 번도 적당한 밑씻개를 본 적이 없었던 지구상의 야만인 무리들과 이교도들은 어떻게 지냈을까? 숲이 없으니 나뭇잎이나 종이가 있을 리 만무한 사막의 아랍인들은? 분명히 그들은 어떤 식으로든 청결을 유지하기 위한 방법을 고안해 냈을 것이다. 그렇지 않았다면 필연적으로 제각각 은둔 생활을 했을 것이고 그 종족은 한 세대로 끝났을 것이다. 하지만 그가 벌링검에게서 듣거나 어릴 때 여행 관련 서적들에서 읽었던 모든 풍습들과 이국적인 관습들 가운데서 딱 들어맞는 것이 오직 하나가 있었다. 언젠가 벌링검이 얘기해 주기를 인도의 농민들은 왼손은 통상 개인 위생을 위해 사용하기 때문에 먹을 때는 오른손만 사용한다는 것이다.

시인은 한숨을 쉬었다. "이것은 해결책은 아니고 단지 내 어려움을 지연시킬 뿐이야. 지혜도 세상도 모두 그를 배반했는데 다른 무슨 도움을 바랄 수 있단 말인가?"

갑자기 이러한 2행 연구가 떠오르자 그는 흠칫 놀랐고 이런 불편한 처지에도 불구하고 즐거움으로 빛났다. "내가 어떤 곤경에 처해 있든 나는 여전히 숫총각이고 시인이다! '그가 다른 무슨 도움을 바랄 수 있단 말인가…….' 지금 잉크와 펜이 있으면 잊어버리기 전에 적어 둘 수 있을 텐데!" 그는 어쨌든 나중에 그 2행 연구를 잊어버리지 않고 기록할 수 있도록 공책의 책장 모서리를 접어 놓기로 결심했다. 그는 공책을 손에 들고 텅 빈 지면들을 쭉 넘겨 보고 나서야, 현 상황에 대한 해결책을 찾으려고 노력하는 과정에서 간과했던 것을 발견하게 되었다.

그는 숙연해져서 중얼거렸다. "정말 상서로운 조짐이야!" 런던 역참에서 벤 브래그의 거래 내역이 기입된 부분을 찢어 버린 게 후회스러웠다. 피터 패건과 함께한 세월이 '차변'과 '대변'의 세계에 대한 취미를 완전히 상실하게 만들었기 때문만이 아니라 식민지에서는 종이가 대단히 귀하다는 사실이 생각나 한 장이라도 낭비하기가 싫었기 때문이다. 그는 정말 너무나도 내키지가 않아서 잠시 동안 빈 지면 대신 이를테면 「순수성에 대한 찬가」와 벌링검을 통해 되살려 낸 4행시 소품, 그리고 포세이돈호에 대한 그의 예비적 인사 등 지금까지 자신이 지은 시를 기록한 부분들을 찢어 버릴까 진지하게 고민했다. 단지 그 행위가 전적으로 부당하며 사실상 신성모독에 가깝다는 생각만이 그의 손을 저지하고 결국 아직 쓰지 않은 깨끗한 종이를 사용하도록 만들었다. 그러고도 두 장이 더 소요되었는데, 바람에 오물이 말라붙은 나머지 그 작업은 적잖은 노동을 하고 나서야 비로소 완성되었다. 그는 이렇게 해서 그 작업을 우화로 만들었다. 사용하지 않은 종이들은 태어나지 않은 노래였다. 하지만 그들은 말하자면 자궁 속에서 조만간 그 노래들을 분만하게 될 그를 정화시키고 고귀하게 만드는 힘을 가지고 있었다. 간단히 말해 그것은 이 날까지 그의 생애에 관한 이야기였다. 아니면 그들은 너무 늦게 등장하여 이 수치스러운 상황을 막진 못했지만, 그래도 그의 두려움의 잔재는 씻어 낼 능력이 있는 그의 이중적인 본질의 표징이었다. 그것도 아니면…… 그러나 그의 즐거운 우화 놀이는 그의 속옷과 바지를 말리기 위해 '바다의 왕' 뒤쪽으로 나온 주근깨투성이 돌리의 등장으로 산산조각이 났다. 그는 몹시 당황했지만 마구간 출입구 밖으로 목을 빼고는 벌링검의 행방을 물었다. 그는 거의 한 시간 동안이나 감감무소식이었다. 하지만 그 여자는 그의 행방에 대해서는 아무것도 모른다고 대답했다.

에브니저가 믿을 수 없다는 듯 말했다. "하지만 그는 저 길 건너편에 갔을 뿐이잖소!"

"난 아무것도 몰라요." 돌리는 고집스럽게 대꾸하고는 여인숙 안으로 들어가기 위해 돌아섰다.

시인이 그녀를 불러 세웠다. "잠깐만!"

"왜요?

그는 얼굴을 붉혔다. "여기는 좀 서늘한데. 위층에서 담요나 무슨 다른 덮을 만한 것을 내 시종이 돌아오면 그의 편에 들려 보내 줄 수 있겠소?"

돌리는 고개를 저었다. "숙박하는 사람들을 제외하고는 담요를 사용할 수 없어요. 당신의 시종이 바지를 사는 비용으로 1실링을 지불했지만 담요에 대해선 아무 말도 하지 않았어요."

에브니저는 화가 나서 몸을 가리는 것조차 잊은 채 외쳤다. "빌어먹을! 미다스조차도 여자처럼 탐욕스럽지는 않았을 거야. 내 시종만 나타나면 당신은 그 더러운 돈을 곧 받게 될 거야!"

그 여자는 건방지게 응수했다. "돈이 없으면 원하는 걸 얻을 수 없어요. 그가 나타날 거라는 보장이 없잖아요."

"네 주인에게 네가 얼마나 무례한지 말하겠다!"

그녀는 어깨를 으쓱했다. 마치 벌링검처럼.

"그렇다면 내가 병이라도 걸리기 전에 제발 야자주(酒), 아니 커피라도 좀 가져다줘. 정말이지 아가씨, 나는……." 그는 해적 선장들을 기억하며 말을 아꼈다. "지금 당신에게 부탁하고 있는 사람은 평범한 선원이 아니라 신사라고!"

"윌리엄왕이 온다 해도 '바다의 왕'에서는 외상으로 술 한 모금 마시지 못할 거예요."

에브니저는 술 한잔 얻어 마실 생각은 단념하고 한숨을 쉬며 말했다. "만약 내가 이 더러운 마구간에서 지독한 감기에 걸려야 한다면 적어도 내게 잉크와 깃펜 정도는 가져다줄 수 있겠지? 아니면 그것 또한 돈을 지불해야 하나?"

"잉크와 펜은 모두 공짜로 사용할 수 있어요." 돌리는 이렇게 대답하고는 곧 그것들을 마구간 문으로 가져왔다.

그러고는 단호하게 한 마디 덧붙였다. "종이는 당신 것을 사용해야 해요. 종이는 아무렇게나 버리기엔 너무 비싸니까."

"당신같이 꼼꼼한 종업원에게 주인 어쩌구 하며 위협하다니! 내참, 당신은 그의 입장에선 보배 같은 사람이야!"

다시 혼자가 되자 그는 장부책의 모퉁이가 접혀진 지면 위에 자신을 도와준 격언 비슷한 내용을 담은 2행 연구를 적어두었다. 좀 더 많이 쓰고 싶었지만 너무나 불편한 처지라 제대로 된 창작이 불가능했다. 시간이 지날수록 그는 불안해졌다. 태양은 자오선을 지나 서쪽으로 서서히 기울기 시작했다. 그들을 '포세이돈'으로 운반해 줄 소형 선박에 승선할 시간이 분명 다 되었을 것이었다. 그런데 벌링검은 여전히 코빼기도 보이지 않았다. 풍향이 바뀌어 항구에서 마구간 안으로 바람이 직접 불어 들어왔다. 시인은 한기로 몸이 오싹해졌다. 마침내 그는 가까이 있던 빈 마구간 안에서 은신처를 찾아야만 했다. 그곳에는 앉으면 다리와 엉덩이를 가릴 수 있을 만큼 신선한 건초가 충분히 많이 쌓여 있었다. 사실 처음엔 내키지 않았지만 그래도 제법 따뜻하고 편안했다. 하지만 자신의 안위만큼이나 벌링검의 안위가 염려스러웠다. 자신의 친구와 해적 선장들과의 충돌은 쉽게 상상할 수 있는 상황이었기 때문이다. 그는 좀 더 행복한 생각으로 자신의 기운을 북돋우기로 결심하고(동시에 상대적인 편안함이 즉시 유발한 졸음과 싸우기로 결심하고) 다시 공책으로 시선을 돌려 '포세이돈' 4행시가 담겨 있는 지면을 펼쳤다. 비록 그는 한 번도 그 배를 본 적이 없었지만 잠시 생각한 후 첫 번째 4행에 두 번째 4행을 더했다. 그는 그 배를 아예 다음과 같이 불렀다.

바닥에서부터 꼭대기까지 고귀함이 넘치는 배.
그 옛날 호메로스의 그리스인들이
트로이를 향해 동쪽으로 항해할 때 탔던 배들과 비슷하구나.
지금 우리는 그 배를 타고 메릴랜드 해안을 향해 나아간다.

사실 그는 벌링검과 그 무시무시한 해적 선장 둘을 제외하고는 평생 뱃사람을 만나 본 적이 없었지만 여기서부터 선장과 선원들에게까지 찬사를 확대하는 것은 그리 많은 노력이 요구되지 않았다. 그는 자신을 뮤즈에 완전히 맡기고 4행 대신 서사시에 적당한 길이의 연으로 계속 써 내려갔다.

우리의 선장은 바다의 신처럼
키 옆을 천천히 거닐며

하늘에 대고 명령한다.

용맹스러운 뱃사람들은 하늘 높이 솟은 돛대 꼭대기에서

거대한 돛을 펴기도, 감아올리기도 한다.

바람을 받으면서도 돌풍은 피하기 위해.

오, 바다 내음을 머금은 고귀한 트리톤[65] 종족이여,

거친 대서양에 용감히 맞서며

바람과 조수를 모두 개의치 않네.

신이 그대를 축복하기를, 젊은이들이여. 아름다운 알비온[66]의 자랑이여!

일종의 환상 속에서 그는 실제로 '포세이돈'에 승선해 있는 자신의 모습을 보았다. 그는 잘 마른 바지를 입고 있었고 몸은 따뜻했다. 짐은 화물칸에 안전하게 실려 있었다. 하늘은 눈부시도록 화창했으며 동쪽에서 불어오는 신선한 바람이 거품을 머금은 바다에 흰 물결을 일으켰고 그의 모자와 선미루 갑판에서 함께 환담을 나누며 서 있던 신사들의 모자를 들썩이게 했으며 그들의 파이프 안에 채워 넣은 고급 담배의 불씨를 부채질하여 노랗게 태웠다. 뱃사람들은 어떤 은총을 입었기에 배를 움직일 수 있는 걸까? 어떤 합창에 맞추어 바다 저 밑바닥에 있던 닻은 물을 뚝뚝 떨어뜨리며 위로 올라가고 거대한 배가 나아가는가! 신사들은 바람의 위협에 모자들을 눌러

---

65) 반인반어의 해신.

66) 영국의 옛 이름.

쥔 채, 한편으론 스프리트 아래 파도가 거품을 일으키는 모양을 내려다보고 한편으론 바닷새들이 갑판 위를 선회하는 것을 올려다보면서 태양과 부서지는 파도에 눈을 가늘게 뜬 채 돛대 위를 민첩하게 올라가는 선원들을 감탄의 눈으로 쳐다보며 웃었다. 저기 밑에서 급사 하나가 정중하게 신호를 보냈다. 그리고 모든 유쾌한 일행들은 선장의 처소에서 식사를 하기 위해 물러갔다. 에브니저는 선장의 오른쪽에 앉았는데 그만큼 날카로운 재치를 지닌 사람도, 그만큼 허기진 사람도 없었다. 하지만 그들 앞에 차려진 만찬은 얼마나 화려한지! 그는 다시 깃펜에 잉크를 적시며 다음과 같이 써 내려갔다.

당신은 묻는다. 아름다운 메릴랜드로 가는 도중
우리 유쾌한 일행이 무엇을 먹는지.
나는 대답한다. 바다 내음이 돋운 우리의 식욕은
불카누스와 가니메데스가
주피터와 유노에게 바친 것과 같은
최상의 음식들이 달래 주었다고.

할 말은 더 있었다. 하지만 그것을 언어로 표현하는 것보다 꿈이 더 달콤했고, 게다가 피곤에 완전히 지친 나머지 이내 눈이 감기고 고개가 자꾸만 앞으로 떨어져 작품 말미에 꼬박꼬박 '메릴랜드의 계관시인, 신사 에브니저 쿠크'라고 서명하던 평소의 적극성조차 불러일으킬 수 없었다. 그리고 더 이상 아무것도 알지 못했다.

잠깐 잠든 것 같았는데 마구간 안으로 말을 이끄는 마부의 소리에 잠이 깼을 때는 이미 태양이 서쪽 지평선에 상당히 가까워져 있었다. 그는 흠칫 놀랐다. 문밖의 불빛이 그가 앉아 있는 곳까지 뻗어 왔다. 그는 자신이 반라라는 사실을 기억하고 벌떡 일어났다. 그리고 몸을 가리기 위해 짚을 두 움큼 잡아챘다.

별로 놀란 빛 없이 소년이 말했다. "옥외 변소는 저기 마당 맞은편에 있습니다, 손님. 뭐 마구간보다 더 나을 건 없지만서도."

"아냐, 얘야, 오해다. 하지만 상관없다. 저쪽 빨랫줄에 속옷과 바지 보이지? 옷들이 다 말랐는지 만져 보고 말랐으면 최대한 빨리 이리로 가져와 주겠니? 그러면 아주 고맙겠구나. 지금 곧 다운스로 가는 소형 선박을 잡아야 하거든."

소년은 그의 지시를 따랐다. 에브니저는 곧 마구간을 뒤로 하고 최대한 속력을 내어 부두로 달렸다. 달리면서도 벌링검과 두 해적 선장을 찾아보았다. 그의 친구가 그들의 수중에 떨어졌을 것만 같았다. 숨이 턱에 닿아 부두에 도착했을 때, 실망스럽게도 소형 선박은 이미 자신의 짐 가방을 싣고 떠난 뒤였다. 그러나 벌링검의 짐 가방은 정확히 그날 아침 놓여져 있던 그대로 부두 위에 남겨져 있었다. 심장이 쿵 내려앉는 것 같았다.

늙은 선원 하나가 긴 진흙 파이프를 빨면서 소형 선박에 거는 밧줄 고리 옆에 앉아 있었다.

"이보시오, 배가 언제 출항한 거요?"

늙은이는 고개도 돌리지 않고 말했다. "반 시간도 안 됐수다. 여기서도 보일 거요."

"승객들 가운데 혹 키가 작은 사람이 있었소? 그가 입은 옷은……." 그는 벌링검의 포르투갈 와인색의 외투를 묘사할 참이었다. 하지만 때맞춰 자신의 친구가 변장했다는 사실을 기억했다. "그 사람은 내 시종으로 이름은 버트랜드 버튼이오만?"

"그런 사람 본 적 없소이다. 내가 본 사람 중에 시종은 없었소."

에브니저가 다그쳤다. "하지만 어째서 당신은 이 짐 가방은 뭍에 남겨 두고 그 옆에 있던 것만 실은 거요? 이 둘을 함께 포세이돈호에 실을 예정이었단 말이오."

선원은 어깨를 으쓱하며 말했다. "그건 내가 한 게 아뇨. 쿠크 씨가 배를 타면서 자기 짐도 함께 가져간 거요. 다른 남자는 오늘 밤 다른 배로 항해할 거라더군."

"쿠크 씨라니!" 에브니저가 외쳤다. '내가 바로 메릴랜드의 계관시인 에브니저 쿠크인데.'라는 말이 목구멍까지 올라왔지만 그는 곧 마음을 고쳐먹었다. 우선 해적들이 여전히 그를 찾고 있을지도 모르는 일이었다. 그리고 저 늙은 수부는 어쩌면 그들에게 고용된 사람일 수도 있었다. 게다가 쿠크는 그리 희귀한 성(姓)이 아니었다. 이 모든 것들은 아마도 일시적인 혼동에 불과할는지도 몰랐다.

그는 대신 다음과 같이 물었다. "설마 그 남자가 메릴랜드의 계관시인 에브니저 쿠크는 아니었겠죠?"

예상과 달리 그 늙은이는 고개를 끄덕였다. "바로 그 신사요, 그 시인이라는 친구."

"설마!"

늙은 선원은 이쪽에서 묻지 않았는데도 알아서 덧붙였다. "그는 당신이 입고 있는 것과 같은 검은 바지를 입고 있었소. 그리고 고상한 신분에 어울리지 않게 지저분한 자주색 외투를 걸쳤더랬지."

시인이 숨을 헐떡였다. "벌링검!"

"아니, 그는 쿠크였소. '포세이돈'을 타고 건너는 일종의 시인이지."

에브니저는 도무지 이해할 수가 없었다.

그는 다소 어렵게, 그리고 적잖이 우려하며 물었다. "그렇다면 여기 있는 짐 가방의 주인, 오늘 밤 다른 배를 타고 출항한다는 그 두 번째 신사는 누구란 말이오?"

늙은이는 조용히 파이프를 빨다가 마침내 대답했다. "그는 신사의 옷차림이 아니었수다. 게다가 신사의 얼굴도 아니었지. 여느 선원들처럼 소금물에 절고 비바람에 시달린 얼굴이었소. 다른 사람들이 그를 선장이라고 불렀고 그도 그들을 그렇게 불렀소."

에브니저의 얼굴에서 핏기가 가셨다. 그는 두려움에 떨며 물었다. "설마 슬라이 선장은 아니겠지요?"

늙은이가 대답했다. "맞아, 제대로 알고 있군. 그들 가운데 분명 슬라이 선장이 있었소."

"그리고 스커리도?"

"그래, 슬라이와 스커리였소. 둘은 쌍둥이처럼 닮았더군. 그들과 나머지 한 사람은 시인인 신사를 찾으러 왔었소. 그가 출항한 뒤 채 오 분도 안 되었을 때였지. 당신이 그들을 찾으러 온 것처럼 말이오. 하지만 그들은 예서 멀지 않은 술집에서 럼주를 마시고 있을 테니 그곳에 가면 아직 그들을 찾을 수 있을 거요."

자기도 모르게 에브니저는 "하느님 맙소사!"를 외쳤다. 그리고 공포에 질려 길 맞은편을 재빨리 살펴보았다.

늙은이는 다시 어깨를 으쓱하고 항구 안으로 침을 뱉었다. "어쩌면 뭍에는 선원들보다 더욱 적합한 동료들이 있을지 모르지. 하지만 더욱 즐거운⋯⋯ 잠깐만!" 그가 스스로 말을 끊었다. "저기 저 짐에 써 있는 이름을 읽어 보면 되겠구려. 그가 십 분 전쯤 거기에 이름을 적어 놓았거든. 난 글자 읽는 재주가 없어서 말이오. 그렇지 않았다면 벌써 생각났을 텐데."

에브니저는 친구의 여행 가방을 즉시 살펴보았다. 그리고 손잡이 위에 글씨가 적힌 작은 쪽지가 붙어 있는 것을 발견했다. 존 쿠드 선장.

"설마!" 순간 다리의 힘이 풀렸다. 새로 말린 바지를 다시 더럽히지 않기 위해서는 가방 위에 주저앉아야만 했다. "설마 그가 악당 존 쿠드라는 말은 아니겠죠!"

상대방이 인정했다. "악당이든 선한 사람이든, 존이든 짐이든 그는 쿠드였소! 슬라이 선장, 스커리 선장 그리고 쿠드 선장. 그들은 저기 '바다의 왕'에 있수다."

갑자기 모든 것이 이해되었다. 그래 봤자 두려움은 조금도 가라앉지 않았지만. 벌링검은 마구간에서 에브니저로부터 해적들과 그들이 뒤쫓는 대상에 관한 이야기를 듣고 그들과 아마도 여인숙 근처에 있던 쿠드를 염탐하던 중에 자신이 보호하는 인물에 대한 어떤 음모가 진행 중이라는 걸 깨달았을 것이다. 어쨌든 그는 볼티모어 경의 계관시인으로서 그들 반란 계획의 강력하면서도 잠재적으로는 치명적인 적이었다. 그들의 역모 계획을 폭로하는 데 칼같이 날카로운 휴디브라스풍의 풍자시보다 더욱 훌륭한 도구는 없을 테니까. 그렇다면 충실한 보호자로서, 원래의 옷으로 다시 갈아입고 자신을 계관시인으로 밝히고(왜냐하면 분명히 그들은 자기들 목표물의 얼굴을 알지 못하니까.) 여행 가방과 그 밖의 짐을 모두 가지고 '포세이돈'호에 승선함으로써 그들을 따돌리는 것보다 더 고귀한 행동이 무엇이겠는가? 그것은 그의 친구의 용기와 지략에 모두 걸맞은 계책이었다. 토머스 파운드 선장으로부터의 탈출과 벤저민 리코드로부터 편지들을 가로채는 것에 필적하는 모험! 게다가 그는 자신의 소유물을 빼앗길 위험에 처한 것이다. 쿠드는 이미 벌링검의 가방을 가로챈 것 같았으니까. 시인은 가슴이 뭉클해졌다. 자신에 대한 친구의 배려, 희생정신을 생각하니 눈물이 나왔다.

그는 생각했다. "그런데도 나는 그동안 마구간에 편하게 앉아서 그를 의심하고 있었다니!"

좋아, 그는 결심했다. 나는 내가 그러한 배려에 걸맞은 사람이라는 것을 보여 줄 테다. "당신은 내 가방을 어떻게 쿠드가 차지하도록 내버려 둘 수 있소?" 그는 벌써 파이프를 피우며 다시 명상으로 돌아간 늙은 뱃사람에게 물었다.

"당신 가방이라고요, 선생?"

"내 가방이오! 당신은 글자만 모르는 게 아니라 눈까지 먼 것 같소. 오늘 아침에 보았던 그 계관시인과 나를 알아보지 못하다니! 우리가 오늘 아침 런던발 마차에서 짐을 내리지 않았소?"

늙은이가 단언했다. "저런, 나는 아무것도 모른다오. 소형 선박을 운전하는 것은 조셉이라오, 내 아들 조셉 말이오. 나는 그저 그 애가 돌아올 때까지 정박 위치만 신경 쓰지요."

"그리고 손님의 트렁크를 아무에게나 줘 버리고? 정말 훌륭한 뱃사공이군그래. 당신 아들 조셉도 마찬가지고! 이 비열한 존 쿠드는 심지어 변장할 생각도 안 하고 당신 도움으로 공공연히 백주에 강도질을 한 거야. 그것도 자기 이름으로! 난 보안관을 부르겠어!"

상대방이 외쳤다. "아닙니다, 제발, 선생! 내 아들은 아무것도 모릅니다. 맹세해요. 그리고 나는 강도를 도울 생각은 전혀 없었소. 그 유쾌한 선장들은 뻔뻔하고 대담하게 걸어와서는 시인인 신사에 대해 물었수다. 그러더니 '이 가방은 쿠드 선장의 것이다. 그리고 해 질 녘까지는 반드시 맨섬으로 향하는 '모페이데스'호 위에 있어야 해.'라고 말했지요."

"그리고 분명 돈 몇 푼 주고 당신의 질문을 막았겠지?"

선원이 겸손하게 대답했다. "2실링이었습죠. 그 짐이 그의 것이 아니라는 걸 내가 무슨 수로 알았겠수?"

에브니저가 단언했다. "어쨌든 중죄를 공모한 거야. 이 2실링이라는 돈이 감옥에서 평생 썩을 위험을 감수해야 할 만큼 값어치가 있었던 거요?"

이것과 비슷한 위협들을 통해 에브니저는 곧 늙은 선원에게 그의 실수를 납득시켰다. 그런데도 선원은 다음과 같이 물었다. "하지만 내가 어떻게 그것이 당신의 것이라는 걸 알 수 있겠소? 당신도 지금 의문을 제기했듯이 어쩌면 당신이 바로 도둑이고 쿠드 선장은 아닐 수도 있지요. 그러면 누가 나를 감옥에서 구해 주겠소?"

시인이 대답했다. "저 가방은 내게 맡겨진 거요. 난 그것이 안전하게 내 주인에게 가는 것을 봐야 하오."

"당신도 하인인 주제에 날 그렇게 다그치는 거요?" 선원이 구레나룻이 난 턱을 쓰다듬었다. "도대체 당신의 주인은 누구기에 하인을 무슨 세인트폴의 한량처럼 입힌답디까?"

에브니저는 상대방의 조롱을 무시했다. "그는 첫 번째 가방을 가져간 바로 그 시인인 신사요. 메릴랜드의 계관시인 에브니저 쿠크 씨 말이오. 그리고 만약 그가 적당한 장소에서 이런 황당무계한 이야기를 말한다면 당신과 당신의 그 무례한 조셉에겐 일이 아주 고약하게 될 거요."

"세상에, 그렇다면 나는 상관없으니 저 지긋지긋한 짐 상자를 가져가시오!" 그 불쌍한 남자는 이렇게 소리쳤고 소형 선박이 돌아오자마자 짐 가방과 시종을 모두 '포세이돈'호로 데려가주기로 약속했다. 그리고 간청했다. "하지만 제발 내게 단 한 가지라도 당신의 직위를 증명할 만한 것을 보여 주시오. 그래야 내 마음이 조금이나마 가벼워지지 않겠소. 혹 당신이 도둑이고, 그들이 진짜 주인이라면 내가 그 세 선장들의 손에 어떻게 되겠소?"

에브니저가 말했다. "걱정 마시오. 이 분 안에 충분한 증거를 보여 주리다. 계관시인의 시를 한 면 한 면 보여 주지." 순간 그는 우려와 안심이 섞인 감정과 함께 자신의 공책이 아직 마구간에 있다는 사실을 기억했다. 하지만 늙은이는 고개를 저었다. "그것이 당신 엉덩이에 주홍빛 글자로 찍혀 있거나, 무슨 명제처럼 새겨져 있다면야 두말하지 않겠소만."

시인이 경고했다. "내 인내심을 더 이상 시험하지 마시오, 노인 양반! 구제불능의 바보라도 그걸 보기만 하면 시라는 걸 알 거요. 그가 그 의미를 이해하든 못하든 간에. 나는 당신에게 신들의 귀에나 어울릴 만한 시들을 보여 주겠소. 그러니 더 이상 트집 잡지 마시오!" 벌링검의 짐 가방을 보호하고 소형 선박이 돌아오면 즉시 출항할 수 있도록 준비시키기 위해 가능한 한 엄하게 선원을 다그치고는 그는 빙 둘러서 길 맞은편으로 갔다. 그는 '바다의 왕' 출입문 쪽을 피해 뒷마당으로 들어가는 골목길을 다시 가로질러 갔고, 가슴을 두근거리며 눈에 익숙한 마구간으로 들어갔다. 금방이라도 그 무시무시한 선장 3인조와 마주칠 것만 같았다. 그는 자신이 해양 시를 지었던 마구간에 서둘러 들어갔다. 당황하고 서두르는 마음에 놓고 간 귀중한 회계장부가 그곳 짚 위에 있었다. 그는 그것을 집어 들었다. 혹시 그 마구간 소년이 더럽힌 게 아닐까? 혹시 몇 장을 찢어 가 버린 게 아닐까? 아니, 그것은 멀쩡했고 잘 정돈되어 있었다.

그는 자신의 시행 하나를 되뇌었다. "바람과 조수 모두를 개의치 않네." 그리고 자신의 예술적 기교에 대해 만족하며 한숨을 쉬었다. "마치 파도가 요동치고 폭풍이 몰아치는 소리 같군!"

하지만 기분 좋아하고만 있을 때가 아니었다. 소형 선박은 이 순간 이미 항구에 닿았을지도 모른다. 또한 여인숙의 악당들이 영원히 럼주만 마시고 있으리란 법은 없다. 그는 가능한 한 재빨리 아침에 지었던 나머지 시행들을 훑어보았다. 배 위에서 벌어지는 향연을 묘사한 일고여덟 개의 2행 연구. 그는 다시 한숨을 쉬었고 공책을 팔에 끼우고는 서둘러 마구간에서 마당으로 나왔다.

순간 그의 뒤에서 목소리가 들려왔다. "꼼짝 마, 시인 나리. 안 그러면 넌 죽어." 그가 핑글 돌아서니 지옥에서 온 검은 악마 한 쌍이 시야에 들어왔다. 그들은 각각 왼손은 새까만 지팡이 위해 기대고 있었고 오른손으로는 권총을 쥐고 시인의 가슴을 겨누고 있었다.

다른 쪽이 덧붙였다. "이중으로 죽지."

에브니저의 목에서는 말이 나오지 않았다.

"내 총알로 이 로마 가톨릭교도의 가슴을 뚫어 줄까, 스커리 선장? 자네가 화약을 아낄 수 있도록 말이야."

다른 쪽이 대답했다. "고맙지만 사양하겠네, 슬라이 선장. 일단 쿠드 선장에게 어떤 요상한 물고기가 미끼에 걸려들었는지 알려 줘야 해. 이놈의 목을 따는 건 그다음 일이라고. 하지만 그때가 오면 즐거움은 자네 차지일세."

슬라이 선장이 말했다. "분부대로 거행하지, 스커리 선장. 안으로 들어가자, 쿠크. 그렇지 않으면 총알받이가 될 줄 알아."

하지만 에브니저는 좀처럼 몸을 움직일 수가 없었다. 마침내 그의 무시무시한 호위병들은 불필요해진 총을 허리띠 안에 집어넣은 후, 그의 양 팔꿈치를 잡고 반쯤 기절 상태인 그를 여관의 뒷문 쪽으로 끌고 갔다.

그가 눈을 꼭 감은 채 쉰 목소리로 애걸했다. "제발 날 살려 주시오!"

그를 붙잡은 사람 가운데 하나가 말했다. "그건 그 신사 마음대로 정할 수 있는 일이 아냐. 우리는 너를 우리와 거래한 자에게 데려가는 거라고."

그들은 식품 저장실, 즉 창고로 들어갔다. 그를 붙잡은 사람들 가운데 하나(슬라이라고 불리는 놈)가 먼저 나서서 다른 한 놈에게 문을 열어 주었다. 그것은 '바다의 왕'의 김이 자욱한 주방으로 들어가는 문이었다.

그는 큰 소리로 불렀다. "이봐, 존 쿠드! 우리가 자네의 시인을 붙잡았네!"

그들은 에브니저를 뒤에서 밀었고 에브니저는 미끌미끌한 타일 위에서 팔다리를 쭉 뻗고 넘어졌다. 에브니저가 넘어진 곳은 방 한가운데 있던 둥근 탁자 옆이었으며 그의 시선은 탁자 옆에 앉아 있는 남자의 발치에 가 있었다. 그를 민 스커리 선장, 그 옆에 서 있던 슬라이 선장, 어떤 여자, 그리고 쿠드 본인 등 모든 사람들이 웃었다. 여자의 발이 자신의 눈 바로 앞에서 달랑거리는 것으로 보아 그녀는 쿠드의 무릎에 앉아 있는 게 틀림없었다. 시인이 벌벌 떨면서 위를 올려다보았다. 그 여자는 바로 주근깨 돌리로 대마두의 목에 팔을 감고 앉아 있었다.

그런 다음 그는 그야말로 루시퍼의 얼굴을 상상하며 시선을 존 쿠드에게로 향했다. 그의 눈에 들어온 모습은 그보다는 덜 무시무시했지만 여전히 그를 놀라게 하기에 충분했다. 바로 헨리 벌링검이 미소를 짓고 있었던 것이다.

10 계관시인이 문학적인 비판을 당하고 포세이돈에 승선하다

"헨리!"

친구의 얼굴에서 미소가 사라졌다. 그는 무릎에서 여자를 밀어내고 못마땅한 얼굴로 벌떡 일어나서는 에브니저의 멱살을 잡고 들어 올렸다.

시인이 미처 말을 꺼내기도 전에 그가 성난 목소리로 말했다. "이 멍청한 녀석! 누가 너더러 마구간 주변이나 어슬렁거리라고 했냐, 엉? 부두를 샅샅이 뒤져 그 바보 시인을 찾아내라고 했잖아!"

에브니저는 너무 놀라 말을 할 수가 없었다.

벌링검이 검은 옷의 선장들에게 말했다. "이놈은 나의 시종 헨리 쿠크야. 자네들은 시인과 평범한 시종을 구별 못하나?"

스커리 선장이 외쳤다. "당신의 시종이라고? 이놈은 오늘 아침 우리를 성가시게 하던 그 똥싸개인데. 그렇지 않은가, 슬라이 선장?"

슬라이 선장이 말했다. "그래 맞아. 게다가 그는 바로 저기 저 책에다가 뭔가를 끼적거리던데. 당신이 저 책을 시인의 것이라고 말했잖소."

벌링검이 다시 에브니저를 마주하며 손을 들어 올렸다. "너의 그 게으른 귀싸대기를 한 대 갈겨 주고 싶구나! 부두로 가라는 명령을 어기고 선술집에서 한가하게 빈둥거리다니! 그 계관시인 놈이 우리 손에서 벗어난 것도 그리 놀랄 만한 일이 아니지! 어떻게 그 공책을 손에 넣게 되었느냐?" 그가 다그쳤다. 그리고 에브니저가 (비록 그는 자신의 친구가 자기를 보호하고 있다는 것을 이해하기 시작했지만) 미처 대답거리를 내놓지 못하자 이렇게 덧붙였다. "보아하니 부두에 있는 우리 쪽 사람의 짐 가운데서 찾아낸 것 같구나. 바꾸면 술 마실 돈 정도는 떨어질 거라 생각했겠지?"

그제서야 에브니저가 겨우 입을 떼었다. "그래요, 그건…… 그래요."

벌링검이 다른 사람들이 들으라는 듯 큰 소리로 말했다. "맙소사, 정말 어리석은 녀석이군! 이놈은 매일 술병을 끼고 살면서도 시동보다도 술이 약하지. 그렇다면 아마 그것 때문에 탈이 난 게로군." 그는 에브니저에게 조롱하듯 물었다. "그리고 마구간에서 게워 냈겠지?"

시인이 고개를 끄덕였다. 그리고 마침내 목소리가 제대로 나오리라 믿고 입을 열었다. "저는 한 시간 반 전에야 정신이 들어 곧장 부두로 달려갔어요. 하지만 그 계관시인의 짐 가방은 사라졌더군요. 그때 제가 공책을 마구간에 두고 온 게 기억났어요. 그래서 그것을 가지러 온 거죠."

벌링검은 선장들에게 한심하다는 듯 두 손을 들어 보였다. "그런데 자네들은 이 녀석이 메릴랜드 계관시인의 얼굴을 하고 있다고 보았단 말이지? 내가 바보들에게 둘러싸여 있군! 술과 먹을 만한 것 좀 가져와, 돌리!" 그가 명령했다. "그리고 여기 내 소중한 멍청이만 제외하고 자네들 모두 나가 버려. 이 놈에게 할 말이 좀 있으니까."

슬라이 선장과 스커리 선장은 낙담해서는 나가 버렸다. 이 모든 장면을 무심하게 지켜보던 돌리도 술을 따르기 위해 나갔다. 에브니저는 완전히 의자 위로 무너져 벌링검의 외투 소매를 붙잡았다.

그가 속삭였다. "하느님! 이게 도대체 어떻게 된 일이죠? 왜 당신이 쿠드 행세를 하며 어째서 나를 마구간에서 온종일 떨도록 내버려 둔 거냐고요?"

"조용히." 헨리가 그의 어깨 너머를 건너다보며 경고했다. "우리는 지금 까다로운 상황에 처해 있어. 비록 이용 가치가 있긴 하지만 말이야. 나를 믿게. 때가 되면 다 설명해 줄 테니까."

여종업원이 럼주 두 잔과 차가운 송아지 고기 한 접시를 들고 돌아왔다. 그가 그녀에게 지시했다. "슬라이와 스커리를 부두로 보내. 그리고 난 해 질 녘에 '모페이데스'호에 승선해 있겠다고 전해."

그녀가 나가자 에브니저가 물었다. "당신은 그녀를 믿을 수 있어요? 그녀는 오늘 아침부터 당신이 존 쿠드가 아니라는 걸 알고 있잖아요."

벌링검이 미소를 지으며 말했다. "그녀는 자기가 무슨 역할을 해야 하는지 알아. 자, 이제 먹게. 자네가 할 일을 말해 주지."

에브니저는 시키는 대로 했다. 그는 하루 종일 아무것도 먹지 못한 상태였다. 럼주가 몸속에 들어가니 다소 진정이 되는 듯했다. 그는 진저리를 쳤다. 벌링검은 '바다의 왕'의 중앙 홀로 연결되는 문의 틈 사이를 엿보았다. 그리고 아무도 엿듣지 않는다는 것을 확인하고 다음과 같이 상황을 설명했다.

"오늘 아침 나는 자네 곁을 떠나자마자 곧장 새 바지를 가져오려고 부두로 갔어. 가는 동안 내내 자네가 내게 말했던 그 두 해적 선장에 대해 곰곰이 생각했지. 나는 그들이 해적은 아닐 거라 짐작했어. 그들이 찾는 인물이 자네였다면 말이지. 해적에게 시인이 도대체 무슨 소용이란 말인가? 하지만 자네가 묘사한 그들의 모습과 태도, 그리고 목적을 떠올리다 보니 다른 생각이 들었어. 못지않게 놀랄 만한 일이었지. 그리고 난 그것이 사실이라는 걸 곧 알게 되었다네. 자네가 말한 그 두 검은 악당들이 우리의 짐 가방이 놓여 있는 부두에 서 있었어. 그리고 나는 곧 그들이 요전에 쿠드를 위해 일했던 밀수업자들인 슬라이와 스커리라는 걸 알아보았지. 쿠드가 자네의 임명에 대해 알고 자네에게 해를 입히려는 것이 분명했어. 그의 동기가 무엇인지는 그저 짐작만 할 뿐이지만 말일세. 자네의 사냥꾼들이 먹이의 얼굴을 모른다는 것도 분명했어. 그리고 쉽게 속을 만한 사람들이라는 것도. 그들은 소형 선박을 운항하는 젊은이와 얘기하고 있었다네. 나는 대담하게 우리 짐 가방 뒤에 웅크리고 앉아서 그 소형 선박 사공이 자네와 자네의 동행이 '바다의 왕'에 있다고 말하는 것을 들었지. 다행히 그때 나는 그에게 내 이름을 대지는 않았으니까. 슬라이는 그럴 리가 없다고 말했어. 그들은 막 '바다의 왕'에서 나오던 참이었고 자기들의 먹이를 거리에서 보고 달려 나왔지만 그를 놓치고 말았으니까."

에브니저가 말했다. "그래요, 바로 그랬어요. 그것이 내가 기억하는 마지막 일이에요. 하지만 그가 누굴 보고 뛰쳐나갔는지는 짐작도 할 수 없어요."

"나 역시 그래. 하지만 그 소형 선박 사공은 자신의 주장을 굽히지 않았어. 마침내 슬라이가 다른 놈에게 여인숙을 뒤져보자고 제안하더군. 하지만 스커리는 그때 선단에서 내릴 존 쿠드를 데리러 가야 할 시간이라고 말했어."

"쿠드가 선단에 승선해 있다니!"

벌링검이 말했다. "그래. 이것과 그들이 한 말로 미루어 볼 때 쿠드는 변장을 하고 런던에서부터 총독 및 그의 일행들과 같은 군함을 타고 왔다는 걸 알 수 있었지. 그 군함은 오늘 아침 선단에 합류했거든. 명백히 그는 자기 일이 잘못될까 두려워했고 그의 적들이 니콜슨과 서로 어떤 도움을 주고받는지 직접 보고 싶어했어. 내가 수집한 정보에 의하면 그런 다음 슬라이와 스커리는 그를 다운스에서 만나 자기들의 배로 데려오기로 되어 있었어. 그 배는 오늘 밤 출항해 맨섬으로 가서 그곳에서 메릴랜드로 갈 예정이었던 거야."

시인이 외쳤다. "세상에, 그 남자 정말 대담하군요!"

벌링검이 미소를 지었다. "자네는 그가 대담하다고 생각하나? 런던에서 플리머스까지는 그리 오래 걸리지도 않아."

"하지만 바로 니콜슨의 코앞이잖아요! 자기가 메릴랜드주에서 몰아낸 사람들 속에 섞여 오다니!"

"하지만 우리 짐 뒤에서 내내 웅크리고 있던 내게 훨씬 더 대담한 생각이 떠올랐다네. 그 전에 내가 들은 이야기를 한 가지 더 말해 주지. 스커리가 슬라이에게 묻더군. 자기들은 한 번도 쿠드의 진짜 모습을 본 적이 없는데 어떻게 변장한 모습을 알아보느냐고 말이지. 그러자 슬라이가 혁명 전 쿠드의 부하들이 낯선 인물이 자기편인지 알아볼 때 사용했던 모종의 암호를 사용하자고 제안하더군. 그런데 공교롭게도 나는 내가 역도로 가장했던 옛날부터 그 암호들을 아주 잘 알고 있었어. 우선 첫 번째 사람이 공모자에게 묻지. '자네 친구 짐은 요즘 그의 암말을 잘 타고 있나?'라고 말이야. 이건 제임스왕의 왕위에 대한 신분 보장이 얼마나 확실한가를 의미해. 그러면 두 번째 사람은 이렇게 대답하지. '나는 그가 말에서 떨어질까 두려워. 그는 더 좋은 암말을 원해.'라고. 만약 세 번째 사람이 이런 게임에 대해 은밀히 통보를 받은 사람이라면 그는 이렇게 말할 거야. '어쩌면 그 암말이 더 훌륭한 기수를 원하는지도 모르지.'라고 말일세. 어떤 사람이 낯선 사람들에게 자신이 역도라는 것을 알리고 싶을 때 사용하는 방법도 있어. 길거리나 여인숙에서 그들에게 접근해서 다음과 같이 말하는 거야. '당신들은 오렌지색 넥타이를 맨 내 친구를 본 적이 있소?' 말인즉슨, 자기는 오렌지 당(House of Orange)의 친구라는 거지. 그러면 그 패거리들 가운데 하나가 외치지. '저런, 저 사람 좀 보라지!'[67]라고. 그것은 메리 여왕과 윌리엄왕에 관한 말장난이야.

벌링검이 계속 말을 이었다. "그들의 계획을 듣는 즉시 나는 그들을 방해하기로 결심했다네. 처음으로 든 생각은 자네와 내가 슬라이와 스커리로 가장하고 군함에서 내리는 쿠드를 데려와 그의 계획과 그가 자네를 원하는 이유를 알아낼 때까지 어떤 식으로든 그를 억류하는 거였지."

"맙소사! 그건 결코 성공하지 못했을 거예요!"

벌링검이 인정했다. "그랬을지도 몰라. 어쨌든 나는 슬라이와 스커리가 쿠드의 얼굴을 모른다는 것은 알게 되었지만, 그것이 곧 그가 그들을 모른다는 것을 의미하지는 않는다는 생각이 들었어. 사실 그들은 정말 유명한 악당들이지. 그 이유로 나는 다시 존 쿠드가 되기로 결심했다네. 언젠가 페리그린 브라운의 배에서 한 번 그랬듯이 말일세. 나는 짐 가방 뒤에서 앞으로 썩 나서며 오렌지색 넥타이를 맨 내 친구의 행방을 물었어."

에브니저는 놀라워하는 한편, 벌링검이 시종 복장을 하고 있었고 쿠드가 군함에 승선하기로 되어 있었다는 점을 고려할 때, 그가 생각해 낸 꾀는 대담하지만 무분별한 것이 아니었는지 물었다. 친구의 대답은 다음과 같았다. 쿠드는 예를 들

67) Marry, will you mark the man. 메리 여왕의 'Marry'와 윌리엄왕의 'will.'

어 신부복이나 목사복이나 다양한 군복 등 언제나 평범하지 않은 옷을 입곤 한다는 것이다. 그리고 사실 그는 마치 허공 속에서 갑자기 생겨난 듯 난데없이 나타났다가 비슷한 방식으로 예기치 않게 사라지곤 해서 남의 말 잘 믿는 사람들 가운데 적잖은 사람들이 그가 신비한 힘을 가지고 있다고 믿을 정도였다.

그가 말했다. "적어도 그들은 나를 믿었어. 일단 그들의 안색이 부드러워지자 나는 그들에게 좀처럼 질문할 기회를 주지 않았다네. 나는 그들의 움직임이 굼뜨다며 못마땅한 표정을 지었고, 계관시인이 덫에서 빠져나갔다는 보고를 듣고는 몹시 역정을 냈어. 그리고 신중하게 유도심문을 한 결과(왜냐하면 내가 그들보다 더 많이 아는 것처럼 행동하는 것이 필수적이었으니까.) 이상한 이야기 한 편을 조립해 볼 수 있었어. 지금도 완전히 이해할 수는 없지만 말이야. 슬라이와 스커리는 런던에서부터 자신이 에브니저 쿠크라고 주장하는 어떤 녀석과 함께 왔어. 쿠드의 명령에 따라 그들은 메릴랜드의 농장주로 가장하고 그 가짜 계관시인을 플리머스로 호위해 가려 했지. 내 짐작으로는 그들은 플리머스에서 그를 어떤 악의적인 목적을 위해 '모페이데스'호에 실을 작정이었던 것 같아. 아마도 그들은 그를 볼티모어의 첩자로 생각한 듯싶어. 하지만 그가 누구이든 간에 틀림없이 그들의 계략을 눈치챈 것 같아. 그래서 오늘 아침 그들의 마수에서 벗어날 수 있었던 거고."

그의 말은 계속되었다. "내가 자네를 잊고 있었다고는 생각지 말게. 나는 자네가 어느 때라도 다른 옷을 찾아 입고 이들 앞에 나설까 봐 두려웠어. 그래서 럼주를 사 준다는 핑계로 슬라이와 스커리를 길 위쪽의 선술집으로 유인해서 가능한 한 오래 잡아 두었지. 그동안 자네에게 어떻게든 전언을 보내 보려고 애를 썼고. 나는 내 시종을 찾는 척하며 몇 분마다 부두 쪽을 내려다보았어. 그러다 어느 순간 자네의 짐 가방이 사라진 걸 보고 자네가 혼자서 '포세이돈'호로 갔다고 짐작했지. 우리는 곧 이쪽으로 다시 걸어왔고 부두의 늙은이가 에벤 쿠크라는 사람이 자신의 짐 가방을 들고 소형 선박을 타고 떠났다는 사실을 확인해 주었어."

에브니저는 놀라서 고개를 저었다. "하지만……."

"잠깐, 내 말을 다 들어 봐. 우리는 그때 이리로 와서 해가 질 때까지 시간을 보냈어. 나는 자네가 안전하다는 걸 확신했다네. 그리고 소형 선박 사공을 통해 자네에게 말을 전하기로 마음먹었지. 그래야만 자네가 나의 배신이나 내가 처했을지도 모를 위험을 걱정하지 않아도 될 테니까. 돌리가 내게 자네의 공책이 마구간에 있다고 말했을 때, 나는 슬라이와 스커리에게 우리가 아직 자네를 잡을 수 있다고 장담했어. 시인은 자신의 공책을 위해서라면 지옥에라도 갈 테니까 말이야. 그리고 자네가 돌아올 것에 대비해 그들을 마구간 옆에 세워 두었지. 사실 나는 그 공책 안에 전언을 넣어서 곧 자네에게 보낼 계획이었어. 그들을 마구간으로 보낸 건 그저 내 곁에서 그 쌍둥이 원숭이들을 쫓아내기 위해서였던 거야. 그런데 그들이 자네를 데리고 들어왔으니 내가 얼마나 놀랐겠는가!"

에브니저가 다소 거북해하며 자신의 등장으로 인해 벌링검의 연극이 중단되었던 일을 기억했다.

그가 말했다. "정말 말로 표현 못 할 정도로 이상한 일이에요. 당신은 내가 가 버린 걸로 알고 나는 또 당신이 가 버린 걸로 여겼으니. 이봐요, 그 녀석은 당신의 외투를 입고 있었다고요!"

"뭐라고? 말도 안 돼!"

"아니에요, 분명해요. 부두의 그 늙은이 말에 의하면 그는 때 묻은 포르투갈 와인색의 외투에 검은 바지를 입고 있었대요. 내가 그 녀석을 당신이라고 생각한 것은 바로 그 때문이었다고요."

그가 크게 웃었다. "세상에! 정말 놀랍군! 이런 웃긴 일도 다 있다니!"

에브니저는 자신이 그의 농담을 알아듣지 못했음을 고백했다.

그의 친구가 외쳤다. "글쎄, 생각 좀 해 보게! 오늘 아침 슬라이와 스커리가 계관시인을 찾으러 와서는 자네가 바로 그 사람이라는 걸 모른 채 자네를 가지고 놀았을 때, 돌리와 나는 한바탕 뒹굴기 위해 저기 뒤쪽 마구간에 가 있었어. 그런데 우리가 달려 들어간 첫 번째 말 우리에서 글쎄 어떤 불쌍한 녀석이 자고 있더라고. 차림새로 보아 하인인 것 같더군. 그래, 내가 그 자리에서 그 녀석과 옷을 교환했지. 그 녀석 역시 상당히 기뻐하며 자기 옷을 내놓더라고!"

"세상에, 그러면 그가 바로 가짜 계관시인이라는 건가요?"

"그가 아니면 누구겠어? 그 늙은이가 얘기한 그 사람이 내 외투를 입고 있었다면 뻔한 거지. 어쩌면 그는 막 슬라이와 스커리의 손에서 빠져나와 그곳에 숨어 있었던 걸지도 몰라."

"그렇다면 그들이 창문 밖으로 지나가는 것을 본 것은 바로 그자였군요. 덕분에 난 목숨을 구했고요!"

"분명 그랬을 거야. 그리고 자네의 짐 가방을 알아보고는 그걸 가지고 내뺀 거지. 대담한 친구야!"

에브니저가 험악하게 말했다. "그가 그리 멀리 가진 못할 거예요. 우리가 배에 승선하는 순간 그 녀석을 배에서 끌어내릴 테니까요."

벌링검은 입술을 오므렸지만 아무 말도 하지 않았다.

"뭐가 잘못되었나요, 헨리?"

벌링검이 물었다. "자넨 '포세이돈'을 타고 항해할 작정인가?"

"물론이죠! 슬라이와 스커리는 자기들의 배에서 우리를 기다리고 있으니, 지금 우리가 빠져나가는 데는 문제가 없잖아요?"

"자네는 나의 임무를 잊고 있군."

에브니저가 눈썹을 치켜올렸다. "내가 잊은 거예요, 아니면 당신이 잊은 거예요?"

벌링검이 따뜻하게 말했다. "이보게 에벤, 나는 그 사기꾼이 누군지 몰라. 하지만 아마도 그는 단순히 자네의 명성을 이용해 이득을 얻어 보려는 어떤 한심한 런던 한량일 거야. 내 장담하지. 그가 '포세이돈'호에서 에벤 쿠크 노릇을 하도록 내버려 두라고. 어쩌면 선장이 그가 사기 친 것을 알고 그를 감옥에 집어넣을 수도 있고, 아니면 쿠드가 그를 살해하거나 어느 구석에 처박을지도 모르지. 그들은 같은 선단에 있으니까 말일세. 그가 메릴랜드까지 계속해서 사기를 친다 해도 우리는 그를 부두에서 보안관과 함께 맞을 수 있고 그걸로 된 거야. 그동안 자네의 짐 가방은 안전하게 배의 화물칸에 실려 있을 거고. 그는 그것을 건드리지 못해."

"그렇다면 도대체, 헨리, 당신이 제안하고자 하는 게 뭐예요?"

벌링검이 말했다. "나는 존 쿠드가 무슨 꿍꿍이를 가지고 있는지 몰라. 볼티모어 경도 다른 사람들도 그에 관해서는 아는 바가 없어. 하지만 그가 니콜슨의 임명에 두려움을 느끼고 혹 자기 일이 잘못될까 걱정한다는 건 확실해. 내 생각에 그는 선단에 앞서 상륙할 계획인 것 같아. 하지만 그것이 그가 이전에 저질렀던 못된 짓들의 흔적을 없애기 위해서인지, 아니면 더 많은 해악의 씨를 뿌리기 위해서인지는 짐작할 수 없어. 그리고 그가 자네에 대해 정확히 어떤 계획을 갖고 있는지도 오리무중이야. 나는 계속 쿠드 흉내를 내며 '모페이데스'호를 타고 메릴랜드로 항해할 작정이야. 나의 믿을 만한 시종인 헨리 쿠크와 함께."

"아, 안 돼요, 헨리! 그건 말도 안 돼요!"

벌링검이 어깨를 으쓱하고는 파이프를 채웠다. "우리는 쿠드를 한 발짝 앞지를 수 있어. 그리고 어쩌면 덤으로 그의 계획을 망칠 수도 있을 거야."

그는 계속해서 다음과 같이 설명했다. 슬라이 선장과 스커리 선장은 담배를 재수출하는 편법을 써서 세금 없이 영국으로 밀수해 오는 일에 종사했었다. 즉 그들은 자기들의 화물을 등록하고 영국에 입항할 때 그것에 대한 세금을 문 다음 그 담배를 기술적으로는 외국 영토인 근처의 맨섬에 다시 수출함으로써 앞서 문 세금의 반환을 요구했다. 그러고는 그곳으로부터 쉽게 영국이나 아일랜드로 담배를 다시 들여 온 것이다. "우리가 상륙하는 순간 그들에게 불리한 증언을 하면 그들 역시 망할 수밖에 없겠지. 볼티모어 경 입장에서는 대단히 큰 승리지!"

에브니저가 감탄한 듯 고개를 저었다.

잠시 후 그의 친구가 외쳤다. "자, 말해 보게! 자네 분명 두려운 건 아니겠지? 그 할 일 없는 사기꾼 때문에 정신이 혼미해진 건 아니겠지?"

"솔직히 난 정말 그 일 때문에 정신이 혼미해요, 헨리. 그가 나를 팔아 자신의 지위를 향상시켰다는 것 때문이 아니에요. 그가 내게 강도 짓을 했다 해도 그렇게 놀라진 않았을 거예요. 하지만 그는 내게서 나 자신을 훔쳤어요. 다름 아닌 내 존재를 침범했다고요! 난 그것을 허락할 수 없어요."

벌링검은 코웃음을 쳤다. "오 이런, 학교 좀 다녔다고 티내는 건가? 자네 '자신'이라는 이 동전의 정체는 뭔가? 그것을 어떻게 소유하게 되었느냐고?"

에브니저는 그의 친구에게 런던에서 출발한 마차 안에서 그들이 나눴던 첫 번째 대화를 상기시켰다. 그때 그는 숫총각이자 시인이라는 자신의 이중적 본질을 설명했었다. 조안 토스트를 만난 후 그러한 본질을 구현하는 것이 비록 실제로 시인이자 숫총각을 탄생시킨 것은 아니라 해도 그의 핵심적인 관심사가 되었다. 그러므로 그것을 보존하고 옹호하는 것이 그의 기본적인 가치였다.

그가 결론을 내렸다. "결코 다시는 나 자신으로부터 도망친다거나 혹은 어떤 식으로든 그것을 위장하진 않을 거예요. 바로 그런 비겁함이 오늘 아침 창피한 상황을 초래했고, 마치 전조(前兆)라도 되는 것처럼 내가 진정한 자아로 회귀하고 나서야 돌파구가 마련되었어요. 나는 태어나지 않은 노래들로 깨끗해졌고 그 불안한 시간들을 뮤즈와 함께 보냈죠."

벌링검이 에브니저의 비유를 이해하지 못하자 시인은 평이한 언어로 자신이 공책의 백지 네 장을 몸을 닦는 데 사용했고 두 장을 해양 시로 채웠다고 설명했다.

"나는 그때 다시는 스스로를 배신하지 않기로 다짐했어요, 헨리. 이번에 내가 당신의 시종 쿠크 행세를 한 것은 단지 너무 놀라 겨를이 없었기 때문이에요. 지금이라도 슬라이와 스커리를 만난다면 나는 그 즉시 내 진짜 정체를 밝힐 거예요."

"그리고 곧장 자네의 그 어리석은 머리에 총알을 박고? 자넨 바보로군!"

에브니저는 수그러드는 용기를 다시 다잡으면서 대답했다. "나는 시인이에요. 누구든 용기 있으면 그걸 부인해 보라고 하세요! 그리고 그곳에 그 사기꾼이 없다 하더라도 난 반드시 포세이돈호에 승선해야 해요. 나의 이 모든 시들이 그 선박의 이름을 부르니까요." 그는 공책에서 아침에 작업한 부분을 펼쳤다. "자, 이걸 들어 보세요.

제아무리 바다가 무시무시한 돌풍을 토해 낸다 해도
우리의 배는 새지 않는다. 우리의 돛대는 무너지지 않는다.
우리 곁엔 위대한 포세이돈이 있으니
바다는 거칠어 보이지도, 막막해 보이지도 않는다.

'모페이데스'는 운율을 망칠 거예요. 비유는 말할 것도 없고요."

벌링검이 심술궂게 말했다. "비유는 이미 글렀는걸. 세 번째 행은 자네가 배의 바깥쪽, 즉 물속에 있다는 걸 의미하는데, 마지막 행은 바다에 있으면서 바다를 묘사하는 것으로도, 포세이돈호 안에서 바다를 바라보는 것으로도 읽힐 수 있거든. 운율에 대해 말하자면, 실제로는 모페이데스호로 항해하면서 시에서 '포세이돈'이라는 이름을 견지한다 해도 막을 사람은 아무도 없어."

에브니저는 친구의 비판에 다소 기분이 상해서 고집스럽게 말했다. "아니에요. 같지 않아요. 내가 기술하는 것은 오직 진정한 포세이돈호뿐이라고요.

바닥에서부터 꼭대기까지 고귀함이 넘치는 배.
그 옛날 호메로스의 그리스인들이
트로이를 향해 동쪽으로 항해할 때 탔던 배들과 비슷하구나.
지금 우리는 그 배를 타고 메릴랜드 해안을 향해 나아간다."

벌링검이 훨씬 더 심술궂게 말했다. "자네는 서쪽으로 항해하는 거야. 그리고 포세이돈호는 쥐새끼 같은 인간들의 보금자리고."

시인이 상처받은 어조로 대꾸했다. "그래도 내겐 그 배에 타야 할 훨씬 더 큰 이유가 있어요. 그 배에 타지 않으면 그것에 대해 잘못 기술할지도 모르잖아요."

"쳇! 이제 보니 자네가 이유로 내세우는 것은 사실에 대한 때늦은 관심이군, 그렇지? 내 생각에는 자네가 마구간에서 포세이돈을 상상해 낼 수 있다면 모페이데스로 포세이돈을 만들어 내는 건 애들 장난일 듯싶은데 말이야."

에브니저는 공책을 덮고 일어서서 안타깝다는 듯 말했다. "당신이 왜 나에게 상처를 주려 하는지 모르겠군요. 볼티모어 경의 지령을 모욕하는 건 당신의 특권이에요. 하지만 당신 뜻대로 되지 않는다고 우리의 우정 역시 경멸할 건가요? 애당초 내가 당신에게 함께 가 달라고 부탁한 건 아니잖아요. 물론 내게 당신의 안내가 필요하다는 사실은 하늘이 알지만요! 하지만 쿠드가 있든 없든 나는 이 사기꾼과 결판을 낼 것이고 '포세이돈'을 타고 메릴랜드로 갈 거예요. 만약 당신이 어떤 대가를 치르고서라도 그 무모한 계획을 강행할 생각이라면 안녕히 가세요. 그리고 우리가 무사히 몰든에서 다시 만나기를 신께 기도할게요."

벌링검은 다소 마음이 누그러진 듯했다. 그는 슬라이, 스커리와 함께 항해하려는 자신의 계획을 포기하려 하지는 않았지만, 자신의 삐딱한 태도에 대해서는 사과했다. 에브니저가 여전히 '포세이돈'에 승선하려는 마음을 굽히지 않자 그는 마지못해 따뜻한 작별 인사를 건넸다. 그리고 자기는 볼티모어 경이 내린 명령들을 무시할 생각은 전혀 없다고 맹세했다.

그가 단언했다. "자네가 무엇을 하든 내 마음은 자네와 함께하겠네. 내가 방해해야 할 것은 자네에 대한 쿠드의 음모야. 혹여 내가 자네를 저버릴 거라곤 생각지 말게, 에벤. 난 어떤 식으로든 자네의 안내자요 구세주가 될 테니까."

에브니저가 눈에 눈물을 가득 담고 물었다. "그러면 몰든에 가서야 다시 보는 건가요?"

벌링검이 고개를 끄덕이며 말했다. "몰든에서 보세." 마지막으로 악수를 한 후, 시인은 혹 선단이 자신을 싣지도 않고 떠날까 봐 급히 식료품 저장실을 가로질러 '바다의 왕'의 뒷문으로 나갔다.

다행히 소형 선박은 또 다른 운송을 준비하며 부두에 있었다. 그는 배 위의 다른 화물들 가운데서 벌링검의 짐 가방을 발견하고 나서야 자신이 그 계관시인의 시종으로 가장했었다는 사실을 기억했다. 속임수를 지속해야 한다는 생각에 마음이 언짢아졌지만 그는 한숨과 함께 지금에 와서야 자신의 진짜 정체를 밝히는 것은 어리석은 일이라는 걸 스스로에게 납득시켰다. 그 문제로 실랑이를 벌이다가는 배를 놓치기 십상이었기 때문이다.

그는 그 늙은이가 밧줄을 풀어 내는 걸 보고 소리쳤다. "저기, 여보시오! 기다려요!"

고물에 서 있던 조셉이라는 남자가 말했다. "아하, 그 시인 양반의 젊은 멋쟁이시군, 그렇지? 당신을 버리고 갈 뻔했소."

에브니저는 마치 단거리 경주를 하듯 선창을 가로질러 달려가서는 숨을 거칠게 몰아 쉬며 나룻배에 올라탔다. 동시에 그는 외쳤다. "잠깐, 밧줄을 잠시 단단히 붙들어 매시오."

선원이 웃으며 말했다. "말도 안 되는 소리. 우린 이미 늦었소!"

그러나 에브니저는 자신이 아까 선원 부자에게 끔찍한 실수를 했고 지금은 진심으로 후회하고 있다고 사과하며 다음과 같이 말했다. 주인에게 봉사하겠다는 열정에 쿠드 선장의 짐 가방을 자기에게 맡겨진 것으로 착각했다, 그들이 그것을 배 위에 싣는 수고를 해 준 만큼 어쨌든 그것에 대한 운송 요금을 기꺼이 지불할 것이다, 하지만 그 짐 가방은 쿠드 선장이 알기 전에 다시 부두에 갖다 놓아야 한다 등등.

조셉은 "저런 바보를 하인으로 두다니 정말 관대한 주인이군." 하며 얼마간 투덜대고 욕했지만 부탁받은 대로 짐은 옮겨 주었다. 감사의 표시로 각자 1실링씩을 받고 나자 소형 선박 사공들은 밧줄을 다시 한번 내던졌다. 이번엔 늙은이도 동행했다. 바람이 이른 오후부터 다소 강해졌기 때문이다. 아들 조셉은 뱃머리에서 막대기로 배를 밀어내며 뱃머리를 바람이 불어오는 쪽으로 돌리기 위해 삼각돛을 올리고, 돛을 세게 잡아당겨 아딧줄로 활짝 펴고, 다시 앞으로 나아가 삼각돛 밧줄을 고정시켰다. 그의 아버지가 키 손잡이를 밑으로 힘껏 내리자 돛에 바람이 안겼고 나룻배는 맞바람을 받으며 갈지자로 움직이다가 곧 다운스 방향으로 물길을 잡았다. 시인의 가슴은 흥분으로 두근거렸다. 소금기를 머금은 바람이 이마에 피를 돌게 했고 위장을 울렁거리게 했다. 몇 분간의 항해 후, 지는 해를 배경으로 서 있는 선단이 그의 시야에 들어왔다. 바크 선, 스노, 케치, 브리그[68], 그리고 전 장비를 갖춘 돛배 등 쉰 척의 배들이 그들을 해적이 출몰하는 물길을 따라 버지니아 케이프까지 호위해 줄 군함 주위에 정박하고 있었다. 그곳에 도착하면 그들은 각자의 목적지로 계속 나아갈 것이었다. 더 가까이 다가가서 보니 가지각색의 거룻배와 나룻배들이 마지막 승객들과 화물을 싣고 모선에서 해안으로, 그리고 배에서 배로 왕복하며 분주하게 움직이고 있었다. 선원들은 삭구[69]에서 돛을 활대에 잡아 매며 열심히 일하고 있었고 승무원들은 도처에서 소리를 지르고 있었다.

그는 한껏 기분이 좋아져 들뜬 목소리로 물었다. "어느 것이 '포세이돈'이오?"

늙은이는 우현 방향으로 약 5분의 2킬로미터 떨어진 곳에 바람 부는 방향으로 정박해 있는 배를 파이프대로 가리켰다. "저기 오른쪽에 있군." 맞바람을 받으며 배를 한 번 더 갈지자로 몰고 가면 그 배에 도착할 것이었다. '포세이돈'은 아마 200톤은 됨 직한 배로 이물은 널찍하고 고물은 각이 져 있으며 앞갑판과 선미루 갑판이 주갑판보다 높이 솟아 있었고 활대들이 있는 앞돛대, 큰돛대, 뒷돛대, 그리고 중간돛대 등 외양 면에선 선단 안에 있는 동급의 다른 배들과 크게 다르지 않았다. 군

68) 모두 범선의 종류.

69) 돛, 돛대, 밧줄 등의 총칭.

이 다른 점이 있다면 다른 배들에 비해 매력이 떨어진다는 것이었다. 경험 많은 사람들이라면 '포세이돈'의 낡은 마룻줄, 타르도 제대로 칠해지지 않은 돛대 밧줄, 녹슨 체인 플레이트[70], '아일랜드 닻줄,' 그리고 전반적으로 단정치 못한 모습을 보고 배가 노후한 데다 부주의하게 사용되었다는 것을 이내 알아보았을 것이다. 그러나 에브니저의 눈에는 '포세이돈'이 이웃한 배들보다 더욱 빛나 보였다. 그는 "훌륭해!" 하며 연신 감탄했고, 한시바삐 승선하고 싶어 조바심을 쳤다. 갈지자로 '포세이돈'에 접근하던 그들의 배가 마침내 뱃전에 닿자 그는 서슴없이 사다리를 기어 올라갔다(그건 사실 평소라면 그가 가진 능력의 한계를 뛰어넘는 아슬아슬한 재주였다). 그리고 당직 항해사에게 명랑하게 인사를 건넸다.

항해사가 물었다. "성함을 여쭤봐도 되겠습니까, 손님?"

시인이 살짝 고개를 숙여 인사하며 대답했다. "물론이오. 나는 에브니저 쿠크이고 메릴랜드주의 계관시인이오. 탑승료는 이미 지불했소."

이 말에 항해사는 가까이 있던 건장한 선원 둘을 불렀다. 에브니저의 팔이 어느새 그 두 사람에게 꽉 잡혀 있었다.

그가 소리쳤다. "이게 무슨 짓이오?" 포세이돈호의 갑판에 있던 모든 사람들이 이 장면을 구경하고 있었다.

항해사가 말했다. "어디 수영 실력도 거짓말하는 실력처럼 대단한지 시험해 볼까. 얘들아, 그놈을 뱃전 너머로 던져 버려."

---

70) 돛대 밧줄을 뱃전에 매는 데 쓰는 금속판.

시인이 명령했다. "그만두지 못해! 선장에게 얘기해서 네 놈들에게 채찍을 안겨 줄 테다! 방금 말했듯이 난 에브니저 쿠크다. 볼티모어 경이 임명한 메릴랜드주의 계관시인이란 말이야!"

항해사가 거만하게 웃으며 말했다. "좋아. 그렇다면 계관시인 나리께서는 자신의 신분을 보장해 줄 누군가를 내세울 수 있으신가? 분명히 승객들 가운데 신사 숙녀 여러분들은 자기들의 계관시인을 틀림없이 알고 있겠지!"

에브니저가 말했다. "물론 난 증인을 데려올 수 있어. 지금 그 일을 해 줘야 할 사람들은 바로 자네들인 것 같지만! 뭍에 친구가 한 명 있는데 그는……." 그는 벌링검이 다른 사람으로 가장한 사실을 기억하고 말을 멈췄다.

항해사가 단언했다. "그는 새빨간 거짓말을 하겠지. 네놈이 이미 매수해 두었을 테니까."

에브니저의 뒤를 이어 사다리를 타고 올라온 소형 선박의 조셉이 말했다. "그는 거짓말을 하고 있소. 내게는 자신이 계관시인의 시종이라고 말했거든. 그런데 이젠 그조차 의심스럽군. 어떤 시종이 자신의 주인 바로 코앞에서 주인 행세를 하겠소?"

에브니저가 다급하게 외쳤다. "아냐, 자넨 날 오해하고 있어! 자신을 에브니저 쿠크라고 소개한 그 남자는 사기꾼이야. 틀림없다구! 그 악당을 데리고 나와 보게. 그 면전에서 사기꾼이라고 욕해 줄 테니!"

항해사가 대답했다. "그분은 선실에서 시를 쓰고 계셔. 그리고 방해하지 말라 그랬다고.” 그는 선원들에게 말했다. “그를 뱃전으로 던져 버리고 이 일을 마무리해.”

“잠깐! 잠깐!” 에브니저는 비명을 질렀다. 그는 진심으로 벌링검과 함께 ‘바다의 왕’에 남지 않은 것을 후회했다. “난 그 남자가 당신을 속이고 있다는 걸 증명할 수 있소! 난 볼티모어 경에게서 받은 위임장을 가지고 있단 말이오!”

“그렇다면 그것을 보여 주시죠!” 항해사가 미소를 지으며 정중히 부탁했다. “그러면 저는 다른 녀석을 대신 저 옆으로 던져 버릴 테니까.”

“맙소사.” 시인의 입에서 신음 소리가 흘러나왔다. 제반 사실들이 이해되기 시작했다. “난 그걸 엉뚱한 곳에 두었어! 그건 아마 화물칸에 실린 내 짐 가방 어딘가에 있을 거야.”

“아마 그렇겠지. 그 짐 가방은 쿠크 씨의 것이니까. 어찌 되었든 그건 엉뚱한 곳에 있지 않았어. 난 이미 그것을 보았으니까 말이야. 우리가 증거를 요구하자 계관시인께서 그것을 내보였거든. 저 촌뜨기를 던져 버려!”

에브니저는 자신이 아주 고약한 상황에 빠졌다는 것을 깨닫고 갑판 위에 무릎을 꿇었다. 그리고 항해사의 다리를 껴안았다. “아뇨, 간청합니다. 나를 물에 빠뜨리지 마세요! 당신을 속이려 했다는 것을 고백하지요, 훌륭한 나리들. 하지만 그건 그저 장난이었어요. 만우절의 거짓말 같은 거죠. 여기 이 신사분도 확인해 주셨듯이 난 그 계관시인의 시종이랍니다. 그리고 그 계관시인의 공책을 여기 가지고 있어요. 이걸로 증명이 될 겁니다. 나를 주인께 데려다 주십시오. 부탁합니다. 그러면 그분께 용서를 구하겠습니다. 이건 정말이지 그저 단순한 장난이었어요. 맹세합니다!"

선원 한 명이 물었다. "어떻게 할까요?"

항해사는 자기 손에 든 서류를 훑어보더니 인정했다. "어쩌면 그의 말이 사실일지도 몰라. 쿠크 씨는 시종의 배표도 발급받았어. 하지만 정작 항구에서 아무도 데려오지 않았지."

조셉이 말했다. "제 생각에 그는 그저 야비한 협잡꾼인 것 같은데요."

시인은 벌링검이 그날 아침 하인 버트랜드로 가장하고 에브니저와 자기 자신을 위해 고급 선원실을 세낸 것을 기억하고 자신 있게 외쳤다. "아냐, 맹세해요! 나는 필즈 소재 세인트자일스의 버트랜드 버튼입니다, 나리들. 쿠크 씨의 시종이에요. 그리고 그의 아버지의 시종이기도 하죠!"

항해사는 그의 말에 잠시 생각하는 듯했다. "좋아. 일단 그를 아래층에 내려 보내서 주인이 그를 인정하는지 보자고."

처지는 비참하기 짝이 없었지만 에브니저는 일단 마음을 놓았다. 어떤 대가를 치르고서라도 배 위에 남아 있어야 했다. 일단 출항하기만 하면 그는 자신이 진짜 계관시인이라는 것과 그 정체 모를 녀석이 사기를 치고 있다는 것을 사람들에게 증명할 수 있는 방법을 어떻게든 찾아낼 수 있을 거라고 생각했다.

"아, 신이여, 고맙습니다!"

선원들은 그를 선수루로 인도했다.

항해사가 고개를 까딱하며 말했다. "천만에. 한 시간만 지나면 우리는 망망대해에 떠 있을걸. 그리고 만약 네 주인이 너를 인정하지 않는다면, 넌 집을 향해 아주 오랫동안 수영해야 할 거야."

11 알비온에서의 출발: 항해 중인 계관시인

그렇게 해서 곧 닻이 올려져 닻걸이에 걸리고, 가로돛 자락을 치켜 올리는 밧줄이 풀리고, 돛이 펼쳐지고, 돛과 마룻줄과 아딧줄이 고정되고 '포세이돈'이 리저드 해협을 지나 넓은 구역으로 나올 때까지 에브니저는 선미루의 신사들과 함께 그 장관을 목격하지 못하고 선수루의 그물 침대 위에 비탄에 잠긴 채 누워 있었다. 승무원들이 바쁜 관계로 그는 혼자였다. 확실히 그 항해사의 마지막 말은 그를 두렵게 하기에 충분했다. 하지만 '바다의 왕'으로 되돌아가고 싶던 마음은 이제 사라지고 없었다. 물론 그 사기꾼이 그의 위협에 순순히 물러나지 않을 가능성도 있었다. 하지만 적어도 최후의 순간, 물에 빠져 죽는 것보다야 하인 노릇이라도 할 수 있다면 다행 아니겠는가. 게다가 벌링검의 계획이야말로 완전히 죽음으로 가는 일이었다. 모든 상황을 고려해 보아도 그는 정말로 자신의 행동이 차라리 신중했다고 믿었다. 아마도 그런 상황 아래서 상상할 수 있는 최선의 방편이었을 것이다. 만약 그가 그런 행동을 한 것이 벌링검의 충고에 따른 것이고, 그 친구가 지금 자기 곁에 있어 곧 닥쳐올 만남에서 자신을 도덕적으로 지원해 준다면 그는 여전히 두려웠겠지만 비탄에 빠지지는 않았을 것이다. 그를 어지럽게 하고 손바닥에 식은땀이 나게 하고 호흡을 가쁘게 한 것은 그가 혼자서 '포세이돈'에 승선하고 버트랜드로 가장하고 항해사에게 자신의 진짜 정체를 밝혔다가 결국엔 비웃음을 당하고 몰든에 도달하기 위해 자신의 목숨을 거는 일을 선택했다는 사실이었다. 그는 닻의 쇠사슬이 덜그럭거리는 소리와 그의 머리 위 갑판을 분주하게 뛰어다니는 발소리, 항해사들이 큰 소리로 명령하는 소리, 그리고 각자 맡은 곳에서 선원들이 부르는 뱃노래를 들었다. 배가 왼쪽으로 약간 기울어지고 타효 속력[71]을 얻는 것이 느껴졌다. 그는 비탄에 잠겼다. 런던에서의 마지막 밤에 방 안에서 그랬던 것처럼 다시 병이라도 날 것만 같았다.

이윽고 꽤 나이가 든 선원 하나가 선수루로 통하는 승강구 계단을 반쯤 내려왔다. 그는 몇 개 남지 않은 치아, 듬성듬성한 머리털, 홀쭉한 볼, 총기 잃은 눈, 핏기 없는 입술, 누런 가죽 같은 피부에다 코 옆에는 커다랗게 묵은 상처 자국을 지니고 있었다.

그가 사다리에서 새는 목소리로 말했다. "아직 살아 있는 것 같군. 선장이 너를 선미루에서 보자고 하신다."

그물 침대에 누워 있던 에브니저가 여전히 공책을 손에 꽉 쥔 채 기다리고 있었다는 듯 벌떡 일어났다. 하지만 갑판의 경사를 계산에 넣지 못한 터라 근처 칸막이 벽에 세게 부딪히고

71) 키를 조종하는 데 필요한 최저 진항 속도.

말았다.

그가 투덜거렸다. "우왓! 이런!"

"히히! 서두르라고, 젊은 친구!"

시인이 사다리 계단에서 중심을 잡으며 물었다. "선장께서 나를 왜 보자고 하는 거요? 혹시 그는 내가 누군지, 그리고 내가 어떤 모욕을 당했는지 알게 된 건가요?"

"어쩌면 널 밧줄로 묶어 배 밑을 통과하게 할지도 모르지." 늙은이가 낄낄 웃으며 에브니저의 볼을 눈물이 날 정도로 세게 꼬집었다. "우리 배 밑바닥에 붙어 있는 따개비들은 상어 가죽도 벗겨 놓는다고. 따라와!"

주갑판으로 통하는 사다리를 올라간 에브니저는 도무지 위안이 안 되는 안내자를 따라 고물 쪽에 있는 선미루로 가는 수밖에 다른 도리가 없었다. 선미루에 당도하니 선장이 서 있었다. 혈색이 좋고 수염을 기르지 않은 풍채가 당당한 인물로 턱이 단단하게 각이 진 것이 칼뱅 교도처럼 엄격한 인상을 풍겼다. 하지만 그의 두 눈은 방탕한 사생활을 암시하듯 충혈되어 있었고, 아르미니우스[72]의 눈살을 찌푸리게 만들 법한 빨갛고 촉촉한 입술을 가지고 있었다.

에브니저는 얼얼한 볼을 문지르다 자신이 지나갈 때 선미루에 있던 신사들이 수군대는 모습을 보고 고개를 숙였다. 그가 선미루로 통하는 사다리 위에 올라섰을 때, 늙은 선원이 그의

---

72) 야코부스 아르미니우스(Jacobus Arminius, 1560~1609년), 네덜란드의 개혁파 신학자.

외투를 잡아 뒤로 밀쳐 냈다.

"거기서 멈춰! 선미루는 너 같은 녀석이 함부로 올라갈 수 있는 곳이 아냐!"

선장이 그에게 물러나라고 손짓하며 말했다. "그만 됐어, 네드."

에브니저가 물었다. "원하시는 게 뭡니까?"

선장이 그를 흥미 있게 내려다보았다. "아무것도 없어. 자넬 만나고자 하는 건 내가 아니라 자네 주인인 쿠크 씨니까. 어때, 지금도 자네가 그의 시종이라고 주장할 텐가?"

"예."

"자네는 알겠지. 가끔 밀항하는 사람들에게 무슨 일이 발생하는지?"

에브니저는 밤이 되면서 어두워진 동쪽 하늘과 먹구름으로 낮게 가라앉은 서쪽 하늘을 응시했다. 하얀 물결이 이는 바다, 그리고 빠르게 멀어져 가는 영국의 바위들. 그의 심장은 차가워졌다.

"예."

선장이 네드에게 명령했다. "그를 내 선실로 데려가라. 하지만 들어가기 전에 노크하는 걸 잊지 마. 쿠크 씨는 시를 짓느라 바쁘시니까."

에브니저는 감명을 받았다. 자기 같았으면 그런 특권은 감히 요구하지 못했을 것이다. 이 사기꾼이 누구든 그는 자기가 가장한 지위에 걸맞은 위엄을 지니고 있구나!

선원이 그의 소매를 잡고 뒷갑판의 후미에 있는 갑판 승강구 계단으로 인도했다. 그것은 선미루 아래 있는 선장의 처소로 이어져 있었다. 그들은 짧은 사다리를 내려가 해도실(海圖室)로 보이는 곳으로 들어갔다. 늙은 네드가 뒤쪽으로 이어지는 문을 두드렸다.

"뭔가?" 안에 있던 누군가가 물었다. 날카롭고 자신감이 넘치며 약간 불쾌한 기색이 묻어나는 목소리였다. 그건 분명 폭로를 두려워하는 사람의 목소리가 아니었다. 에브니저는 다시 한번 밖의 어두운 바다를 생각하고 몸을 떨었다. 헤엄을 쳐서 해안에 도달할 가능성은 전무했다.

약간 겁을 집어먹은 듯한 목소리로 네드가 말했다. "용서를 구합니다, 쿠크 씨. 여기 당신의 시종이라고 우기는 녀석을 데려왔습니다. 이놈은 우리에게 자신이 바로 당신이라고 속이려 했던 놈이지요."

"아하! 그를 들여보내고 물러가게." 그 목소리가 말했다. 마치 에브니저와의 만남을 기대하는 듯했다. 순간 시인은 승리에 대한 자신감을 완전히 접었다. 그는 그 남자에게 자비 이상의 것을 요청하지 않기로 결심했다. 그리고 가능하다면 그 사기꾼이 어떤 식으로든 획득한 위임장을 메릴랜드에 도착했을 때 자신에게 돌려줄 것과 결국 그로 인해 자신이 겪은 굴욕에 대한 사과를 요청하기로 했다.

네드가 문을 열고 사악한 웃음과 함께 이번엔 엉덩이를 잔인하게 꼬집으며 그가 들어가는 것을 도왔다. 시인은 무의식적으로 펄쩍 뛰었다. 다시 한번 그의 눈에서 눈물이 났다. 네드가 뒤에서 문을 닫자 그는 무릎이 풀렸다. 그곳은 배의 가장 뒤쪽에 있는, 작지만 시설이 훌륭하게 갖추어진 선실이었다. 바닥에는 융단이 깔려 있었고, 한쪽 벽에 붙박이로 되어 있는 선장의 침대 위에는 깨끗한 시트가 편안하게 덮여 있었다. 커다란 놋쇠 기름 램프에는 이미 불이 밝혀져 있었고 천장에서 부드럽게 흔들리는 램프 불빛이 그 아래 놓여 있는 커다란 떡갈나무 탁자를 비추고 있었다. 게다가 유리가 달린 책장도 서 있었고 타이탄, 루벤스, 코레지오 형식의 유화 초상들이 사방의 벽에 놋쇠 장식 못으로 고정되어 있었다. 사기꾼은 벌링검의 포르투갈 와인색 외투와 정치가용 가발을 자랑하며 시인에게 등을 보인 채 서 있었다. 그는 사실상 배의 꼬리 부분에 나 있는 납 틀로 된 작은 창유리를 통해 '포세이돈'의 항적(航跡)을 응시하고 있었다. 에브니저는 네드가 가 버린 것을 확인하고 탁자를 돌아 돌진하여 그 남자의 발 아래 무릎을 꿇었다.

그리고는 감히 올려다볼 엄두도 내지 못한 채 외쳤다. "친애하는, 친애하는 선생! 믿어 주시오. 나는 당신의 가장을 폭로할 생각은 전혀 없었소! 그럴 생각은 결코 아니었소! 난 당신이 어떻게 '바다의 왕'에서 지금 입고 있는 옷을 얻게 되었는지 아주 잘 알고 있소. 그리고 부두에서 소형 선박 사공 조셉과 그의 아버지를 어떻게 속였는지도 알고 있소. 며칠 전에 볼티모어 경이 내게 직접 써 준 위임장을 당신이 어떻게 손에 넣었는지는 도무지 이해할 수 없지만 말이오."

사기꾼이 위에서 작은 소리를 내며 뒤로 물러섰다.

"하지만 상관없소! 내가 분노했거나 복수를 할 마음을 먹었을 거라 생각지 마시오! 당신은 그저 이 배에서 내가 당신의 시종 노릇을 하게 해 주면 되오. 그 이상 바라지 않겠소. 다른 누구에게라도 그것에 대해 한 마디도 하지 않을 것이오. 믿어도 좋소! 내가 물에 빠져 죽는 게 당신에게 무슨 이득이 되겠소? 메릴랜드에 도착한 후에도 난 당신에게 어떤 책임도 묻지 않을 거요. 그저 그걸로 더 이상 이 일에 대해서는 생각하지도 않을 거요. 아니, 나는 당신에게 내 영지인 몰든에서 자리를 하나 알아봐 주겠소. 아니면 이웃 주까지 갈 수 있도록 당신의 운임을 지불해 줄 수도 있소."

마지막 말과 함께 자신의 간청이 상대방에게 어떤 반응을 불러일으켰는지 알아보기 위해 올려다보았을 때, 그는 말문이 막혀 더 이상 아무 말도 할 수 없었다. 그의 얼굴에서 핏기가 가셨다.

"말도 안 돼!" 그는 벌떡 일어나서 그 사기꾼에게 달려들었다. 사기꾼은 둥근 떡갈나무 탁자의 다른 한쪽으로 간신히 피했지만 그가 쓰고 있던 정치가용 가발은 마룻바닥에 떨어졌다. 그리고 램프 불빛이 버트랜드 버튼의 모습을 완전히 드러냈다. 에브니저가 '까마귀의 흔적'에서 공책을 사기 위해 떠나기 전, 푸딩 레인의 하숙방에서 마지막으로 보았던 진짜 버트랜드였다.

"이럴 수가! 이럴 수가!" 그는 화가 머리끝까지 나서 말도 제대로 나오지가 않았다.

"제발, 에브니저 주인님, 나리……." 그 목소리는 더 이상은 두려움을 불러일으키지 않는 버트랜드의 목소리였다. 에브니저가 다시 한번 돌진했지만 시종은 탁자를 방패 삼아 요리조리 피했다.

"너는 내가 빠져 죽는 걸 그냥 보고 있었을 거야. 내가 너에게 자비를 구하며 기어가도록 내버려 두고!"

"제발……."

"비열한 놈! 네놈의 그 비열한 목에 손을 대는 순간, 수탉의 목처럼 비틀어 버릴 테다. 누가 짠물을 마시는지 두고 보자고!"

"아뇨, 제발, 주인님! 당신을 해칠 마음은 전혀 없었습니다, 맹세해요! 모두 설명해 드릴 수 있습니다, 모두요! 신이시여, 저는 그들이 잡은 사람이 당신이라고는 정말 꿈에도 생각지 못했습니다! 제가 당신이 고통을 겪는 모습을 그냥 바라만 보고 있을 거라고 생각하시다니요, 이렇게 친절한 주인님을요? 수년 동안 당신의 축복받은 아버님의 충실한 친구이자 조언자였던 제가요? 저런, 그들이 당신 몸에 손을 대는 걸 보느니 차라리 제가 채찍을 맞을 겁니다, 주인님!"

"맹세코 네놈에게 곧 채찍 맛을 보여 주겠어!" 시인이 잔인하게 말했다. 그는 탁자를 사이에 두고 시계 방향으로 돌던 것을 시계 반대 방향으로 바꿔 보았지만 버트랜드를 잡는 데는 여전히 실패했다. "네놈을 잡기만 하면 채찍질로 끝나지는 않을걸!"

"저 말 좀 하게 해 주세요, 주인님……."

"하! 거의 잡았다!"

"비록 그건 제 과실은 아니었지만……."

"아! 이 악당, 거기 서!"

"하지만 상한 럼주와 여자의 배신 때문에……."

"제기랄! 널 잡기만 하면……."

"그리고 정말로 욕을 먹어야 할 사람은요, 주인님……."

"네 그 자줏빛 외투를 벗겨 내고 등에 채찍질을 할 테다……."

"바로 당신의 누이 안나 양의 연인이에요!"

추적은 끝났다. 에브니저는 밖이 어두워지면서 상대적으로 더욱 밝아진 탁자 위 램프 불빛 속으로 몸을 구부렸다.

그가 심각하게 물었다. "지금 뭐라고 했지?"

"저는 그저 이렇게 말했어요, 주인님. 이 모든 사건은 제가 당신의 짐을 역참에 가져갔을 때, 당신의 누이와 그녀의 친구인 어떤 신사가 제게 돈을 주었기 때문에 일어난 일이라고요."

"네 머리에서 그 거짓말만 지껄여 대는 혀를 잘라내 버리겠어!"

버트랜드는 여전히 방심하지 않고 에브니저가 움직일 때마다 같이 움직이면서 말했다. "하늘에 맹세코 그건 사실이에요, 주인님!"

"그들이 그곳에서 같이 있는 걸 봤단 말이야? 말도 안 돼!"

"제가 안나 양과 그녀가 헨리라고 부르던 어떤 수염 기른 신사분을 보지 않았다면 벼락 맞아 죽을 거예요."

시인이 혼잣말처럼 중얼거렸다. "세상에! 그런데 넌 그를 그녀의 연인이라고 불렀잖아, 버트랜드?"

"글쎄, 그분들의 명예에 누를 끼칠 의도는 전혀 없어요, 전혀 없다고요! 전 그냥 본 대로 말씀드리는 것뿐이에요. 아, 주인님, 당신은 사람들이 어떻게 성급한 판단을 내리는지 잘 알고 계시잖아요. 그건 저와는 거리가 먼 얘기죠."

"쓸데없는 말은 집어치워! 도대체 네가 본 것이 무엇이기에 그를 그녀의 연인이라고 부른 거야? 친밀하게 대화하는 모습 이상의 것은 아니겠지?"

"아휴, 그보다 더했어요, 주인님! 저를 그런 부류의 사람이라고는 생각지 마세요."

에브니저가 짜증스러운 듯 말을 끊었다. "나는 네가 도둑이자 거짓말쟁이에다 사기꾼이라는 걸 잘 알고 있어. 도대체 뭘 봤기에 그런 더러운 입을 함부로 놀리는 거야? 응?"

"당신이 이렇게 화가 나 계시는데 제가 어떻게 감히 말을 하겠습니까요! 당신이 절 때려죽이지 않을 거라고 누가 장담하겠습니까? 비록 예전이나 지금이나 전 어린아이처럼 아무 죄도 없지만서도요."

시인이 지겹다는 듯 한숨을 쉬었다. "됐어. 네 수법은 알 만큼 알아. 쓸데없이 횡설수설해 가며 날 미치게 만들려는 거야. 내가 너의 안전을 보장할 때까지 이 핑계 저 핑계 대며 이야기를 미룰 생각인 거지. 좋아, 네 따위 놈 때문에 내 손을 더럽히진 않겠어. 약속하지. 이제 분명하게 말해!"

시종이 말했다. "그들은 서로 팔짱을 끼고 있었어요. 그리고 제가 당신의 짐을 가지고 도착했을 때 미친 듯이 입을 맞추고 애무를 하는가 하면 정답게 소곤거렸죠. 그때 안나 양이 저를 발견하고는 얼굴을 붉혔고 자세를 가다듬으려고 애썼어요. 하지만 그녀와 그 신사는 제게 말하는 내내 그저 가만히 있지를 못하고 귀염둥이니 이쁜이니 하며 쓰다듬고 껴안고 정말 난리도 아니었다고요. 어디 아프세요, 주인님?"

에브니저가 얼굴이 창백해져서는 선장의 의자에 주저앉아 머리를 손으로 꽉 움켜쥐었다. "아무것도 아니야."

"글쎄, 말씀드렸다시피 손을 가만두지를 않더라니까요."

에브니저가 끼어들었다. "하고 싶다면 네 이야기나 끝내. 하지만 그들 둘에 대해서는 더 이상 아무 말도 하지 마. 네 불쌍한 목숨을 소중히 여긴다면 말이야! 그들이 너에게 돈을 주었겠지, 그렇지?"

"예, 맞아요. 당신의 짐을 가져다준 수고비로요."

"하지만 1파운드나? 인심을 너무 후하게 썼군."

"아, 글쎄, 주인님, 아무래도 제가 오래되고 믿을 만한……." 그는 중간에 말을 끊었다. 에브니저의 얼굴 표정이 너무도 험악했기 때문이다. 그는 자신의 말을 끝맺었다. "게다가 이제 저는 그것이 당신에게 얼마나 충격을 주는지 알겠어요. 그들이 1파운드나 되는 돈을 제게 준 것은 제 입을 막으려는 뜻이었던 것 같군요. 저는 당신에게 말합니다만, 그 정도 금액으로 제가 당신을 배웅하는 일을 포기했을 거라고 생각지 마십시오. 하지만 안나 양과 그 신사가 저더러 즉시 떠날 것을 고집했죠……."

에브니저가 말했다. "너의 그 헌신 운운은 이제 그만해 둬. 그렇다면 어째서 내 행세를 한 거야? 빨리 털어놔. 선장을 데려오기 전에."

"그건 참 말하기 부끄러운 비극적인 이야기입니다. 하지만 이것만은 꼭 알아주셔야 합니다. 저는 그때 거의 제정신이 아니었고 당신이 체포된 걸 알고 슬픔에 빠져 있었던 데다 제 목숨이 경각에 달린 상황이었습니다. 그렇지 않았다면 제가 어찌 감히 그런 일을 했겠습니까?"

"내가 체포되었다고!"

"그래요, 주인님, 역참에서요. 당신이 어떻게 풀려났는지, 그리고 어떻게 당신이 그렇게 빨리 런던에서 이곳까지 왔는지는 도무지 알 수가 없군요."

에브니저가 손으로 탁자를 철썩 쳤다. "이봐, 영어로 말해! 사람이 이해할 수 있는 제대로 된 영어 문장 말이야!"

버트랜드가 말했다. "좋습니다, 주인님. 제 말을 참아 주신다면 처음부터 차근차근 말씀드리겠습니다." 그렇게 말하면서 그는 선장의 탁자를 사이에 두고 대담하게 에브니저의 맞은편에 앉았다. 그리고 이것저것 변명에다 여러 가지 구차한 말들을 늘어놓은 뒤, 약 반 시간 동안 다음과 같은 이야기를 들려주었다.

"역참을 나설 때 저는 이중으로 슬펐습니다. 저는 지금까지 불쌍한 하인들이 모셨던 주인들 가운데 가장 상냥하고 가장 친절한 주인을 잃은 데다 함께 마차를 타고 플리머스까지 따라가 마지막으로 행운을 기원해 드릴 기회마저 잃었기 때문이지요. 그래서 저는 그것에 대한 이중의 치료제를 찾아야 했어요. 안나 양과 그녀의…… 아무튼 제 말은 그 1파운드를 가지고 근처 술집에 가서 포도주를 상당히 많이 마셨다는 거지요. 그런데 아무래도 그 나쁜 급사 놈이 제 술에다 아주 독한 당밀을 탄 것 같아요. 그것을 마시고 나니 그 자리에서 눈앞이 캄캄해지다가 세 잔쯤 들이켜니까 판단력마저 흐려지더군요. 하지만 당신을 잃은 고통이 너무도 커서 전 일곱 잔이나 비워 버렸죠. 그리고 베시 버드솔을 주려고 래퍼티어[73] 1쿼트[74]를 샀습니다. 말하자면 런던의 취객들 모두가 제 기분을 회복시켜 줄 수 있는 건 아니니까요. 그래서 마침내 저는 위안거리를 찾아 푸딩 레인에 있는 당신의 방으로 돌아갔습니다. 하지만 당신이 떠나고 없는 그 텅 빈 방에 혼자 앉아 있으면 고통이 열 배는 더할 것 같았죠. 그래서 저는 아래층에 멈춰 서서 베시 버드솔을 불러냈어요. 그 왜 손님방 청소하는 여자 기억하시죠? 남자 구실 제대로 못하는 남편을 두고 있고 웃음소리가 매혹적인 그 여자 말이에요. 그리고 우리는 함께 층계를 올라갔어요. 그런데 세상에! 텅 비어 있어야 할 당신 방이 사람들로 가득 차서 터질 것만 같더라고요. 그들 가운데 브래그란 놈이 있었는데 베시의 남편만큼이나 남자다운 구석이 없는 놈이더군요. 게다가 여섯 명 정도 되는 건장한 남자들이 그와 함께 있었어요. 그들은 어떤 장부책에 대한 말도 안 되는 이야기를 하며 당신을 찾더군요. 저는 이유도 전혀 알 수 없을뿐더러 이해도 할 수 없었어요!

그들은 저를 발견하자마자 고함을 질러 댔어요. 그리고 그 놈들이 법을 집행하는 데 너무도 열심이어서 저는 베시가 강

73) 아몬드 열매로 맛을 낸 과실주.

74) 약 1.14리터.

간당하는 게 아닌가 걱정이 다 되더라고요. 결국 저는 그들의 심문에 당신이 역참에 있다고 실토하고 말았어요. 그러자 그들은 당신을 잡으러 우르르 몰려나갔죠. 아니, 그런 얼굴로 보지 마세요, 주인님! 당신이 생각하는 그런 게 아니에요, 맹세해요! 당신을 태운 마차가 얼마 전에 이미 떠나 버린 것을 몰랐더라면, 전 그들 손에 죽던가 감옥에 갈지언정 결코 사실을 발설하지는 않았을 거예요. 하지만 전 그들이 허탕을 치리란 걸 잘 알고 있었어요. 귀찮은 녀석들을 쫓아내 버린 셈이죠!

그런 다음 우리들, 즉 그 여자와 저는 그 일에 착수했어요. 그녀는 래퍼티아 술로, 저는 럼주로 달아올라 침대를 덥힐 열기는 전혀 부족하지 않았죠. 일을 끝내고 나니 너무 피곤해져서 환한 대낮인데도 불구하고 땀을 뻘뻘 흘리며 몇 시간 동안 잠을 잤고요. 그런데 곧 저는 어떤 신호들 때문에 베시가 다시 기운을 차려서는 당장이라도 다시 뛸 수 있다는 듯 보채고 있다는 걸 말았어요. 하지만 저는 계속 자는 척했죠. (사실, 제가 의지나 기술 면에서는 그 계집에게 뒤지지 않지만 나이는 두 배요, 힘은 반이잖아요. 게다가 비유를 하자면 저는 그냥 걷고 싶은데 어쩔 수 없이 뛰어야 했던 적도 몇 번 있었고요.) 그래서 전 베시가 신음하면서 고개를 침대 커버 아래로 거꾸로 처박을 때까지는 이런 신호들을 무시하기로 했던 거예요. 그런데 눈을 떠 보니 이 여자가 왜 그랬는지 곧 알겠더라고요. 아, 글쎄, 제 몸 위에 있던 건 그녀의 손이 아니라 술집에서 깽깽이 연주를 하는 서기 녀석의 손이더란 말입니다. 그래요, 바로 베시의 남편

랠프 버드솔이었죠. 이전에는 밭도 갈지 않고 집을 나서곤 하던 이 녀석이 제가 그 밭에 씨를 뿌려 놓은 이후로는 아주 열성적인 농부가 되어서 자신의 밭을 하루에도 다섯 번은 돌보게 된 겁니다. 아마도 그는 또 한 번 밭을 갈기 위해 집에 돌아온 거겠죠. 그리고 아래층에 사는 어떤 놈의 충고에 따라(요리사의 아들인 팀인데 이놈 역시 오랫동안 베시에게 군침을 흘렸더랬죠.) 조용히 2층으로 올라와 현장을 덮친 거예요.

제기랄, 그 흉흉한 순간이라니! 저는 공포심에 오줌을 다 지릴 뻔했어요. 금방이라도 칼이 덮치거나 총알이 날아올 것만 같았죠. 베시 역시 타조처럼 머리를 박고 있었지만 몹시 놀란 게 분명했어요. 그녀의 뒷모습에 다 쓰여 있었죠. 하지만 버드솔 역시 다를 것이 없었어요. 그는 하품하는 고양이처럼 몸을 떨었고 부자연스럽게 숨을 씩씩거렸죠. 하지만 그는 분노로 제게 폭력을 행사하지는 않았어요. 그건 제가 곧 알게 되었죠. 대신 닭똥 같은 눈물을 뚝뚝 흘리더라고요. 소녀의 눈물처럼 부드러운 눈물이요. 그는 코를 훌쩍이며 아랫입술을 깨물었지만, 말을 하거나 저를 때려눕히려고는 하지 않았어요.

참다 못해 제가 소리쳤죠. '이런 제기랄! 여기 내가 누워 있고 저기 당신의 마누라가 누워 있어. 우리는 몸을 섞은 게 분명하고. 당신은 우리가 간통하는 장면을 정통으로 잡아냈어. 그러니 우리를 끝장내든지 아니면 여기서 꺼지라고!' 그러자 그는 자신을 추스르더니 이렇게 말하더군요. 자기는 우리 둘을 죽일 수도 있지만 유혈극에는 취미가 없고, 게다가 아내를 사랑한다고요. 게다가 자기 이마에는 뿔이 나 있지만[75], 자기가 가지고 있는 짧은 칼로는 그것을 잘라 낼 수도 없다나요. 덧붙여 그는 이렇게 말하더군요. 저는 베시와 잠자리를 함께 함으로써 그와도 잠자리를 함께한 거나 마찬가지라고. 부부는 일심동체니까 말이지요. 그리고 이런 근거로 베시가 제게 어떤 감정을 가지고 있든 간에 그도 역시 같은 감정을 느낄 수밖에 없다나요. 간단히 말해 제가 그녀의 정부인 만큼 그의 정부이기도 하다는 거죠. 그것도 신 앞에서 그렇다는 거예요!

저는 이 모든 궤변을 놀라서 듣고 있었어요. 하지만 몸이 어느 한구석 뚫리지 않은 것을 몹시 다행스럽게 여겼죠. 동시에 간도 커져서 그에게 위로랍시고 오래된 진리를 상기시켰어요. '바보가 아니면 누구나 자기 아내가 다른 남자와 사통하고 있음을 알고 있다.'고요. 이 말에 그 녀석이 저를 덥석 포옹하더군요. 저는 그런 일엔 별로 취미가 없었지만 그 녀석 마음대로 하게 두지 않으면 제 목을 잃게 생겼으니 할 수 없었죠. 그동안 베시는 상황이 어떻게 돌아가는지 보고만 있다가 곧 떨리는 궁둥이를 진정시키고는 담요를 냅다 던지면서 외쳤어요. 자기는 사람 찾기 놀이에는 전혀 마음이 없으며 또 바람피운 여자들이 어떻게 애를 배게 되었는지도 따져 볼 방법이 없다고요. 이 말을 듣고 랠프 버드솔이 굉장히 놀라더니 떨리는 목소리로 아이를 갖게 한 남자가 그인지 저인지 물었어요. 그러자 베시가 큰 소리로 말하는 거예요. '바로 이 사람이

75) 간통한 아내를 가졌다는 뜻.

에요! 나의 소중한 버트랜드요!' 전 배신을 당한 거라고 생각했고 그녀를 거짓말쟁이라고 저주했죠. 그러고는 랠프에게 나는 이 주일 전까지는 베시에게 결코 손을 댄 적이 없으며 그 후로도 일주일은 족히 흐른 다음에야 그녀와 잤는데 아이는 그녀의 배 속에서 적어도 삼 개월은 있었다고 맹세했어요. 그러자 베시가 말했어요. '그는 거짓말을 하고 있어요!' 내가 말했죠. '확실해!' 그녀가 말했어요. '아냐! 내게 아내 노릇을 하게 해 줄 남편이 없었던 육 개월 내내 나는 그의 창녀였어요. 그는 시도 때도 없이 내 위에 올라타 씨를 뿌렸죠. 그리고 결국 이렇게 배가 불렀고요!' 그러자 랠프 버드솔이 서기 노릇을 할 때든 아니든 언제나 엉덩이에 자랑스럽게 차고 있던 칼을 뽑더군요. 그가 외쳤어요. '사실을 말해!' 그러더니 학질에 걸린 것처럼 온몸을 떨었어요. 나는 여전히 베시를 배신자로 여기며 이렇게 외쳤죠. '신에게 맹세코 당신의 아내는 새빨간 거짓말쟁이요, 선생. 하지만 그럼에도 불구하고 그녀는 창녀가 아니오. 만약 이 아이가 당신의 것이 아니라 다른 남자의 것이라면 나는 지옥에서 타 죽을 거요.'

아! 어떤 남자가 같은 남자를 안다고 자신 있게 말할 수 있겠습니까? 제가 마침내 버드솔을 어느 정도 설득시켰을 때, 그의 분노가 누그러졌을 거라고 장담하지 않을 사람이 누가 있었겠습니까? 게다가 그는 자기 마누라가 바람 피우는 현장을 보고도 날뛰지 않은걸요. 하지만 제게 할 말을 다하고 그가 거기에 '아멘'이라고 말했을 때, 그는 앉은 자세를 고치더니 무섭게 얼굴을 찌푸렸습니다. 그리고 베시에게 '창녀!'라고 소리치더니 칼의 평평한 부분으로 그녀를 무척 세차게 가격하더군요. 또 거기서 멈추지 않고 곧장 제게 달려들더라고요. 제가 다리를 잽싸게 놀렸기 망정이지 하마터면 목이 날아갈 뻔했죠. 저는 제 바지를 낚아채서는 그 깽깽이 연주자가 뒤에서 난리를 치도록 내버려 둔 채 그대로 문으로 돌진했어요. 그리고 그곳에서 반 구역을 벗어날 때까지는 부끄러운 곳을 가릴 생각도 못했죠. '목숨을 잃는 것보다는 자존심을 잃는 게 낫다.'는 말도 있잖아요. 제가 본 고자질쟁이 베시의 마지막 모습은 손을 엉덩이에 올려놓고 영웅처럼 큰 소리를 지르며 방 여기저기를 뛰어 도망치는 모습이었어요. 그 후로 그녀를 본 적이 없어요. 제가 얼마가 지난 뒤에 짐작해 보기로는 사실 베시의 배 속에 있는 아기는 그 깽깽이 연주자의 정력을 증명하는 거였죠. 자신이 아이 아버지라고 믿는 한 말이에요. 그러니 우리들이 벌거벗고 함께 있는 모습을 발견하는 것만으로도 그는 완전히 망한 거지요. 그 여자가 사실대로 실토한 것은 오직 저를 구하기 위해서였어요. 그런데 빌어먹을! 제가 그녀를 거짓말쟁이라고 부르다니 화를 자초한 거죠. 왜냐하면 그 오쟁이 진 놈은 제 행방은 놓쳤지만 저를 지구 끝까지라도 집요하게 추적해서 자신의 이마에 뿔을 달아 준 제 아랫도리의 뿔을 잘라 버리겠다고 공언했거든요!

그런 다음엔 도망치는 일 외엔 달리 방법이 없었어요. 제 바지 주머니엔 3파운드가 있었죠. 옷이나 저축해 둔 돈을 가지러 다시 돌아갈 엄두는 안 났고요. 저는 골목에 숨어 있다가 마침 지나가는 아이를 불러 돈을 주며 셔츠와 양말과 구두를 사오라고 시켰죠. 그런 다음 한 시간 동안 뭘 할까 고민하며 거리를 헤맸어요.

제가 역참으로 간 것은 순전히 우연이었어요. 그곳을 보자 당신이 저보다 결코 덜하지 않을 곤경에 처했을 거라는 생각에 눈물이 나더라고요. 바로 그 순간 계획이 떠올랐어요. 내용인즉슨, 비록 당신을 돕는 건 제 능력 밖의 일이지만 당신의 고난을 겪음으로써 제 목숨은 구할 수 있을지도 모르겠다는 거였지요. 말하자면 당신은 메릴랜드로 가는 배표를 샀지만 항해는 할 수 없을 거 아니에요? 당신이 플리머스로 가는 좌석표 역시 샀을 거라는 걸 누가 알았겠어요? 제가 당신을 고의로 속이려 했다고는 생각지 마세요. 저는 그저 제 목숨을 구하기 위해 플리머스까지만 갈 생각이었어요. 그리고 제게 여유가 생기면 당신에게 보답하리라 다짐했어요. 저는 제가 시인 행세를 할 수 있으리라는 걸 의심하지 않았어요. 시에 대해서는 쥐뿔도 모르지만, 제 입으로 말하긴 뭣해도 흉내 내는 데는 일가견이 있거든요. 세인트자일스에서는 구부정한 걸음걸이와 쇳소리 비슷한 목소리로 트위그 부인 흉내를 내서 사람들의 배꼽을 빼놓은 적이 있죠. 그리고 푸딩 레인에서 랠프 버드솔 흉내를 하도 그럴듯하게 내서 베시가 눈물이 나도록 웃은 적도 있고요. 터져 나오는 웃음을 주체 못 하고 깔깔 웃으면서 침대에서 팔짝팔짝 뛰었더랬죠. 유일하게 곤란한 점은 누군가 제 신분을 의심할 경우 제 처지를 증명할 만한 것이 전혀 없다는 거였죠. 그래서…… 얼마나 내키지 않는 일이었는지 주인님은 아셔야 해요. 아무튼 저는 역참에서 깃펜과 종이를 요구했어요. 그리고 있는 기억 없는 기억 다 짜내 당신이 가지고 계신 위임장을 베껴 썼지요. 당신이 떠나시기 전에 제게 보여 주었던 그……."

버트랜드의 이야기가 전개되는 동안 점점 커지는 놀라움과 분노를 어렵사리 참고 있던 에브니저가 결국 참지 못하고 고함쳤다. "빌어먹을! 이봐, 도대체 너의 파렴치한 행위는 어디서 끝나는 거야? 배표를 훔치고 이름과 지위를 사칭한 데다 위임장까지 날조하다니! 이리 내 봐!"

하인이 말했다. "그저 흉내만 낸 것뿐인데요. 별로 비슷하지도 않아요. 제가 글짓기 실력이 워낙 별 볼일 없어놔서요. 그리고 그것을 봉인할 인장도 없고요." 그는 마지못해 외투에서 종이 한 장을 꺼냈다. "이걸 보고 속는 사람은 아무도 없을 거예요. 확신해요."

에브니저가 종이에 쓰인 글을 훑어보며 말했다. "이건 볼티모어 경의 필체가 아냐. 하지만 맹세코!" 그는 그것을 읽으며 덧붙였다. "내용은 똑같군. 처음부터 끝까지! 그런데 이걸 기억만 가지고 썼다고? 그렇다면 한번 외워 봐!"

"저런, 주인님, 못 합니다. 워낙 시간이 흘러서요."

"그렇다면 첫 번째 줄만 말해 봐. 분명 첫 줄 정도는 기억하고 있겠지? 아냐? 그렇다면 넌 터무니없는 거짓말쟁이야!" 그는 종이를 바닥에 집어던졌다. "네가 베껴 쓴 내 진짜 위임장은 어디 있어?"

"신 앞에 맹세코, 주인님, 저는 모릅니다."

"그런데 그걸 역참에서 베껴 썼다고?"

버트랜드가 부끄러운 표정으로 말했다. "당신은 정말 제가 사실대로 실토하지 않을 수 없게 만드는군요. 솔직히 그건 제가 암기해서 쓴 게 아니라 원본을 보고 베껴 쓴 겁니다. 그것도 역참에서가 아니라 당신의 방에서였죠. 당신이 떠난 그날에요. 당신은 위임장을 책상 위에 둔 걸 잊어버린 채 그냥 나가셨더군요. 저는 당신의 짐 가방을 싸다가 그걸 발견했습니다. 그리고 그 근사한 내용에 감동을 받은 나머지 사본을 한 장 만들어 두었지요. 베시에게 제 전 주인이 얼마나 대단한 분이었는지를 말해 줄 요량으로요. 원본은 당신의 짐 가방에 넣어 두었습니다. 그리고 역참으로 가져갔어요."

시인이 다그쳤다. "그렇다면 어째서 이렇게 온갖 핑계와 구실을 대고 있는 거야? 어째서 넌 처음부터 그것을 인정하지 않았지? 위임장이 없어지지 않은 걸 하늘에 감사해야겠군!"

버트랜드가 대답을 하지 않고 이전보다 더욱 난감하게 얼굴을 찡그렸다.

"왜? 그것은 분명 이 순간 내 짐 가방 안에 있겠지? 어째서 거짓말을 한 거야?"

버트랜드가 말했다. "저는 그 종이를 당신의 짐 가방 안에 넣었어요. 가장 윗부분에요. 그러고는 당신의 짐을 역참으로 가져갔지요. 그리고 그것에 대해서는 더 이상 생각하지도 않았어요. 아까 말씀드린 대로 제가 목숨을 구하기 위해서 플리머스까지 가기로 작정하기 전까지는요. 그때 저는 제 사본을 기억했고 다행히도 그것은 제가 그것을 위조해서 넣어 둔 곳에 그대로 있었어요. 저는 그걸 네 번 접어서 제 주머니 안에 넣어 두었죠. 저는 시험해 보기 위해 역참 안으로 들어갔어요. 그리고 제가 만난 첫 번째 녀석에게 말했죠. '난 에브니저 쿠크일세. 메릴랜드주의 계관시인이지. 나를 플리머스행 마차까지 안내해 주게'."

"저런 뻔뻔스러운 놈을 보았나."

버트랜드는 마치 벌링검처럼 어깨를 으쓱했다. 그는 벌링검의 포르투갈 와인색 외투를 입고 있었던 터라 더욱 벌링검 같아 보였다. "확실히 대담한 행동이었죠." 그가 인정했다. "그런데 그 녀석이 저를 뚫어지게 바라보더니 마차가 가 버렸네 어쩌네 하며 뭐라고 중얼거리는 거예요. 저는 그 녀석이 제가 사기 치고 있다는 걸 간파했을까 봐 겁이 났죠. 그리고 검은 옷을 입은 어떤 건장하고 무섭게 생긴 사람이 제 뒤에 다가와서 '네가 시인 쿠크라고 말했나? 넌 악당이자 거짓말쟁이야. 왜냐하면 그 시인 쿠크는 감옥으로 끌려간 지 두 시간도 채 안 되었거든.'이라고 말했을 땐 더욱 겁이 났죠."

에브니저가 외쳤다. "감옥으로 끌려갔다고! 아까부터 궁금했던 건데 도대체 이 감옥 얘기는 뭐야?"

"제가 두려워하던 일이 벌어진 거죠, 주인님. 그 브래그라는 놈이 회계장부라는 말도 안 되는 문제로 당신을 법으로 얽어매는 거요. 제가 당신의 배표를 감히 사용한 것은 제가 아까도 말씀드렸듯이 그저 제가 당신을 구출할 가망성이 전혀 없다는 걸 알았기 때문이죠."

에브니저가 말을 끊었다. "잠깐! 잠깐! 거기서 잠깐만! 여기 엄청난 모순이 있어."

"모순이요, 주인님?"

시인이 말했다. "변호사 없이도 그쯤은 간파할 수 있어. 브래그로 하여금 나의 뒤를 쫓게 한 것은 바로 너였어, 그렇지? 네가 그를 내 방에서 발견했을 때 말이야. 그리고 네가 그렇게 한 것은 내가 이미 오래전에 가 버렸다는 것을 네가 알고 있었기 때문이라고 말했지. 그런데 어떻게……."

버트랜드가 눈에 띄게 얼굴을 붉히며 간청했다. "제발 제 말을 끝까지 들어 주세요. 이야기란 매춘부와 같아서 겉으로 보기엔 추할지 모르지만 나중에 끝나고 보면 들은 보람이 있지요. 그 남자는 당신이 감옥에 있다고 단언했어요. 온통 검은색으로 휘감은 데다 검은 수염을 텁수룩하게 기른 무시무시한 친구였죠. 허리에 권총까지 차고 있었고요. 그리고 그 뒤로 멀지 않은 곳에 다른 놈이 있었는데, 마치 쌍둥이처럼 닮은 모습이었어요. 그가 첫 번째 놈 쪽으로 다가왔을 때, 제가 마차 위치를 물어봤던 남자는 겁을 집어먹고 도망쳤어요. 공포 때문에 온몸이 굳어 있지 않았다면 저도 그랬을 거예요."

"슬라이와 스커리 같군!"

"예, 맞아요. 그들은 서로를 바로 그렇게 불렀어요. 다시는 만나고 싶지 않은 두 마리 상어들이죠! 하지만 저는 그들이 저에게 싸움을 걸어 오리라는 것 외엔 그들에 대해 아는 바가 없었죠. 그래서 전 솔직하게 말했어요. 감옥에 간 놈은 사기꾼이다, 그는 사기를 쳐서 감옥에 간 거다, 그리고 내가 바로 진짜 에브니저 쿠크라고요. 그것을 증명하기 위해 저는 그 가짜 위임장을 보여 주었죠. 설마 진짜 믿을까 싶었는데 정말 믿더라고요. 제 느낌엔 태도가 공손해지기까지 한 것 같았어요. 그들은 잠시 서로 소곤대고는 정규 마차는 이미 가 버렸으니 자기들과 함께 플리머스로 가자고 고집했어요. 저는 어느 순간에라도 랠프 버드솔이 칼을 들고 나타날까 봐 겁이 나서 그 제안을 기꺼이 받아들였고요."

에브니저가 고소해하며 말했다. "그리고 그들의 손아귀에 떨어진 거군. 넌 네 잘못에 대한 벌을 받은 거야!"

버트랜드가 진저리를 쳤다. "그렇게 말씀하지 마세요, 주인님! 아, 얼마나 끔찍한 악마들인지! 마차가 일단 출발하자 그 놈들은 본색을 드러냈어요. 그들은 메릴랜드에서 정부에 대해 어떤 음모를 꾸미고 있는 쿠드 대령이란 놈의 부하들인데 그의 지시를 받고 에벤 쿠크를 납치하러 온 거죠. 머뭇거리다가 다른 사냥꾼들에게 미리 선수를 빼앗길까 봐 저를 그라고 더욱 쉽게 믿은 거고요. 그들이 당신에 대해 어떤 음모를 꾸미고 있는지는 전 짐작할 수 없어요. 하지만 분명한 건 당신에게 시를 간청하기 위함은 아니라는 거예요. 왜냐하면 그들은 각자 언제든지 권총을 뽑아 들 준비를 하고 있었으니까요. 그리고 제가 그들의 포로라는 걸 의심할 만한 어떤 여지도 남겨두지 않았어요. 플리머스에 당도하고 나서야 저는 탈출할 수 있었죠. 그 쌍둥이 중 하나가 자기들의 배를 점검하기 위해 나가고, 다른 한 놈은 '바다의 왕'의 소년 마부를 깨우기 위해 몇 미터 떨어진 곳으로 갔을 때요. 저는 모퉁이를 뛰어 돌아가 짚 더미 속에 잠복했어요. 그러고는 그들이 탐색을 포기하고 럼주를 마시기 위해 안으로 들어갈 때까지 그곳에 숨어 있었죠."

에브니저가 말했다. "이제 더 이상 얘기할 필요 없어. 나는 그 이후의 일에 대해 잘 알고 있으니까. 그렇다면 벌링검이 너를 발견한 곳이 바로 짚 더미였군?"

"그래요. 저는 인기척을 느끼고 이제 죽었구나 싶어 벌벌 떨고 있었어요. 게다가 그들의 발소리가 저를 향해 다가왔으니까요. 곧 저는 제 위로 굉장한 무게를 느꼈어요. 분명 슬라이나 스커리에게 공격당했다고 생각했죠. 저는 크게 고함쳤고 제 목숨을 구하려고 최대한 맞붙어 싸웠어요. 그런데 알고 보니 제가 대항한 상대는 바로 그 여인숙의 여종업원이더라고요. 젖혀 올려진 상의에 발목까지 내려온 속바지, 그야말로 남자를 받아들일 준비가 충분히 되어 있더군요. 그리고 저희들의 한바탕 난투극에 껄껄 웃으며 안나 양의 멋쟁이 애인이 옆에 서 있었고요."

"충분해, 충분해! 어떻게 너와 헨리가 서로를 몰라볼 수 있지? 넌 역참에서 그를 본 적이 있다고 말했잖아."

"그를 몰라봤다고요? 저는 그를 곧 알아보았어요. 그리고 그도 저를 알아보았고요. 어느 쪽이 더 놀랐는지 말하기 힘들 정도죠. 하지만 그는 제가 그곳에서 뭘 하고 있었는지에 대해서는 아무것도 묻지 않고 곧장 저와 옷을 갈아입자고 제안했어요. 제가 감히 말하건대 그는 제가 안나 양에게 이 일을 얘기할까 봐 걱정하는 것 같았어요."

에브니저가 다시 명령했다. "그만해!"

"나쁜 뜻으로 한 말은 아니에요, 주인님. 상처 주려고 한 말도 아니고요. 어쨌든 전 옷을 바꿔 입을 수 있어서 기뻤어요. 제가 남는 장사를 해서만이 아니라 슬라이와 스커리로부터 벗어날 수 있게 되었으니까요. 하지만 제가 '바다의 왕' 문 앞을 다 지나가기도 전에 그들은 안에서 저를 발견하고 추격하기 시작했어요. 부두 위에 있던 짐 뒤에 숨은 후에야 겨우 그들을 따돌릴 수 있었죠. 그런데 저를 구해 준 그 짐 가방이 바로 얼마 전에 제가 직접 짐을 챙겼던 당신 것이라는 걸 알았을 때 제가 얼마나 놀랐을지 한번 상상해 보세요. 저는 알고 있었어요. 아! 당신이 그 짐을 찾으러 그곳에 오지는 못하리라는 걸요. 그래서 저는 이 형편없는 속임수를 조금 더 지속하기로 결심했어요. 당신의 위임장을 가지고 당신의 배에 승선해서는 뭍에 내리는 것이 안전하다고 느껴질 때까지 숨어 있기로 한 거죠. 그래서 저는 안전하게 배에 올라타자마자 당신의 짐 가방을 열고……."

"뭐라고?"

"당신이 런던에서 열쇠 하나를 제게 맡기고 떠났잖아요. 제가 당신의 짐을 쌀 때요. 하지만 그 종이는 사라지고 없더군요."

"사라졌다고! 맙소사, 어디로?"

버트랜드가 말했다. "잃어버렸거나 없어졌거나 도둑맞았겠죠. 저는 그것을 맨 위에 놓아 두었어요. 하지만 짐 가방 안 어디에도 없더라고요. 그래서 저는 대신 저의 가짜 위임장을 사용해야 했어요. 거기엔 인장도 안 찍혀 있었지만 다행히 그들은 믿더군요. 저는 선장에게 혹시 저를 뒤쫓아오는 사람이 있는지 잘 감시하라고 말했어요. 나머지는 당신도 알죠."

에브니저는 손가락 끝을 이마에 꼭 붙인 채 선실을 거칠게 왔다 갔다 했다.

버트랜드가 그의 주인을 걱정스러운 듯 주시하며 이야기를 마무리했다. "자신이 계관시인이라고 우기다가 그다음엔 계관시인의 시종이라고 우기는 어떤 낯선 인물이 승선했다는 얘기를 들었어요. 저는 이 방을 떠날 엄두가 나지 않았어요. 만약 그 사람이 슬라이나 스커리 혹은 쿠드 본인이라면 저는 그 자리에서 살해될 테니까요. 저는 가슴을 죄며 여기 서 있는 수밖에 없었죠. 그리고 배가 출항하는 것을 지켜봤어요. 항해사가 그때 저더러 당신의 신분을 확인해 달라고 말했어요. 이젠 정말 죽었구나 싶었죠. 저는 당신의 목소리를 들을 때까지 창문에서 돌아설 수가 없었어요. 도대체 어떻게 감옥에서 탈출한 거죠?"

에브니저가 짜증스러운 듯 내뱉었다. "감옥! 난 감옥에 갇힌 적 없어!"

"그렇다면 누가 당신을 대신한 거죠? 슬라이가 얘기하길, 자기가 스커리와 함께 당신을 찾아 역참을 뒤지고 있을 때, 주변에 있던 사람들에게 십 분 전쯤에 체포되어 감옥으로 끌려간 남자에 대해 들었다는 거예요. 아무도 그가 무슨 죄를 저질렀는지 몰랐어요. 하지만 그의 이름이 에벤 쿠크라는 건 모두가 알고 있었죠. 왜냐하면 그 남자는 동네방네 자기 이름과 지위를 떠들고 다녔거든요."

시인이 대답했다. "의심할 여지없이 내 지위를 자신의 목적에 이용하려는 두 번째 사기꾼이군. 그래, 아예 감옥에서 영원히 썩었으면 좋겠군! 너로 말하자면, 항해는 애초에 네 계획에 없었으니까, 더 이상 여기 있을 필요가 없을 테고."

"그들에게 저를 뭍으로 데려가도록 부탁할 생각이신가요?" 버트랜드는 감사하며 무릎을 꿇었다. "아, 당신은 정말 천사 같으신 분이에요! 제가 당신에게 얼마나 말도 안 되는 짓을 한 걸까요. 당신이 제가 처한 상황을 동정하지 않을 거라고 걱정하다니!"

"아니, 그 반대야. 그건 아마도 네가 내게 저지르지 않은 유일한 부당한 행위일걸."

"주인님?"

에브니저가 선미의 창문 쪽으로 돌아섰다. "일어서기 전에 기도나 하는 게 좋을 거야. 넌 육지까지 헤엄쳐 가야 할 테니까."

"안 돼요! 그러면 저는 끝장이에요."

에브니저가 말했다. "그게 나였을 수도 있어. 네가 고백하지 않았다면……."

그는 순간 말을 멈췄다. 주인과 시종은 잠시동안 서로를 유심히 바라보더니 바닥에 떨어져 있던 가짜 위임장에 동시에 뛰어들었다. 그들은 동시에 그것을 쥐었고 엎치락뒤치락하는 와중에 찢어지고 말았다.

에브니저가 말했다. "상관없어. 아무리 바보라도 우리 둘 중 누가 시인이고 누가 거짓말하는 악당인지 판단하는 데는 일 분밖에 안 걸릴 테니까."

버트랜드가 경고했다. "잘 생각해 보세요! 결코 주인님께

해를 끼치고 싶은 마음은 없지만 만약 그런 상황이 온다면 판단이고 뭐고 필요 없을 거예요. 저는 그저 당신을 여기로 데려온 사람을 불러서 나는 당신을 모른다고 말하면 끝나는 거니까."

"뭐라고! 이젠 협박까지 할 셈이냐? 브래그에게 고자질해서 이미 나를 감옥에 가두더니 내 이름과 배표를 빼앗는 걸로 모자라 나를 거의 죽을 지경으로 몰아넣고? 정말 대단한 녀석이군!"

에브니저는 화가 머리끝까지 치밀어 올랐지만 자신의 입장이 불안정하다는 사실을 모르지는 않았다. 그는 신분 감별을 위해 항해사를 부른다는 소리는 더 이상 하지 않았다. 그리고 버트랜드의 이야기에 대해서도 더 깊은 의문을 제기하지 않았다. 비록 몇몇 세부 사항은 결코 납득할 수 없었지만 말이다. 예를 들어 시종은 자기 주인이 이미 출발했다는 걸 확신했기 때문에 비로소 가벼운 마음으로 브래그의 깡패들을 역참으로 보냈다고 했다. 하지만 그가 역참으로 다시 들어서기 전에 계관시인인 척하기로 마음 먹을 수 있었던 것은, 에브니저가 체포되었을 거라는 확신이 있었기 때문이었다. 그리고 만약 주인과 시종만이 그 짐 가방의 열쇠를 가지고 있었다면 어떻게 그 위임장이 사라질 수 있었겠는가? 그리고 무엇이 놈으로 하여금 안나와 헨리가 역참에 함께 있었다는 거짓말을 꾸며 내게 한 것일까? 만약 그것이 거짓이 아니라면? 하지만 여기서 그의 잇따른 공상은 더 이상 진전되지 못했다.

그가 좀 더 침착해진 어조로 말했다. "너는 관대한 처분을 받을 자격이 없어. 하지만 지금까지 나는 자비심으로 처벌하고자 하는 마음을 눌러 왔지. 너를 뱃전 너머로 던져 버리는 일에 대해선 더 이상 언급하지 않겠다. 너는 메릴랜드에서 사는 걸 그리도 두려워했으니 어쩌면 메릴랜드에서 여생을 보내야 하는 것만으로 네게 충분한 벌이 될 수 있겠지. 마지막으로 즉시 배에 있는 사람들 모두에게 고백하고 사과해. 그리고 앞으로 공을 세워서 과거에 저지른 잘못을 보상하도록 해."

버트랜드가 외쳤다. "당신은 솔로몬의 지혜와 기독교 성인의 자비심을 가졌어요!"

"그렇다면 같이 가서 빨리 끝내자고."

시종이 동의했다. "그럼요, 즉시 가야지요. 그런데 당신이 그걸 안전하다고 여기실지 모르겠네요."

"안전하지 않다니?"

버트랜드가 설명했다. "당신의 지위는 분명히 사람들의 눈에 띄게 마련이죠. 당신과 볼티모어 경이 무슨 말을 주고받았는지는 모르지만, 그리고 당신이 어떤 비밀스러운 임무를 띠고 있는지를 묻는 것도 제 소관은 아니지만." 여기서 에브니저가 마구 욕설을 퍼부었기 때문에 그의 시종은 잠시 말을 멈출 수밖에 없었다. "그러니까 제 말뜻은요, 계관시인이라고 해서 제가 당했던 것처럼 아무나 악당과 살인자들에게 사방에서 공격당하는 건 아니라는 거예요. 또한 이 쿠드라는 악당이 당신을 찾아내려는 동기가 단지 시에 대한 혐오 때문만도 아닌 것 같고요. 잘은 모르지만 그는 이 배 위에 있을지도 몰라요. 그가 선단에 승선한 건 확실하고요. 그리고 스커리와 슬라이도 역시…….”

에브니저가 말했다. “아냐, 그들은 아냐. 하지만 어쩌면 쿠드는 그럴 수도 있지.” 그는 벌링검의 계책을 짧게 설명해 주었다. “너의 이름으로 배표를 산 건 헨리였어. 그리고 그 악당을 선단과 함께 오도 가도 못하게 해 두었지.”

버트랜드가 말했다. “그것은 그를 더욱 자극시킬 뿐이에요. 그리고 다른 공모자들이 함께 있지 않다고 누가 장담할 수 있겠어요? 어쩌면 모든 배에 첩자를 심어 두었을지도 모르죠!”

에브니저가 인정했다. “내가 들은 걸로 추측하건대 불가능한 일도 아냐. 하지만 도대체 이런 이야기를 늘어놓는 의도가 뭐야? 지금 나를 설득해서 교묘히 책임을 회피하고 내 지위를 사람들에게 알리지 않겠다는 생각이야? 참회와 고백을 면해 보겠다는 생각이냐고?”

버트랜드는 에브니저가 자신의 의도를 오해하고 있다고 격렬하게 항변했다. “고백할 겁니다. 기꺼이 고백하고말고요. 그리고 제가 사기를 친 것에 대해서도 적절하게 용서를 구할 겁니다. 제발 제가 이런 일을 저지른 것은 악의적인 목적에서가 아니라 남자를 남자로 만드는 부분을 구하기 위해서였다는 걸 기억해 주세요. 하지만 제가 참회한다고 해서 제가 입힌 상처가 아무는 건 아니지요.” 그는 계속해서 주인의 자비롭고 관대한 성품을 입이 마르게 칭찬하고는 친절을 기만으로 갚은 자신을 비난했다. 하지만 거듭 자신의 잘못을 정당화하고 난데없이 앤드루가 자신을 얼마나 존중하고 신뢰하는지를 보여 주는 여러 가지 증거들을 주저리주저리 늘어놓는 것 또한 잊지 않았다. 마지막으로 그는 자신이 추구하는 것이 단순한 참회가 아니라 보상이라는 것을 주장하면서 결론을 맺었다. 자신은 그저 순수한 마음으로 사기를 쳤지만 그것으로 인해 불쌍한 하인들이 모셨던 주인들 가운데 가장 고귀한 분인 자기 주인이 모욕과 불편을 겪었으므로 자신은 당연히 그에 대한 보상 방법을 모색하고자 한다는 것이다.

시인은 경계심을 늦추지 않으며 물었다. "그래서 네가 마음속에 품고 있는 방법이란 게 뭔데?"

시종이 대답했다. "당신을 위해 제 목숨을 거는 거죠. 당신이 봉사하는 그 대의가 무엇이든 간에."

"충분해, 빌어먹을! 나는 시라는 대의를 위해 봉사해. 그것 말고 다른 것은 없어."

"제 말은요, 주인님. 볼티모어 경이 무엇을…… 그러니까 말하자면……."

"제기랄, 말을 해!"

버트랜드가 말했다. "제가 당신 행세를 해서 당신에게 상처를 드렸으니까 이제 당신에게 이익이 되게 당신 행세를 하게 해 주세요. 제가 당신의 이름으로 악당 쿠드에게 도전하게 해 주세요. 만약 그가 저를 죽이면 그것은 제가 받을 응당한 벌이자 당신의 구원이 될 거예요. 만약 그런 일이 생기지 않는다 해도 상륙할 때 완전히 고백할 시간은 언제든지 있어요. 어떻게 생각하세요?"

에브니저는 그런 뻔뻔스러운 계획을 계획이라고 말하는 버트랜드의 태도에 너무 기가 막혀서, 당장은 적당한 욕이 생각나지 않을 정도였다. 그런데, 아! 그가 말문을 튼 순간 그 계획에서 의심할 수 없는 장점을 발견하고 말았다. 사실 계관시인이라는 지위는 지금까지 겪은 일들로 미루어 볼 때 위험한 자리였다. 비록 그 이유에 대해서는 여전히 전혀 짚이는 바가 없었지만 말이다. 존 쿠드가 선단에 승선해 있는 것은 부인할 수 없는 사실이고 그는 틀림없이 자신이 속은 것에 대해 분노하고 있을 것이다. 벌링검 역시 곁에 없으므로 그를 보호해 줄 수 없다. 마지막으로, 가장 설득력 있는 사실은 시인은 여전히 아침에 '바다의 왕'에서 슬라이와 스커리의 손에서 겨우 벗어났던 일을 생각하면 온몸이 떨린다는 것이었다. 버트랜드가 거리에 출현했기 때문에 겨우 목숨을 구하지 않았던가.

마침내 그가 말했다. "만약 그렇게 해야 네 양심이 편안해진다면, 나는 너에게 안 된다고 말하진 않겠다. 적어도 당분간은. 덕분에 나는 아래층에서 시 몇 편 지을 수 있는 여유를 가질 수 있겠지. 하지만 쿠드가 있든 없든, 버트랜드, 너에게 맹세하지. 내가 에벤 쿠크가 아닌 다른 사람이 되는 건 이번이 마지막이야. 알아들어?"

버트랜드가 고개를 끄덕였다. "좋습니다. 선장에게 말을 전할까요?"

"말? 아, 그래. 내가 바로 스스로를 대단한 사람인 척하는 것을 좋아하는 건달, 버트랜드라고 전해. 그래, 그 말을 퍼뜨리라고!"

12 계관시인이 확률 게임에 대해 이야기하고, 시종들과 계관시인들의 상대적인 예의범절에 대해 논의하다. 버트랜드가 지적 교양에 대해 해부하고 자신의 이론을 논증하다

북동쪽에서 불어오는 신선한 바람을 등에 지고 나아가던 '포세이돈'이 리저드곶을 떠나 선단의 나머지 배들과 함께 아조레스의 남서쪽으로 항로를 정했을 즈음, 선상의 생활은 모두에게 익숙한 일상으로 자리 잡게 되었다. 승객들은 하루 세 끼 식사와, 찻잎을 가지고 있는 사람들의 경우 식사 중간에 차를 마시는 것을 제외하고는 특별히 할 일이 없었다. 평소 유일하게 색다른 행사라고 한다면, 지난 스물네 시간 동안 여행한 추정 거리를 발표하는 일이었다. 이 발표를 놓고 신사들 사이에서는 많은 돈이 오갔다. 하인들 역시 특별한 일이 없을 때 따분해지는 건 그들의 주인이나 매한가지였으므로 능력이 닿는 한 내기에 돈을 걸었다.

내기는 통상 점심 식사 때 행해졌다. 주행거리는 정오에서 다음날 정오 간격으로 계산되었기 때문이다. 모든 사람들은 아침에 일어나자마자 승무원을 찾아 지난밤의 진행 상황에 대해 물었다. 승객들은 아침 내내 바람을 주시하고 자기들 나름대로 주행거리를 산출했다. 정오가 가까울 무렵이면 선장이 손에 사분의를 들고 선미루에 올랐고, 정각 12시라는 일등항해사의 고지에 따라 전통적으로 행해 오는 '정오 조준'으로 경도를 계산했다. 그런 다음 선실로 물러나 나침반의 방향과 동트기 전에 마지막으로 북극성의 고도를 측정한 이후 추정된 주행거리를 바탕으로 추측 항법에 의해 위도를 계산했다. 결정적인 수치 자체는 배의 항해일지에 있는 바람의 방향과 속도, 파도의 높이와 방향, 그리고 돛을 제작하고 말아 올리고 조정하는 것과 관련된 자료와 그해 특정한 시기, 특정 지역에서의 해류 방향과 속도, 그리고 자신이 감독하는 부하들로부터 최대한의 결과를 얻어 내는 항해사 개개인의 능력과 배 자체에 대한 선장 자신의 지식을 바탕으로 계산되었다. '포세이돈'은 전속력으로 달릴 때에도 시간당 10킬로미터 이상의 속력을 내는 일이 드물었고 13킬로미터(다시 말해 빠르게 걸을 때의 속도)를 넘는 경우는 결코 없었으므로 하루의 주행거리는 바람이 잔잔하다면 0에서부터(모진 비바람이 역풍으로 불 때는 주행거리가 오히려 마이너스가 될 때도 있다.) 309킬로미터까지 이르는데 이것은 이론적인 최대치가 그렇다는 것일 뿐 사실이 수치에 도달한 적은 한 번도 없었다. 경도와 위도를 계산한 후, 선장은 해도 위에 평행자와 분할자로 '포세이돈'의 추정 위치를 기입했다. 그리고 다시 바람과 물의 흐름과 선박의 풍압 지표와 나침반의 변화를 따져 본 후, 별도의 지시가 있을 때까지 배가 나아가야 할 정정된 항로를 키잡이에게 알려 주었다. 마지막으로 그는 상류 계층의 승객들과 함께 점심 식사를 하기 위해 주선실로 들어갔다. 그동안 승객들은 각자의 내기 돈과 측정 수치를 내놓았고 공식적인 수치가 발표되면 선장이 접혀진 종이들 가운데서 공식 수치에 가장 근접한 것을 찾아내어 그날의 승자를 가려 냈다.

가장 단순한 방식은 노름의 판돈을 갹출하는 것이었다. 일반적으로 신사와 숙녀들은 한 사람당 5실링에서 10실링의 돈을, 그리고 하인들끼리는 1실링 이하의 돈을 거둬들였다. 하지만 좀 더 배포가 큰 투기꾼들은 곧 다양한 부가적 내기들을 고안해 냈다. 예를 들어 최대치 혹은 최소치는 사실상 모든 희망 확률에 따라 조정될 수 있었다. 혹은 매일 주행거리와 다음 날의 주행거리 사이의 최대 혹은 최소 차이에 대해서도 내기를 걸 수 있었다. 닷새가 지나자 무료함은 더해 갔고 내기 방법은 더욱 복잡해졌으며 판돈은 더욱 커졌다. 조지 터브만이라는 상상력이 풍부한 젊은 목사는 다른 승객들로부터 목사를 가장한 전문 노름꾼이라는 의심을 살 정도였는데, 그는 아조레스의 서쪽에 있는 섬들인 플로레스와 코르보가 가시거리에 들어오는 날에 대한 매일매일의 내기 돈을 모으기 위해 유동 확률 체계라는 것을 고안했다. 이 체계에 의하면 매일 주행거리가 발표될 때마다 각자가 제출한 육지 접근 날짜에 대비한 고정 확률이 일정한 원칙들에 따라 바뀌었는데, 그 확률을 계산하는 사람은 바로 이 영리한 젊은이였으므로 당연히 그 원칙들에 대해서도 가장 잘 알고 있다. 그리고 매일의 진행 상황에 비추어 같은 종목에 대한 이전 내기의 높아지거나 낮아진 확률을 강화하거나 혹은 보상하기 위해 새로운 내기를 할 수 있었다. 이 체계는 이자가 누적된다는 장점을 가지고 있었고 내기 돈이 기하학적으로 증가하는 경향을 보였다. 왜냐하면 어느 날의 유별나게 길거나 짧은 주행거리 때문에 이전에 걸었던 내기 돈 전부가 위험해지면 자연히 사람들은 좀 더

유망해 보이는 날짜에 이전 내기 돈을 다 합친 금액이나 그 이상의 금액을 걸어서 앞서의 손해를 만회하려 했기 때문이다. 그리고 물론 시간이 지남에 따라 포세이돈호는 육지가 보이는 지점에 더욱 가까워지고 추측의 범위 또한 좁아지기 때문에 가장 가능성 있는 날짜에 대한 승산은 급격하게 낮아졌다. 그 결과 사람들은 이제는 가능성이 없어진 날짜에 지난번 걸었던 10실링을 만회하기 위해 현재 진행되는 상황으로 볼 때 가장 승산이 높은 날짜에 5파운드를 투자했다. 하지만 이틀이나 사흘 후에는 두 번째 혹은 첫 번째와 두 번째를 합친 금액을 벌충하기 위해 훨씬 더 큰 세 번째 내기가 요구되었고 계속 그런 식으로 이어졌다. 내기는 규모에 비례하여 더욱 자극적이 되어 갔다. 내기 돈의 어처구니없는 규모에 고개를 절레절레 흔들던 선장조차도 관심을 숨기지 않고 내기를 따라갔다. 그리고 물론 능력이 되어도 참여가 허락되지 않았던 승무원들도 내기에 참여한 사람들 사이에서 가장 인기 있는 날짜들을 채택하거나, 배의 진행에 대한 '기밀' 정보를 관심 있어하는 당사자들에게 제공하거나, 가능하다면 팔았고, 어떤 승객이 가장 많은 돈을 딸 것인가에 대해 자기들끼리 또 내기를 했으며, 궁극적으로는 자신의 내기 돈을 보호하기 위해 자기들이 돈을 건 사람이 아닌 다른 내기자에게 자진하여, 혹은 뇌물을 받고 거짓 정보를 전하기도 했다.

에브니저는 이런 일들에 대해 처음부터 관심을 낭비하지 않았다. 그는 이미 여행 첫 주에 내기에 대한 관심을 접었다. 어느 활기 넘치는 4월 아침, 뱃머리에서 갈매기들이 물고기를 잡기 위해 물에 뛰어드는 것을 바라보며 행복하게 서 있는 그에게 버트랜드가 다가와서는 공손한 어조로 도박에 대한 그의 견해를 물었다. 날씨와 훌륭한 아침 식사 덕분에 기분이 좋았고 또 이렇듯 의견을 물어 오자 마음이 흡족해서 에브니저는 그 주제에 대해 명랑하게 그리고 자세하게 설명해 주었다.

“어떤 사람에게 도박에 대해 어떻게 생각하느냐고 묻는 것은 삶에 대해 어떻게 생각하느냐고 묻는 것과 같아.” 이는 그가 시험 삼아 견지하고 있는 입장들 가운데 하나였다. “저 고등어는 매번 떠오를 때마다 저기 저 갈매기들이 자기를 낚아채 올리지 않을 거라는 데에 내기를 걸고 있는 셈 아닌가? 또한 저 갈매기들은 고등어를 낚아채 올리는 데 내기를 걸고 있는 셈이고. 우리는 모두 나무로 만든 배 위에서 바다와 지혜를 겨루는 도박꾼들 아니겠어? 자, 삶 자체는 살아 있는 동안 지속되는 도박일 뿐이야, 그렇지 않아? 우리의 생명이 잉태되는 그 순간부터 계속되고 있어. 매끼 밥을 먹을 때마다, 매번 발걸음을 내딛을 때마다, 매번 몸을 돌릴 때마다 그것은 죽음에 대한 도전이지. 자살하는 사람들을 제외한 모든 사람들은 운수에 따라 좌지우지되는 바보들이야. 그리고 자살을 하는 사람조차도 자신은 지옥 불에 탈 가능성이 없다는 데 내기를 걸어야 하지. 그러므로 삶을 사랑하는 사람은 필연적으로 도박을 사랑하게 되어 있어. 왜냐하면 그는 우연이라는 여인이 정복한 남자니까. 게다가 모든 도박꾼들은 낙관주의자지. 도박을 하면서 자신이 돈을 잃을 거라 생각하는 사람은 없을 테니까 말이야."

버트랜드의 표정이 환해졌다. "그렇다면 당신은 운수 게임을 긍정적으로 보는 건가요?"

"아, 아." 계관시인이 주의를 주었다. 그는 머리를 곧추세우고 집게손가락을 흔들었다. 그러고는 속담을 인용했는데 왠지 모르게 얼굴이 붉어지는 것을 느꼈다. "숲으로 가는 길은 하나만 있는 것이 아니야.[76] 도박꾼은 인간의 의지를 무가치한 것으로 생각한다는 면에서 비관론적 무신론자라고도 주장할 수 있지. 내기를 건다는 건 모든 사건들에서 운수의 주도권을 허용하는 셈이야. 그것은 곧 신이 세상사에 아무런 간여도 하지 않는다고 말하는 것과 같아."

"그렇다면 당신은 결국 그것에 대해 좋게 보지 않는다는 거군요?"

"잠깐, 서두르지 마. 어떤 사람은 선뜻 그 반대로 말할 수 있으니까. 홉스적인 유물론자는 결코 도박꾼이 되지 말아야 한다고 말이야. 왜냐하면 운수를 믿지 않는 사람은 결코 도박을 하지 않을 테니까. 그리고 운수를 믿는다는 것은 유물론적인 사물의 질서뿐만 아니라 맹목적인 운수와 차가운 결정론을 거부하는 것이지. 간단히 말해 운수를 긍정하는 사람은 신 역시 긍정하는 거야. 거꾸로도 그렇고."

버트랜드가 처음보다 다소 덜 공손한 어조로 외쳤다. "맙소사! 그렇다면 도대체 도박에 대해 어떻게 생각한다는 겁니까?

---

76) 앞서 조안 토스트가 에브니저를 유혹하면서 한 말이다.

찬성이에요, 아니면 반대예요?"

하지만 에브니저는 개의치 않고 태평스럽게 대답했다. "그 질문에는 여러 가지 측면이 있어." 그는 다시 갈매기들에게 시선을 돌렸다. 예상했던 것과 달리 '포세이돈' 위에서 그의 처지는 결코 불쾌하지만은 않았다. 그는 그저 평범한 시종이 아니라 계관시인을 보좌하는 일종의 비서로서 입지를 굳혔기 때문이었다. 그러한 자격 덕분에 그에겐 뒷갑판 출입이 허용되어 버트랜드 곁에 있을 수 있었고 신사들과의 제한적인 대화도 허락받았다. 자신의 교육 수준을 감출 필요도 없었다. 생활이 곤란한 학생들이 그런 비서 노릇을 하는 경우가 종종 있었기 때문이다. 그는 버트랜드를 고상하고 과묵한 유형의 천재로 만들어 내기 위해 종종 그를 대신하여 말을 했고 그럼으로써 자신들의 연극을 안전하게 끌고 나가고자 했다. 게다가 그는 더욱 많은 시간을 시를 짓는 일에 투자할 수 있었으며, 심지어 신사 승객들로부터 아무런 의심을 받지 않고 책을 빌릴 수도 있었다. 사람들은 비서들이란 으레 잉크와 종이와 책들에 파묻혀 지낼 거라고 생각했고, 고용주가 계관시인일 때는 더욱 그럴 것이라고 기대했다. 간단히 말해서 여행이 진행됨에 따라 그가 지금 하고 있는 역할은 그의 진정한 정체성이 보장하는 대부분의 특권은 제공하면서 위험 가능성은 전혀 없다는 것이 분명해졌다. 그리고 그는 이러한 가장을 자신의 머리에서 나온 가장 신통한 생각으로 여기게 되었다. 다른 하인들이 자신이 모시는 주인에 대한 뒷공론으로, 따분함을 덜고 숙녀와 신사 들이 도박과 서로에 대한 뒷공론으로 권태감을 더는 동안, 에브니저는 시를 짓거나 맡은 임무가 임무이니 만큼 그가 정신적으로 강한 유대 관계를 느끼게 된 과거의 저명한 작가들의 작품들과 함께하며 유쾌하게 보냈다.

처음의 그 난처했던 상황을 잊고 점차 자신의 위치에 익숙해진 후 그가 유일하게 불만스럽게 느끼는 순간은 식사 시간이었다. 우선 그가 상상했던 음식은 나오지 않았다. 그가 '바다의 왕'의 마구간에서 잠에 빠져들기 직전 공책에 마지막으로 기재했던 내용은 이러했다.

> 당신은 묻는다. 아름다운 메릴랜드로 가는 도중
> 우리 유쾌한 일행이 무엇을 먹는지.
> 나는 대답한다. 바다 내음이 돋운 우리의 식욕은
> 불카누스와 가니메데스가
> 주피터와 유노에게 바친 것과 같은
> 최상의 음식들이 달래 주었다고.

여기에다 버트랜드의 비서 노릇을 하게 된 첫날 그는 다음과 같이 덧붙였다.

> 구운 쇠고기에서 네 등분한 사슴 고기까지
> 지구상에서 가장 좋은 음식들.
> 카레로 맛을 낸 양고기와 양념장으로 버무린 다람쥐 고기,
> 신세계와 구세계 모두에서 가장 훌륭한 요리들.
> 바베이도스 럼주와 영국의 맥주.

우리는 술로 흥을 돋우며 이 모두를 꿀꺽 삼키지.
서양의 전설에서든 동양의 이야기 속에서든,
볼티모어 경이 제공한
우리의 이 풍요로운 선상의 먹을거리보다
더 훌륭한 향연을 찾는 것은 헛된 일이네.

사실 그는 아침 식사에서든 저녁 식사에서든 달걀과 신선한 송아지 고기와 평범한 채소 몇 가지를 제외하곤 그다지 이국적이라고 할 만한 것은 전혀 본 적이 없었다. '포세이돈'에 비축되어 있던 상하기 쉬운 음식들은 사흘 만에 바닥났고 넷째 날부터는 선원들과 바다 여행객들의 평상시 식사가 등장했다. 매주 주인과 하인에게 똑같이 7파운드의 빵과 선원용 건빵 그리고 맛에 대해서는 불평할 수 없을 정도로 적은 양의 버터가 배급되었다. 일주일 가운데 닷새는 끼니 때마다 한 사람당 소금에 절인 돼지고기 반 파운드와 말린 배가 지급되었고, 이틀은 돼지고기 대신 소금에 절인 쇠고기가 지급되었다. 그러나 요리사가 물을 끓이지 못할 만큼 날씨가 사나울 때는 배 위의 모든 사람들이 1파운드의 영국 치즈와 고향에 대한 향수로 식사 시간을 때울 수밖에 없었다. 에브니저는 형편없는 식사에 놀라고 또 불쾌했다.

그러나 이 모든 것은 그저 환상이 깨진 것일 뿐 볼티모어 경이나 '포세이돈'의 선장 혹은 사회질서의 잘못이 아니었다. 에브니저 자신의 순진함 혹은 그가 굳이 말로 옮기려 하지 않았어도 스스로 어렴풋이 느끼고 있었듯이, 문제는 그의 기대에 부응하지 못했던 현실의 본질에 있었다. 어쨌든 음식은 입에 맞지 않았지만 식사 외 시간에 실망감을 느끼지 않기 위해서 그는 곧 스스로를 그것에 적당히 길들였다. 하지만 더욱 참기 힘든 불만은(어느 날 오후 그는 이것을 버트랜드에게 털어놓았는데) 그가 상류 계층의 남녀들이 식사를 마친 뒤에야 하인들과 함께 먹어야 한다는 점이었다.

"내가 불쾌하게 느끼는 것이 단순히 그것을 모욕으로 여기기 때문이라고 생각지는 말아." 그는 서둘러 그의 시종에게 강조했다. "그들이 거칠게 굴고 끊임없이 나를 놀려 대는 건 사실이지만 내가 염려하는 것은 바로 너야. 혹 네가 선장의 테이블에서 대화에 끌려 들어가 무식을 드러낼까 봐서 말이야. 하루에 몇 번이라도 네가 망신당했다는 소식이 들려올 것만 같아. 그리고 메릴랜드까지 이렇게 계속 사기칠 생각을 단념하곤 하지!"

"아 글쎄, 주인님, 걱정 마세요." 그들은 배의 중간쯤에 있었다. 그리고 버트랜드는 고물의 난간 옆에서 선장과 함께 서 있는 젊은 여인에게 정신이 팔려 에브니저의 불만에는 별반 관심을 기울이지 않는 듯했다. "신사 행세를 하는 데는 대단한 요령이 있는 게 아니란 걸 알겠던데요, 뭐. 잘 보고 잘 듣고 눈치 빠르게 행동하면 어떤 사람이라도 그 역할을 할 수 있을 거예요."

"흥! 아마 내 역할에 대해서는 그렇게 말할 수도 있겠지. 하지만 네가 함께 식사하는 사람들은 바보가 아니라 재력과 교양이 있는 사람들이야."

하지만 시종은 이 말에 기가 죽기는커녕 주인의 말을 반박하고 나섰다. 그동안 그는 여전히 주인보다는 고물 쪽의 처녀에게 시선을 두고 있었다.

그가 부드럽게 단언했다. "저런, 주인님, 부와 출신의 장점에 대해서는 당신의 시종보다 더 잘 아는 사람도 없을 겁니다. 하지만 만약 어떤 사람이 그 두 가지 가운데 어느 쪽 때문에 더 똑똑하거나 더 고결하다면 제 손에 장을 지질 겁니다." 그는 계속해서 자신이 시종 노릇 혹은 친구 노릇을 하며 겪어 본 멋진 신사, 숙녀 들을 예로 들면서 에브니저가 현재 함께 식사를 하는 동료들 가운데 자기가 루시 로보담 양이라고 확인한 저기 저 선미루 위에 있는 처녀보다 더 문란한 사람은 없다고 맹세했다. "저 여자가 옷이며 말은 번드르르하지만요, 주인님, 밝은 대낮에 선장이 테이블 밑에서 자기를 꼬집어도 낯 한 번 붉히는 일 없고요, 오히려 제 쪽에서 그를 아프게 꼬집더라니까요! 그리고 반 시간도 채 안 되어 제가 그녀의 손을 잡아 층계로 올라가는 것을 도와주니까 글쎄 제 손바닥을 살살 간지럽히지 않겠어요?" 그는 다음과 같이 결론을 내렸다. "신분이 무엇이건 간에 창녀는 창녀고요, 재산에 관계없이 바보는 바보인 법이에요."

에브니저는 이러한 민주주의적 개념의 진실성에 대해서는 의문을 제기하지 않았다. 하지만 그 문제에 대한 관련성은 부인했다. "신사를 만드는 것은 성격이나 천성적인 지혜가 아냐, 버트랜드." 버트랜드의 시선을 로보담 양에서 자기 쪽으로 돌리기 위해 이름을 덧붙이며 그가 말했다. "예의범절과 교육이야. 말투, 포도주를 선택하는 방식, 필체 등 수많은 특징들을 통해 신사는 자신의 동료를 알아보지. 그리고 역시 수많은 방법을 통해 그가 사기를 치고 있다거나 벼락 출세를 했다거나 하는 걸 눈치챈다고. 능숙하게. 신사 흉내를 낼 수는 없어. 그들이 네 정체를 알아보는 것은 시간문제야. 혀를 잘못 놀린다든지, 포크를 잘못 쓴다든지 하는 사소한 실수가 너의 정체를 폭로하고 말 거라고."

상대방이 웃으며 말했다. "그렇군요. 하지만 무엇 때문에요?"

"그야 말하자면 '타고난' 신사가 아니기 때문이지!" 에브니저는 시종의 점차 거만해지는 태도에 기분이 언짢아졌다. 그는 처음부터 시종의 이런 주제넘은 태도를 원하지 않았었다. "책 한번 읽은 적이 없는 네가 책에 관한 질문이 나오면 어떻게 대답할 거지? 런던에서 상연되는 새로운 연극에 관해서는 어떻게 평할 것이며 대학에 가 본 적도 없으면서 어떻게 대륙의 정세에 대해 논할 거냐고? 진정한 신사는 친절하긴 하지만 곰살맞지는 않고 재기발랄하지만 광대 짓은 하지 않으며 의젓하긴 하지만 필요 이상으로 점잖을 빼지는 않고 학식이 풍부하지만 아는 척 나서지는 않아. 요약해서 말하자면 그는 지나치지도 부족하지도 않으며 언제나 중용의 미덕을 실천하지."

이에 대해 시종은 미소를 지으며 손을 내저었다. "어쩌면 그럴지도 모르지요. 그래요, 그럴 수도 있어요!" 점점 더 짜증이 나기 시작한 에브니저가 그의 말을 가로채지 않았다면 그는 계속해서 말을 이어 갔을 것이다.

"신사의 말이 종달새의 노래라면 군중의 말은 수탉의 울음

소리와 같아. 하지만 시인의 노래는 종달새의 노래에 비하면 천사의 노래와 같지. 그래서 신사는 남자들 가운데서 으뜸이고, 시인은 신사들 가운데서 으뜸인 거야."

"뭐 그럴지도 모르지요. 그럴 거예요." 버트랜드가 다시 말했다. 그리고 이제는 주인 쪽으로 몸을 돌리며 덧붙였다. "하지만 당신이라면 그것을 믿겠어요? 글쎄 제 기억력이 너무 형편없어 놔서 그런지 몰라도 저는 비록 당신의 위임장을 한 자 한 자 베껴 썼고 또한 그것이 한 신사를 계관시인으로 둔갑시키는 것을 두 눈으로 똑똑히 보았지만 계관시인을 신사로 만드는 부분이 무엇인지는 기억해 낼 수가 없어요! 그리고 제 눈과 귀 역시 모자란 구석이 많아서 그런지 제가 지금까지 보고 들은 모든 시인들을 두고 판단할 때, 다른 사람은 거론할 것도 없이 이를테면 런던의 올리버 나리나 트렌트 나리 그리고 메리웨더 나리만 봐도 말씀입죠, 이들 시를 짓는 사람들 가운데 여러 면에서 썩 훌륭한 사람도 없었거니와 그 비슷한 사람도 없었다는 거죠! 제기랄, 솔직히 말씀드리자면 그들은 정신이 말짱해 봤자 원숭이 정도고, 겸손하다고 해 봤자 공작 정도며, 순결하다고 해 봤자 숫염소 정도에, 과묵하다고 해 봤자 참새 수준이고, 용감해 봤자 교회에 사는 쥐 수준이며, 점잖아 봤자 불구덩이 속의 고양이들 정도였다고요. 그에 반해 제가 이렇게 말씀드려도 될지 모르겠습니다만 평범한 시종은 온 세상 사람들이 다 알고 있듯이 종종 신사인 그의 주인보다 더 품위 있는 마음씨를 가지고 있고요. 가발에 분은 어떻게 바르는지 혹은 손님들을 어떻게 테이블에 배치해야 하는지에 관해서라면 그들에게 필적할 자가 없을 정도지요. 저는 신사 중의 신사는 바로 그 시종이라고 말하겠어요!"

에브니저는 청산유수로 쏟아지는 시종의 말에 완전히 압도되어서는 눈을 가늘게 뜨고 "잠깐!"이라고 외치는 일 외에는 아무것도 할 수 없었다. 하지만 버트랜드는 잠깐 숨을 고를 생각도 전혀 없는 듯했다.

버트랜드의 말은 계속되었다. "하지만 그것에 관해 말씀드리자면 제가 가지고 있는 신사에 관한 지식은 별로 제게 도움이 되지 않아요. 저는 지금 계관시인이니까요! 아 글쎄, 제가 만난 신사와 숙녀들은 시인을 신사로 보기는커녕 일종의 성인(聖人)인 체하는 사람, 재주를 부리는 원숭이, 궁정의 광대 그리고 집시 예언가를 하나로 말아 놓은 것쯤으로 보더라고요. 당신이 말씀하시는 숙녀들은 가톨릭 신부들이라면 한 번도 들어 보질 못했을 법한 말들을 던지며 애완용 개에게 하는 것처럼 몸이 달아 설치고 남창조차도 얼굴을 붉힐 만한 추파를 던지지요. 사실 그들은 저를 숭배하는가 하면 곧 경멸합니다. 마치 제가 반은 신이고 반은 여행 나온 어릿광대라도 되는 것처럼 말이지요. 그리고 신사들로 말씀드리자면, 세상에! 그들은 당장 저를 미쳤거나 아둔한 녀석이라고 생각합니다. 왜냐하면 머리가 영 돌아가지 않아서 돈 버는 데 수완을 발휘할 수 없는 사람을 제외하고는 미치지 않고서야 누가 시를 짓는다고 달려들겠습니까? 간단히 말씀드려, 그리고 결론적으로, 만약 제가 예의 바른 말은 물론이거니와 어쩌다 사리에 맞는 말이라도 내뱉을라치면 그들은 결코 저를 시인이라고 부르려

하지 않거나 잘해 봐야 불쌍한 사람이라고 부를 겁니다. 하지만 제가 그렇게 어리석다고는 생각지 마세요."

에브니저의 얼굴 표정은 갈피를 잡지 못하다가 일종의 찌푸림이 되었다. 두 남자는 이제 논쟁에 완전해 몰두해 있었다. 그들은 주위를 의식한 듯 목소리를 한껏 낮게 깔았다. 두 사람 모두 팔꿈치를 난간 위에 올려놓은 채 얼굴은 바다 쪽으로 향해 있었고 높은 선미루에서 맞은편 뒷갑판으로 내려온 로보담 양을 등지고 서 있었다.

그가 입을 뗐다. "그래, 인정해. 시인 가운데 입만 나불거리는 건달에겐 상스럽다고 욕할 수 있어. 버릇없는 하인에게 주제넘다고 욕할 수 있듯이 말이야. 그리고 아마도 두 사람 모두 가식적이라고 욕할 수 있을 거야. 더 나아가 이것도 인정해. 최고의 시인은 본질적으로 신사가 아니라는 걸."

버트랜드가 끼어들었다. "당신의 최고의 시종과는 다르게요."

에브니저가 날카롭게 말했다. "그것에 관해서라면 예법과 유행에 관한 지식 면에서 주인을 능가하는 너희 시종들은 신학자보다 경전을 더 잘 암송하는 촌놈과 같아. 그의 유일한 재능이 곧 그의 한계를 드러내지. 신사 시종과 신사 시인은 이런 공통점을 가지고 있어. 그들의 신사다움은 일종의 가면이라는 거지. 하지만 시종의 가면 뒤에는 시종이 있고 시인의 가면 뒤에는 신이 있어."

"저런, 주인님!"

"내 말을 먼저 들어!" 에브니저는 눈을 빛내며 금발 눈썹을 찌푸렸다. "시인만큼 신과 같은 재능을 필요로 하는 자가 또 어디 있겠어? 그는 화가의 눈과 음악가의 귀와 철학자의 정신과 변호사의 설득력을 가지고 있어. 그는 신처럼 사물의 비밀스러운 영혼들, 그들의 형상 밑에 숨겨진 본질, 그들의 가장 내밀한 관계들을 보지. 그는 신과 같이 선과 악의 근원을 알고 있어. 살인자의 마음속에 성자(聖者)의 씨앗이 잠재되어 있다는 것도, 수녀의 가슴속에 육욕(肉慾)이라는 벌레가 꼬물거리고 있다는 것도! 아니, 더 나아가 신사들 가운데 시인을 잘 닦인 돌들 가운데 진주라고 할 수 있듯이 계관시인은 진주들 가운데 다이아몬드가 되어야 하고 시인들 가운데 왕자가 되어야 하고 그들의 꽃이자 모범이 되어야 해. 더 나아가 왕자들 가운데서도 최고가 되어야 하지! 왕들은 그에게 세속적인 불멸성을 위탁하는 거야. 영혼을 신에게 맡기듯이 말이야! 최초의 운문이 종교적인 시였고, 어떤 사람들이 단언하듯 최초의 시인들이 이교도 승려였다는 것 혹은 플라톤이 예언자들과 시빌[77]이 가지고 있는 예지력의 원천과 마찬가지로 시의 원천 역시 신성한 광기라고 일컬은 것은 그리 놀랄 만한 일이 아냐. 만약 진정한 시인이 평소의 바른 행실에서 일탈하는 모습을 보여 준다면 그것은 그의 직업을 증명하는 것에 불과해. 뮤즈와 교통하는 것이지. 하지만 계관시인은 비록 필연적으로 이러한 광기의 지대한 영향력 아래 놓일 수밖에 없다 해도 신과 같이 자기를 제어해야만 해. 왜냐하면 그는 사람들에게 그의 예술을 선양하는 사람이자 상징하는 사람이니까. 그는 뮤

77) 아폴론 신을 모신 무녀.

즈에게뿐만 아니라 동료 시인들에게도 의무를 다해야 해."

버트랜드가 마침내 물었다. "그렇다면 당신은 제가 모든 면에서 신사 노릇을 하기를 바라는 거군요?"

"모든 면에서."

"그리고 그들의 행동을 저의 모범으로 삼는 것도요?"

"바로 그렇지."

"저런, 그러면 저는 당신에게 돈을 얼마간 부탁드려야겠군요." 그가 웃으며 단언했다. 그리고 자신이 저축해 둔 얼마 안 되는 돈에서 마지막 10실링을 바로 그날 정오의 주행거리 내기에서 잃었다고 설명했다. 물론 자신은 신사로서 그 내기에 절대적으로 참석할 수밖에 없었다는 말도 덧붙였다.

"아, 네가 방금 도박에 대한 내 생각을 물은 것은 바로 그 때문이었군."

"솔직히 그렇습니다." 그리고 버트랜드는 계속해서 그의 주인에게 도박에 대해서는 반대 의견만큼 찬성 의견도 많다는 것을 상기시켰다. "게다가 저는 제가 시작한 것을 계속해야 합니다. 제 손실을 만회하기 위해서뿐만 아니라 우리의 가면을 보호하기 위해서도요."

그런데 에브니저는 상인 피터 패건과 일했던 몇 년 동안 저축해 둔 얼마간의 돈 외에는 달리 가진 것이 없었고 그것은 다 합쳐 봐야 40파운드를 넘지 않았다. 하지만 더 적은 금액은 소용없다는 버트랜드의 말에 그는 짐 가방에서 20파운드를 꺼냈다. 그리고 그의 대리인이 기다리고 있는 난간으로 돌아와 적당한 훈계 및 지시와 함께 비밀리에 돈을 건넸다.

이 지점에서 그들의 대화는 앞서 버트랜드가 헐뜯은 바 있는 로보담 양 때문에 중단되었다. 누군가 어깨를 쳐서 뒤를 돌아보니 그녀가 그들 바로 뒤에 가까이 서 있었던 것이다. 에브니저는 그녀가 자신들의 대화를 들었을지도 모른다는 생각에 얼굴이 창백해졌다.

그는 허겁지겁 모자를 벗으며 말했다. "아가씨! 무슨 분부라도?"

"내가 원하는 건 당신의 주인이에요." 여자가 말했다. 그리고 그에게서 등을 돌렸다. 그녀는 갈색 머리에 가슴 발육이 훌륭한 이십 세 전후의 처녀였다. 비록 태도와 혈색에서의 천박함이 그녀의 우아한 의상에 감춰진 촌스러운, 적어도 식민지 태생이라는 본질을 드러냈지만 에브니저에게는 그녀가 음탕하다기보다는 천진난만해 보였다. 그는 플리머스행 마차에서 헨리에게 자신의 곤경을 묘사했던 이래 처음으로 조안 토스트를 떠올렸다. 사실 따지고 보면 그가 런던을 떠나게 된 것도 그녀에 대한 묘한 관심이 발단이 되었다. 로보담의 눈동자, 피부 색깔, 그리고 솔직한 태도가 조안 토스트를 연상시켰다.

주인을 따라 예의를 차리려는 기미를 전혀 보이지 않던 버트랜드는 난간에 기대어 방문자를 노골적인 감상의 눈길로 바라보았다. 하지만 그녀는 조금도 주눅 들지 않고 양손을 건방지게 깍지 끼고는 발을 몇 번 구르며 말했다. "문학에 관련된 질문이 있어요, 쿠크 씨."

버트랜드가 "아하."라고 말하며 그녀의 턱 밑을 가볍게 찔렀다. "당신 같은 팽팽한 젊은 여자가 문학과 무슨 관계가 있을까?"

에브니저는 시종의 천박한 행동에 놀라는 한편, 그런 사소한 질문들로 계관시인을 귀찮게 해서는 안 된다는 구실을 대며 자신이 대신 상대해 드리겠다고 서둘러 제안했다.

"그렇다면 그는 무엇에 쓰죠?" 처녀가 토라진 체하며 물었다. 또한 입술을 오므리고 눈썹을 둥글게 올리면서 여전히 버트랜드 쪽을 향해 쾌활하게 덧붙였다. "내가 아무런 까닭 없이 그의 음탕한 시선을 받아야 한다는 건가요? 「꺼져라, 꺼져, 너 매춘부 같은 운명이여」를 쓴 시인이 누구인지 말해 주세요. 지금 당장이요. 그렇지 않으면 대체 어느 시인이 말을 꺼내기도 남부끄럽게 벌건 대낮에 나를 꼬집어 온몸을 멍투성이가 되게 했는지 우리 아버지가 아시게 될걸요."

버트랜드가 말했다. "거기서 얻을 수 있는 교훈은 '짚으로 만든 치마를 입은 사람은 반드시 불에서 멀리 떨어져 있어야 한다.'는 거지."

"교훈이라고요! 당신이 교훈에 대해 말하다니, 자기가 무슨 가톨릭 신부라도 된다고 생각하나 보죠? 그만 됐어요. '꺼져라, 꺼져, 너 매춘부 같은 운명이여'를 말한 사람이 누군가요? 셰익스피어인가요, 아니면 말로인가요? 나는 그 문제를 두고 자신을 대단히 학식 있는 사람이라 생각하는 미치 선장과 2실링을 걸고 내기를 했단 말이에요."

시종이 대답이나 행동으로 본색을 드러낼까 봐 에브니저는 자신이 먼저 대답하여 미리 그것을 차단하려 했다. 그러나 버트랜드는 그에게 전혀 기회를 주지 않았다.

그는 놀리기라도 하듯 찌푸린 얼굴로 비스듬히 곁눈질하며 외쳤다. "미치 선장이란 말이지! 그가 만든 멍에 비하면 내가 만든 멍은 아무것도 아니라는 데 2실링 걸겠어!"

로보담 양과 에브니저 둘 다 항의했고 후자는 진심이었다.

버트랜드가 웃으며 말했다. "아냐? 그렇다면 1파운드를 받으라고. 당신이 실링을 건다면 나는 파운드를 걸지. 하지만 기억하시오. 나는 내 눈으로 증거를 보아야겠어!" 이어서 그는 그녀가 어떤 시인에게 내기를 걸었는지 물었다. 그리고 그녀가 생각한 그 사람이 그 구절을 지었을 거라고 장담했다.

에브니저가 가슴을 쓸어내리며 로보담 양의 팽팽한 등에 대고 말했다. "여성을 배려하는 데 있어서는 계관시인을 따를 자가 없지요. 그리고 정말로 만약 도움이 필요하시다면 그 구절을 쓴 사람은 바로 윌리엄……."

여자가 항의하듯 그의 말을 잘랐다. "오, 아뇨. 나는 당신, 계관시인의 호의는 사양하겠어요. 그것 때문에 결국 내가 어떤 대가를 치를 것인지 잘 알고 있으니까요! 게다가 난 사실 답을 알고 있어요. 그저 알고 있는 사실을 확인하려는 것뿐이죠.

> 꺼져라, 꺼져, 너 매춘부 같은 운명이여!
> 제(諸)신들은 그녀의 힘을 빼앗아라.
> 그녀의 수레바퀴 살과 테를 부숴 버리고
> 둥근 바퀴 통을 천국의 언덕에서부터

저 밑의 악마에게로 굴려 떨어뜨려라!"[78]

에브니저가 박수를 보냈다. "아주 잘했어요, 훌륭해요! 그 구절을 연기한 배우도 당신만큼 햄릿을 만족시키지는 못했을 거예요."

버트랜드가 외쳤다. "저런, 무뢰한이니 매춘부니 하는 말을 좀 보라지! 이것을 쓴 자가 누구건 간에 아주 음탕한 녀석일 거요, 안 그렇소? 이보시오 아가씨, 솔직히 나라면 그런 건 기억에서 깨끗이 지워 버렸을 거요."

버트랜드의 무지와 다급해진 상황에 아연실색하여 에브니저가 외쳤다. "괜찮으시다면, 아가씨!" 이번에는 자신이 그들 사이에 끼어들어서는 그녀를 이끌고 그 자리를 떠나려는 듯 그녀의 팔을 잡았다. "저의 무례를 용서해 주십시오. 하지만 저는 당신이 계관시인을 계속 귀찮게 하도록 내버려 둘 수는 없습니다!"

"그를 귀찮게 한다니!" 로보담 양이 자신의 팔을 획 잡아 뺐다. "'내가' 그를 귀찮게 한다니!"

"저는 시에 대한 당신의 관심에 찬사를 보냅니다. 그것은 런던의 아가씨들 사이에서도 보기 드문 일이지요." 시인은 다른 사람들이 혹 그들을 주시하고 있는 건 아닌지 살피기 위해 주위를 둘러보며 빠른 어조로 계속해서 말했다. "그리고 당신이 식민지 출신임을 고려할 때, 당신이 이 위대한 남

78) 『햄릿』 2막 2장 489~494.

자의 정중한 태도를 그렇게 생각하는 것은 당신이 자라 온 배경에 그리 불명예가 되지는 않을 겁니다. 하지만 저는 설명드려야겠습니다."

"여기 이놈이 말하는 것을 들어 봐요!" 로보담 양은 처음엔 그저 누구에게랄 것 없이, 그리고 이어 고물 쪽에서 다가오는 것이 시야에 들어온 미치 선장에게 호응을 구하듯 말했다. "저는 쿠크 씨에게 공손하게 질문했을 뿐이에요. 그런데 이 작자는 나를 예의 없는 시골뜨기로 몰아붙이는군요!"

선장은 그녀의 기분을 상하게 한 사람을 잠시 못마땅한 얼굴로 노려보고는 명랑하게 말했다. "그는 상관하지 말아요. 자, 누가 내기에서 이겼소?"

그녀가 말했다. "오, 셰익스피어가 그것을 썼다는 건 모든 사람들이 다 알고 있어요. 하지만 쿠크 씨께서는 당신만큼이나 실없는 장난을 좋아하시나 봐요. 그는 자신이 썼다고 맹세하는데요."

에브니저가 필사적으로 설명했다. "위대한 인물들은 경구적인 표현을 사용하는 습관이 있답니다. 겉으로는 그저 실없는 말장난으로 들리지만 이면에는 충분히 깊은 생각이 깔려 있음을 알 수 있을 겁니다. 계관시인의 말씀은 위대한 시인이라면 역시 뮤즈에 봉사하는 다른 위대한 시인과 일종의 혈족 관계가 있는 것처럼 느낀다는 뜻입니다. 이를테면 마치 윌리엄 셰익스피어와 에벤 쿠크가 하나이자 같은 사람인 것처럼 느낀다는 거죠."

"그렇다면 내가 졌군." 선장이 에브니저의 말보다는 로보담 양의 말에 대한 대답으로 한숨을 쉬며 말했다. 그리고 버트랜드에게 약속했다. "이제부터는 내 분수를 지키고 학문은 배운 사람들에게 맡겨 두겠소."

버트랜드가 웃으며 말했다. "하느님 맙소사!" 그는 방금 전 에브니저의 경고에 전혀 주의를 기울이지 않았던 듯했다. "나는 주행거리 내기에서 당신과 같은 쪽에 돈을 걸고도 당신의 선박 조종술 덕에 잃을 만큼 잃었다오!"

미치 선장이 윙크와 함께 자신의 모든 돈은 선실에 있다고 말하자, 로보담 양은 그의 팔짱을 끼고 상금을 받아 내기 위해 바삐 걸어가 버렸다.

버트랜드는 샘이 나는 듯 그들의 뒤를 바라보았다. "제기랄, 정말 생기 넘치는 계집이군!"

두 사람이 어느 정도 멀어지자 에브니저는 신음 소리를 흘리며 한탄했다. "우린 이제 끝장이야! 너는 우리 계획을 완전히 망쳐 놓았어!" 그는 다시 바다 쪽으로 몸을 돌려 얼굴을 손에 묻었다.

"뭐라고요? 조금도 그렇지 않아요! 제가 저 여자의 턱을 가볍게 찔렀을 때 얼마나 만족스럽게 목을 울려 댔는지 보셨나요?"

"너는 그녀를 마치 2실링짜리 매춘부처럼 다뤘어."

버트랜드가 말했다. "실제로 그 정도밖에 안 되는걸요. 당신은 그녀가 지금 미치와 카드놀이라도 하고 있을 거라고 생각하시나요?"

"하지만 저 여자의 부친은 톨벗 카운티의 로보담 대령이야.

메릴랜드 의회에 앉았던 사람이라고!"

버트랜드는 별다른 반응을 보이지 않았다. "저도 그를 알아요. 하지만 자기 딸이 무뢰한이니 매춘부니 하며 재잘대거나 식탁에서 음란한 시를 암송하는 것을 그대로 듣고 있다니 참으로 이상한 아버지가 아닙니까."

계관시인이 외쳤다. "신이여 우리를 구원하소서! 너의 얼토당토않은 실수로 우리의 비밀이 드러나지는 않는다 해도 네 행동 때문에 우리는 채찍을 맞게 될지도 몰라! 제발 시종의 세련됨에 관해서는 더 이상 말하지 마. 난 그것을 충분히 봤으니까. 그리고 그 지독한 무식함도!"

버트랜드가 말했다. "자, 진정하세요. 제가 가장하고 있는 것은 시종이 아니라 계관시인이라고요. 만약 그렇지 않았다면 당신은 세련된 태도를 보았을 거예요. 그것도 남아돌 만큼요. 저는 제가 무슨 일을 하고 있는지 알고 있어요."

"네가 알고 있다고……."

그가 퉁명스러운 말투로 계속 말을 이었다. "고상한 사람들이 그렇게 중요하게 생각하는 이 시시껄렁한 말장난이나 유식한 체하는 대화에 관한 한, 그것에 거리를 두고 전체를 보아온 저 같은 신사 중의 신사라면 그것의 목적에 대해 분명하게 말씀드릴 수 있을 거예요. 즉 상대방의 의견을 타진한 다음 자기가 더욱 영리한 의견을 말하는 거죠. 사실을 말씀드리자면 여기에서 단순한 사람과 재치 있는 사람의 차이점은, 평범한 사람은 자신이 어떤 입장을 취하는지에 대해서는 상당히 신경을 써도 그 입장을 취하는 이유에 대해서는 손톱만큼도 관심이 없는 반면, 영리한 사람은 자신이 현명하게 옹호할 수만 있다면 어떤 입장을 취하든 별로 상관하지 않는다는 겁니다. 더불어 어떤 시종이라도 당신에게 말씀드릴 수 있는 것은, 대부분의 사물에 대한 사람들의 의견은 결국 두 가지로 나뉠 수 있다는 것이고, 지성의 사다리 어느 한 단계에서 두 가지 가운데 한 의견이 복음 같은 진리로 여겨진다면 그 윗단과 아랫단에서는 나머지 다른 의견이 진리로 여겨진다는 겁니다."

에브니저가 강한 어조로 물었다. "지성의 사다리라고! 이 무슨 해괴한 소리야?"

"그야 세상이 해괴한 거지 뭐겠어요? 자, 가발을 예로 들어 보자고요. 짧은 머리 가발을 쓰느냐, 아니면 긴 머리 가발을 쓰느냐가 런던에서는 상당히 중요한 문제잖아요. 평범한 상인들은 유행에는 별로 신경 쓰지 않고 그저 맨머리 위에 짧은 가발을 씁니다. 일하기에 더 편하니까요. 하지만 어느 날 그에게 10파운드와 한가하게 놀 수 있는 이 주짜리 휴가가 생겼다고 해 보세요. 그는 당장 상점으로 달려가 멋진 프랑스제(製) 긴 가발과 분 한 통을 사들고는 자신을 아주 대단한 멋쟁이라고 생각할걸요! 자, 그럼 이제 그런 할 일 없는 녀석들이 열두 명 정도 있다고 칩시다. 그들 가운데 가장 약은 녀석이 고상한 말투로 '유행의 독재'니 어쩌니 하며 짧은 가발을 사게 됩니다. 제가 그걸 듣지 않았겠어요! 그리고 자신을 긴 머리 가발의 친구들보다 훨씬 더 수준이 높다고 생각하죠. 그 긴 머리 가발의 친구들이 자신을 상인의 아들이나 짧은 머리 가발의 견습생들보다 수준이 높다고 생각하는 것처럼 말이에요. 하지만 당장 사다리 한 칸만 더 올라가 보세요. 그러면 상식을 가장한 가발을 너무나도 많이 봐 온 현명한 사람의 머리 위에 씌워진 긴 머리 가발로 다시 돌아갑니다. 그는 그것이 단지 실용성을 가장했을 뿐이라는 걸 잘 알고 있거든요. 그리고 그들의 허위를 천하에 드러냄으로써 모든 사람들 가운데서 가장 현명한 사람이라는 명성을 얻어요. 하지만 그보다 한 단계 위에 있는 것은 다시 어떤 철학자의 머리 위에 씌워진 짧은 가발이에요. 그리고 그 위로는 다시 긴 머리 가발이고, 계속 그런 식으로 반복되지요. 아니면 프랑스 문제를 예로 들어 보자고요. 시골에 사는 녀석은 완전히 영국 편이에요. 그리고 프랑스인들은 모두 악마라고 생각하지요. 하지만 그가 런던에서 일 년을 살다 보면 시골 사람들의 단순한 사고방식을 비웃게 될 거예요. 그때 우연히 지나가던 여행객이 다가와서 '이런 가식적인 shill-I, shall-I[79]는 염병에나 걸려 버려라! 할 말 다하고 할 것 다 하고 나면 결국 영국이다!'라고 말하죠. 그런데 그다음에 해외에서 살던 사람이 와서 여행을 하던 그 사람에게 그것은 단순히 shill-I, shall-I의 문제가 아니라고 장담합니다. 프랑스인보다 더 영리한 사람은 없으며 그들에 비하면 영국의 도시민들은 그저 시골뜨기에 불과하다는 거죠. 그다음엔 프랑스만을 제외한 지구상의 축복받은 지역을 다 다녀 보았던 사람이 와서는 파리를 그렇게 찬양하는 사람은 초보 여행자라고 비웃습니다. 그 지역들을 모두 본 사람은 영국이 가슴에

---

79) 프랑스어의 멋부리는 말투를 흉내 낸 것.

사무쳐서 그것의 모든 고상함을 가슴에 품고 있죠. 하지만 그 후 저명한 냉소주의 철학자가 옵니다. 그는 어느 쪽도 선뜻 인정하지 않을 거예요. 그리고 그 이후에는 더욱 대단한 사람이 오는데, 그는 어느 쪽도 옳지 않다는 것을 알고 있지만, 어쨌든 그들 가운데 더욱더 영리해 보이는 헛소리의 편을 듭니다. 그리고 그 후에는 현세의 성자가 나타나서 자기는 전쟁과 왕들에 대한 이야기라면 완전히 초탈했다고 말하고는 그로 인해 높은 덕망을 얻죠. 그리고 그다음엔…….”

마침내 에브니저가 소리쳤다. “됐어, 이제 제발 그만해! 머리가 돌 지경이군! 맙소사, 도대체 네가 하고자 하는 말이 뭐야?”

“앞에 말한 그 이상도 그 이하도 아닙니다. 당신이 아무리 많은 곳을 돌아다니고, 눈이 침침해질 정도로 많은 책을 읽고, 아무리 많은 똑똑한 사람들과 사귀며 재치를 갈고닦아 왔다 해도: 당신이 ‘그렇다.’라고 말한 건 무엇이든 당신보다 아주 약간 더 단순한 사람들이나 당신보다 조금 더 똑똑한 사람들에 의해 ‘부인’되기 마련이라는 거죠. 그래서 영리한 사람들은 무엇을 생각하는지에 대해서보다 왜 그렇게 생각하는지에 대해 더 관심을 갖는 겁니다. 저를 구해 준 것은 바로 이것이죠.”

하지만 에브니저는 그 이유를 알 수 없었다. “내 생각엔 바로 그게 너를 망칠 거야! 바보는 현명한 사람의 판단을 앵무새처럼 따라할 수는 있어도 결코 그것을 논리적으로 옹호할 수는 없으니까.”

“그리고 오직 바보만이 그것을 시도하겠지요.” 버트랜드가 손가락을 들어 올리며 말했다. "그런데 시인은 그럴 필요가 없거든요."

에브니저의 표정이 묘하게 일그러졌다.

버트랜드가 설명했다. "제 말은요, 그들이 대단한 질문을 가지고 제게 다가왔을 때, 예를 들어 어제 저녁만 해도 그들은 마법에 관해 제게 의견을 물어 왔죠. 제가 그것을 믿는지 안 믿는지 말이에요. 제가 한 일이라고는 여유로운 미소를 띄우고는 '왜 아니겠소?'라고 말하는 게 다였죠. 그리고 그것으로 끝이었어요. 동의한 사람들은 뭐 적당히 기분이 좋아졌고 의심 많은 사람들도 제가 유령에게 시달린 멍청이인지 아니면 그들보다 두 배는 현명한 신비주의자인지 구별할 방법이 없으니까요. 시인은 결코 머리를 복잡하게 굴리며 설명하려 들 필요가 없어요. 사람들은 그가 '진실' 부인의 침실로 들어가는 방문 열쇠를 가지고 있으며 그녀의 침실에 몰래 들어가 보겠다고 앞마당에서 사다리를 세우고 있는 학자들을 향해 회심의 미소를 짓는다고 생각하니까요. 당신이 강조하는 예의와 분별은 시인에게는 최악의 적이에요. 그는 반드시 숙녀들의 가슴을 꼬집고 학자들의 수염을 잡아당겨야 하거든요. 말하자면 그는 태도 자체로는 자신이 어떤 주장에 찬성한다는 것을 보여 주고 기묘하게 미소를 지음으로써 그것에 반박한다는 걸 암시하죠."

에브니저가 날카롭게 말했다. "그만. 더는 듣지 않겠어!"

버트랜드가 예의 그 기묘한 미소를 지으며 말했다. "하지만 그건 분명 순전한 사실이죠?"

"그래, 아주 틀린 얘기는 아냐." 계관시인이 인정했다. "하지만 그것은 마치 광인의 얼굴에 분별의 가면을 씌워 놓거나 사람들이 얼음을 지치는 연못 위에 아주 얇은 얼음 막을 씌워 놓은 것과 같아. 사람들은 그 그럴듯한 외피에 속아 더욱 큰 재앙을 입게 되지."

바로 그때 신사와 숙녀 들을 위한 저녁 식사 종이 울렸다.

에브니저가 음울하게 말했다. "망했군. 이번엔 로보담 양이 네가 무식하다는 걸 알아챌 거야. 두고 봐."

버트랜드가 미소를 지으며 말했다. "어쩌면 그럴지도 모르죠. 하지만 저는 그녀가 저를 솔로몬같이 끝내주게 똑똑한 인물로 생각할 것이라는 데 당신의 마지막 한 푼을 걸죠. 우리 둘 중 누가 옳았는지는 곧 알게 될 거예요."

사실 거의 네 시간이 흐른 뒤에야 계관시인은 그의 시종과 다시 은밀하게 이야기할 수 있게 되었다. 왜냐하면 하인들이 식사를 마친 뒤에도 상류 계급 사람들은 오랫동안 주선실에서 카드놀이를 한다, 브랜디를 마신다 하며 늑장을 부렸기 때문이다. 앞돛대 옆에 서서 바다를 내려다보며 골똘히 생각에 잠겨 있는 에브니저의 귀에도 그들이 흥겹게 떠들며 노는 소리가 또렷하게 들려왔고 그것은 그곳에서 뭔가 심각하게 잘못되고 있는 일은 없다는 것을 반증하는 듯했다. 그런데도 마침내 그가 뒷갑판에서 미치 선장과 함께 나타나는 버트랜드를 보았을 때, 그는 분노했던 마음이 안도로 누그러지는 것을 느꼈다. 버트랜드는 여전히 선장과 개인적인 농담을 주고받으며 웃다가 흡연 램프로 파이프에 불을 붙였다. 시인은 속이 쓰릴 정도로 질투를 느꼈다. 하지만 그를 괴롭힌 것은 비단 버트랜드의 태도 때문만은 아니었다. 사실 그는 버트랜드의 냉소적인 주장이 자신의 대답만큼이나 매력적이라는 것을 발견했고 근본적으로는 그 어느 것에도 만족하지 않았다. 그 때문에 그는 오후에 있었던 문학적인 내기와 관련하여 저녁 식사 때 어떤 이야기가 오고갔는가 하는 질문에 대한 답을 듣고도 슬퍼지기는 했으나 놀라지는 않았다.

버트랜드가 담배 연기를 내뿜고는 자신의 파이프를 보며 얼굴을 찌푸렸다. "그것은 식사 때 떠들기에 꽤 적당한 화제였죠. 그 로보담이란 계집은 내가 무슨 말을 했고 당신이 그 말 한 마디 한 마디를 어떻게 해석했는지에 대해 말했어요. 그런 다음, 제가 이런 말씀드려도 괜찮은지 모르겠습니다만, 제게 이렇게 물었죠. 어째서 주인이 뭐라고 말할 때마다 주제넘게 따박따박 나서서 설명하려 드는 그런 건방진 시종을 그냥 보고만 있느냐고요. 옆에 있던 다른 사람들도 그녀의 말을 거들었고 그 젊은 계집이 마지막으로 이렇게 말했어요. 사람들은 제 얼굴만 봐도 제가 시인이라는 것을 알 것이고 당신은 비오 뭐시긴가, 보이 뭐시긴가로 알 거라고요."

계관시인이 시무룩한 얼굴로 말했다. "보이오티아인."

"그래요. 그것이 그녀의 또 다른 음란한 말이었어요."

에브니저는 그의 시종에게 어떤 대답을 했느냐고 심드렁하게 물었다.

"그들의 뒷공론을 끝내기 위에서 제가 무슨 말을 할 수 있었겠어요? 저는 그들에게 단호하게 말했죠. 서기는 글씨만 잘

쓰면 된다고요. 그러자 선장은 예의 그 '운명이라는 매춘부' 얘기를 또 꺼내더군요. 아무래도 그것이 그들이 좋아하는 포주인 것 같더라고요. 그는 그 구절은 완벽하게 외우지만 그게 어느 연극에서 언제 나오는 대사인지는 금방 잊어버렸다고 하더군요."

"아." 에브니저가 거의 기대에 가까운 마음으로 눈을 감았다. "그렇다면 결국 우리는 끝장난 거군."

"어째서요? 저는 속눈썹 하나 깜박하지 않고 이렇게 말했는걸요. 그것은 정오에 시인이 자신의 마지막 금화를 일일 주행거리 내기에서 잃고 한 시간쯤 지난 후 배 위에서 읊은 대사라고요." 그는 파이프를 입에서 빼고는 파도 치는 바다를 향해 만족스러운 듯 침을 뱉었다. "그 후로는 그것에 대해 더는 말하지 않더군요."

13 난관의 바다에서 파도에 시달린 계관시인이 마지막 해양 시를 지은 후 계관시인 노릇을 하기로 결심하다

버트랜드와의 대화 후에 에브니저가 자신의 역할에 대해 느끼는 불만은 더 이상 식사 시간에 한정되지 않게 되었다. 그는 오히려 대부분의 시간을 시무룩하게 보낼 때가 많았으며 일종의 정신적인 침체 상태에 빠지고 말았다. 그는 시를 쓸 수가 없었다. 보다 행복한 시간을 보내고 있었다면 그의 상상력을 마구 자극했을 한 떼의 거대한 고래들의 모습도 단 한 줄의 시구조차 불러내질 못했다. 기껏해야 자신의 식사 동료들과 냉담한 관계를 유지하며 그럭저럭 시간을 보내는 게 최선이었다. 이제 그들은 그가 자신들을 혐오하고 있음을 감지했고, 그에 대한 반감으로 그를 악의적으로 조롱하기에 이르렀다. 이렇게 일주일 정도를 고독하고 불만스럽게 보냈을 때쯤, 버트랜드가 루시 로보담은 이제 곧 메릴랜드 계관시인의 정부가 될지도 모른다는 행복한 전망을 내놓았다. 당연히 그의 반응은 사뭇 공격적이었다.

그가 위협하듯 말했다. "그녀에게 손가락 하나라도 대 봐. 그랬다간 나머지 항해 내내 족쇄에 묶여 지내게 될 거야."

"아, 글쎄요, 그 충고는 약간 늦은 감이 있는 것 같은데요. 그 메추라기를 잡아 털을 뽑은 지 이미 오랜걸요. 이제는 쇠꼬챙이에 끼워 굽는 일만 남았다고요."

에브니저는 놀라고 또 조급해져서 고집스럽게 경고했다. "다시 한번 말하는데 절대 안 돼! 내가 왜 그것을 두 번씩이나 말해야 하지? 네가 도박을 하는 것도 벌써 내 판단력으로는 도저히 이해가 안 되는 짓이야. 그런데 사통이라니, 이건 바로 내 본질을 정면으로 거스르는 거라고!"

버트랜드는 주인의 분노에 전혀 아랑곳하지 않고 말했다. "글쎄 그게 전혀 그렇지가 않아요. 정부 하나 거느리지 못한 시인은 가발을 쓰지 않은 판사와 마찬가지라고요. 그것은 그의 지위를 나타내는 계급장 같은 거죠. 그리고 계관시인이라면 여럿은 두고 있어야 하고요. 저의 유일한 관심사라면 시인 역할을 잘 해내는 거라니까요, 주인님."

에브니저는 납득할 수 없었다. "대령의 딸을 창녀로 만드는 것은 너무 지나친 관심이야!"

그러자 버트랜드는 사실 자신은 루시 로보담에게 그다지 관심이 없다고 해명했다. 그가 알아본 바에 의하면 로보담 대령은 원래 존 쿠드 등과 공모하여 1689년에 볼티모어 경의 정부를 무너뜨린 인물이었다. 그는 현재 니콜슨 총독의 보호 아래 항해를 하고 있지만, 여전히 그 반도들과 은밀하게 내통하고 있을지도 모른다는 것이다. 버트랜드는 다음과 같이 단언했다. "만약 로보담이 자신의 딸을 미끼로 사용했다고 해도 저는 별로 놀라지 않았을 거예요. 그게 아니라면 그는 어째서 우리가 놀아나는 동안 계속 아무 말 없이 지켜보고만 있었겠어요? 그래요, 맹세코 저는 그가 제 꾀에 넘어가게 만들 거예요!"

이렇게 새로운 정보를 들은 데다 자신의 시종에게 분명 음모를 꾸미는 재주가 있음을 익히 알고 있는 에브니저로서는 마음이 흔들리기 시작했다. 그의 분개는 심술로 바뀌었다. "너는 악을 미덕의 색깔로 칠하는 궤변론자의 재능을 가지고 있군. 넌 지금 내 이름과 직위를 최대한 이용하려고 애쓰는 게 분명해."

"그렇다면 제가 당신의 허락을 얻은 건가요?"

"네가 굳이 그걸 묻다니 의외로군."

"아, 고맙습니다!" 버트랜드의 목소리에는 분명 안심하는 듯한 어조가 배어 있었다. "당신은 뼛속까지 신사이고 배 위의 어떤 녀석들보다 두 배는 더 이해심이 있으십니다! 당신의 생활을 살피라는 앤드루 어르신의 명령으로 런던에 와서 당신을 처음 본 순간, 저는 당신이 훌륭한 분이라는 걸 한눈에 알아보았습니다. 모든 면에서……."

시인이 말을 끊었다. "충분해. 정말 구역질 나는군. 도대체 이제 앞으로 어떻게 할 셈이야? 네가 이렇게 아첨할 때마다 내가 비싼 대가를 치러야 한다는 걸 나는 잘 알고 있어."

버트랜드가 이전과는 사뭇 다른 어조로 간청했다. "제발 진정하세요." 이 순간 그는 다시 완전한 시종이 되어 있었다. 그는 에브니저의 이해력에 대한 믿음과 그들의 가장을 지속하는 데 있어서의 상호 이해관계를 장황하게 다시 강조하고 가장을 유지하기 위해 신사적으로 내기하는 것이 얼마나 중요한지에 대해서는 그들이 서로 한마음이라는 것을 역설한 후, 체면을 유지하기 위해서라도 추가 자금이 필요하며 그것도 즉시 필요하다고 고백했다.

계관시인이 놀라 외쳤다. "맙소사! 설마 20파운드를 그렇게 순식간에 잃어버리진 않았겠지!"

버트랜드가 고개를 끄덕이고는 자신이 지난번 손실을 만회하기 위해 전날의 주행거리에 대한 별도의 내기에서 거액의 돈을 걸었는데, 아주 신중한 계산에도 불구하고 얼마 안 되는 거리로 로보담 양에게 돈을 잃었다고 설명했다. 그리고 아무래도 그녀는 선장으로부터 은밀히 정보를 얻고 있는 듯하다는 말도 덧붙였다.

"내 저축의 반을 날려 버렸단 말이지! 그래 놓고도 뻔뻔스럽게 나머지 돈까지 요구해!"

버트랜드가 서둘러 해명했다. "전혀 그렇지가 않아요. 오히려 저는 당신의 돈과 제 돈을 다시 따 오는 것은 물론이고 그것을 다섯 배로 불려서 되갚으려는 겁니다. 바로 이 때문에 무엇보다도 로보담이라는 계집이 필요한 거고요." 그의 말에 따르면 '포세이돈'은 남서쪽 항로를 잡은 지 이 주일째 되는 시간의 막바지에 다다르고 있었다. 그리고 속사정을 잘 아는 사람들은 아조레스까지 이틀 내지 사흘 거리라는 데 돈을 걸었다. 이 계산이 너무나도 그럴듯했기 때문에 사실상 내기를 관리하는 터브만 목사는 그 두 날짜에 대해 실링당 1파운드를 요구했다. 따라서 그 전후의 날짜는 당첨될 경우의 배당금이 가장 높아졌다. 버트랜드의 계획은 로보담 양을 정복하여 그녀로 하여금 미치 선장에 대한 그녀의 모든 영향력을 자신의 이익으로 돌리게 만드는 것이었다. 만약 그가 개인적으로 추정한 날짜가 지배적인 의견과 다르다면 버트랜드는 자신이 가지고 있는 돈을 모두 새로운 날짜나 그 근처에 걸 것이다. 만약 선장의 계산이 승객들의 계산과 일치한다면, 로보담 양이 모든 기교와 책략을 동원해 그가 좀 더 느리게 항해하도록 유도하고, 그리하여 좀 더 늦은 날짜에 그 섬이 가시거리에 들어오도록 만드는 것이다.

시종의 말이 끝나자 에브니저가 씁쓸한 어조로 입을 뗐다. "참 나, 넌 내게 선택의 여지를 거의 주지 않는군! 처음에는 그 여자랑 자는 걸 그저 어리석지 않은 행위 정도로 만들더니, 다음엔 그것을 대단히 사려 깊은 행위로, 그리고 이제는 그것을 불가피한 일로 만들다니. 사실은 너도 이것이 근본적으로는 정욕과 쾌락에 지나지 않는다는 걸 나만큼 잘 알고 있으면서도 말이야. 그 여자를 가져! 그리고 내 돈 역시 가지라고! 내게 도박하는 오입쟁이라는 오명을 씌우지 그래! 그리고 그걸로 끝내!"

그는 이렇듯 분통을 터뜨리고는 짐 가방에서 마지막 20파운드를 꺼냈다. 그리고 대단히 불안한 마음으로, 신중하게 행동할 것을 끝까지 호소하면서 버트랜드에게 건넸다. 하인은 사소한 대출이라도 받는 신사의 태도로 그에게 감사했다. 그리고 루시 로보담을 찾으러 나갔다.

이러한 거래가 있은 후 시인은 열병과도 같은 우울증에 빠졌다. 그는 하루 종일 침대에서 시들어 있거나 난간에서 바다를 응시하며 꼴사납게 몸을 구부리고 있었다. 다음 날 아침 버트랜드는 눈동자를 굴리며 로보담 양을 유혹하는 일은 이미 달성된 거나 마찬가지라고 선언했다. 이 말에 그의 주인은 그저 한숨을 내쉬며 고개를 가로저을 뿐이었다. 그리고 시종이 딴엔 분위기를 밝게 한답시고 자신이 매춘부 같은 운명을 마음대로 주무를 준비가 되어 있다고 말했을 때, 계관시인은 관심 없다는 듯 다음과 같이 대답했다. "매춘부들과 교류하는 사람은 매독이라는 취미를 얻게 되는 법이야."

그는 그 스스로 아무런 감정 없이 인식했듯이 언젠가 벌링검에 의해, 그리고 다시 그의 의도와는 상관없이 존 맥코이에 의해 구원받은 적이 있던 그런 상태에 가까워져 있었다. 이번에 그를 구원한 것은 사실상 그의 기분과 일치하는 하나의 사건이었다. '당첨 가능성이 높은' 날짜들 둘 가운데 첫 번째 날,

선단은 처음으로 지독한 날씨에 직면했다. 바람이 북에서 남서쪽으로 빙빙 돌며 속력을 높였고, 더불어 닷새 동안이나 폭풍이 지속되었다. '포세이돈'은 거친 파도 속에서 기울어지고 흔들렸다. 뱃바닥에 괸 물이 요동을 치면서 선실까지 악취를 밀어 올렸고 선원들조차 뱃멀미를 하는 상황이 되었다. 에브니저는 너무나도 아파서 며칠 동안 식사를 함께 하지 못했다. 오직 생리적인 본능이 호출할 때에만 실내 변기나 배의 난간으로 가기 위해 침대를 뜰 뿐이었다. 다른 사람들 역시 그와 별반 다르지 않은 상태였지만, 그들과 달리 그는 날씨가 평온해지기를 강렬하게 바라지는 않았다. 엄청난 변화를 일으키는 것은 하나의 사건이고 그것은 적어도 어떤 결심을 요구하지만, 이미 존재하는 엄청난 변화를 받아들이고 그에 굴복하는 데는 그저 절망만이 필요할 뿐이다.

그는 폭풍이 불기 시작한 후 다섯 번째 날이자 마지막 날 오후 늦게나 되어서야 버트랜드를 다시 볼 수 있었다. 그날의 폭풍 역시 대단했다. 하늘에 먹구름이 가득 차 있는 동안 '포세이돈'은 내내 돛을 줄인 채 몸을 떨고 있었다. 바람은 북동풍으로 바뀌었고 저녁에는 더욱 거세게 불었다. 에브니저는 뒷갑판 위에 서 있었다. 바람의 방향을 깨닫기도 전에 그는 바람이 불어오는 쪽으로 게워 냈고 몸이 너무 아파 그 고약한 결과도 감지하지 못했다. 이때 그의 시종이 주인의 옷을 입고 그의 곁에 다가왔다. 그는 같은 목적으로 갑판 위로 나왔고 같은 일에 착수했으며 역시 비슷하게 지저분한 결과를 얻었다. 잠시 동안 그들은 점차 깊어 가는 어둠 속에 나란히 서서 애를 쓰고 있었다. 이윽고 가까스로 정신을 추스른 에브니저가 물었다. "이런 밤에 살아남는 것에 대해 터브만 목사는 어느 정도 가능성을 두고 있지? 나는 '살아남는다'엔 한 푼도 걸지 않을 거야."

이 말에 버트랜드는 갑자기 발작적으로 헛구역질하기 시작했다. 얼마 후 그가 겨우 대답했다. "이 지긋지긋한 배가 가라앉는 게 모두를 위해 나아요! 죽든 살든 전 상관없어요."

"우리 계관시인께서 어쩐 일이지?" 에브니저는 하인이 괴로워하는 모습을 만족스럽게 바라보았다.

"말씀도 마세요!" 버트랜드가 신음을 올리며 손에 얼굴을 묻었다. "저는 런던을 떠난 그날을 저주해요!"

시종의 입에서 매번 새로운 불평이 나올 때마다 에브니저는 속이 점점 편안해지는 것을 느꼈다. 그가 냉소적으로 물었다. "이건 또 웬일이지? 애인과 재산이 있는 신사 시인보다는 차라리 런던에서 거세된 하인 노릇이나 하겠다니? 이해가 안 되는군!"

버트랜드가 외쳤다. "차라리 랠프 버드솔이 제 아랫도리를 잘라 내 버렸다면! 남자의 그곳은 여자가 붙잡고 조종하는 불쌍한 손잡이라고요. 오, 창녀! 그 믿을 수 없는 창녀!"

이제 시인의 만족감은 진정한 기쁨으로 변했다. "아하, 그래서 지금 수탉이 꼬끼오[80] 소리를 내는 거군! 흥, 그녀는 너를

---

80) Cuckoo. 얼간이, 바보라는 뜻도 가지고 있다. cuckold는 '오쟁이 진 남편'을 의미한다.

보기 좋게 배신하는 게 좋겠어. 너야말로 다른 남자의 마누라들이랑 그토록 놀아나곤 했으니까."

"아뇨, 맙소사, 그 헤픈 년을 칭찬하지 마세요!"

"그녀를 칭찬하지 말라고? 난 그녀를 칭찬할 뿐 아니라 지지하기도 해. 그녀를 축복한다고."

버트랜드가 말했다. "당신은 그녀에게 축복뿐만 아니라 돈도 주었다고요. 그것도 40파운드 모두요."

주인이 충격으로 인해 입을 떼지 못하자, 그는 자신이 사기를 당하게 된 경위를 모두 이야기했다. 그의 말에 의하면 이로보담이라는 여자는 그에게 사랑을 맹세했었다. 그리고 그녀는 자신이 엿새 전 그 사랑에 의지하여 미치 선장에게 자신의 몸을 얼마간 내주는 정도까지 자신의 명예를 저당 잡혔다고 눈물 흘리며 고백했고 그 대가로 그녀는 버트랜드에게 내기 돈이 몰리는 날짜들보다 며칠 후의 날짜에 돈을 걸도록 훈수를 둘 수 있었다. 선장에게 직접 들은 바에 의하면, 비록 플로레스는 사실 하루 거리밖에 되지 않지만 남쪽 수평선에서 발생한 폭풍이 그들을 160킬로미터 정도는 거뜬하게 후퇴시킬 수 있다는 것이었다. 또 그녀는 그에게 어느 날짜에 내기를 걸 것인지 다른 사람들에게는 알리지 말고 그 역시 인기 있는 날짜에 돈을 걸겠다 공언하도록 단단히 일렀다. 그녀는 또한 "진정한 사랑은 비용을 개의치 않는다."며 자신이 내기 상황을 기록하는 목사의 입도 확실히 막아 놓겠다고 맹세했다. 마지막으로 혹여 '포세이돈'이 적절한 날에 플로레스를 발견하지 않는다 해도 자신은 왼쪽 뱃전의 망꾼이 완전히 반해 버린 하녀를 데리고 있고 그 망꾼은 그녀의 사랑을 얻기 위해서라면 천국의 벽옥(碧玉) 해안이라도 "보인다!"고 외칠 것이니 안심하라고 말했다는 것이다.

이렇게 다짐을 받은 버트랜드는 자신의 돈을 바로 내일 날짜에 15 대 1의 승률로 걸었다. 하지만 아, 그가 이제는 너무나도 분명히 알게 되었듯이 그 계집은 이중 삼중으로 사기를 쳤던 것이었다! 그녀의 진짜 애인은 다름 아닌 터브만 목사인 듯했다. 그에게 돈을 벌어 주기 위해 그녀는 그 집단의 모든 불쌍한 바보들로 하여금 그녀를 자신의 은밀한 연인으로 생각하고 같은 날짜에 내기를 걸도록 유도한 것이다. 그런 다음 예정대로 폭풍이 오자 그들은 모두 뒤로는 자신의 이득을 예상하고 웃으면서 겉으로는 완전히 망했다며 저주하고 탄식했던 것이다! 그런데 승리의 전날에 어쩌면 그들 생애의 마지막 날이 될지도 모르는 바로 이날, 간단히 말해 지금부터 한 시간 전에 왼쪽 뱃전의 망꾼이 큰돛대 위의 망루에서 코르보의 산들이 "보인다!"고 외쳤고, 비록 그를 제외한 어느 누구도 그것을 보지 못했는데도 미치 선장은 그 보고를 공식적으로 인정한 것이다.

시종의 이야기를 증명이라도 하듯이 바로 그때 미치 선장이 선미루 위에 나타나 앞돛대의 중간돛을 접고 배를 멈추라고 명령했다. 코르보가 바람이 불어 가는 쪽에 있든 없든 그것은 바람이 사납게 불 때에만 현명하다고 여겨지는 조치였다. 실제로 큰돛대와 뒷돛대의 중간돛을 내리라는 항해사의 명령은 뒤늦은 것이었다. 선원들이 줄사다리를 다 올라가기도 전에 일진광풍이 돛 세 개를 모두 찢어 놓았고 뒷돛대마저 쪼개 놓았기 때문이었다. 앞돛대의 활대에 중간돛을 새로 잡아 맬 수 있을 때까지 뱃전이 바람 녘으로 돌려지는 것을 막기 위해 앞돛이 이중으로 접힌 채 대신 올려졌다. 그런 다음 항해사들은 뒷돛대에서 맹렬하게 펄럭이는 중간돛의 잔여물들을 서둘러 치웠다. 그런데 그 후 얼마 안 있어 약해진 가로날개 뼈대 위에 강한 광풍이 불어 닥쳐 뒷돛대의 밧줄이 총소리와 같은 날카로운 소리를 내며 갈라지고 말았다.

에브니저가 자신이 파산하고 말았다는 소식에 다시금 욕지기가 치밀어 올라 난간 너머로 몸을 내민 것은 바로 이렇듯 가장 운 나쁜 순간이었다. 팽팽한 돛대 밧줄이 고물보에 서 있던 그의 등을 후려친 것이었다. 그리고 다음 순간 그는 끔찍하게도 자신이 실제로 배 옆으로 떨어져 바다 속에 있음을 깨달았다! 그가 바다 속으로 떨어지는 광경을 본 사람은 아무도 없었다. 항해사들과 승무원들은 몹시 바빴고 버트랜드는 자신에게 벌어진 일을 고백하는 동안 주인의 눈을 차마 똑바로 쳐다보지 못하고 여전히 난간 위에 올려진 팔에 얼굴을 묻은 채 잔뜩 움츠리고 있었다. 그는 소리치려 했지만 바닷물만 들이마시고 말았다. 그럴 리는 없겠지만 누군가 혹 그의 외침을 들었다 하더라도 그를 구하기 위해 아무것도 할 수 없었을 것이다. 간단히 말해 만약 이전에 그가 게워 낸 것을 그에게 다시 돌려주었던 바로 그 바람이 그에게 다가오는 거대한 파도 위로 불어오지 않았다면 그의 생명은 곧 끝이 났을 것이다. 파도의 물마루, 물보라 그리고 의식을 잃은 시인이 엄청난 양의 초록색 대서양 바닷물과 함께 뱃전으로 다시 굴러 들어왔다. 어쨌든 계관시인은 무사했다.

그러나 그는 한동안 의식을 회복하지 못했다. 그는 일종의 마취 상태로 한 시간인지 혹은 일 년인지 구분이 안 되는 시간 동안 나른하게 축 처져 있었다. 그는 주위 환경이 어떻게 바뀌었는지, 시간이 얼마나 흘렀는지, 그리고 심지어 자신이 과연 안전한지조차 의식하지 못하고 있었다. 어지럽고 비록 이따금씩 짧은 시간 막연한 고통을 느끼며 몸부림을 치는 것 같았지만 대부분은 결코 불쾌하지만은 않은 꿈과 같은 상태였다. 때때로 그는 꿈을 꾸었다. 악몽은 결코 아니었고 기묘하게 평온한 환상이었다. 두 개의 환상이 일정한 간격을 두고 반복되었다. 첫 번째는 대단히 신비스러운 환상으로 설화 석고로 만든 한 쌍의 쌍둥이 같은 산 모양의 원뿔이 등장했다. 그것들은 모두 높고 부드럽게 닦여 있었으며 꼭대기에는 노인들이 앉아 있고, 밑변 주위에는 정체를 알 수 없는 모종의 끔찍한 움직임이 파도처럼 밀려오는 모습이었다. 다른 하나는 그가 사고를 당하는 광경이 이상하게 변형된 형태로 반복되었다. 그는 '포세이돈' 옆의 바닷물 속에 있었다. 하지만 폭풍우가 몰아치는 대신 근사하고 화창한 날씨였다. 미지근한 초록빛 바다는 유리처럼 잔잔했고 심지어 몸이 젖어 있지도 않았다. 모든 돛이 한껏 바람을 품고 있었지만 배는 조금도 움직이지 않았다. 버트랜드가 아니라 그의 누이 안나와 친구 헨리 벌링검이 뒷갑판에서 만면에 미소를 띠우고는 손을 흔들며 그를 지켜보고 있었다. 시인의 가슴을 채운 것은 공포가 아니라 환희였다!

마침내 그가 완전히 의식을 회복했을 때, 이러한 꿈들의 내용은 좀처럼 머릿속에 떠오르지가 않았다. 하지만 그들이 지니고 있던 평온한 느낌은 그와 함께 현실의 세계로 왔다. 그는 눈을 뜨고 오랜 시간 평화롭게 누워 있었다. 현실을 사실로 인정하는 순간 그의 의식이 돌아왔다. 우선 그는 살아 있었다. 약간의 현기증과 거북한 위장과 엉덩이에 느껴지는 고통이 그것을 증명하는 듯했다. 하지만 그는 마치 그 아픈 부분들이 자기 것이 아닌 것처럼 무심하게 그것들을 느꼈다. 그는 두려움 없이 자신이 당한 사고를 기억했다. 하지만 그것이 어떻게 발생했고, 또 무엇이 그를 구했는지는 알지 못했다. 뒤이어 버트랜드가 자신의 돈을 잃었다는 사실이 기억났지만 그것조차 평온한 그의 기분을 동요시키지는 못했다. 그는 점차 자신이 앞갑판 밑 선원실의 그물 침대에 누워 있다는 사실을 알아차렸다. 전에 이 장소에 갇힌 적이 있기 때문에 이곳의 모습이 눈에 익었다. 방은 어두웠고 등불의 기름 냄새와 담배 연기로 가득 차 있었다. 짧은 웃음소리와 중얼거리듯 내뱉는 욕설, 그리고 카드 섞는 소리가 간헐적으로 들려왔다. 가까운 곳 어디에서 누군가가 코를 골며 잠을 자고 있었다. 그렇다면 밤 시간임이 분명했다. 그는 마지막으로 배가 예배당처럼 안정되게 나아가고 있다는 것을 깨달았다. 기울어진 느낌도 거의 없었다. 폭풍이 지나간 것이다. 그리고 바다에서 종종 폭풍이 지나간 뒤에 따라오곤 하는, 바람 없이 파도가 높이 이는 위험한 시기 역시 지나간 듯했다. '포세이돈'은 부드럽게 순항하고 있었다.

조금 전까지 자신의 영혼이 여행하던 그 유쾌한 나라를 떠나기 싫었지만, 그는 곧 다리를 그물 침대에서 내려놓고 일어나 앉았다. 주위의 다른 그물 침대에서 사람들이 자고 있었다. 그리고 방 한가운데 놓여 있는 탁자에서 선원 넷이 카드놀이를 하고 있었다.

그들 가운데 한 명이 외쳤다. "저런! 우리의 잠자는 공주가 깨어나셨군!" 나머지도 각양각색의 미소를 지으며 뒤돌아보았다.

"안녕하시오." 에브니저가 말했다. 그의 목소리는 힘이 없었다. 똑바로 일어서려 하자 다리에 맥이 풀렸고 엉덩이의 고통이 다시 시작되었다. 그는 몸을 지탱하기 위해 칸막이 벽을 붙잡았다.

한 녀석이 미소를 지으며 물었다. "뭔가, 젊은이? 통증이 오나?"

이 말에 패거리들이 크게 웃었다. 그 농담의 요지를 파악할 수는 없었지만 에브니저 역시 미소를 지었다. 그는 이상하게도 평온한 상태로 깨어났기 때문에 그들이 자신을 놀림감으로 삼고 있는 이 분명한 현실에도 그다지 신경이 쓰이지 않았다.

그가 예의 바르게 말했다. "아마도 내가 넘어졌던 모양이군요. 여기저기 다 약간씩 아프네요."

"아프지 않다면, 그거야말로 놀랄 만한 일이지!" 나이 든 사람이 킬킬거리며 말했다. 에브니저는 자신을 처음으로 버트랜드가 있는 곳으로 데려오고 덤으로 잔인하게 꼬집었던 네드를 곧 알아보았다. 다른 사람들은 다시 웃기 시작했지만, 그는 동료들에게 조용히 하라고 눈치를 주었다.

다른 사람들보다 다소 덜 거칠어 보이는 세 번째 선원이 서둘러 해명했다. "네드의 말은, 자네가 뒷돛대 밧줄에 맞았으니 한두 군데 아프지 않은 게 이상할 거라는 뜻이네." 그는 가까이 있던 작은 휴대용 술병을 가리켰다. "항해사가 갑판에 나가 있는 동안 이리 와서 한잔 마시고 안정을 취하게."

에브니저가 말했다. "고맙습니다." 럼주를 마시자 떨리던 몸이 진정되었다. 그는 상냥하게 물었다. "어떻게 내가 여기 있는 거죠?"

그 선원이 말했다. "우리는 자네가 폭풍 속에서 의식을 잃고 주갑판 위에 쓰러져 있는 걸 발견했지. 자네는 갑판 배수구로 쓸려 나갈 뻔했어."

늙은 네드가 처음에 말을 꺼냈던 사십 대의 마르고 억센 선원을 가리키며 기분 좋게 덧붙였다. "저기 있는 칩스가 자네의 침대를 널빤지를 만드는 데 사용했지."

목수가 카드를 다시 돌리며 말했다. "명심해. 나쁜 의도는 없었어. 우리는 고물 쪽에서 완전히 물을 뒤집어쓰고 있었고, 내가 가지고 있던 널빤지가 모두 배 밖으로 쓸려 나갔거든. 나는 갑판을 돌며 쓸 만한 침대가 있느냐고 물었어. 그랬더니 그들이 내게 자네 것을 보여 주더군."

"아, 그렇군요. 나는 그들이 그다지 그립지 않아요." 에브니저는 몇 가지 질문을 통해 자신이 사흘 밤낮 동안 혼수상태였다는 것과 그동안 아무것도 먹지 못했다는 사실을 알게 되었다. 배가 미칠 듯이 고팠다. 차라리 그가 죽기를 바랐던지 요리사는 그의 몫으로 아무것도 남겨 두지 않았다. 하지만 선원들은 기꺼이 자신들의 빵과 치즈를 나눠 주었다. 그들은 사흘 동안 지속된 그의 혼수상태에 대해 상당한 호기심을 보였다. 특히 그가 정말 아무것도 느끼지 못했는지에 대해 몹시 궁금해했다. 그가 전혀 느끼지 못했다고 말하자 그들은 굉장히 즐거워하는 것 같았다.

목수가 외쳤다. "그렇다면 됐어! 그것으로 모두 끝난 거야, 친구. 그리고 만약 무언가가 잘못되었다면 우리는 자넬 죽은 사람으로 생각했었다는 걸 명심하라고."

"잘못되었다고요?" 에브니저는 이해하지 못했다. 이 무렵 럼주는 그의 몸 구석구석을 따뜻하게 데웠고 위장에 스며든 취기는 배고픔을 잊게 했다. 랜턴 불빛 아래 앞갑판 선실은 상당히 아늑해 보였다. 그는 근래 들어 이 투박한 선원들이 그에게 보여 준 것과 같은 그런 친절한 태도를 만난 적이 없었다. 그들은 틀림없이 그의 진짜 신분뿐만 아니라 그의 필명조차 알지 못하고 있는데도 말이다. 그가 따뜻한 목소리로 단언했다. "잘못된 거라면, 경황이 없어 내가 당신들의 친절에 대해 제대로 감사 인사를 하지 못한 것이겠지요. 당신들의 친절에 보답할 수 있을 만한 돈이 내게 있다면 얼마나 좋을까요. 비록 당신들을 움직인 것은 천성적으로 선한 마음이지 육지 사람들이 흔히 그렇듯 돈에 대한 더러운 욕심이 아니라는 것을 알고 있지만 말입니다. 하지만 난 가난뱅이요."

그들 가운데 한 명이 대답했다. "보답에 대해선 조금도 신경 쓰지 말게. 그것은 자네 주인의 의무야. 자, 마시게."

계관시인은 그들의 순진함에 미소를 지으며 술 한 잔을 다시 입속에 털어 넣었다. 그들이 사실은 누구에게 이렇게 친절을 베풀고 있는 것인지 말해 주어야 할까? 그는 애정 어린 마음으로 결심했다. 아니다, 선행이 그 자체로 보상받게 하자. 그는 수수한 옷을 입고 백성들 속으로 암행을 나갔던 왕들의 이야기를 마음에 떠올렸다. 때때로 신분을 숨기고 여행을 했던 예수에 대해서도 생각했다. 언젠가 그들은 자신이 지은 이러저러한 시를 통해 분명 진실을 알게 될 것이다. 그렇게 되면 그가 겪은 모험은 앞갑판의 전설이자 후대에 나올 전기들에서 인상적인 일화가 될 것이다.

선원들의 친절한 태도는 그다음 두 주 동안 계속되었고 그에 따라 시인 역시 눈에 띄게 평온해졌다. 적어도 이 평온함을 그는 점차 이해하게 되었다. 두 번째의 행복한 환상이 그에게 다시 돌아왔던 것이다. 그리고 그는 그 안에서 자신의 소명에 대한 한때 성인들에게 허락된 것과 같은 그러한 신비스러운 긍정을 잔잔한 흥분을 느끼며 보았다. 이 배는 결국 무엇인가. 다름 아닌 운명의 배가 아니겠는가? 그는 자신의 운명을 의심한 죄로 그곳에서 밖으로 내던져졌던 것이다. 바닷물은 바로 그로부터 절망을 씻어 내고 그를 다시 배 위로 올려 보내기 위한 도덕적인 목욕물이자 재헌신을 다짐케 하는 성수(聖水)가 아니고 무엇이겠는가? 그 메시지는 분명했다. 사실 그는 무의식적으로 그것을 예견했었고 이것은 또 하나의, 두려울 만큼 기적 같은 일이었다. 이렇게 보면 꿈속의 배 위에 벌링검이 존재했던 이유도 설명이 된다. '바다의 왕'(즉 '포세이돈'!)에서 에브니저가 지은 4행시의 제3행을 비웃었던 사람이 바로 그였으니까.

제아무리 바다가 무시무시한 돌풍을 토해 낸다 해도
우리의 배는 새지 않는다. 우리의 돛대는 무너지지 않는다.
우리 곁에는 위대한 포세이돈이 있으니
바다는 거칠어 보이지도, 막막해 보이지도 않는다.

그는 세 번째 행으로 볼 때 시인은 바다 속에 있는 거라고 주장했었다. 에브니저는 따뜻한 마음으로 자신의 친구이자 선생을 생각했다. 아마도 그는 이미 오래전에 슬라이와 스커리에게 정체를 들켜 수장되었으리라. 헨리는 계관시인이라는 지위에 대해 회의적이었다. 그 점은 분명했다.

"그가 지금 내 곁에 있다면 얼마나 좋을까! 그러면 이 기적 같은 일을 말해 줄 수 있을 텐데."

아조레스 제도의 코르보를 목격한 중대한 순간 이래 '포세이돈'은 위도 37도를 따라 정서쪽 항로로 항해하고 있었다. 이대로만 계속 운행한다면 곧장 버지니아 곶에 닿을 것이었다. 긴 폭풍이 선단을 사방으로 흩어 놓았는지 다른 배들은 시야에 들어오지 않았다. 미치 선장은 언제라도 기함(旗艦)을 따라잡는 것을 목표로 했다. 그는 기함이 그들보다 앞서 나아가고 있을 거라고 계산했다. 배를 손보느라 어느 정도 시간을 허비했지만, 칩스가 손상된 가로 날개 뼈대를 명인다운 솜씨로 접합하자 '포세이돈'은 대대적인 순풍을 받고 며칠 동안 거침없이 나아갔다. 플리머스에서 출항한 지 오 주가 지나 5월이 성큼 다가와 있었다. 그리고 모든 사람들이 다시 뭍을 발견하는 일을 화제에 올리기 시작했다.

이 시기 동안 에브니저는 앞갑판 선실에 머물렀다. 기력을 회복하는 데 얼마간의 시간이 필요해서이기도 했지만 더 큰 이유는 이전 식사 동료들을 보고 싶지 않았던 것이다. 그리고 어쨌든 그는 현재 명상에 전념하고 있었다. 물론 버트랜드와 어느 정도 접촉하는 것조차 피할 수는 없었지만, 그들의 만남은 짧았고 별다른 말이 오가지 않았다. 시종은 자신의 위치에 대해 불안해하고 있었고, 에브니저는 하인의 그런 모습을 즐기는 것 외에는 아무런 할 말이 없었다. 비록 장엄한 배에 대한 환상은 빛이 바랬지만 선원들에 대한 감탄은 열 배로 증가했다. 그의 절망은 완전히 사라졌다. 그는 잔잔한 기쁨을 느끼며 돌고래들이 건현(乾舷)을 따라, 그리고 항적(航跡)을 좇아 몸을 굴리는 모습을 지켜보았다. 그리고 영감이 떠오르기를 기대하며 깃펜을 뾰족하게 갈고 그가 참고했던 밀턴과 새뮤얼 버틀러의 책들을 꺼냈다. 그리고 앞으로 일어날 위대한 사건을 묘사하는 다음과 같은 시를 탄생시켰다. 즉 그가 메릴랜드를 처음으로 눈앞에 두는 장면이었다.

어쩌면 율리시스는 넝마가 된 옷을 입고
하얀 거품이 이는 바다라는 황야를

십 년 동안 방랑하느라 기진맥진하여,
폐허가 된 트로이에서부터 서쪽으로 배회하다가
마침내 이타카를 바라본 순간,
자신의 모든 고난이 지나간 것을 알고는
자신이 발견한 그곳이 다름 아닌 천국의 해안이라고 믿었을지도 모른다.
그곳은 바위투성이에 더없이 위험해 보였지만
그의 눈에는 너무나도 사랑스럽게 보였다.
그렇다면 얼마나 더 천국 같겠는가, 내가 자랑하는 이 땅은.
금빛 모래와 초록의 나무들,
그리고 선원들의 짐을 덜어 주기 위해 마련된
아늑한 항구들이
오직 사랑스러움만으로 그들을 맞이한다!
아니, 아무리 최선을 다해 노력해도 시인의 노래만으로는,
그것이 아무리 달콤해도, 그것이 아무리 길어도,
메릴랜드가 가지고 있는 매력을 모두 다 말할 수는 없으리라.
바다의 끝없는 시련을 견뎌 내고
여행객이 마침내 무사히 이곳에 당도했을 때,
그는 배의 가장 높은 돛대 위에서
메릴랜드의 아름다움을 최초로 목도한다!

그러고 나서 그 밑에 당연히 '메릴랜드의 계관시인, 신사 에브니저 쿠크'라는 서명을 덧붙였다. 그리고 시와 서명 전체를 만족스럽게 바라보았다. 조안 토스트의 운명적인 방문이 있던

밤 이후로 단 한 번도 느껴 보지 못한 그런 만족감이었다. 그는 하루라도 빨리 가면을 벗어던지고 메릴랜드주에서 자신의 진정한 위치를 되찾고 싶었다. 그의 신체적인 건강은 사고 전보다 더 좋아졌다. 그리고 그의 기분 역시 더할 나위 없이 개선되었다. 몇몇 계획의 장점들을 고려해 본 후, 그는 마침내 메릴랜드가 '포세이돈' 망꾼의 시야에 들어오는 즉시 자신의 신분을 공표하고 이 최후의 시를 암송함으로써 연극을 끝내기로 결심했다. 배 위에서 계관시인을 해치려는 음모는 분명 없었다. 그리고 승객들은 자신과 버트랜드에 대한 진실을 알 자격이 있었다.

하지만 이러한 유쾌한 계획을 실행하는 것은 그의 운명에 포함되어 있지 않았다. 항해가 막바지에 이르자 승객들과 승무원들은 모두 날이 갈수록 더욱 축제 기분에 도취되었다. 선원들이 배 위에서 술을 마시는 것이 공식적으로는 금지되어 있었지만, 앞갑판 선실에는 주 선실 못지않게 밤마다 술판이 벌어졌다. 에브니저에 대한 선원들의 친절도 그만큼 커졌다. 그는 그들의 카드 게임에 걸 돈은 가지고 있지 않았지만 그들의 럼주와 우정은 기꺼이 나눴다.

모두들 상당한 양의 술을 마셨던 어느 날 밤, 늙은 네드가 놀랄 만큼 상냥한 태도로 갑판 승강구 계단을 내려와 동료들에게 자신이 주 갑판에서 막 에브니저 쿠크 씨와 면담을 끝내고 돌아오는 길이라고 발표했다. 에브니저는 귀를 쫑긋 세웠다. 얼굴이 화끈거렸다. 왜냐하면 그 남자의 어조는 그가 그 집단의 대변인 격으로 보내졌다는 것을 암시했기 때문이었다.

나머지 선원들은 그의 시선을 피했다.

네드가 시인에게 기분 나쁜 미소를 지으며 계속해서 말했다. "나는 쿠크 씨에게 말했지. 우리가 얼마나 그의 시종을 잘 돌봐 주었는지를 말이야. 우리가 그를 죽음의 문턱에서 끌어내어 간호했고 다시 건강한 상태로 회복시켜 놓았으며 불평 없이 우리의 잠자리와 식사를 나눴다고 말했어. 그런 다음 물었지. 이제 뭍도 거의 가까워 오고 하니 괜찮다면 우리의 수고에 대해 얼마간 보상을 해 줄 수 있겠느냐고 말이야."

한 남자가 물었다. "그가 뭐라고 그래?" 에브니저의 표정은 붉으락푸르락했다. 그들의 관대함이 어느 정도는 타산적이었다는 것을 알고 실망한 것이다. 하지만 동시에 자신이 그들에게 빚을 졌다는 사실과 그들이 정당한 요구를 했다는 사실을 받아들였다.

네드가 그를 곁눈질했다. "그 거짓말하는 작자가 자신은 빈털터리라고 주장하더군. 마지막 한 푼을 우리가 코르보를 '보았을' 때 잃었다고 하면서 말이야!"

네드의 발표에 선원들이 모두 항의하자 에브니저가 말했다. "그 말은 모두 사실이오. 그는 씀씀이가 헤픈 녀석이오. 그는 자신의 돈을 탕진하는 것으로 만족하지 않고 내 돈까지 내기에 걸었소. 내가 당신들의 게임에 끼지 못한 것도 바로 그 때문이오. 하지만 당신들이 꼭 원한다면 나는 틀림없이 당신들의 친절을 보상하도록 하겠소. 그저 당신들의 이름을 적어 주기만 하시오. 그러면 내가 몰든에 도착하는 그날 바로 사람을 통해 그 금액을 보내 주겠소."

칩스가 웃으며 말했다. "나는 자네가 그럴 거라고 확신해. 그리고 내 돈을 잃을 거라는 것 역시! 그런 맹세쯤은 가볍게 할 수 있으니까!"

"제발 내게 설명할 기회를 주시오." 에브니저는 그 자리에서 자신의 신분을 밝히기로 마음먹었다.

대부분의 문제에서 선원들을 대표해서 말하는 갑판장이 말했다. "어떤 설명도 필요하지 않아. 선원들이 아픈 선원을 간호할 때는 사례를 바라지 않지. 하지만 그들이 앞갑판 선실을 승객과 아픔을 나누면 여행이 끝났을 때 보상을 받는 거야."

네드가 뒷받침했다. "그것이 뱃사람들 사이의 관례지."

에브니저가 승낙했다. "섭섭하지 않게 보상해 주겠소. 만약 당신들이 그저……."

"잠깐." 갑판장이 미소를 지으며 명령했다. 그리고 주머니에서 종이 한 장을 꺼냈다. "자네의 주인이 빈털터리고, 자네 역시 그렇다면 자네가 이 종이에 서명하는 수밖에 다른 도리가 없겠어."

에브니저가 의심스러운 표정으로 종이를 집어 들고 조잡하게 휘갈겨 쓴 글을 읽었다.

그가 놀라 외쳤다. "이게 뭐요?" 그가 고개를 들어 보니 모든 선원들이 그가 놀라는 양을 보며 히죽 웃고 있었다.

갑판장이 대답했다. "네드가 말했듯이 이건 뱃사람들 사이의 관례야. 그 종이에 서명하면 자네는 우리들과 마찬가지로 동료들에게 한 푼도 빚지지 않은 불쌍한 선원이 돼."

정말로 그 종이에는 그것에 서명하는 사람이 '포세이돈'에 승선한 승무원의 명예 일원이 되며 일과 보수를 제외하고 선원의 일반적인 권리와 특권과 의무를 공유한다고 적혀 있었다. 필체에 비해 비교적 세련된 언어로 보아 에브니저가 자신이 처음 겪는 곤경이라고 생각했던 상황이 예전에도 종종 있었고, 그 종이에 서명하는 것이 그러한 곤경에 대처하는 전통적인 수단이 되어 왔다는 것을 짐작할 수 있었다. 그리고 한쪽 귀퉁이에 있는 미치 선장의 서명이 그것이 공식적으로 인정된 것임을 증명해 주었다.

"그렇다면 당신들은 보상을 전혀 바라지 않는다는 거군?"

갑판장이 고개를 저었다. "동료 선원에게 보답을 요구하는 것은 관례에 어긋나지."

시인이 웃으며 말했다. "저런, 이거 영광인데!" 그 사람들에 대한 시인의 평가는 다시 배가되었다. "나는 즉시 기쁘게 내 이름을 서명하겠소!" 그러고는 깃펜을 꺼내 자신의 진짜 이름과 지위를 종이에 기입했다.

어깨 뒤에서 그것을 바라보고 있던 칩스가 말했다. "아, 이봐. 우리가 이렇게 친절하게 대해 주었는데 지금 무슨 장난을 치고 있는 거야? 자네 이름을 서명하란 말이야. 자네 주인의 이름 말고!"

네드가 미심쩍은 목소리로 물었다. "혹시 이전에 그 관례에 대해 들은 적이 있는 거야?"

"아니, 여러분, 나는 장난치고 싶은 마음 없소. 이젠 당신들이 진실을 알아야 할 때인 것 같군." 그는 자신이 하인으로 가장한 얘기며 그 이유는 무엇인지를 가능한 한 짧게 설명했다.

술이 그의 혀에 기름칠이라도 한 듯 그는 유창하게 그리고 자세히 말했다. 그리고 그 증거로 심지어 그의 공책에 적혀 있는 모든 시들을 암송했다. 그리고 결론을 내렸다. "말만 하시오. 그러면 내 시종을 불러 즉시 맹세를 시키지. 그는 단 한 줄의 시도 암송할 수 없고, 공책에 적혀 있는 시들을 읽는 것조차 버거워할 테니까."

처음엔 드러내 놓고 의심하던 그들은 시인의 말이 끝날 때쯤 되자 분명 깊은 인상을 받은 것 같았다. 아무도 버트랜드를 데려와 증언을 듣자고 제안하지 않았다. 그들이 가장 의아하게 생각한 것은 자기 하인이 루시 로보담 양과 즐기는 동안 정작 에브니저는 앞갑판 선실의 그물 침대에 만족하고 있었다는 사실이다. 계관시인은 그들에게 자신의 「순결에 대한 찬가」를 상기시킴으로써 그 일에 대해 재빨리 해명했다. 버트랜드와 같은 행동은 순결을 본질로 삼고 있는 그에게는 생각할 수 없는 일이었다는 게 그 주된 내용이었다.

갑판장이 외쳤다. "맙소사! 자네는 지금 시인이 자기 거시기를 방광에 괸 물을 퍼 올리는 펌프로만 사용하는 가톨릭 신부와 같다고 말하는 건가?"

에브니저가 대답했다. "그것은 나에게만 해당되는 것이오." 그는 계속해서 최대한 겸손한 어조로 성직자의 독신 생활과 진정한 순결의 차이를 설명했다. 그는 다음과 같이 단언했다. 성직자의 독신 생활은 성교에 쓰이는 시간과 정력을 더욱 고귀한 일로 돌리고, 성직자들로 하여금 정부(貞婦)와 아내 사이에 얽힌 복잡한 성생활로부터 자유롭게 해 주고, 일반적으로 더욱 길고 생산적인 삶에 이바지하게 한다는 점에서 칭찬할 만하지만 결국 규율에 지나지 않는다. 그것은 결코 실제적인 순결만큼 순수한 상태가 아니며, 사실상 어떤 필수적인 미덕도 의미하지 않는다. 젊은 시절 몹시 방탕한 생활을 한 사람은 정력이 날아가 버린 말년에는 어쩔 수 없이 독신 생활을 하게 된다. 간단히 말해 독신 생활은 대부분 언제나 성적 무능력 혹은 외부적인 권위에 의해 채택되는 소극적인 실천이다. 반면 진정한 순결은 적극적인 형이상학적 상태이며 더욱 존경받을 만한 것이다. 왜냐하면 그것은 스스로 자신에게 부과하는 것이고 그 자체로 다른 무엇을 위한 도구가 되지 않으며 남자의 경우 그것을 가지고 있든 혹은 잃었든 간에 물리적으로는 아무런 표시가 나지 않기 때문이다. 그에게 순결은 심지어 사후에 기독교적 미덕을 증명하는 수단이 되지도 않는다. 왜냐하면 순결에 대한 그의 관심은 윤리적이라기보다는 존재론적이고 미학적이기 때문이다. 그는 얼빠진 모습으로 자신을 바라보고 있는 선원들을 교화하기 위해서라기보다 스스로를 교화하기 위해 거리낌 없이 상세히 설명했다.

갑판장이 완전히 술이 깨어서는 에브니저가 말하는 도중에 물었다. "자넨 그러니까 거기 앉아서 우리에게 이렇게 말하고 있는 거네. 자네는 평생 동안 단 한 번도 자네의 물건으로 여자의 그곳을 틀어막아 본 적이 없다고 말이야. 그러니까 자네는 한 번도 자네의 물건으로 부듯가 매춘부들의 음모를 헤집어 본 적이 없다는 거지?"

시인이 결연히 말했다. "앞으로도 그런 일은 없을 거요." 그리고 그들이 더 이상 캐묻기 전에 그는 자신이 서명한 성명서로 돌아가 자신의 새로운 지위에 대해 건배를 제안했다. 그는 그들을 미리 안심시켰다. "내가 당신들이 내게 준 명예를 계관시인으로서의 명예보다 못한 것으로 여긴다고 생각지 마시오. 자, 나의 새로운 지위를 위해 마십시다. 그리고 이 밤이 끝나기 전에 나는 돈보다 더욱 달콤한 것으로 내 요금을 지불할 거요." 그는 정말로 그들에게 그들을 영원히 찬양하는 시를 읊어 줄 작정이었다.

선원들은 서로 시선을 교환했다.

"그렇다면 할 수 없지!" 늙은 네드가 갈라진 목소리로 말했다. 다른 사람들 역시 찬성했다. "이보게들, 다음 보초를 서기 전에 그에게 럼주를 좀 가져다주라고!"

에브니저는 술병을 받았고 그것을 모두 마시라는 요구를 받았다. 그가 어정쩡하게 웃으며 물었다. "이게 뭐요? 일종의 가입 의례요?"

칩스가 말했다. "아니, 가입 의례는 술을 마신 다음에 치러질 거야. 럼주로 준비를 해 두라고."

에브니저는 어떤 거짓 시련을 위해서도 준비가 되어 있음을 보여 줌으로써 술 마시는 예비 행위를 사절했다. "그렇다면 파슬리[81]는 제쳐 두고 고기나 먹읍시다. 당신들은 내가 그것을 아주 기꺼이 감내한다는 걸 알게 될 거요!"

이 말이 신호라도 되는 듯 갑자기 한바탕 소동이 일어났다.

---

81) 요리에 곁들이는 것, 즉 여기선 럼주 병을 비우는 것.

선원들은 시인의 양팔을 붙잡아 들어 올렸고, 그가 앉아 있던 의자를 그의 밑에서 잡아 뺐으며, 소스라치게 놀란 그가 채 정신을 수습하기도 전에 그의 얼굴을 탁자 중앙에 난데없이 마술같이 등장한 베개에 눌러 댔다. 기질상 말놀이에는 취미가 없는 에브니저가 당황하여 몸부림쳤다. 게다가 직책상의 이유와 고통에 대한 단순한 공포 때문에 그는 의식을 치르기 위해 엉덩이를 맞아야 한다는 생각을 좋아할 수가 없었다. 그는 엉덩이를 때리는 것이 선원들의 목표라고 생각했다.

잠시 후 끔찍하게도 엉덩이를 때리는 것이 결코 그들의 의도가 아니라는 게 분명해졌을 때, 지구상의 어떤 힘도 그의 입을 막을 수가 없었다. 그는 비록 사지뿐만 아니라 머리 역시 단단히 붙들려 있었지만, 큰 돛대 망루의 망꾼마저 들을 정도로 비명을 질러 댔다.

목소리를 짜낼 수 있게 되자 그는 고함쳤다. "미치 선장이 너희들의 목을 매달아 죽일 거다!"

"그가 뱃사람들의 관례에 대해 모를 거라고 생각하나?" 에브니저는 뒤에서 들려오는 늙은 네드의 사악한 목소리를 알아보았다. "너도 그 종이 위에 그의 서명이 있는 걸 봤잖아, 안 그래?"

그리고 마치 그의 입장에선 아무런 희망도 없다는 것을 확인이라도 해 주듯이 그가 다시 비명을 지르기 시작하자마자 갑판 위에 있던 선원이 머리를 갑판 승강구 계단 아래로 들이밀고는 쾌활한 어조로 최후통첩을 전했다. "선장이 그 녀석 비명 소리를 막으라는군. 아니면 아예 그 녀석을 권총의 개머리

판으로 때려누이든지. 숙녀분들이 성가셔하고 있어."

그의 유일한 위협은 이렇게 해서 좌절되었다. 에브니저는 그 끔찍한 입회식을 온전히 겪을 운명에 처해 있는 듯 보였다. 그때 갑작스러운 비명이 갑판 위에서 들려왔다. 에브니저는 반쯤 졸도하여 전혀 깨닫지 못했지만, 순간 모든 사람들이 신참을 홀로 남겨 두고 갑판 승강구 계단으로 달려갔다. 폭행에 저항하느라 힘이 다 빠진 그는 그들 뒤로 저주를 보냈다. 그런 다음 재빨리 옷을 챙겨 입고 복수를 생각하며 할 수 있는 한 스스로를 진정시키기 위해 노력했다. 그의 귀에는 여전히 갑판 위의 고함과 사람들의 급한 발소리도 들리지 않는 듯했다. 그는 마지막 해양 시 두 줄을 토해 냈다. 요 몇 주 동안 그가 지은 마지막 시였다.

> 이보다 더 더럽고 음탕한 악마들은 지옥에도 없을 것이다.
> 신이여, 영국의 선원들로부터 저를 보호하소서!

이제 갑판 위에서 일어나는 전반적인 소란에다 총소리와 심지어 '포세이돈'에는 있지도 않은 대포의 커다란 포성까지 더해졌다. 무슨 일이 일어나고 있든 더 이상 그것을 무시할 수는 없었다. 에브니저는 갑판 승강구 계단으로 갔다. 하지만 그가 채 올라가기도 전에 그는 잠옷과 모자 차림의 버트랜드와 마주쳤다. 그는 한 번에 아래로 뛰어내리다가 바닥에 큰 대자로 널브러졌다.

그가 외쳤다. "에브니저 나리!" 그리고 사다리 곁에 있던 시인을 훔쳐보다가 떨면서 일어나 무릎을 꿇었다. 그 자가 공포에 떨고 있는 모습을 보자 몸이 욱신거렸다.

"뭐야? 왜 그래?"

버트랜드가 울부짖었다. "우리는 모두 죽은 목숨이에요, 주인님! 우리는 끝장났다고요! 해적이에요! 아, 내가 무엇 때문에 빌어먹을 계관시인 노릇을 했을까! 그 악마들이 지금 이 순간 우리 배에 타고 있다고요!"

"설마! 너 취했군!"

"맹세해요! 우리는 모두 바다에 던져질 거라고요!" 그가 설명했다. 그날 오후 늦게 '포세이돈'은 남동쪽으로 가는 또 다른 범선을 발견했다. 선장은 그 배를 선단의 일원으로 여기고 어두워지기 전에 서둘러 따라붙었다. 해적이 출몰하는 물길을 안전하게 갈 수 있도록 선단을 지켜 주던 군함은 코르보를 발견한 이후 시야에서 사라진 지 오래였다. 그래도 배 두 척이 함께 있으면 한 척만 홀로 있는 것보다 든든할 것이었다. 하지만 바로 얼마 전 그 낯선 배를 따라잡았는데 사정거리에 들어가자마자 그들의 뱃머리에서 총탄이 날아왔다. 그리고 뒤늦게 자신들이 함정에 빠졌다는 것을 깨달은 것이다. "차라리 그냥 런던에서 랠프 버드솔에게 정면으로 맞섰더라면!" 그는 이야기를 마무리하며 한탄했다. "목숨을 잃느니 차라리 아랫도리만 잃는 게 낫지! 우린 이제 어떻게 합니까?"

계관시인 역시 일어설 수가 없어 여전히 무릎을 꿇고 웅크린 채 떨고 있는 시종보다 딱히 나은 해답을 내놓을 수 없었다. 총소리가 멈췄다. 하지만 이전보다 고함 소리는 더 많이 들려왔다. 에브니저는 '포세이돈'을 스치고 지나가는 또 다른 선체의 충격을 느꼈다. 그는 밖을 내다볼 수 있을 정도로만 사다리를 올라가 보았다.

그의 눈에 등골이 오싹한 광경이 들어왔다. 낯선 배가 우현 갑판보에 신속하게 접근하여 목표물을 수많은 갈퀴들로 고정시켰다. 그것은 스쿠너 선을 장착한 소형 선박이었고 '포세이돈'보다 작았지만 너무 가까이 있는 데다가 오랫동안 탁 트인 바다 외에는 아무것도 본 적이 없던 에브니저의 눈에는 무척이나 거대해 보였다. 한 손에는 권총이나 횃불, 그리고 다른 손에는 단검을 든 남자들이 아무런 저항도 받지 않고 난간 위를 민첩하게 기어오르고 있었다. 흔들리는 불빛으로 인해 그들의 얼굴이 더욱 무시무시해 보였다. 그들은 '포세이돈'의 승무원들을 큰돛대 주변으로 모았다. 미치 선장은 저항하지 않는 게 현명하다고 판단한 듯했다. 선장 본인이 그의 동료 항해사들과 함께 더 뒤쪽의 뒷돛대 옆에 별도의 감시를 받으며 서 있는 모습이 보였다. 그리고 이미 승객들은 잠자리에서 강제로 끌려 나와 갑판 위에 올라와 있었다. 대부분 잠옷이나 속옷 차림이었다. 남자들은 욕설을 퍼붓고 불평을 쏟아 놓았다. 여자들은 기절하거나 비명을 지르거나 혹은 자신들의 운명을 예상하고 울기만 했다. 해적선의 앞돛대 위로 반달보다 좀 더 볼록한 모양의 달이 걸려 있었다. 펄럭이는 중간돛의 상부가 달빛을 하얗게 반사하고 있었다. 더 낮은 돛들 역시 차가운 밤바람에 불룩해져서는 횃불에 오렌지색으로 빛났고 거대한 그림자들과 함께 춤을 추고 있었다. 에브니저는 떨어지지 않기 위해 사다리에 완전히 기댔다. 에스퀴멜링의 소설 속에서 읽었던 모든 무섭고 끔찍한 광경들이 머릿속을 채웠다. 로쉬 브라질리아노가 죄수들을 나무로 된 불꼬챙이에 꿰어 굽는 모습, 그들을 채찍으로 때리고는 그 자국을 레몬주스와 후추로 문지르는 장면, 롤로네가 포로들의 혀를 맨손으로 뽑아내고 그들의 심장을 꺼내어 씹어 먹는 광경, 헨리 모건이 지혈대를 사용하여 한 남자의 눈알을 두개골에서 짜내거나 혹은 그를 엄지손가락과 엄지발가락만 묶어 매달아 놓거나 그의 남근만을 묶어 높이 끌어당기는 광경들.

뒤편 아래쪽에서 버트랜드의 탄식이 들려왔다.

"이제 그만해, 그만해!" 해적 하나가 소리치고 있었다. 그는 자신들이 원하는 건 승객들의 비참한 시체가 아니라 돈과 식량이라고 선언했다. 만약 모든 사람들이 적절하게만 처신한다면 그들의 귀중품과 돼지고기와 완두콩 몇 통, 그리고 해적들이 자신들의 인원을 보충하기 위해 필요로 하는 서너 명의 선원들을 잃는 것 외에는 어떤 해악도 그들에게 미치지 않을 거라는 게 말의 요지였다. 그는 한 시간 안에 그들이 다시 여행을 시작할 수 있을 거라고 약속했다. 그런 다음 해적들을 보내 남자 승객들과 동행하여 선실로 돌아가 전리품을 모으게 했다. 여자들은 완벽한 약탈을 보장하기 위한 인질로 잡아 두었다. 또 다른 은신처를 약탈하기 위해 그는 다른 세부 사항들을 지시했다. 무장한 남자 셋으로 이루어진 세 번째 파견단이 앞으로 나와 추가 선원들을 찾아 앞갑판 선실을 뒤지기 시작했다.

"빨리!" 에브니저가 바닥으로 뛰어내리며 버트랜드에게 외쳤다. "이 옷들을 입고 네가 입고 있는 내 잠옷을 줘!" 그는 황급히 자신이 걸치고 있던 시종의 옷을 벗기 시작했다.

버트랜드가 울부짖었다. "왜요? 어떤 식으로든 우리는 끝난 거라고요."

에브니저는 이미 옷을 벗어 던지고 시종이 입고 있는 잠옷을 잡아당겼다. 그가 엄한 목소리로 말했다. "앞으로 닥칠 운명이 어떤 것인지 우린 몰라. 어쩌면 그들이 원하는 것은 가난한 사람이 아니라 신사들일지도 몰라. 어쨌든 그것을 정직하게 간파하는 게 나아. 만약 내가 죽어야 한다면 난 버트랜드 버튼으로서가 아니라 에벤 쿠크로 죽겠어! 빨리 벗어!" 그는 마지막 힘을 다해 힘껏 잡아당겼다. 잠옷이 버트랜드의 머리와 팔을 빠져나왔다. "빌어먹을! 이거 온통 더러워졌잖아!"

"너무 겁이 나서 저도 모르게 그만." 시종이 중얼거리듯 시인하고는 몇 가지 옷들을 긁어모았다.

갑판 승강구 계단으로부터 목소리가 들려왔다. "동작 그만, 아가씨들! 이것 보게, 친구들, 이건 완전히 떠다니는 고모리군!"

에브니저는 더럽혀진 잠옷을 그의 머리 위로 반쯤 입고 있었고 버트랜드는 여전히 벌거벗은 채로 사다리에서 권총과 단검을 손에 들고 히죽 웃고 있는 해적들 셋에게 얼굴을 돌렸다.

그들 가운데 대장 격이 말했다. "나는 정말 자네들의 파티를 망치고 싶진 않아." 그는 잔인하게 생긴 무어인으로 황소 같은 목에 구부러진 코에 거칠게 턱수염이 나 있었으며 피부가 검었다. 빨간 터번 같은 모자가 그의 머리 위에 얹혀 있었고 젖혀진 셔츠 안에는 검은 털이 빽빽하게 나 있었다. "하지만 우리는 갑판 위에서 너희들의 엉덩이를 원해!"

에브니저가 잠옷을 마저 잡아당겨 입으며 대답했다. "제발 오해하지 마시오, 선생!" 그는 가능한 한 침착하게 꼿꼿이 서서 경멸하듯 버트랜드를 가리켰다. "여기 있는 이 자는 아마 스스로를 변호할 거요. 하지만 난 선원이 아니오. 내 이름은 에브니저 쿠크이며 폐하의 영토인 메릴랜드의 계관시인이오."

(2권에 계속)

세계문학전집 139

연초 도매상 1

1판 1쇄 펴냄 2007년 3월 20일
1판 18쇄 펴냄 2023년 12월 11일

지은이 존 바스
옮긴이 이운경
발행인 박근섭, 박상준
펴낸곳 (주)민음사

출판등록 1966. 5. 19. (제 16-490호)
서울특별시 강남구 도산대로1길 62(신사동) 강남출판문화센터 5층 (우편번호 06027)
대표전화 02-515-2000 팩시밀리 02-515-2007
www.minumsa.com

ISBN 978-89-374-6139-2 04800
ISBN 978-89-374-6000-5 (세트)

민음사 세계문학전집

세계문학전집 목록

1·2 변신 이야기 오비디우스·이윤기 옮김 서울대 권장도서 100선
3 햄릿 셰익스피어·최종철 옮김 서울대 권장도서 100선 | 미국대학위원회 선정 SAT 추천도서
4 변신·시골의사 카프카·전영애 옮김 서울대 권장도서 100선
5 동물농장 오웰·도정일 옮김 미국대학위원회 선정 SAT 추천도서 | 《타임》 선정 현대 100대 영문소설
6 허클베리 핀의 모험 트웨인·김욱동 옮김 《뉴스위크》 선정 100대 명저
7 암흑의 핵심 콘래드·이상옥 옮김 미국대학위원회 선정 SAT 추천도서 | 《뉴스위크》 선정 10대 명저
8 토니오 크뢰거·트리스탄·베네치아에서의 죽음 토마스 만·안삼환 외 옮김 노벨 문학상 수상 작가
9 문학이란 무엇인가 사르트르·정명환 옮김
10 한국단편문학선 1 김동인 외·이남호 엮음 국립중앙도서관 선정 청소년 권장도서
11·12 인간의 굴레에서 서머싯 몸·송무 옮김
13 이반 데니소비치, 수용소의 하루 솔제니친·이영의 옮김 노벨 문학상 수상 작가
14 너새니얼 호손 단편선 호손·천승걸 옮김
15 나의 미카엘 오즈·최창모 옮김
16·17 중국신화전설 위앤커·전인초, 김선자 옮김
18 고리오 영감 발자크·박영근 옮김
19 파리대왕 골딩·유종호 옮김 노벨 문학상 수상 작가 | 《타임》 선정 현대 100대 영문소설
20 한국단편문학선 2 김동리 외·이남호 엮음
21·22 파우스트 괴테·정서웅 옮김 서울대 권장도서 100선 | 미국대학위원회 선정 SAT 추천도서
23·24 빌헬름 마이스터의 수업시대 괴테·안삼환 옮김
25 젊은 베르테르의 슬픔 괴테·박찬기 옮김 논술 및 수능에 출제된 책(1998~2005)
26 이피게니에·스텔라 괴테·박찬기 외 옮김
27 다섯째 아이 레싱·정덕애 옮김 노벨 문학상 수상 작가
28 삶의 한가운데 린저·박찬일 옮김
29 농담 쿤데라·방미경 옮김
30 야성의 부름 런던·권택영 옮김
31 아메리칸 제임스·최경도 옮김
32·33 양철북 그라스·장희창 옮김 노벨 문학상 수상 작가 | 서울대 권장도서 100선
34·35 백년의 고독 마르케스·조구호 옮김 노벨 문학상 수상 작가 | 서울대 권장도서 100선
36 마담 보바리 플로베르·김화영 옮김 서울대 권장도서 100선
37 거미여인의 키스 푸익·송병선 옮김
38 달과 6펜스 서머싯 몸·송무 옮김
39 폴란드의 풍차 지오노·박인철 옮김
40·41 독일어 시간 렌츠·정서웅 옮김
42 말테의 수기 릴케·문현미 옮김
43 고도를 기다리며 베케트·오증자 옮김 노벨 문학상 수상 작가 | 서울대 권장도서 100선
44 데미안 헤세·전영애 옮김 노벨 문학상 수상 작가
45 젊은 예술가의 초상 조이스·이상옥 옮김 서울대 권장도서 100선
46 카탈로니아 찬가 오웰·정영목 옮김
47 호밀밭의 파수꾼 샐린저·정영목 옮김 《타임》 선정 현대 100대 영문소설 | 미국대학위원회 선정 SAT 추천도서 | 《뉴스위크》 선정 100대 명저 | BBC 선정 꼭 읽어야 할 책
48·49 파르마의 수도원 스탕달·원윤수, 임미경 옮김
50 수레바퀴 아래서 헤세·김이섭 옮김 노벨 문학상 수상 작가 | 국립중앙도서관 선정 청소년 권장도서

105·106 이탈리아 기행 괴테·박찬기 외 옮김
107 나무 위의 남작 칼비노·이현경 옮김
108 달콤 쌉싸름한 초콜릿 에스키벨·권미선 옮김
109·110 제인 에어 C. 브론테·유종호 옮김 BBC 선정 꼭 읽어야 할 책
111 크눌프 헤세·이노은 옮김 노벨 문학상 수상 작가
112 시계태엽 오렌지 버지스·박시영 옮김 《타임》 선정 현대 100대 영문소설 | 《뉴스위크》 선정 100대 명저
113·114 파리의 노트르담 위고·정기수 옮김 미국대학위원회 선정 SAT 추천도서
115 새로운 인생 단테·박우수 옮김
116·117 로드 짐 콘래드·이상옥 옮김 《뉴스위크》 선정 100대 명저
118 폭풍의 언덕 E. 브론테·김종길 옮김 미국대학위원회 선정 SAT 추천도서
119 텔크테에서의 만남 그라스·안삼환 옮김 노벨 문학상 수상 작가
120 검찰관 고골·조주관 옮김
121 안개 우나무노·조민현 옮김
122 나사의 회전 제임스·최경도 옮김 미국대학위원회 선정 SAT 추천도서
123 피츠제럴드 단편선 1 피츠제럴드·김욱동 옮김
124 목화밭의 고독 속에서 콜테스·임수현 옮김
125 돼지꿈 황석영
126 라셀라스 존슨·이인규 옮김
127 리어 왕 셰익스피어·최종철 옮김 서울대 권장도서 100선 | 《뉴스위크》 선정 100대 명저
128·129 쿠오 바디스 시엔키에비츠·최성은 옮김 노벨 문학상 수상 작가
130 자기만의 방·3기니 울프·이미애 옮김
131 시르트의 바닷가 그라크·송진석 옮김
132 이성과 감성 오스틴·윤지관 옮김
133 바덴바덴에서의 여름 치프킨·이장욱 옮김
134 새로운 인생 파묵·이난아 옮김 노벨 문학상 수상 작가
135·136 무지개 로렌스·김정매 옮김
137 인생의 베일 서머싯 몸·황소연 옮김
138 보이지 않는 도시들 칼비노·이현경 옮김
139·140·141 연초 도매상 바스·이운경 옮김 《타임》 선정 현대 100대 영문소설
142·143 플로스 강의 물방앗간 엘리엇·한애경, 이봉지 옮김 미국대학위원회 선정 SAT 추천도서
144 연인 뒤라스·김인환 옮김
145·146 이름 없는 주드 하디·정종화 옮김
147 제49호 품목의 경매 핀천·김성곤 옮김 《타임》 선정 현대 100대 영문소설
148 성역 포크너·이진준 옮김 노벨 문학상 수상 작가 | 퓰리처상 수상 작가
149 무진기행 김승옥
150·151·152 신곡(지옥편·연옥편·천국편) 단테·박상진 옮김 《뉴스위크》 선정 100대 명저
153 구덩이 플라토노프·정보라 옮김
154·155·156 카라마조프가의 형제들 도스토옙스키·김연경 옮김
157 지상의 양식 지드·김화영 옮김 노벨 문학상 수상 작가
158 밤의 군대들 메일러·권택영 옮김 퓰리처상 수상 작가
159 주홍 글자 호손·김욱동 옮김 서울대 권장도서 100선 | 미국대학위원회 선정 SAT 추천도서
160 깊은 강 엔도 슈사쿠·유숙자 옮김
161 욕망이라는 이름의 전차 윌리엄스·김소임 옮김
162 마사 퀘스트 레싱·나영균 옮김 노벨 문학상 수상 작가
163·164 운명의 딸 아옌데·권미선 옮김

165 모렐의 발명 비오이 카사레스·송병선 옮김
166 삼국유사 일연·김원중 옮김 서울대 권장도서 100선
167 풀잎은 노래한다 레싱·이태동 옮김 노벨 문학상 수상 작가
168 파리의 우울 보들레르·윤영애 옮김
169 포스트맨은 벨을 두 번 울린다 케인·이만식 옮김
170 썩은 잎 마르케스·송병선 옮김 노벨 문학상 수상 작가
171 모든 것이 산산이 부서지다 아체베·조규형 옮김 《타임》 선정 현대 100대 영문소설
172 한여름 밤의 꿈 셰익스피어·최종철 옮김 미국대학위원회 선정 SAT 추천도서
173 로미오와 줄리엣 셰익스피어·최종철 옮김 미국대학위원회 선정 SAT 추천도서
174·175 분노의 포도 스타인벡·김승욱 옮김 노벨 문학상 수상 작가 | 《타임》 선정 현대 100대 영문소설
176·177 괴테와의 대화 에커만·장희창 옮김
178 그물을 헤치고 머독·유종호 옮김 《타임》 선정 현대 100대 영문소설
179 브람스를 좋아하세요... 사강·김남주 옮김
180 카타리나 블룸의 잃어버린 명예 하인리히 뵐·김연수 옮김 노벨 문학상 수상 작가
181·182 에덴의 동쪽 스타인벡·정회성 옮김 노벨 문학상 수상 작가
183 순수의 시대 워튼·송은주 옮김 《뉴스위크》 선정 100대 명저 | 퓰리처상 수상작
184 도둑 일기 주네·박형섭 옮김
185 나자 브르통·오생근 옮김
186·187 캐치-22 헬러·안정효 옮김 《타임》 선정 현대 100대 영문소설
188 숄로호프 단편선 숄로호프·이항재 옮김 노벨 문학상 수상 작가
189 말 사르트르·정명환 옮김
190·191 보이지 않는 인간 엘리슨·조영환 옮김 《타임》 선정 현대 100대 영문소설
192 왑샷 가문 연대기 치버·김승욱 옮김 퓰리처상 수상 작가
193 왑샷 가문 몰락기 치버·김승욱 옮김 퓰리처상 수상 작가
194 필립과 다른 사람들 노터봄·지명숙 옮김
195·196 하드리아누스 황제의 회상록 유르스나르·곽광수 옮김
197·198 소피의 선택 스타이런·한정아 옮김 퓰리처상 수상 작가
199 피츠제럴드 단편선 2 피츠제럴드·한은경 옮김
200 홍길동전 허균·김탁환 옮김
201 요술 부지깽이 쿠버·양윤희 옮김
202 북호텔 다비·원윤수 옮김
203 톰 소여의 모험 트웨인·김욱동 옮김
204 금오신화 김시습·이지하 옮김
205·206 테스 하디·정종화 옮김 미국대학위원회 선정 SAT 추천도서 | BBC 선정 꼭 읽어야 할 책
207 브루스터플레이스의 여자들 네일러·이소영 옮김
208 더 이상 평안은 없다 아체베·이소영 옮김
209 그레인지 코플랜드의 세 번째 인생 워커·김시현 옮김 퓰리처상 수상 작가
210 어느 시골 신부의 일기 베르나노스·정영란 옮김
211 타라스 불바 고골·조주관 옮김
212·213 위대한 유산 디킨스·이인규 옮김 서울대 권장도서 100선 | BBC 선정 꼭 읽어야 할 책
214 면도날 서머싯 몸·안진환 옮김
215·216 성채 크로닌·이은정 옮김
217 오이디푸스 왕 소포클레스·강대진 옮김 서울대 권장도서 100선
218 세일즈맨의 죽음 밀러·강유나 옮김
219·220·221 안나 카레니나 톨스토이·연진희 옮김 서울대 권장도서 100선

222 오스카 와일드 작품선 와일드 · 정영목 옮김

223 벨아미 모파상 · 송덕호 옮김

224 파스쿠알 두아르테 가족 호세 셀라 · 정동섭 옮김 노벨 문학상 수상 작가

225 시칠리아에서의 대화 비토리니 · 김운찬 옮김

226·227 길 위에서 케루악 · 이만식 옮김 《타임》 선정 현대 100대 영문소설 | 《뉴스위크》 선정 100대 명저

228 우리 시대의 영웅 레르몬토프 · 오정미 옮김

229 아우라 푸엔테스 · 송상기 옮김

230 클링조어의 마지막 여름 헤세 · 황승환 옮김 노벨 문학상 수상 작가

231 리스본의 겨울 무뇨스 몰리나 · 나송주 옮김

232 뻐꾸기 둥지 위로 날아간 새 키지 · 정회성 옮김 《타임》 선정 현대 100대 영문소설

233 페널티킥 앞에 선 골키퍼의 불안 한트케 · 윤용호 옮김 노벨 문학상 수상 작가

234 참을 수 없는 존재의 가벼움 쿤데라 · 이재룡 옮김

235·236 바다여, 바다여 머독 · 최옥영 옮김

237 한 줌의 먼지 에벌린 워 · 안진환 옮김 《타임》 선정 현대 100대 영문소설

238 뜨거운 양철 지붕 위의 고양이 · 유리 동물원 윌리엄스 · 김소임 옮김 퓰리처상 수상작

239 지하로부터의 수기 도스토옙스키 · 김연경 옮김

240 키메라 바스 · 이운경 옮김

241 반쪼가리 자작 칼비노 · 이현경 옮김

242 벌집 호세 셀라 · 남진희 옮김 노벨 문학상 수상 작가

243 불멸 쿤데라 · 김병욱 옮김

244·245 파우스트 박사 토마스 만 · 임홍배, 박병덕 옮김 노벨 문학상 수상 작가

246 사랑할 때와 죽을 때 레마르크 · 장희창 옮김

247 누가 버지니아 울프를 두려워하랴? 올비 · 강유나 옮김

248 인형의 집 입센 · 안미란 옮김

249 위폐범들 지드 · 원윤수 옮김 노벨 문학상 수상 작가

250 무정 이광수 · 정영훈 책임 편집 서울대 권장도서 100선

251·252 의지와 운명 푸엔테스 · 김현철 옮김

253 폭력적인 삶 파솔리니 · 이승수 옮김

254 거장과 마르가리타 불가코프 · 정보라 옮김

255·256 경이로운 도시 멘도사 · 김현철 옮김

257 야콥을 둘러싼 추측들 욘존 · 손대영 옮김

258 왕자와 거지 트웨인 · 김욱동 옮김

259 존재하지 않는 기사 칼비노 · 이현경 옮김

260·261 눈먼 암살자 애트우드 · 차은정 옮김 《타임》 선정 현대 100대 영문소설

262 베니스의 상인 셰익스피어 · 최종철 옮김

263 말리나 바흐만 · 남정애 옮김

264 사볼타 사건의 진실 멘도사 · 권미선 옮김

265 뒤렌마트 희곡선 뒤렌마트 · 김혜숙 옮김

266 이방인 카뮈 · 김화영 옮김 노벨 문학상 수상 작가 | 미국대학위원회 선정 SAT 추천도서

267 페스트 카뮈 · 김화영 옮김 노벨 문학상 수상 작가 | 국립중앙도서관 선정 청소년 권장도서

268 검은 튤립 뒤마 · 송진석 옮김

269·270 베를린 알렉산더 광장 되블린 · 김재혁 옮김

271 하얀 성 파묵 · 이난아 옮김 노벨 문학상 수상 작가

272 푸슈킨 선집 푸슈킨 · 최선 옮김

273·274 유리알 유희 헤세 · 이영임 옮김 노벨 문학상 수상 작가

275 픽션들 보르헤스 · 송병선 옮김 서울대 권장도서 100선
276 신의 화살 아체베 · 이소영 옮김
277 빌헬름 텔 · 간계와 사랑 실러 · 홍성광 옮김
278 노인과 바다 헤밍웨이 · 김욱동 옮김 노벨 문학상 수상 작가 | 퓰리처상 수상작
279 무기여 잘 있어라 헤밍웨이 · 김욱동 옮김 미국대학위원회 선정 SAT 추천도서
280 태양은 다시 떠오른다 헤밍웨이 · 김욱동 옮김 《타임》 선정 현대 100대 영문 소설
281 알레프 보르헤스 · 송병선 옮김
282 일곱 박공의 집 호손 · 정소영 옮김
283 에마 오스틴 · 윤지관, 김영희 옮김
284·285 죄와 벌 도스토옙스키 · 김연경 옮김 미국대학위원회 선정 SAT 추천도서
286 시련 밀러 · 최영 옮김
287 모두가 나의 아들 밀러 · 최영 옮김
288·289 누구를 위하여 종은 울리나 헤밍웨이 · 김욱동 옮김 노벨 문학상 수상 작가
290 구르브 연락 없다 멘도사 · 정창 옮김
291·292·293 데카메론 보카치오 · 박상진 옮김
294 나누어진 하늘 볼프 · 전영애 옮김
295·296 제브데트 씨와 아들들 파묵 · 이난아 옮김 노벨 문학상 수상 작가
297·298 여인의 초상 제임스 · 최경도 옮김 미국대학위원회 선정 SAT 추천도서
299 압살롬, 압살롬! 포크너 · 이태동 옮김 노벨 문학상 수상 작가
300 이상 소설 전집 이상 · 권영민 책임 편집
301·302·303·304·305 레 미제라블 위고 · 정기수 옮김
306 관객모독 한트케 · 윤용호 옮김 노벨 문학상 수상 작가
307 더블린 사람들 조이스 · 이종일 옮김
308 에드거 앨런 포 단편선 앨런 포 · 전승희 옮김 미국대학위원회 선정 SAT 추천도서
309 보이체크 · 당통의 죽음 뷔히너 · 홍성광 옮김
310 노르웨이의 숲 무라카미 하루키 · 양억관 옮김
311 운명론자 자크와 그의 주인 디드로 · 김희영 옮김
312·313 헤밍웨이 단편선 헤밍웨이 · 김욱동 옮김 노벨 문학상 수상 작가
314 피라미드 골딩 · 안지현 옮김 노벨 문학상 수상 작가
315 닫힌 방 · 악마와 선한 신 사르트르 · 지영래 옮김
316 등대로 울프 · 이미애 옮김 《타임》 선정 현대 100대 영문소설 | 《뉴스위크》 선정 100대 명저
317·318 한국 희곡선 송영 외 · 양승국 엮음
319 여자의 일생 모파상 · 이동렬 옮김
320 의식 노터봄 · 김영중 옮김
321 육체의 악마 라디게 · 원윤수 옮김
322·323 감정 교육 플로베르 · 지영화 옮김
324 불타는 평원 룰포 · 정창 옮김
325 위대한 몬느 알랭푸르니에 · 박영근 옮김
326 라쇼몬 아쿠타가와 류노스케 · 서은혜 옮김
327 반바지 당나귀 보스코 · 정영란 옮김
328 정복자들 말로 · 최윤주 옮김
329·330 우리 동네 아이들 마흐푸즈 · 배혜경 옮김 노벨 문학상 수상 작가
331·332 개선문 레마르크 · 장희창 옮김
333 사바나의 개미 언덕 아체베 · 이소영 옮김
334 게걸음으로 그라스 · 장희창 옮김 노벨 문학상 수상 작가

335 **코스모스** 곰브로비치 · 최성은 옮김

336 **좁은 문 · 전원교향곡 · 배덕자** 지드 · 동성식 옮김 노벨 문학상 수상 작가

337·338 **암 병동** 솔제니친 · 이영의 옮김 노벨 문학상 수상 작가

339 **피의 꽃잎들** 응구기 와 시옹오 · 왕은철 옮김

340 **운명** 케르테스 · 유진일 옮김 노벨 문학상 수상 작가

341·342 **벌거벗은 자와 죽은 자** 메일러 · 이운경 옮김 퓰리처상 수상 작가

343 **시지프 신화** 카뮈 · 김화영 옮김 노벨 문학상 수상 작가

344 **뇌우** 차오위 · 오수경 옮김

345 **모옌 중단편선** 모옌 · 심규호, 유소영 옮김 노벨 문학상 수상 작가

346 **일야서** 한사오궁 · 심규호, 유소영 옮김

347 **상속자들** 골딩 · 안지현 옮김 노벨 문학상 수상 작가

348 **설득** 오스틴 · 전승희 옮김

349 **히로시마 내 사랑** 뒤라스 · 방미경 옮김

350 **오 헨리 단편선** 오 헨리 · 김희용 옮김

351·352 **올리버 트위스트** 디킨스 · 이인규 옮김

353·354·355·356 **전쟁과 평화** 톨스토이 · 연진희 옮김

357 **다시 찾은 브라이즈헤드** 에벌린 워 · 백지민 옮김

358 **아무도 대령에게 편지하지 않다** 마르케스 · 송병선 옮김

359 **사양** 다자이 오사무 · 유숙자 옮김

360 **좌절** 케르테스 · 한경민 옮김 노벨 문학상 수상 작가

361·362 **닥터 지바고** 파스테르나크 · 김연경 옮김 노벨 문학상 수상 작가

363 **노생거 사원** 오스틴 · 윤지관 옮김

364 **개구리** 모옌 · 심규호, 유소영 옮김 노벨 문학상 수상 작가

365 **마왕** 투르니에 · 이원복 옮김 공쿠르상 수상 작가

366 **맨스필드 파크** 오스틴 · 김영희 옮김

367 **이선 프롬** 이디스 워튼 · 김욱동 옮김 퓰리처상 수상 작가

368 **여름** 이디스 워튼 · 김욱동 옮김 퓰리처상 수상 작가

369·370·371 **나는 고백한다** 자우메 카브레 · 권가람 옮김

372·373·374 **태엽 감는 새 연대기** 무라카미 하루키 · 김난주 옮김

375·376 **대사들** 제임스 · 정소영 옮김

377 **족장의 가을** 마르케스 · 송병선 옮김 노벨 문학상 수상 작가

378 **핏빛 자오선** 매카시 · 김시현 옮김

379 **모두 다 예쁜 말들** 매카시 · 김시현 옮김

380 **국경을 넘어** 매카시 · 김시현 옮김

381 **평원의 도시들** 매카시 · 김시현 옮김

382 **만년** 다자이 오사무 · 유숙자 옮김

383 **반항하는 인간** 카뮈 · 김화영 옮김 노벨 문학상 수상 작가

384·385·386 **악령** 도스토옙스키 · 김연경 옮김

387 **태평양을 막는 제방** 뒤라스 · 윤진 옮김

388 **남아 있는 나날** 가즈오 이시구로 · 송은경 옮김

389 **앙리 브륄라르의 생애** 스탕달 · 원윤수 옮김

390 **찻집** 라오서 · 오수경 옮김

391 **태어나지 않은 아이를 위한 기도** 케르테스 · 이상동 옮김 노벨 문학상 수상 작가

392·393 **서머싯 몸 단편선** 서머싯 몸 · 황소연 옮김

394 **케이크와 맥주** 서머싯 몸 · 황소연 옮김

395 월든 소로 · 정회성 옮김
396 모래 사나이 E. T. A. 호프만 · 신동화 옮김
397·398 검은 책 오르한 파묵 · 이난아 옮김 노벨 문학상 수상 작가
399 방랑자들 올가 토카르추크 · 최성은 옮김 노벨 문학상 수상 작가
400 시여, 침을 뱉어라 김수영 · 이영준 엮음
401·402 환락의 집 이디스 워튼 · 전승희 옮김
403 달려라 메로스 다자이 오사무 · 유숙자 옮김
404 아버지와 자식 투르게네프 · 연진희 옮김
405 청부 살인자의 성모 바예호 · 송병선 옮김
406 세피아빛 초상 아옌데 · 조영실 옮김
407·408·409·410 사기 열전 사마천 · 김원중 옮김 서울대 권장도서 100선
411 이상 시 전집 이상 · 권영민 책임 편집
412 어둠 속의 사건 발자크 · 이동렬 옮김
413 태평천하 채만식 · 권영민 책임 편집
414·415 노스트로모 콘래드 · 이미애 옮김
416·417 제르미날 졸라 · 강충권 옮김
418 명인 가와바타 야스나리 · 유숙자 옮김 노벨 문학상 수상 작가
419 핀처 마틴 골딩 · 백지민 옮김 노벨 문학상 수상 작가
420 사라진 · 샤베르 대령 발자크 · 선영아 옮김
421 빅 서 케루악 · 김재성 옮김
422 코뿔소 이오네스코 · 박형섭 옮김
423 블랙박스 오즈 · 윤성덕, 김영화 옮김
424·425 고양이 눈 애트우드 · 차은정 옮김
426·427 도둑 신부 애트우드 · 이은선 옮김
428 슈니츨러 작품선 슈니츨러 · 신동화 옮김
429·430 세계의 끝과 하드보일드 원더랜드 무라카미 하루키 · 김난주 옮김
431 멜랑콜리아 I-II 욘 포세 · 손화수 옮김 노벨 문학상 수상 작가
432 도적들 실러 · 홍성광 옮김
433 예브게니 오네긴 · 대위의 딸 푸시킨 · 최선 옮김
434·435 초대받은 여자 보부아르 · 강초롱 옮김
436·437 미들마치 엘리엇 · 이미애 옮김
438 이반 일리치의 죽음 톨스토이 · 김연경 옮김

세계문학전집은 계속 간행됩니다.